福尔摩斯侦探小说全集

[英] 阿·柯南道尔 / 著

悉尼·佩吉特 / 插图

中卷

经典插图
修订本

THE COMPLETE
SHERLOCK
HOLMES

南方出版传媒
花城出版社
中国·广州

图书在版编目（CIP）数据

福尔摩斯侦探小说全集：经典插图修订本 /（英）柯南道尔著；（英）佩吉特插图；路旦俊等译. -- 4版. -- 广州：花城出版社，2016.11（2018.8重印）
ISBN 978-7-5360-7937-3

Ⅰ. ①福… Ⅱ. ①柯… ②佩… ③路… Ⅲ. ①侦探小说－小说集－英国－现代 Ⅳ. ①I561.45

中国版本图书馆CIP数据核字(2016)第085922号

出 版 人：	詹秀敏
责任编辑：	黎 萍 夏显夫
技术编辑：	薛伟民 凌春梅
封面设计：	棱角视觉 ANGULAR VISION

书　名	福尔摩斯侦探小说全集：经典插图修订本 FU ER MO SI ZHEN TAN XIAO SHUO QUAN JI: JING DIAN CHA TU XIU DING BEN
出版发行	花城出版社 （广州市环市东路水荫路11号）
经　销	全国新华书店
印　刷	佛山市浩文彩色印刷有限公司 （广东省佛山市南海区狮山科技工业园A区）
开　本	880毫米×1230毫米　32开
印　张	64.75　1插页
字　数	1519,000字
版　次	1997年1月第1版 2016年11月第4版　2018年8月累计第11次印刷
定　价	98.00元（上、中、下卷）

如发现印装质量问题，请直接与印刷厂联系调换。
购书热线：020-37604658　37602954
花城出版社网站：http://www.fcph.com.cn

目　　录

回忆录

银色马 …………………………………………… 3
黄面人 …………………………………………… 34
证券经纪人的办事员 …………………………… 56
"格洛里亚斯各特"覆没记 …………………… 78
马格雷夫仪式 …………………………………… 102
瑞盖特之谜 ……………………………………… 125
驼背人 …………………………………………… 149
住院病人 ………………………………………… 171
希腊译员 ………………………………………… 195
海军协定 ………………………………………… 217
最后一案 ………………………………………… 259

福尔摩斯的归来

空屋奇案 ………………………………………… 283
诺伍德的建筑师 ………………………………… 308
跳舞的人 ………………………………………… 336
孤身骑车人 ……………………………………… 365
修道院公学 ……………………………………… 390

黑彼德	429
查尔斯·密尔沃顿	456
六座拿破仑半身像	477
三个大学生	503
金边夹鼻眼镜	526
失踪的中卫	553
修道院庄园	580
第二块血迹	608

回 忆 录

莫 艳 等 译

银　色　马

"恐怕我只有去一趟了。"

一天早上，当我们坐下来吃早饭时，福尔摩斯突然说道。

"去一趟！去哪儿？"

"达特穆尔的金斯波兰。"

我一点儿也不吃惊。说实在的，我奇怪的倒是他怎么没为那件奇案劳神费心，眼下它已成了全英国上上下下谈论的焦点。整整一天，我的伙伴皱着眉头，耷拉着脑袋在屋里踱来踱去，烈烟抽了一斗又一斗。无论我说什么、问什么，他一概来个置之不理。报刊经售人送来了当天的各种报纸，可他只扫了一眼就把它们扔开了。不过，尽管他默不作声，我却十分清楚他脑子里在想什么。

在公众看来，亟须动用他的分析推理能力去解决的只有一件事——"西萨克斯杯"名马的离奇失踪和驯马师的死于非命。所以，他打算亲自去一趟出事现场完全在我的意料之中，我早就等着他说这句话了。

"如果不嫌我碍事的话，我非常乐意陪你走一趟。"我说。

"亲爱的华生，你去我求之不得。我认为你这次去是绝不会后悔的，因为从这案子的一些特点来看，它显然非同一般。我想，我们还能去帕丁顿赶上火车，路上我再跟你说案子的详细情况。如果你能把高级双筒望远镜也带上的话，我简直会高兴坏的。"

于是，大约一个小时后，我们已坐在了疾驶去埃克塞特的头等车厢里。福尔摩斯戴了一顶旅行帽,帽瓣掩住的那张脸精明、急切——他正一目十行地看着他从帕丁顿买来的一堆当天的报纸。火车驶出里丁站很远以后,他才把最后看的那张报纸丢到座位底下,并拿出烟盒来让我抽烟。

"这车开得挺快,"他望望窗外,又瞥了一眼手表,道,"目前的时速是五十三英里半。"

"我没看见有四分之一英里的标杆。"我说道。

"我也没看见。可这条线上每隔六十码就有一根电线杆,这是一道简单的计算题。我想,对于约翰·斯杰克的被杀和银色白额马的失踪,你应该已经有所耳闻了吧?"

"我看到《电讯报》和《记事报》上面的报道了。"

"对付这种案子,办案人员应该把主要精力放在调查细节,而不是搜集新证据上。这惨案太罕见、太匪夷所思了,更何况它还涉及到那么多人的切身利益。我们需要面对各种各样的推测、猜疑和假设,而难就难在要从理论家和记者那些添油加醋的报道中抽丝剥茧,择选出确凿的、不掺杂任何水分的事实。做好这个基础工作后,我们还得进一步推理,找到整件谜案的关键所在。星期二晚上我收到了马的主人罗斯上校和本案专办格雷高利警官两人拍来的电报。格雷高利警官邀请我去协助调查。"

"星期二晚上!"我惊呼道,"现在已经是星期四上午了。你干吗不昨天动身呢?"

"我犯了个错误,亲爱的华生。通过你的传记来了解我的人并不知道,我不如他们想象中的那么完美,我也是个普通人,照样有犯错的时候。说实话,我不信一匹全英国最出色的马居然会被藏起来那么久,不为人知,尤其是藏在像达特穆尔北部这种人迹罕至的地方。昨天我等了一整天,以为能听到马被找到和绑架者就是杀死约翰·斯杰克的凶手的消息。可一天过去了,除了逮捕年轻人菲兹罗·辛普森之外,案情没有丝毫进展。我认为自己应该采取行动了。不过我总觉得,昨天的时间没有浪费。"

"这么说,你心里已经有谱了?"

"起码我已经知道了最基本的情况。我会一五一十地把它们说给你听,毕竟把案情告诉另一个人是理顺破案思路的最佳方法。况且我如果不道明问题的切入点,我就很难指望能从你那里得到帮助。"

福尔摩斯向我简短地讲述此行的起因。

我仰靠座位,一口接一口地吸烟;福尔摩斯则倾身向前,用他那瘦长的食指在左手手心里比比画画，向我简短地讲述了诱发我们此行的起因。

"银色白额马，"他说，"是索莫尼种。它和它的祖先一样，曾经创下过辉煌的战绩。它今年五岁，已为它那位幸运的主人罗斯上校捧回赛场上的各种奖章。截至灾难发生以前，它是'西萨克斯杯'夺冠呼声最高的马，赌客们在它身上下的赌注高达三比一。因为这匹赛马场上的佼佼者从来没让它的爱好者失望，因此即便赌注悬殊，也有巨款押在它的身上。不少人都恨不得银色白额马不能参加下个星期二的比赛，这是明摆着的。

"当然，这一点在金斯波兰上校的赛马训练场就更加不是秘密了，所以名马受到了非常严格的看护。驯马师约翰·斯杰克曾经担任过罗斯上校的职业赛马骑师，后来因体重超标退职了。他在上校家当过五年赛马骑师、七年驯马师，向来尽心尽力，忠实可靠。马厩的规模不大，总共不过四匹马，所以他手下只有三位小马倌。每晚都有一位小马倌守在马厩旁，另两位则睡在草料棚里。三人都尽忠职守。约翰·斯杰克已有妻室，住在离马厩约两百码的一幢小别墅里。他膝下无子，只请了一个年轻的女仆，日子过得挺舒适。屋子很偏僻，往北半英里处有几幢小别墅，它们是太维斯托克镇的一个承包商修建的，专门为来这里养病疗伤和喜欢呼吸达特穆尔新鲜空气的人使用。往西走两英里就到了太维斯托克镇。穿过荒野再走两英里，有一个规模较大的麦尔普林顿驯马场，主人是白克沃特勋爵，平常则由希拉斯·布朗负责打理。除了驯马场外，荒野四周一片荒凉，只有少数几个吉卜赛人居住。这是星期一事发之前的大致情况。

"那天晚上，赛马们像往常一样地受训和冲洗。马厩九点钟锁上了。两名小马倌去驯马师家的厨房吃晚饭，而另一个人纳德·亨特则留在那里看守。九点过几分的时候，女仆爱迪斯·白克斯特去给纳德送晚饭，其中的一道菜是咖喱羊肉。她没带饮料，因为马厩里有个水龙头，而且照规矩值班的小马倌是禁饮的。夜很黑，加之要穿过空阔的荒野，所以女仆手里提了一盏灯。

"爱迪斯·白克斯特走到距离马厩不到三十码的地方时，突然有个人从黑暗中冒了出来，大声喊她留步。等他走到昏黄的灯光下时，她看见这人一副斯文模样，穿着一件带布帽的灰色花呢上衣，脚蹬一双套有鞋罩的高帮靴，手持一根笨重的手杖，手杖上还有一个节疤。不过，她印象最深的是，他的脸色不仅苍白得怕人，而且举止张皇。照她看，他应该有三十多岁。

突然有个人从黑暗中冒了出来。

"'能告诉我这是在哪儿吗？'他问，'要不是看见了你的灯光，我差点就要在荒野里过一夜了。'

"'你已经到金斯波兰的驯马场附近了。'她说。

"'哦,是吧!我真是红运高照啊!'他嚷道,'我听说,每晚都只有一个小马倌睡在那儿。你大概是要去给他送晚餐吧?听着,我想你还不至于那么要面子,连一件新衣服的钱都不屑于去挣,对吗?'他从马甲口袋里掏出一张叠起来的白纸,'如果你今晚能把这个送到那男孩手里,你就可以去买一件最漂亮的连衣裙。'

"她被他那迫不及待的样子吓坏了,拔腿就跑,直跑到她平常递进晚饭的窗子底下。窗子是开着的,亨特正坐在里面的小桌子旁。她想告诉他刚才发生的事,不料才开了个头,陌生人就来了。

"'晚上好,'他一边说,一边朝窗户里张望,'我想和你谈谈。'女孩后来一口咬定,在他说话的时候,她注意到他握紧的拳头里露出了那叠小纸片的一角。

"'你来干吗?'小马倌问。

"'我想让你发笔小财。'那人说,'你们有两匹马参加"西萨克斯杯"锦标赛:一匹是银色白额马,一匹是"骑士"。如果你能告诉我可靠的内幕消息,我保证你不会吃亏。听说在五弗隆(长度单位,等于八分之一英里或两百零一点一七米)以内,"骑士"能超出银色白额马一百码,马场的人把赌注都押在它身上了,这是真的吗?'

"'这么说,你也是个刺探了?你这遭天谴的!'小马倌吼道,'我要让你看看,金斯波兰的人怎么对付这种家伙!'他霍地立起身,奔过马厩去放狗。女孩飞也似地跑回自己的屋子,途中她又回头望了几眼,见陌生人还趴在窗户上东张西望。不过过了一会儿,待亨特与猎犬奔出屋来,那人已经不见了。亨特将马厩前前后后搜了个遍,也没找到他的踪迹。"

"且慢,"我说,"小马倌和猎犬奔出屋时,门锁上了吗?"

"问得好,华生,问得太好了!"我同伴喃喃道,"我也觉得这个问题相当重要,所以昨天特意拍了份电报到达特穆尔查问。小马倌出门之前锁了门。我再补充一句,窗子不大,钻不进人。

"等其他两个小马倌回来后,亨特便捎信给驯马师,告诉他所发生的一切。听说了这事后,尽管不明那人的真正意图,但斯杰克很激动,同时似乎还隐约有点不安。斯杰克夫人凌晨一点钟醒来,发现他正在穿衣服,便问他上哪儿去,他只说担心马,睡不着。还说,他想去马厩看看是否一切正常。斯杰克的妻子听见雨点噼里啪啦敲打在窗户上的声音,便要他待在家里别出去。可他根本不听劝,披上一件大雨衣就离开了家。

"斯杰克夫人早晨七点钟醒来,发觉丈夫仍没有回来,于是她匆忙穿上衣服,叫女仆陪她一起去马厩。马厩的门是敞开的;亨特蜷缩在里面的一张椅子上不省人事;名马的马厩内空空如也,驯马师也不见了。

"她们立刻叫醒睡在草料棚里的两个小马倌。两人夜间都睡得很死,浑然不知道发生了什么事。亨特显然受了某种强效药的作用,怎么叫都叫不醒。两个小马倌和两个女人只好由他继续睡,自己跑出去找失踪者。几个人抱着一线希望,以为驯马师可能带马出去晨训了。但站在屋子附近的土墩上极目远眺,周围的一切尽收眼底,却怎么也看不到名马的身影。不过,他们很快就发现了一个不祥的预兆。

"约翰·斯杰克的上衣挂在一株距离马厩约四分之一英里的荆豆丛中,迎风飘来飘去。再往前一点的荒野中有一块凹地,里面赫然躺着不幸的驯马师的尸体。他脑袋被某件重器狠击过;大腿也受了伤,上面有道长长的切口,分明是利器所致。不过斯杰克显然奋力抵抗过,因为他右手里攥着一把小

·回忆录·

刀,刀身至刀柄处都凝有血迹,而他左手则紧紧地抓着一条红黑相间的领带。女仆认出,头天晚上来马厩的陌生人戴的就是这条领带。事后苏醒的亨特也肯定领带是陌生人的。而且他认定在咖喱羊肉里下药麻醉马厩看守人的,也是那个站在窗边的陌生人。

不幸的驯马师。

"至于失踪的名马,它在凶案现场——坑洞旁边的泥地里留下了大量的脚印。这就足以证明,两人打斗的时候名马也在场。可那天早晨过后它就销声匿迹了。虽有巨额悬赏，而且达特穆尔的吉卜赛人时刻留意，可它始终杳无音讯。后来的分析报告表明，小马倌吃剩的晚餐中掺有相当剂量的粉末状麻醉剂，而当天晚上斯杰克家里的人和他吃了一模一样的菜，却没有产生任何不良反应。

"以上是本案的大致情况，其中没有掺杂任何失实的猜测，我基本上是叙述事实。现在我再说一下警方的态度。

"负责本案调查工作的格雷高利警官很能干。如果再多一点想象力的话，他完全有可能被提拔高升。他一来就找到并逮捕了那个嫌疑犯。找到那个人并不难——他就住在一幢我前面提到过的别墅里。据说，他名叫菲兹罗·辛普森，出身富有，受过良好的教育。他把大把的钱花在赌马上，目前的工作是在伦敦的一家运动俱乐部当赌注登记员。这份工作既体面又清闲。他的赌注登记上记录着，他下了五千英镑的注赌银色白额马输。

"被捕以后辛普森主动承认，他去达特穆尔只是为了套取金斯波兰名马和二号种子选手'德斯伯拉'的有关情报。德斯伯拉是希拉斯·布朗管理的麦尔普林顿马厩中的马。对那晚的事他供认不讳，并声称自己不曾怀有半分恶意，仅仅是想获得第一手资料。但看到领带，他的脸'唰'地一下就白了。他无法解释领带怎么会在死者手里。他的衣服湿漉漉的，表明他在风雨交加的头天晚上出去过，而他那根灌满铅的沉甸甸的山槟榔木手杖，恰恰又可以作为反复殴打驯马师致死的凶器。而从另一方面来看，辛普森身上没有一处伤口，可斯杰克小刀上的血迹却表明，他的反击至少会在对手身上留下一些伤痕。这就是大致的情况，华生。如果你能给我提供一点启示，我将感激不尽。"

我饶有兴趣地听福尔摩斯把故事简要地说了一遍。虽然已对主要情况了然于胸,可我仍然不能充分意识到它们各自的重要性,也看不出它们彼此之间有何关联。

"你看有没有这种可能,"我提醒他道,"斯杰克在激烈的搏斗中脑部受了伤,然后误伤了自己?"

"不仅仅是可能,十之八九就是这样。"福尔摩斯说,"如此一来,唯一有利于被告的证据也没有了。"

"还有,"我说,"我现在还不清楚警方的看法。"

"恐怕我们的看法与他们的背道而驰。"我同伴回答说,"据我所知,警方认为是菲兹罗·辛普森给小马饲下了迷药,然后又用一片不知从哪儿配来的钥匙打开马厩的门,把马牵了出来,显然要拐走它。马笼头也不见了,不用说,是辛普森将它套在马上了。他忘记了随手关门,牵着马就走到荒野中。这时他碰到驯马师,或者是驯马师追了上来。两人不可避免地争吵起来。辛普森挥起他那根沉甸甸的手杖猛击驯马师的脑袋,而被斯杰克用来自卫的小刀却没伤到他分毫。之后窃贼把马带到了一个隐蔽的地方,要不就是马趁他们打斗之际脱缰跑了,现在说不定正在荒野的哪个地方游荡呢。这是警方的看法,虽然有点牵强,但别的解释更说不通。不过,到现场以后,我会很快查出真相。在此之前,我看我们没法使案情更明朗化了。"

我们抵达太维斯托克小镇时,天还没黑。太维斯托克小镇像盾牌上的饰球一样,坐落在辽阔的达特穆尔的中心。我们还没到站,就有两位先生在那里翘首等待。一个个子颇高,肤色白皙,须发卷曲,有一双锐利的淡蓝色眼睛;另一位矮小机灵,衣冠楚楚,身穿礼服大衣,脚蹬高帮套靴,戴着单眼镜,一小撮络腮胡还精心地修理过,这是著名的运动家罗斯上校。前一个人则是在英国侦探界声名鹊起的格雷高利警官。

"能请到你出马,我真是万分荣幸,福尔摩斯先生,"上校说,"警官能做的都做了,我希望尽一切力量为可怜的斯杰克复仇,并找到我那匹马。"

"案情有没有新进展?"

"很遗憾,我们进展甚微。外面候着一辆敞篷马车,如果你愿意趁天黑前去看一下现场,我们不妨边坐车边聊。"

不一会儿,我们就坐上了一辆舒适的双排座开合式顶棚四轮马车。车轮吱吱嘎嘎地碾过德文郡这座古雅的小城。格雷高利警官一门心思地想着案子,竹筒倒豆子般甩出一大堆看法,福尔摩斯间或发一下问,插两句嘴。罗斯上校抄着手靠在那里,帽子遮住了眼睛,而我则兴致勃勃地听两位侦探交谈。格雷高利说了自己的观点,与福尔摩斯在火车上预言的不谋而合。

"我们已经在菲兹罗·辛普森周围布控,"格雷高利警官说道,"我相信他就是我们要抓的人。同时我很清楚,我们掌握的证据偶然性太强,不足以服人,一旦有新的发现,它们随时可能被推翻。"

"斯杰克的刀怎么解释?"

"我们确信,他倒地时划伤了自己。"

"刚才在来的路上,我朋友华生也这样提醒过我。如果真是这样,那对辛普森很不利。"

"这是自然。辛普森身上既没有小刀的划痕,又没有任何伤口。所有的证据都对他不利。他对那匹失踪的名马很感兴趣;他有给小马倌下毒的嫌疑,他在狂风暴雨中出过门,他有一根沉甸甸的手杖,更何况,死者手里握着的也是他的领带。依我看,证据确凿,我们完全可以将他送上法庭了。"

福尔摩斯摇摇头。"厉害的律师可以把这种观点批得体无

"能请到你出马,我真是万分荣幸。"

完肤。"他说,"他为什么把马偷出马厩?如果他想加害于它,为什么不干脆在马厩里下手?你们在他身上找到那片配来的钥匙了吗?卖给他麻醉剂的药品商是谁?还有,像他这样一个外地人能把那匹大名鼎鼎的马藏到哪儿去呢?对于那张他想让女仆转交给小马倌的纸,他又作何解释?"

"他说,那是一张十英镑的钞票。他钱包里也的确有这样一张钞票。但你提出的其他疑点不难解释。对他来说,这地方压根儿就不陌生。他去年夏天在太维斯托克小镇住过两次。麻醉剂很可能是从伦敦买来的。钥匙用过后扔了。马或许被藏在荒野的某个地洞或是废井里了。"

"关于那条领带,他怎么交代?"

"他承认领带是他的,可它弄丢了。不过,有一项新的证据表明,他曾经把马牵出了马厩。"

福尔摩斯支起了耳朵。

"我们发现了一些脚印,证明星期一晚上有一伙吉卜赛人在离凶案现场不到一英里的地方呆过,但星期二早上就走了。现在假定辛普森和那些吉卜赛人之间达成了某种协议,那有没有可能他在被迫上时把马交托给他们了呢?有没有可能马现在就在吉卜赛人的手里?"

"当然不排除这种可能。"

"我们正在荒野上搜寻这些吉卜赛人。我还将太维斯托克小镇方圆十英里以内的所有马厩和外屋都搜了个遍。"

"我听说,附近还有一个驯马场?"

"是的。我们当然不会忽略这一点。由于那里的德斯伯拉是马赛中的二号种子选手,所以以名马一旦真的失踪,会给那儿的人带来很多好处。据说驯马师希拉斯·布朗在这项赛事中投下了很大的赌注,而他和可怜的斯杰克又是对头。不过我们已经查过马厩了,看起来他和这件事没有关联。"

"那个辛普森和麦尔普林顿马厩的利益也扯不上任何关系吗?"

"不错,一点关系都没有。"

福尔摩斯靠回自己的座位,谈话就此告一段落。几分钟后,车夫把车停在路边一幢红砖长檐的小巧别墅前。驯马场再过去一点有间长长的瓷砖屋。极目远眺,四周的平缓起伏的荒原和凋谢的蕨类植物一直延伸到天际,只偶尔冒出一些太维斯托克小镇的建筑尖顶。西面那些密密麻麻的房屋就是麦尔普林顿马厩。大家都跳下马车,唯有福尔摩斯还靠在车内,目不转睛地望着天空出神。我捅捅他的胳臂,他顿时一惊,跳下车子。

"对不起,"福尔摩斯转身对瞠视着他的罗斯上校说,"我走了一会儿神。"他目光灼灼,举手投足间有股说不出来的兴奋。我凭直觉猜到,他有了新的线索,可我一时看不出线索得自哪里。

"或许你现在就想去犯罪现场看看,福尔摩斯先生?"格雷高利问道。

"我想先在这里呆一会儿,弄清楚一两个细节问题。我猜,斯杰克的尸体被抬回这里了吧?"

"是的,就放在楼上。明天验尸。"

"他在你手下干了好些年了吧,罗斯上校?"

"没错,我一直对他非常满意。"

"警官,我想你已经把死者兜里的东西列了清单了吧?"

"那些东西都放在客厅里。如果你想过目的话,我们这就去看看。"

"好的。"

于是我们鱼贯走进客厅,围着中央的一张桌子坐了下来。警官打开一个方形锡盒,将里头的一小堆东西摊开在我们面前:一盒蜡火柴,一根两英寸长的蜡烛,一根用欧石兰根制成的烟斗,一个装了一盎司(英制重量单位,常衡等于十六分之一磅)切得长长的板烟的海豹皮囊,一块带金链的银表,五个沙弗林(英国旧时面值一英镑的金币),一个铝制铅笔盒,几张纸和一把刻有"伦敦韦氏公司"字样的象牙柄小刀,刀刃精致而锋利。

"这把刀很特别。"福尔摩斯说着把它举起来,仔细地审视了一番,"上面有血迹,我想,这一定是在死者手里发现的那把刀了。这刀你应该不会陌生吧,华生?"

"我们叫它白内障手术刀。"我答道。

"我也这么想。精密的工作非得用精致的刀刃才行。奇怪,一个仓促出门的人怎么会带这么一把小刀呢?而且刀子居然还没划破口袋。"

"我们在死者身边发现了一个软木鞘，正好可以避免刀尖刺出来。"警官解释道，"斯杰克太太说，这把刀放在梳妆台上，斯杰克出门时顺手把它带上了。这玩意儿并不抵用，可在那种非常时候也许没有比它更好的武器了。"

"十之八九是这样。这些纸又是怎么回事？"

"其中三张是贩草商的收据。这张是罗斯上校写的指示信，那张是女帽商的三十七英镑十五先令的发票，开票人是邦德街的拉苏里夫人，收据给威廉·德巴莎尔。斯杰克夫人告诉我们，德巴莎尔是她丈夫的朋友，他的信有时会寄到这里来。"

"德巴莎尔夫人的消费水准倒是不低呢，"福尔摩斯瞥了一眼支票道，"二十二畿尼（一六六三年英国发行的一种金币，等于二十一先令，一八一三年停止流通，后仅指等于二十一先令即一点零五英镑的币值单位）一套衣服可不是普通人买得起的。这儿没什么有价值的东西了，咱们这就去罪案现场看看。"

我们走出客厅。这时一位等在过道里的女人上前一步，一把揪住了警官的衣袖。她的脸苍白、瘦削，一副急巴巴的模样，似乎刚经历了巨恸。

"你抓到他们了吗？你找到他们了没有？"她气喘吁吁地问道。

"还没有，斯杰克夫人。不过从伦敦来的福尔摩斯先生会帮我们的。我们一定尽力而为。"

"斯杰克夫人，想必我们不久前在普利茅斯的一场露天舞会上见过面吧？"福尔摩斯说。

"不，先生，你认错人了。"

"老天！呃，我发誓我真的见过你呢！你那天穿着一套镶有鸵鸟毛的鸽灰色丝织外套。"

"你抓到他们了吗?"

"我压根儿就没有这样的衣服,先生。"女人回答道。

"啊,是这样。"福尔摩斯说。道了声歉后,他便跟着警官走出了屋子。

没走多久,我们就来到发现尸体的坑洞旁。边上是曾经挂过斯杰克上衣的荆豆丛。

"听说那晚没有刮风。"

"风是没刮,可雨下得很大。"

"既然如此,上衣就不是被风刮过去,而是被人放上去的。"

"是的,它还真是被人放上去的。"

"你这一说我更好奇了。我发现地上有很多脚印。星期一晚上过后,一定有不少人到过这儿。"

"我们在尸体旁边放了张地席,然后才站上去。"

"干得好。"

"这个包里有斯杰克的一只靴子、菲兹罗·辛普森的一只鞋和银色白额马马掌上掉落下来的一块蹄铁。"

"你真行,亲爱的警官!"福尔摩斯接过包后,跳入洞中。他把地席往中央挪了挪,然后趴在上面,手支下巴仔细地观察起面前的泥印来。

"哈!"他突然嚷道,"这是什么?"原来是一根燃了半截的蜡火柴,上面裹满泥垢,乍看上去像根小小的木棍。

"怪事,我怎么就没发现呢?"警官懊恼地说。

"它埋在泥里了,很难被发现。要不是存心去找,我也发现不了它。"

"什么!你存心找它?"

"我想,这不是不可能的。"

他从包里拿出两只鞋,一一和地上的脚印做比较。之后他又爬到洞边,在荆豆花和灌木丛中俯身来回细看。

"我看再也找不出线索了。"警官说,"周围一百码以内的地方我都仔细检查过。"

"哦!"福尔摩斯说着站起身来,"既然你这么说,我也用不着再查了。可我还想趁天黑之前在附近逛一逛。这样到明天我的思绪或许会清楚一些。这块马蹄铁就放在我兜里吧,保不准它能给我带来好运呢。"

在我同伴有条不紊、按部就班地检查现场时,一旁的罗斯上校早就耐不住性子了。他看看表。

"我希望你能跟我一块儿回去,警官,"他说,"我有几个问题要向你请教,尤其是,我们有没有必要将银色白额马从此次比赛中除名?"

"当然没必要,"福尔摩斯斩钉截铁地说,"不要删掉银色白额马的名字。"

上校点点头。"很高兴能得到你的指点,先生。"他说,"我们在可怜的斯杰克家里。等你散完步后,咱们再一起乘车去太维斯托克镇。"

他和警官一道转身走了,而我和福尔摩斯则在荒野上慢条斯理地走着。太阳逐渐隐没在麦尔普林顿马厩下面。我们眼前的辽阔平原镀上了一层落日的余晖,颜色由浅渐深,最后变成了又深又浓的红褐色。荆豆花和刺藤也披上了晚霞。可我同伴却对这精彩的一幕视而不见,他在全神贯注地想问题。

"这样吧,华生,"他总算开口了,"咱们姑且别追究是谁谋杀了斯杰克,先找到那匹马的下落再说。假如它在惨案发生之时或者之后跑了,它能上哪儿呢?马是一种非常合群的动物。凭本能,它就算不回金斯波兰,也会去麦尔普林顿,怎么可能在荒野上狂奔乱闯?即便是那样的话,它现在也该露面了啊!再说,吉卜赛人干吗拐走它?这些人最怕被警察缠上,一旦有风吹草动总是唯恐避之不及。再说,他们又不能将那匹马卖掉。这要冒极大的风险,更何况他们捞不到任何好处。这一点是非常明显的。"

"那它会去哪儿呢?"

"我说过,它不是回金斯波兰就是去麦尔普林顿了,两者必居其一。既然它不在金斯波兰,那它就肯定在麦尔普林顿。咱们先假设这个前提成立,看看能由此推出什么。正如警官所说,这一带荒野的地质既坚硬,又干燥,而越往麦尔普林顿走地势就越低。瞧,那边有一带长长的洼地,星期一晚上里面肯定很潮湿。如果我们的假设是正确的,那么名马必定路过了这里,我们应该能在那儿找到它的脚印。"

我们边说边走,不一会儿就来到福尔摩斯所指的洼地上。我按照福尔摩斯的要求走洼地的右边,而他则走左边。但还没走出五十步,我就听他叫了起来。他招手示意我过去。原来,他面前的软泥里赫然现出了一些马蹄印,而他衣兜里的蹄铁和这些马蹄印竟然完全吻合。

"看到想象力的重要性了吧?"福尔摩斯道,"格雷高利缺乏的就是这种能力。我们设想可能发生的事,再根据设想行动,结果证明它是对的。现在我们可以再接再厉了。"

穿过这片低湿地带后,我们又走了四分之一英里又干又硬的草地。前面是一段下坡路,我们再一次发现马蹄印。马蹄印延续了半英里左右就消失了,但快到麦尔普林顿时它们又出现了。福尔摩斯比我眼尖,一眼就看出马蹄印旁有人的脚印。他站在那里用手一指,得意之情溢于言表。

"那匹马先前形单影只呀!"我叫道。

"说得太对了,先前它的确形单影只。哈,那是什么?"

脚印突然拐向了金斯波兰方向。福尔摩斯吹了声口哨,我俩循迹追踪。福尔摩斯将全部注意力集中在脚印上面,而我不经意地往另一个方向看了几眼,却讶异地发现,同样的脚印又趸了回来。

"干得好,华生。"我指着脚印叫福尔摩斯看时他说道,"你使我们少走了一大截弯路,不然我们就要原路返回了。现在我们跟着这些掉头的脚印走吧。"

走不了多远,脚印就在通往麦尔普林顿马厩的沥青小路前断然终止了。我们刚走近马厩,一个马夫便从里面冲了出来。

"不准在附近瞎窜!"他叫道。

"我只想问一下,"福尔摩斯将一只手的拇指和食指插进马甲口袋里,说,"如果我明天早上五点钟来拜访你们的主管希拉斯,布朗,会不会显得太冒昧了一点?"

"上帝保佑你,先生!如果那时有人来,他或许会接见的。要知道,他总是第一个起床哩!啊,他来了,你自己去问他吧,先生。不,先生,不行。要是他看见我拿你的钱,他会叫我滚蛋的!如果不介意的话,你待会儿再给我钱吧。"

福尔摩斯刚把那个两先令六便士的硬币按回兜里,一个凶神恶煞的老人就大步流星地从门口走了出来,边走边将手里的猎鞭甩得噼啪作响。

"怎么回事,多桑?"他大声吼道,"嚼什么舌头!回去干活去!还有你们两个,到这儿干吗?"

"我想和你聊十分钟,尊敬的先生。"福尔摩斯彬彬有礼地说。

"我哪有闲工夫一个个地应付你们这些游手好闲之徒?我们这里不欢迎生人。走开!不然我就放狗咬你们!"

"不准在附近瞎窜!"

福尔摩斯倾身向前,附着他的耳朵低语了几句。驯马师听后满面通红地惊跳起来。

"瞎说!"他嚷道,"你信口雌黄!"

"好啊。你是愿意在这里吵得人人都知道呢,还是到你的客厅里谈一谈?"

"噢,要是你愿意的话,咱们屋里说话。"

福尔摩斯微微一笑。"你在外面等几分钟好吗,华生?我去去就来。"他说,"好了,布朗先生,悉听尊便。"

二十分钟后,福尔摩斯和驯马师走出屋来。这时天边的红霞已渐渐暗淡下来。我万万没有想到,短短二十分钟过后,驯马师就俨然换了个人似的。他面如死灰,额头上汗水涔涔,双手直发抖,手里的猎鞭也像风中的枝条一样晃个不停,原先那种盛气凌人、不可一世的神情早已一扫而光。他躲躲闪闪地走在我同伴的身旁,像一条寸步不离主人左右的狗。

"我会照你的吩咐去做的。一定完全照办。"他说。

"绝对不能出现任何闪失。"福尔摩斯边说边回头看了他一眼。看到他眼里的警示时,驯马师不禁打了个哆嗦。

"哦不会的,我保证不会出娄子。它一定能参赛。我要不要变动一下?"

福尔摩斯沉吟了一会儿,突然哈哈大笑起来,"不,不必了。"他说,"我写信通知你。千万别耍花招,否则——"

"噢,你就相信我好了,你就相信我好了!"

"好吧,我相信你。明天等我的消息吧。"他转身就走,根本不理会驯马师向他伸出的那只颤巍巍的手。我们朝金斯波兰方向走去。

"像希拉斯·布朗先生这种一会儿神气活现,一会儿胆小如鼠,一会儿又猥猥琐琐的人倒真是罕见。"我俩拖着疲惫的脚步往回走时,福尔摩斯评论道。

"这么说,马是他偷的?"

"一开始他企图先声夺人,把这事给糊弄过去。可在我准确地复述出他那天早上的所作所为后,他就信以为真了,以为我盯上了他的梢。想必你也注意到了那些奇怪的方头脚印,它们与布朗的靴子的形状一模一样。还有,下人是没胆子做这种事的。我对他说，由于他总是起得最早，所以当他发现有一匹马在荒野上流浪后，他便按捺不住想出去看个究竟了。他从马的白色额头认出，它就是那匹赫赫有名的银色白额马。他心想，真是天赐良机啊，自己押注的马的唯一挑战者竟然落到了自己手里。然后他又绘声绘色地描述了他是如何一时冲动把银色白额马带回了金斯波兰，又是如何鬼使神差地想要把马藏起来，等比赛结束之后再放它回去，再是如何把马带回去藏在了麦尔普林顿。听到我有鼻子有眼的描述后，他顿时像个泄了气的皮球，只想着怎样才能保住自己了。"

"可是他的马厩都被搜过了啊！"

"嗨，像他这样老奸巨猾的马贩子伎俩多的是。"

"你把马留在他的手里，万一他起坏心眼了呢？"

"亲爱的朋友，他从现在起会把它当成宝贝一样保护起来的。因为他很清楚，自己洗脱罪名的唯一办法就是保障马的安全。"

"我看罗斯上校怎么都不像那种慈悲为怀的人。"

"这事不是由罗斯上校说了算，我自有主张。情况说多说少完全在乎我自己，这就是做私家侦探的好处。不知道你发现了没有，华生？我总觉得上校有点目中无人。我想捉弄捉弄他。有关马的事，你千万别告诉他。"

"既然你这么叮嘱过了，我一定守口如瓶。"

"当然，与找出杀死约翰·斯杰克的凶手相比，这个问题就显得微不足道了。"

"那你准备全力以赴查出凶手了？"

"恰恰相反，我们两个今晚就坐火车回伦敦。"

听到这话我不禁大吃一惊，完全摸不着头脑了。我们到德文郡不过才几个小时，他就要放弃刚开了个好头的调查工作，这不能不让我感到费解。然而，不管我怎么追问他都不露半点口风。我们一起回到驯马师的家中。上校和警官正在客厅里等我们。

"我和我的朋友准备坐夜班车回城。"福尔摩斯说，"我们已经呼吸过你们达特穆尔的空气了，觉得神清气爽。"

警官瞪大了眼睛，上校嘴角掀起一个讥讽的微笑。

"你的意思是说，你对查出谁是杀害可怜的斯杰克的凶手彻底不抱希望了？"他说。

福尔摩斯耸耸肩。"这事难度太大。"他说，"不过我可以肯定地告诉你，你的马星期二绝对能参赛，请你预先准备好赛马骑师。另外，我可不可以拿一张约翰·斯杰克的照片？"

警官从一个信封里抽出一张相片递给他。

"亲爱的格雷高利，你把我所需要的东西都事先准备好了。可否请你在这里稍等片刻？我想问女仆一个问题。"

"说实在的，我对我们这名伦敦来的顾问很失望，"我朋友一走出房间，罗斯上校就直言不讳地说，"我看不出他来以后案情有新的突破。"

"至少他向你保证过，你的马能参赛。"

"是啊，他是向我这么保证过。"上校一边说，一边耸耸肩膀，"我倒是衷心希望他把那匹马找回来。"

我正打算替我朋友辩护几句，福尔摩斯就走进来了。

"好了，先生们，"他说，"我这就要回太维斯托克去了。"

上马车时，一个小马倌替我们拉开了车门。福尔摩斯似乎突然想起了什么。他俯身向前，扯了扯小马倌的衣袖。

"你们的驯马场里有一些羊，"他说，"谁照管它们？"

"是我，先生。"

"你发现它们最近有什么不对劲的地方吗？"

"呃,先生,没什么不对劲的地方。只是有三只羊跛了脚。"

看到福尔摩斯边笑边不住地搓手我就知道,他心里一定非常高兴。

"猜中了,华生,猜得太准了!"他拧了一下我的胳臂,说道,"格雷高利,我提醒你,你得注意羊群中的这种奇怪的流行的病。走吧,开车喽!"

罗斯上校脸上依然挂着对我同伴的能力不屑一顾的神情,可我从警官的表情看得出来,福尔摩斯的话引起了他的高度警惕。

"你觉得这很重要吗?"格雷高利问道。

"非常重要。"

"你还有什么要提醒我注意的?"

"猎犬那晚的表现挺奇怪。"

"猎犬那晚没什么动静啊。"

"怪就怪在这里。"歇洛克·福尔摩斯说。

四天后,我和福尔摩斯又登上了开往温切斯特的火车。我们要去观看"西萨克斯杯"马赛。罗斯上校依约在车站外头接我们。我们一起乘坐他的高大马车去城外的竞技场。上校板着脸,言谈举止冷淡得出奇。

"我连马的影子都没看到。"他说。

"我想,看到它时你总该能认出它吧?"福尔摩斯问道。

上校勃然大怒,"我在马场待了二十年了,还从来没被人这么问过!"他嚷道,"银色白额马额头是白的,右前腿上有斑点!这么明显的特征,哪怕小孩都能认出它来!"

"赌注的情况怎么样?"

"啊,说来也怪。昨天还是十五比一,但差额越来越小,现在竟连三比一都不到。"

"啊！"福尔摩斯道，"显然有人知道了内幕。"

当马车驶近大看台附近的围场时，我浏览了一下参赛者的名单。

"西萨克斯金杯赛"（上面写道），参赛马限四到五岁，并且赛前须交付五十沙弗林报名费。第一名荣获金杯外加一千沙弗林；第二名，奖金三百镑；第三名，奖金两百镑。此次比赛采用新的赛程——一英里五弗隆。参赛马匹有：

希斯·牛顿先生的赛马尼格罗，骑师着红帽、浅红褐上衣；

华特罗上校的赛马普吉利斯特，骑师着粉红帽、蓝黑上衣；

白克沃特勋爵的赛马德斯伯拉，骑师着黄帽、黄衣袖；
罗斯上校的赛马银色白额马，骑师着黑帽、红上衣；
巴尔莫拉公爵的赛马爱莉斯，骑师着黄黑条纹上衣；
辛家弗勋爵的赛马拉斯普，骑师着紫帽、黑色衣袖。

"我们听信了你的话，没有让另一匹马参赛。"上校说，"好啊，结果呢？头号种子银色白额马呢？"

"五比四，银色白额马！"赌注登记人大声喊道，"五比四，银色白额马！五比十五，德斯伯拉！五比四，其余的马！"

"快看，"我叫道，"六匹马都到齐了！"

"六匹马都到齐了？那我的马肯定也在里面！"上校焦急地喊道，"可我没看到它呀，没有我那种颜色的马过去啊。"

"还只过去五匹。那匹一定就是它了！"

我正说着，一匹枣红色的健马就从马厩里傲然冲了出来，从容地打我们跟前跑过。它背上坐着上校那位赫赫有名的黑帽红衣骑师。

"那不是我的马!"马的主人嚷道,"这家伙浑身上下一根白毛也没有。你葫芦里究竟卖的什么药,福尔摩斯先生?"

"好啦,好啦,咱们还是先瞧瞧它的表现吧。"我朋友不慌不忙地说。他拿起我的双筒望远镜凝神望了几分钟。"好极了!一开始就跑得很好!"他突然叫了起来,"它们过来了!转弯了!"

我们坐在马车里观望,马群已经跑到了直道上,那场面真是蔚为壮观。六匹马的速度起初不分上下,甚至用一块毯子就可以把它们全部蒙住。跑到一半的路程时,麦尔普林顿马厩的黄帽骑师冲到了领衔的位置。不过快近终点时,德斯伯拉已经筋疲力尽了,而上校的马后来居上,以迅雷不及掩耳之势冲过终点柱,足足领先对手六匹马身的长度。巴尔莫拉公爵的爱莉斯则不幸跌到了第三位。

"不管怎么说,那一定是我的马!"上校手搭凉棚气喘吁吁地说,"不瞒你说,我真是丈二和尚摸不着脑了。你不觉得将秘密保守得太久了吗,福尔摩斯先生?"

"当然了,上校,你马上就会知道答案的。不过我们还是先过去看看那匹马吧。它在那儿!"我们走进围场时他说,"外人是不能进场的,但马的主人和他们的朋友例外。只要用烈酒洗洗马的脸和腿,你就能看到原来的银色白额马了。"

"你太让我震惊了!"

"我在一个马贩子手里找到了它,然后擅作主张让它来参赛。"

"亲爱的先生,你太了不起了!这马看上去好好的!它这一生中还没有哪一次像这样跑得意气风发呢!我真的万分抱歉，因为我曾经怀疑过你的能力。你替我找回这匹马就已经帮了我一个大忙了，但可否请你好事做到底，找出杀害约翰·斯杰克的凶手？"

"我已经找到凶手了。"福尔摩斯不动声色地说。

我和上校目瞪口呆地望着他。

"你找到他了！那么，他在哪儿？"

"它就在这儿。"

"在这儿！哪儿？"

"远在天边，近在眼前。"

上校顿时气得满脸通红。"虽然我是该感激你，福尔摩斯先生，"他说，"可我觉得，你刚才说的话不是恶作剧，就是血口喷人！"

歇洛克·福尔摩斯纵声大笑。"我向你保证，上校，我绝对没有把你和罪犯联系在一起。"他说，"真正的凶手就站在你的后面。"

他走过去，把手放在那匹特种良驹油光可鉴的脖子上。

"银色白额马！"上校和我不约而同地惊呼出声。

"没错，就是银色白额马。不过等我把话说完后，它的罪行或许能减轻一些。银色白额马出于自卫杀了人，那个约翰·斯杰克根本不值得你信任。哎呀，铃响了，我还想在下一场的比赛中小赢一笔呢。我另外找个合适的机会跟你们解释吧。"

那天晚上，我们乘普尔曼式客车返回伦敦。我和罗斯上校一起，听我的同伴将星期一晚上发生在达特穆尔马厩的那一幕，以及他如何展开追踪调查的过程详细叙述了一遍。我相信罗斯上校一定和我有同感，认为旅程实在是太短了。

"我承认，我根据报上消息做的推测错得有点离谱。"他说，"其实，当时还是有一些隐蔽的线索的，只不过它们被其

·回忆录·

走过去,把手放在那匹特种良驹油光可鉴的脖子上。

他的细节掩盖了。去德文郡之前,我一直以为菲兹罗·辛普森就是真正的凶手,虽然我很清楚,指控他的证据一点儿也不充分。而当我们到达驯马师的家门口时,坐在车里的我忽然灵光一现,想到了咖喱羊肉的重要性。你们可能还记得,当时我有点心不在焉,你们都下车之后,我还坐在车里发呆。令我惊讶的是,自己怎么会忽视那么明显的一条线索?"

"不瞒你说，"上校说，"到现在我还是不明所以。"

"这是我推理链中的第一个环节。粉末状的麻醉剂是有异味的，尽管那种味道不令人讨厌，但总可以觉察得出来。若把它掺和在普通的食物里，吃的人一定能发觉并停止进食。可咖喱恰好能掩盖这种味道。但那天晚上，陌生人菲兹罗·辛普森是绝不可能在驯马师的晚饭里放咖喱的。难道竟有这样的巧合——那晚他碰巧带着麻醉剂粉，而且当晚碰巧有能掩盖麻醉剂味道的菜肴？这种说法的确令人难以置信，因此可以排除辛普森作案的嫌疑。之后，我将注意力集中在斯杰克和他妻子身上，因为只有这两人有权把咖喱羊肉指定为晚餐。既然其他人吃了羊肉都没事，那么，麻醉剂肯定被放进了单独为小马倌准备的晚餐中。这两个人当中，究竟是谁在女仆毫无察觉的情况下接近了那道菜呢？

"在解决这个问题之前，我又发现了一件蹊跷的事情：猎狗晚上没有叫。许多事情是相互关联、由此及彼的。我从辛普森一案得知，马厩里有一条猎犬。可那天晚上有人进来并牵走了一匹马，它却没有狂吠乱叫，吵醒睡在草料棚里的两个小马倌。可见，深夜来客必定是个它非常熟悉的人。

"于是我确信——或者说差不多确信——约翰·斯杰克半夜到马厩把银色白额马牵走了。他用意何在？显然不可告人。否则他为何麻醉自己的小马倌？我想了很久，仍然不明其中原因。此前曾有这样的案子发生，驯马师被经纪人收买，投下大笔赌注赌自己的马输，然后用卑劣的手段使马败北。有时赛马骑师故意放慢马速以达到目的，有时他们会采用一些更隐蔽、更狡诈的方法。那这桩案子又是哪种情况呢？我希望斯杰克口袋里的东西能帮我解开这个谜。

"我的希望没有落空。想必你们不会忘记死者手里握着的那把奇特的小刀吧？头脑清醒的人是绝不会用这种刀子作武器的。正如华生医生所说，这是一把用来做最精密的外科手术的刀子。那天晚上，斯杰克原本也打算拿它来做一项精密的手术。罗斯上校，你有丰富的赛场经验，那你一定知道，在马后腿的肌腱上轻轻割一刀，弄伤它的皮下组织且不留任何痕迹，这是小菜一碟。这样处理过的马会略微有点跛，但在旁人眼里，那只是在训练中拉伤了肌肉或患风湿病的症状。他们肯定想不到，里面有个罪恶的阴谋。"

"混蛋！无耻之徒！"上校愤愤地说。

"这一来我们就可以猜出约翰·斯杰克之所以把马带到荒野上去的原因了，因为刀的刺痛一定会使马大声嘶叫，惊醒熟睡的人，所以这项操作非在野外进行不可。"

"我真蠢！"上校叫道，"难怪他会带蜡烛和火柴！"

"是啊。检查过他的遗物后，我幸运地获悉了他的犯罪方法和犯罪动机。上校，你深通人情世故，一定知道一个人的兜里按理说是不会揣有别人的账单的，一般都是自己的账务自己解决。所以我立即断定，斯杰克过着双重生活，背地里养了一个情妇。那份账单表明，案子卷进了一个女人，一个花销很大的女人。尽管你对手下的人并不吝啬，但常人难以想象，他们有钱为自己的女人买一件价值二十二畿尼的衣服。我出其不意地向斯杰克夫人问到那件衣服，她的回答令我很满意：衣服不是她的。记下女帽商的地址后，我心想，只要带着斯杰克的照片前去，就一定能找到那个神秘的德巴莎尔。

"至此一切都明朗化了。斯杰克把马带到一块洼地上，因为那里看不见蜡烛的光亮。辛普森逃走时掉落了领带，而斯杰克把它拾了起来——或许他想用它来绑马腿。到了洼地，他走到马后面，划燃一根火柴。突然的光亮使银色白额马受了惊，凭着动物的特异本能，它预感到有人要加害自己，于是它猛尥蹶子，铁蹄正好踢中了斯杰克的前额。尽管当时暴雨如注，可为了做那项精密的手术，斯杰克早已脱掉上衣。他摔倒在地的时候，大腿不巧又被小刀割伤了。我说清楚了吗？"

"精彩！"上校叫道，"太精彩了！你好像身临其境了似的！"

"我承认，最后一个疑点让我苦思良久。我知道，斯杰克工于心计，所以他必定会在做肌腱切割这种精密的手术前进行模拟练习。那么，他练习的对象又是什么？我把目光落在了那些羊的身上，并向小马倌打听。令我大吃一惊的是，小马倌的回答证明了我的推测是完全正确的。

"返回伦敦后，我去了一趟女帽商家。他认出斯杰克就是那个化名为德巴莎尔的阔绰主顾。德巴莎尔的妻子生活奢靡，喜欢穿昂贵的衣服。我毫不怀疑，就是这个女人使他背负了一身债务，并害他落了这么个可悲的下场。"

"我还有最后一个问题没弄清楚，"上校嚷道，"马跑到哪里去了？"

"啊，它跑掉了，你的一个邻居照顾了它一阵。我认为我们没必要再纠缠于这个问题了。如果我没弄错的话，这一站是克来普汉站，十分钟之后我们就能到达维多利亚站了。如果你不反对到我们那里去抽根烟的话，上校，我会很乐意把其余的细节说给你听。我想，你会对它们感兴趣的。"

黄 面 人

我的朋友福尔摩斯曾在不计其数的案例中表现出了非凡的才华，使我们这些听众听得如痴如醉，仿佛身临其境似的。在把这些案例写成短篇发表之际，我当然更愿意详细地写他的成功而非失败。这么做倒不是出于为他的声誉着想——因为说实在的，就算是濒临绝境，他的能力和多才多艺也不由你不感到叹服——而是他查不出来的案件别人也都以失败而告终了，结果只有永远束之高阁。不过大多数的情况是，就算一时失手，他最终仍会查出真相。我记载了五六件类似的案子，当中最耐人寻味的，一件是麦斯格雷夫历险记，一件就是我接下来准备讲述的故事。

歇洛克·福尔摩斯不是那种为了运动而运动的人。一般说来，很少有人能做超强体能的运动，而福尔摩斯无疑是我所见过的他这个重量级别的最出色的拳击手。可他认为，盲目地锻炼身体纯粹是浪费精力，所以他一般不运动，除非有用得着的地方。福尔摩斯从来不知道什么叫疲倦，总是精力异常充沛。这的确让人费解。此外，他总是吃得很少，生活简朴，几乎称得上节衣缩食了。除了偶尔用点可卡因外，他没有别的恶习。一旦手头案子不多而报纸又索然无味的时候，他就会抽一两斗烟，权当在打发无聊的时光。

初春的一天，他难得清闲，竟然有心情和我一起去公园里散步。那时榆树上已星星点点地冒出了绿芽，而栗树的梢头也长出了五瓣形的新叶。我们不知不觉走了两个小时。因为彼此非常熟悉，两个人大部分的时间都默默无语。我们回到贝克街时，已经快五点了。

"对不起，先生，"小听差一边开门一边说道，"有位绅士来找过你，先生。"

福尔摩斯向我抛来一个责备的眼光。"下午散步都散得忘了时间了！"他说，"那么，那位绅士已经走了吗？"

"走了，先生。"

"你没请他进来吗？"

"请了，先生。他进来了。"

"他等了多久？"

"半个小时，先生。他非常焦急，一直在房间里走来走去，时不时地跺一下脚。我在外面等你，先生，但我能听到他的动静。后来他走到走廊上，大声说：'他是不是不打算回来了？'这是他的原话，先生。'你只有再等一会儿了。'我说。'那我到外面去等好了，我都快憋死了。'他说，'我去去就来。'说完他转身就走，我说什么都留不住他。"

"好了好了，你已经尽力了。"我们进屋时福尔摩斯说，"不过我确实有点恼火，华生。我现在急需弄一件案子来办。这人这么着急，说明他的事情非同小可。咦！桌子上的烟斗不是你的，那肯定是那人留下来的。好一根上等的欧石兰根烟斗！斗柄很长，是用烟草商们称之为琥珀的东西做的。不知道伦敦有几根真正的琥珀烟嘴？有人说，里头有只苍蝇的琥珀才是货真价实的。嗯，他一定心烦意乱，要不然也不会把他非常钟爱的烟斗遗落在这里。"

"你怎么知道他非常钟爱它？"我问。

"呃，依我看，这烟斗的原价不过才七先令六便士。可是，你瞧，它已经被修补过两次了，一次在木柄，另一次在琥珀烟嘴。你应该看得出来,两次都用了银箍,花的钱肯定比原价贵。那人宁可修补它也不愿意拿同样的钱去买一根新的,说明他一定很钟爱这根烟斗。"

福尔摩斯把玩着手里的烟斗。

"还有呢?"看到福尔摩斯把玩着手里的烟斗,脸上浮现出若有所思的神情,我赶紧问道。

福尔摩斯拿起烟斗,用自己细长的食指轻扣它几下,样子活像个准备讲解骨骼课的教授。

"烟斗有时候是不容忽视的。"他说,"除了手表和鞋带之外,恐怕再没有能比烟斗更显示出一个人的个性的东西了。不过,这根烟斗暗含的特点既不明显,又不重要。它的主人身体强壮,惯于使用左手,有一口好牙齿,为人大大咧咧,是个有钱的主儿。"

我的朋友不假思索地抛出了一大堆见地。我发觉他用眼角斜睨了我一眼，看我能不能跟上他的思路。

"在你看来，能买七先令一根烟斗的人就称得上富有了？"我问道。

"他吸的是八便士一盎司的格罗夫纳烟丝。"福尔摩斯说着磕了一些烟丝在手上，"他只需花这个一半的价钱就能抽到上等的烟丝，可想而知，他相当阔绰。"

"其他几点呢？"

"他有在油灯和煤气喷嘴上点烟斗的习惯。你瞧，烟斗的一边都被烧得发黑了，显然这不是点火柴的结果，因为火柴不可能烧黑烟斗的一边。但你在油灯上点烟，就不可能不将烟斗烧黑。还有，烧黑的部分全在烟斗的右侧，我由此猜到，那人是个左撇子。不信你把自己的烟斗凑到灯上，由于你习惯于用右手，所以你很自然地会把烟斗的左侧靠向火苗。偶尔你也会用左手，但这种情况并不多，所以说，这人惯于使用左手。琥珀烟嘴已经被咬穿了，说明这个人不光身强力壮、精力充沛，还有一副好牙齿。哦，要是我没听错的话，他上楼来了。接下来我们可以研究比这烟斗更有意思的问题了。"

不一会儿门开了，一个高个子年轻人走进来。他看上去仪表堂堂，却穿着一套毫不打眼的深灰色衣服，手里还拿着一顶褐色的低顶宽边软毡帽。我猜他不过三十左右，尽管他的实际年龄可能要大一些。

"打扰了，"他有点不好意思地说，"我想，我应该先敲门再进来。是的，我当然应该先敲门再进来。可我心里有点乱，所以请你务必原谅我的失礼。"他一手按住额头，像是要晕过去了似的，跌坐进一张椅子里。

"我看你已经一两个晚上没合眼了，"福尔摩斯亲切、平易近人地说，"不论是工作还是玩乐，都不至于让你如此伤神的。请问,我能帮上什么忙?"

"我想听听你的高见,先生。我不知道该怎么办才好。我心力交瘁,简直都快崩溃了。"

"你想请我当你的咨询侦探吗?"

"不仅仅如此。你见多识广,经验丰富,我想请你为我指点迷津,告诉我,接下来该怎么办。我真的很希望……你能告诉我。"

他说话时断时续,不时颤抖两下。我看,对他来说说话都是一件苦不堪言的事,而且他似乎一直在竭力克制着感情。

"这是件相当微妙的事情,"他说,"一个人通常不愿意向陌生人讲自己的家事,而和两个素不相识的人议论妻子的行为就更令人难堪了。可怕的是,我不得不这么做。我已经走

来客从椅子里跳了起来。

投无路,万般无奈下只有来请求你的指点。"

"我亲爱的格朗特·曼罗先生——"福尔摩斯开腔道。

来客从椅子里跳了起来。"怎么!"他叫道,"你知道我的名字?!"

"如果你想隐瞒自己的身份,"福尔摩斯微笑着说道,"我建议你下次别把名字绣在帽子的衬里上,要不,把帽子的正面对着别人也可以。我想告诉你的是,我和我的朋友曾在这间房子里听到过各种不为人知的秘密,而且我们有幸能为许多碰上麻烦的人带来安宁。我相信,我们不会让你失望的。事不宜迟,可否请你尽快告诉我事情的起因呢?"

来客又将手按在额头上,似乎头痛欲裂了。我可以由他的一举一动看出,他是个沉默寡言而又颇为持重的人,还有那么一点骄傲。他情愿将他的伤口掩盖起来,也不愿示之于人。后来,他将捏得紧紧的拳头猛地一挥,仿佛已把矜持一扫而光了似的,话匣子随之打开了。

"事情是这样的,福尔摩斯先生,"他说,"我结婚至今已有三年了。在这三年当中,我和我的妻子像其他任何一对夫妻一样,相亲相爱,生活得非常幸福。我们从未拌过嘴、斗过气,从来没有。可上个星期一过后,我们俩之间突然产生了隔阂。我发现,她的生活和思想中有一些我不知道的秘密,使她对我来说像个在街头擦肩而过的陌生人。我们彼此疏远了,我不知道怎么会这样。

"在往下讲之前,我想告诉你一点,福尔摩斯先生,艾菲很爱我。这一点毋庸置疑。她一心一意地爱着我,现在甚至更爱我了。这我知道。我能感觉得出来。这用不着怀疑。男人是很容易觉察到女人的爱意的。可我们之间有了秘密。这个秘密一天不除,我们就一天不能恢复以前的关系。"

"请说事实吧,曼罗先生。"福尔摩斯有点不耐烦地打断了他的话。

"我想把我所知道的艾菲的情况告诉你。我初次邂逅她时,她正孀居在家,尽管她当时还年轻得很,不过二十五岁。那时她叫赫布隆夫人。她自幼去了美国,住在亚特兰大城,并嫁给了当地的律师赫布隆先生。赫布隆将自己的事务所经营得有声有色。他们生了一个孩子,可当地流行黄热病,她的丈夫和小孩不幸染病双双死去。我见过他的死亡证明书。从此她就厌倦了美国。回国后,她与她未出嫁的姑妈一起住在米德尔塞克斯郡的比拿。我得提一句,她丈夫死后给她留下了一大笔遗产,本钱大约有四千五百镑。由于她丈夫经营得法,她每年都可以获得七厘的利息。我遇见她时,她才到比拿六个月。我们俩坠入了爱河,几个星期后就结婚了。

"我本人是个啤酒商,年收入不菲,约有七八百英镑。我们的生活过得挺宽裕,还在诺伯利租了一幢很不错的别墅,年租金八十镑。这个小地方离城市很近,显得颇有乡土气息。不远的地方有一间旅馆和两所房子,而门前田地的那边则有一套单独的孤零零的小别墅,除此之外要到车站的半路上才能见到屋子。我做的生意只需我在一定的季节进城,而夏天是淡季,这时我会和妻子待在乡下的小屋里尽情玩乐。告诉你,在这件该死的事情发生之前,我们的心里是毫无芥蒂的。

"说到这里,我还有一件事要告诉你。结婚的时候,我妻子把她所有的财产都过渡到了我的名下。我不愿意这么做,因为我担心有朝一日自己的生意垮掉,我们就会陷入窘境。不过她执意如此,我拗不过她,只好答应了。嗯,大约在六个星期前,她来找我了。

"'杰克,'她说,'你在接受我的财产时说过,我要钱的时候随时都可以拿。'

"'当然,'我说,'那原本就是你自己的钱嘛.'

"'好吧,'她说,'我要一百英镑.'

"听到这话我有点吃惊,因为我原以为,她不过是想要买新衣服之类的东西。

"'你准备用它来干吗?'我问。

"'噢,'她以一贯的戏谑口吻说道,'你说过,你就是我的银行家呀。要知道,银行家是从来不问为什么的。'

"'如果你当真需要一百镑,你可以拿去。'我说。

"'噢是的,我当然是认真的。'

"'你不告诉我,你打算拿它来干吗呢?'

"'说不定哪天我会告诉你的,但现在不行,杰克。'

"我只得就此作罢,这是我们两夫妻之间第一次有了秘密。我给了她一张支票,事后也没多心。这件事和接下来的事也许毫无关系,但我还是觉得有必要提一下。

"哦,我刚才跟你说过,我们房子不远处有一幢别墅。这两幢房子虽然只有一田之隔,但必须先走一段公路,再拐过一条乡间小路才能到别墅。别墅前面有一小片枝繁叶茂的欧洲赤松林,我平常很喜欢在那里漫步,因为树木总令人感到神清气爽。可惜八个月以来,别墅一直空着。那是一幢两层楼的漂亮建筑,有着一道古色古香的门廊,四周还开满了杜鹃花。我在那儿常常流连忘返,心想,住在里面该是一件多么美妙的事啊!

"嗯,上个星期一的傍晚,我正沿着那条路散步,突然遇到一辆空货车开上了乡间小路,而门廊旁边的草地上堆满了毯子和别的东西。显然别墅最终还是租出去了。我走过去,心里猜度着,不知道和我们比邻而居的是什么人。我环顾左右,猛然发觉上面的一扇窗户中有张面孔在打量我。

"我不知道该怎样形容那张面孔,福尔摩斯先生,乍看之下,我浑身起了鸡皮疙瘩。我离得有点远,所以没太看清楚它的模样,可它显得有点狰狞,不像一张人脸。这是我的第一印象。之后我迅速往前走了几步,想把窥视我的那人看得更仔细些。可就在我移步之际,脸一晃不见了,仿佛被突然拽到了房子的暗处。我在那儿站了五分钟,回忆着刚才的一幕,试图理清思路。因为距离太远,我甚至判断不出那张面孔是男人的还是女人的。但我印象最深的是它的颜色——煞白煞白的,还泛着冰冷的青黄色,看上去非常不自然。一时间我忐忑不安,决心去拜访一下别墅的新主人。我上前敲门,门立刻开了,一个身材高大、骨瘦如柴的女人站在门口。她板着脸,一副拒人于千里之外的样子。

"'你来干吗?'"她操着北方口音问道。

"'我是你的邻居,就住在那边。'我把头冲我自己的屋子一点,说道,'我看你们才搬过来,不知道有什么能帮得上忙的地方——'

"'哼,需要的时候我们自然会去找你。'她说着砰的一声把门关上了。我碰了一鼻子灰,只好打道回府。

"那天晚上,尽管我努力想把注意力转移到其他事情上,可窗边的幽灵和女人的无礼却始终萦绕在我脑海里。我打定主意绝口不向妻子提到这事,因为她心性敏感,一有风吹草动就爱胡思乱想,我不愿她分担这次不愉快的经历。不过,睡觉之前我还是告诉她,别墅里住了人了,她什么也没说。

"我一向睡得很死,家里的人老拿这事笑话我,说我晚上雷打不动。然而那天夜里,或许是白天的险遇让我受了刺激,或者是别的什么原因,反正我比平常要惊醒许多。迷糊中,我感到屋子里有动静。慢慢地我清醒过来,却发现妻子已穿好衣服，正在蹑手蹑脚地披斗篷，戴帽子。

"我张开嘴，懒洋洋地准备就这种不适时的着装发表几句惊诧或反对的话，但当惺忪的目光落到她那张被烛光照亮了的脸上，我顿时惊骇得说不出话来。她脸上的表情是我从来没见过的——我还以为这副表情永远不属于她——脸色苍白，呼吸急促，一边披斗篷，一边鬼鬼祟祟地朝床边溜两眼，看我是不是被惊醒了。她以为我睡着了，便悄无声息地滑出房间。不一会儿，吱嘎一声，分明是前门被打开的声音。我坐了起来，拿指关节扣扣床上的横杆，原来不是在做梦。我从枕头下拿起表来一看，已经是凌晨三点了。我妻子究竟想在凌晨三点钟去乡间小路上干什么呢？

"我就这样僵坐了二十分钟左右，琢磨着为这事找一个合理的解释。然而我越想越觉得奇怪。还在困惑的时候，冷不防门又轻轻地合上了，妻子的脚步移上楼来。

"'你到底去哪儿了，艾菲？'她进来时我问道。

"骤然听到我的声音，她吓了一大跳，并情不自禁地惊叫一声。这一惊一吓令我更加困惑了，因为里面有种说不清楚的内疚之意。我妻子一向心无城府，直来直去。看到她偷偷摸摸地溜进房间，而丈夫发问时她又大惊失色、畏畏缩缩的，我不由心里一凉。

"'你醒了，杰克！'她叫道，不自然地绽开一个笑脸，'啊，我以为你吵不醒呢！'

"'你到哪里去了？'我穷追不舍地问。

"'也难怪你感到奇怪，'她说道，一边去解斗篷的带子，我看到她的手在发抖，'哦，我可是平生第一遭这样儿呢。屋子里好闷，我想到外面去透透气，真的。要是不出去的话，我可能会晕倒哩。在门口站了几分钟后，我感觉好多了。'

"说这些话时,她一直不敢拿正眼看我,而且声音也变了,分明是在撒谎。我不再说话,只把脸转对着墙壁,心里一阵难受,脑子里翻起上千种可怕的猜忌和怀疑。我妻子究竟有什么要瞒着不让我知道的?她这次奇怪的夜出去了哪里?我想,在没找到答案之前我是怎么也不会安心了。然而逼问她有什么用?她一定会找个理由搪塞,所以我干脆不作声。当晚我辗转反侧,脑子里涌出一个又一个的理由,但一个比一个站不住脚。

"第二天我本该进城的,但我脑子里一团乱麻,压根儿无心照看生意。我妻子看上去和我一样难受。我从她不时向我投来的带有询问之意的一瞥看出,她知道我不相信她的话,而她也殚精竭虑,不知如何是好。吃早饭时我们几乎没有搭腔,我一撂下碗就出门了,希望能在清晨的新鲜空气中理清思绪。

"我一直踱到了克里斯朵宫,在那儿的庭院里待了一个小时,一点钟才返回诺伯利。凑巧我路过了那幢别墅,于是我停下脚步,往窗子望去,看是否能瞧见前天在那儿窥视我的奇怪的面孔。正当我伫立在那儿的时候,你可想而知我有多么惊讶,福尔摩斯先生——门忽然开了,我妻子从里面走了出来。

"乍一见到她,我惊得目瞪口呆。四目相对时,她脸上的惊讶之情远胜于我。有好一阵子,她似乎想缩回屋里,可看到藏头露尾于事无补,她便走上前来,唇上的微笑丝毫掩饰不住苍白的面容和恐惧的眼神。

"'啊,杰克,'她说,'我刚到这里,看能不能给我们的新邻居帮上忙。你怎么那么看着我,杰克?你该不会生我的气吧?'

"'这么说,'我说,'你昨晚是到这里来了。'

"'你在说什么呀?'

"'你肯定来过这里,这儿有什么人,值得你在那种时候拜访?'

"'我以前没来过这里。'

"'告诉我,如果明知道别人在对你说瞎话,你的心情会怎么样?'我提高了嗓门,'你说话的声音都变了。我什么时候瞒过你?我要进去弄清楚!'

"'别,别这样,杰克,看在上帝的分上!'她叫道,'我发誓,总有一天我会把一切告诉你的,但如果你非要进去,那后果将不堪设想!'我企图把她摔开,可她拽住我苦苦哀求道:

"相信我,杰克!"

"'相信我,杰克!'她喊道,'就信这一次!你绝对不会后悔的!要知道,如果不是为了你,我哪用得着瞒你!事关我们一辈子的幸福,如果你和我一起回家,那一切会平安无事。如果你硬要进去,那我们的缘分到此为止。'

"她的神情是那样急切,那样绝望,我不禁耸然动容,站在门口踌躇了起来。

"'要我相信你也行,但有一个条件,而且这是唯一的条件。'我终于开口了,'那就是,这次的神秘事件到此为止。你有权保守你自己的秘密,但你必须答应我,你晚上不再出门,不再瞒着我做任何事。如果你保证以后不会有类似的事发生,那我可以既往不咎。'

"'我知道你会相信我的,'她大大地松了一口气道,'你想怎么样都行。走吧——噢,咱们回家去吧。'

"于是她牵着我的衣袖,带我离开了别墅。我边走边回头望,上面的窗户里又露出了那张青黄的面孔,正盯着我们看。那家伙和我妻子之间有什么关联?还有,我前天看到的那个粗暴无礼的女人又和她有什么关系?真是一个猜不透的谜。我知道,谜底一日不揭开,我就一日不得安宁。

"之后的两天我一直待在家里。妻子似乎严格地遵守了我们之间的约定,因为据我所知,她没踏出家门一步。但到了第三天,我有充分的证据证明,她的信誓旦旦最终还是抵挡不住那股使她背叛丈夫和自己责任的神秘力量。

"那天我进了城,可我不像往常那样乘三点二十六分,而是乘两点四十分的火车回了家。我一进门,女仆就惊慌地跑进大厅。

"'太太呢?'我问。

"'我想,她大概出去散步去了。'她回答道。

"我脑子里顿时布满疑云。我急忙跑上楼,发现她果然不在屋子里。这时我不经意地从楼上的一扇窗户往外望了一眼,却看见刚才同我说话的女仆正穿过田地向别墅的方向跑去。我一下子全明白过来了。我妻子又去那里了,还吩咐女仆我一回来就叫她。我气得浑身发抖,跑下楼直往外冲,决定彻底了结这件事。我瞧见妻子和女仆慌里慌张地一路跑着,可我没有停下来和她们搭话。别墅里有个秘密,它给我的生活蒙上了阴影。我暗暗发誓,无论如何也要揭开这个秘密。跑到别墅后,我连门都没敲就旋开把手冲了进去。

"一楼静悄悄的没有一点声响。厨房里一个水壶在炉火上烧得嘶嘶作响,一只大黑猫在篮子里蜷成一团,我以前见过的那个女人却不见了踪影。我冲进另一间房子,里面也空无一人。接着我又跑上楼,发现这里的两间房子照样空空如也。整幢别墅里半个人影都没有。除了那间我曾在窗户边见过奇怪面孔的屋子,其他房里的家具没有任何异常。这间屋子布置得精致而舒适。当我看到壁炉上有一张我妻子的全身照片时,我的满腹怀疑登时化为满腔怒火。那张相片是我要她照的,距现在才三个月。

"我在那里站了很久。确信别墅里没有一个人后,才怀着前所未有的沉重心情离开了。我一进门,妻子就跑进了大厅。可我当时伤心欲绝,推开她径直就往书房跑去,还没

"那么,把一切都告诉我。"

来得及关门,她就跟进来了。

"'很抱歉,我违背了诺言,杰克,'她说,'要是知道了事情的原委,我相信你一定会谅解我的。'

"'那么,把一切都告诉我。'我说。

"'我不能,杰克,我真的不能啊!'她大叫道。

"'如果你不告诉我住在那屋子里的是什么人,还有你把那张相片给了谁,我们之间的信任就完蛋了。'说完,我从她身边走过去,离开了家。这就是昨天发生的事,福尔摩斯先生,以后我再也没见过她。我对那件古怪的事情只知道这么多。这是我俩之间出现的第一道阴影。它给我带来了巨大的影响,我茫然不知所措,想不出最佳的解决方式。今天早上我突然想起你,于是我匆匆忙忙地跑了来。现在我已把自己知道的一切毫无保留地告诉你了。如果还有什么没说清楚的地方,你尽管问好了。但求你快点告诉我,我该怎么办,因为我一刻也受不住这种煎熬了。"

这段离奇的经历使我和福尔摩斯听得入了神。这个人悲愤难抑,话说得断断续续。有好一阵子,我的朋友一声不吭地坐在那里,双手托腮陷入了沉思。

"告诉我,"他打破了沉默,"你能确定你在窗边看到的那张面孔是男人的吗?"

"我每次看到它都隔了一段距离,所以没法肯定。"

"不过,它给你留下了很不愉快的印象。"

"它的颜色很不自然,有种说不出来的僵硬。我一靠近它,它就迅速移开了。"

"你妻子问你要一百英镑是什么时候的事?"

"大约有两个月了。"

"你见过她前夫的相片吗?"

"没有。他刚过世不久亚特兰大就着了一场大火,她所有的文件和资料都已毁于一旦。"

"但她有份死亡证明书,你说你见过。"

"是啊,火灾后她弄了一份复印件。"

"你碰到过任何熟悉她在美国情况的人吗?"

"没有。"

"她有没有提过要回美国?"

"没有。"

"她收到过从那里寄来的信吗?"

"没有。"

"谢谢你。我得认真想一下。如果别墅现在仍然没人住,那事情就难办了。但也许——我想这种可能性是很大的——住在里面的人预先知道你要来,所以昨天趁你进屋前躲了起来,现在大概已经回来,那我们便很容易找到答案。我建议你回诺伯利去盯着别墅的窗子。如果觉得里面有人,你可别贸然闯进去,只须拍份电报给我和我的朋友就行了。我们会在接到电报后一个小时内赶到你那里,查清事情的真相。"

"假如房子还空着呢?"

"那我们明天再来和你合计合计。再见。对你来说最重要的是,在弄清原委前别自寻烦恼。"

"我担心这事挺棘手,华生。"把格朗特·曼罗送到门口后,福尔摩斯转身对我说道,"你怎么看?"

"里面有不可告人的秘密。"

"是的,里面肯定有蹊跷,要不然我就看走眼了。"

"谁是敲诈者?"

"啊,肯定是住在那唯一一间舒适房子里,并把她的相片放在壁炉上的家伙。我敢肯定,华生,窗口的那张青黄色的脸有名堂。我说什么也不会错过这件案子。"

"你已经得出结论了吗?"

"是啊,不过是暂时的。如果没猜中的话,我会很吃惊的。住在别墅里的应该是女人的前夫。"

"你为什么这么想?"

"不然怎么解释她那么紧张,死活不让她现在的丈夫进屋?照我看,事情的经过大致是这样的:这个女人在美国结了婚,但她丈夫染上了恶习,或者是患了恶疾,沦为了麻风病人或傻子。她最终离开他回到英格兰,改名换姓过起了新生活。结婚三年后,她以为自己可以高枕无忧了,于是向丈夫出示了她随口捏造的某人的死亡证明书。不料她的行踪突然被她的前夫,或是某个与这位病人有染的女人发现了。他们写信给妻子,威胁说要去揭她的老底。所以她拿了一百英镑,企图堵住他们的口。不过他们还是来了。当丈夫无意间向妻子提到别墅里住了新客人时,妻子本能地猜到是他们追来了。于是,她等丈夫睡着以后慌忙溜出去,试图说服他们给她安宁。一次不成,她第二天又去,可正如她丈夫告诉我们的那样,她出去时不巧被他撞见了。之后她发誓再也不去那儿。可两天后,急于摆脱这些可怕邻居的念头更强烈了,她灵机一动,带上他们向她索要过的相片。谈话还没有结束女仆突然跑来,说主人已经回来了。妻子料到他会直奔小屋,赶忙叫屋里的人从后门出去,躲进前面提到过的附近的松树林中。这样一来,他自然一个人也找不到。不过,如果他今晚看到室内仍空无一人,那就活见鬼。你认为我推理得怎么样?"

"纯属猜测。"

"可它至少涵盖了所有的事实,等到发现有解释不通的新情况时再重新进行推论也为时不晚。在我们的朋友从诺伯利发来电报之前,我们什么也干不了。"

可我们没等多久。茶一喝完电报就送来了。

"屋内仍有人住,"上面写着,"再次见到窗边的面孔。盼乘七点的火车。你们来之前我不会轻举妄动。"

我们下车时他已在站台等候。在车站的灯光下，我们看见他脸色惨白，激动得浑身发抖。

"他们还在那儿，福尔摩斯先生。"他死死地拽住我朋友的衣袖说，"经过那里时，我看见屋里亮着灯。我们现在就去把事情搞清楚。"

"那么，你是怎么打算的？"福尔摩斯问道，一边沿着幽暗的林间小径往前走。

"我准备闯进去，亲眼看看是谁在里面。我希望你们两位做我的证人。"

"你决心不顾你妻子的警告我行我素？她可是说过的，你最好别查谜底！"

"我决心已定。"

"好吧，我想你没做错。与其蒙在鼓里，倒不如知道真相。我们最好现在动身。当然，从法律的角度来说，这样做显然是不合法的，不过也只有出此下策了。"

那晚的夜色特别黑。当我们由大路拐入一条车辙印极深、两旁有树篱的羊肠小道上时，老天开始下起了滂沱大雨。可格朗特·曼罗先生心急如焚地往前赶，我们则磕磕碰碰地竭力在后面追。

"那边亮了灯的是我家，"他指着树丛中透出的一线光亮，压低嗓门说道，"这是我想进去的别墅。"

他说话的当儿我们已在小路上拐了方向。别墅离我们只有咫尺之遥。黑乎乎的前院地面上投着一道黄色的光影，说明门关得并不严实，楼上的一扇窗户灯火通明。我们抬头望去，一个模糊的黑影从窗子后面一晃而过。

"就是那家伙！"格朗特·曼罗叫道，"你们应该看见了，那里有人。现在跟我走，我们很快就能拨开云雾见青天了。"

我们走到门口时,冷不防黑暗中冒出一个女人来。她在昏黄的灯光中站住了脚步。光线太暗,我看不清她的脸,只见她双臂一挥,像在恳求。

"看在上帝的分上,别这样,杰克!"她叫道,"我预感到你今晚会来。再好好想想,亲爱的!请你再相信我一次,你这辈子都不会后悔!"

一个煤炭似的小黑人出现在我们面前。

"我信你信得太久了,艾菲,"他丝毫不为所动地说,"让开!我非进去不可!你拦是拦不住的。我和我的朋友要把这事弄个水落石出!"他把她推到一旁,在前开路,我们紧随其后。他刚摔开门就有一个老妇人跑了出来,挡在他的面前,试图拦住他的去路,可他狠狠地将她拨到了一边。不一会儿,我们三人奔上了楼。格朗特·曼罗冲进顶楼亮光的房间,我们也拔脚闯了进去。

这是一间舒适的、装修得很考究的房间，桌上和壁炉上各摆着两支蜡烛。屋子的一角有张桌子，一个模样像小女孩的家伙歪着身子坐在上面。我们一进屋她就别过脸去，但我们可以看到，她穿着一件红色的连衣裙，还戴着一双长长的白手套。当她将目光扫向我们时，我满怀恐惧地惊叫一声。那张面孔呈现为一种古怪的青黄色，一点表情也没有。可秘密立刻被拆穿了。福尔摩斯大笑着把手伸到那孩子的耳朵后面，撕下她脸上的面具。顿时，一个煤炭似的小黑人出现在我们面前。她调皮地望着目瞪口呆的我们，咧嘴一笑，露出一口白晃晃的牙齿。我受到她欢快情绪的感染，也呵呵笑了起来。可格朗特·曼罗一手扼住喉咙，怔住了。

"我的天！"他嚷道，"这到底是怎么回事？"

"我把一切都告诉你，"话音未落，女人就已走进屋来，脸上带着骄傲和坚定的神情，"你逼我不得不说实话了，尽管这违背了我的初衷。咱们现在得尽量寻求一个好办法。我前夫死在了亚特兰大，可孩子幸免于难。"

"你的孩子？"

她从胸前扯出一个大银盒，说道："你从没见它打开过吧。"

"我还以为它打不开呢。"

她触了一下弹簧，盒盖弹开了。里面有一张男人的相片。男人长得非常英俊，看样子也很聪明，可不容置疑的是：他继承了非洲血统。

"这就是亚特兰大的约翰·赫布隆，"女人说，"一个已远离尘嚣的贵族。为了能和他在一起，我和自己的亲朋好友断绝了往来。他在世时我从来没有后悔过。不幸的是，我们唯一的孩子继承了他祖先的血统，一点儿也不像我。黑人白人通婚往往会产生这种后果,而且露茜比她父亲还要黑得多。可不论黑白,她始终是我可爱的女儿,是她妈妈的心肝宝贝。"小家伙听懂了妈妈的话,依偎在她的身旁。"我之所以把她留在美国,"她继续说道,"是因为她的身体太糟糕了,迁徙可能对她有害无利。我把她托付给一位忠心的苏格兰女人照料,这个女人以前服侍过我们。我从来没想过抛弃自己的孩子。可我和你不期而遇了,杰克,我知道自己爱上了你。我不敢对你说我有孩子。苍天作证,正是因为害怕失去你,所以我才没有胆量告诉你。我不得不在你们两个之中选一个,懦弱的我最终舍弃了孩子。三年来,我一直隐瞒她的存在,可我由保姆那里得知,她平安无恙。后来,我萌发了再见孩子一面的强烈欲望。我试着打消这种念头,可没有用,它一直萦绕着我。尽管危险,我还是决定把孩子接过来,哪怕聚短短的几个礼拜我都会心满意足的。我派人给保姆送去一百英镑,告诉她有关这别墅的种种情况,以便她能堂而皇之地做我的新邻居,我俩的关系也不会轻易被发现。我嘱咐她白天让孩子待在屋里别出去,并蒙住孩子的小脸小手,这样即使有人看见她在窗边,也不会说长道短,议论她是小黑人。如果不是顾忌太多,我可能会做得聪明一点,可我诚惶诚恐,生怕你知道真相。

"你先是告诉我,别墅里住了人。本来,我应该等到早上再去,可我兴奋得睡不着,而且我知道你很难惊醒,所以就屏声静气地出了门。可偏偏被你看见我出去了,于是我的麻烦接踵而至。第二天,你大可揭穿我的秘密,可你宽宏大量,没有继续追究。三天后,在你从前门冲进来之前,保姆早就带着孩子从后门逃走了。今晚你已知道了事情的来龙去脉,我只问你,你打算拿我和孩子怎么办?"她双手相握,等待他的回答。

足足过了十分钟,格朗特·曼罗才打破沉默。他的回答没有让我失望。他抱起小家伙吻了几下,然后一只手抱着孩子,一只手拉着妻子,转身朝门口走去。

"咱们在家里谈岂不是更舒服?"他说,"尽管我不是十全十美,艾菲,可我认为,我至少没有你想象的那么小家子气吧。"

我和福尔摩斯跟着他们走出小路。这时,福尔摩斯拉了拉我的衣袖。

"我想,"他说,"伦敦比诺伯利更用得着咱们。"

此后他就没有再提那件案子。深夜,当他拿着蜡烛转身回自己卧室的时候,他突然说:

"华生,如果你什么时候觉得我过于自负了,或者是办案时下的工夫不够,请你在我耳边轻轻说声'诺伯利',我一定感激不尽。"

证券经纪人的办事员

婚后不久，我在帕丁顿区买下了老法夸尔先生的诊所。有一段时间老法夸尔先生的诊所门庭若市。可是近年来，由于年岁大了，加上遭受圣维特斯舞蹈病的折磨，找他看病的人越来越少。因为，人们自然而然地信奉一条原则，那就是：医生自己必须身体健康，才能治好别人的病。如果连自己的病都医不好，那人们对他的医术自然要产生怀疑了。所以，我的这位老前辈身体越差，收入也越少，到我买下诊所时，他的年收入已经由一千二百镑减少到三百多镑了。然而，我自信凭自己年纪轻和旺盛的精力，不出几年，诊所在我手中一定会恢复昔日的兴旺。

接管诊所后的三个月里，我一直埋头于工作，几乎没见过老朋友福尔摩斯。因为我太忙，没时间去贝克街，而福尔摩斯除了侦探业务的需要，也很少到别处走动。六月的一天早晨，吃过早点，我正坐在椅子上看《英国医务杂志》，忽听门铃响了，令我吃惊的是跟着传来了我那老朋友高亢而有点刺耳的声音。

"啊，我亲爱的华生，"福尔摩斯大步走进房间说道，"又见到你真高兴，上次'四签名'案件让尊夫人受惊了，想必现在已经完全康复了吧。"

"谢谢你，我们现在都很好。"我热情地握住他的手答道。

"我也希望，"他坐到摇椅上，接着说，"你尽管对自己的工作非常投入，但还没有对我们小小的推理法失去兴趣吧！"

"恰恰相反,"我说,"就在昨天晚上,我还在整理以前做的笔记,把我们破案的成果进行分类。"

"我相信你不会认为资料已经收集够了吧?"

"不,一点也不。我希望这样的事经历得越多越好。"

"譬如说,今天就去如何?"

"可以,只要你愿意,咱们今天就去。"

"像伯明翰这么远的地方也愿去吗?"

"如果你同意,我当然愿去。"

"那么你的诊所怎么办?"

"我的邻居出门时,我曾替他照料一切。他总想着要报答报答我呢。"

"哈!这可再好不过了!"福尔摩斯往椅背上一靠,眯起眼睛用锐利的目光盯着我,"我发现你最近身体不太好,夏天患感冒挺烦人的。"

"上星期我得了重感冒,三天没出门。不过,我想我现在已经全好了。"

"确实如此,你看起来挺结实。"

"那么,你是怎么知道我生过病的呢?"

"我的老伙计,你是知道我的办法的。"

"那么,又是用你的推理了?"

"完全正确。"

"从哪儿看出来的呢?"

"从你的拖鞋上。"

我低头看了一眼脚上的那双新漆皮拖鞋,"你究竟是怎么……"没等我说完,福尔摩斯就先开口了。

"你的拖鞋是新的,买来还不过几星期,可是冲着我这边的鞋底已经烧焦了。起初我以为是打湿了以后在火上烘干时烧坏的。可是鞋面上那个写着店员代号的圆形小纸片还在。如果鞋子沾过水，纸片早该掉了，所以你一定是坐着伸腿烤火时把鞋底烤焦了。如果不是因为生病，即使是在这样潮湿的六月天，你也不会轻易去烤火的。"

"就像福尔摩斯的其他推理一样，事情一说穿就变得非常简单了。"他从我脸上的表情看出了我的想法，略带讽刺意味地笑了起来。

"恐怕我这么一解释，就泄露了天机，"他说道，"只讲结果不讲原因给人留下的印象反而更深。那么，你是打算去伯明翰了？"

"当然了。是件什么案子？"

"等上了火车我再把一切都告诉你。我的委托人还在外面的四轮马车里等着呢。你能马上就走吗？"

"稍等片刻。"我匆匆忙忙地给邻居留了张便条，跑到楼上把事情向我妻子解释了一下，随后在门外的石阶上追上了福尔摩斯。

"你的邻居也是医生。"福尔摩斯冲隔壁门上的黄铜门牌点了一下头说道。

"不错，他和我一样买了个诊所。"

"这个诊所早就有了吗？"

"对，房子建成的时候，两个诊所就都成立了。"

"啊！那么，你这边的生意比他的要好些了。"

"我想是这样。可是你怎么知道？"

"从台阶看出来的，我的朋友。你家的台阶比他家的多磨掉了三英寸。马车上的这位先生就是我的委托人霍尔·派克罗夫特先生。我来给你介绍。喂，车夫，把马赶快点，我们的时间刚够赶上火车的。"

· 证券经纪人的办事员 ·

我坐在派克罗夫特先生对面,这位年轻人身材魁梧、气度不凡,表情诚恳坦率,唇上的小黄胡子有点卷曲,头戴一顶发亮的大礼帽,身着一套整洁而朴素的黑衣服,一眼就能看出他是那种聪明伶俐的城市青年。他们通常被称为"伦敦佬",我国一流的义勇军团的成员就是来自于他们。英伦三岛上这类人中涌现出的优秀体育健将和运动员比其他各阶层都多。他那红润的圆脸自然地带着愉快的表情,可是嘴角下垂,似乎沉浸于半喜半悲之中。然而,直到坐进了开往伯明翰的列车头等车厢,我才知道了他碰到的麻烦事,他就是为这才来找福尔摩斯的。

"我们得足足坐七十分钟的火车,"福尔摩斯说道,"霍尔·派克罗夫特先生,请你把给我谈过的那些妙趣横生的经历,一字不漏地讲给我的朋友听,可能的话,讲得越详细越好。再听一遍发生的这一连串事件的叙述对我也有帮助。华生,这个案子后面可能隐藏着某种阴谋,也可能没有。不过,至少具有你我都感兴趣的不寻常性和荒诞性。好了,派克罗夫特先生,我不妨碍你了。"

我们年轻的旅伴望着我,眼里闪着光。

"这件事最糟的是,"他说道,"我在里面充当了十足的傻瓜角色。当然,看起来似乎一切正常,我也没看出来自己不应该这样做。不过,如果我真的丢掉这个差事,结果换来一场空,那我该有多傻啊。华生先生,我不擅长讲故事,不过我遇到的这件事是这样的:

"我过去曾受雇于德雷珀广场旁的考克森和伍德豪斯商行,可是今年春天的早些时候,商行由于受到委内瑞拉公债案的牵连,损失惨重。这事你一定还记得。商行倒闭的时候,连我在内的二十七名雇员当然全都失业了。我在那儿干了五年,老考克森给了我一份评价颇高的鉴定书。我四处求职,可是像我这样的人很多,因此很长一段时间内到处碰壁。我在考克森商行时周薪为三英镑,我大约一共存了七十镑。没有收入,仅靠这一点积蓄维持生活,钱花得很快。最后终于到了几乎连给登招聘广告的公司写求职信的信封和邮票都买不起的地步。我跑了一家又一家公司、商行,靴子都磨破了,可还是毫无希望。

"我终于打听到龙巴德街的一家大证券商行——莫森和威廉斯商行还缺个人手。我敢说,你对伦敦东部的情况可能不很熟,但我可以告诉你,这家商行大概是伦敦最富有的一家了。这家公司规定,所有的应征者必须以信函的方式求职。我把鉴定书连同申请表一起寄了去,可是并没对此抱多大希望。不料竟然收到了回信,让我下星期一到公司去,并写明如果我的外表符合条件的话,立即就可以开始工作。谁也不知道他们是如何筛选的,有人说就是经理把手伸到一堆申请书里,信手拈了一份。不管怎么样,这次我很幸运,所以我从来也没像这样高兴过。开始的薪水是一周一英镑,工作和我在考克森商行干过的一样。

"现在我就来说说这件事的古怪之处。我的寓所在汉普斯特德附近波特巷17号。收到任用通知的当晚,我正坐在椅子上抽烟,房东太太拿着一张名片进来了,名片上印着'财务代理人阿瑟·平纳'。我从来没听说过这个名字,更不知道他找我干什么。不过,我当然还是让她请那人进来。来人中等身材、黑眼睛、黑头发,黑色的络腮胡须,鼻子有些发亮。他走路快捷,说话急促,似乎是个懂得爱惜时间的人。

"'我想,你就是霍尔·派克罗夫特先生吧?'他问道。

"'是的,先生。'我说着递给他一把椅子。

"'以前在考克森和伍德豪斯商行做过事?'

"'是这样,先生。'

"'刚被莫森商行录用为办事员?'

"'的确如此。'

"'啊,'他说道,'事情是这样,我听说你是理财的好手,表现不俗。你还记得考克森的经理帕克吧,他对你褒奖有加。'

"听他这么说,我当然很高兴。我在业务上一向精明强干,可做梦也没想到城里会有人这样赞扬我。

"'你的记忆力不错吧?'他问道。

"'还可以。'我谦逊地答道。

"我想,你就是霍尔·派克罗夫特先生吧?"

"'你失业后,还注意交易行情吗?'

"'注意。我每天早上都要看证券交易所的价格表。'

"'真是个有心人!'他大声嚷道,'只有这样,你才会有兴旺发达的机会!你不反对我考考你吧?请告诉我埃尔郡股票价格是多少?'

"'一百零五镑至一百零五镑五先令。'

"'新西兰统一公债呢?'

"'一百零四镑。'

"'英国布罗肯·希尔恩股票呢?'

"'七镑至七镑六先令。'

"'棒极了!'他举起手叫道,'这和我了解的一模一样。我的朋友,我的朋友,在莫森商行当个办事员太委屈你了!'

"你想想看,他当时欣喜若狂的样子让我多么惊讶。'啊,'我说道,'别人可不像你这样看我,平纳先生。我谋到这个职位不容易,对此我已经非常高兴了。'

"'什么话,年轻人,你本该大有作为,干这事是大材小用。我想让你知道我有多么看重你的才华,和你的才干相比,我将给你的职务和薪水还是很低的,不过和莫森商行相比,差别可就大了。请告诉我,你什么时候去莫森商行工作?'

"'下星期一。'

"'哈,哈!我想我应该打个赌,你根本不会去那儿。'

"'不去莫森商行?'

"'对呀,先生。到那天你将成为法国中部五金有限公司的经理,这家公司有一百三十四家分公司分布在法国城乡,除此之外在布鲁塞尔和圣雷莫还各有一家分公司。'

"我大吃一惊,说道:'我从没听说过这家公司的名字。'

"'这很有可能,公司一直都在静悄悄地运转。这家公司是由私人集资的,生意兴隆,所以根本不需要进行大肆宣传。我兄弟哈里·平纳是创始人,现在任总经理,并且是董事会成员之一。他知道我在这儿交游甚广,托我物色一个精明能干而又薪金不高的人,一个干劲十足而又听话的小伙子。帕克谈到了你,于是我今晚就亲自来看看。一开始我们只能给你为数极少的五百英镑。'

"'一年五百镑!'我大声叫道。

"'这还只是初期的薪金,另外,你还可以从你的代销商

完成的营业额中提取百分之一的佣金。相信我,这笔收入将会超过你的薪金数。'

"'可是我对五金一无所知啊。'

"'什么话,我的朋友,你懂会计呀。'

"我脑袋里嗡嗡作响,几乎要坐不稳了。可是突然我感到了一点可疑之处。

"'我不得不坦率地告诉你,'我说道,'莫森商行一年只给我二百镑,可是他们靠得住。说实话,我对你们的公司确实知道得太少了……'

"'好,精明,精明!'他如获至宝地大声叫道,'你就是我们要找的人。你不会轻易被人说服,另外,你说的也很有道理。看,这是一张一百镑的钞票,如果你认为我们可以合作,就把它装进口袋作为预付的薪水吧。'

"'这样太好了,'我说,'我什么时候上班?'

"'明天下午一点在伯明翰,'他说,'我口袋里有张条子,你拿着它到科波莱森街126号乙公司的临时办公室去找我兄弟。当然你的事必须由他点头才行,不过这在我们之间不成问题。'

"'老实说,平纳先生,我真不知道怎样感谢你才好。'我说道。

"'别客气,我的朋友。这只不过是你该拿的。可是还有一两件小事——只不过是个手续问题,我必须向你交代清楚。你旁边有张纸,请在纸上写上:我完全乐意担任法国中部五金有限公司的经理,年薪不少于五百镑。'

"我照他说的写了,然后他把这张纸放进了口袋。

"'还有一件小事,'他说,'你打算如何处理莫森商行这一边呢?'

"我一高兴就把莫森商行的事全忘光了。'我写信去辞职。'我说道。

"'恰恰相反,我不希望你这么做。为了你的事,我和莫森商行的经理发生过争执。我去向他打听你的事时,他态度粗鲁,指责我要把你从他们商行挖走等等。最后,我忍不住动了气,说:"如果你想把有才干的人留住,就该给他们提供优厚的待遇。"他说:"他会愿意要我们的低薪,也不去拿你们的高薪。"我说:"咱们来赌五个金镑,如果他受聘于我,你就永远也收不到他的回信了。"他说:"行!是我们把他从贫民窟里搭救出来的,他不会就这样轻易离开我们的。"这是他的原话。'

"'这个无礼的家伙!'我叫起来,'我们连面都没见过,我为什么要替他着想呢?如果不想让我写信给他,我当然不写了。'

"'好!一言为定!'他从椅子上站起来说道,'好,我很高兴帮兄弟物色到了你这么精明能干的人。这是预付的一百镑,这是信。请把地址写下来,科波莱森街126号乙,记住约定的时间是明天下午一点钟。晚安,祝你走运!'

"这就是我所记得的在我们俩之间发生的一切。华生医生,你可以想象,我遇上了这样的好事,该有多高兴啊,我兴奋得半个晚上没有合眼。第二天我坐火车去了伯明翰,这样就有足够的时间去赴约。我把行李放在新大街的一家旅馆里,然后按那人留给我的地址去找。

"我比约定的时间早了一刻钟,可我想这不要紧。126号乙是一条甬道,夹在两家大商店中间,尽头是一段弯曲的石阶,从石阶上去有不少套间,租给一些公司或专业人员做办公室。墙上漆着租户的名字,却没找到'法国中部五金有限公司'的招牌。我在那儿站了一会儿,心直往下沉。正在我担心这事是不是从头至尾被人精心策划好了的阴谋时,有人上来和我打招呼,他面貌酷似昨夜我见过的那个人,身材一样,连嗓音也相同,只是胡子剃得光光的,头发颜色略浅些。

"'你是霍尔·派克罗夫特先生吗?'他问我。

"'是的。'我答道。

"'啊!我正在等你,你比约定的时间早到了一会儿。今天早晨我收到了我哥哥的一封信,信上对你推崇备至。'

"'你来的时候我正在找你们的办公室。'

"'上星期我们才租到这几间办公室,还没来得及挂上公司的牌子。跟我来,我们谈谈正事。'

有人上来和我打招呼。

"我跟在他后面爬到了那长长石阶的尽头,在楼顶石板瓦下面,有两间空空荡荡、满是灰尘的小屋子,既没挂窗帘,也没铺地毯。他把我领了进去。我原先想象是像我已经见惯的那样——宽敞的办公室里,发着幽光的桌子后面坐着一排排职员。可是那屋里的全部摆设就是两把松木椅和一张小桌子——桌上摆着一本总账,旁边放着一个废纸篓。可以说,我当时是两眼发直地紧盯着这屋里的陈设。

"'别泄气,派克罗夫特先生,'见我拉长了脸,我的新相识说道,'罗马也不是一天就建成的,我们资金雄厚,但不在办公室上大把花钱。请坐,请把信给我。'

"我把信交给了他,他仔仔细细地看了一遍,然后说道:'你给我哥哥阿瑟留下了极深的印象,我知道他颇具慧眼。你知道,他深信伦敦人,而我则信赖伯明翰人,不过这次我接受他的建议,决定正式录用你。'

"'我的任务是什么?'我问道。

"'我将来要派你管理巴黎的大货栈,将英国的陶器源源不断地运送到法国一百三十四家代销商的手中。这批货一周内可以购齐,这段时间你要在伯明翰为我做些有益的工作。'

"'什么工作?'

"他一言不发地从抽屉里拿出一本红色的大书,然后说道:'这是一本巴黎工商行名册,人名后面有行业名称。我想请你把它带回去,标记出五金商及他们的地址。这对我很有用。'

"'可不是有分类表吗?'我试探着说。

"'那些表不可靠。他们分类的方法与我们的不同。抓紧干吧,星期一十二点前请把表交给我。再见,派克罗夫特先生。如果你在工作中继续表现出热情和才干,你会发现公司没有亏待你。'

"我把那本大书夹在腋下回了旅馆,心里十分矛盾。一方面,我已经被正式录取了,并且口袋里还有了一百英镑;然而,另一方面,这家公司没挂招牌,没有像样的办公室,还有其他一些令一个实业人员心里感到不踏实的因素,令我对老板的经济状况产生了不好的印象。可是,不管怎样,我已经拿到了钱,于是便坐下来干我的事。整个星期天我都在努力地工作，可才抄到字母 H。星期一到了我便去见老板，还是在那间像被搬空了的屋子里找到了他。他要我接着干，到星期三再去找他。可是星期三到了我还没搞完，于是又拼命干到星期五，也就是昨天。然后带上我列好的清单去见哈里·平纳先生。

"'非常感谢，'他说，'恐怕是我低估了这项工作的难度。这份清单对我来说有很大的实用价值。'

"'花了我不少时间。'我说道。

"'现在，'他说道，'我要你再把家具店的清单列出来，这些家具店都出售陶器。'

"'很好。'

"'你可以明天晚上七点上这儿来，把进度向我汇报一下。不要太辛苦了，工作劳累之余，晚上到戴斯音乐厅欣赏两小时音乐，对你是有百利而无一害的。'他说话时面带笑容，我看见他左边第二颗牙齿上胡乱地镶着金子，顿时觉得脊背一阵发凉。"

听到这儿，福尔摩斯兴奋地搓着手，我则惊讶地望着我们的委托人。

"对这事你满可以觉得惊讶，华生医生。不过，事情是这样的，"他接着说道，"我在伦敦跟那个家伙交谈时，他听我说不去莫森商行后喜笑颜开，我偶然发现他的那颗牙齿就是这样胡乱地镶着金子的。要知道，两次我都看见了闪烁的金光，再加上他俩声音和体形都一模一样，只是胡须和头发颜色不同，而这些又都是能用剃刀或是假发来改变的。所以，我坚信这兄弟俩就是一个人。当然你可以认为两兄弟可能面貌酷似，但绝不会像到以同样的方式在同一颗牙上镶上金子。他彬彬有礼地把我送了出来，我到了街上，简直茫然不知所措。我回到旅馆，把头在凉水里浸了一会儿，试着找出这件事的答案来。

他为什么要把我从伦敦支到伯明翰来呢？为什么他要抢在我的前面到那儿？为什么他要自己给自己写封信呢？总的来说，这些问题对我来说都太难了，怎么也想不出个所以然来。后来我突然想到了福尔摩斯先生，对我来说完全摸不着头脑的事，在他看来却可能易如反掌。我刚好赶上夜里的火车回城，今天一早就来拜访福尔摩斯先生，并请二位和我一起回伯明翰。"

听完了这位证券经纪人办事员的传奇经历，有一会儿，我们都没说话。后来福尔摩斯往后仰靠在座椅上，眼睛斜瞟着我，脸上露出满意而极想发表高见的表情，像是一位品酒家刚刚啜入了第一口醇酒似的。

"很不错吧？华生，"他说道，"这里面有很多地方让我感兴趣。我想你不会反对到'法国中部五金有限公司'的临时办公室拜访一下这个阿瑟·平纳或者说哈里·平纳先生吧？对你我来说，这样的经历一定相当有意思。"

"可是我们怎么去拜访他呢？"我问道。

"啊，这很容易，"霍尔·派克罗夫特兴高采烈地说，"我就说你们是我的朋友，想找份工作，这样我带你们去见总经理不是很自然的事吗？"

"当然，一点不错，"福尔摩斯说，"我很乐意见见这个先生，看我能否在他玩的小小把戏中找出点线索来。我的朋友，到底是什么使你对他们这么有用呢？也许……"说到这，他开始吱起自己的指甲，若有所思地凝望着窗外，到达新大街之前，他再也没开口说过一句话。

当晚七点，我们三人漫步来到位于科波莱森街的公司办公室。

"我们来得早毫无用处，"我们的委托人说道，"显然他来这儿只是为了见我，因为除了他指定的时间外，房间里总是空无一人。"

"这倒是值得推敲。"福尔摩斯说道。

"啊,听我说!"派克罗夫特叫道,"我们前面走的正是他!"

他指着街对面的那人,那人身材矮小,头发呈亚麻色,衣着体面,正匆匆忙忙地往前赶。我们看见他时,他正看着街那边一个叫卖晚报的小孩,随后让过马车和公共汽车,横穿街道,走到那孩子面前买了一份报纸,然后,捏在手中,进了门。

他抬头看我们。

"他进那儿去了!"霍尔·派克罗夫特喊道,"他进去的就是那家公司的办公室。跟我来,我尽可能把事情安排得简单些。"

我们跟着他爬上了五楼,来到一扇半开着的房门前,我们的委托人在门上轻轻地敲了敲。里面有个声音叫我们进去。我们走了进去,屋子里空荡荡的,没有什么陈设,和霍尔·派克罗夫特介绍的一样。我们在街上见过的那个人坐在屋里唯一的那张桌子后面,晚报摆在面前。他抬头看我们时,我觉得似乎生平第一次见到有人表情如此悲痛,不,不只是悲痛,简直是大祸临头时内心极其恐惧的样子。他额角渗出晶莹的汗珠,两颊死白,有如鱼肚皮一般,两眼瞪得大大的,死死地盯住他的办事员,仿佛从未见过他似的。从我们向导脸上惊诧的表情可以看出,平时他的老板并非如此。

"你气色不好,平纳先生?"霍尔说。

"是的,我不大舒服,"平纳舔了舔发干的嘴唇答道,显然他在竭力使自己镇定下来,"你带来的这两位先生是谁?"

"这位是伯蒙奇的哈里斯先生,那位是本镇的普赖斯先生,"我们的委托人灵活地答道,"他们是我的朋友,两位先生经验都很丰富,不过近来都丢掉了工作,他们希望或能在公司里找条出路。"

"这很可能!这很可能!"平纳先生挤出一点笑容,大声说道,"对,我肯定我们可以为二位效劳。哈里斯先生,你是干哪一行的?"

"我是会计师。"福尔摩斯答道。

"啊,好,我们正需要这方面的人。普赖斯先生,你呢?"

"我是个办事员。"我说。

"我非常希望公司能接纳你们。一旦决定下来,我立刻通知你们。现在你们请回吧,看在上帝的分儿上,让我单独呆一会儿!"

最后一句他几乎是大声喊出来的,好像自己再也无法忍受,突然间爆发出来了。福尔摩斯和我互相交换了一下眼色,霍尔·派克罗夫特向桌前迈近了一步。

"平纳先生,你忘了,是你约我来听候你的吩咐的。"他说道。

"当然了，派克罗夫特先生，当然了，"这时对方用比较平静的口吻答道，"请你在这儿稍等片刻，你的朋友不妨也呆在这儿，如果你们有耐心的话，三分钟后我一定一切听从你们的吩咐。"他谦和有礼地站起来，鞠了个躬，从屋子那头的门出去后，随手把关带上了。

"现在怎么办？"福尔摩斯轻声说，"他是不是溜了？"

"不可能。"派克罗夫特答道。

"为什么不可能？"

"那扇门通往里间。"

"没有出口吗？"

"没有。"

"里面有家具吗？"

"昨天还是空的。"

"那么他在里面究竟能干什么呢？这事儿还真有些让我猜不透，那个叫平纳的人是不是吓傻了？什么事把他吓得浑身直哆嗦呢？"

"他猜到我们是侦探了。"我提醒道。

"肯定是这样。"派克罗夫特表示同意。

福尔摩斯摇了摇头。"他不是见了我们才变脸色的，我们进房间时他已经脸色苍白了，"福尔摩斯说道，"这可能是……"里间的门里传来了一阵沉闷的"嗒嗒"的声音，打断了福尔摩斯的话。

"他自己在里面敲门干吗？"霍尔叫道。

"嗒嗒"的声音又响了起来，而且更大了。我们都满怀期待地盯着那扇关着的门。我瞥了福尔摩斯一眼，只见他脸色严峻，极度兴奋地向前倾着身子。突然，门里传来一阵低低的喉

·回忆录·

咙里发出来的咕噜声和咚咚地敲打木器的声音。福尔摩斯发疯似的冲了过去,用力猛撞那扇门。可是门是从里面拴上的。我们也学着他的样子使尽全身气力朝门上撞。门上的铰链断了一个,接着又断了一个,门终于砰的一声倒了下去。我们冲进了里间,却发现没有一个人。

我们冲进了里间。

我们一时间都愣住了。不大一会儿,就发现靠近外间的那个角落里还有一扇门。福尔摩斯冲过去把门拉开,只见地板上丢着一件外套、一件马甲,法国中部五金有限公司的总经理就在门后的衣钩上用自己裤子的背带缠住脖子上吊自杀了。他两膝弯曲,头被挂得和身体形成了一个可怕的角度,腿后跟咚咚地敲击着木门,原来打断我们谈话的声音就是从这儿来的。我一把抱住他的腰,把他托了起来,福尔摩斯和派克罗夫特把背带解开,那根带有弹性的背带早已深深地嵌进了他青紫的皮肤中。我们把他抬到外屋。他躺在地上,面如死灰,发紫的嘴唇随着微弱的呼吸轻轻颤动，那模样惨不忍睹，和五分钟前大不相同。

"他还能活吗，华生？"福尔摩斯问道。

我俯下身给他进行检查。他脉搏细弱而且时断时续，不过呼吸越来越长，眼睑微微抖动，露出一线眼白。

"他刚才很危险，"我说，"不过现在已经没多大问题了。请把窗户打开，把冷水瓶递给我。"我解开他的衣领，在他脸上倒了些冷水，然后开始给他做人工呼吸，最后他自然地长长地吐了一口气。"现在只是时间问题了。"我说着走开了。

福尔摩斯低着头站在桌旁，双手插在裤袋里。

"我想现在该把警察叫来了，"他说，"等他们来了，我们就把案子整个儿交给他们。"

"该死！我还是什么都没明白，"派克罗夫特搔着头叫道，"他们到底为什么想方设法把我弄到这儿来，然后……"

"哼！"福尔摩斯不耐烦地说道，"明摆着，一切都是为了这最后采取的突然行动。"

"那么，其他的事你都搞清楚了吗？"

"我想这是显而易见的。华生，你怎么看？"

我耸了耸肩。"我得承认我一点头绪都没有。"我说道。

"啊，如果你们把这些事儿先认真考虑一遍，结论只能有一个。"

"那么你得出了什么结论？"

"嘿，整个事件有两点最关键，其一是他让派克罗夫特进这家'前途无量'的公司之前先写了一份声明。你还不明白这说明了什么吗？"

"恐怕我对此没有留意。"

"那么，他们为什么要让他这么做呢？这一点有悖常理，因为这类事通常是口头约定的，这一次完全没有理由在你身上破例。我年轻的朋友，你难道看不出来，这是因为他们急于弄到你的笔迹，而又没有其他的办法？"

"要我的笔迹干什么？"

"问得好，干什么呢？解答了这个问题，在你的问题上我们就能有进展了。干什么呢？只有一个恰当的原因，就是有人想要模仿你的笔迹，所以不得不先买下你的书写样品。现在如果再让我们来看看第二点，就会发现这两点可以相互解释。这第二点就是平纳不让你去辞职，这样那家大商行的经理满心以为会有一位他从未见过的霍尔·派克罗夫特先生星期一早晨走进他的办公室。"

"我的天哪！"我们的委托人喊道，"我真是瞎了眼。"

"现在明白他为什么要弄到你的笔迹了吧。假设有人冒你的名去商行，可字迹与你寄去的申请表上的完全不同，这样当然就会露出破绽。但如果在这几天里那个无赖能模仿出你的字体，那就不会出岔子了，因为我相信公司里谁也没见过你。"

"对，没人见过我。"霍尔·派克罗夫特呻吟般地说道。

"很好。当然，还有一件事最重要，那就是想办法不让你重新考虑后改变决定，并且阻止你和任何了解情况的人接触，以免你得知有人冒名顶替你在莫森商行上班。因此，他们预付给你一大笔薪水，把你支到了中部，在这儿又交给你很多任务，让你没时间回伦敦，否则，他们的鬼把戏就会被你戳穿。这一切再明白不过了。"

"可是为什么这个人又要假扮成自己的哥哥呢？"

"啊，这也很明显。这个故事里的主人公只有两个。一个已冒充你混进了莫森商行，另一个跑去雇了你，可还需要有人来扮演你老板的角色。但他们又决不愿意再有第三者参与这桩阴谋，所以他尽量乔装打扮冒充自己的兄弟，相信你即使发现两人面貌酷似,也会认为是兄弟俩长得很像,而不加怀疑的。幸亏你无意中发现了他的金牙,否则你还不会起疑的。"

霍尔,派克罗夫特紧握双拳在空中挥舞。"天哪!"他叫道,"我在这儿被人耍的时候,那个假霍尔·派克罗夫特在莫森商行里都干了些什么?我们该怎么办?福尔摩斯先生,请告诉我怎么办?"

"我们必须给莫森商行发份电报。"

"他们星期六十二点关门。"

"不要紧。会有人看门或值勤的……"

"啊,对了,他们保存着价值不菲的有价证券,因此设立了一支常备警卫队。我记得城里有人说起过。"

"太好了,我们给他们发份电报,看看是否有什么异常,

派克罗夫特紧握双拳在空中挥舞。

那儿是否也有个叫霍尔·派克罗夫特的办事员。这些都清楚了,但我不大明白的是,为什么一看见我们,那个无赖就立刻跑出去上吊呢?"

"报纸!"我们身后传来了一个嘶哑的声音。那人已经坐起来了,面色死白,正用手抚摸着脖子上宽宽的一条红色印

迹，从眼睛里可以看出他正在逐渐恢复理智。

"报纸！当然了！"福尔摩斯突然激动得大嚷起来，"我真愚蠢！我在我们来访这件事上考虑太多，却压根儿没想到报纸。答案一定就在报纸上。"他把报纸摊开，突然欣喜若狂地叫道："快看这儿，华生。"接着他大声说道，"这是伦敦的报纸，早版的《旗帜晚报》。我们要的在这儿，这儿有大标题：'城里发生劫案。莫森和威廉斯商行发生凶杀。有预谋的抢劫。罪犯已落网。'华生，这不正是我们要弄清楚的吗？请大声念给我们听吧。"

从报道刊载的位置可以看出，这是城里的一桩大事，报道内容如下：

> 今天下午伦敦发生一起重大抢劫未遂案，一人被杀，罪犯被抓获。前不久，著名的证券行——莫森和威廉斯商行因保存有价值一百多万英镑的巨额证券，而设置了警卫人员。经理意识到一旦这些证券有什么闪失，自己责任重大，于是专门装配了最新式的保险柜，并在大楼里增设了一名武装警卫日夜值勤。上周公司招收了一名新职员霍尔·派克罗夫特，此人原来就是臭名远扬的伪钞制造犯兼大盗贼贝丁顿。该犯与其弟刚刚服满五年苦役获释。目前还不清楚他是用何种方法用假名混进了公司，趁机获取了各种钥匙模，并摸清了保险库及保险柜的分布情况。
>
> 按照莫森商行的惯例，职员于星期六中午离开。下午一点二十分，伦敦警察局的警士图森看见有人拿着一个毛毡制的手提包从楼里出来时，觉得十分奇怪，于是引起了他的警觉，便跟在那人后面。罪犯拼死顽抗，但图森在警察波洛克的协助下，终于成功地将其抓获。当即查明这是

一起胆大包天的抢劫案。从手提包内搜出了价值近十万英镑的美国铁路公债及其他矿业、公司的巨额股票。对犯罪现场进行勘查时发现了那位不幸的警卫的尸体，尸体是弯曲着塞在最大的保险柜中，如果不是图森警士果断地采取了行动，星期一早晨之前尸体不会被人发现。该警卫的颅骨是被人从后面用火钳砸碎的。无疑是贝丁顿假托把什么东西忘在里面，从而得以进入楼内，然后杀死警卫，迅速将大保险柜内的财物洗劫一空，准备携带赃物潜逃。其弟经常与该犯协同作案，但此次调查证明，其弟未曾露面，目前警方还在尽力查找其行踪。

"好了，这方面我们可以替警方省去不少麻烦，"福尔摩斯瞥了一眼窗前那缩成一团面容憔悴的人，说道，"人性真是一种奇特的混合物，华生，你看，即使这样一个恶棍兼杀人犯也会如此重感情，听说哥哥要送命弟弟便去自寻短见。现在，我们不得不采取行动。我和医生留下来看着他，派克罗夫特先生，请把警察叫来。"

（莫艳　译）

"格洛里亚斯各特"覆没记

一个冬日的傍晚,我和朋友歇洛克·福尔摩斯坐在壁炉两旁的沙发上,福尔摩斯说:"华生,我手里的几份文件很值得你读一读。这些材料与'格洛里亚斯各特'奇案有关。治安官老特雷佛就是看了其中的一份文件而吓死的。"

福尔摩斯从抽屉里取出一个褪色的小圆纸筒,展开后递给我半张青灰色的纸,上面潦草地写着:

The supply of game for London is going steadily up〔itran〕. Headkeeper Hudson, We believe, has been now told to receive all orders for fly-paperand for preservation of your hen-pheasant's life.

(字面意思为:伦敦野味供应稳定增长。我们认为总保管哈德森已被告知接收所有粘蝇纸订货单,同时保存你的雌雉的生命。)

读完这封令人迷惑不解的短信,我抬起头,却发现福尔摩斯正对着我脸上的表情暗自发笑呢。

"看来你给弄糊涂了。"他说。

"我真不明白,这封信竟能吓死人。我看,它不过内容荒唐一点。"

"很可能是这样。不过事实却是,那位健朗的老人看了这封短信后,却像中了弹一样倒地而亡。"

"你这么一说，倒引起了我的好奇心，"我说道，"不过，你要我研究这件案子有什么特殊原因吗？"

"这是我开始侦破的第一个案子。"

我一直设法想知道我朋友决心致力于侦探工作的原因，但总没碰到他愿意倾吐的机会。此刻，他坐在扶手椅上，身体前倾，把文件展开来搁在膝盖上，接着他点燃烟斗吸了一会儿，然后翻来覆去地看着文件。

"你没听我说起过维克多·特雷佛吧，"他说道，"他是我两年大学生活里结交的唯一的朋友。我生性不爱社交，华生，我只愿意一个人待在房子里冥思苦想，培养自己的思维，从不与同龄人交往。体育方面，我只爱好击剑和拳术。我的学习方法也与其他同学不同。因此，我根本不必跟同学接触。我唯一结交的同学就是特雷佛。一天早晨，在我去教堂的路上，他的猎犬咬伤了我的脚踝，我们就这样认识了。

"开始时我们俩交往很普通，而结果却令人难忘。我在床上躺了十天，特雷佛不时来探问我的病情。开始他只来陪我闲聊几分钟，很快，他看望我的时间延长了。那个学期快结束时，我们成了知心朋友。他是一个热情奔放、坦率开朗的年轻人，而且思想活跃、精力旺盛。我们有很多方面截然不同，但也有一些共同之处，当我发现他也和我一样少有相投的朋友时，我们反而更接近对方了。后来他请我去他父亲的住处——诺福克郡的丹尼索普村，我接受了他的邀请，在那儿度了一个月假。

"老特雷佛在当地任治安官，同时又拥有地产，是一个有钱又有名望的人。丹尼索普村是布罗德市郊靠近朗麦尔北部的一个小村庄。特雷佛的房子是一所老式而宽大的木梁砖墙建筑，门前有一条林荫道，两旁栽满了繁茂的菩提树。房子附近的沼泽地，既是捕获野鸭的绝妙场所，也是垂钓的极好去处。房子里有一间精致的小书房，听说是从前任房东手中随房子一块买过来的。此外，还有一位手艺不错的厨师。如果有谁在这种地方度一个月假还不满意，那么他未免也太挑剔了。

"老特雷佛的妻子已经过世，我朋友是他的独子。

"听说他原来有一个女儿，因患白喉死在去伯明翰途中。我对老特雷佛特别感兴趣。他没受过很多教育，但体力和精力都很旺盛。他没多少书本知识，但游历过很多地方，见过不少世面，并能记得所有的见闻。他看起来身体结实而健壮，头发蓬乱而灰白，饱经风霜的棕色脸庞上有一双蓝眼睛，目光锐利得近乎凶狠。然而他在附近却出了名的和气，爱接济人，听说他在法院审案时也总怀着仁慈之心。

"我到他家后不久的一个傍晚，大家吃完晚饭后正坐在一起喝葡萄酒，小特雷佛开始聊起我的那些观察和推理习惯。我那时虽然已经将它们归纳成了一个系统，但还没有意识到这些习惯对我一生的影响。我那位朋友正在那儿津津乐道于我那几次小小的推理尝试，那位老人显然认为他儿子言过其实了。

"'福尔摩斯先生，'他兴致颇高，笑着说道，'如果你想推理出什么来，不妨在我身上试试。'

"'我恐怕推理不出很多，'我答道，'不过我猜近一年来你一直担心有人要暗算你。'

"老特雷佛嘴角的笑意消失了，他异常吃惊地看着我。

"'事实确实如此，'他说道，'维克多，你知道，'老人转过身对儿子说道，'那帮来沼泽地偷猎的家伙被我们赶走后，一直发誓要杀了我们，后来他们真的偷袭了爱德华·霍利先生。自那以后我时刻小心提防着，不过我不明白你怎么知道这件事的。'

"'你有一根很漂亮的手杖,'我说道,'从手杖上刻的字看出,你买它还不到一年。然而你却不惜挖空心思在手杖一端凿上洞,还灌进熔化的铅,制成一件可怕的武器。我想除非你担心有危险,否则是不会采取这种预防措施的。'

"'还有吗?'他含笑问道。

"'年轻时你经常参加拳击活动。'

"'你又猜对了。你是怎么知道的?是不是我的鼻子有点歪?'

"'不是,'我说道,'是从你的耳朵看出来的。你的耳朵与一般人不同,又扁又厚,那是拳击留下的痕迹。'

"'还有吗?'

"'你手上的老茧说明你曾从事过采掘工作。'

"'我所有的钱都是采掘金矿赚的。'

"'你去过新西兰。'

"'又猜对了。'

"'你还去过日本。'

"'一点不错。'

"'你曾与一个人过从甚密,那人姓名的首字母缩写为J. A.,但后来你又力图从记忆里抹掉他。'

"'听见这话,老特雷佛先生缓缓站了起来,他那双蓝色的大眼睛盯着我,眼神奇怪而疯狂。接着他往前一扑,脸撞到桌上的一堆果壳里,昏死了过去。

"'华生,你可以想见,我和他儿子当时有多吃惊。不过,他没有昏迷多久,我们刚把他的衣领解开,在他脸上洒了一些洗指杯里的水,他就回过气坐起来了。

"'啊,孩子们,'他挤出一丝笑容说道,'我没有把你们吓坏吧。我虽然看起来身体结实。心脏功能却很弱,受一点点打击就会昏倒。福尔摩斯先生,我不知道你是怎么推测出这些的，可是我觉得，无论是真正的侦探，还是虚构的侦探，跟你相比都如同小孩一般无能。你适合终生从事这种职业，相信我这个还算见过一些世事的人的话吧。'

"当时，我只是喜爱推理活动。华生，你可以相信，正是他的劝告和对我这种能力的肯定，使我第一次想到要选择这种爱好作为我终生的职业。不过，当时我对主人突然昏倒深感不安，根本无心顾及其他。

"'但愿我的话没有使你伤心。'我说道。

"'唉，你确实触到了我的痛处。我可不可以问，你怎么知道这一切的，你了解多少有关我的情况？'他半开玩笑半认真地说道，眼里惊恐的神情还隐约可见。

"'这倒不难，'我说，'那次你光着手臂把鱼抓到船上，我瞧见靠近你胳臂肘的地方刺着 J. A. 二字，笔画虽然模糊，字形却清晰可辨。周围的皮肤上沾有墨迹，说明你后来又想除掉字迹。显而易见，你原来非常熟悉这两个缩写字母，后来又极力想忘掉它。'

"'你可真是好眼力啊！'他如释重负地吁了一口气说道，'事情正如你猜到的那样。现在我们不谈它好了。旧相识的鬼魂是所有鬼魂中最可怕的。我们还是去弹子房安静地吸会儿烟吧。'

"自那以后，老特雷佛虽然对我仍很亲切，然而亲切中却夹有一丝怀疑。他儿子也意识到了这一点。'你还真吓了爸爸一跳呢，'小特雷佛说道，'他现在根本不敢肯定你知道些什么，不知道些什么。'我想，老特雷佛并不想让别人知道他心里的疑虑，然而疑虑压在他心里，使他无意中流露出来。当我确信是我引得他如此不安，我决定缩短拜访的时间。临走的前一天，他们家发生了一件事，那事后来引起了严重的后果。

"我们三个人当时正坐在花园草坪的椅子上晒太阳,一边欣赏着布罗德的风景,这时一个女仆过来通报说门口有人求见老特雷佛先生。

"'他叫什么名字?'主人问道。

"'他不肯说。'

"'他有什么事?'

"'他说你认识他,他只想跟你说一会儿话。'

"'把他带到这儿来吧。'不一会儿,进来了一个精瘦的人,他形貌猥琐,步履拖沓,身着一件敞开着的夹克,袖口上还有一块柏油污痕,里面穿着一件红黑格子相间的衬衫,下面是一条棉布裤子,脚套一双笨重而破旧的靴子。一张瘦削的棕色脸庞露出狡猾的神情。笑的时候露出一排参差不齐的黄牙。他布满皱纹的双手半握着拳,显出水手常有的姿势。当他晃荡着穿过草坪向我们走来时,我听到老特雷佛的喉咙里发出一声类似打嗝的声音。接着,他猛然跳下椅子,冲进房子里。没过多久他又跑出屋子,经过我面前时,我闻到他身上有一股浓浓的白兰地酒味。

"'喂,朋友,'他说道,'你找我有事吗?'

"那个水手模样的人站定了,迷惑地看着他,张开嘴笑着。

"'你不认得我了?'水手问道。

"'天哪,是你啊,哈德森!'老特雷佛带着一种惊奇的语气说道。

"'正是我,先生,'水手说道,'我们有三十年没有见过面了。你现在倒是过上了舒适的家庭生活,我却还在艰难度日。'

"'你应该知道我并没有忘记过去,'老特雷佛大声说,然后走近水手,跟他低声说了些什么,接着大声说道,'你先到

厨房里弄点吃喝什么的,我会替你安排好的。'

"是你啊,哈德森!"

"'谢谢你,先生,'水手抹了一下额前的头发说道,'我刚下了一艘航速为八海里的货船,我在船上干了两年,船上缺少人手,干活很辛苦,现在我只想休息休息。下船后我就来找你了,要不我就只能去找贝多斯了。'

"'哦,'老特雷佛大声说道,'那你知道贝多斯先生的住处吗?'

"'老天保佑,先生,我知道所有的老朋友的去向。'来人阴险地笑着答道,然后跟着女仆到厨房去了。老特雷佛含糊其词地告诉我们说，这个人曾与他同船去采矿。后来他不顾我们还在草坪里，径直一人走进屋去。一小时后，我们走进房子，发现老特雷佛已经醉醺醺地躺倒在餐室的沙发上。这件事给我留下了极为恶劣的印象。因此，第二天我离开丹尼索普村时，心里不存一丝遗憾。我觉得，一定是由于我的存在，我朋友才感到为难。

"这些事情都发生在漫长假期的第一个月里。回到伦敦住所后，我在接下来的七个星期里做了几个有机化学实验。深秋的一天，假期快结束时，我突然收到我朋友的电报，他请我赶回丹尼索普村去，因为他迫切需要我的指点和帮助。我只好抛开手头的事情，马上动身去北方了。

"我在车站与我的朋友相遇时，他正坐在一辆马车上等我。一见面我就看出来，这两个月来，他一定备受煎熬，因为他变得消瘦而憔悴，往日的那种情绪高昂、谈笑风生的神态荡然无存。

"'我父亲快不行了。'他开口便这么说道。

"'不可能！'我惊叫道，'发生了什么事？'

"'他中风了，是受了刺激引起的。他今天一直处在死亡的边缘，很难说回家后我们还能不能看见活着的他。'

"华生，你想，我听了这个突如其来的消息有多惊奇啊。

"'什么原因造成的？'我问道。

"'这正是问题的关键啊。现在你先上车，我们在车上再详细谈。你还记得你离开我家前的那晚上到我家来的那个家伙吗？'

"'当然记得了。'

"'你知道他是个什么样的人吗？'

"'不知道。'

"'福尔摩斯,他是个魔鬼。'他大声喊道。

"我惊讶地望着他。

"'一点不错,他真是个魔鬼。自从他来到我们家,我们家就再也没有安宁过。父亲从那天晚上起再没开心过,现在他生命垂危,伤心透了,都是那个该死的哈德森给害的。'

"'他为什么会这样呢?'

"'我也想弄清这一点。父亲这么慈祥、宽厚、善良,为什么竟会受制于这么个恶棍呢?福尔摩斯,你来了我很高兴。我非常相信你,凭你的判断力和处事能力,一定能帮我想出一个最好的办法来的。'

"我们乘坐的马车奔驰在乡间平坦的白色道路上,呈现在我们面前的是涂上了落日余晖的布罗德。透过道路左侧的一片小树林,我远远地看到了治安官房顶上高耸的烟囱和旗杆。

"'父亲先是安排那人做园丁,'我朋友说道,'后来,因为那人不满意,父亲又提升他做管家。从此,全家人都得听从他的摆布。他成天游手好闲,想干什么就干什么。女仆们抱怨说他酗酒成性,言语粗鄙。为了他惹下的麻烦,父亲想尽办法给女仆们增加薪水,作为补偿。这家伙还老是带着我父亲的猎枪乘船去打猎。他这么做时,总带着一副讥诮、傲慢、不怀好意的表情。要是他和我年龄一般大,我早就教训他不下二十次了。福尔摩斯,我跟你说,这段时间以来,我是出于不得已才竭力控制住自己。现在我反问自己,如果当初我不那么控制自己,是不是更明智一些呢?

"'唉,情况越来越糟了。哈德森这个畜生一天比一天嚣张。有一天,他竟当着我的面,傲慢无礼地回答我父亲。我当即抓住他的肩膀一把将他推出了门。他气得脸色发青,灰溜溜地走开了,然而他那双恶毒的眼睛却露出一种威胁的神情。

不知后来可怜的父亲又跟这个人做过什么交涉。第二天,父亲来找我,要我去向哈德森道歉。你可以想到,我拒绝了这个要求,我问父亲为什么要放纵这个无赖,让他如此欺负我们全家。

"'父亲说道:"哎,孩子,你说得没错,可是你哪知道我的处境呢?不过你将来会明白的,维克多。不管以后发生什么事,我都会设法让你知道事情真相的。孩子,你不会让你可怜的父亲伤心吧。"

"'父亲情绪激动地说完这些,就把自己关到书房里待了一整天,我从窗户里看见他一直在忙于写着什么。

"'那天晚上,发生了一件使我如释重负的事,因为哈德森对我们说,他准备离开我们。午饭后,我们正坐在餐室里,这时哈德森走了进来,他已经喝得半醉,声音沙哑地向我们宣布了他的打算。

"'"我在诺福克已经受够了,"他说道,"我打算去汉普郡贝多斯先生那里。我敢说,他也会像你一样高兴见到我的。"

"'"哈德森,你这么走了,不会怨恨我们吧。"我父亲低声下气地说道,这使我浑身的血都沸腾起来。

"我还没接受道歉呢。"

"'"我还没有接受道歉呢。"他阴着脸说道,同时瞟了我一眼。

"'父亲转身对我说道:"维克多,你应该承认,你对这位可敬的朋友确实有些失礼。"

"'我回答道:"恰恰相反,我认为我们父子太纵容他了。"

"'哈德森咆哮着说道:"哦,你是这么认为吗?很好,伙计,我们走着瞧吧!"

"'他晃荡着身子走出房间,半小时后离开了我家。他走后,父亲又惊又怕,每天晚上,我听到他在房子里不停地走来走去。就在他快要恢复信心时,致命的打击降临到了他头上。'

"'发生什么事了?'我急忙问道。

"'事情发生得很奇怪。昨天晚上父亲收到一封从福丁哈姆寄来的信。父亲看完信,不断地用双手敲击头部,发了疯似的在房间里转圈子。后来我把他扶到沙发上,发现他的嘴巴和眼睛都歪到了一边。我看出来他是中了风,于是马上请来了福德汉姆医生,我们俩把父亲抬到床上,可是他病情越来越严重,丝毫没有苏醒过来的迹象,我想咱们可能看不到他还活着了。'

"'特雷佛,你不要吓唬我!'我大声说道,'那封信里究竟写了些什么,竟然造成如此可怕的后果?'

"'也没什么特别的东西。就是这点让人弄不明白。这封信内容荒诞而且琐碎。啊,我的上帝,我担心的事果然发生了。'

"这时,我们已到了林荫道拐弯处。在昏暗的灯光下,我们看到所有的窗帘都拉下了。我朋友面容悲戚地和我冲到门口时,一位黑衣绅士走了出来。

"'医生,我父亲什么时候过世的?'特雷佛问道。

"'你离开后不久。'

"'他苏醒过吗?'

"'临终前有一会儿是清醒的。'

"'他有话留给我吗?'

"'他只说那些纸在日本式壁柜的后面抽屉里。'

"我朋友和医生一道去了死者的卧室,我待在书房里反复思考着整个事情的经过,心情前所未有地沉重。老特雷佛曾是拳击家、旅行家,还是个淘金者,然而他为什么竟会屈从于那个尖酸刻薄的水手的摆布呢?为什么一听到人家提及他手臂上依稀可辨的姓名首字母缩写就晕倒了呢?为什么接到来自福丁哈姆的信竟至于被吓死了呢?这时,我想起来,福丁哈姆属汉普郡,也即贝多斯先生的住处,那个水手就是去他那儿敲诈了。因此,这封信可能是水手哈德森寄来的,也许他在信中说自己已经检举了特雷佛过去犯罪的秘密。这封信也可能是贝多斯寄来的,也许他在信中警告老特雷佛,说有个以前的同伙即将检举他们的罪行。这样一来事情就一目了然了。然而,为什么他儿子又说这封信内容荒诞而琐碎呢?看来,他一定错误理解了这封信。如果真是这样,那么这封信一定是用密码的形式写的,也一定有与字面意思完全不同的实际含义。我必须读一读这封信。如果信中真有暗含的意思,我相信自己能够看出来。我在黑暗中坐着思考了一个小时,后来一个泪流满面的女仆拿着一盏灯进来了,后面跟着我的朋友小特雷佛。他脸色苍白却很平静,手里拿着我膝盖上的这几张纸。他把灯移到桌边,坐到我的对面,并递给我一封写在石青色纸上、字迹潦草的短信。那封短信就是你现在看到的这个:"伦敦野味供应稳定增长。我们认为总保管哈德森已被告知接收所有粘蝇纸订货单,同时保存你的雌雉的生命。"'

"我第一次读这封信时也和你一样迷惑不解。后来,我又非常仔细地读了一遍。不出所料,这些奇怪地搭配起来的词组另有含义。像'粘蝇纸'和'雌雉'这些词组可能有预定的含义,而且是随意规定的,推测是猜不出它们的含义的。然而我不相信这封短信属于这种情况,而信中'哈德森'这个词的存在证实了我的这种猜测。而且这封短信不是那个水手寄来的,而是贝多斯寄来的。我试着倒过来读这封短信,却发现'性命、雌雉'等词组的搭配没有任何意义。我又试着隔一个字进行拼读,但无论是'the of for',还是'supply game London'都不能说明什么。没过多久,我终于解开了这个谜。我发现,从第一个词开始,如果每隔两个词取一个词,连起来就有了含义。就是这些含义使老特雷佛丧命的。

"我终于解开了这个谜。"

"这样读字句不多,正是一封告警信。我马上读给我的朋友听:

The game is up. Hudson has told all. Fly for your life.

（译为：一切都完了。哈德森已全部检举。你赶紧逃命吧！）

"维克多·特雷佛用颤抖的双手捂住脸。'我想，事情是这样的，'他说道，'蒙受耻辱可比死更难堪。不过，"总保管"和"雌雉"代表什么意思呢？'

"'这些词在信中并没有什么实际意义。不过，要是我们没法找出发信人，这些词倒能说明一些情况。你看，写信人先写下"The... game... is"这些预定的句子，然后在每两个词之间添两个词进去。他当然会选用最先想到的词。从添加的词可以看出，写信人要么热衷于打猎，要么酷爱饲养。你了解贝多斯吗？'

"'你一提到他，我倒记起来了，'他说道，'每年秋天，贝多斯总要邀请我那可怜的父亲上他的林子里打猎。'

"'那这封信一定是他寄来的，'我说道，'现在我们只须查明，那个水手哈德森如此胁迫两位有钱有名望的人，他究竟掌握了他们的什么秘密。'

"'唉，福尔摩斯，我想那恐怕是件丢脸的坏事。'我的朋友大声说道，'我也不必瞒着你，父亲知道哈德森要检举时写下了这些话。我按医生告诉我的在日本式壁柜里找到了这些纸片。现在请你拿过去给我念念，我自己实在既没有力气也没有勇气读了。'

"华生，这几张纸就是小特雷佛给我的，那天晚上我在旧书房念给他听，现在我再念给你听。你看，这几张纸外面注明：'"格洛里亚斯各特"号三桅帆船航行记事。一八五五年十月八日由佛尔莫思起航，同年十一月六日在北纬十五度二十分、西经二十五度十四分沉没。'里面的内容是用信函的形式写下来的。

"'我最亲爱的儿子,既然我的余生将蒙上即将降临的耻辱,在此我真诚地表明,我并不畏惧法律对我的审判,也不痛惜失去现有的官职,更不悲叹熟人对我的轻视。而是想到你一向敬爱我,却要因我而蒙受耻辱,这才使我痛心疾首。我一直担心的事情如果真的发生了,我希望你能读一读我给你写的这封信,这样你才会知道我的罪孽有多深重。如果事情没有暴露(愿全能的上帝保佑!),这些纸片碰巧得以保存于你手中,我恳求你,看在上帝的分上,看在你亲爱的母亲分上,看在我们父子的亲情分上,将它付之一炬,彻底忘了它吧。

"'如果你仍在读这封信,我知道那一定是事已败露,我已身陷囹圄了,更有可能则是我已离开人世了(你知道我的心脏衰弱)。不管属于何种情形,那时都不必再隐瞒下去。下面我讲的句句属实,我发誓是我的肺腑之言,唯愿能够获得宽恕。

"'亲爱的孩子,我本名不叫特雷佛,年轻时我名叫詹姆士·阿米塔奇。这样一来你应该明白那次我晕倒的原因了吧。几个星期前,你那位大学的朋友跟我讲话的口气,在我听来他好像掌握了我的秘密。没化名之前,我在伦敦一家银行工作过,后来,由于犯法被判处流放,孩子,请不要过分责怪我。当时我为了偿还一笔不得不偿还的所谓赌债,动用了不属于我自己的钱。我确信自己能及时补上这笔钱。可是却遭到了最可怕的厄运,没能得到指望的那笔钱,偏偏又赶上银行提前查账,我的亏空暴露了出来。我本来不应判那么重的刑,可是三十年前的法律比现在严酷得多。于是,在我二十三岁生日那天,我作为重罪犯和其他三十七名犯人一起被押上"格洛里亚斯各特"号帆船,流放到澳大利亚去。

"'那一年刚好是一八五五年,正处在克里米亚战争时期。大部分本来用于载运罪犯的船只调往黑海作军事运输,政府只能改用那些不合适的小船遣送罪犯。"格洛里亚斯各特"号帆船原来是做中国茶叶生意的。它式样陈旧,船首重而船身宽,早就被新式的快速帆船取代了。这只三桅帆船载重五百吨,船上除了三十八名囚犯,还载有二十六名水手,十八名士兵,一名船长和三名船副,一名医生,一名牧师和四名看守。从佛尔莫思起航时,船上共约一百人。

杰克·普伦德加斯特。

"'囚犯船上的囚室隔板一般用厚橡木制成,可是这条船上的囚室隔板却十分薄而易断。还在我们被带到码头时,我就特别注意到一个人,他后来就囚在船尾我的隔壁囚室里。他是一个面容清秀的年轻人,他没留胡须,鼻子细长,嘴唇总抿着。他神情得意,走路时昂首挺胸,身材尤其高大。一般人都比他矮一个头,我肯定他身高至少六英尺半。在众多沉郁的面孔中,看到一张精力充沛而坚定果敢的脸,确实令人振奋。当我看到这张面孔,我的感觉就像在暴风雪中见到了火一样。我发现他就关在我的隔壁,心里很高兴。一天晚上夜深人静的时候,我听到一声低语,原来是他设法在囚室隔板上挖了一个洞,这个发现使我兴奋不已。

"'"喂,伙计!"他说道,"你叫什么名字?因什么罪名关在这里?"

"'我回答了他,反问他是谁。

"'他说道:"我叫杰克·普伦德加斯特。我敢肯定,离开我之前,你会感激我的。"

"'我听说过关于他的案子,我被捕前,他的案子曾在全国轰动一时。他出身很好,能力非凡,但染上了不可救药的恶习,从伦敦巨商手里巧妙地骗取了大笔钱财。

"'此时他不无得意地说道:"哈哈!你还记得我那件案子啊。"

"'"是啊,我还记得很清楚呢。"

"'"那你是否还记得那件案子的特别之处?"

"'"什么特别之处?"

"'"我弄到将近二十五万英镑,是不是?"

"'"听说有这么多。"

"'"可是你知道吗,那笔钱并没有收回去?"

"'"不知道。"

"'"喂,你猜这笔钱现在在哪?"

"'"我猜不出。"

"'他大声说道:"这笔钱现在在我手里。千真万确!我的金镑比你的头发丝还要多。小伙子,如果你手里有钱,只要懂得如何利用这些钱,你就能为所欲为了。你想,一个为所欲为的人,会甘心在这爬满耗子、甲虫的破旧中国船的臭货舱里等待死亡吗?不,先生,他不但要解救自己,还要解救他的难友。你应该相信这一点。凭圣经起誓,只要你相信他,他就能解救你。"

"'他当时就是这么说的。开始我以为他不过说说而已。不久,他又试探了我一回,还庄严地向我发誓,说确实已经定好了秘密夺船的计划。上船前,就有十二个犯人做好了准备。

由普伦德加斯特领头，用金钱作动力。

"'普伦德加斯特说:"我的同伙是一个难得的好人，他非常忠诚可靠，并为我们掌管着钱。你能猜出他现在在哪吗？瞧，他就是这条船上的牧师——一点不错，是那位牧师。他穿着黑上衣上了船，身份证名副其实，他带在箱子里的钱足够买通全船人。所有的水手都听他的。还在他们受雇之前，他就已经用现金把他们全部收买过来了。他还买通了那两个看守和二副梅里尔。要是他认为船长值得收买，他会连船长也收买过来的。"

"'我问道:"那我们究竟想怎么干呢？"

"'他说:"你说呢？我们要做的就是让那些士兵的衣服被血染得比裁缝做的还要红。"

"'我说:"可是他们有武器啊！"

"'他说:"年轻人，我们也有武器，到时候给每人发两支手枪。全体水手都将做我们的后盾。如果这样还夺不成船，那我们都该送进女子寄宿学校。今晚你跟囚在你左边囚室的人说一下这事，看他是否可靠。"

"'我照他说的做了，得知我的左邻是个际遇和我相似的年轻人，他犯的是伪造货币罪。他当时名叫伊文斯。后来他和我一样改了名字，现在已是英国南部一位事业蒸蒸日上的富人了。他当时很乐意参加那次行动，因为那是唯一可以解救自己的途径。我们的船经过海湾之前，船上只有两名犯人没有加入这一秘密行动。其中一个我们信不过他，因为他意志薄弱，另外一个正患黄疸病，帮不了多少忙。

"'开始时，我们确实没有遇到什么阻碍。水手们都是无赖出身，特别擅长干这种事情。冒牌牧师不时来囚室给我们鼓劲，他背上的黑包看起来装满了经书。他这样来来去去十分频

·回忆录·

繁,以致第三天时,我们每人床下都藏有一把锉刀、两支手枪、一磅炸药和二十发子弹。两个看守早就是普伦德加斯特的耳目了,二副也早成了他的帮手。船上与我们对立的,只剩下了船长、两名船副、两个看守、马丁中尉和他的十八名士兵以及那位医生。尽管行动很保密,我们还是决定小心为妙,在夜间进行突然袭击。然而,事情来得比我们预料的快得多。情况是这样的:

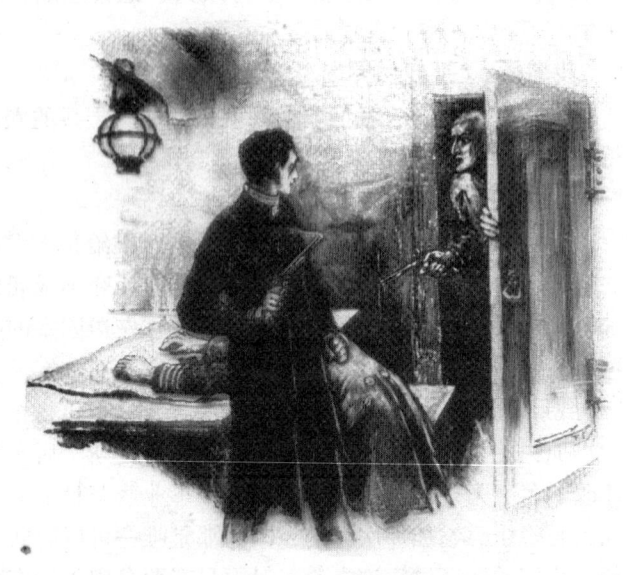

牧师站在一旁,手里的枪仍在冒烟。

"'开航后第三个星期的一天晚上,医生来囚室给一个犯人看病。他的手无意中放在犯人的床尾时,触到了手枪的轮廓。如果他保持沉默,我们的行动可能就被他破坏了,可是他胆小慌张，当即发出一声惊叫，吓得面色苍白。那个犯人马上意识到发生了什么事，一把抓住了医生。他来不及发出警报，便被堵上嘴，绑到了床上。我们蜂拥着冲出了医生来时通往甲板的门。两个哨兵当即被射倒。一个班长跑来察看发生了什么事，也被打死。另外两个把守官舱的士兵没有开枪还击，因为他们的火枪没装火药。他们上刺刀时被击中身亡。然后我们又朝船长室冲去，正在这时，里面传来了枪声。船长倒在桌上，脑髓弄脏了钉在桌上的大西洋航海图。牧师则站在一旁，手里的枪仍在冒烟。两个船副已束手就擒，整个事情看来已大功告成。

"'官舱就在船长室隔壁，我们一齐冲进去，坐到长靠椅上畅谈了起来。失而复得的自由使我们欣喜若狂。官舱里有很多货箱，冒牌牧师威尔逊砸开一个箱子，从中取出二十瓶褐色葡萄酒。我们敲碎瓶颈，把酒倒入酒杯，正要祝酒狂饮一番，突然传来了一阵枪声。官舱里顿时硝烟弥漫，以致我们都看不清桌子对面的东西了。烟消雾散后，房子里一片狼藉。威尔逊和其他八个人倒在地上奄奄一息。直到现在我一想到那桌上的血和褐色的葡萄酒还觉得恶心。当时我们被眼前的情景吓呆了。我想，当时要是没有普伦德加斯特，我们一定都完了。他发出一声公牛般的怒吼冲出门去，后面跟着所有活下来的人。我们冲到舱外，发现中尉和他手下的十个士兵正站在船尾，从官舱上面的旋转天窗的缝隙里向我们射击。我们抢在他们重新装好火药之前对他们进行射击。他们顽强地进行抵抗，仍打不过我们，五分钟后战斗结束了。天啊！那条船简直成了屠宰场。普伦德加斯特像暴怒的魔鬼，他把士兵们像小孩一样提起来，不论他们是死是活，一个个全抛到海里。有个中士虽然伤势很重，仍然出人意料地坚持游了一段时间，多亏一个人发慈悲在他的脑部打了一枪，这才结束了他的痛苦。最后，我们的敌人只剩下了两名看守、两名船副和那位医生。

"'在怎样对待这几名剩下的敌人的问题上，我们发生了分歧，并激烈地争吵起来。大多数人满足于夺回了自由，不愿再杀人了。他们认为，杀死手执武器的士兵是一回事，冷酷无情地杀人则是另一回事。我们五个犯人和三个水手都不愿看着俘虏被杀死，但普伦德加斯特那一帮人却坚持杀掉他们。他说，为保安全，我们必须斩草除根，他要杀人灭口，以免将来有人告发我们。他这么一说差点儿使我们也遭到拘禁。最后他终于答应说，如果我们愿意的话，可以乘小船离开。我们欣然接受了这个建议，因为我们早已对这种血腥的屠杀倍感恶心。我们知道，这件事情之后还会有更坏的事情发生。我们除了每人一套水手服之外，还得到一桶淡水、一小桶腌牛肉、一小桶饼干以及一个指南针。普伦德加斯特扔给我们一张航海图，要我们对外说是一艘失事船只上的水手，出事地点是北纬十五度、西经二十五度。说完他割断缆索，任我们漂流而去。

"'我亲爱的儿子，我讲的故事现在到了最惊心动魄的部分了。激战时，水手们曾掉转方向逆风行驶，我们离开他们后，他们却鼓起船帆，顺着东北风缓缓驶离我们而去。我们的小船在平稳的波涛中行驶着。船上我和伊文斯受教育程度最高。于是我们俩坐下来查看海图，以确定我们所在的位置，并选择登陆的海岸。这是一个需要慎重对待的问题，因为往北五百英里是福德角群岛，往东七百英里是非洲海岸。考虑到风转向北吹，我们最后决定还是往塞拉利昂方向比较好，于是便掉转船头朝塞拉利昂驶去。这时我们从小船的船尾已看不见三桅帆船船身，只能看见船桅了。我们正远远地看着它时，传来了雷鸣般的巨响，响声震耳欲聋。烟雾消散后，"格洛里亚斯各特"已荡然无存。我们马上掉头朝出事地点驶去，海面上的余烟说明这里刚刚发生过的灾难。

"'我们花了很长时间才赶到,开始我们担心去得太迟,恐怕救不出什么人了。海面上随波起伏着的一些断桅残板显示出帆船沉没的地点,却没有人活着的迹象。我们绝望地掉转船头,忽听有人呼救,我们这才看到不远处的一块木板上躺着一个人。我们把他拉上船,这是一个名叫哈德森的年轻水手,他严重烧伤,筋疲力尽,不能开口说话,直到第二天早上,才把事情的经过告诉我们。

"我们把他拉上船。"

"'原来,我们离开后,普伦德加斯特那伙人就开始动手杀害那五名被囚禁的人。两名看守被他枪毙后又扔进海里,三副也遭到了同样的命运。普伦德加斯特还下到中舱亲手割断了那位可怜医生的喉管。最后只剩下了勇敢机智的大副。他已经事先设法挣脱了绳索，见普伦德加斯特手持血淋淋的屠刀向他走来，他冲下甲板，一头钻进了尾舱。十二个罪犯端着手枪跟着冲进去，发现他手拿火柴坐在一个启开的火药桶旁。船上一共载有一百桶火药，大副发誓说，谁要是动他一下，他就叫全船人同归于尽。话没说完船就爆炸了。哈德森认为，爆炸不是大副用火柴点燃的，而是一个罪犯开枪走火引起的。不管原因是什么。这就是"格洛里亚斯各特"号帆船和那帮劫船暴徒的结局。

"'我亲爱的孩子，简单地说，我经历的可怕事件就是这样。第二天，我们被开往澳大利亚的"哈茨伯"号搭救了。船长很容易就相信了我们是一艘触礁客轮的幸存者了。"格洛里亚斯各特"被海军部作为海上失事船只记录了下来，而它真正的遭遇却不为人所知。"哈茨伯"后来顺利地在悉尼将我们送上了岸。在那我和伊文斯易名去采矿，在那个异乡人聚集的地方，我们轻易地隐藏了自己的真实身份。我也不必再提以后的事了。最后我们赚了钱，在世界各地旅游了一番之后，又以富有的殖民地居民的身份回到英国，并买下了产业。二十多年来，我们生活得平静、幸福，力图彻底忘记过去。当这个水手来找我们时，我马上记起了这个被我们从爆炸后的船上救起来的人，你可以想象我当时的感觉。不知他是如何找到我们的，他见我们有些害怕，便百般欺诈我们。你现在知道我当初为什么不想得罪他的原因了吧，那么你便会在一定程度上同情我那满心恐惧的心情了。他现在虽然离开我们去找另一个受害者了，但是他却留下了那无声的恫吓。'

"下面的字是用颤抖的手写下来的，字迹难以辨认。'贝多斯来信了，告诉我哈德森已全部检举了。仁慈的上帝啊，宽恕我们吧！'

"这就是我那天晚上念给小特雷佛听的故事。华生,这件案子可真具有戏剧性啊。我的好友被这件事弄得伤透了心,他后来到特拉依去种茶树了,听说在那里过得还好。至于那个水手和贝多斯,自写信之日起就再没有他俩的消息。实际上,警察局并没有接到检举,看来贝多斯错误以为哈德森的威胁是当真的。有人看到哈德森在附近出没,因此警方以为是他杀死了贝多斯后逃走了。而我认为事情完全不是这样。很可能是贝多斯在绝望之中以为自己已被告发,便杀死了哈德森报仇,并携带所有的钱财逃离了英国,这才是事情的真实情况。华生,要是你收集资料用得上这些,你尽管采用吧。"

(周觉知 译)

马格雷夫仪式

我的朋友歇洛克·福尔摩斯思维敏捷,做事有条不紊,着装简朴整洁,然而,他的性格中有一处与众不同的地方,颇使我这个与他同居一室的人心烦。那就是他在个人习惯方面一塌糊涂。我自己在这方面也并不是无可挑剔。我曾在阿富汗工作过,那儿恶劣的工作环境使我形成了很随便的生活习惯和与医生不相称的马虎作风。不过,我虽然马虎却有限度。当我看到有人将烟头扔在煤斗里、将烟叶塞在波斯拖鞋里、将一些尚未答复的信件用大折刀插在木制壁炉正上方时,我便开始自鸣得意起来。我一直认为,练习手枪应该属一种户外消遣,福尔摩斯却不这么认为,他只要来了兴致,就会坐到扶手椅里,拿起他那支手枪和一百盒子弹,以维多利亚式的爱国热情,将对面墙壁打得千疮百孔。我强烈地感到,他这么做既不利于改善室内的空气,又不利于改进房屋的外观。

我们的房间里到处都是化学药品和罪犯的遗物,而这些东西经常钻到了意想不到的地方,有时出现在黄油盘里,有时甚至从更想不到的地方冒出来,然而最让我头疼的还是他的那些文件。他最不愿意销毁文件,尤其是有关以前案情的文件。一两年之中他只集中精力整理一次。因为,就像我在回忆录中曾经提到过的,他只有成功地办完某个案件时,才会爆发这种热情。热情过后他又恢复了冷漠,每天抱着小提琴和书本,除了从沙发边走到桌旁,他几乎寸步不移。由于日积月累,他的文件越来越多,直到屋里每个角落堆满了一捆捆的文件。即便是这样，他也不愿烧毁这些文件，也不愿别人移动这些文件。

一个冬天的夜晚，当我们一块坐在壁炉旁时，我突然提议，既然他已经把摘要抄进了备忘录，不妨利用接下来的两小时，把我们的房间弄得稍微舒服一点。他无法反驳这一合理的要求，于是面带怒容地走进卧室，没过多久，他拖着一只大铁皮箱出来了。他把箱子放在地板中央，在大箱子前面的一张凳子上蹲下来，然后打开箱子。箱内有三分之一的地方摆了文件，所有的文件都用红带子扎成了一捆一捆的。

"华生，箱子里已经装了不少文件了，"福尔摩斯用他那双爱捉弄人的眼睛望着我，说道，"我想，如果你早就知道这个箱子里装了些什么，你就会叫我把箱子里的文件拿出一些来，而不是叫我把另外的文件添进去了。"

"这些是不是你以前办理过的案子的记录？"我问道，"我一直想了解了解这些案子呢。"

"是的，年轻人，它们都是我成名前办过的案子。"福尔摩斯轻轻地取出一捆捆文件，显出非常爱惜的样子。"这些案例办得并不都很成功，华生，"他说道，"不过其中倒是有不少趣事。有塔尔顿凶杀案，有凡贝里酒商案，有俄国老妇历险案，还有铝制拐杖奇案以及跛子里科利特与其恶妻案。再看这一宗案件，它还真有点离奇呢。"

他把手伸进箱内，从箱底取出一个小木匣，匣盖是活动的，就像一个儿童玩具盒。福尔摩斯从小木匣里拿出一张皱巴巴的纸、一把老式铜钥匙、一枚带线团的木钉和三个生锈的旧金属圆板。

"喂，朋友，你猜这是些什么东西？"福尔摩斯一面观察着我的表情，一面微笑着问道。

"它们看起来倒真像罕见的收藏品。"

"确实罕见,要是你听说过由它们引发的故事,你会更吃惊呢。"

"这么说,这些收藏品还有一段来历啰?"

"它们不仅有来历,而且本身就是故事的起因。"

"什么意思?"

歇洛克·福尔摩斯将这些收藏品取出来,一一摆到桌边,然后坐回自己的椅子,满意地瞧着它们。

"这些东西,"他说道,"都是我保存下来以纪念马格雷夫仪式一案的。"

我已经不止一次听他提过这件案子,却一直未曾获悉详情。"要是你能把详细经过讲给我听,"我说道,"我该有多高兴啊!"

"那我可以不理这些乱糟糟的东西了?"福尔摩斯调皮地喊道,"只是,这个房间又要凌乱不堪了,华生。不过,能把这件案子载到你的案情记录中去,我也很高兴。因为这件案子不仅在国内犯罪史上很奇特。而且在国外,我相信,也不多见。如果记载我那些微不足道的成就时,却不包括这件奇案,那也未免太不完备了。

"你可能还记得'格洛里亚斯各特'事件,其中我给你讲了那个人不幸的遭遇。他对我讲的一席话,第一次使我考虑到职业问题,后来侦探工作真的成了我终生的职业。我现在已经小有名气,公众和警方都公认我为疑难案件的最高上诉法院。你刚认识我时,我正在调查那件后来被你署名为'血字分析'的案子。虽然当时还称不上顾客盈门,但也有不少主顾了。你难以想象开始时我的工作进行得多么艰难,又经历了多么长久的努力才获得了成功。

"刚到伦敦时,我住在大英博物馆附近的蒙塔哥街,闲暇

· 马格雷夫仪式 ·

时便潜心学习各门知识，以备将来之用。那时就有一些人来找我破案，他们中的大多数人都是我的老同学介绍来的。因为我读大学的后几年里，就有人注意到我和我的那套推理方法。我侦破的第三个案件是马格雷夫仪式案。正是那一连串奇怪的事件以及后来证明其事关重大的侦破结果激发了我的兴趣，从而开始了我今天从事的这门职业。

"瑞金纳德·马格雷夫曾在我上过的大学学习过，我和他仅为点头之交而已。他在同学当中并不怎么受欢迎，因为他看上去颇为自傲。不过，在我看来，他的自傲只是竭力掩盖他与生俱来的自卑而已。从外貌上看，他颇具贵族子弟的特征，瘦个子，高鼻梁，大眼睛，举止从容，

瑞金纳德·马格雷夫。

彬彬有礼。实际上他真是英国一家最古老贵族的后裔。只不过在十六世纪时，他们家作为次子的后裔从北方的马格雷夫家族中分支出来，然后定居到萨色克斯西部的赫斯顿庄园，那个庄园现已成为该地区仍有人居住的最古老的建筑了。看来，他的出生地萨色克斯对他影响很深。每当我看着他那苍白而灵秀的面孔或他头部的姿势，总让我联想起灰色的拱门、直棂的窗户以及古堡的遗迹。我们曾不自觉地在一起说过话，我还记得他多次向我表露过对我的观察和推理方法感兴趣。

"我们分开后四年的一个早晨，他到蒙塔哥街找我。他还

105

是老样子，穿戴得很时髦（因为他讲究穿着），并保持以前那种与众不同的文静优雅的风度。

"'你还好吗，马格雷夫？'两人热情地握过手后，我问道。

"'你可能已经听说了，我那可怜的父亲去世了。'马格雷夫说道，'他是两年前去世的。自那以后我理所当然地接管了赫斯顿庄园。另外因为我还担任了当地的议员，所以一直很忙。不过，福尔摩斯，听说你正将你那套惊奇的推理方法运用到实际生活中来？'

"'是的，'我说道，'我开始凭这套小本领谋生了。'

"'听到你这么说，我很高兴，因为我现在非常需要你的指点。赫斯顿最近发生了一连串怪事，连警察都查不出原因。这些事件真是太奇怪、太令人费解了。'

"华生，你可以想象，当时我是多么急于想听下文了，因为几个月以来我一直找不到事干，而当时看来我盼望的机会总算来了。我深信，我能做成别人做不成的事情，现在我可以大显身手了。

"'快把详细情况告诉我吧。'我大声说道。

"瑞金纳德·马格雷夫坐到我的对面，点燃我递给他的香烟。

"'你要知道，'他说，'虽然我还没有结婚，但是赫斯顿庄园的仆人却不少，因为庄园年代已久，凌乱不堪，需要许多仆人照料。我也不愿辞掉仆人，况且在打野鸡的时节，由于我经常在家里设宴招待打猎的朋友们，也少不了人手。庄园里共雇了八名女仆、一名管家、两名男仆和一名小听差。另外还有一批仆人照管着花园和马厩。

"'管家布兰顿是仆人中雇用得最久的。我父亲当初雇用他时，他是一个不称职的小学教师。由于他精力旺盛、个性很强,不久就受到全家人的器重。他身材健美,眉清目秀,前额俊美,虽然他到我们家已有二十年,仍不到四十岁。令人不解的是,他具有这么多优势和不凡的才能(因为他持好几国语言,还能演奏几乎所有的乐器)却满足于长期做一个仆人。在我看来,他是安于现状,不想改变已有的处境。凡是到过我家的人都记得那位管家。

"'可是这么完美的人却有一点放荡。你想,他这种人在寂寞的乡村做一个花花公子并不难。刚结婚时他倒挺安分的,妻子死后,他就净给我们惹麻烦了。几个月前我们以为他会从此安定下来的,因为他和我们的二等女仆内切尔·豪尔斯订了婚。谁知他又抛弃了内切尔,看上了猎场看守领班的女儿珍妮特·彻杰丽丝。内切尔是个不错的姑娘,不过,她是威尔士人,容易激动。她才得过脑膜炎,直到现在,或者说直到昨天才可以走动。与过去的她相比,现在的她不过是一个黑眼睛的幽灵而已。这是发生在赫斯顿的第一件事。紧接着发生的第二件事使第一件事显得简直无足轻重。第二件事起因于管家布兰顿做的不光彩的事以及后来他的被解雇。

"'事情的经过是这样的:我刚才说了,他很聪明,然而他就是被聪明给毁了,因为他太聪明,才会对与自己无关的事过分好奇。我没料到他的好奇心到了那么深的程度,要不是一件偶发事情,我还不会加以注意呢。

"'我已经说过,我们的庄园很凌乱,上个星期的一天,确切地说是上个星期四晚上,晚饭后,我不该喝了一杯浓咖啡,很久都睡不着。这样一直挨到早上两点钟,我觉得不再有睡着的希望了,于是起床点起一支蜡烛,准备继续读一本没看完的小说。由于我把书留在弹子房,我便披上睡衣走出卧室去取。

"'从卧室到弹子房,必须下一段楼梯,再经过一道走廊,走廊的一头是藏书室和枪库。经过走廊的时候,我发现从藏书室敞开的门缝里透出一线微弱的光。你可以想象我当时有多吃惊。临睡前我已经亲手把藏书室的灯熄了,把门也关了。当时我首先想到的是房子里进来了夜盗。赫斯顿庄园的走廊两边的墙壁挂了许多古代武器的战利品。我从中挑了一把战斧,放下蜡烛,踮着脚尖穿过走廊,朝房内张望。

突然他从椅子上站起来。

"'待在藏书室的是管家布兰顿,他穿得整整齐齐地坐在一把安乐椅上,他的膝盖上摊着一张纸,看起来像一张地图,他正托着额头思考着什么呢。我呆呆地站在黑暗中,观察着他的一举一动。我借着桌上的蜡烛发出的微弱光线,看出他衣着整齐,突然他从椅子上站起来,朝对面的写字台走去,打开锁,拉开一个抽屉。他从抽屉里取出一份文件,走回原来的座位,把文件平铺在桌上,便开始在烛光下专心致志地研究起来。他那么平静地查看我家的文件,这使我非常气愤,我情不自禁地朝前走了一步。刚好布兰顿抬起头,他见我就站在门口,吓得脸都白了,赶忙跳起来将那张海图模样的东西塞进口袋。

"'我说:"好啊!你就是这么报答我们对你的信任吗?那明天就请你离开我家吧。"

"'他垂头丧气地鞠了一躬,什么也没说,然后从我身边溜走了。蜡烛还在桌上,我想借着烛光看看布兰顿究竟从写字台里取出了什么文件。然而,我惊奇地发现,那份文件一点儿也不重要,只不过是一份奇特的古老仪式中的问答词而已。这种仪式是我们家族特有的,叫"马格雷夫仪式"。几个世纪以来,马格雷大家族中的每个人,成年后都要经历这个仪式——这些纯属我们家族的私事,如同私人图章,也许对考古学家来说,它们略有价值,却无实际用途。'

"'文件的事我们待会儿再谈吧。'我说道。

"'如果你认为有必要,'马格雷夫犹豫了一下说道,'那我就接着讲吧:我用布兰顿留下的钥匙重新锁好写字台,正想转身离开,突然惊奇地发现管家又返回来了,正站在我跟前呢。

"'他激动得声音嘶哑地说道:"先生,马格雷夫先生,我受不了这种耻辱,先生,我一直保持着与自己地位不相称的高傲,让我出丑会要了我的命。先生,我的生死现在就掌握在你手中,真的,如果你把我逼上绝路的话,我生不如死。先生,如果这件事之后你不能留我,那么,请看在上帝的分上,允许我在一个月内申请离开,这样看起来更像辞职一些,也让我容易接受一些。马格雷夫先生,请你千万不要当着熟人的面赶我出门。"

"'我答道:"你不配受到如此宽待,布兰顿,你做的这件事太丢人了。不过,念在你给我们家当差多年的分上,我也不愿当众扫你的脸。但是一个月的限期太长了,你必须在一个星期之内离开,你想找什么理由离开都可以。"

"'他绝望地喊道:"一个星期?先生,两个星期吧,至少给两个星期。"

"'我重复道:"就一个星期。你要知道我对你的处理已经够宽大了。"

"他很绝望,只好沮丧地偷偷溜走了。我也熄灭了灯,回到自己的房间。

"'接下来的两天里,布兰顿表现得非常勤恳,忠于职守。我也闭口不提刚刚发生过的事,内心却不无好奇地静观他怎样保全自己的面子。可是第三天早餐后,他没有像往常一样来听候我向他吩咐一天的工作。离开餐室时,我碰巧遇见了女仆内切尔·豪尔斯。刚才我说过,她不久前刚刚病好康复,身体十分虚弱,脸色也很苍白,见面后我便叫她不要工作。

"'我说道:"你应该躺到床上休养,等身体好一点再工作。"

"'她带着奇怪的表情看着我,以致我担心她的脑病复发了。

"'她说道:"我已经恢复健康了,马格雷夫先生。"

"'我答道:"那要看医生的意见。你现在不要工作,还有,如果你下楼,请转告布兰顿,我想见他。"

"'她说道:"管家不在。"

"'我问道:"不在?到哪儿去了?"

"'她说:"他不在,谁也没看到他。他不在房里。啊,是的,他不在了,他不在了。"内切尔说着说着,就倒到墙上,开始一声接一声地尖声大笑起来。我被她歇斯底里的发作吓坏了,赶忙按铃求助。姑娘被带回房间后,我问她布兰顿的去向,她只是不停地尖叫、抽泣。无疑,布兰顿已离开庄园。昨晚他的床没人睡过,自从前天夜里他回到自己的房间后,再也没有人见过他。然而很难查清他是怎么离开自己的房间的,因为当天早上他房间的门窗都是闩上的。另外，他的衣服、手表以及钱物都还留在房间里，只是不见了他那套经常穿的西服。他的拖鞋也不见了，却留下了长统靴子。管家布兰顿究竟头天晚上到哪里去了呢？现在他怎么样了？

"'我们从地下室到阁楼把庄园搜了个遍，却没发现他的任何踪迹。正如我所说的，这幢老庄园就像一座迷宫，尤其是那些无人居住的旧厢房。我们彻底地搜查了地下室和每个房间，仍然没找到任何有关失踪者的线索。我不相信布兰顿会舍弃所有财物离去，然而他可能会到哪里去呢？我通知了当地警察，他们也没查出什么来。前天夜里下了雨，所以察看庄园周围的草地和小径也是徒劳。事情的经过就是这样。后来又发生了一件事，才使我们的注意力分散开来。

"'两天来内切尔·豪尔斯病情严重，有时昏迷不醒，有时歇斯底里，我只好请了一个护士照看她。布兰顿失踪后的第三个夜晚，护士见病人睡熟了，于是坐在扶手椅上打起盹来。谁知第二天早晨醒来，发现床上的病人不见了，窗户却开着。护士马上把我喊醒了，我立刻带着两个仆人出去找失踪的姑娘。要分辨她离开的方向并不难，因为我们可以从她房间的窗台下开始，顺着她的脚印穿过草地，一直找到小湖边。在小湖边的碎石路附近，她的脚印消失了。碎石路是通往庄园外面的。当我们看到可怜的疯姑娘的脚印消失在水深八英尺的小湖旁边时，你想我们当时有多难过啊。

"'当然，我们马上动手打捞尸体，可是我们什么也没捞上来，除了一件意想不到的东西。那是一个亚麻布袋子，里面装着一些生锈的、失去光泽的金属和几件灰暗的水晶或玻璃制品。除了这些奇怪的东西，我们再没有从湖中打捞到什么。尽管我们昨天就各种可能到处搜寻，内切尔·豪尔斯和理查德·

布兰顿仍然下落不明。警方倾尽全力，也无所收获。我现在来找你，是怀着最后一丝希望。'

"华生，你想，当时我是多么急切地听着这一系列扑朔迷离的事件啊！我竭力将它们联系起来。然后用一条线将它们全部串到一起。管家和女仆都不见了，女仆曾经爱过管家，后来又理所当然地恨他。姑娘是感情强烈的威尔士人，管家失踪使她情绪变得异常激动，于是她把一袋子怪东西扔进湖里。所有这些因素都不得不考虑到，可是其中没有一个实质性的因素。现在只有这一连串错综复杂事件的结尾，而它们的起因究竟是什么呢？

"'我说道："我必须看一下那份文件，马格雷夫，就是你管家不惜丢掉职业而读过的那份文件。"'

"'我们的家族仪式很荒唐，'马格雷夫回答道，'不过祖先传下来的东西总有点可取之处。如果你想看看仪式问答词，我这倒有一份抄件。'

"华生，马格雷夫递给我的就是我现在拿着的这份文件，它是一份奇怪的仪式问答词，每个马格雷夫家族的人成年后都必须遵从。我来给你念一下问答词吧。

"'它原本属于谁？

"'属于那个走了的人。

"'谁应该得到它？

"'那个即将到来的人。

"'太阳在哪里？

"'在橡树上方。

"'阴影在哪里？

"'在榆树下面。

"'怎样测到它？

"'朝北十步再十步,朝东五步再五步,朝南两步再两步,朝西一步再一步,正居其下。

"'我们应该拿什么去换取它?

"'我们的一切。

"'为什么我们应该拿出去呢?

"'为了信任。'

"'原件没有标上日期,不过,文字用的是十七世纪的拼写法。'马格雷夫说道,'恐怕这对你破案帮助不大。'

"'至少,'我说道,'它又给我们添了一个谜,而且比前面的谜更令人感兴趣。其中一个谜的谜底很可能是另外一个谜的谜底。马格雷夫,请原谅,我认为你的管家很聪明,而且看起来比他主人家十代人的头脑都要清醒。'

"'我不懂你这是什么意思,'马格雷夫说道,'在我看来,这份文件毫无实用价值。'

"'可是我认为这份文件实用价值很大,我猜,布兰顿也是这么认为的。很可能在你撞见他的那天晚上之前他就看过这份文件了。'

"'很可能是这样。我们从未力图藏匿过它。'

"'我猜,他最后一次查看文件不过是想记住内容而已。我认为,你进去时,他正在拿某个地图或草图与文件核对,一见你进来,他才慌忙将图纸塞进口袋。'

"'没错,正是这样。不过,他了解我们家族的老家规有什么用呢?我们家的这个仪式意义何在呢?'

"'我想要回答这个问题并不难,'我说道,'只要你同意,我们不妨乘坐去萨色克斯的首班列车,到案发现场深入调查一番。'

"当天下午,我俩到了赫斯顿庄园。也许你从图片和文字

· 回 忆 录 ·

介绍中见识过这座著名的古建筑,因此我就不再详细描述了。不过要说明的是,那幢建筑物呈 L 形排列。长的那排房子式样新一些,而短的那排房子则是保存下来的古式建筑,以此为中心,还扩建了许多房子。旧式建筑中部的低矮笨重的门楣上,刻着一六〇七年这个建筑日期。行家们还一致认为,尾梁和石造构件的实际年代比这个日期更早。旧式房屋的墙壁高大厚实,窗户却过分窄小,于是这家人在上个世纪就建起了那一排新房。旧式房屋现在除了偶尔用作库房和酒窖,基本上是闲置着。房子周围古木参天,幽静得如同公园一般。我的委托人提到过的小湖就在林荫路旁,离房子约两百码远。

"华生,我坚信,那三个谜不是互不相干的三个谜,而是一个谜。如果我解开了'马格雷夫仪式'之谜,就能找出线索,从而查清与管家布兰顿和女仆豪尔斯两人有关的事实真相。于是我开始集中精力研究起这份文件来。管家为什么如此急切地想了解一个古老仪式的问答词?原因显然是他从中看出了某种奥秘,而这种奥秘却被这家乡绅的好几代人忽视了。布兰顿有望从这种奥秘中获取到私利,而这种奥秘究竟是什么呢?它又是怎样影响了管家的命运呢?

"反复读了仪式问答词之后,我认为问题已经清楚地表明,其中提到的测量法是针对问答词中某些语句暗示的某个地点。一旦找出这个地点,我们就能正确无误地揭开这个秘密。马格雷夫的祖先认为,只有以这种奇特的方式才能提醒后代这个秘密。我们已经掌握了两条线索可供调查:一条是橡树,另一条是榆树。要调查橡树很容易,因为它就在房子正前方车道的左侧。橡树林中有一棵最古老的,是我见过的树中最高大的。

"'你们家规定这种仪式的时候是不是就有了这棵橡树?'我们的马车驶过老橡树时,我问道。

"'这棵树很可能还在诺曼征服①时期就有了。'马格雷夫答道,'它有二十三英尺粗呢。'

"它有二十三英尺粗呢。"

"我的一个推测得到了证实,于是我又问道:'你们家有老榆树吗?'

"'那边曾经栽过一棵老榆树,十年前被雷电击断了。后

---

① 1066年法国诺曼底公爵威廉对英国的军事征服。从此,英国盎格鲁-撒克逊朝结束,诺曼底朝的统治开始。

来我们就锯掉了树干。'

"'你还能认出老榆树原来栽的地方吗?'

"'啊,当然能。'

"'你们家还有其他榆树吗?'

"'没有老榆树了,不过倒是有许多新榆树。'

"'我想看一下老榆树原来生长的地方。'

"由于我们坐的是单马车,我的委托人没有领我进屋,而是马上把我带到草坪的一处洼地,原来那就是老榆树生长过的地方。这个位置刚好处在橡树和房屋的正中间。看来,我的调查有点眉目了。

"'我想,现在没有人知道老榆树原来有多高了吧?'我问道。

"'我可以马上告诉你,老榆树曾经高达六十四英尺。'

"'你是怎么知道的?'我惊奇地问道。

"'我以前的家庭教师教我三角的时候,总爱叫我测量高度。我还在童年时就算出过庄园里每棵树和每个建筑物的高度。'

"这可真是出人意料地幸运。这个数据比我希望的来得快。

"'告诉我,'我说道,'你的管家是不是问过你榆树有多高?'

"瑞金纳德·马格雷夫异常吃惊地瞧着我。'你这么一问,我倒记起来了,'他答道,'几个月前,布兰顿同马夫争论时,确实问过我榆树有多高。'

"这真是个好消息,华生,因为它说明我的思路没错。我抬起头,看到太阳已经西斜,我估算,一小时之内,太阳就会移到老橡树最顶端的树枝上空。这样就符合了仪式中提到的条件之一。榆树的阴影当然是指树影的远端,否则何必不选树干做标杆呢?接下来的一步就是要找出太阳移过橡树顶后榆树阴影的最远端。"

"老榆树没有了,要找出它的阴影很难吧,福尔摩斯?"我说道。

"啊,我想,如果布兰顿能找到,我应该也能找到。再说,实际上找起来也不难。我和马格雷夫在他的书房里做了这个木钉,再把这条绳子系在木钉上,每隔一码打一个结,然后把两根钓鱼竿绑到一起,合起来刚好六英尺长,最后,我和我的委托人走回老榆树原来生长的地方。当时太阳刚刚偏离橡树顶。我竖起钓鱼竿,标出钓鱼竿阴影的方向,并测出阴影长为九英尺。

仪式里提到的地方。

"至于计算,那很简单。既然六英尺长的竿子阴影长为九英尺,那么六十四英尺高的树木阴影长则为九十六英尺。当然,钓鱼竿阴影的方向就是榆树的方向。我这样一直测到了庄园的墙壁边上。然后我在测出的地方插上一个木钉。当我看到木钉附近两英寸远的地方有个锥形的小洞时,华生,你可以想象我当时有多惊喜。我明白那是布兰顿测量时留下的标记,我当时正做着他做过的事呢。

"我们从那个木钉处开始用步子丈量,我先拿我的袖珍指南针确定好方向,然后沿着庄园墙壁朝北走了二十步,再钉一个木钉。接着我朝东走了十步,又朝南走了四步,这样我就走到了老房子的门槛下。如果我再朝西走两步,我就到了仪式里提到的地方,而这样我就走到石板路上了。

"华生,我当时感到前所未有地失望。有一会儿我都怀疑自己的计算是否出现了实质性的错误。夕阳的余晖洒在石板路上,我可以看出,灰色的石板路虽然年代久远,而且被来往的行人磨光了,却仍然被水泥固结得紧紧的。可以肯定多年来没有人移动过这些石板,布兰顿也不可能动过这些石板。我去敲击石板,发出的声音到处都一样,而且石板也没有出现任何断裂的地方。幸亏马格雷夫逐渐意识到了我这么做的意图,他也变得和我一样兴奋起来,并取出手稿核对我的计算结果。

"'正居其下,'他大叫道,'你忘了还有一句话:正居其下。'
"我本来以为那意味着我们要挖开地板,但我马上意识到自己理解错了。'那就是说,这下面还有个地窖?'我大声说道。

"'是的,而且地窖和这幢旧房子一样古老,要通过这道门,从这里下去。'

"我们下了一段弯弯曲曲的石阶,我的同伴划了一根火柴,点亮了墙角木桶上的提灯。我们马上看清了,那正是我们要找的地方,那儿最近还有人来过。

"那儿一直用来存放木料,但是那些显然是乱扔在地上的短木头现在却被移到房间两侧,这样房子中间便空出一块地方来。这块空地上有一块大而笨重的石板,中间带一个生锈的铁环,铁环上缠着一条厚厚的黑白格子方巾。

"'哎呀!'我的委托人叫道,'那是布兰顿的围巾,我发誓看见他戴过这条围巾。这个混蛋在这里干了些什么?'

"在我的建议下叫来了两名当地的警察。我抓紧围巾,使劲往上拉石板,却只移动了一点点。在一名警察的帮助下,我总算把石板挪开了。石板下面是一个黑糊糊的洞,我们都朝里面张望。马格雷夫则跪在洞口旁,把提灯伸进洞里让我们看。

"洞深约七英尺,宽约四英尺,靠洞边有一个黄铜箍的木箱,箱子是开着的,锁孔上还插着这把奇特的老式钥匙。箱子上面积了厚厚一层灰尘,潮湿的环境和蛀虫的咬噬损坏了木箱,箱里还起了一层霉菌。箱底散放着几枚圆金属片——显然是旧式硬币——就跟现在我手里拿的这些硬币一模一样,除此之外,箱里再没有任何其他东西了。

蜷缩在木箱帝的一团东西。

"然而,当时我们已无暇顾及旧木箱了,因为我们看到了蜷缩在木箱旁的一团东西。那是一个身着黑衣服的人。他跪在那儿,前额垂落在木箱旁,两手前伸,抓着箱子。这个姿势使他全身的血液集中到了脸上,谁也没能认

·回 忆 录·

出那张变形了的猪肝色面容。但我们将尸体翻过身后,他的身材、穿着和头发却足以向我们的委托人表明,他正是那名失踪的管家,他已经死了几天,但是身上没有留下任何伤痕,所以不知道他是怎样死的。尸体被抬出地窖后,我们仍旧面临着一个难题,其难度和开始时遇到的问题差不多。

"华生,到现在我还承认,当时我对自己的调查结果很感失望。我曾经设想过,只要我找到了仪式里提到的那个地方,我就能了结这个案子。但是,当时我虽然找到了要找的地方,却仍然不明白这个家族如此精心防范,到底是想隐藏什么。我确实查出了布兰顿的下落,可是我还必须进一步弄清他为什么会落到如此田地,还有那位失踪的姑娘,她在这件事里又充当了什么角色。我坐在墙角的小桶上,反复仔细地思考着整个案情的经过。

"你知道我处理这类案子通常采用的方法,华生。我将自己置身于此人的位置,先估计一下他的智力状况、再竭力想象自己在相同的情况下会怎么做。这样一来,事情就简单多了,因为布兰顿很聪明,不会出现'个人观测误差'——在此借用了天文方面的一个术语——他知道有暗藏的宝物并找出了确切的地点,但是他发现盖住洞口的石板很重,一个人是无法移开石板的,接下来他会怎么做呢?即使庄园外有他信任的人,他也不得不冒着泄密的危险开门让那个人进来,这样他才能得到那个人的帮助。而如果能在庄园内部找个帮手,事情就好办多了。那么他会叫谁帮忙呢?内切尔曾经深深爱过他。男人们不管曾经对一个女人有多坏,都很难意识到那个女人会失去对他的爱。他可能几次向姑娘豪尔斯示意过要与她和好如初,并跟她约好一起行动,然后他们在夜里潜入地窖,一齐用力抬开了石板。至此,我可以像亲眼目睹了他们的所作所为一样进行设想。

"但是对于他们这两个人来说——其中一个还是女人——要抬起这块石板还是吃力了点,因为我和那个粗壮的萨色克斯警察一起抬了这块石板,并不觉得轻松。那么他们会想什么办法呢?如果我是他们,我会怎么做呢?我站起来,细心地查看了地上横七竖八乱堆着的木料。不一会儿我发现了自己料想中的东西。那是一根约三英尺长的木头,它的一端有明显的断口,另外几根木头好像被重东西压过似的,都扁了。显然,他们抬石板时,在空隙里塞了一根木头,最后空隙大得足够一个人爬进去了,他们又将一根木头竖起来撑住石板,以免石板落下来。由于石板的重量全部压在这根木头上,而木头则抵在另一块石头上,所以才造成了木头下端的断口。到目前为止,我的推测仍然是有根据的。

"目前的问题是我该怎样进一步推想那天晚上发生的事情。地窖显然只够一个人钻进去,而这个人就是布兰顿。姑娘则很可能在上面等着。布兰顿打开箱子,把箱里的东西递了上来——因为他们还没有被发现——然后,然后又发生了什么事情呢?

"我猜,也许是那个容易激动的凯尔特姑娘看到曾经辜负过自己的人——可能比我们设想的还要坏——被自己控制的时候,心中蕴藏的复仇怒火突然燃烧起来?也许是木头出其不意地滑倒,石板落下来,而把布兰顿堵死在自找的石墓中?她只不过犯了隐瞒真相的错误还是她突然有意抽开木头,使石板落回洞口?无论是哪种情形,我都仿佛看到一个女人,怀抱宝物,疯狂地在曲折的阶梯上飞奔,全然不顾身后憋闷的喊叫声和双手疯狂捶打石板的声音。那块石板最后憋死了她那个不忠的情人。

·回忆录·

"这就是第二天早晨她面无血色，惊恐不安以及发出一阵阵歇斯底里的笑声的原因了。但是，箱子里究竟装了些什么东西呢？她和这些东西有什么关系呢？箱子里的东西当然就是我的委托人从湖里捞上来的那些旧金属和水晶石。她为了不留下犯罪的痕迹，瞅准最早的机会，将这些东西全部抛进了湖中。

"我一动不动地在那儿坐了二十分钟，翻来覆去地想着这件案子。马格雷夫仍然脸色苍白地站在那儿，晃动着提灯朝洞里张望。

"'这些是查理一世①时期的硬币，'他说道，一边从箱子里拿出几枚硬币，'你瞧，我们对仪式确立的日期估算对了。'

"'我们还可以找到另外一些查理一世时期的东西，'这时我突然想起仪式中前面两个问题可能隐藏的含义，便大叫道，'让我看看你从湖中捞上来的那袋东西。'

"我们来到楼上他的书房，他把那堆破烂东西摆在我的面前。我看到这些东西时马上明白了他为什么不认为这些东西很重要了。那些金属几近黑色，水晶石暗淡五色。但是当我用袖子擦了其中的一块之后，它竟然在我手中发出火星般的光芒来。金属制成的那件东西形状像两个环，但是由于被扭弯了，已经不是原有的样子了。

"'你很可能还记得，'我说道，'查理一世死后，保王党仍然在英国组织抵抗活动。最后，他们逃亡之前很可能埋藏了很多珍贵的财宝，并打算到和平时期再回来取。'

"'我的祖先拉尔夫·马格雷夫爵士是查理一世时期有名的保王党党员，还是查理二世流亡途中的得力助手呢。'我的

---

① 查理一世（1600—1649），英格兰、苏格兰和爱尔兰国王（1625—1649）。统治期间爆发英国资产阶级革命，1649年被国会处死。

朋友说道。

"'啊,确实是这样的,'我答道,'嗯,我想这才真是我们要找的最后一环。我应该祝贺你得到了这笔财产,虽然是以悲剧的形式获得的,但它确实是一件价值不菲的遗物,从历史方面看,它的意义尤为重要。'

"'它究竟是什么呀?'马格雷夫非常吃惊地问道。

"'它不是一般的东西,而是英国古代帝王的一项王冠。'

"'王冠!'

"'没错,想一想仪式中讲的话吧!它是怎么说的?"它原本属于谁?属于那个走了的人。"这是指被处死的查理一世。后来又说:"谁应该得到它?那个即将到来的人。"这是指查理二世,他已被预料到要回来取宝的。我想,斯图亚特王朝①的帝王们一定戴过这顶现已破烂不堪的王冠。'

"'那王冠为什么又出现在湖里呢?'

"'啊,回答这个问题还得花点时间呢。'接着,我把自己对整个事情的设想和证据向他讲述了一番,一直讲到黄昏后月亮升上了天空的时候。

"'查理二世回国后为什么不取走王冠呢?'马格雷夫把那堆破烂东西放回亚麻布口袋后问道。

"'啊,关于这一点我们可能永远都弄不清楚。也许是因为掌握这个秘密的马格雷夫去世前忘了向后人解释这个仪式的用意吧。自那以后,这个仪式被这个家族一代接一代继承下来,最后终于由一个人揭开了这个仪式的秘密,并为此丧了命。'

"这就是马格雷夫仪式的故事,华生。虽然他们为了留住

---

① 斯图亚特家族在苏格兰(自1371年起)和英格兰(1603—1649,1660—1714)建立的王朝。

王冠而经历了一些法律上的麻烦事并付了一大笔钱,但他们还是将王冠留在了赫斯顿。我敢肯定,如果你提到我的名字,他们会很乐意让你看那顶王冠的。一直没有那个女人的音讯,也许她带着犯罪的回忆逃出了英国,躲到国外的某个地方去了。"

(周觉知 译)

瑞盖特之谜

一八八七年春天，我的朋友歇洛克·福尔摩斯由于以前过度操劳，累垮了身体，身体仍然很差。荷兰——苏门答腊公司案和莫拍杜依斯男爵的巨大计划案，大家都还记忆犹新。这些案件与政治和经济有很密切的关系，我不好在我的一篇篇短篇作品中写出来。但那两件案子又比较新奇、复杂。那间接的方式使我朋友有机会证实一种新的斗争方法的价值。我朋友一生都在与犯罪行为作斗争，这种方法也是他所使用的许多方法中的一种。

我翻了一下笔记，是在四月十四日，我收到了一封从里昂来的电报。那电报上说福尔摩斯病倒在杜朗旅馆。二十四小时内，我赶到了他的病房，发现他的病情不太严重，这才放心。不过，虽然他有这么强健的体格，在两个多月的劳累后，也免不了垮了下来。在这期间，他每天最少也要工作十五小时，而且他还跟我说，他多次不停地连续工作五天。在这样极度的劳累之后，胜利的消息也不能使他的身体有所好转。他的名字传遍欧洲，各地发来的贺电在他房中都堆了几寸厚，但我发现福尔摩斯还是提不起精神来。这次，三个国家的警察都失败了，他反而获得了成功，欧洲最高超的诈骗犯玩弄了这么多的诡计，他一一都识破了。结果这也没能使他从极度劳累中感到精神振奋。

过了三天，我们又回到了贝克街。我想换个环境对我朋友的身体可能会有好处，再说我自己也非常想趁此明媚的春光到

·回忆录·

乡下待一个星期。我有个老朋友叫海特上校。他还在阿富汗时，我就给他治过病。他在萨里郡的瑞盖特附近买了一所住宅，经常邀我到他那里去做客。不久前，他又说，如果我的朋友福尔摩斯愿意和我一起去，他同样会高兴地招待他。我委婉地把这意思说了出来。福尔摩斯一听说主人是个单身汉，他又可以不受拘束地随意行动，就同意了我的计划。从里昂回来只有一个星期，我们就到上校家去了。海特是个杰出的老军人，见多识广。他很快就发觉和福尔摩斯交谈很愉快，我早就料到会如此的。

我们到达的那天傍晚，吃过晚饭后，大家坐在上校的贮枪室里。福尔摩斯伸开手脚躺在沙发上，海特和我正在看他那收藏手枪、步枪的小军械室。

"顺便说一声，"上校突然说，"我想拿支手枪到楼上去，免得有警报。"

"有警报？"我说。

"是的，不久前这个地区出了一点事，吓了我们一跳。老阿克顿是我们这里的一个有钱人。上星期一有人闯进了他家。虽然没有丢失什么值钱的东西，可是也没抓到那些家伙。"

"有线索吗？"福尔摩斯抬头望着上校问。

"现在还没有。不过这只是一件小事，是我们村里的一件小小的犯罪案件，你刚办了这么大的国际案件，这不会引起你的注意的，福尔摩斯先生。"

福尔摩斯挥挥手叫他不要称赞自己，但他的微笑却说明这些赞美话也使他很高兴。

"留下了什么重要的痕迹没有？"

"没有。那贼在藏书室乱翻一通，费了一肚子劲，但没得到什么。书翻得乱七八糟，抽屉也全都撬开了，整个藏书室一团糟。最后只偷走了一卷蒲柏①译的《荷马②史诗》、两只镀金烛台、一方象牙镇纸、一个橡木制的小晴雨计和一团线。"

"真是五花八门的东西!"我说。

"嗯，很明显，这些家伙是碰到什么就拿什么。"

福尔摩斯在沙发上哼了一声。

"当地的警察应该从这里面找到一些线索，"福尔摩斯说，"嗯，很明显……"

我伸手制止他。

可是我伸手制止他说："你是到这里来休息的，老朋友。不要去搞什么新的案子，尤其是现在，你仍然十分疲倦。"

福尔摩斯耸耸肩，无可奈何地看了一眼上校。然后，我们

---

① 亚历山大·蒲柏（1688—1744），英国诗人。
② 荷马，公元前8世纪的古希腊游吟诗人，一般认为《伊利亚特》和《奥德赛》由他所作，称为《荷马史诗》。

便谈起了其他不那么敏感的话题。

然而,一切都是命中注定的。我作为医生提醒他注意的那些话都白说了。就在第二天早晨,这案子就使我们卷了进去,避也避不开了。这突然的变化是我们始料不及的。我们正吃着早饭,上校的管家一点礼节也不顾地冲了进来。

"又有消息了,先生,"他气喘吁吁地说,"是在坎宁安先生家里!先生。"

"又偷了什么吧!"上校举着一杯咖啡大声说。

"是杀了人呢!"

上校惊叫了一声,"天哪!"他说,"那是杀了谁?是治安官还是他儿子?"

"都不是,先生。是马车夫威廉。一颗子弹击中了他心脏,他再也不能说什么了,先生。"

"那是谁开的枪?"

"是那个贼,先生。他飞快地跑了,一下子就跑得无影无踪了。他刚从厨房窗子爬进去,威廉就看见了他。为了保护主人的财产,威廉就丢了命。"

"那是什么时候?"

"是在昨天夜里,大约十二点的时候,先生。"

"噢,那么,我们等一下去看看。"上校说着又镇静地坐下来继续吃早饭。

"这是一件不幸的事。"管家走后,上校又补充着说,"老坎宁安是我们这里的头面人物,是个很正派的人。他会因此而伤心的。这个人服侍他几年了,是个好仆人。很明显,这贼肯定就是那个闯进阿克顿家的贼了。"

"也就是偷了那些稀奇古怪东西的人吗?"福尔摩斯沉思着说。

"一定是的。"

"嗯，这可能是世界上最简单的事了，不过，初看起来，还是有令人觉得奇怪的地方。一般说来，一伙在乡下作案的贼总是会不断改变他们的作案地点的，不会在几天内在同一地方两次入宅偷盗的。你昨天一提到要采取预防措施，我当时就想：这地方可能是英国盗贼最不注意的地方了。由此看来，我要学的东西还多着呢。"

"我想这是本地人干的，"上校说，"假如是这样的话，他当然要光顾阿克顿家和坎宁安家了。他们两家是这里的大家庭。"

"也是最富有的人家吗？"

"是的，他们应当是最富的了。不过，他们两家已打了好几年的官司，这场官司使他们双方都损失不少。老阿克顿曾要求分一半坎宁安家的财产，那些律师可从中获利不少啊。"

"如果是当地恶棍干的话，要

警官福雷斯特。

查出来不是件很困难的事。"福尔摩斯打着呵欠说,"好了,华生,我不打算插手这事。"

"警官福雷斯特求见,先生。"管家突然打开门说。

一个机警的青年警官走了进来。

"早上好,上校,"他说,"希望没有打扰你们,不过我们听说贝克街的福尔摩斯先生在你家。"

上校把手朝我朋友那里一指,警官便鞠了一躬说:"我们想你也许愿意光临指导吧,福尔摩斯先生。"

"命运常常是作弄你的,华生,"福尔摩斯微笑着说,"你进来时,我们还在谈着这案子呢,警官。也许你能介绍得更具体一些。"他习惯地向后一仰靠在椅背上,我明白他又无法得到真正的休息了。

"对于阿克顿家的案件,我们还没有得到什么线索。但眼前这个案子,我们有很多线索了,可以马上进行工作。毫无疑问,这两件案子是同一伙人干的。有人看到那罪犯了。"

"啊?!"

"是的,先生。但那罪犯一枪打死了威廉·柯万后,像鹿一样地飞快跑掉了,坎宁安先生在卧室的窗户边看到了他,他儿子亚历克·坎宁安先生也从后面的走廊里看到了他。是十二点一刻发出的警报。坎宁安先生刚睡下,他儿子亚历克先生还穿着睡衣在吸烟。他们两人都听到了马车夫威廉的呼救声。亚历克先生立即跑下楼去看看是怎么一回事。后门是打开的,他走下楼梯时,发现两个人在外面扭打。一个开了一枪,另一个倒下去了。那凶手便跑过花园跳过篱笆逃走了。坎宁安先生从卧室望过去,看见了他。这家伙跑到大路上,转眼就不见了。亚历克先生只好停下来看看他是否还能救活这个垂死的人,结果那恶棍就逃了。那凶手中等身材,着深色衣服。有关这凶手的其他线索我们正竭力调查,如果是外乡人,我们马上就可以查出他来了。"

"那个威廉怎么样了?他死前说过什么没有?"

"什么也没有说。他和他母亲住在仆人住房里。我想他是个老实人,到厨房去可能是想看看那里是否平安无事。每个人都因为阿克顿家的事提高了警惕。那强盗把锁撬开,刚推开门就碰上了威廉。"

"威廉出去前跟他母亲说过什么没有?"

"他母亲年纪大,耳朵又不方便。我们没问到什么。这事几乎把她吓傻了。不过,我也知道她平常就不怎么精明。但我也有一个重要线索,你看看!"

警官从笔记本里拿出扯下来的一角纸平铺在膝盖上。

"我们发现死者手里抓着这纸条。看起来这是从一张较大的纸上扯下来的。你会发现,上面提到的时间正是这可怜的家伙遇难的时间。你看看,如果不是凶手从死者手中撕去一块的话,那就是死者从凶手那里抢回这一角纸。这纸条读起来像是一种与人约会的便条。"

福尔摩斯拿起这张小纸片。以下就是它的复制品:

"我们暂且把这当作是约会,"警官继续说,"这就可以这样理解:威廉·柯万虽有忠厚之名,但可能与凶手有勾结。他可能在那里等那盗贼,甚至帮助那贼进屋,后来两人可能又闹翻了。"

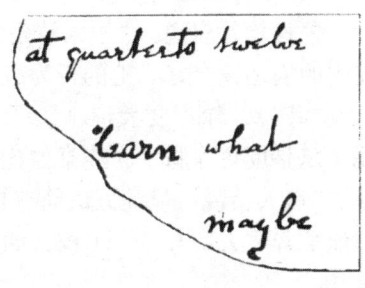

"这字体倒是非常有趣,"福尔摩斯认真地看了一下小纸

条说,"这比我想象的要复杂得多。"他双手抱头沉思着。警官看到这案子竟然使这大名鼎鼎的伦敦神探伤尽脑筋,不禁有些高兴。

"你刚才说,"福尔摩斯过了一会说,"盗贼和仆人之间可能有默契,这纸也许是其中一个人给另一个人的密信,确实见解独到,并非完全不可能。可这纸上明明写着……"他又双手抱头,想了一会。当他再抬起头时,我惊奇地看到他又像没病时那样红光满面,目光炯炯,他又像从前一样一跳就站起来了。

"我说,"他说,"我想悄悄去看一看,了解一下这案子的一些细节。我对一些细节很感兴趣。上校,如果你不反对的话,我想和警官两人去跑一趟,证实一下我的一两个想法。半小时后,我就回来。"

一个半小时后,警官一个人回来了。

"福尔摩斯先生正在田野里走来走去,"他说,"他要我们四个人一起去看看那幢房子。"

"是到坎宁安先生家里去吗?"

"是的,先生。"

"去干什么呢?"

警官耸耸肩说:"不太清楚,先生。我想跟你说福尔摩斯先生的病还没全好。他的行为有点古怪,而且非常激动。"

"我说,你不要大惊小怪,"我说,"他疯疯癫癫的时候,就一定是成竹在胸了,经常如此的。"

"有人会说,他的方法简直是发疯,"警官嘟哝着说,"不过他忙着要去调查了,上校,如果你们准备好了,我们现在就走吧。"

到那里时,我们看到福尔摩斯低着头在田野里走来走去,双手插在裤袋里。

"这案子现在变得更有趣了,"福尔摩斯说,"华生,你倡导的乡间旅行确实非常有效。这上午我过得很愉快。"

"我知道你到过犯罪现场了。"上校说。

"是的,我和警官一起检查了一下现场。"

"有收获吗?"

"嗯,我们发现了一些非常有趣的东西,边走边谈吧,我把我们做过的事告诉你们。首先,我们看到了那具不幸的尸体。确实像警官讲的那样,是死于枪伤。"

"你对这个也有怀疑吗?"

"还是对每一件事都证实一下的好。我们的侦查并不是毫无收获的。后来我们见着了坎宁安先生和他儿子。他们能够指出凶手逃跑时越过花园篱笆的确切地点。这点非常重要。"

"那当然了。"

"后来我们又去见了一下那可怜人的母亲。但她年老体弱,我们什么线索也未得到。"

"那你调查的结果到底是什么呢?"

"结果就是我确信了这一犯罪行为是很奇特的。也许我们现在这次访问可以解决一些问题。警官,我们两人都一致认为死者手中的这张纸片上面写着的时间,就是他死的时间,这一点非常重要。"

"这样,我们就有了一个线索,福尔摩斯先生。"

"这确实给我们提供了一个线索。写便条的人就是要威廉·柯万在那个时间起床的人。可我们到哪里去找这纸的另一部分呢?"

"我仔细地搜查了整个现场,但没找到。"警官说。

"那是从死者手中撕去的。为什么那人这么急于要得到它

·回 忆 录·

呢?因为它可以证明他的罪行。撕下以后又把它放在哪里呢?他很可能把它塞进衣袋里,而没有料到还有一角纸在死者手中。很明显,找到了撕走的那片纸是会有利于我们解开这个谜的。"

"是啊,可罪犯没抓到,怎么样从他衣袋里得到那纸条呢?"

"是啊,是啊,这就需要我们动动脑筋了。还有一点也很明显,这便条是给威廉的。写便条的人是不愿亲自交给他的。不然的话,他可以亲口说了。那么,是谁把这便条交给死者的呢?也许是通过邮局吧?"

"我已经问过了,"警官说,"昨天下午,威廉收到了一封通过邮局寄来的信。信封他已经毁掉了。"

"好极了!"福尔摩斯拍了拍警官的背,大声说,"你已经见过邮递员了。和你一起工作,我非常高兴。嗯,这就是那间仆人的住房,上校,请你进来一下,我领你看看犯罪现场。"

我们穿过被害者居住的漂亮小屋,走过一条两旁橡树挺立的大路,来到了一所华丽的古宅前,那还是安妮女王①时代建的,门楣上刻着马尔博罗的日期。马尔博罗在一七〇九年西班牙王位继承战中指挥英国人及其同盟军战胜了法国人。福尔摩斯和警官领着我们兜了一圈,来到了旁门前。门外就是花园,花园的篱笆外面就是大路。有个警察站在厨房门边。

"请打开门,警官,"福尔摩斯说,"嗯,小坎宁安先生就是站在楼梯上看到那两个人搏斗的,搏斗的地点就是我们现在站的地方,老坎宁安先生就是在左起第二扇窗户旁看到那家伙的,那时那罪犯刚刚逃到矮树丛左边。他儿子也这么说。他们

---

① 安妮(1665—1714),英格兰、苏格兰和爱尔兰女王(1702—1714)。詹姆士二世之女,斯图亚特王室的最后一代君主。

都提到了矮树丛。后来亚历克先生就跑了出来，蹲在受伤者旁边，想救他。你们看，这里地面坚硬，没留下丝毫痕迹。"福尔摩斯正说着，有两个人绕过屋角，走上了花园的小路。一个年龄较大，面容刚毅，脸上皱纹很深，目光阴郁不欢；另一个则是打扮得很漂亮的年轻人，神情活泼，笑容满面，衣着华丽。他们俩与此案件形成了非常奇异的对比。

"还在调查吗？"他对福尔摩斯说，"我想你们伦敦人是不会失败的，但好像暂时还没能把案破了。"

"噢，你得给我们一些时间。"福尔摩斯愉快地说。

"这对你是很必要的，"亚历克·坎宁安说，"哦，好像没什么线索。"

"有一个线索，"警察回答说，"我们想，只要我们找得到……天哪！福尔摩斯先生，怎么哪？"

我那可怜朋友的脸上突然出现了极为可怕的表情。他两眼直往上翻，脸部痛得都变了形。他忍不住哼了一声，就脸朝下跌倒在地上。他那么突然地发病，又那么严重，我们都吓了一跳。我们赶忙把他抬进厨房里，让他躺在一把大椅子上。吃力地呼吸了一会后，他终于又站了起来。他为自己的身体虚弱而羞愧和抱歉。

"华生会向诸位解释，我刚刚大病了一场。"福尔摩斯解释说，"这种神经痛很容易突然发作。"

"用我的马车送你回家去，好吗？"老坎宁安说。

"唉，我既然到了这里，就想搞清楚一些问题。我们很容易就能查清的。"

"什么问题呢？"

"嗯，据我看，可怜的威廉出现时，很可能不在盗贼进屋之前，而在进屋之后。看来你们都理所当然地认为：门打开了而强盗没有进屋。"

"天哪！福尔摩斯先生，怎么啦？"

"我认为这是很清楚的。"坎宁安先生严肃地说，"你想想看，我儿子亚历克还没有睡，如有人走动，他一定听得到的。"

"他那时坐在什么地方？"

"我那时在更衣室里吸烟。"

"哪一扇窗子是更衣室的?"

"左边最后一扇窗子,就是挨着我父亲卧室的那一扇。"

"那你们两个房间的灯当然都亮着啰?"

"当然。"

"现在有几个奇怪的地方,"福尔摩斯微笑着说,"一个盗贼,而且是一个经验丰富的贼,一看灯光就知道这一家还有两个人没睡,却仍然闯进屋里去,这可奇怪了?"

"他一定是个沉着冷静的老手。"

"啊,当然了,要不是这案子这么离奇,我们也就不会来向你请教了,"亚历克先生说,"不过,你刚才说盗贼在被威廉抓住前就已经进了屋,我看这简直是不可能的。屋子不是没被搞乱,也没发现丢东西了吗?"

"这要看是什么东西了,"福尔摩斯说,"不要忘记我们这个对手很不简单,他有自己的一套办法。你记得他从阿克顿家拿去的那些古怪东西吗? 一个线团、一方镇纸,还有一些我不知道的其他零星东西。"

"好了,一切都拜托了,福尔摩斯先生,"老坎宁安说,"都听从你或警官的吩咐。"

"首先,"福尔摩斯说,"想请你自己出个赏格。如要官方同意就要费很多时间了,再说这事也不可能马上就给办。我已经写好了一个。如你同意,就请签字吧。我想五十镑应该够了。"

"我情愿出五百镑,"治安官接过福尔摩斯递过来的纸和笔说,"可是,这里写错了。"他看了一下底稿又说。

"我写得太仓促了。"

"你看你开头写的'鉴于星期二凌晨一点差一刻发生了一

宗抢劫未遂案'等等，实际上，是十二点差一刻。"

出了这个差错我也很痛心。我知道把事情搞准确是福尔摩斯的特长，他对这类疏忽总是很敏感的。生了这场大病够他受的了，从这件小事我也看得出，他的身体还远远没有复原。显然，他也感到不好意思了。警官扬了扬眉毛，亚历克·坎宁安则哈哈大笑起来。那老绅士立即改正了写错的地方，并把纸还给了福尔摩斯。

老坎宁安说："我想你这个想法很好，赶快送去付印吧！"

福尔摩斯却小心翼翼地把这张纸折好，夹入他的笔记本里。

"好了，"他说，"我们现在最好把这宅院仔细检查一下，证实一下这古怪的贼确实没有偷走任何东西。"

进屋前，福尔摩斯仔细检查了那弄坏了的门。很明显，那是用一把凿子或坚硬的小刀插进去把锁撬开的。木头上还留下了利器插进去后留下的痕迹。

"你们不用门闩吗？"福尔摩斯问。

"我们总是认为没有必要。"

"养了狗吗？"

"养了。可我们用铁链子把狗拴在房子的另一边。"

"仆人们什么时候去睡觉的？"

"十点左右。"

"我听说平常威廉也在这时去睡觉，对吗？"

"对。"

"这就奇怪了。就在这出事的夜晚，他却起来了。现在如你愿意领我们看看这住宅，我会感到很高兴的，坎宁安先生。"

我们走过厨房旁边铺着石板的走廊，走过一道木楼梯，径直来到了房子的二楼。我们到了楼梯平台。对面是一条由前厅通过来的装饰得较华丽的楼梯。从这里过去，就是客厅和几间卧室，其中包括了坎宁安先生和他儿子的卧室。福尔摩斯不急不慢地走着，仔细观察着这房子的式样。从他的表情可以看得出来，他在紧追不舍一条线索，可我一点也弄不清他跟踪的是什么。

"我说，先生，"坎宁安先生有些不耐烦地说，"这肯定是不必要的。楼梯口是我的卧室，而我儿子的卧室就在隔壁。你再想想看，这贼要是上了楼，而我们竟不知道，这可能吗？"

"我想你还是到房子四周去查查看，找找新的线索。"坎宁安的儿子阴险地笑着说。

"还得请你们再将就我一会，比如说，我想搞清楚从卧室的窗户可以望出去多远。我知道这是你儿子的卧室，"福尔摩斯把门推开说，"就是那个发警报时他坐在那里吸烟的更衣室吧！它的窗子朝向什么地方？"福尔摩斯穿过卧室，把另一间屋子的门又推开，四下看了一番。

"现在你总该满意了吧？"坎宁安先生尖刻地说。

"谢谢，我想看的都看到了。"

"那么，如果你真的认为有必要的话，到我房里也去看一下。"

"不太打扰你的话，那就去吧！"

治安官耸耸肩，领着我们来到他自己的卧室。室内的家具简单、平常，是一间很普通的房间。大家向着窗子走去，福尔摩斯却走得很慢，他和我都落到了大家的后面。床旁边，摆着一盘橘子和一瓶水。我们走过时，福尔摩斯在我前面探身过去，故意把这些东西打翻在地。玻璃瓶摔得粉碎，水果滚得满地都是。他这行为使我大吃一惊。

"看你弄的，华生，"福尔摩斯沉着地说，"你把地毯弄得一团糟。"

我慌忙俯下身去捡水果。我朋友让我承担责任,我知道,一定有原因。其他人也一边捡水果,一边把桌子扶起来。

"哎呀,"警官喊着,"他到哪里去了?"

福尔摩斯不见了。

"请在这里等一下,"亚历克·坎宁安说,"我看,这个人有点神经不正常,父亲,你快来,我们去看看他钻到哪里去了!"

他们俩冲出门去。警官、上校和我留在房里面面相觑。

"嗯,我同意主人亚历克的看法,"警官说,"这可能是因为他生了病,可我似乎觉得……"

他话还没讲完,我们突然听到了一阵尖叫声,"来人哪!来人哪!杀人啦!"这是我朋友的声音,我不禁冒出一身冷汗。我发疯似的从房里冲向楼梯平台,那呼救声变得低了,变成嘶哑的、含混不清的喊叫,是从我们第一次进去的那房里传来的。我猛冲进去,跑进里面的更衣室。坎宁安父子两人正把歇洛克·福尔摩斯按

坎宁安父子两人正把福尔摩斯按倒在地。

倒在地，小坎宁安的双手掐着福尔摩斯的脖子，老坎宁安则扭住了他的一只手腕。我们马上把他们父子从福尔摩斯身上拉开。福尔摩斯摇摇晃晃地站起来，面色苍白，看样子已经精疲力竭了。

"赶快把这两人抓起来，警官。"福尔摩斯气喘吁吁地说。

"什么罪名呢？"

"谋杀，他们杀了他们的马车夫威廉·柯万。"

警官呆呆地看着福尔摩斯。

"啊，好了，福尔摩斯先生，"警官最后说，"我想你不是真的……"

"咳，先生，你看看他们的脸！"福尔摩斯粗暴地大声说。

真的，我从来没有见过这样一张自认有罪的脸。老的呆若木鸡，坚定的脸上露出沉痛愤恨的表情，少的则失去了原有的活泼，变得凶恶异常，双眼中显露出困兽般的逼人目光，丝毫文雅都没有了。警官一言不发，走到门口吹起了警笛。两名警察应声而至。

"我只好这样，坎宁安先生，"警官说，"我想这也许是一场误会，不过你可以看到——啊，你想干什么？放下！"他挥手打去，亚历克的手枪"啪哒"一声掉在地上。

"别动，"福尔摩斯说着，从容地一脚踩住了手枪，"这在审讯时可派得上用场。"他又举起一个弄皱了的小纸团说："这才是我们真正需要的呢！"

"是那纸条被撕走的部分！"警官喊着说。

"非常正确。"

"在哪里找到的？"

"在我预料的地方找到的。我等一下再把整个案子给你们讲清楚。上校，你和华生先回去吧，我至多一小时后就可以和你们再次见面。我要和警官一起审问罪犯几句。午饭时,我一定赶到。"

福尔摩斯真守约,一小时后,我们又在上校的吸烟室里见面了。他领来了一位矮小的老绅士,福尔摩斯介绍说,他就是阿克顿先生,头一件盗窃就是在他家里发生的。

"我在说明这件小案子时,也希望阿克顿先生在场听一听,"福尔摩斯说,"我想他对案情一定也会感兴趣的。亲爱的上校,接待了我这样一个爱闯祸的人,一定后悔了吧。"

"恰恰相反,"上校热情地说,"有机会研究你的侦探方法,是我最大的荣幸。我承认我完全没有料到,也不能解释你得到的结果。我一点线索也没看出来。"

"我想我的解释会令你们失望的。我的工作方法一点也不保密,对于我的朋友华生也好,对于任何认真关心我的工作方法的人也好,都是如此。不过,我刚才在更衣室里遭到袭击,现在想先喝点白兰地定定神。上校,刚才把我的力气都用尽了。"

"我想你的神经痛不会再突然发作了吧。"

歇洛克·福尔摩斯放声大笑起来。"我们等下再说这事,"福尔摩斯说,"这案子我要按顺序给你们讲一讲,并把促使我下决心的几个关键点告诉你们。不清楚的地方,请随时提问。"

"在侦查艺术中,最可贵的就是能够从许多事实中,发现和区别主要问题和次要问题。要不然你的精力非但不能集中,反而会分散开。所以,我一开始就毫不怀疑,全案的关键一定在于死者手中那张碎纸片。

"在谈这问题之前,大家要注意:如果亚历克·坎宁安讲的是真话,也就是说凶手打死威廉·柯万后马上逃了。那么,凶手显然不能从死者手里撕去那张纸。如不是凶手撕的,那就应该是亚历克·坎宁安自己了。因为在那老人下楼前，几个仆人已经在现场了。这一点虽然简单，但警官却忽视了。他一开始就断定这些乡绅与本案无关。可我决心不带任何偏见，只看重事实。所以一开始调查时，我就带着怀疑的眼光观察着亚历克·坎宁安先生了。

"我非常仔细地查看了警官交给我们的那一角纸，并马上看出，这是非常值得注意的东西。你们没有看出什么特别的地方吗？"

"字体看起来很不规则。"上校说。

"我亲爱的先生，"福尔摩斯大声说，"毫无疑问，这是由两个人轮流写的。请你们注意一下'at'和'to'中那两个有力的't'，再请你们把它们与'quarter'和'twelve'中那两个无力的't'对比一下看看，马上就可以弄清真相。从对这四个字母的简单分析上，我们就可以说，那'learn'和'mayte'是笔锋有力的人写的，而那'what'则是笔锋无力的人写的。"

"天哪，这可是一清二楚的！"上校喊着说，"可那两人为什么要以这种方式写呢？"

"这事可是犯法的，其中一个人不相信另一个人，于是决定什么事都得两人一起动手。显然，在这两人中，那写'at'和'to'的是主谋。"

"你的根据是什么呢？"

"对比一下这两人的笔迹就可以知道。不过我们还有更有力的理由。如果你仔细看看这纸条，你就会得出一个结论：那个笔锋有力的人首先写完了他该写的字，留下了许多空白，让另一个人填写。但并不是所有的空白都留得足够宽。你也看得出，第二个人在'at'和'to'之间写'quarter'时，写得很挤，这就说明'at'和'to'是先写好的了。那个先把他要写的字写好的人无疑就是这一案件的主谋。"

"解释得太妙了!"阿克顿先生大声说。

"不过这是很明显的,"福尔摩斯说,"然而,我们现在要谈到更重要的一点。你们也许不知道,根据一个人的笔迹,专家们可以相当准确地推断出他的年龄。在正常情况下,可以相当有把握地推断一个人的岁数。所谓的'在正常情况下'是指老年人有不健康和体质弱的特点。如果年轻人病了,他的字迹当然也带有老年人的特点。在本案里,只要看看一个人的笔迹粗壮有力,另一个则软弱无力,但十分清晰,不过't'少了一横,我们就可以说,其中的一个人是年轻人,另一个虽未十分衰老,却也上年纪了。"

"妙极了!"阿克顿先生又大声说。

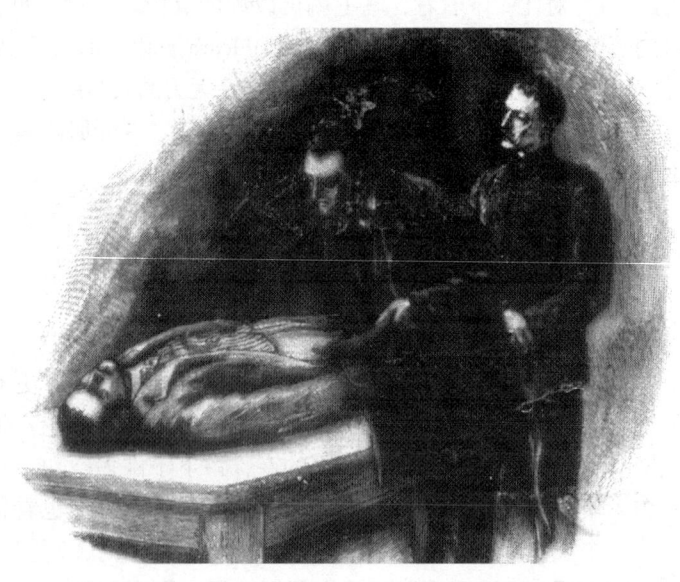

死者衣服上无火药痕迹。

"另外还有一点是非常微妙而有趣的。这两人的笔迹有一些相似之处。他们是属于同一血统的人。你们最容易看到的就是那个'e'写得像希腊字母'ε'。不过，在我的眼里，还有很多地方都可以说明同样的问题。我一点都不怀疑，从书写风格上看，这两种笔迹是出自一家人的手笔。当然，我现在说的只是检查这一角纸后的主要结果。还有二十三点别的推论结果，专家们会比你们更感兴趣的。这所有一切都使我深信，是坎宁安父子写了这信。

"我得出了这样的结论后，就接着调查犯罪的细节，看看对我们有多大帮助。我和警官来到他们家，看到了我们想要看的一切。我绝对肯定：死者身上的伤口是用手枪在四码外打的，因死者衣服上无火药痕迹。因此，很明显，亚历克·坎宁安说什么凶手在搏斗中开了枪，完全是撒谎。还有，他们父子二人一致说出凶手逃往大路经过的地方。但碰巧的是，那里有一条很宽的沟，沟底是潮湿的。我在沟的附近又找不到脚印，我又一次证明坎宁安父子撒了谎。现场肯定根本没来过任何来历不明的人。

"现在我要考虑这桩奇案的犯罪动机了。首先我要弄清在阿克顿先生家发生盗案的起因。上校告诉了我们一些情况。我知道，阿克顿先生，你家和坎宁安家正打着官司。所以，我马上就想到了，他们进到你书房去一定是想偷取与此案有关的某个重要文件。"

"一点也不错，"阿克顿先生说，"毫无疑问，他们是想这样干。如果他们偷到了我那一张证据，他们就会胜诉，可我早已经把这证据放到我律师的保险箱里了。我完全有权获得他们现有财产的一半。"

"你看看，"福尔摩斯微笑着说，"这真是危险而莽撞的尝试，我想这大概是亚历克干的。他们找不到那证据，就顺手牵羊拿走了一些东西，使人觉得这是一件普通的盗窃案子。这一点是很清楚了。不过还有一些地方仍然没搞清楚。首先我定要找到那撕走的半张纸条，我确信是亚历克撕的，他一定把它塞进了睡衣的口袋。要不然，他当时是没地方藏的。唯一的问题是它是否仍在睡衣袋里。这是很值得下工夫去找的。所以，我们就一起到他们家去了。

"你们也许还记得，坎宁安父子是在厨房门外碰上我们的。当然，最重要的是，不能让他们知道有关这纸条的事，要不然，他们就会立即毁了它。所以，当警官正要把我们对这纸条的关注态度告诉他们时，我就装作发病晕倒在地，才将话题岔开了。"

"哎呀，"上校笑着喊了出来，"你是说你突然发病是假的？我们都白白为你着急了。"

"从专业角度说，这一手干得太漂亮了。"我大声说着，同时用惊奇的目光看着这位常常用变化莫测的手法把我搞得晕头转向的人。

"这是一种艺术，经常用得着的，"福尔摩斯说，"我假装恢复常态后，又略施小计，让老坎宁安写了'twelve'这个词，这样，我就能够和写在便条上的'twelve'进行比较了。"

"哎呀，我当时一点都没弄明白！"我喊着。

"看得出，当时你对我的身体虚弱很同情，"福尔摩斯微笑着说，"当时让你那么着急，我很过意不去。后来我们又一同上楼，我一进那间屋子，就发现睡衣挂在门后。后来又故意打翻了一张桌子，吸引住他们的注意力，然后又赶紧溜去检查那睡衣的口袋。果然不出我所料，那纸条在一件睡衣的衣袋里。我刚一摸到，坎宁安父子俩就扑到了我身上。我想要是你们不赶快来救我，他们一定会当场弄死我的。实际上，我也感觉到了那年轻人已经掐住了我的脖子，那老的也把我的手腕扭过去了，想从我手里抢走那纸条。你看看，他们知道我已经搞清楚了事情的全部真相。他们原先觉得绝对安全，可是突然陷入了绝境，就只好铤而走险了。

"后来，我又问了老坎宁安，问他的犯罪动机是什么。他很老实，他儿子可是个十足的恶棍。要是他拿到了那手枪，他一定会把他自己或别的什么人打死的。坎宁安看到案件对他非常不利，就失去了信心，把一切都坦白了。原来那天晚上，他们父子两人突然闯入阿克顿家时，威廉悄悄跟在他们后面。他了解这事后，就对他们敲诈勒索。但亚历克先生却是个不吃这一套的危险人物。他天才地看出了，由于这件震惊全乡的盗窃案的发生，他有了一个干掉他所畏惧的人的机会。他们把威廉骗出来，将他杀了。他们只要搞到那张完整的纸条，并稍微注意一下同谋作案的细节，他们也许就不会引起别人怀疑了。"

"可那纸条呢？"

歇洛克·福尔摩斯把这撕走的纸条放到了我们前面。

> 如果你在十二点差一刻到东门口，你就会知道一件极为意外，对你和安妮·莫里森都极有好处的事。但不得将此事告诉任何人。

"这正是我想找到的东西，"福尔摩斯说，"但是，我们至今还不知道亚历克·坎宁安、威廉·柯万和安妮·莫里森之间到底有什么样的关系。从事情的结局我们可以看到，这个圈套安排得非常巧妙。我想，你们一发现那些'p'和'g'的尾端都有相同的特点时，一定会感到很高兴的。那老人写'i'不点上面那一点也很独特。华生，我想我们在乡下的静养确实有效，明天回到贝克街时，我一定会精力充沛了。"

（唐健　译）

驼 背 人

在我结婚数月后的一个夏夜,我坐在炉旁一边抽最后的一斗烟,一边朝着一本小说打瞌睡,因为白天的工作累得我够呛的了。我的妻子已经上楼睡去了,刚才传来了前厅大门的上锁声,我知道仆人们也休息去了。我站起来,正在磕烟斗灰时,猛地听到一阵门铃声。

我看了看钟,十二点差一刻。这么晚的时间,是不可能有客人来访的;显然是病人,可能还是个要整夜护理的病人呢。我一脸不高兴地走到前厅,打开大门。大大出乎我的意料,门外石阶上站的竟是歇洛克·福尔摩斯。

"啊,华生,"福尔摩斯说,"希望这个时候来找你还不算太晚。"

"亲爱的朋友,请进来。"

"你感到惊讶,这也难怪!我想,你现在放心了吧!唉!你还在吸你婚前吸的那种阿卡迪亚混合烟呢!从落在你衣服上的烟灰来看,我这话准没错。华生,看来你一直习惯穿军服。如果你衣袖里总是藏着块手帕,你怎么也不会像个地道的平民。今晚你能留我过夜吗?"

"非常乐意。"

"你曾经说过,你有一间单身男客房,我看现在没有客人住,你的帽架就是证明。"

"你要是愿意住,我十分高兴。"

"谢谢你。那么,我就把我的帽子挂在帽架上了。你房子

·回忆录·

里曾经来过不列颠工人,他是一个不祥之兆。我希望,不是修水沟的吧?"

"不,是修煤气管的。"

"啊,他的长统靴在你的油布地毡上留下了两个鞋钉印,灯光正照在上面呢。不,谢谢你,我在滑铁卢站吃过晚饭了,不过,我十分愿意吸一斗烟。"

我把烟斗递给他,他坐在我对面默不作声地吸了一阵子烟。我知道,如果没有重要的事情,他肯定不会在这个时候来找我的,因此,我耐心地等他开口。

"那么,我就把我的帽子挂在帽架上了。"

"看来你医务很繁忙呢。"他迅速地看了我一眼,说道。

"是的,我今天就忙了一整天,"我回答道。"在你眼里,我这样说是非常愚笨的,可是我真的不知道你是怎样推断出来的。"我补充说道。

福尔摩斯咯咯地笑了。

"亲爱的华生,我比谁都了解你的习惯,"福尔摩斯说,"你出诊时,路途近你就步行去,路途远,你就乘马车去。你的靴子虽然穿过，但一点也不脏，毫无疑问，你近来很忙，经常乘马车出诊。"

"妙极了！"我禁不住大声说道。

"其实很简单。"福尔摩斯说，"一个善于推理的人推断出的结果，往往使他左右的人赞叹不已，这是因为那些人总是忽略事情的细节，而这些细节又是推理的关键所在。我亲爱的朋友，人们在写文章时，总是故弄玄虚，故意掩饰某些细节，不让读者知晓，其结果自然是读者们如坠云烟了。现在我正和那些读者的情况一样，因为有一件令人绞尽脑汁的奇案，我虽然已经掌握了一些线索，但还缺乏一两点能使我的推理天衣无缝的细节。不过，我肯定会找到的，华生，我肯定会找到的！"福尔摩斯目光炯炯有神，瘦削的脸颊略泛红色。他显出一副天真烂漫的神色，不过，这仅仅是片刻的光景。当我再看他时，他的脸上又恢复了印第安人的那种老气横秋的神情，因此，在许多人眼里，他是一台机器而不是一个人了。

"这件案子有些特别，"福尔摩斯说，"我甚至敢说是特别的出奇。我对案情进行过比较详细的调查，而且接近破案了。如果你在最后一步上助我一臂之力，你就成了我的大功臣了。"

"愿效犬马之劳。"

"明天你能不能去一趟奥尔德肖特？"

"我想，我可以，杰克逊能替我行医。"

"好极了。我想从滑铁卢车站乘十一点十分的火车动身。"

"要是这样，我就有时间准备了。"

"那么，如果你不很困的话，我就把这件案子的大概情况和需要做的事情跟你说说。"

"你来之前，我觉得很困，现在倒十分清醒了。"

"我尽量压缩案子的经过，但又不遗漏重要的情节。可能你读到过有关此案的某些报道了。那就是我正在调查的驻奥尔德肖特的芒斯特步兵团巴克利上校假定谋杀案。"

"我一点也没有听说过这件事。"

"看起来,除了在当地以外,此案还没有引起外界的注意。这案子是两天前发生的。简要情况是这样的:

"你知道,芒斯特步兵团是不列颠军队中一个战绩赫赫的爱尔兰军团。它在克里米亚和印度平叛战役中,两次建立奇功。从那时起,它在战斗中屡建功勋。这支军队直到本周星期一夜晚,还一直由詹姆斯·巴克利上校指挥。上校是一个既勇敢又经验丰富的军人,由于对印度叛军作战英勇,他从一个普通的士兵,被提升起来,后来便成了他所在的这个团的指挥官了。

"巴克利上校早在当军士的时候,就结了婚,他妻子的闺名叫作南希·德沃伊,是该团前任护旗上士之女。因此,不难想象,这对年轻夫妇(因为他们当时还年轻)在新环境中,是受到了一些人排挤的。但是他们很快适应了新环境,我听人说,巴克利夫人很受该团女眷们的欢迎,她丈夫也同样深受军官们的爱戴。我再补充一点,她是个极美的女人,即便现在,虽然结婚近三十年了,依然风韵犹存。

"巴克利上校的家庭生活,看来一直很美满。我从墨菲少校那里了解到不少情况,他说,他从来没听说过这对夫妇之间有什么不和。总的来说,他认为巴克利上校爱他的妻子胜过他妻子爱巴克利。如果巴克利上校哪一天因事离开他的妻子,他总是坐立不安。另一方面,她虽然也爱巴克利,也忠实于他,但是总缺乏女性的柔情。不过,不管怎么说,他们夫妇俩是该团公认的一对模范中年夫妇。从他们的夫妻关系上,人们绝对看不出会有什么东西引起以后的悲剧。

"巴克利上校的性格似乎有些特别。他平常是一个剽悍而活泼的老军人，但有时他显得十分粗暴，报复心强。但他的这种脾气好像从来没有对他妻子发作过。我跟其他五名军官谈过话，其中有三人和墨菲少校曾注意到另外一种情况，即上校有时意志特别消沉。少校说，巴克利上校在餐桌上和朋友说笑话时，似乎有一只无形的手，总在抹去他脸上的笑容。他有时一连好几天都处在这种极端消沉、忧郁的状态中。意志消沉和信奉迷信，就是他的同伴们所看到的他性格中唯一的不同寻常之处。他的迷信表现为厌恶独处，尤其是天黑之后，一个男人有这种性格自然引起人们的议论纷纷和猜疑。

"芒斯特步兵团，本是原来的一一七团，第一营多年来驻扎在奥尔德肖特，那些有妻室的军官都住在军营外面。这些年来，上校一直住在一所叫作'兰静'的小别墅里，距北边的营地约半英里。别墅的四周有花园和围墙，西边则离公路不到三十码。他们雇了一个车夫和两个女佣。由于巴克利夫妇没有生孩子，平时也没有客人住在他们家，所以整个'兰静'别墅就只有上校夫妇和三个仆人居住。

"现在我们来谈一谈上周星期一晚上九点至十点钟在'兰静'别墅发生的事情。

"巴克利夫人是一位罗马天主教信徒，她对创办圣乔治慈善会十分关心。慈善会是由瓦特街小教堂举办的，专门给穷人施舍旧衣服。那天夜晚八点整，慈善会举行了一次会议。巴克利夫人匆匆忙忙地吃罢晚饭，然后就去参加会议。在她出门之前，车夫听到她对丈夫说了几句家常话，告诉他很快就回来。随后她去邀请住在邻近别墅的年轻小姐莫里森同去参加会议。会开了四十分钟，九点十五分巴克利夫人起身回家，在经过莫里森小姐家门时，两人才分手。

·回忆录·

"'兰静'别墅有一间用作晨起室的小屋子,它面对公路,一扇嵌了玻璃的折叠式门通往草坪,草坪三十码宽,一堵上面安有铁栏杆的矮墙把草坪与公路隔开。巴克利夫人回家的时候,进的就是这间屋子,当时窗帘是拉开的,因为这间小屋平常晚上不怎么使用。可是那天晚上巴克利夫人一反常规,她自己点上灯,按了按铃,吩咐女佣简·斯图尔德给她送去一杯茶。当时上校正坐在餐厅里,听到妻子已经回来,便到晨起室去见她。车夫看见上校经过走廊,走进那间屋子,上校再也没有活着走出来。

"巴克利夫人要的茶,十分钟后才准备好,可是女佣走近门口时,她十分惊奇地听见主人两口子正吵得不可开交。她敲了敲门,没人回答,她又转了转门钮,发现门已经反锁上了。于是,她跑去告诉了女厨师。当两个女佣和车夫一起来到走廊时,他们听见巴克利夫妇还在争吵不休。他们一齐证实说,只听到了巴克利和他的妻子两个人的声音。巴克利声音低沉,又不连贯,因而他们三个人谁也没听清楚他说了些什么。与之相反,那女人的声音却清清楚楚,高扬激昂;她反复地叫喊着:'你这个懦夫!现在怎么办?现在怎么办?还我青春!还我青春!我不要再和你过日子了。你这个懦夫!你这个胆小鬼!'接着,仆人们听到那男人突然惨叫了一声,然后就是'扑通'的倒地声,还有那女人的尖叫声。尖叫声一阵又一阵地从屋里传了出来。车夫知道悲剧发生了,便用力向门冲去,想破门而入。然而,他无法进去,两个女佣已经吓得六神无主,一点忙也帮不上。不过,他突然想起了一个主意,于是跑出前门,绕道来到那个法式长窗前面的草坪上。长窗的一扇敞开着。我听说,在夏天,这扇窗门总是不关的。于是车夫毫不费力地从窗户爬了进去。这时,他的女主人已经停止了尖叫,她僵卧在长沙发上,失去了知觉;那个不幸的军人则直挺挺地躺在血泊中,双脚跷起,搁在单人沙发一侧的扶手上,头倒在靠近火炉挡板一角的地上。

"车夫发现他的男主人已没救了,自然首先想到把门打开,但却碰到了一个意想不到的、又令人费解的难题:钥匙不在门的里侧,屋子里的其他任何地方也没有。他只好仍旧从窗户爬出去,找来一个警察和一个医生帮忙。这位夫人自然是最大的杀人嫌疑犯,由于她仍处于昏迷中,被抬到了她的卧室里。上校的尸体被抬到了沙发上,随后他们对案发现场进行了一番仔细的检查。

车夫想破门而入。

"这位倒霉军人的致命伤,就在他的脑后,伤口约二英寸长,周围呈现不均匀的红肿,显然,这是被一种钝器猛然一击造成的。至于凶器是什么，也不难推测，因为地板上紧靠着尸体，放着一根式样稀奇古怪的带骨柄的雕花硬木棒。上校生前收藏了许多样式不同的兵器，那些都是他从打过仗的国家里带回来的。警察猜测，这木棒可能是他的战利品之一。但是，仆人们都否认见过这根木棒。不过，它若混杂在室内其他珍贵物品之中，不被人注意到，也是有可能的。警察在这间屋里没有发现其他重要线索。但是，有一件事令人莫名其妙：那把失踪了的钥匙，既不在巴克利夫人身上，也不在受害人身上，室内到处都没找到。后来只好从奥尔德肖特找来一个锁匠，才把门给打开。

"华生，以上就是此案的基本情况，是我星期二上午应墨菲少校的邀请，在奥尔德肖特协助警方破案时，收集到的。我想你肯定认为此案已经够奇怪的了，但是，我经过反复的观察，很快就意识到，这案子事实上比表面上看来要离奇古怪得多。

"我在检查那间房子以前，曾经盘问过仆人们，他们所说的就是我刚才对你谈到的那些。女佣简·斯图尔德回忆起另外一个值得注意的细节。你一定还记得，她一听到争吵的声音，就去找另外两个佣人。当她第一次独自一人在场时，她说主人夫妇把声音压得很低，她几乎听不见什么，她不是根据他们说的话，而是根据他们的声调，断定他们是在吵架的。然而，在我极力追问之下，她又想起了她曾听到巴克利夫人两次说出'大卫'这个名字，这一点对判断他们夫妇突然吵架的原因极为重要。请记住，上校的名字叫詹姆斯。

"这件案子中有一件事给佣人和警察都留下了非常深刻的印象，即上校的面容扭曲得不成样子了。据他们的描述，上校的脸上有一种令人十分可怕的表情，那形状之古怪，简直不像正常人的脸了，很多人见了他都差点晕过去。这一定是他在预感到自己的命运后,极度惊慌所致。当然,这种推测与警方的说法完全相符,上校可能看出他妻子要谋杀他了。另外,上校脑后受伤的事实和这种说法也并不十分抵触,因为他当时也许要转过身来想躲过那一棒。巴克利夫人因急性脑炎,仍然神志不清,无法从她那里了解情况。

"我从警方得知,那天晚上同巴克利夫人一起外出的莫里森小姐,否认知道引起巴克利夫人回家后发脾气的原因。

"华生,我收集到这些情况后,一连抽了好几斗烟,不停地思考,努力分清哪些是关键性的,哪些纯属偶然。毫无疑问,此案最关键最耐人寻味的一点,就是那把不翼而飞的房门钥匙。警方在室内已经进行了十分细致的搜查,却毫无所得。所以,钥匙肯定被人拿走了。可是,上校和他妻子都没有拿,这一点是不容置疑的。那么,肯定有第三者曾经进过这间屋子,而且只能是从窗子爬进去的。我认为,只有对那屋子和草坪做一番仔细检查,才能找到那个神秘人物留下的蛛丝马迹。华生,你是知道我的调查方法的。在调查这个案子的过程中,没有哪一种方法我没有用过。最后终于发现了痕迹,可是与我所期望得到的截然不同。确实有一个人进过那屋子,他是从大路穿过草坪进来的。我一共发现了那个人留下的五个十分清晰的脚印:一个就在大路旁他翻越矮墙的地方;两个在草坪上;还有两个不很模糊,是他翻窗而入时,在窗子近旁弄脏了的地板上留下的。显然他是从草坪上跑过去的,因为他的脚尖印比脚跟印要深得多。但使我感到惊奇的并不是那个人,而是他的同伴。"

"他的同伴?"

福尔摩斯从衣袋里取出一张很大的薄纸,小心翼翼地摊开在膝盖上。

"你看这是什么?"他问道。

纸上布满了一种小动物的爪印。有五个很清楚的爪指印,长长的爪尖,整个痕迹差不多有点心匙那么大。

"是狗爪印。"我说。

"你听到过狗爬上窗帘的事吗?我在窗帘上发现了那动物留下的清晰可辨的痕迹。"

"那么,是猴子吗?"

"可是这也不是猴子的爪印。"

"那可能是什么呢?"

"既不是狗,也不是猫;既不是猴子,也不是我们熟悉的任何其他动物。我曾经设法从爪印的大小描摹出这个动物的样子。这是它站着不动时的四个爪印。你看,前爪到后爪的距离至少有十五英寸。再加上头和颈部的长度,可以得出,这动物至少有二英尺长,如果有尾巴,那就更长些。我们现在再来看一看另外一种尺寸。这个动物曾经走动过,我们量出了它走一步的距离,每一步相距约三英寸长。可以看得出,这家伙身体很长,腿却很短。它虽然没留下毛来,但它的大致形状同我所说的一模一样,它能爬上窗帘,并且是一种食肉动物。"

"你是怎样推断出来的呢?"

"因为窗户上挂着一只金丝鸟笼子,它爬上窗帘,似乎是想抓那只鸟。"

"那么,它到底是什么兽类呢?"

"嗨!要是我能讲出它的名称,那案子不就能破了吗?!总的来说,它可能是鼬类动物,如黄鼠狼或白鼬之类的,但是它比我曾经见过的这类动物要大些。"

"可是,它与我们的案子又有什么关系呢?"

"这一点还是个难解之谜。不过,我们掌握的情况也不少了。我们知道，由于窗帘没拉上，屋里亮着灯，那个人就站在大路上，看巴克利夫妇吵架。我们还知道，他带着一只奇怪的动物，穿越草坪，走进屋内，可能是他打了上校，也同样可能是上校见到他以后，吓得摔倒在地，结果头撞破在炉角上。我们最后还知道，那个人离开屋子时，随身带走了那把钥匙。"

"你发现了这么多，而问题反而显得更加复杂了。"我说。

"的确如此。这些情况确实表明，此案比最初的设想更复杂了。我反复想过，得出的结论是，我们必须从另一个角度来调查这个案子。华生，我耽误你休息了，明天在我们去奥尔德肖特的途中，我再把余下的情况告诉你。"

"谢谢你，你已经说到正起劲的地方，接着往下说吧。"

"好的。可以肯定地说，巴克利夫人七点半离家外出时，和丈夫的关系还是很融洽的。我想我已经说过，她虽然不特别温柔体贴，但是车夫听到她跟丈夫说话的语气还是很亲切的。现在，同样可以肯定的是，她一回来，就走到那间她不大可能见到她丈夫的晨起室；像其他生气的女人一样，她吩咐仆人给她备好茶；当她丈夫后来来见她时，她便突然发泄起来，狠狠地责怪他。所以，在七点半至九点钟之间，一定发生了什么事情，使她完全改变了对上校的感情。可是，莫里森小姐在那整整的一个半小时内，始终和巴克利夫人在一起，因此，可以十分肯定地说，莫里森小姐一定知道某些情况。

"原来我猜测，可能是莫里森小姐和巴克利这位老军人有某种暧昧关系，而现在她向上校夫人承认了这一点。这样的话，为什么上校夫人气冲冲地回了家，就得到了解释，那位小姐为什么要一口否认曾经发生过的事，也同样可以得到解释。但是，巴克利夫人在与丈夫争吵中曾提到了'大卫'这个名字，上校忠实于他的妻子又是人所共知的事实——更不用说有第三者的悲剧式闯入——这些与我上述的猜测根本联系不上。看来做出正确选择不容易,不过,总的说来,我倾向于放弃上校和莫里森小姐有暧昧关系的想法,可是我更加相信那位少女对巴克利夫人憎恨她丈夫的原因是知情的。我于是单刀直入,拜访了莫里森小姐,告诉她,我完全肯定她知道这些事实,并且使她相信,不把问题弄清楚,她的朋友巴克利夫人就可能被指控犯有杀人罪而受审。

"莫里森小姐是一个娇小玲珑的姑娘,一双羞答答的眼睛,淡黄色的头发,看上去异常聪明机智。听完我的话,她坐在那里沉思了一会儿,然后她面对着我,语气干脆利落,说了一些很值得注意的话。下面我简要地把它说给你听听。

"'我曾经答应过我的朋友,决不说出这件事,既然答应了,就应该遵约,'她说,'可是我那可怜的朋友被指控犯有这么严重的罪行,而她本人又因病不能开口,如果我真能帮她,那么我想,我宁愿不守诺言,也要把星期一夜晚发生的事告诉你。

"'我们大约在八点三刻从瓦特街慈善会启程回家。路上,我们要经过哈德逊街,这是一条非常安静的大街。街上仅一盏路灯,在左边。我们走近这盏灯时,我看见一个人迎面向我们走来,这个人背驼得很厉害,他的一个肩膀扛着一个像小箱子之类的东西。他看来已经残废了,他整个身体佝偻向前,头得往下低垂,走路时双膝弯曲。我们从他身旁走过时,在路灯映照下,他突然仰起头来看我们。他一看到我们,就停下脚步,发出一声吓人的惊呼声:"天哪,是南希!"巴克利夫人面色惨白,要不是那个样子可怕的人扶住了她,她就跌倒在地了。我正要去叫警察,可是出乎我意料,她对那人十分客气地说起话来。

"'"这三十年来,我一直以为你死了,亨利。"她说,声音颤抖着。

"'"我的确是死过了。"他说。他的声音听来令人心悸,脸色阴郁可怕,但双眼炯炯发光,我现在还不时梦见那双眼睛呢。他的头发和胡子已经灰白,面颊也皱缩得像个干枯的苹果。

"'"请你先走几步,亲爱的,我要和这个人说几句话,不用害怕。"她竭力显得轻松些,可是,她脸色仍然死人般的苍白,双唇颤抖得几乎说不清话。

"'我照她的话先走了。他们谈了几分钟。接着,她沿街向我走过来,满面怒色。我还看见那个可怜的残废人正站在路灯杆旁,向空中挥舞着拳头,像是气疯了的。一路上,她一言不发,直到到了我家门口,她才拉住我的手,求我不要把路上发生的事告诉任何人。"这是我的一个老相识,现在落魄了。"她说。我答应她一定守口如瓶,她便亲了我一下,从那时起,我就再没有见过她。我现在已经讲出了全部实情,我以

"天哪,是南希!"

前之所以不肯告诉警方,是因为我不知道我的好友处境如此危险。我现在知道,把一切都抖出来,对她反而有利。'

"华生,这就是莫里森小姐跟我说的话。你可以想象,这对我就像在黑夜中见到了一线光明。以前毫不相关的每一件事,现在一下子就明朗如镜了。我对整个案子的来龙去脉,已经有了一定的轮廓。我下一步显然是去找那个给巴克利夫人留下如此不平常的印象的人。只要此人还在奥尔德肖特,找到他不是一件难办的事。在居民不算太多的奥尔德肖特镇里,一个奇形怪状的人一定引起了人们的注意。我花了一天时间去找他,到了傍晚时分,也就是今天傍晚,我碰见他了。那人名叫亨利·伍德,就寄居在巴克利夫人和莫里森小姐遇见他的那条街上。他来到这个地方才五天的时间。我假装查户口,同他的房东太太聊了好一阵子。我得知,此人靠变戏法谋生,每天夜幕降临时分,到各士兵俱乐部挨个地表演些节目。他经常随身带着一只小动物,装在一个箱子里,房东太太似乎很怕这只动物,因为她从未见过这样的东西。据房东太太说,他就是常用这只动物来耍几套把戏的。房东太太能告诉我的就这么多。不过,她又补充了一句,像他那样身残体怪,说话有时阴阳怪气的人,竟能活下来,真是一件不可思议的事情,而最近两个晚上,她听见他在卧室里呻吟哭泣。至于钱,他并不缺,但是,他在交押金时,交给房东太太的却是一枚像弗罗林[①]的破银币。华生,她还拿给我看了,那是一枚印度卢比。

"亲爱的朋友,现在你可以完全明白:我为什么要来找你了。很明显,那两个女人与这个人分手后,他便远远地尾随她

---

① 弗罗林:英文是 florin。英国旧硬币名称,1971年前值二先令,现值十便士。

们，当他从窗外看到那对夫妇争吵时，他闯了进去，而他那只装在箱子里的动物却溜了出来，这些是完全可以肯定的。但是，那天晚上，那间屋子里究竟发生了什么事情，世界上只有他一个人能够告诉我们听了。"

"那么你打算去问他吗？"

"当然了，不过需要一个见证人在场。"

"那么你要我做见证人吗？"

"如果你愿意的话，那自然好了。如果他能澄清事实，那就再好不过了。要是他闭口不言，我们也没有别的办法，只有提请逮捕他。"

"可是你怎么知道，我们回到那里时，他仍在那里呢？"

"这一点，你尽管放心是了，因为我已经采取了预防措施。我从贝克街雇请了一个小男孩，我让他死死地看着那个人，这个男孩会像芒刺一样地跟着他，怎么也甩不掉。明天我们会在赫德森街找到他，华生。假如我再耽误你睡觉，我就是犯罪了。"

第二天中午时分，我们来到了惨案发生现场，然后由我的朋友引导，立即前往赫德森街。尽管福尔摩斯善于隐藏自己的感情，我还是能一眼看出，他是在竭力抑制他的兴奋情绪。我自己一方面是出于好奇，一方面是觉得好玩，也异常兴奋，这是我每次和他在查案时都体验到的。

"就是这条街，"当我们拐进一条两旁都是两层砖瓦楼房的短街时，福尔摩斯说，"啊，辛普森来汇报了。"

"他就在里面，福尔摩斯先生。"一个个子矮小的阿拉伯流浪儿向我们跑过来，大声喊道。

"做得好，辛普森！"福尔摩斯一边说，一边拍着流浪儿的头，"快来，华生，就是这幢房子。"福尔摩斯递进一张名片，声言有要事前来。过了一会儿，我们就和我们想找的人见面了。尽管天气暖和,这个人却仍然蜷缩在火炉旁,而这间小屋子闷得像个烘箱一样。这个人弯腰曲背,蜷缩坐在椅子上,给人一种无法形容的丑陋感。可是,当他向我们转过脸来时,这张脸虽然枯瘦黝黑,但从前一定是十分英俊的。他疑惑不解地看着我们,眼睛发黄,略含怒色,他既不说话,也不起身,只用手指了指两把椅子,示意我们坐下。

"我想,你就是前不久从印度来的亨利·伍德先生吧,"福尔摩斯和颜悦色地说,"我们是为巴克利上校之死这件小事而来的。"

"他的死与我有什么关系?"

"这正是我要弄清的问题了。我想,你知道,如果不把这件事情弄个水落石出,你的老朋友巴克利夫人很可能以谋杀罪而受审。"

这个人猛地一惊。

"我既不认识你,"他大声嚷道,"也不知道你是怎么知道这件事的,但是,你必须发誓,你对我所说的毫无半句谎言?"

"我发誓,警方只等她醒过来,然后就逮捕她。"

"天啊!你是警察署来的人吗?"

"不是。"

"那么,这件事与你有什么关系呢?"

"伸张正义,人人有责嘛!"

"你听我一句话,她是无辜的。"

"那么犯罪的人是你了?"

"不,我没有。"

"那么,是谁杀害了詹姆斯·巴克利上校呢?"

"恶有恶报,善有善报,他的死是上天的报应。不过,请你记住,如果我如愿以偿,亲手砸碎了他的狗脑袋,那么,他死在我的手下，也不过是罪有应得。如果他不是因为问心有愧，自己摔死了，我势必也要宰了他，用他的血来洗清我心中的冤屈。你不是要我讲一讲事情的经过吗？好，我没有必要隐瞒，因为我对这件事情问心无愧。

"事情是这样的，先生。你现在看到的我，后背弯曲得像骆驼，肋骨也歪歪扭扭，但在一一七步兵团当兵的时候，亨利·伍德下士是最英俊的小伙子。那时我们驻扎在印度的一个兵营里，我们把那地方叫作布尔蒂。前几天死去的巴克利和我是同一个连的军士。那时团里有一个美女——不错，一个双唇间最富有生命气息的漂亮姑娘——名叫南希·德沃伊，她是陆战队护旗上士的女儿。那时有两个男人同时爱上了她，而她只爱其中的一个，她爱的那个人就是我。你们看到蜷缩在火炉边的这个可怜虫，再听到我说那时正因为我长得英俊她才爱我时，你们一定会笑掉大牙的。

"哎，虽然我赢得了她的那颗纯真的心，可是她父亲却把她许给了巴克利。那个时候的我，冒冒失失，做事不顾后果，而巴克利受过良好的教育，而且已经有了显赫的军功。可是那姑娘对我真心一片，那时如果没有发生印度叛乱，致使全国混乱不堪，我早就把她娶到手了。

"我们都被困在布尔蒂，其中包括我们的那个团、半个炮兵连、一个锡克教连，另外还有许多平民和官兵家眷。我们被一万叛军团团包围在那里，他们就像一群凶猛的猎狗向围在笼子里的一只耗子张牙舞爪。大约两个星期后，我们的饮用水用光了。我们能否与正往内地开来的尼尔将军的纵队取得联系，也是个未知数，而这是我们唯一得救的希望，因为我们不能指望携带所有的妇女和儿童冲杀出去。于是我自告奋勇突围去向尼尔将军求援。我的请求被批准了。由于巴克利军士比谁都熟

·回忆录·

悉当地的地形,于是我就找他商量突围的详细情况。他画了一张路线图给我,让我按图穿过叛军的防线。当天晚上十点钟,我便开始上路。城里有一千多条生命在等待援救,可是那天晚上,我在从城墙上爬下去的时候,心里想念的却只有一个人。

"我路上要经过一条干涸的河道,我们原本指望它掩护我通过敌人的岗哨,可是当我匍匐行至河道拐弯处时,闯进了六个敌军的埋伏圈,他们正蹲在黑暗中等我。刹那间,我被一棒打晕过去,我的手脚被绑得严严实实。可是,我真正的创伤是在心里而不是在头上,因为当我醒过来听他们谈话时,尽管他们的话我懂得不多,但我也听得十分清楚,原来我的战友,也就是替我安排突围路线的那个人,通过一个土著仆人,把我出

我闯进了六个敌军的埋伏圈。

卖给敌人了。

"我不需要详细讲述他是怎样出卖我的那一部分了,你们现在已经知道詹姆斯·巴克利是一个什么样的人。第二天尼尔将军领兵前来解了布尔蒂军民的围,可是,叛军在撤退时,把我一起带走了,很多年来我没见过白人的面孔,受尽折磨。我便设法逃走,又被捉回,重新遭受折磨。你们可以看见,我现在的这副模样,就是他们弄成的。几个叛军逃到了尼泊尔,把我也带上了,后来,我又被带到了大吉岭。那里的山民把带我的叛军杀死了,于是我又一度成了他们的奴隶。我逃走之后,没有往南走,而是往北走,一直逃到阿富汗。我在那里漂泊了好几年,最后又回到了旁遮普。在那里,我多半时间跟土著人生活在一起,跟他们学会了变戏法,用以维持生计。我一个可怜的残废人,回英国去又有什么用呢?难道回去在老战友面前丢人现眼?即使我渴望复仇,我也不愿意回去。我宁愿南希和我的老朋友认为我已经直挺挺地死去,也不愿让他们看到我还活着,像一只黑猩猩一样拄着一根拐杖蹒跚而行。他们深信我已经死了,我也愿意他们这样认为。我听说巴克利娶了南希,并且在团里扶摇直上,可是即便如此,我也不愿吐露真情。

"但是人到老年,思乡之情便油然而生。好多年来,我做梦也在想念英国的绿油油的田野和山峦。我最后下决心在死之前再看一眼故乡的田野和山水。我一点一滴地积聚回家的盘缠,然后来到驻军的地方,因为我了解军人的生活,知道怎样讨好他们,并以此赚钱维持生计。"

"你讲的故事是非常生动感人的,"歇洛克·福尔摩斯说,"我曾经听人说过,你遇见了巴克利夫人并彼此认出来了。我想,你后来尾随她回家,并从窗口外面目睹了她和她丈夫间的争吵,毫无疑问,她当面数落了她丈夫对你的行为。你当时情

·回 忆 录·

绪激动,便跑过草坪,冲着他们翻窗而入。"

"的确是这样,先生,他一看到我,脸色突变,我还从没有见过那样难看的脸色。接着,他仰面倒下,头就撞倒在炉子挡板上面。其实,他是在摔倒之前就死了。我根据他的面部表情判断他已经死了,这就像我现在坐在炉火旁看书本一样清清楚楚。我突然出现在他面前,就像一颗子弹射中了他的心,那颗做了亏心事的心。"

"那么后来呢?"

"后来南希晕倒了,我赶快从她手中拿起开门的钥匙,准备开门呼救。可是这时我觉得还是别管它的好,不如就此走掉算了,因为这件事情对我很不利,一旦我被抓住,我的秘密就会暴露无遗。我匆匆忙忙随手将钥匙塞进衣袋里,丢下手中的手杖,然后去捕捉爬上了窗帘的特笛。我把它捉住放回箱子里,便飞快地逃离了那间屋子。"

"谁是特笛呢?"福尔摩斯问道。

这个人俯身向前,拉开屋角上一个笼子的门,突然笼子里溜出来一只漂亮的红棕色小动物。它身子瘦小柔软,长着鼬鼠似的腿,细长的鼻子,还有一双很好看的红眼睛,我还没有见过别的动物有这样美丽的眼睛呢。

"是一只猫鼬!"我喊道。

"对,有些人这样叫它,也有人把它叫作獴,"那个人说道,"我把它叫作捕蛇鼬,特笛捕捉眼镜蛇动作快得惊人。我这里有一条去掉了毒牙的蛇,特笛每天晚上在士兵俱乐部里表演捕蛇游戏,给士兵们取乐。还有别的问题吗,先生?"

"好的,假如巴克利夫人病情严重,我们还会来请教你的。"

"要是那样的话,我会自己去的。"

"如果没什么问题,那也不必把死者的丑闻重新翻腾出来。虽然他行为龌龊下流，但是，三十年来，他因为自己的卑鄙行为一直受到良心的苦苦责备。就这一点，你也该满意了。啊，墨菲少校在街道对门。再见，伍德。我想知道昨天以来又发生什么事情了没有。"

少校还没有走到街拐角处，我们就赶上他了。

"啊，福尔摩斯，"少校说，"我想你已经听说这件事完全是庸人自扰了吧。"

"那么，是怎么回事呢？"

"刚刚验完尸体。法医证明，上校的死是因中风引起的。你看，这原来是一件相当简单的案子。"

"啊，再简单不过了，"福尔摩斯笑容可掬地说，"华生，走吧，我想奥尔德肖特镇没有我们的事了。"

"这原来是一件相当简单的案子。"

"还有一件事情，"我们来到车站时，我说道，"如果说她丈夫的名字叫詹姆斯，而另一个人叫亨利，她为什么提到大卫呢?"

"我亲爱的华生,如果我真是你所喜欢描述的那种理想的推理家,那么,从这一个词我就应该推出这整个故事。显然,那是个斥责的字眼。"

"斥责的字眼?"

"是啊,你知道,大卫①也不时做错事,而且有一件错事同巴克利军士一模一样。你记得乌利亚和拔示巴②这个小故事吗?我恐怕我对《圣经》知识有点遗忘了。不过在《撒母耳记》第一章或者是第二章,你可以找到这个故事。"

---

① ② 据《圣经》中的《撒母耳记》第二章第十一节记载:以色列国王大卫(David)诱奸了其将军乌利亚(Uriah)之妻拔示巴(Bathsheba),并使她怀孕。大卫怕丑事暴露,便让乌利亚回家探妻,但乌利亚没有回家。结果大卫用计把乌利亚派到前线打仗并使他战死疆场。

住院病人

我浏览了一下这一连串内容不太连贯的回忆录,想用它们来说明我朋友歇洛克·福尔摩斯先生与众不同的思维方式,但我很快就发现,挑出合适的案例是一件相当困难的事情。在侦破这些案子的过程中,福尔摩斯运用他那巧妙的分析推理方法,证明了他的调查方法不但独特,而且还具有重要的价值。然而,有的案件本身太平淡无奇,我觉得实在没有写出来让读者知道的必要。另一方面,他偶尔也会参与一些案情离奇、富有戏剧性的案子的调查,但他在破案过程中所起的作用却又不怎么明显,难以满足我这给他作传的人的愿望。我的一篇题为《血字分析》的小案件,以及后来一个与"格洛里亚斯各特号"帆船覆没有关的案子,都可以作为历史学家们长久研究的课题。我下面要讲述的这件案子,尽管我的朋友在破案过程中没有起到十分重要的作用,但整件事离奇古怪,我觉得不能把它略过不提。

那是七月的一个雨天,天气很闷热。我们屋里的窗帘放下了一半,福尔摩斯蜷身躺在沙发上,翻来覆去地读一封早上收到的信。我在印度做过军医,养成了怕冷不怕热的习惯,因此气温高达华氏九十度,我也不觉得难受。但这天的报纸实在索然无味,议会休会了,人人都已外出。我也渴望到新弗洛斯特的空地或南海的海滩去度假。然而我的存款已所剩无几,无奈我只得延宕自己的假期。然而,不论是乡村风光还是海滨美景,都提不起福尔摩斯的半点兴致。他只喜欢扎堆于伦敦的五

·回 忆 录·

百万人口当中,用他那敏锐的触觉去关注与悬案相关的每一个微小的传言和猜测。他从来无心欣赏大自然,唯一的改变就是从这个充斥罪犯的城市去看望他在乡下的哥哥。

见福尔摩斯正在全神贯注地看信,无暇交谈,我便顺手将报纸扔到一旁,斜靠在椅子上开始沉思。忽然,我朋友的声音打断了我的思绪。

"不错,华生,"他说,"用这种方法解决争端的确很荒谬。"

"简直荒谬到家了!"我大声说道。忽然我意识到,自己内心的想法竟被他窥探出来了!于是我不由坐直了身子,无比惊讶地看着他。

"这是怎么回事,福尔摩斯?"我嚷道,"我简直不敢相信!"

看到我困惑不解的模样,他大笑起来。

"你记得吗,"他说,"不久前我曾给你读过一篇艾伦·坡(美国诗人、小说家、文艺评论家,现代侦探小说的创始人)写的短篇故事,故事中提到一位有严密推理头脑、可以推知他同伴没说出口的想法的人,当时你认为,作者是在异想天开。所以我说我也习惯于这样做时,你表示不信。"

"不,我相信!"

"恐怕你有点言不由衷吧,亲爱的华生,你的眼神分明表示了怀疑。看见你扔下报纸陷入沉思,我感到很高兴,因为我终于有机会来展示自己的推理了。所以我打断你的思绪,以证明我能猜中你的想法。"

我对他的回答并不满意。

"你告诉我的那个故事中,"我说,"推理者是根据他所观察的人的行为做出推理的。如果我没记错的话,那人被一堆石头绊倒了,然后抬头看着星星,等等。可我一直安安分分地坐在椅子上,并没有露出什么蛛丝马迹啊!"

"话可不能这么说。表情是能表达思想的,而你的表情更是你思想感情的忠实仆役。"

"这么说,你是从我的表情看出了我一系列的想法?"

"从你的表情,特别是你的眼睛。或许你自己都不记得是怎样陷入沉思的吧?"

"是的,我记不得了。"

"好,我来告诉你。你扔报纸的动作引起了我的注意。你坐在那儿发了大约半分钟的呆,随后眼睛盯住了新镜框中戈登将军的画像。我知道,这时你已经开始想事了。但没过多久,你便将视线转移到书架上方那幅没镶镜框的亨利·沃德·比奇的画像上,之后目光往墙壁上方移了移,显然你心里在想,要是这幅画像也装帧好了的话,就正好可以挂在空墙上,和戈登的画像并排放着了。"

"你真神了!猜得一点不错!"我惊呼道。

"至今我少有差错。这时,你的思绪回到比奇身上。你目不转睛地盯着他,似乎想从他的外表看出他的性格。后来你紧皱的眉头舒展开来,但目光还是锁住他不放,脸上浮现出若有所思的表情。你在回想比奇的经历。我想,你一定想起了比奇在内战中代表北方所完成的使命,要不然你就不会有这种神情,因为我记得,你曾为人们粗鲁地对待比奇表现出了极大的愤慨。这事对你的震动很大,因此我猜你一看到比奇就会想起这些。过了一会儿,你的视线从画像上移开了,我看,你的思维转到内战上去了。然后,你紧抿嘴唇,双眼炯炯有神,拳头也捏紧了,我确信你正在想双方在这场鏖战中表现出来的英雄气概。但你马上黯然神伤起来,还摇了摇头——这场无谓浪费生命的战争让你感到痛惜和恐惧。你的手不知不觉移到了自己的旧伤口上,嘴角还露出微笑,这告诉了我,你当时在想,用这种方式解决国际争端实在是滑稽可笑。我同意你的看法：它的确荒谬。知道自己的推理都是正确的后，我非常高兴。"

"完全正确！"我说，"虽然你已经解释清楚了，可我承认自己还是和先前一样感到惊奇。"

"这其实并不深奥，亲爱的华生，我向你保证。要不是那天你表示怀疑的话，我今晚说什么也不会打断你的思绪。今晚有点风，咱们一起上街溜达一下怎么样？"

我们一起逛了三个小时。

我欣然同意了，因为我早已厌烦了待在这间小小的会客室里。我们一起逛了三个小时，看着旗舰街和河滨路上来来往往的人群，感受着犹如万花筒般千变万化的生活。福尔摩斯独到的见地、对细节的敏锐的观察力和巧妙的推理能力，真让我又是惊奇，又是着迷。我们回到贝克街已是十点钟了。

一辆四轮马车正停在我们的门口。

"哈！这辆马车是一位医生的，一位普通医生的，"福尔摩斯说,"他开业的时间不长,但生意还是挺兴旺的。我看他无事不登三宝殿。我们回来得太巧了!"

我早已熟悉福尔摩斯的探案方法,所以对这一番结论自然心领神会。车灯下挂着一个柳条篮子,各种各样的医疗设备和器械将它填得满满当当,福尔摩斯根据它们的状况和类别迅速做出了判断。从楼上我们窗户里的灯光来看,这位夜访客确实是来找我们的。我有点纳闷,究竟是什么事使得我这位同行在这种时候来找我们?我和福尔摩斯走进客厅。

见我们进来,一位面色苍白、长着土黄络腮胡子的窄脸男子立刻从壁炉旁的椅子上站起。他顶多三十三四岁,但面容憔悴不堪,一副病恹恹的模样,仿佛生活使他不堪重负,青春也一去不复返了。他紧张而腼腆,像一位敏感的绅士。而当他站起来时,扶在壁炉台上的那只手细长、白皙,不像是外科医生的,倒像是艺术家的。他的着装很朴素,颜色也够暗的——黑色的长礼服、深色的裤子和一条特别朴素的领带。

"晚上好,医生,"福尔摩斯愉快地说,"幸好只让你等了几分钟。"

"这么说,你跟我的车夫谈过了?"

"没有,我是从那边桌上的蜡烛看出来的。请坐。不知我有什么能效得上劳的地方?"

"我是珀西·特里维亚医生,"来客说,"住在布鲁克街四十三号。"

"你不就是《不明的神经损伤》一书的作者吗?"我问他道。

一听我知道他的著作,他苍白的脸上顿时泛出红晕,显得心花怒放。

"我很少听别人谈起这本书,还以为没有人知道呢。"他说,"出版商说,这本书销不动。我看,你也是一位医生吧?"

"我当过外科军医，但现在已经退役了。"

"我对神经疾病很感兴趣，渴望能对它进行专门的研究。可一个人首先应当考虑他力所能及的事。咳，这都是些题外话了。我知道你的时间很宝贵，福尔摩斯先生，我索性直话直说吧。最近在我布鲁克街的寓所里发生了一些莫名其妙的事。今晚形势已相当危急，非得请你出面不可了。"

歇洛克·福尔摩斯坐下来，点燃烟斗。

"欢迎你来，医生。"福尔摩斯说道，"请把那些让你心烦的事详细地讲给我听听。"

"其中的一两点只是鸡毛蒜皮的小事，"特里维亚说，"我都有点羞于启齿。但整件事稀奇古怪，最近更叫人捉摸不透，我只好把一切和盘托出，请你判断哪些有用，哪些没用。

"首先我得谈谈自己在大学里的一些情况。我就读于伦敦大学。导师认为我是一个很有出息的学生，这绝不是吹牛。毕业以后，我在皇家大学的附属医院谋得了一份小职，继续从事医学研究。我对强直性昏厥病理的研究引起了人们的极大关注，后来我写了那本你朋友刚刚提到的神经损伤方面的专著，因而荣获布鲁斯·宾克顿医学奖。那时大家都认为我前程远大，这我不想多说。

"可我面临的最大障碍是资金问题。你知道，一个医生若想出名的话，就不得不在卡文迪许广场十二条大街中的一条上开业。除开一大笔租金和设备费不说，他还得预备能维持自己几年开销的钱款，并租一辆像样的马车。这远远超出了我当时的支付能力。我只能寄希望通过节衣缩食地攒上十年，力所能及了再开始挂牌行医。然而，一件意想不到的事改变了我的前景。

"这就是一位名叫布莱星顿的绅士的来访。我和他素昧平生。一天早上，他来到我的房里，开门见山地说了来意。

"'你就是那位成绩卓著、最近获大奖的珀西·特里维亚医生吧？'他说。

"我点点头。

"'请你跟我实话实说，'他继续说道，'因为这会对你有好处的。你才华横溢，完全可能成为一个成功的人。你明白吗？'

"这话来得太突然，我忍不住笑了。

"'我有这份自信。'我说道。

"'你有什么不良的嗜好吗？比方说酗酒？'

"'当然没有啦，先生！'我嚷道。

"'好！太好了！我想问一句，既然有这么好的条件，你为什么不开诊所呢？'

"我耸了耸肩。

"'啊，是啊！'他慌忙说道，'这也没什么可大惊小怪的。你有满腹才华，但却囊空如洗，对吧？假如我愿意帮你在布鲁克街开业的话，你意下如何？'

"我吃惊地瞪着他。"

"我吃惊地瞪着他。

"'哦，我这么做并不是为你，而是为了我自己，'他大声

说道,'实不相瞒,如果这对你有利的话,那只会对我更加有利。听着,我准备投资几千英镑给你开个诊所。'

"'你为什么这么做?'我问。

"'啊,这和其他的投机生意没什么区别,但它的风险比大多数的投机事业小。'

"'那么,我需要做什么?'

"'我会告诉你的。租房子、买家具、雇仆人,这都由我来操办。你只需要坐在诊室里看病就行了。我给你零用钱,替你买一切必需品,条件是你把挣得收入的四分之三给我,剩下的四分之一你自己留着。'

"布莱星顿先生向我提了这么一个奇怪的建议,福尔摩斯先生。我不想细说我们谈判协商的过程,免得你听得不耐烦。反正我最终在圣母领报节(三月二十五日)那天搬进了布鲁克街,并按他提出的条件开诊了。他自己也以住院病人的身份搬进来与我同住。他的心脏很糟糕,经常需要做治疗。他占用了楼上两个最好的房间,一间做客厅,一间做卧室。他性格孤僻,喜欢深居简出,生活也不是很有规律,但他有一个固定的习惯——在每晚的同一时刻来诊室查账。我赚的每一畿尼他都给我留五先令三便士,余下的则全部放回到他自己房子里的大箱子中。

"我可以肯定地说,他决不会为这项投资后悔。生意一开始就蒸蒸日上。成功地治愈几个病人后,加上自己以往在医院的声誉,我很快就名闻遐迩了。这几年来,我使他的财富呈直线上升。

"以上是我过去的经历以及我和布莱星顿先生之间的关系,福尔摩斯先生。现在我只剩一个问题没说了——就是促使我今晚来此向你求助的原因。

"几个星期以前，布莱星顿先生下楼来找我。看上去他情绪很激动。他说，伦敦西区发生了一些盗窃案，因此我们得对门窗进行加固，一天也耽搁不得。我认为，这纯粹是多此一举。这几个礼拜来他一直坐立不安，不断地看着窗外，甚至连晚餐前例行的散步也取消了。我由他的表现猜到，他似乎对什么事或什么人怕得要命。可一旦我打听这事，他就火冒三丈，所以我不便再问。时间一天天地过去了，他的恐惧感似乎逐渐消减下来，慢慢地恢复了常态。然而，最近发生的一件事又使他陷入了焦灼不安的状态。

"事情的经过是这样的：两天前我收到一封信，信上既没有写地址，又没有注明日期，我念给你听听。

"'一位现居英国的俄罗斯贵族希望能在珀西·特里维亚医生的诊所里就诊。多年来，他一直饱受强直性昏厥病之苦。众所周知，特里维亚医生是医治这种病的权威。假如特里维亚医生方便的话，请在家等待，他准备明晚六点一刻左右前往就诊。'

"这封信使我很感兴趣，因为研究强直性昏厥病有个大难题——病例特别难找。病人如约而至。小个子听差带他进来时，我正在诊室里等候。

"他是一位普普通通的老人，清瘦、拘谨，一点也不像个俄国贵族。然而，陪他来的那人却给我留下了极其深刻的印象。这是个身材高大的年轻人，皮肤黝黑，一脸凶相，却出奇地英俊，有着赫拉克勒斯般的体格和胸膛。他挽着老人的胳膊走进诊室，并轻轻地把老人扶到椅子上。单看外表你很难想象，他居然会有这样的温情。

"'请原谅我的唐突，医生，'他用英语对我说道，说话时有点口齿不清，'这是我父亲，他的健康对我来说是至关

重要的。'

轻轻地把老人扶到椅子上。

"我被他的孝心打动了。'你父亲做治疗时,你愿不愿意陪在身边?'我问道。

"'不!'他惊恐地叫道,'那太痛苦了,我受不了!要是看到父亲发病时的可怕模样,我一定会痛不欲生的!我的神经非常脆弱。假如你不反对的话,我想在候诊室里等候。'

"我自然没意见。于是年轻人退了出去。我开始和病人讨论病情,边做着记录。病人脑子不太灵光,说话也经常含糊不清,我想,这或许是他不大熟悉我们语言的缘故吧。然而,当我坐下来写病情记录时,他突然不再回答我的提问了。我扭头一看,竟吃惊地发现他正毫无表情地僵坐在椅子上,眼睛直勾勾地望着我——那怪病又发作了。

"我最初对他又是怜悯,又是害怕。后来,我的职业意识逐渐压倒了恐惧心理。我开始为病人记录脉搏和体温,测试肌肉僵硬度,并检查他的反应能力。所有的情况与我以往遇到的病例没什么不同,过去我采取的对策是让病人吸入烷基亚硝酸盐,疗效显著。现在似乎是再一次验证这种方法的大好机会。而药瓶放在楼下的实验室里,我便留下病人,自己跑去取药。找药耽搁了一会儿时间,我想,大约有五分钟吧。回到诊室后,我发现屋内竟空无一人,病人不知去向。可想而知,当时我多惊讶。

"当然,我的第一反应是跑到候诊室,但他儿子也不见了。大厅的门已关上,但并没有上锁。接待病人的小个子听差初来乍到,不够机灵。他平常总在楼下待着,我按铃他才跑进来带病人出去。他什么也没听到,于是整件事成了谜。不久布莱星顿先生就散步回来了,我没把这事告诉他。说实话,我一向在尽量避免和他打交道。

"啊,我以为自己再也不会见到俄罗斯人和他的儿子了,所以当他俩在今晚的同一时刻像上次那样走进我的诊室时,你们可以想象,我是多么的吃惊。

"'对于昨天的不辞而别,我感到非常抱歉,医生。'我的病人说。

"'我承认自己大吃了一惊。'我说。

"'哦,是这样的,'他说,'每次病发清醒后,我都会把当时的事忘得一干二净。这时我觉得到了一个陌生的房间。你出去后,我也晕晕乎乎地走到大街上了。'

"'而我呢,'他儿子说,'看到父亲走出诊室,便想当然地以为诊治已经完了。直到到家后我才弄清楚事情的究竟。'

"哦,原来如此。'我笑着说,'我倒没什么,只不过有点困惑罢了。先生,可否请你到候诊室去等着?我很乐意继续昨天未完的诊治。'

"我和那位老绅士就他的病情讨论了大约半个小时,然后我给他开了张药方,并看着他在儿子的搀扶下离开了。

"我跟你们说过,布莱星顿先生常常在这个时间出去散步。没过多久他就回来并上了楼。不一会儿我听到他噔噔噔跑下来的声音。他疯也似地冲进了我的诊室。

"'谁到我的屋子里去过?'他大叫道。

"'没人去过。'我说。

"'睁着眼睛说瞎话!'他咆哮道,'你自己上去看看!'

"我并不介意他说话时的粗鲁,因为他似乎已被吓得魂飞魄

"他疯也似地冲进了我的诊室。"

散了。我跟着他上了楼。他指着浅色地毯上的几个脚印。

"'你莫非要告诉我,这些脚印是我自己的?!'他吼道。

"显而易见,这些脚印比他的大许多,而且还是刚刚留下的。要知道,下午下过暴雨,而来找我看病的只有那父子俩。

啊，一定是候诊室里的儿子趁我替他父亲看病时上楼进了他的房间，进去的原因我就不得而知了。屋子里的东西一样也没动或是丢失，但那些脚印足以证明，有人来过。

"在这件事上，布莱星顿先生似乎表现得过于紧张了。不就是有点窝火嘛，何至于如此激动呢？他坐在扶手椅里大喊大叫，语无伦次，我没法叫他安静下来。他要我来找你，我觉得也只有请你出马了。可能他有点小题大做，但里面显然有文章。如果你能同我一起乘马车回去，你至少可以给他吃一贴定心丸。我并不奢望你能把这怪事查个水落石出。"

歇洛克·福尔摩斯全神贯注地听完了这段长长的叙述，看得出来，他对这件事很感兴趣。虽然他还和往常一样面无表情，但他的眼缝越眯越紧，烟斗上的烟雾也越聚越浓，这更增添了医生所讲故事的离奇色彩。来客刚说完，福尔摩斯就一言不发地站起了身，把我的帽子递给我，又从桌上拿起自己的帽子，跟在特里维亚医生后面朝门外走去。

一刻钟后，我们来到布鲁克街医生的诊所门前。这是一幢灰暗、毫不起眼的房子，和伦敦西区的私人诊所一般无二。一个小个子听差领着我们走上铺着高级地毯的宽阔楼梯。

一件突如其来的事使我们停住了脚步——楼上的灯忽然灭了，黑暗中传来一个尖细、颤抖的声音。

"我有枪！"那声音叫道，"我警告你们，再往前走一步我就开枪了！"

"简直太不像话了，布莱星顿先生！"特里维亚医生大声说道。

"哦，是你啊，医生，"那人如释重负地舒了一口气，说道，"另两位先生该不会是冒充的吧？"

我们觉察到，他已在暗中观察了我们好一阵。

·回忆录·

"是的,是的,一点不错,"这个声音终于说道,"请上来吧,假如刚才的无礼让你们受惊了的话,我感到非常抱歉。"

他边说边亮起楼梯上的灯。站在我们面前的是一个长相颇奇特的人。他声如其人,显得有点神经质,而且胖乎乎的,不过显然以前更胖,所以皮肤显得很松弛,脸上耷拉着的两只肉袋很像猎犬的两颊。他面带病容,稀疏的沙色头发因紧张倒竖了起来。

他手里拿着一支枪。

他手里拿着一支枪。我们走过去时,他赶忙把枪放进兜里。

"晚上好,福尔摩斯先生,"他说,"你能来我真是打心眼里感到高兴。没人比我更需要你的帮助了。我想,特里维亚医生已经把有人非法闯入我房中的事情告诉你了。"

"是的，"福尔摩斯说，"那两个人是谁，布莱星顿先生？他们为什么打你的主意？"

"唉，唉，"住院病人紧张地说，"一言难尽啊。这个问题我无法回答，福尔摩斯先生。"

"你的意思是——你不知道？"

"要是你愿意的话，里面请。"

他领我们走进他的卧室。房间很大，布置得挺舒适。

"你瞧，"他指着床头的一个大黑箱子说，"我并不是个富得流油的人，福尔摩斯先生。特里维亚医生可能跟你说过，我这辈子只投资过这么一次。我不信任那些银行家，从来都不信，福尔摩斯先生。告诉你一个秘密，我攒的那笔小钱都放在这个箱子里。所以你该明白，一旦那些身份不明的人潜入我的房间，我有多么担心！"

福尔摩斯用审视的目光打量着布莱星顿，摇了摇头。

"如果你不说实话，就别指望我给你出任何主意。"福尔摩斯说。

"可我把一切都告诉了你啊！"

福尔摩斯嫌恶地摆了摆手，背过身去。

"晚安，特里维亚医生。"他说。

"你就不能给我指点一下迷津吗？"布莱星顿带着哭腔喊道。

"我对你的指点就是说实话，先生。"

片刻过后，我们来到大街上，朝家中走去。一路上我们默默无语。直到穿过牛津街，走完哈利大街的一半路程后，福尔摩斯才打破闷罐子。

"很抱歉把你带出来见这么个蠢家伙，华生，"福尔摩斯说，"不过，这到底还是一件趣案。"

"我一头雾水。"我直言不讳道。

"哦,显然这两个人——也可能更多的人,反正至少有两个——为了某种原因一定要找到布莱星顿。毫无疑问,那个年轻人两次都进了布莱星顿的房间,而他的同伴则巧妙地掩护了他,使特里维亚医生脱不开身。"

"可他患了强直性昏厥病啊!"

"那是装的,华生。说到医学,我不敢在你这位专家面前班门弄斧,但事实上装这种病不难。我自己就曾经装过。"

"然后呢?"

"事有凑巧,每次他们来都赶上布莱星顿不在家。他们之所以选择在这种不同寻常的时候看病,显然是想避开候诊室里的其他病人。不过,这个时间正好和布莱星顿散步的时间吻合,这似乎说明,他们对布莱星顿的日常习惯一点儿也不熟悉。如果仅仅是为了偷窃,那他们肯定会搜索一番,可屋里没有翻箱倒柜的痕迹。布莱星顿的眼神告诉我,他已经吓得魂不附体了。关于他是怎么和那两人结怨的,我目前无从知晓,但我能断定的是,他知道这两个人是谁,而且他是出于自身的原因才故意隐瞒真相的。明天他可能就会讲真话了。"

"难道没有其他的可能?"我提醒他道,"虽然这种可能性微乎其微,但我们不能遗漏。说不定俄罗斯病人和他儿子的故事全是特里维亚医生一手捏造的,也许存心不良、溜进了布莱星顿的房间的人就是他自己。"

灯光下,我看到福尔摩斯对这种想法发出了善意的嘲笑。

"亲爱的朋友,"他说,"起初我也这样想过,但我很快就发现,医生并没有撒谎。年轻人在楼梯的地毯上留下了脚印,所以我没必要再到布莱星顿的房间里去查证了。这人的鞋子是方头的,而布莱星顿的鞋子是尖头的,相较之下医生的更短了一英寸三绰绰有余，这么一说你就该明白，这个年轻人是确有其人的。现在咱们可以睡觉了。如果明天早上还听不到新消息的话，我就会干瞪眼了。"

歇洛克·福尔摩斯的预言很快便以一种戏剧性的方式应验了。

第二天早上七点半，屋内洒满阳光，我看到福尔摩斯站在我的床边，早已穿戴整齐。

"外面有辆四轮马车在等我们，华生。"他说。

"有什么事吗？"

"和布鲁克街有关。"

"有新情况了？"

"是个悲剧，但也难说，"他边说边拉开窗帘，"你看这张从笔记本上撕下来的便条，上面用铅笔潦草地写着：'看在上帝的分上，请快来！珀西·特里维亚。'我们的医生朋友写这些话时，事态一定相当危急。快起来，亲爱的朋友，已经刻不容缓了！"

约莫一刻钟过后，我们赶到医生的诊所。医生一脸惊恐地跑出来迎接我们。

"老天，居然发生了这种事！"他双手按压在太阳穴上叫道。

"出什么事了？"

"布莱星顿自杀了！"

福尔摩斯吁了一声。

"啊，他昨晚上吊了。"

我们走进房子，医生把我们带进候诊室。

"我六神无主，真不知道该怎么办！"他大声说着，"警察已经在楼上了。当时我那个怕呀——"

"你什么时候发现的？"

"每天早晨他都会叫人给他送一杯茶。七点钟左右女仆走进屋,却发现这个可怜的家伙已经吊在房子中央了。他把绳子拴在平时挂大灯的钩子上,然后从他昨天指给我们看的那个箱子顶上跳了下去。"

福尔摩斯站在那里苦思半晌。

"要是你允许的话,"他最终说道,"我想上楼去看看现场。"

医生跟着我们上了楼。

我们推开布莱星顿卧室的门,一幅可怕的景象顿时呈现在眼前。我说过,布莱星顿的肌肉很松弛,但当他摇摇晃晃地吊在钩子上时,那样子似鬼非鬼,越发难看了起来——脖子拉得很长,像只拔了毛的鸡。相形之下,他身体的其他部分就更加显得肥胖了,而且还有一种说不出来的诡谲。他只穿了一件长睡衣,肿胀的脚踝和粗笨的脚从睡衣下面直挺挺地伸了出来。尸体旁边站着一位精干的警官,正在笔记本上做记录。

"啊,福尔摩斯先生,"我的朋友一走进去,警官便热情地招呼道,"很高兴见到你。"

"早上好,兰纳,"福尔摩斯说,"我想,你决不会把我当作是擅闯屋子的凶犯吧?你听过这件案子的有关情况了吗?"

"哦,听过一些。"

"你怎么看?"

"我个人认为,这人吓破胆了。你瞧,床上有很深的压痕,说明他在上面睡了好长一段时间。要知道,早晨五点最容易萌发自杀念头了。他大概就是在那个时候上吊的。看样子,他作了很久的思想斗争才下决心这么做。"

"从肌肉的僵硬程度判断,死者死了大约三个小时。"我说。

"你发现房间里有什么不寻常的东西吗?"福尔摩斯问。

"我在洗手台上找到一把起子和几个螺丝钉。他夜里似乎抽过好多烟,这是我在壁炉里找到的四个烟头。"

"嗯。"福尔摩斯说道,"你找到他的烟嘴了吗?"

"没有,没找到。"

"那么,烟盒呢?"

"找到了,在他的上衣口袋里。"

福尔摩斯打开烟盒,闻了闻里面仅存的一支雪茄。

"啊,这是一支哈瓦那雪茄,其他的则是荷兰从东印度殖民地进口的特殊品种。你们知道,这些烟通常都包着稻草,比其他牌子的烟细。"

他拿起那四个烟头,用自己的袖珍放大镜仔细地察看着。

"两支是放在烟嘴里吸的,两支不是,"他说,"两个烟头被一把不太锋利的刀切断了,另两个则是被利齿咬断的。不,这不是自杀,兰纳先生,这是一起精心策划的残酷谋杀。"

"不可能!"警官高声说道。

"为什么不可能?"

"凶手怎么会用吊死人的笨法子进行谋杀呢?"

福尔摩斯打开烟盒。

"这正是我们需要查清楚的。"

"他们是怎么进来的?"

"从前门进来的。"

"可前门早晨被锁上了。"

"是他们走了以后才锁的。"

"你怎么知道?"

"我发现他们留下的痕迹了。稍等一下,或许我能告诉你们更多情况。"

福尔摩斯走到门口,转动门锁,仔细地检查了一番,又把插在锁里的钥匙取出来反复观察。相继检查完床、地毯、椅子、壁炉、死尸和绳子之后,他终于满意了,并叫我和警官帮他割断了绳子,把那具尸体小心翼翼地放下来,蒙上床单。

"这条绳子是怎么回事?"他问。

"从这上面割下来的,"特里维亚医生说着从床下拖出一大捆绳子来,"他特别怕房子失火,所以身边总放着一捆绳子,这样一旦楼梯烧着了,他还可以从窗口逃出去。"

"这倒给凶手提供了方便,"福尔摩斯若有所思地说,"好了,案子已经明朗化了。如果下午还查不出凶手杀人的动机,我就会感到奇怪了。我想把壁炉上的这张布莱星顿的照片带上,或许它能有助于调查。"

"可你什么也没告诉我们啊!"医生嚷嚷道。

"哦,事情的经过一定是这样的,"福尔摩斯说,"一共有三个人参与了行凶:年轻人、老人和第三者。这第三者是谁我还不清楚。不用说,前两个就是假扮成俄罗斯贵族父子的人,所以他们的情况很容易查清楚。他们被屋子里的同伙带了进来。如果我没弄错的话,警官,你应该立即逮捕那个小个子听差。据我所知,他刚到你的诊所不久,医生。"

"这家伙跑了,"特里维亚医生说,"女仆和厨师刚才还在找他。"

福尔摩斯耸耸肩膀。

"在这出戏里,他扮演的可不是无足轻重的角色,"他说,"三个人蹑手蹑脚地上了楼,老人在前,年轻人居中,身份不明的人押尾……"

"亲爱的福尔摩斯!"我情不自禁地叫道。

"哦,这一点不难从重叠的脚印中看出。昨天晚上我就已经辨认出他们各自的脚印了。他们拾级而上,来到布莱星顿的门前,发现门竟锁了。于是,他们用一根铁丝把锁弄开。就算不用放大镜,你们也应该能看清锁孔上的划痕,知道他们是怎么下手的。

"进门后,他们做的第一件事一定是塞住布莱星顿的嘴。当时布莱星顿可能已经睡着了,或者被吓坏了,喊不出声也未可知。墙壁很厚,所以即使他叫了也没人听得见。

"绑好布莱星顿后,几个人显然商量了好一阵——这一点可以从壁炉上的烟头推断出来。老人坐在柳条椅上,用烟嘴吸烟的也是他。年轻人坐得较远,还把烟灰掉落在柜子边上了。第三个人则在房子里踱来踱去。我想布莱星顿此时正直挺挺地坐在床上,但对于这一点,我没有十足的把握。

"最后他们把布莱星顿吊了起来。我相信他们早有预谋,所以随身带了滑块或滑轮做绞架。几个人本来打算用起子和螺丝钉安装绞架,但房子里的吊钩使他们临时起意,用这个可以省许多麻烦。吊死布莱星顿后,他们扬长而去,同伙立即把门锁上了。"

我们饶有兴趣地听福尔摩斯讲述大致的案情,这一切都是他根据蛛丝马迹推理出来的。如果他不说得明明白白,我们甚至跟不上思路。警官听后立即出门去搜捕小个子听差,而我和福尔摩斯则回到贝克街吃早饭。

"我三点钟回来,"吃完饭后福尔摩斯说道,"到时警官和医生都会来找我。我打算利用这段时间查清案子里尚不明了的地方。"

我们的客人如约而至,可福尔摩斯直到四点差一刻才回来。我可以从他进门时的表情看出来,一切进展很顺利。

"有什么消息吗,警官?"

"我们抓住那个小个子听差了,先生。"

"你找到他们了!"我们叫道。

"好极了,我也找到那两个人了。"

"你找到他们了!"我们三个人不约而同地叫道。

"不错,至少我已弄清楚他们的身份了。不出我所料,那个化名为布莱星顿的家伙在警察局是个大名人,他那些仇人的名字也家喻户晓,三个人分别叫拜德尔、哈沃德和莫菲特。"

"沃星顿银行的劫匪!"警官惊呼道。

"正是他们。"福尔摩斯说。

"那么,布莱星顿一定就是沙顿了?"

"完全正确。"福尔摩斯说。

"啊,真相大白了。"警官说。

可我和特里维亚面面相觑,不明所以。

"你们一定不会忘记沃星顿银行大劫案吧?"福尔摩斯说,"劫匪共有五个。除了这四个,还有一个叫卡特莱特。银行的看管员杜宾惨遭杀害,劫匪抢了七千英镑逃逸了。案子发生在一八七五年。后来五人全部被捕,但因证据不足无罪获释。再后来,这个布莱星顿,也就是沙顿,那伙人中最坏的一个,告发了他们。根据他提供的证据,卡特莱特被处以绞刑,其他三个则判了十五年的监禁。前不久他们被减刑几年释放了。几个人发誓要找到叛徒,为死去的同伴报仇。有两次他们都差一点抓住沙顿,但到最后关头却功亏一篑。第三次他们总算得手了。你还有什么不明白的地方吗,特里维亚医生?"

"我想你已经说得够清楚的了,"医生说,"他那天之所以心神不宁,一定是因为他在报上看到了他们出狱的消息。"

"不错,他所说的盗窃案不过是一个幌子罢了。"

"可他为什么不告诉你这些呢?"

"哦,亲爱的先生,他知道他那些老搭档报复心很强,所以他想隐瞒自己的身份。再说,他的秘密见不得人,能瞒天过海最好。虽然他是个卑鄙小人,可他仍活在大英法律的庇护之下。你瞧,警官,尽管这张护盾也有失效的时候,但正义之剑终究会为它复仇的。"

以上就是有关布鲁克街医生和他的住院病人的奇特故事。自那天晚上以后,警察就再没有找到三个凶手的踪迹。据伦敦

· 回 忆 录 ·

警察厅说，三个人混入了乘客队伍，坐那艘倒霉的"诺拉克列娜号"轮船逃跑了。几年前，这艘船及船上的全部成员都在距葡萄牙波尔图海岸以北几十海里的地方遇难了。而因为证据不充分，对那个小个子听差的指控不成立。因此，所谓的"布鲁克街神秘事件"至今也没有详细报道过。

希腊译员

虽说我和歇洛克·福尔摩斯相交甚久并情同手足，但他从没有对我提起过他的亲人，也很少谈起他以前的生活。他素来沉默寡言，这使我觉得他不近人情。有时我甚至认为他孤僻成性，生就一副铁石心肠，虽然智力超群，却缺乏最起码的人情味。

他这人性格冷漠，既不近女色，又不喜交友，尤其是，他对家人讳莫如深。我渐渐认为，他是个孤儿，所有的亲戚都已不在人世。可有一天，他竟然同我谈起了他的哥哥，这着实使我大吃一惊。

那是一个夏日的傍晚，我们喝过茶后开始海阔天空地闲聊起来，从高尔夫球俱乐部聊到黄赤交角（黄道面与天赤道面之间的锐角，约为二十三度二十七分）变化的原因，最后又聊到了返祖现象和遗传天性。谈论的中心是，一个人的才华有多少来自祖先的遗传，又有多少来自于他早期所受的培养。

"就拿你来说吧，"我说道，"根据你所说的情况很容易判断，你的敏锐的洞察力和出色的逻辑推理能力来源于自身的系统训练。"

"也许吧，"他若有所思地接腔道，"我的祖辈们是乡绅，他们似乎也过着乡绅一类人所应该过的生活。可我这种性格是有渊源的，也许我祖母就是这样。她是法国画家维纳的姐姐。血液里的艺术细胞往往以离奇的形式表现出来。"

"可你凭什么断定那是源自遗传？"

"因为我哥哥迈克洛夫的这种能力比我强多了。"

这话我可是破天荒头一遭儿听说。假如英国还有一位如此杰出的人物,警察和市民怎么会闻所未闻?我说出了心中的疑问,并暗示我朋友道,他是出于谦虚才会说他哥哥比自己强。听到这话,福尔摩斯不禁大笑起来。

"亲爱的华生,"他说,"我可不认为谦虚是一种美德。逻辑学家本来就应该实事求是。低估自己和夸大自己一样,都偏离了事情的真相。所以,当我说迈克洛夫的观察力比我强时,你完全不必怀疑,我说的一点都没错。"

"他比你大吗?"

"大七岁。"

迈克洛夫·福尔摩斯。

"他怎么会一点名气都没有呢?"

"喔,他在他自己的圈子里可以说是无人不知,无人不晓。"

"哪个圈子?"

"嗯,譬如说,在戴尔基尼俱乐部里。"

我从没听说过这个俱乐部。我脸上的神情肯定表露出了心中的疑惑,因为福尔摩斯掏出表看了看,然后说:

"戴尔基尼俱乐部是伦敦最古怪的俱乐部,而迈克洛夫又是其中最古怪的人。通常从下午四点四十五分到八点差一刻这段时间,他都会待在那儿。现在是六点。如果你愿意在这个美妙的黄昏出去兜几圈,我很乐意介绍两个怪人给你认识。"

五分钟后,我们来到街上,朝雷杰广场走去。

"你一定在纳闷,"我朋友说道,"既然迈克洛夫有这种才能，他为什么不做侦探？说实在的，他干不了这一行。"

"可我记得你说过——"

"我是说过，他的观察力和推理能力都远胜于我。如果侦探工作只须坐在扶手椅上进行推理就行了，那他一定会成为这世界上最了不起的侦探。可他既没有野心，也没有精力。他连证明自己的推断都不愿意，即使别人说他错了，他也怕麻烦，干脆将错就错。我常常向他请教一些问题，事后证明，他的推理从来都是对的。然而，在案子呈交给法官或陪审团之前，他却无法提供行之有效的证词。"

"这么说，他不干侦探这一行？"

"这一点毫无疑问。我用来谋生的手段在他不过是浅尝辄止的兴趣罢了。他在数学方面很有天赋，常常替政府部门查账。迈克洛夫住在帕尔马尔街，从那儿拐个弯就到了白厅。他走路上班，每天早出晚归。这么多年来，除了戴尔基尼俱乐部他哪儿都不去，而戴尔基尼就在他家对门。"

"这家俱乐部可真是耳生。"

"你很可能没听说过它。要知道，伦敦有许多人不愿意与人为伴，有的是因为害羞，有的是想遁世。可他们并不拒绝坐安乐椅和看新出的期刊。戴尔基尼俱乐部正是基于这一点创立的，它的会员是城内最不合群和最内向的人。俱乐部规定，会员们不许注意别人。交谈也是绝对禁止的——除非是在会客室里面。若被委员会的人发现犯规三次，这人十有八九会被逐出俱乐部。我哥哥是这个俱乐部的创办人之一。我本人也觉得，那地方是挺舒服的。"

我们边走边说，不知不觉已走过圣詹姆斯宫的当头，来到了帕尔马尔街。歇洛克·福尔摩斯在离卡尔顿很近的一扇门前站住了，告诫我不要出声，然后领先走进大厅。我匆匆地透过玻璃看了一眼,只看到一间舒适的大房子里坐着许多人,正各自为营地看报纸。福尔摩斯领我走进一间小屋,从那儿可以看到帕尔马尔街。之后他出去了一会儿,回来时身边多了一个人。我想,这人一定就是他的哥哥了。

迈克洛夫·福尔摩斯的块头比歇洛克·福尔摩斯大得多。他非常健硕,一张大脸上流露出和他弟弟一样的精明睿智。他的眼睛是灰色的,颜色特别浅,但看上去炯炯有神,似乎总是在深思似的,而歇洛克只在施展出浑身解数时才会拥有那样的神情。

"幸会,先生。"他说着,伸出一只海豹掌般肥大的手来,"自打你替歇洛克作传以后,他的名声就如日中天。对了,歇洛克,我以为你会上个礼拜四来和我谈谈麦纳庄园案呢。我想,或许你感到有点头痛吧。"

"不,那案子我已经解决了。"我的朋友微笑着答道。

"不用说,肯定是亚丹干的。"

"我一开始就知道。"两人在俱乐部的圆肚窗前坐了下来。

"谁要想研究人类,这真是个再合适不过的场所。"迈克洛夫说,"那些人都挺特别的。你们看朝我们走过来的那两位。"

"是不是台球记分员和他身边的那位?"

"就是他俩。你对另外一个人了解多少?"

那两人在街对面站住了。我只能从其中一人的马甲口袋上沾有白垩判断出,他是一名台球记分员。另一个又矮又黑,帽子倒扣在脑门上,腋下还夹着几个小包。

"我看,他是个老兵。"歇洛克说。

"而且刚退伍。"他哥哥道。

"我想他是在印度服的役。"

"是名军士。"

"是皇家炮兵部队的。"歇洛克说。

"他老婆不在了。"

"但他有一个孩子。"

"是孩子们,我亲爱的弟弟,好几个孩子呢。"

"喂,"我笑道,"我怎么看不出?"

"毫无疑问,"福尔摩斯解释道,"从他的举止、威严的气质和晒黑的皮肤很容易看出,他是一个士兵,而且还不是普通的士兵,从印度回来没多久。"

"之所以说他刚退役,是因为他仍穿着部队里的军靴。"迈克洛夫说。

"他走起路来不像骑兵那样大步流星;从他一边的额头肤色稍浅可以推断出,他平常总是将帽子戴在一边。他的体格不符合皇家工兵的要求,所以说,他是炮兵队的。

"另外,他悲痛欲绝的神情表明,他失去了一位非常亲近的人。他一个人出来逛街,那么,死的可能是他妻子。你看他为孩子们买的东西:一个拨浪鼓,说明有个孩子还挺小,他的妻子大概死于难产。他胳膊下夹着的一本图书则表明,他挂念着另一个孩子。"

我这才明白,为什么我的朋友要说,他哥哥的洞察力比他强。歇洛克看了我一眼,脸上漾满笑意。迈克洛夫从一个龟甲盒里取出些鼻烟,并用一块红色的丝织大手帕拭去掉落在胸前的烟灰。

"顺便提一句,歇洛克,"他说,"我这儿有件奇怪的案子,我想你一定会感兴趣的。我没有精力去彻头彻尾地调查它,但我从中得出了一些有趣的推理,如果你愿意听听事情的经过——"

"亲爱的迈克洛夫,我当然乐意。"

他哥哥在一本袖珍笔记本上潦草地写了一行字,然后按铃叫来侍者,把那页纸递给他。

"我已经通知麦拉斯先生到这里来一趟了,"他说,"他就住在我的楼上。我和他打过一些交道,所以他才会来找我。据我所知,麦拉斯先生是希腊血统,在语言方面很有天赋。他有两种手段用以谋生:一是在法庭上当译员,二是替住在诺森伯兰街旅馆的亚洲阔佬们做向导。我看,最好让他自己讲述那段不同寻常的经历。"

几分钟后,一个健壮的矮个儿加入了我们谈话的行列。他那橄榄色的皮肤和乌黑的头发清楚地表明,他是南方人,可他说话起来却像个受过教育的英国本地人。他热切地握住了福尔摩斯的手。得知这位大名鼎鼎的专探愿意听他讲述自己的遭遇时,他那黑色的眼睛顿时高兴得闪闪发光。

"我想,警察是不会相信我所说的一切的——说实在话,我早就知道,他们不相信。"他不无凄凉地说,"以前没发生过这事,所以他们认为我在胡说八道。要是不知道那个脸上贴着胶布的人后来怎么样了,我这一辈子都不会安心。"

"愿闻其详。"歇洛克·福尔摩斯道。

"现在是礼拜三晚上,"麦拉斯先生说,"嗯,那么,事情发生在礼拜一——也就是两天前。我是个译员,这一点我想我的邻居可能已经跟你们说过了。我通晓各种语言——几乎是所有的语言。由于祖籍是希腊,取的又是希腊名字,所以我译得最多的是希腊语。多年来,我一直是伦敦最出色的希腊译员。各家旅馆都知道我的名字。

"老外们若是碰上了麻烦,或是旅客们到晚了,他们也会把我叫过去,时间有早有晚。因此,星期一晚上,当一位衣着光鲜的年轻人拉蒂玛先生到我房里,要我陪他一同乘坐等在门边的一辆马车外出时,我并不感到吃惊。他说,一位希腊朋友有事来拜访他,而他除了自己的母语之外,对其他语种一概不通,无奈只得请一位译员来替他翻译。他说他住在肯瑟顿,离这儿还有段距离。他似乎特别着急,因为我们一来到街上,他就把我一把推进了马车。

"他关上两边的窗子。"

"上车没多久我就起了疑心,因为这车不像平常开到伦敦去的四轮马车,里面很宽敞,设备虽说有点旧了,但质地却很好。拉蒂玛先生在我对面坐了下来。我们从查林十字路口出发,顺着夏特伯雷大街往前驶去。驶到牛津街时,我差点想说，走这条道去肯瑟顿是绕了弯路了，可我同伴的怪异举动使我把想说的话咽了回去。

"他从口袋里掏出一根沉甸甸的大铅棒，样子怪吓人的，还忽前忽后地把玩着它，似乎在检查它的分量和威力，然后又一声不吭地把铅棒放回到身旁的椅子上，关上两边的窗子。使我感到讶异的是，窗上蒙着纸，好像生怕我看到外面似的。

"'麦拉斯先生，很抱歉把你的视线挡住了。'他说，'我这样做也是逼不得已——我不想你知道我们要去的地方。要是你认出来路，那会给我惹来麻烦的。'

"可想而知，听到这话我有多么吃惊。我的同伴膀大腰圆，身强体壮，又年纪轻轻。如果和他打斗，除非有武器，不然我一丝胜算都没有。

"'太过分了，拉蒂玛先生，'我结结巴巴地说道，'要知道，你这么做是违法的。'

"'当然，这样做是有点失礼，'他说，'但我们会给你补偿的。我警告你，麦拉斯先生，如果你今晚企图报警或是把我给惹恼了的话，我会叫你吃不了兜着走的。要知道，你的行踪谁也不清楚，而且不管是在马车上还是在我家里，都没有你调皮的份。'

"他语调平静，但却充满恫吓。我一言不发地坐着，不明白他为什么用这种古怪的方式绑架我。不论事出何因，有一点可以肯定：任何反抗都是徒劳，我只能静观其变。

"马车行驶了约莫两个小时，它究竟要驶向何方我毫无头绪。有时，脚下的石头刮擦出声，表明我们是在一条石砌道上；有时车子驶得无声无息，说明我们走的是段柏油路。除了这种声音的变化外，我无法推断自己到了什么地方。窗上蒙着的纸一点儿也不透光，更何况窗前还拉着一道蓝色的帘子。我们离开帕尔马尔街时是七点差一刻，车子停下时我看了看表——八时四十五分。

"我的同伴打开了窗子。一瞥之下，我看到一扇低矮的拱门，顶上还悬着一盏灯。车门打开后，我赶紧跳下来，发现自己置身于一所宅子里，还隐约记得，那儿有块草坪，路两边栽着树。这究竟是私宅还是真正的乡下，我不得而知。

"屋里点着一盏彩色的煤气灯。但光线太暗，我只看出大厅面积不小，里面还挂着好些画。借着昏暗的灯光，我看到开门的那人个子矮小，相貌丑陋，双肩前耸，是个中年人。他转身面对我们时，我顿觉亮光一闪，原来，他戴着眼镜。

"'是麦拉斯先生来了吗，哈罗德？'

'是的。'

"'干得好，干得妙！听着，我们并没有恶意，麦拉斯先生。但我们非得请你帮个忙不可。听我们的，你就不会有遗憾。但如果你想要心眼，就休怪我们不客气！'

"他说话断断续续的，让人觉得紧张，时而还咯咯笑两声。说不清为什么，我怕他更胜于怕另外一个。

"'你们想要我干什么？'我问。

"'只需要你问一位来拜访我们的希腊绅士几个问题，把答案告诉我们。我们要你说什么，你就说什么，别多嘴，否则——'又是令人不安的咯咯笑声，'你会生不如死。'

"他说着打开一扇门，叫我进去。初看一眼，屋内装饰得富丽堂皇，却只点了一盏调得很暗的灯。房子很大。我走过之处地毯都深陷下去，说明地毯一定价格不菲。我看见几张铺了天鹅绒的椅子和一个高高的白色大理石壁炉架，旁边还摆着一套日式盔甲似的东西。灯的正下方有张椅子，年长的那位示意我坐上去。年轻的走开了，但突然间又从另一扇门跫了回来，后面多了一位身穿宽大睡袍的绅士,这人正慢吞吞地向我们走过来。待他走到暗淡的灯光下时,我才将他看清楚。这一看不禁使我毛骨悚然。他形容枯槁,苍白异常,眼睛前凸,但却闪闪发光,说明他体质虽不佳,但精神还可以。体力虚弱倒也罢了,怪就怪在他脸上横一块竖一块贴满了胶布,其中一大块胶布封住了嘴巴。

"'石板备好了吗,哈罗德?'当那个怪人栽进而非坐进椅子里时,年纪大的那个大声问道,'他的手松开了吧?给他拿支铅笔来。由你来发问,麦拉斯先生,叫他把答案写在石板上。先问他,是不是准备好了在文件上签字?'

"那人的眼里冒火了。

"'休想!'他用希腊语在石板上写道。

"'一点商量的余地都没有?'我在那个暴君的授意下问道。

"'除非我亲眼看见她由一位我认识的希腊牧师作证结婚。'

"那人又恶毒地笑了起来。

"'那你知道等待你的将是什么吗?'

"'我早就将自己的生死置之度外了。'

"我们的一问一答就以这种半说半写的特别方式进行。我一再问他,是否同意让步并在文件上签字。而我得到的也是千篇一律的愤慨回答。随即我想到了一个好办法——每次发问都附加上自己的一两句话。起初的话无关紧要,这是为了试探那两人是否听得懂谈话的内容。发现他们两个一无所知后,我越发大胆了起来。谈话如下进行:

"'你这么固执是没有好处的。你是谁?'

"'我不在乎。我在伦敦人生地不熟。'

"'你的命运掌握在你自己手中。你来这里多久了?'

"'听天由命吧。三个礼拜。'

"'财产你肯定拿不到。你哪儿不舒服?'
"'那它也不该落到那些恶棍手里。他们不给我饭吃。'
"'你只要签个字,我们就放了你。这屋子的主人是谁?'
"'别妄想了。我不知道。'
"'你就不怕连累她?你叫什么名字?'
"'我要亲耳听她说。克拉蒂德。'
"'你签了字就能见她。你从哪儿来?'
"'那我只好永远不见她。雅典。'

"再花五分钟,福尔摩斯先生,我就能在他们的眼皮子底下把事情的来龙去脉打探清楚了。也许再问一个问题,整件事就水落石出了。可这时门开了,一个女人走了进来。她具体长什么样子我没看清楚,只知道她一头乌发,个子高挑,举止优雅,身上还穿着一件松松垮垮的白袍。

"苏菲,苏菲。"

"'哈罗德,'她的英语讲得不是很标准,'我不能再待在这

里了。真闷，成天只和——哦，我的上帝，这不是保罗吗？'

"后面一句话是用希腊语说的。说时迟，那时快，那人不知从哪儿来的一股力量，一把就撕开了嘴唇上的胶布，口里嚷着'苏菲，苏菲'，直扑向女人怀里。可他们立刻就被分开了。年轻人抓住女人，用力把她推出了房间；年长者不费吹灰之力便已制服那位羸弱的受害者，并将他由另一扇门拖了出去。一时间屋子里只剩下我一个人。我一跃而起，隐约想到自己应该趁机查看房子的地形。所幸我没有付诸行动，因为我一抬头就望见年长者站在门边，正目不转睛地盯着我。

"'好了，麦拉斯先生，'他说，'你看，我们很信任你，让你参与了我们的秘密。原来我们有位会讲希腊语的朋友替我们进行谈判，但他因要事去了东方，不然我们也不至于去麻烦你。我们急着找个人顶替他。幸运的是，我们听说你的希腊语很不错。'

"我欠了欠身子。

"'这儿是五个沙弗林（英国旧时面值一英镑的金币）'，他边说边向我走来，'我想这报酬是不算低的。但你要记住，'他轻拍几下我的胸脯，咯咯地笑着说，'绝不可向外界泄露半个字——任何人都不可以。如果泄露了我们的秘密，那么，上帝会来召见你的！'

"别提我有多么厌恶和惧怕那个形容猥琐的人了。这时灯光照着他，因而我能将他看得更清楚了。他的脸又尖又黄，一小髭胡须又细又枯，说话时脑袋前倾，嘴唇和眼皮上下翻动，犹如患了舞蹈病一般。我总觉得，他那时断时续的诡异轻笑是某种神经质的症状。然而，他脸上最恐怖之处莫过于那双青灰色的眼睛了，里面泛着恶毒、冷酷和阴险的光。

"'你要多嘴的话，我们立刻就会知道，'他说，'我们自

有消息来源。好了,车子在外面等着呢,我的朋友会把你送回去的。'

"我赶紧穿过大厅,钻进车内,匆忙之中又瞥了一眼树木和花园。拉蒂玛先生紧跟着我,一声不吭地在我对面坐下来。窗子关上了,我们又静静地开始了漫长的旅途。午夜过后,马车终于停下来了。

"'你就在这儿下吧,麦拉斯先生,'我的同伴说道,'很抱歉,这儿离你的住处还很远,但我们别无选择。你如果跟踪车子,那就是自讨苦吃。'

"他边说边打开车门。没等我落稳脚跟,车夫就已扬鞭策马,赶着车子走了。我惊惶地东张西望,发觉自己站在一处斑驳的灌木丛中,周围是一簇簇深色的荆豆丛。放眼望去,远处有一排房子,上面的窗户里星星点点地透出了灯光,另一边是铁路上的红色信号灯。

"黑暗中有个人朝我走来。"

"载我来的马车已消失在我的视野之外。我彷徨四顾,不知身置何处。这时,我看到黑暗中有个人朝我走来。走近了我方才看出，他是铁路上的搬运工。

"'能告诉我这是在哪儿吗？'

"'旺兹华斯公地。'他说。

"'这儿有没有火车进城？'

"'走一英里左右，到克莱华站搭车。'他说，'你现在还能赶上去维多利亚的末班车。'

"我的历险记到此就结束了，福尔摩斯先生。我既不知道自己到了什么地方，也不知道和我说话的人是谁，能告诉你的就这么多。但我知道有人正进行着一项罪恶的勾当，我想尽己所能地帮助那个可怜人。第二天上午，我把事情原原本本地告诉了迈克洛夫·福尔摩斯先生，然后又报了警。"

听完这段奇遇后，屋子里一阵静默。接着，歇洛克把目光转向了他的哥哥，问道：

"你是怎么处理的呢？"

迈克洛夫拿起了放在墙边桌子上的《每日新闻》。

"现有一名为保罗·克拉蒂德的希腊绅士，雅典人，不会说英语。另一名为苏菲的希腊女子。知其下落者必当重谢。X2473。所有的日报上都刊登了这则广告。但至今无人答复。"

"希腊公使馆方面怎么说？"

"我问过了，他们对这事一无所知。"

"那么，给雅典警署的头儿发份电报吧？"

"我们家谁都比不上歇洛克有干劲，"迈克洛夫转身对我说道，"那么，你就全力以赴地办理这件案子吧，一有消息就通知我。"

"没问题，"我的朋友说着从椅子里站起来，"我会通知你的，当然也会通知麦拉斯先生。还有，麦拉斯先生，我要是你的话就会加倍小心，因为这则广告一经刊登，他们想必就已知道，你出卖了他们。"

我们一同往回走。途经一家电报所时，福尔摩斯进去发了几封电报。

"瞧，华生，"他说，"我们没有虚度这个晚上。我经手的一些有趣的案子就是通过迈克洛夫转到我手上的。尽管我们刚才听说的故事只有一种解释，但它还是有一些特别之处。"

"你有没有把握？"

"哦，了解了这么多信息还不能揭开谜底的话，就真叫奇怪了。刚才听的时候，你肯定自有想法。"

"是的，好像有那么一点。"

"你有什么高见？"

"依我看，有一点是显而易见的：希腊女孩被那个叫哈罗德·拉蒂玛的年轻英国人拐走了。"

"从哪里拐走的呢？"

"可能是雅典。"

歇洛克·福尔摩斯摇摇头："那个年轻人一句希腊语都不会讲，但那个女孩却能说一口流利的英语，可见她在英国逗留过一段时间，而那个年轻人从未去过希腊。"

"照这样看，我们还可以假设：她在英国做客，而哈罗德说服了她跟他一块儿走。"

"很有可能。"

"后来，她哥哥——我想，他肯定是她的亲戚——从希腊赶过来阻止这件事。但他不慎掉入了年轻人及其同伙的圈套。他们绑架了他，对他暴力相向，还逼他在一份文件上签字，企图霸占女孩的财产——他大概是财产的托管人吧。但他不干。所以他们找了个译员进行谈判。后来他们又相中了麦拉斯先生。如果不是碰巧撞见，女孩还不知道她哥哥也来英国了。"

"妙极了,华生!"福尔摩斯叫道,"我想你大概猜了个八九不离十。你瞧,我们已经掌握了主动,怕就怕他们狗急跳墙。只要花点时间,咱们便能逮住他们。"

"但我们怎么才能找到那所房子呢?

"进来吧,歇洛克!"

"如果我们的推测是正确的,而且那女孩名叫——或者曾用名为——苏菲·克拉蒂德,那么,查出她的行踪并不难。我们大部分的希望都寄托在她身上了,因为她哥哥初来乍到,完全不熟悉这里的环境。哈罗德一定花了不少时间——至少是几个星期——才同女孩熟络起来,她在雅典的哥哥才会闻讯赶来。如果这期间他们一直没挪过地方,那迈克洛夫登的广告可能很快就有回音了。"

我们边说边走,不觉已回到贝克街。福尔摩斯先上楼。打开房门后,他愣住了。我伸长脖子往前一看,同样吃惊不小——他哥哥迈克洛夫正坐在扶手椅里抽烟呢。

"进来吧,歇洛克!请进,先生。"看到我们诧异的神情,他泰然自若地微微一笑,"没想到我还有这种体力吧,歇洛克?但不知道为什么,我对这件案子很感兴趣。"

"你怎么来的?"

"我坐双轮双座马车,快你们一步。"

"有新情况了?"

"我登的广告有回音了。"

"真的?!"

"是啊,你们才走几分钟的事。"

"说说看?"

迈克洛夫拿出一张纸。

"你们看,"他说,"写信的是个中年人,身体状况不太好。他用的是J形笔和浅黄色的高档纸。

"先生,上面写着,读罢报上所载广告,悉复如下:于那位可怜的年轻女孩,鄙人知之甚详。若肯屈驾来访,吾必将其惨境一一相告。她现住贝克汉姆的米尔特雷。你忠实的 J. 达文波特。

"这封信是从劳尔·布里克斯寄来的。歇洛克,我们何不现在就坐车到他那儿,听听他讲讲他所谓的详细情况?"

"亲爱的迈克洛夫,哥哥的性命比妹妹的遭遇可重要得多。我想，我们应该先去伦敦警察厅找格莱森警官，请他陪我们一起去贝克汉姆。要知道，有个人正处在生死攸关的重要关头，哪怕一个小时也至关重要啊。"

"去的时候最好把麦拉斯先生也叫上，"我提议道，"或许有用得着翻译的时候。"

"有道理。"歇洛克·福尔摩斯说，"派人去叫辆四轮马车来，我们这就动身。"他说着拉开了桌子的抽屉。我注意到他把左轮手枪塞进了衣兜。"噢，"发现我在看他后，他说，"从目前掌握的情况看来，我们要对付的是一帮穷凶极恶之徒。"

等我们赶到帕尔马尔街麦拉斯先生的家中时，天色已经暗了下来。刚才有位绅士把他找出去了。

"你知道他去哪儿了吗？"迈克洛夫·福尔摩斯问道。

"不知道，先生，"给我们开门的女人答道，"我只知道他同那位绅士一道坐马车走了。"

"那位绅士自报家门了没有？"

"没有，先生。"

"是不是一位皮肤黝黑的年轻帅高个？"

"哦，不是的，先生。他个子并不高，还戴着眼镜，脸特别瘦。不过他给人的印象不错，因为他说话时始终面带微笑。"

"快追！"歇洛克·福尔摩斯焦急地喊道。

"这下可糟了！"在我们往伦敦警察厅赶去的途中他说，"那些人又把麦拉斯抓走了。他胆小如鼠，这一点他们前天晚上就知道了。那个坏蛋会把他吓坏的。毫无疑问，他们想利用他做翻译；但一旦利用完了，他们就很可能对他的失信施以报复。"

我们只有寄希望于通过乘火车与他们同时，或抢在他们头前赶到贝克汉姆。可到达伦敦警察厅后，我们起码花了一个小时才与格莱森警官联系上，拿到了那所宅子的官方搜查令。十点差一刻，我们一行四人到达伦敦桥。十点半我们抵达贝克汉姆站，又坐了半英里的车才终于来到米尔特雷——这所背靠公路、独成一户的死气沉沉的大宅院。我们把车子打发走，然后顺着车道往前走。

窗子一片漆黑，警官说，宅子里似乎没有住人。

"我们扑了个空。"福尔摩斯说。

"此话怎讲？"

"一辆载满货物的马车从这儿走了还不到一个时辰。"

警官笑了。

"门灯照见了车轮印，但货物又从何说起呢？"

"你注意到的是同一辆马车朝另一个方向驶去的车轮印。而外面的车轮轧下的印迹比里面的要深得多——可见马车上载着很沉的货物。"

"你比我心细，"警官耸耸肩道，"这门很难打开。要是里面没人答话，我们只好破门而入了。"

他拼命地叩门环，按门铃，但没有人应声。福尔摩斯不知钻到哪儿去了，不过，一小会儿工夫他就返回了。

"我弄开了一扇窗子。"他说。

"多亏你机智，福尔摩斯先生。"看到我的朋友机智地打开窗钩后，警官说，"嗯，我看，事已至此，我们也用不着通报再进去了。"

我们一个个爬进这间大房子，显然这就是麦拉斯先生上次来过的地方。警官亮起灯，借着灯光我们看到了麦拉斯提过的两扇门、窗帘、灯以及日式铠甲。桌上摆着两个玻璃杯、一个空空的白兰地酒瓶，还有一些残羹冷炙。

"什么声音？"福尔摩斯冷不防问了一句。

我们站在那儿凝神倾听。头顶某个方向传来一阵微弱的呻吟声。福尔摩斯一个箭步冲到门口,奔进了大厅。凄惨的声音来自楼上。他飞速地跑上楼,我们紧随其后,他哥哥迈克洛夫也拖着庞大的身躯,尽量在后面赶。

二楼有三扇门正对着我们,惨叫声是从中间那扇发出来的,忽高忽低,时而低声呻吟,时而厉声哀叫。门锁上了,但钥匙却留在外面。福尔摩斯撞开门冲了进去,但迅即又退了出来,一只手掐住喉咙。

"里面在烧炭。"

"里面在烧炭,"他嚷道,"咱们等煤气散了再进去!"

我们往房里望去,只见一个居中的青铜小三脚架台座里冒出了暗蓝色的火焰。火光在地面上投下一圈诡异的青灰色光芒。附近的阴影中好像有两个人倚墙蜷成一团。门一打开,一股浓烈的毒气扑面而来,把我们呛得半死。福尔摩斯快步奔到楼顶呼吸了两口新鲜空气,然后又冲进房间,打开窗户,奋力把铜三脚架台座扔进花园。

"再等一会儿我们就可以进去了,"他气喘吁吁地说道,又跑了出来,"哪儿有蜡烛?我看,火柴在那种空气里未必点得燃。迈克洛夫,你提灯站在门口,咱们进去救他们出来!快!赶紧!"

我们迅速冲到中毒的那两人身边,把他们拖到亮堂堂的大厅里。两人嘴唇发青,神志不清,而且面部浮肿,血脉偾张,双眼前凸,已被折磨得面目全非。如果不是那黑色的胡须和肥胖的身躯,我们差点认不出其中的一位就是几个小时前才在戴尔基尼俱乐部跟我们分别的希腊译员。他的手脚被牢牢地绑在了一块儿,一只眼睛上留下了严重殴打过的伤痕。

另一个人个头很高,形容枯槁,同样被捆得结结实实,脸上还横七竖八地贴了好几块胶布。被放下来后他就不再呻吟了。他瞥了我一眼,我立刻知道,我们的帮助来得太迟了。不过麦拉斯先生还有一丝气息。在氨水和白兰地的作用下,他不到一个时辰就睁开了双眼。我感到很欣慰,因为是我把他从鬼门关拉了回来。

麦拉斯只能向我们简述一下事情的经过。一切都在我们的意料之中。来客一进门就从袖子里掏出一根护身棒,说是立刻叫他见上帝。奸笑的恶棍在那位通晓多国语言的倒霉人心头留下了可怕的阴影,以至于他一听这话就双手发抖,脸色煞白,那人趁机再次挟持了他。他被立刻带到贝克汉姆,在第二轮的谈判中充当翻译。这次比上次更富有戏剧性。两个英国人恶狠狠地告诉囚犯,如果他不答应,就立刻叫他死。最后,发现用尽一切威胁手段都无法使他就范后,他们把他扔回了牢狱。他们斥责了麦拉斯先生一通,说他出尔反尔,竟在报上登广告,泄露他们的秘密,随即用棍子把他击昏过去。接下来的事他一点儿也记不起来了,清醒后才发现我们正躬身看着他。

这就是那桩"希腊译员奇案",其中仍有一些不解之谜。我们从回复广告的那位先生处得知,遭遇不幸的姑娘出身希腊富家，来英国访友。她在这里邂逅了一个名叫哈罗德·拉蒂玛的年轻人，并对他言听计从。后来，他说服了她跟他一块儿走。听说了这件事后，她的朋友感到非常震惊，赶紧设法通知了她在雅典的哥哥，唯恐惹祸上身。她哥哥到英国没多久就落入拉蒂玛及其同伙威尔逊·肯普的手中，可由于语言不通，他俩无计可施，只好把他关起来，虐待他，不给他饭吃，企图迫他签字，以夺取兄妹俩的财产。女孩完全被蒙在鼓里。为防她认出自己的哥哥，他们在他脸上贴满了胶布。但凭着女性的直觉，女孩很快就发现其中有诈——她与译员有过一面之缘。可是，不幸的姑娘自己也身陷囚笼，再说，除了被恶棍们收买的车夫夫妇外，这房子就没人住了。知道风声已走漏而俘虏又宁死不屈，两个恶棍只好带着女孩在几个小时内逃之夭夭了。房子是他们花钱租来的。临走前，他们报复了那个宁死不屈的人以及出卖了他们的译员。

几个月后，我们收到了从《布达佩斯报》上剪下来的一段新闻。上面说，两名携一女子同行的英国人突然间死于非命。匈牙利警方认为，两人因为争风吃醋才导致了最后的相互残杀。可我知道，福尔摩斯对这种解释不以为然。至今他仍坚持自己的看法，说谁要是找到那位希腊姑娘，就知道她是怎样替自己和哥哥报仇雪恨的了。

海军协定

我婚后那年的七月实在令人难忘,因为三桩重大案件都发生在这段时间,使我有幸能与福尔摩斯共事并欣赏他独到的探案之法。我在自己的记事本里找到了有关这三桩案例的记录,标题分别为"第二块血迹""海军协定""疲倦的船长"。不过,第一桩案子非同小可,它牵涉到本国的许多显贵,所以近几年是万万不能大曝于天下的。但在福尔摩斯经手的众多案例中,还没有哪桩能像这桩这样充分展示他那出类拔萃的分析推理能力,并给周围的人留下如此深刻的印象。我至今仍保留着一份几乎是一字不漏的谈话记录。在这次谈话中,福尔摩斯向巴黎警署的杜伯格先生和但泽的著名专家弗里兹·冯沃尔鲍说明了案情的真相。这两个人做了很多无用功,一直在研究事后证明是与案情本身可有可无的小问题。将这案子公之于众恐怕是本世纪末的事情了。这时我翻到第二桩案例,这桩案子也曾在国际上轰动一时,某些细节更使它显得非同一般。

读书期间,我和一位名叫帕西·菲尔浦斯的小伙子来往得很密切。他年纪跟我相仿,却比我高两届。这家伙聪明绝伦,学校里设的每个奖项都少不了他的份。毕业时他获得了奖学金,因而进入剑桥大学继续深造,走上了成功的开端。我记得他有好几家有权有势的亲戚。自打小时认识起我们就知道,他伯伯是霍得哈斯勋爵———一位声名赫赫的保守派政治家。但这种特殊的关系非但没给他带来任何好处,反而使他成了我们绕着操场追赶的对象。我们经常用球棒打他的小腿取乐。不过,

·回忆录·

他走向社会以后就是另外一回事了。我隐约听说，因为才能出众，他在外交部混得相当不错，之后就慢慢地把他忘了。直到有一天，我收到下面这封信，才又想起他来。

沃金·布里阿布雷

亲爱的华生，相信你一定不会忘记我——"蝌蚪"菲尔浦斯吧。当时你正读三年级，而我在读五年级。你可能听说了，因为伯父的关系，我在外交部谋了一个令人艳羡的职位。一直以来，我深受众人的爱戴和信任，但一场飞来横祸断送了我的大好前程。

没有必要再提那是一场怎样的灾难了。如果你答应我的要求，或许我能以实情相告。九个星期以前，我患了脑膜炎，如今大病初愈，身体却仍非常虚弱。不知你能否将你的朋友福尔摩斯带来一见？我切盼听他谈谈对此事的看法，尽管当局称这事已成定局，我已无回天之力。恳请你务必将他带至我处，并请从速。我为此坐不安席，睡不安枕，度日如年。请你转告他，我此前之所以未向他请教并非是出于对他能力的不信任，而是自从遭此不测后我就变得神志不清了。而今我终于清醒过来，但怕病情出现反复，所以不敢胡思乱想。如你所见，我身体尚未康复，只得请人代笔。再次恳请你带他过来一见。

你的老朋友
帕西·菲尔浦斯

看完信后，我悚然动容。信里一再叫我把福尔摩斯请去。震惊之余，我发誓非把这难题揽下不可。我当然清楚福尔摩斯的为人，只要委托人有求，他就会毫不犹豫地拔刀相助。我妻子也赞成我的想法，认为事不宜迟，必须尽快将这事告诉福尔摩斯。于是，吃过早饭后不到一个小时，我就来到了非常熟悉的贝克街。

福尔摩斯身着睡袍坐在靠墙的桌边，正在做他的化学实验，忙得不亦乐乎。一个大型曲颈瓶在一盏本生灯的蓝色火焰上受着炙烤，提炼成的物质掉入一个两升的容器中。我进屋时，我的朋友几乎目不斜视。见他在做一项重要的实验，我便捡了一张扶手椅坐下，耐心地等待。他一会儿把手探进这个瓶子，一会儿又把手探进那个瓶子，并用玻璃吸管从里面吸出几滴液体来，末了将一试管的溶液放在桌上。他右手还捏着一张石蕊试纸。

"你来得是关键时刻，华生，"他说，"如果试纸还是蓝色的，那便一切正常；如果它变红了，则意味着溶液能置人于死地。"

他把试纸放入试管，试纸立刻呈现为暗红色。"哼！果然不出我所料！"他大声说道，"再等一小会儿我就可任凭差遣了，华生。香烟放在波斯拖鞋上，你自己拿。"他转身走到书桌面前，匆匆写了几封电报，叫小听差拿去发掉。然后他一屁股跌坐进我对面的椅子里，曲起双膝，两手环住他那双瘦长的小腿。

"一桩寻常的小儿科谋杀案。"他说，"我看，你带来了更有趣的案子。华生，你是犯罪暴风雨中的海燕，有未卜先知的本领。说吧，什么事？"

我把信递给他。他聚精会神地看了一遍。

"光凭这封信看不出太多的名堂，对吗？"把信递还给我时他说。

"是啊，几乎什么都看不出来。"

"可签名倒是耐人寻味。"

"这不是他的亲笔签名。"

"说得太对了!是女人写的。"

"不可能!应该是男人的!"我叫道。

"不,是女人的,而且这女人的性格还挺特别的呢。你瞧,案子一开始我们就知道,你的委托人跟一个很有个性的人关系非同一般。我的兴趣被这案子提起来了。要是你准备好了的话,我们这就可以动身去沃金会会那个处境糟糕的外交官和代他写信的女人了。"

我们运气不错,在滑铁卢赶上了一趟早班车。一个多小时后,我们就已置身于沃金的杉木林和杜鹃花丛中了。布里阿布雷是一所大宅院,占地相当广,离车站只有几分钟的路程。我们递上名片后,就被带入一间装修得富丽堂皇的客厅。不一会儿,一位身强力壮的人走了出来,客气地招待着我们。我看这人虽已年近四十,但面色红润,眼睛奕奕有神,活像个淘气的胖男孩。

"我很高兴你们能来,"他热情洋溢地跟我们握手,"帕西都问了你们一个早上啦。啊,可怜的家伙,他恨不能抓着的每根草都能救他的命呢。他父母叫我来陪客,因为一提起这事他们就头疼。"

"我们对这事一无所知,"福尔摩斯道,"我想,你不是他的家人吧?"

陪客一惊,随即眼珠骨碌碌一转,爆发出一阵大笑。

"你肯定是看见了我纪念盒上刻着的'JH'两个字母了。"他说,"真有你的!这么短的时间就看出来了。我叫约瑟夫·哈里森。既然帕西就要迎娶我的妹妹安妮过门了,那我也该算是他的一个姻亲了吧!你们会在他房里见到她的。这两个月

·海军协定·

来,她一直寸步不离地照料着他。咱们还是赶快上楼吧,我想他早就等得很不耐烦了。"

我们被领进一间和客厅在同一层楼的房子里,屋内的装修风格介乎客厅和卧室之间,每个角落里都摆满了鲜花。一个憔悴、枯瘦的年轻人正躺在靠窗的沙发上。窗子是开着的,满园的花香和煦暖的夏日气息透过窗子飘了进来。年轻人身旁坐着个女人,看见我们进来她站起了身。

"要我出去吗,帕西?"她问。

他抓住她的手,不让她走。

"我不想浪费时间。"他说。

"你还好吗,华生?"他热情地打着招呼,"我还没见过你留八字须的模样呢。我肯定你也没想到咱们会以这种方式见面吧？我想，这位一定就是你那大名鼎鼎的朋友歇洛克·福尔摩斯吧？"

我三言两语地将福尔摩斯作了介绍，然后两人都坐下来。壮实的中年人走开了，可他妹妹还待在这里，任由病人抓着手。她长得很漂亮，略显矮胖，但肤色极佳，是那种健康的橄榄色，还有一双又大又黑的意大利人的眼睛和一头浓密的黑发。相比之下，她伴侣的脸色更显苍白、憔悴。

"我不想浪费时间，"他从沙发上支起了身子，"开门见山地说好了。我曾经很快乐，事业也一帆风顺，福尔摩斯先生，而且马上要成家了，但一场突如其来的灾难使我的前途变得一片黑暗。

"华生或许已经跟你说过了，我以前在外交部工作。因为伯父霍得哈斯勋爵的关系，我很快就要身居要职了。伯父任外交部长以后叫我办了几件密差，我办得妥

他从写字台里拿出一卷灰色的纸。

妥当当，因此，他很器重我并欣赏我的能力。

"大约九个星期以前——更准确地说，是在五月二十三日那天——他要我到他的密室去一趟。他先是赞扬了一番我以往的出色表现，然后说有一桩新的机密任务要我去办。

"'这个，'他一边说，一边从写字台里拿出一卷灰色的纸，'是英国和意大利签署的秘密条约的原本。可惜有些谣言已经传到报社去了。当前最要紧的是不能再走漏任何风声。法国和俄国的大使馆打算花大力气搞清这些文件的具体内容。如果不是因为需要一个副本，我说什么也不会让它们离开我的书桌。你办公室里有张桌子吧？'

"'是的，先生。'

"'你就把条约锁进屉子里。我建议你在其他人都走了以后再开始干活，这样你就可以安心地把它抄一遍而不必担心有人偷看了。抄完后你把原件和手抄本重新锁好，明天一早亲自交给我。'

"我拿着文件并——"

"且慢，"福尔摩斯说，"谈话时只有你们两个在场吗？"

"绝无第三人。"

"在一间大房子里？"

"房子有三十英尺见宽。"

"是在房子中央吗？"

"是的，大致在中央。"

"说话的声音很小吗？"

"我伯父的嗓门一向压得很低。我几乎没有开口。"

"谢谢，"福尔摩斯闭上眼睛道，"请接着说。"

"我完全奉命行事，等待其他职员离开。我办公室里有个叫查理·格罗德的人还有些事情没处理完，于是我让他留在那儿，自己吃饭去了。我回来时他已经走了。我想早点办完这件事,因为我知道约瑟夫——就是你们刚刚打过照面的哈里森先生——已经进城了,他会搭乘十一点钟的火车去沃金,我想跟他一块儿回去。

"一看条约我就知道,事关重大,伯父的话一点儿也不夸张。无须细看我便能断定,里面阐明了大英帝国对于三国同盟的立场,并预言一旦法国海军在地中海对意大利海军占据绝对优势,英国会采取什么政策。其中全是与海军有关的问题。文末署有高级官员的亲笔签名。我匆匆地浏览了一遍文件,然后坐下来开始抄写。

"文件很长,是用法语写的,共有二十六项条文。我飞快地抄着,可到九点钟我还只抄完九项。看来没法赶上那趟车了。一阵睡意向我袭来,我神思有点恍惚起来,这半是因为晚饭没吃饱,半是因为今天太劳累了。有个守门人整晚都会待在楼梯口的一间小屋里,他以前常用酒精灯为那些加班的官员煮咖啡。于是我按了门铃,叫他来一趟。

"我没有想到,应声而至的是个老妇人。她个头很大,皮肤粗糙,还系着围裙。妇人自称是守门人的老婆,平常做些杂活。我叫她替我去煮一杯咖啡。

"又抄了两章后,我的困意有增无减。我站起来,在房间里来回走了几圈,以活动一下腿脚。不知道咖啡怎么还没送来。我打开门,想下楼看个究竟。连着我办公室的一段通道光线很暗,这是进入办公室的唯一通道。紧接着便是一截弯弯曲曲的楼梯,守门人的小屋就在楼梯的当头。楼梯的中间有个小小的过渡平台,往右拐是另一段楼梯。又一段窄窄的楼梯连着第二个过渡平台,平台通向一道专供仆人出入的边门。进出查理街的职员也常走这道门。这是那地方的大致地形。"

"谢谢,我想我完全能明白你的意思。"歇洛克·福尔摩斯说。

"请你注意,我接下来就要说到最关键的地方了。我走下楼梯,来到大厅,发现守门人在小屋里睡得正酣,而咖啡壶在酒精灯上翻滚沸腾,咖啡都溢到地上了。我移开咖啡壶,灭掉灯。正当我准备伸手摇醒沉睡着的那人时,忽然他头顶铃声大作。他猛然惊醒了过来。

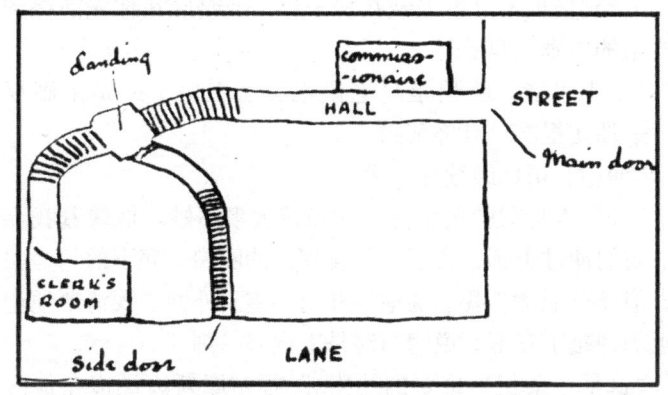

" '菲尔浦斯先生,先生!'他不知所措地看着我道。

" '我下来看咖啡煮好了没有。'

" '煮咖啡时,我不知怎么就睡着了,先生。'他看看我,又抬头看看仍在震动的电铃,脸色的惊异越来越盛。

" '既然你也在这儿,那么是谁按的铃呢?'他问。

" '铃!'我大叫道,'什么铃?'

" '就是你办公室里的电铃啊!'

"我顿时凉彻骨髓。糟了,我办公室里有人!而那份珍贵的协定还在里面!我发疯似的跑上楼梯,奔向那段通道。走廊里没有一个人,福尔摩斯先生。房间里也没人。一切原封不动,只是我受命保管的那份协定不在桌上了。抄写本还在,失踪的是原件。"

福尔摩斯在椅子里坐得笔直，来回地搓着手。我看得出来，他完全被吸引住了。

"请问，你当时是怎么做的呢？"他小声问道。

"我马上想到，窃贼肯定是从边门下楼的。如果他走另一条路，我一定能碰到他。"

"你确信他不是事先藏在房子里，或是躲在你先前提到过的昏暗的走廊上吗？"

"绝不可能。哪怕是只老鼠也没法在房子或是走廊里藏身——那儿根本没有屏蔽物。"

"谢谢，请你继续往下说。"

"守门人见我脸色发白，就知道大事不妙。他跟着我上了楼。我们冲过走廊，奔下通往查理街的陡梯。底下的门是关着的，但没有上锁。我们猛地推开门，跑到外面。我清楚地记得附近的钟敲了三下，说明当时是十点差一刻。"

"这是一条相当重要的线索。"福尔摩斯边说边在他的衬衫袖口做记录。

"夜色很黑，正下着毛毛细雨。空气闷极了。查理街空无一人，但街当头却像往常一样，车辆行人川流不息。我们连雨帽都没来得及戴，就沿着人行道跑了起来。远处的一个拐角里站着一位警察。

"'发生抢劫案了，'我上气不接下气地说，'有人从外交部偷走了一份极其重要的文件。你看见谁从这儿过了吗？'

"'我在这里站了十五分钟了，先生，'他说，'这期间只有一个高个子老妇人打这儿过去，她身上披着一块佩斯利涡旋纹花呢披肩。'

"'啊，那肯定是我老伴！'守门人叫道，'没别的人了吗？'

"'没有。'

"'那窃贼一定是从另一条路逃走了。'那家伙揪住我的衣袖大声说道。

"可我不信。而他一个劲儿地催我走,这更加重了我的疑心。

"'那女人是从哪条路走的?'我大声问道。

"'我不知道,先生。我确实看见她从这里过去了,可我没理由盯着她看哪。她好像很慌张。'

"'她走了多久了?'

"'喔,几分钟吧。'

"'几分钟?'

"'嗯,不到五分钟。'

"'你纯粹是在浪费时间,先生!现在的每分钟都宝贵得很!'守门人叫道,'听我说,我老伴和这事绝对没有关系。咱们还是去另一条街上找找看。好,你不去的话,我自己去。'说完,他一溜烟地朝另外一个方向跑去。

"我拔脚就追,一把扯住他的衣袖。

"'你住在哪儿?'我问。

"'布里克斯顿的艾维巷十六号。'他答道。'但你不能一错再错了,菲尔浦斯先生!咱们去另一条街找找看,或许能在那里找到些什么。'

"我无计可施,只好听从他的建议。警察和我们一道急匆匆地往前跑,却见街上车水马龙,许多人行色匆匆,急于在这个雨夜早点回到避难所。没人闲着。看这情形,我们是休想打听到有谁从这儿经过了。

"之后我们回到外交部,将楼梯和过道搜查了一番,但仍一无所获。通向办公室的走廊上面铺了一层米色的油地毡,上面有没有痕迹一目了然。我们仔细地检查了地毯,但连一个脚印都没发现。"

"那晚一直在下雨吗?"

"大约从七点钟开始,雨一直下个不停。"

"那么,那个九点左右进屋来的女人怎么可能穿着沾满泥巴的靴子,却没留下任何脚印呢?"

"问得好!我当时也想到了这一点。那个杂役女工习惯于一进守门人的屋子就脱掉靴子,换上布拖鞋。"

"我懂了。也就是说,尽管当晚外面在下雨,可屋里找不到一个脚印。这一连串的事情的确让人觉得不可思议。你接下来是怎么做的?"

"我们把房间也检查了一遍。房里绝对没有暗门;两扇窗子离地面足足有三十英尺高,而且都从里面锁上了。地上铺了地毯,不可能有地板门。天花板也洁白无异。我敢以性命担保,盗走文件的小偷只可能从房门进来。"

"他不会从壁炉里钻出来吧?"

"屋里没有壁炉,只有一个火炉。拉铃索就系在我桌子右方的电线上。不论谁拉铃,都得走到我书桌的右边才行。可罪犯为什么要拉铃呢?这一点真使我百思不解。"

"不错,它的确叫人费解。之后你采取了什么行动?我想,你肯定将房间搜查了一遍,看入侵者是不是留下了什么蛛丝马迹——譬如香烟头,跌落的手套、发夹或者是别的什么小东西?"

"没有这一类东西。"

"你闻到什么特殊的味道没有?"

"唔,这点我们倒没有在意。"

"啊,在这种案子里,哪怕是一股烟味都可能成为破案的关键呢。"

· 海军协定 ·

"我从不吸烟,所以房子里要是有烟味的话,我应该能觉察到。可说真的,我们连一丁点儿线索都没发现。唯一可以确定的是,守门人的妻子——也就是唐吉夫人——曾匆忙走出了我的办公室。守门人翻来覆去只知道说,他女人平常总在那个时间回家。我和警察一致认为,如果文件真是被她偷走的话,那我们最好趁她没把文件脱手之前逮捕她。

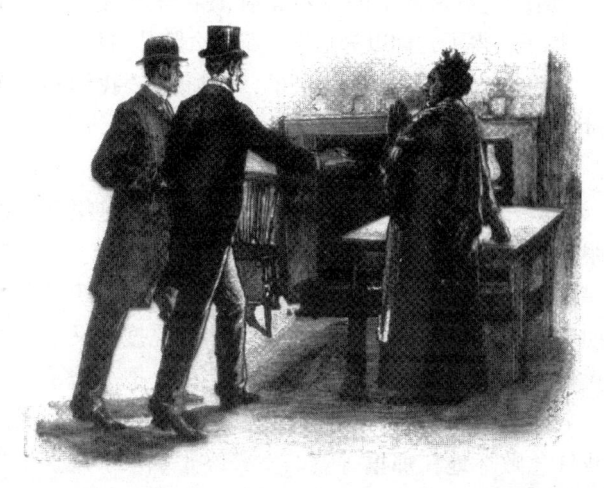

"哟,这不是部里的菲尔浦斯先生吗?"

"这时伦敦警察厅已经接到警报。福布斯探长闻讯立刻赶来,准备全力以赴地展开调查。我们租了一辆双轮双座马车,半个小时后就按守门人说的地址找到了他家。开门的是个年轻姑娘,后来我们才知道,她是唐吉夫人的长女。她妈妈还没有回来。我们被带到前厅去等候。

"大约十分钟后,有人敲门。当时我们犯了一个严重的错误，不过这全怪我自己。我们没有亲自去开门，而是让女孩代劳了。我们听见她说：'妈妈，家里有两个人在等你呢。'随即我们就听见啪嗒啪嗒跑过过道的声音。福布斯猛地拉开门。我俩跑进后屋——也就是厨房，可那个女人已抢先一步进去了。她瞪着我们，目光里充满敌意。可突然间她认出我来了，顿时满脸现出诧异之色。

"'哟，这不是部里的菲尔浦斯先生吗？'她惊讶地说。

"'得了，得了，你以为是谁？跑什么跑？'我同伴质问她道。

"'我还以为是找麻烦的来了，'她说，'我们和一个商人有点过节。'

"'好像不是这么回事吧？'福布斯接腔道，'我们有理由认为，你从外交部盗走了一份重要文件，跑到这里来销赃。你必须跟我们回伦敦警察厅接受调查。'

"我们不理她的申辩和抗议，径直叫来一辆四轮马车，把她带回警署。之前我们把厨房里的犄角旮旯搜了又搜，尤其没放过火炉，看她是不是趁无人之际把文件一把火烧了。可现场没发现灰烬和碎纸片。一到伦敦警察厅我们就叫女警搜她的身。我气急败坏地在那里等着。女警终于拿来了调查报告。文件没找到。

"我第一次意识到事态严重。之前我一个劲儿地瞎忙乎，压根儿没想别的。一开始我坚信文件会被追回来，根本没想过要是找不到它会有什么后果。可事已至此，能做的都已经做了，我终于有工夫来审度自己的处境了。真要命！华生或许跟你说过，我读书时就既敏感，又脆弱。我天生就这副德性。我想到了我在内阁任职的伯伯和同事，想到会给他、给自己、给每个关心我的人蒙羞带辱。自己丢脸也还罢了，可外交利益关系重大，容不得半点疏忽。我可耻地栽了跟头，而且栽倒以后休想再爬起来！我不记得自己曾经做过些什么，但我想，我一定闹得天翻地覆。我依稀记得一群官员围在我身边，叫我放宽心，别多想。其中的一位坐马车将我送到了滑铁卢车站，并看着我上了去沃金的火车……我相信，要不是住在我家附近的菲利尔先生碰巧也搭乘了这趟车，他一定会把我送回家的。医生对我照顾得很周到。我在车站里一度突然晕了过去，幸亏他在，不然我就没人管了。还没到家，我已经变得歇斯底里了。

"你们可以想象，当我的家人接到医生的电话后从床上起来，发现我竟是这副模样时，他们会急成什么样子。可怜的安妮和我妈妈伤透了心。菲利尔先生已经从探长那儿听说了这事的前因后果，他把事情的经过依葫芦画瓢地描述了一遍。可有什么用？大家都明白，我的病一时半会儿难得治好。所以他们叫约瑟夫腾出他那间明亮的卧室给我做病房。我一躺就是九个礼拜，福尔摩斯先生，并且始终昏迷不醒，还得了脑膜炎，都烧糊涂了。多亏哈里森小姐和菲利尔医生，我现在才有精力跟你们说话。白天哈里森照看我，晚上则由一位雇来的护士代劳，因为我发狂的时候什么都干得出来。慢慢地，我开始恢复理智，三天以前终于彻底地回忆起一切。有时我想，人要是没有回忆就好了！醒来以后，我做的第一件事就是给正在办理这件案子的福布斯先生发电报。他来了一趟，叫我别担心。我怎么可能不担心？警方想尽一切办法，却仍查不到任何线索。守门人和他妻子上上下下被搜了个遍，也没有找到任何证据。警方将怀疑的对象转向了年轻的格罗德，你们或许还记得，就是那晚在办公室加班的人。他们仅凭两点就把他定为嫌疑犯：一、他下班后不走；二、他取的是法国名字。可凭良心说，我是等他走了以后才开始干活的。再说，他的先祖虽是胡格诺派教徒，但他和你我一样，感情和习惯都已经英国化了。结果在他身上也一无所获。线索又中断了。我把最后的希望都寄托在你身上了,福尔摩斯先生。要是连你也帮不了我,我就只有永远背上黑锅,休想再恢复名誉和地位。"

一口气讲了这么多话后,病人累坏了,颓然靠倒在沙发垫子上。护士见状赶紧给他倒了一杯提神药。福尔摩斯把头朝后一仰,双眼紧闭,坐在那里一声不吭。不知情者见状还以为他这是精神不振,可我知道,他正在聚精会神地思考问题呢。

"你讲得一清二楚,"他说,"我几乎没有要问的问题了。但有一点非常重要:你有没有跟任何人提过你要执行这项特殊的任务?"

"没有,我没告诉过别人。"

"没跟这位哈里森小姐说过吗?请不要多心,我只不过是举个例子罢了。"

"没有。接受命令到执行任务期间,我没回过沃金。"

"当时有没有亲戚朋友碰巧去看你呢?"

"没有。"

"你的亲友中有没有熟悉部里地形的人?"

"哦,有的,他们都去过外交部。"

"如果你没跟任何人提起过协定的事情,那我刚才的问话显然就是多余的。"

"好可爱的蔷薇花!"

"我对此守口如瓶。"

"关于那个守门人,你了解多少?"

"我只知道他是个老兵。"

"属于哪个兵团?"

"嗯,听说他是格德斯里姆卫兵队的。"

"谢谢你。我相信福布斯会把详细情况告诉我的。警察局一向擅长于搜集证据,可惜他们并没有因此提高破案的能力。哈!好可爱的蔷薇花!"

他走过沙发,来到打开的窗前,一手托起洋蔷薇耷拉下来的叶柄,低头细看这株红绿相间的娇嫩植物。我暗暗称奇,因为以前我可没见过他对自然界的花花草草怀有如此浓厚的兴趣。

"这世界上没有什么比宗教更需要推理法的了。"他靠着百叶窗说道,"逻辑学家完全可以把推理法变成一门精确的学科。依我看,根据推理法,我们应该把对上帝的最高景仰寄托在鲜花之中。其他所有的东西,比如权利、欲望、食物,都只是我们得以生存的先决条件。这株蔷薇就不同了。它的色彩和芳香是对生活的点缀,而不是不可或缺的东西。只有神才能创造出这么神奇的物质。所以我重申一遍,我们可以从鲜花中获益匪浅。"

帕西·菲尔浦斯和他的护理员瞠目结舌,听福尔摩斯发表了这一通叫人摸不着边际的话,脸上掩饰不住失望的神色。福尔摩斯正拿着洋蔷薇兀自出神。过了几分钟,年轻的姑娘终于按捺不住,打断了他的遐想。

"你认为有希望揭开谜底吗,福尔摩斯先生?"她问道,微微有些不满了。

"噢,谜底!"他应了一声,仿佛一下子回到了现实,"不可否认,这件案子相当复杂,里面充满了玄机。但我向你保证，我绝不会坐视不理的，一有发现我就告诉你们。"

"你找到线索了没有？"

"你们给我提供了七条线索，可没证实以前，我不便瞎猜哪条有用，哪条没用。"

"你有怀疑对象了？"

"我怀疑我自己。"

"什么？！"

"我怀疑自己的结论下得太早了。"

"那就去伦敦验证你的结论吧。"

"你提了个非常好的建议，哈里森小姐。"福尔摩斯起身说道，"华生，我看，除此之外我们也没更好的法子了。不要对我们寄望太高，菲尔浦斯先生。这事很不简单。"

"你如果不来，我会发疯的。"外交官叫道。

"好了，尽管有可能让你失望，但我明天还是会搭同一班车来看你的。"

"太好了！上帝保佑你！"我们的委托人大声说道，"知道还有办法可想，我又满怀希望了。噢，对了，这儿有封霍得哈斯勋爵写的信。"

"哈！他说了些什么？"

"他的语气很冷淡，但并不严厉。我敢说，他是见我重病在身才没苛责我。他一再强调，这件事非同小可。还说，我只有等身体好了以后，才能设法去挽救这次的损失。在这之前，关于我的决定是不会更改的——言下之意是，我被解职了。"

"嗯，言之有理，他考虑得倒挺周到。"福尔摩斯说，"走吧，华生，我们还要在城里忙活一天呢。"

约瑟夫·哈里森先生驱车将我们送到车站。不一会儿我们就登上了去朴次茅斯的列车。福尔摩斯陷入了沉思。车子驶过克拉彭（英国伦敦西南部一地区）枢纽站后，他才打破沉默。

"随便走哪条路去伦敦，只要能俯瞰到这样的房子，我就心满意足了。"

我还当他是在说笑，因为火车所过之处一片狼藉。可他马上就作了解释：

"你瞧石板上头矗立着的那些孤零零的大建筑，简直就像茫茫大海里的砖头岛呢！"

"那是些寄宿学校。"

"只要能俯瞰到这样的房子，我就心满意足了。"

"是灯塔，我的朋友，未来的灯塔！里面蕴藏了成百上千棵希望的苗苗，他们是使英国走向繁荣和智慧的希望。我说，那个菲尔浦斯是不是滴酒不沾呢？"

"应该是。"

"我也这样想，但我们应该考虑到各种可能性。可怜的家伙显然掉进了深水，问题在于，我们有没有法子救他上岸。你对哈里森小姐有什么看法？"

"这姑娘很有个性。"

"是啊。要是我没看错的话，她心地不坏。她和她哥哥是一个铁匠的孩子，家住在诺森伯兰郡（英国英格兰郡名）以北的一个地方。菲尔浦斯去年冬天旅行时同她订了婚。她在哥哥的陪同下去和菲尔浦斯的家人见面，之后就出事了。她留下来照顾爱侣，而她哥哥在那儿待得舒心惬意，干脆也不走了。你瞧，我私下里已经做了一些调查。可今天我们还得调查一天呢。"

"我的诊所——"我开口道。

"哦，要是你觉得给病人看病比跟我办案更重要——"福尔摩斯有点不悦了。

"我想说的是，诊所现在正好闲来无事，耽搁几天没关系。"

"好极了，"他脸上的阴霾一扫而光，"那我们就齐心协力办理这件案子吧。我看当务之急是去福布斯那里一趟。或许他能提供我们所需的全部情况，然后我们就知道该从哪里着手了。"

"你说你已经有线索了？"

"嗯，我们已经掌握了好几条线索，但要确定它们是否有用还有待于进一步的调查。没有犯罪动机的案子最难办，可这桩案子并不缺乏动机。谁能从中得利？法国大使馆？俄国大使馆？还是将文件卖给这两者的人？霍得哈斯勋爵也不能排除嫌疑。"

"霍得哈斯勋爵！"

"不错。一个政治家在自己的文件出了意外的当儿无动于衷，这不是值得怀疑吗？"

"霍得哈斯一向口碑很好，怎么可能干出这种事？"

"这只是猜测罢了。我们不排除任何可能。咱们今天就去会会这位位高权重的勋爵，看看他怎么说。与此同时，我的调查工作已经展开了。"

"已经展开？"

"是啊。我在沃金车站给伦敦的各家晚报都发了份电报。

到时所有报纸都会刊载这则广告。"

他递给我一张从笔记本上撕下来的纸。上面用铅笔写着:"悬赏十镑,寻找五月二十三日晚九点四十五分在查理街外交部门口或附近卸下乘客的马车号码,知情者请与贝克街221号B联系。"

"你肯定小偷是坐马车去的?"

"就算不是也没有关系。但果真如菲尔浦斯所说,房里或走廊里都没有藏身之处,那么,那人肯定是从外面进来的。你想想看,当天晚上下了大雨,一个从外面进来的人竟然没在油地毡上留下任何湿的脚印,这不是很奇怪吗!要知道,他走后没几分钟就有人检查了油地毡。照这样看,那人极可能是坐马车去的。没错,我们可以肯定,他是坐马车去的。"

"听上去很有道理。"

"这就是我所提到的线索之一。我们可以从中获得一些启示。首先应该想到电铃。电铃是这案子里最特殊的东西。电铃为什么响?是小偷想虚张声势?是他同谋要掩人耳目?还是纯属偶然?再不然——"他又像先前一样陷入了深思,一声也不吭了。我非常了解他,瞧他的样子我就知道,他一定是突然之间想到了新的可能。

我们三点二十分就到站了。在餐馆里囫囵吞枣地吃了顿中饭后,我们便马不停蹄地直奔伦敦警察厅。福尔摩斯事先已经拍了电报给福布斯,所以他在那儿等着我们。福布斯又矮又瘦,一脸精明相,但神情冷漠。尤其在听说了我们的来意之后,他的脸明显地拉长了。

"我对你的办案手法早有所闻,福尔摩斯先生。"他讥诮地说,"你很善于利用警方搜罗来的信息,一个人偷偷地办案,使警察像些没用的草包。"

"我对你的办案手法早有所闻。"

"恰恰相反,"福尔摩斯说,"在我经手的五十三桩案例中,只有四桩提到了我的名字,其他四十九桩都是以警察的名义结案的。你年轻,经验又不是很丰富,所以不知道我不见怪。可你如果想在办案之初就一鸣惊人,那么你得采取和我合作的态度,而不是一个劲儿地唱反调。"

"承蒙指点。"侦探换了一种口气道,"办案至今,我一直籍籍无名。"

"你是怎么做的?"

"我暗地里调查了守门人。他离开卫兵队时名声不坏。我们没发现任何对他不利的证据,可他的妻子却人品恶劣。依我看,她隐瞒了一些情况,尽管她表面上装得若无其事。"

"你调查过她?"

"我们曾指派一名女警跟踪她。唐吉夫人好酒贪杯,女警趁她喝得酩酊大醉时去探过她的口风,却什么也没问到。"

"我听说,有些经纪人到过她家?"

"是的,可她欠他们的债已经还清了。"

"钱是从哪儿来的呢？"

"这个嘛，是拿他的养老金垫付的。可他们似乎手头很紧。"

"那晚菲尔浦斯先生拉铃叫咖啡，应声而至的却是她。她对这一点作何解释？"

"她说她丈夫很累，她想帮帮他。"

"嗯，这倒是，她丈夫之后不久被人发现在椅子里睡着了。看来除了声名不好之外，这个女人也没别的嫌疑了。你有没有问她，她那晚为什么慌里慌张的？正是因为神色张皇，值班的警察才留意她。"

"她待得比平常晚，想尽快赶回家。"

"你是否向她指出过，你和菲尔浦斯先生起码比她晚出发二十分钟，却比她先一步到家？"

"她的解释是，坐公共马车比坐双轮双座马车要慢一些。"

"她有没有说明一进房子就跑到后面厨房去的原因？"

"她说，她还经纪人的钱就放在厨房里。"

"每件事她都振振有词。你有没有问她，离开时碰到过，或是看到过有人在查理街附近溜达吗？"

"除了警察，她谁也没看见。"

"嗯，看样子你已经将她盘问得非常仔细了。你还做了些什么？"

"这九个礼拜以来，我们一直在暗中监视职员格罗德，但一无所获。我们没发现任何可以指证他的证据。"

"还有呢？"

"嗯，我们已经走进死胡同了——一点眉目也没有。"

"你对铃响是怎么看的？"

"嗯，我必须承认，对于这一点，我怎么想都想不明白。无论如何，这个按铃的人是个厉害的角色。他来了后，居然还敢报警。"

"没错。这么做的确非常奇怪。谢谢你告诉我这么多情况。你就等我的消息吧，说不定我能把这人抓住，听凭你发落。走吧，华生。"

"咱们现在上哪儿？"走出警署后我问道。

"去拜访那位内阁部长，也可能是英国未来的总理——霍得哈斯勋爵。"

我们运气不错，走到唐宁街时，霍得哈斯勋爵还待在办公室里没走。福尔摩斯一递上名片，我们就被召见了。这位政治家按老派的礼节接待了我们，并叫我们分坐在壁炉两边的两张高级沙发上，他自己则站在我们中间的地毯上。勋爵看上去又高又瘦，轮廓分明，一头鬈发过早地灰白了，脸上呈现出一副深思熟虑的表情，给人的感觉是一位名副其实的贵族。

"久仰，久仰，福尔摩斯先生。"他微笑着说道，"你们的来意我知道，所以也不用装腔作势地打听了。外交部里只有一件事能引起你的关注。容我问问你是受谁所托吗？"

"帕西·菲尔浦斯先生。"福尔摩斯答道。

"啊，我那可怜的侄儿！想必你能够理解，正因为他是我的亲戚，我才更加不能徇私啊！我只担心，这次的事故会对他的前途产生不利的影响。"

"可如果文件找到了呢？"

"啊，那自然又另当别论了。"

"我有一两个问题不太明白。不知霍得哈斯勋爵能否赐教？"

"当然可以，我非常乐意向你提供任何信息。"

"你是在这间房子里授意菲尔浦斯先生抄写文件的吗？"

"是的。"

"那么，别人几乎不可能偷听到你们的谈话了？"

"毫无疑问。"

"你有没有跟任何人提到过,你想叫人抄写这份文件?"

"没有,从来没有。"

"你确定吗?"

"百分之百地确定。"

"好,既然你和菲尔浦斯先生守口如瓶,而且旁人对这件事毫不知情,那么小偷出现在这间房子里就是纯属偶然了。他伺机偷走了文件。"

政治家微微一笑。

"这不是我所能回答的问题。"他说。

福尔摩斯思忖了一会儿。"我还有一件非常重要的事情要向你请教。"他说,"据我所知,你很担心协定的内容一旦泄露,会产生严重后果。"

政治家表情丰富的脸上掠过一丝阴霾:"的确会产生非常严重的后果。"

"那么,严重的后果已经产生了吗?"

"还没有。"

"如果协定已经被——我们假定是法国或是俄国外交部——弄到手了的话,你想必会有所耳闻吧?"

"这个当然。"霍得哈斯勋爵脸色一变。

"既然将近十个星期过去了,你却没听到任何风声,那我们完全有理由认为,出于某种原因,协定还没有落到那些人的手里。"

霍得哈斯勋爵耸耸肩膀。

"我们很难相信,福尔摩斯先生,窃贼弄到协定只是为了把它当作收藏供着。"

"或许他在等机会卖个好价钱呢。"

"再拖一阵他就一个子儿也别想得到。几个月后协定就不是秘密了。"

"这一点相当重要。"福尔摩斯说,"当然,也有可能窃贼突然病倒了……"

"比方说,患了脑膜炎?"政治家飞快地斜觑了他一眼,道。

"我可没这么说。"福尔摩斯泰然自若地说,"好了,霍得哈斯勋爵,我们已经占用了你太多宝贵的时间,也该告辞了。"

"不管罪犯是谁,祝你调查顺利。"这位显贵躬身送我们到门口时应道。

"他是个好好先生。"我们走到怀特霍尔街时,福尔摩斯说,"可他保住自己的位置不容易。他压根儿就谈不上富有,因为他要花钱的地方实在是太多了。你肯定已经注意到了,他的鞋子是换过底的。从现在起,华生,我不会再耽误你干自己的本职工作。除非那则刊载的'寻车'广告有回音,否则我今天的工作就算是告一段落了。但如果你明天能陪我乘昨天那班车去一趟沃金,我将感激不尽。"

于是,次日上午我俩又一同前往沃金。他说,他登的广告还是没有回音,案子依然看不到任何新的曙光。说这话时,他那张印第安人似的古铜色脸上毫无表情,因此我无法判断他对这桩案子的现状是否满意。我记得他谈到了贝蒂荣人身测定法(法国刑事侦查学家 AlphonseBertillon 创立的一种根据年龄、骨骼,结合摄影及后来问世的指纹学等鉴别人身的方法),他对那位法国科学家崇拜得五体投地。

我们的委托人仍然受到他那护理员无微不至的照顾,不过他看上去比上次要好多了。我们一进屋,他就轻松地从沙发上站起来,向我们表示欢迎。

"有进展吗?"他急切地问道。

"正如我先前预料到的那样,我没能给你带来好消息。"福尔摩斯说,"我见过福布斯,也见过你伯伯,而且还追查了一两条线索。"

"那么,你不会放弃吧?"

"绝对不会。"

"上帝保佑你!"哈里森小姐欢叫道,"只要不丧失勇气和耐心,我们就一定能查到真相!"

"有进展吗?"他急切地问道。

"我们倒是有更多的情况要告诉你。"菲尔浦斯说着,坐回沙发上。

"我期待听到重要的情报。"

"的确是重要情报。我们昨天晚上受了一场惊,这一惊非同小可。"这时他的表情变得十分严肃,眼中还流露出了恐惧。

"你知道吗?"他说,"我开始认为,自己在不知不觉中成了一个可怕阴谋的中心。和我的荣誉一样,我的生命也受到了威胁。"

"啊!"福尔摩斯嚷道。

"听上去的确有点危言耸听,因为据我所知,我在这世上并没有与任何人结怨。然而,昨晚的经历却只能让我这么想。"

"请说下去。"

"要知道,昨晚我是一个人睡的,没让人陪。我觉得好多了,以为让人看护是多此一举,不过我还是亮了灯。嗯,约莫凌晨两点钟的时候,我突然被一阵轻微的响动惊醒了——当时我睡得并不熟。那声音像是老鼠在啃木头。我躺在床上仔细倾听了一阵,心想,确实是只老鼠在作祟。可声音越来越大。蓦地,窗户上响起一阵尖厉的金属刮擦声。我惊诧地坐起来,知道那是什么声音了!有人在把一件器械使劲地塞进窗框的缝隙,之后是拉扯窗钩的声音。

"接着便是一阵寂静,估计那人在等待,看我是不是被吵醒了。过了十分钟左右,吱嘎一声响,似乎窗子正被一点一点地拉开。我再也忍不住了——因为我的神经今非昔比,已十分脆弱。我从床上一跃而起,猛地拉开百叶窗。有个人正蜷伏在窗子底下。我只模糊地看到一个身影飞也似地跑了。这人蒙着面,脸的下半部分被遮得严严实实。我唯一能肯定的就是,他手里拿着武器——好像是一把长刀,因为他转身跑开时,我清楚地瞧见亮光一闪。"

"真是不可思议!"福尔摩斯说,"请问,你接下来是怎么做的呢?"

"要是身体好一点的话,我就会跳出窗去追他。可我没有这样做,而是按铃唤醒了全家人。这耽搁了一点时间,因为铃装在厨房里,而佣人们都睡在楼上。不过,在我的大呼小叫下,约瑟夫跑下了楼。他将其他的人喊醒了。男仆和他发现,窗外的苗圃中有脚印,但近来天气干燥,他们只跟到草地就失去了线索。路边的木栅栏上显示出有人翻过的痕迹,而且那人翻栅栏时还弄断了最上头的一根横杆。我至今没有报案,就是想先听听你的意见。"

我们的委托人所说的这番话似乎使福尔摩斯受了很大震动。他从椅子里站起身,激动地在房间里踱来踱去。

"俗话说,祸不单行。"菲尔浦斯笑着说,"但旁人都看得出来,昨晚的经历着实让我受惊不浅。"

"你的确受惊了,"福尔摩斯说,"我想请你陪我到这屋子附近走走,可以吗?"

"哦,当然可以,我也该晒晒太阳了。把约瑟夫也叫上吧。"

"我也去。"哈里森小姐道。

"这恐怕不妥吧,"福尔摩斯摇摇头说,"我看你还是待在这里,哪儿也别去。"

年轻姑娘怏怏地坐回自己的位置,而她哥哥则加入了我们的行列。我们四人一同出来,绕过草坪,走到了年轻外交官房子的窗外。正如他所说的那样,苗圃上有脚印。可脚印模糊极了,无从辨认。福尔摩斯蹲下去细看了一阵,然后耸耸肩膀,站了起来。

"看样子我们没必要在这里逗留下去了。"他说,"咱们还是到屋子附近走一走吧,看看那个夜盗为什么偏偏选中了这间屋子。照理说,客厅和餐厅的大窗户应该对他更有诱惑力才对。"

"但那些窗户靠近路边,很打眼。"约瑟夫·哈里森先生猜测道。

"啊,是啊,的确是这样。可这儿有扇门,他完全可以从这里进来啊。这门是干什么用的?"

"这是供商人出入的侧门,一到晚上就会锁上。"

"你以前受过类似的惊吗?"

"从来没有。"我们的委托人说。

"你屋子里有没有金质餐具,或是别的什么让盗贼感兴趣的东西?"

"屋子里没什么值钱的东西。"

福尔摩斯把它掰下来,仔细地审视了一番。

福尔摩斯手插进兜里,漫不经心地在房子四周溜达着。以前他可不这样。

"对了,"他冲约瑟夫·哈里森说道,"听说你发现了那家伙翻栅栏的痕迹了。走,看看去!"

于是,胖墩墩的年轻人在头前带路,我们一起来到那个断了一根木杆的地方。木栏剩下一小截挂在那里。福尔摩斯把它掰下来，仔细地审视了一番。

"你觉得它是昨晚弄断的？可它的切口看上去很旧了，不是吗？"

"嗯，也许是的。"

"栅栏另一边也没有人跳落下来的痕迹。好了，我看这地方对破案没啥帮助。咱们还是回卧室里去讨论吧。"

帕西·菲尔浦斯由他未来的小舅子搀着，走得特别慢。福尔摩斯和我快步穿过草坪，径直走到卧室打开的窗下。另两个人则被远远地甩在了后边。

"哈里森小姐，"福尔摩斯郑重其事地说，"今天一整天你都得待在这里，无论发生什么事都不要离开半步。这一点非常重要。"

"如果你希望我这么做的话，我一定做到，福尔摩斯先生。"女孩一脸错愕。

"回去睡觉前，请你务必把门从外面锁上，并拿走钥匙。请你答应我。"

"可帕西怎么办？"

"他要和我们一块儿去伦敦。"

"而我留在这里？"

"这是为了他着想。你能帮他。快答应我！"

她迅速地点点头，表示同意。这时那两个人也过来了。

"你坐在这儿发什么呆呀，安妮？"她哥哥大声说道，"去晒晒太阳嘛！"

"不了，谢谢你，约瑟夫。我有点头疼。屋子里很凉快，我呆得挺舒服的。"

"现在怎么办，福尔摩斯先生？"我们的委托人问。

"哦，咱们可别为这件小事耽误大事。如果你能跟我们去一趟伦敦，那你就是帮了我的大忙了。"

"就走吗？"

"嗯，看你的方便。一个小时以后出发，怎么样？"

"我现在精神很好，要是真能帮你忙的话，我义不容辞。"

"你很可能能帮上我的忙。"

"你想让我今晚在伦敦住一宿吗？"

"我正准备向你这样建议呢。"

"那么，如果昨晚那个老友又登门造访的话，他岂不是会扑个空？我们唯你马首是瞻，福尔摩斯先生。你指到哪儿我们就打到哪儿。或许，你不反对让约瑟夫陪我们一块儿去，顺便照顾一下我吧？"

"噢，不必了，我的朋友华生是医生，这你知道。照顾你的任务交给他好了。如果你不反对的话，我们就在这里吃中饭，然后三人一块儿进城。"

大家都照他的话做了，只有哈里森小姐根据他的要求，借故留在卧室里。我不明白我朋友葫芦里卖的是什么药，难不成，他想把那位姑娘和菲尔浦斯拆散？由于病情已逐渐好转，而且行动也还方便，菲尔浦斯心情好得很。他跟我们一块儿在餐厅里吃了午饭。然而，福尔摩斯又让我们吃了一惊。他和我们一同到车站，还看着我们进了车厢，之后才平静地宣布，他并没有离开沃金的意思。

"走之前我还想弄清楚一两件小事情，"他说，"菲尔浦斯先生，你这一走倒真帮了我一个大忙。华生，到伦敦以后，你马上同咱们的朋友一起坐车去贝克街。我不来你们就别走。拜托了。好在你们是老同学，肯定有许多话要说。菲尔浦斯先生今晚可以睡在我那间卧室里。明天早上我坐八点那趟车到滑铁卢，还赶得上和你们一起吃早饭。"

"那我们在伦敦的调查怎么办？"菲尔浦斯满面愁容地问道。

"那个明天再说。眼下这儿有更重要的事需要我去做。"

"你告诉布里阿布雷的那些人，我可能明天晚上回来。"我们坐的列车缓缓驶出站台时，菲尔浦斯大声喊道。

"我不打算回布里阿布雷。"福尔摩斯答道。车子疾驶出车站时，他还兴高采烈地向我们挥了挥手。

一路上，菲尔浦斯和我就福尔摩斯的这一新举措反复讨论了多遍，可讨论来讨论去，谁也说不出个所以然来。

"我猜，他是想由昨晚的盗贼找到一些线索——假如真是个盗贼的话。然而我可以笃定地说，那绝不是个普通的盗贼。"

"你自己怎么看？"

"坦白地说——不管你是不是认为我在神经过敏——反正我相信，我身边正在上演一场特大的政治阴谋。我想不通的是，那些阴谋家为什么要把我置于死地？听起来有点耸人听闻，还有点荒诞，可你想想发生的这一切！小偷干吗破窗而入？那儿压根儿就没有值钱的东西。再说，他为什么手里拿着长刀？"

"你确定那不是盗贼用的撬棍？"

"哦，不，千真万确，是长刀。刀光一闪——我看得很清楚。"

"可他们究竟和你有什么深仇大恨，非要追着你不放？"

"啊，问题就在这里。"

"嗯，如果福尔摩斯也这样想，那他的举动就不难理解了，对不对？假如你没有估计错的话，他一定会找出打算向你行凶的那人是谁，这就朝找到偷海军协定的人这个方向迈进了一大步。如果说你同时有两个敌人，一个想谋财，一个要害命——这根本就说不过去嘛。"

"可福尔摩斯说他不去布里阿布雷。"

"我认识他已经有一段时间了，"我说，"我很清楚，没道理的事他不会做。"说着说着，我们就把话题转到其他方面去了。

这一天可把我累得够呛。菲尔浦斯久病初愈，身子仍然非常虚弱。那场不幸使他牢骚满腹，甚至有点神经质。我绞尽脑汁，一会儿说阿富汗，一会儿说印度，一会儿又说社会问题，目的只有一个——使他转移思绪，别对那件不愉快的事耿耿于怀。可没有用。他念念不忘丢失的海军协定。他一心想知道，福尔摩斯现在在干吗，霍得哈斯勋爵正在采取什么措施，我们明天早上会听到什么消息，于是他开始胡思乱想，满腔猜疑。随着夜幕的渐渐降临，他的亢奋情绪有增无减，我烦死了。

"你就那么相信福尔摩斯吗？"他问。

"他有些案子办得相当漂亮，我亲眼所见。"

"但他还从来没碰上过这样棘手的问题吧？"

"哦，不，我见过他解决了比你这案子线索更少的谜案。"

"可没哪次像这次一样事关重大吧？"

"这我就不清楚了。据我所知，他曾受欧洲三家王室之托办过极为重要的案子。"

"你倒是很了解他，华生。可对于我来说，他是个猜不透的谜。你认为他有成功的希望吗？你觉得他能破案吗？"

"他什么都没说。"

"这可不是个好兆头。"

"那你就大错特错了。据我观察，他只在毫无头绪的时候才会说：'我已经无计可施了。'而一旦查到线索却又没十足的把握时，他往往是三缄其口。好了，我亲爱的朋友，我们再怎么操心都是白搭呀。我劝你还是上床睡觉去吧，这样明天早上才有精神听消息。"

我同伴终于听了我的劝告。可一看他那兴奋样儿我就知道，他肯定难以成眠。他的情绪传染给了我，我躺在床上翻来覆去地想了半个晚上，猜度着这个难题的上百种可能性，但又一个个地把它们否定了。福尔摩斯为什么留在沃金？他为什么叫哈里森小姐整天守候在病房里？他为什么对布里阿布雷的人讳莫如深，不说他要留在附近呢？我苦苦思索，力求找出这些问题的合理答案，想着想着便进入了梦乡。

我醒来时已是七点钟了。下床后，我不假思索地跑到菲尔浦斯的房里，却发现他双目深陷，显然昨晚一通宵没睡。一见我他就问，福尔摩斯回来了没有。

"他既然这么说了，"我说，"就一定会准时回来的。"

果然，八点刚过，一辆双轮双座马车就飞速驶到门口，福尔摩斯跳下车。我们站在窗边，看到他左手缠着绷带，脸色苍白而严肃。他进了屋，过了一会儿才上楼。

"他好像要虚脱了。"菲尔浦斯大声说道。

我不得不承认，他说得对。

"不管怎么说，"我说，"这案子的线索可能还是在城里。"

菲尔浦斯嘟囔了一声。

"我不知道结果会怎样，"他说，"但我对他这次来抱了很大的希望。昨天他的手并没有这样包扎起来呀。到底出什么事了？"

"你没受伤吧，福尔摩斯？"见福尔摩斯走进屋，我赶紧问道。

"喷喷！一点轻伤罢了，都怪自己太笨。"他点头向我们致意，算是道了早安，"菲尔浦斯先生，你的这件案子无疑是我所经手的最难办的一件。"

"我就担心你会力不从心。"

"这次的经历真的非比寻常。"

"你手上的绷带表明,你曾身犯险境。"我说,"你难道不跟我们说说事情的经过?"

"总得先让我吃早饭吧,亲爱的华生。要知道,我今天早晨可是从三十英里开外的萨里郡风尘仆仆地赶来的呢。我想,我登的'马车'广告还没有回音吧?好啦,好啦,我们不是每次都那么走运的。"

餐桌已经摆好了。我正准备按铃,赫德森夫人就端着茶和咖啡进来了。过了一会儿,她又拿来三份早餐。我们三人在桌边坐定。福尔摩斯狼吞虎咽,我正襟危坐,菲尔浦斯则一脸沮丧。

"赫德森夫人真是善解人意,"福尔摩斯边说边揭开一盘咖喱烩鸡的盖子,"这位苏格兰妇人的厨艺尚待提高,可她做早餐倒真的花了一番心思。你那份是什么,华生?"

"火腿蛋。"我说。

"好极了!你吃什么,菲尔浦斯先生?咖喱烩肉还是鸡蛋?或者,你自己来?"

"谢了,我什么也吃不进。"菲尔浦斯说。

"噢,来吧!东西都摆在你面前了,你就吃一点吧。"

"谢谢,我真的没有胃口。"

"好吧,那么,"福尔摩斯促狭地眨眨眼睛道,"我想,你不介意帮我一下吧?"

菲尔浦斯揭开盖子一看,不由惊呼一声,然后就两眼发直地坐在那里不动了,脸色变得如眼前的碟子一般白。碟子里放着一小卷蓝灰色的纸。他一把抓过来,迫不及待地看了起来,之后把它揽在怀里,欣喜若狂地在房间里又是叫又是跳的。待到累了跳不动了,他才一屁股跌坐进扶手椅里。我们只得给他灌了些白兰地,使他不致晕过去。

菲尔浦斯揭开盖子一看,不由惊呼一声。

"你瞧你瞧,这个玩笑开大了!"福尔摩斯拍拍他的肩膀,以示安慰。"我真不该这么着急地送你一个意外的。可这位华生是知道的,我一向就喜欢制造戏剧性的效果。"

菲尔浦斯抓起他的手狠命吻了几下。"上帝保佑你!"他高声叫道,"你挽回了我的名誉!"

"好了,我自己差一点就名誉扫地了,你要知道,"福尔摩斯说,"坦白说,如果破不了案,那我会觉得丢脸的,就像你干砸了那件事一样。"

菲尔浦斯把那份珍贵的文件塞进最贴身的上衣口袋里。

"我不敢打扰你吃饭的兴头，可我真的非常想知道，你是怎么找到它的？在哪儿找到它的？"

福尔摩斯喝了咖啡，吃了火腿蛋，站起来点燃烟斗，然后才坐回自己的椅子。

"我详细地说一说事情的经过吧。"他说，"在站台和你们分手后，我便优哉游哉地从风景宜人的萨里郡逛到一个叫瑞伯里的小村庄。我在一家酒馆里喝了点茶，然后又给水壶灌满水，还拿了一包三明治放进兜里，一直等到天快黑了才动身回沃金。当我走到布里阿布雷外面的公路上时，太阳已经下山了。

"嗯，我又等了一阵，马路上终于没人了——其实，照我看，这条马路本来也人迹罕至——然后翻墙进了院子。"

"大门是开着的！"菲尔浦斯情不自禁地叫道。

"是的，可我这人做事有点不合常理。我选中了一处有三棵杉树的地方，并借着树荫的掩护跳过树篱，屋子里谁也看不见我。我蹲在旁边的灌木丛中，慢慢地往前爬，裤子膝盖被磨得又脏又破，但总算爬到了你卧室窗户对面的杜鹃花丛中。我蹲下来，静观其变。

"你房里的窗帘还没有放下来，我看见哈里森小姐正坐在桌旁看书。十点十五分，她掩上书，关上窗，准备回房睡觉了。

"我听见她关上了门，而且可以肯定她把钥匙在锁孔里转了几圈。"

"钥匙！"菲尔浦斯惊叫一声。

"是啊，我叮嘱过哈里森小姐，叫她把门从外面反锁上，并且睡觉时钥匙不离身。她一一照做了，不然我就没法取回你兜里的那份文件了。她走了，灯也随之关掉了。而我仍旧蹲在杜鹃花丛中。

"夜色很好，可这么死守下去真够乏味的。当然，猎人守株待兔时的心情自然很兴奋。我等了很长一段时间——简直有你我在那间静室里讨论斑点带子案那么久。沃金有座教堂钟，每隔一刻钟它就响一下，有好几次，我都怀疑它已经停摆了。终于，凌晨两点钟的时候，我忽然听到拉插销的声音，而门锁也在吱嘎作响。不一会儿，佣人的门开了，约瑟夫·哈里森先生走进月光中。"

"约瑟夫！"菲尔浦斯吃惊地叫道。

"他头上什么也没戴，但肩上却披着一块黑布，以便一有险情便能立刻把脸蒙住。他蹑手蹑脚地走到墙影中。挨近窗子后，他用一柄长刀插入窗框，使劲地撬掉窗钩。接着，他又打开窗子，把刀子塞进百叶窗的缝隙中，用力一拨，窗闩应声而落，窗子开了。

"我所处的位置正好能把屋内的情况看得一清二楚，他的一举一动我尽收眼底。他点燃壁炉台上的两根蜡烛，走到门口，掀起地毯的一角，弯腰取出一块方板——就是管道工修理煤气管接头道时用的那

"约瑟夫！"

种板子。这块板子上有个T形接头，一直通到底下的厨房里，是用来供气的。他从这个隐蔽的地方取出一小卷纸来，然后放下板子，整好地毯，吹灭蜡烛，往外走去，却被我逮了个正着——我在窗外等着他。

"哎呀,这个约瑟夫先生比我想象的还要凶狠得多。他举刀向我冲来,我两次被他撞翻在地,指节还被割开了一道口子,但我逐渐占了上风。一番打斗过后,他只有一只眼睛能看见东西了,可那只眼睛里却露出亡命之徒的神色。我好说歹说,他终于交出了文件。文件一到手我便放他走了,今天一早我把这事原原本本地告诉了福布斯。如果他能及时逮住鸟,那也好。如果不能——凭我的直觉,还没等福布斯赶到鸟巢鸟儿就已飞走了——那政府求之不得。我看有两个人,一个是霍得哈斯勋爵,一个是帕西·菲尔浦斯先生,肯定都不愿意这事被搬上治安法庭。"

"我的天!"我们的委托人倒吸了一口冷气,"你不是在告诉我,在我坐立难安的这十个漫漫长月中,这份失踪的文件一直就没有离开过我住的那间屋子?"

"不错,正是这样。"

"还有约瑟夫!约瑟夫居然是个坏蛋、贼!"

"咳!恐怕约瑟夫一向都深藏不露,他的性格远比看上去危险。我由今天与他的谈话中猜到,他刚玩股票就栽了个大跟头,损失惨重,他打算不顾一切,捞回成本。他这人自私自利,瞅到机会就下手,根本不去考虑自己妹妹的幸福和你的名誉。"

帕西·菲尔浦斯跌进椅子里。"我头很痛,"他说,"你的话都把我给弄糊涂了。"

"这案子的难点在于,"福尔摩斯一副说教的口吻,"证据太多。案情的关键被那些无关紧要的东西蒙蔽了。我们必须从手头的资料中选出重要的内容,并依次把它们罗列出来,然后组成完整的情节。自打听说你准备当天晚上和他一起回家后,我就对他起了疑心,因为既然他对外交部熟门熟路,那他就很可能中途去找你。后来我又听你说,有人急于潜进那间卧室,而除了约瑟夫之外,没人会在那间卧室里藏东西——我听你提过,那天晚上你和医生一同回去之后,约瑟夫迫于无奈搬了出去。这时我的猜疑得到了证实,特别是当护士不在场的头天晚上,有人就企图破窗而入,这表明,那人很熟悉这屋子的路径。"

"我真瞎了眼了!"

"据我调查,事情的经过是这样的:约瑟夫·哈里森由查理街的门进了外交部,你刚走他就已轻车熟路地到了你的办公室。发现里面没人后,他不假思索地按响了电铃,这时他突然瞥见了桌上的文件。略略一看他就知道,机会来了——这是一份国家机密文件。他匆忙把它塞进口袋,不辞而别。过了几分钟,你该记得,睡着了的守门人才提到电铃,引起你的注意,而这恰好给小偷提供了逃跑的时间。

"他搭首班车到了沃金。仔细察看过赃物后,他更加确认,文件极富价值,于是他将它藏在一个自以为神不知鬼不觉的地方,准备过一两天将它取出来送到法国大使馆,或是别的什么可以大捞一票的地方。不料你突然回家了。他猝不及防地被迫搬出卧室。之后屋内至少有两个人在场,他无从下手取回文件,因此成天心神不宁。后来他认为机会来了,想偷偷摸摸地溜进房间,不料你警惕心挺高,破坏了他的计划。你还记得吧?那天晚上你没有像往常那样服药。"

"我想起来了!"

"我猜,他肯定在药里面做了手脚,以使你昏睡不醒。当时他自以为做得很巧妙。我很清楚,只要不被人发现,他就一定会故伎重演。你那一走正中他的下怀。我叫哈里森小姐整天守在房里,使他的阴谋无法得逞。然后我使他误以为没事了,而我像前面所说的那样,把他盯得紧紧的。我早猜到文件可能就放在那间房子里,可我不想翻箱倒柜地去找,何不等他自己把文件从隐蔽处取出来?这样可以省去许多麻烦。你们还有什么疑问吗?"

"为什么他一开始要从窗户进去?"我问道,"他完全可以从门口进屋嘛。"

"他得穿过七间卧室才能到门口,可他不费吹灰之力就可以跳到草坪上。还有疑问吗?"

"你说,"菲尔浦斯问,"那把刀会不会是他杀人灭口的工具?"

"有可能,"福尔摩斯耸耸肩道,"我可以肯定地说,约瑟夫·哈里森这种人是绝对不会发善心的。"

最后一案

我怀着沉痛的心情写下这最后一案,以记录我朋友福尔摩斯卓越的才能。文章写得很不连贯,而且也不详尽,但我在竭力叙述我俩自合作以来的一些非同寻常的经历,时间一直可以由把我们首次带向合作的血字的分析追溯到他插手办理海军协定一案——毫无疑问,他在这件案子里阻止了一场严重的国际纠纷。我本打算写到这里就停笔,对那些日子不著一词,因为它使我感到痛苦万分,虽然时隔两年,这种痛苦的心情仍然未见丝毫消减。可是,詹姆斯·莫里阿蒂上校最近发表了几篇文章,替他弟弟的声名进行辩护,我别无选择,只有将事情的真相公之于众,因为清楚其中内幕的只有我一个。我确信时机已到,再没必要隐瞒了。

据我所知,只有三家报纸提到过这事,一是一八九一年五月六日的《日内瓦日报》,一是五月七日英国报纸转载的路透社电讯,还有就是我上面提到的最近发表的那几篇文章。前两家报纸轻描淡写地将其一笔带过,而后面那家——我得说明一下——彻底地歪曲了事实。我有责任将莫里阿蒂和福尔摩斯之间的一切披露于众。

大家或许还记得,自打我结婚并再次开诊行医后,我和福尔摩斯亲密无间的关系就起了一些变化。探案需要助手时,他时常会跑来找我,但这种情况越来越少,终于我发觉,在一八九〇年这一年当中,我一共才记录了三件案子。

这年冬天和次年初春,我从报上得知,他受法国政府之托

· 回 忆 录 ·

承办了一件极其重要的案子。收到福尔摩斯寄自拿波那和尼姆的两封信后,我还以为他会在法国逗留好长一段时间呢。所以,当他在四月二十四日晚上走进我的诊室时,我多少感到有点意外。见他比往常更显憔悴和瘦削,我不由更加吃惊了。

"是啊,这一向把我累得够呛,"看到我的表情,他不等我发话就抢先开了口,"近来我有点累。你不反对我关上百叶窗吧?"

屋里的唯一亮光是我书桌上的那盏灯发出来的。福尔摩斯顺着墙边走过去,把窗子关上,并小心翼翼地闩好。

"你在害怕什么吗?"我问。

福尔摩斯之死。

"是的,我害怕。"
"怕什么?"
"气枪。"

"亲爱的福尔摩斯,你究竟想说什么啊?"

"我想,你是清楚我的为人的,华生,知道我绝对不是个神经分分的人。在我看来,当危险逼近时却没胆子承认,这是懦夫而不是勇者的行为。给我根火柴好吗?"他开始吞云吐雾,似乎很喜欢香烟带来的镇定作用。

"真对不住,这么晚还来打扰你,"他说,"但我还有个不情之请——允许我待会儿从你后院那堵墙翻过去,离开你的家。"

"究竟是怎么回事?"我问。

他伸出手来。灯光下,我看见他的两个指关节都受伤了,还在流血。

"你瞧,我可不是空穴来风,"他笑着说道,"手差点都要被废了呢。尊夫人在家吗?"

"她出去做客了。"

"真的?就你一个人在家?"

"是的,就我一个人。"

"那么我便不难启齿了,我想请你陪我去欧洲大陆玩一个礼拜。"

"去哪儿?"

"噢,随便哪儿,对我来说是一回事。"

一切透着古怪,漫无目的地度假可不是福尔摩斯的性格。而我从他那张苍白、疲惫不堪的面孔上窥出了一些端倪——他脑子里的弦绷得正紧。福尔摩斯看出了我眼中的疑问。他将胳膊肘儿支在膝盖上,指尖交叉而握,开始解释了起来。

"你多半没听说过莫里阿蒂教授这个人吧?"他说。

"没听说过。"

"唉,天底下竟有这样匪夷所思的聪明人!"他大声说道。"他的势力渗透了伦敦的每一个角落,然而谁也不曾听说过他的名字。因此他成了犯罪史上最难对付的人。我郑重地告诉你，华生，如果有朝一日我能击败这个人并能将社会从他的魔爪下解救出来，那么，我认为自己的事业就已达到巅峰，我将从此抽身引退，过一种平静的生活。有件事请你替我保密，我最近帮斯堪的纳维亚（北欧一地区，包括挪威、瑞典、丹麦，有时还包括冰岛、法罗群岛和芬兰）和法兰西共和国办理的那些案子已经为我创造了有利的条件，使我能过自己所钟情的宁静生活，并把主要精力放在化学研究上。可我不能就此罢手，华生。一想到有莫里阿蒂教授这样的人在伦敦街头肆无忌惮地作恶，我没法安心。"

"他到底做过什么？"

"他的经历非常特别——出身好，又受过极好的教育，从小表现出了非凡的数学天赋。二十一岁那年，他撰写了一篇有关二项式定理的论文，在欧洲轰动一时，并因此当上我们那儿一所规模不大的大学的数学教授。摆在他面前的无疑是一条康庄大道。但这人天性邪恶，满脑子都是犯罪的念头。随着智力的不断增长，他的劣根性不仅没有消弭，反而变本加厉，越来越危险。一时间，他在校内声名狼藉。迫于压力他辞去了教授的职位，并南下伦敦打算当一名军事教练。他的情况外界就只知道这么多，我现在告诉你的是我自己调查发现的结果。

"你知道，华生，对于伦敦的高级犯罪活动，谁也没有我了解得清楚。过去几年我再三发现，有一股庞大的幕后黑势力挡在法律的面前，为那些作奸犯科之徒提供保护伞。在各种各样的案件——伪造案、抢劫案、凶杀案中，我一再碰到这股势力。尽管我并没有亲自处理这些案子，但我从许多桩尚未破获的案件中了解了它的破坏力。多年以来，我一直锲而不舍，想揭开它的面具。这一刻总算到来了。我顺藤摸瓜，跟踪出击，历尽千辛万苦，终于挖出了幕后的主使——那个被驱逐出教授行列的数学名人莫里阿蒂。

"他是犯罪界的拿破仑，华生。这座大都市里的半数或者几近全部没被侦破的案件都是他策划的。他是天才、哲学家，也是卓越的思想家。他像蛛网中央的蜘蛛一样端坐在中军帐中。你知道，蛛网是由上千根辐组成的，他对每根辐的振动了如指掌。他一般不亲自出马，只坐镇指挥。他党羽众多，组织严密。可以这么说，盗窃、抢劫、绑架，只要把话传给教授，他就会吩咐手下的人将它们付诸实施。即使他的党羽被逮住了，也有人出钱为他们作保或是辩护，而幕后的主使人却从来没被抓住过，甚至连嫌疑都没有。这就是我所推断出来的组织的情况，华生，我耗尽心血就是要使它曝光并解体。

"但教授非常狡猾，他巧妙地将自己掩藏了起来。结果我倾尽全力却仍弄不到在法庭上证明他有罪的证据。你是清楚我的能耐的，华生。但是三个月将尽我却不得不承认，自己碰到了一个旗鼓相当的对手。我对他的手段深表佩服，这种感觉甚至压倒了他的罪行留给我的恐怖感。但后来他出了个纰漏，一个很小的纰漏，使我能乘虚而入，在他身边布控，没给他任何补救的机会。现在一切准备就绪，就等收网了。三天后，也就是下个礼拜一，时机就成熟了，到时教授及其团伙的主要成员都将落入法网。本世纪最重大的案犯审判也将开庭受理，四十个谜案将浮出水面，所有的案犯都将被绳之以法。但你知道，如果仓促行动，甚至在最后一刻他们都有可能成为漏网之鱼。

"倘若我布控的时候莫里阿蒂教授一无所知，那事情就好办了。可这个人诡得很，对我在他身边设下的每一步圈套他都一清二楚。他屡次想溜之大吉，但总被我抢了先机。跟你说，我的朋友，要是这种无形中的较量能被详细记载下来的话，那它定会成为侦探史上最出类拔萃的攻守之作。我的能力从来没有像现在这样发挥到极致,我也从来没有被一个对手逼得这么紧。他藏得多深,我就挖得多深。今天早晨我已将一切部署妥当,再过三天就大功告成了。正当我坐在屋里全盘考虑这事的时候,门突然开了,莫里阿蒂教授出现在我的面前。

莫里阿蒂教授。

"我一向处变不惊,华生,但我必须承认,当看到成天萦绕于自己心头的那人就站在门口时,我还是大吃了一惊。他的外貌我非常熟悉——又高又瘦,脑门上有一处谢了顶,两眼深陷,下巴刮得光光的,脸色苍白,样子像个苦行僧,但仍保留着一丝教授的特征。由于经常伏案,他的肩膀显得有点佝偻,他的脸向前伸着,像鳄鱼般奇怪地、缓慢地左右摆动来摆动去。他眯缝着眼,饶有兴趣地将我打量了一番。

"'我高估了你。'他终于开口了,拨弄睡衣兜里上了膛的手枪可不是个安全的习惯。

"说实话,他一走进来我就知道自己处境很危险。显然,他唯一的脱逃办法就是杀我灭口,所以我才迅速地将屉子里的左轮手枪塞进了口袋,并把枪隔着衣布对准了他。听他这么一说,我把枪掏了出来,并扳起扳机,放到桌子上。他依然面带微笑,眼睛眨个不停,但我很高兴地从他眼神里看出,自己刚才的那招用得不赖。

"'显然你并不了解我。'他说。

"'恰恰相反,'我答道,'我认为自己非常了解你。请坐。如果你有话要说,我可以腾五分钟的时间出来。'

"'我想说什么你想必猜得到。'他说。

"'那我的答案你想必也知道了。'我答道。

"'你还是不改初衷?'

"'当然。'

"他突然把手伸进兜里,我抄起桌上的手枪。但他只掏出一本笔记本,上面潦草地记着一些日期。

"'十一月四日你闯入了我的地盘,'他说,'二十三日你阻碍了我的行动,二月中旬你给我招来了很大的麻烦,三月末你使我的计划全盘受阻;现在四月将过,我发现在你接二连三的迫害下,我正面临着失去自由的危险。形势可真是辣手啊!'

"'你有什么想法?'我问。

"'你该住手了,福尔摩斯先生,'他晃动着脑袋说,'你非住手不可,这你应该知道。'

"'过了星期一我就不再过问你的事。'我说。

"'啧啧!'他说,'我深信,像你这样聪明的人不可能猜不到这事的结果。歇歇吧,我们已经被你逼上绝路了,但你处理这事的方法倒是让我大开了一回眼界。说真的,被迫采取极端手段我会抱憾的。你笑吧,先生,我向你保证,我说得出做得到。'

"'干我这一行,和危险打交道是家常便饭。'我说。

"'不是危险,'他说,'是避不开的毁灭。你破坏的事不是单个人的,而是一个强大的组织的。仅凭你这点聪明才智无法想象出它强大的程度。你如果不让开,就会被踩在脚下,福尔摩斯先生。'

"'抱歉,'我起身说道,'我只顾说得高兴,忘了别的地

方还有重要的事情等着我去办。'

"他也站起身来,默默地看着我,悲哀地摇了摇头。

"'好,好,'他最后说道,'我很遗憾,可我已尽了力了。你的一举一动我了如指掌。星期一之前你什么也干不了,我俩就拼个鱼死网破吧,福尔摩斯先生。你想把我捉拿归案,我告诉你,我是决不会被捉住的;你想击败我,我也告诉你,我是决不可能被击败的。你如果聪明得能置我于死地,那么你放心,我担保我俩会同归于尽。'

"'过奖了,莫里阿蒂先生,'我说,'我也回赠你一句话:如果能置你于死地,那么,明知可能会惨遭毒手,出于为大众着想,我还是心甘情愿和你同归于尽。'

"'我保证和你同归于尽!你害死了我,自己也休想活命!'他咆哮道,然后背转身,眨巴着眼睛走出了房间。

"他背转身,眨巴着眼睛走出了房间。"

"这就是我与莫里阿蒂教授别开生面的见面。我承认,我的心中从此蒙上了一层阴影。他说话的时候很平静,一副不容置疑的口吻,普通的恶棍绝对做不到这一点。当然，你会问，为什么不把他交给警方？因为我很清楚，袭击我的就是他的党羽。我说这话是有根据的。"

"你遭到暗算了？"

"亲爱的华生，莫里阿蒂教授这种人绝不会坐失良机。大约正午时分，我到牛津街去处理一些事务。当我走到本迪克街和威尔贝克街的拐角处时，一辆两轮马车突然从斜刺里疾驶出来，以雷霆万钧之势向我冲来。我一个箭步蹿到人行道上，在千钧一发之际幸免于难。马车飞快地绕着玛丽波恩路转了一圈，不一会儿就消失得无影无踪了。此后我便只走人行道，华生。可走到威尔街时，一块砖头忽地从屋顶上掉落下来，在我脚边摔成了碎片。我叫警察来检查了现场。屋顶上堆着石板瓦和砖头，预备作修葺用。他们试图说服我相信，砖头是被风掀下来的。我虽然心知肚明，但却没有一丁点儿证据。之后我就乘马车到帕尔马尔街我哥哥家待了一天。现在我又绕道跑到你这儿来了。途中我遭到一个手持大棒的暴徒的袭击，我挥拳向他打去，不巧指关节磕在他的门牙上，受了伤。击倒他后，我叫警察把他收监入狱了。可我敢打包票，警察肯定查不出那家伙和已经辞职的数学教授之间的任何关系。我能肯定，教授此刻正在十英里开外的地方用一块黑板演算问题呢。说到这里，你不会感到奇怪了吧，华生？为什么我进你家后做的第一件事就是关上百叶窗。我是逼不得已才出此下策，请你允许我从一条隐蔽一点的通道而非前门离开这房子。"

我一向佩服我朋友的勇气，但从未像现在这样佩服得五体投地。坐在那里历数这恐怖的一天内迭出的险情时，他居然还那么镇定自若。

"你在这儿过夜吗？"我问。

"不了，我的朋友，这样会给你带来危险的。我自有安排，一切都会没事的。只要逮捕行动一开始，警察就用不着我帮忙了，尽管到时我仍有必要出庭作证。所以目前这几天我是走为上策，警方正好可以自由行动。如果你能陪我去一趟欧洲大陆的话，我会高兴死的。"

"诊所现在没什么事，"我说，"再说，我还有位乐于助人的邻居。我乐意奉陪。"

"明天一早能动身吗？"

"如果有必要的话，当然可以。"

"噢，当然有必要啦。这儿有封信，亲爱的华生，我请你一定要严格地按照上面的指示去做，因为目前你正跟我一道，同欧洲最狡猾的暴徒及最强大的罪犯辛迪加（指操纵赌博、卖淫、贩毒等犯罪活动的团伙）做生死的较量。听着！今晚你派一个信得过的人把你要带的行李送到维多利亚去，上面千万别写姓名和地址。明天早晨你让下人叫一辆双轮双座马车来，叮嘱他千万别叫头两辆主动来兜生意的车子。上了马车后，你赶紧去路沙·阿卡德的斯特兰得大街的尽头，递给车夫一张写了地址的纸条，马车一停你就快步穿过阿卡德，确保在九点一刻到达马路对面。你会发现，有一辆小小的布鲁厄姆车（一种驾驶座在车厢外的四轮马车或驾驶座敞顶的轿车）正停在路边，开车的是位披着黑色大氅、穿红色领边衣服的男人。你坐上这辆车直奔维多利亚，赶乘去欧洲大陆的特快。"

"我在哪儿和你碰头？"

"在车站。从头数起的第二节头等车厢是为我们预订的。"

"这么说，车厢就是我们的会面地点？"

"没错。"

我想说服福尔摩斯在这儿过夜，但他执意不肯。我明白，他怕给我带来麻烦，所以不肯住在这里。我们匆匆地谈了一下明天的计划,然后他就起身与我一起走进花园,翻墙到莫蒂玛街上,飞快地吹口哨叫来一辆双轮双座马车。我听到他渐渐地远去了。

这天早晨,我一一遵照信上的指示行事:唤来一辆双轮双座马车,特别提防着有人从中作梗。吃过早饭后我乘它到了路沙·阿卡德,以最快的速度冲到对面。一辆布鲁厄姆车正等在那里,上面坐着一个身穿黑色大氅的大块头车夫。我一踏上车他就策鞭驱马,车子咔嚓咔嚓地驶到了维多利亚车站。我一下车他立刻掉转车头,很快地消失在我们来时的方向。

目前一切顺利。我的行李已经运到,我没花多大气力就找到了福尔摩斯所说的那节车厢,因为列车上只有这一节标了预订的字样。我唯一担心的就是——福尔摩斯迄今还没有露面。站里的钟显示,离开车只有七分钟了。我在旅客和送行的人群中竭力搜寻我朋友那瘦小的身影,但一无所获,连他的影子也没找着。有位神情严肃的意大利牧师正操着蹩脚的英语和一个搬运工交谈,努力想让搬运工明白,他的行李需要送到巴黎去。我帮了他一下,这耽搁了几分钟的时间。之后我再次用目光逡巡人群,仍没有看到福尔摩斯。无奈我只得回到自己的车厢,却发现那个搬运工无视票位,竟将那位年迈的意大利牧师领到这儿给我做伴来了。我向他解释道,这儿已经有人坐了,可他听不懂我的话,因为我的意大利语说得比他的英语还要糟。没办法,我只有耸耸肩,继续焦急地寻找我的朋友。突然我心底升起一丝恐慌——他没来可能意味着,他昨晚遭到埋伏了。所有的车门都关上了,汽笛也响了,这时——

"亲爱的华生,"一个声音说道,"你还没有屈尊向我道声早安呢。"

诧异之下,我不由自主地扳过身子。老态龙钟的传教士正

·回忆录·

年迈的意大利牧师。

面对着我。只一会儿工夫,他脸上的皱纹就一扫而光,鼻子变高了,下唇不朝前凸了,口里不再念念有词,呆滞的眼睛重又焕发出光彩,佝偻的身子也挺直了。随即整个人又塌陷下来,福尔摩斯来得快,去得也快。

"老天!"我嚷道,"我真被你吓了一大跳!"

"无论什么时候都不能掉以轻心,"他压低嗓门说,"我敢打包票,他们正紧咬我们不放呢。喏,莫里阿蒂亲自来了。"

福尔摩斯说话的当儿,火车已经开始启动。我扭头一看,一个大高个儿正奋力拨开周围的人群向前闯,边跑边挥手,仿佛想叫火车停下来。然而为时已晚,火车越开越快,眨眼间就驶出了车站。

"你瞧,多亏防范严密,我们才能成功地甩掉他们。"福尔摩斯大笑着站起身来,扯下用来进行伪装的黑色袍帽,把它们卷成一团,塞进了旅行包里。

"你看过今天早晨的报纸了吗,华生?"

"没有。"

"这么说,你不知道有关贝克街的报道了?"

"贝克街?"

"昨天晚上，他们放火烧了我的屋子。所幸损失不大。"

"我的天！福尔摩斯，这太过分了！"

"持棒人被抓住以后，他们肯定就不知道我上哪儿了，要不然他们也不会以为我回了家。可他们显然盯上了你，所以莫里阿蒂才会跑到维多利亚车站来。你来的路上没出什么岔子吧？"

"我完全遵命行事。"

"你找到那辆布鲁厄姆车了吗？"

"是的，它正等在那里。"

"你认出车夫是谁了吗？"

"没认出来。"

"是我哥哥迈克洛夫。在这种时候，不信任外人无疑是极为明智的。但咱们当前要做的是，合计一下怎样对付莫里阿蒂。"

"既然这是列特快，而且它还跟大船联运，我想，我们很快就能甩掉他了。"

"亲爱的华生，我不是告诉过你，这人的智力跟我不相上下么？显然你还没有明白这话的意思。你也不想想，换了跟踪的人是我，我会被这么个小问题给难倒吗？那么，你怎能如此低估他呢？"

"他接下来会怎么做？"

"我会怎么做？"

"请你告诉我。"

"搭专车。"

"可惜太迟了。"

"绝对不迟。火车在坎特伯雷有一站，在那儿至少要停留十五分钟才能上船。他会在那儿逮住我们。"

"不知道的人或许还以为我们是罪犯呢。咱们何不等他一到就拘捕他？"

"那我三个月的苦心就白费了。这样虽能逮住大鱼，但小鱼会四散奔跑，脱网而逃。而等到礼拜一，所有的案犯都将被缉拿归案。不行，现在还没到抓他的时候。"

"那怎么办？"

"我们在坎特伯雷下车。"

"然后呢？"

"嗯，然后咱们就只好做一次越野旅行了，先去纽黑文，再辗转到狄厄普。而莫里阿蒂一定会乘车去巴黎，记住我们行李的样子，再到车站等我们两天——这也是我情理之中的做法。而这时的我们早已买下两个旅行包，顺带刺激了沿途所经国家的制造业的发展，然后优哉游哉地到瑞士一游，再由卢森堡去巴塞尔。"

我们在坎特伯雷下了车，下车后才发现，还得等一个小时才有车去纽黑文。

那节载着我全套行装的行李车很快就驶出了我们的视野，可我还在满腹惆怅地望着它远去的方向，突然，福尔摩斯扯了扯我的衣袖，指着远方。

"你瞧，他真的跟来了。"他说。

远远地，肯特郡森林中升起了一缕细烟。不一会儿我就看见车头和车厢正沿着弯道飞快地向车站驶来。我们刚在一堆行李后藏好身，车子就轰隆隆地开过来了，掀起的热浪扑面而来。

"他走了。"当我们看着那辆列车摇摇摆摆地翻过山头时，福尔摩斯说，"你瞧，咱们的朋友也有失算的时候。要是他能猜到我的举动并见机行事，那才真叫绝了。"

"假如他追上我们的话，他会怎么做？"

"毫无疑问，他会暗杀我的。然而鹿死谁手，尚未可知。眼下的问题是，我们是在这里早早地吃顿中饭呢，还是饿着肚皮到纽黑文去进餐？"

当晚我们就赶到了布鲁塞尔，在那儿逗留了两天。第三天我们一鼓作气地来到斯特拉斯堡。礼拜一的早上，福尔摩斯拍了一封电报给伦敦警方。晚上等我们回到旅馆，回电已经到了。福尔摩斯拆开一看，愤愤地咒骂了一句，然后用力把它掷进了壁炉。

"我早该猜到的！"他气呼呼地说，"让他给溜了！"

"莫里阿蒂吗？"

"除了他之外，其余的案犯已悉数落网。他钻了个空子。不用说，我不在的时候谁都不是他的对手。可我真的以为警方已经稳操胜券了哩。我看，你最好还是回英国去，华生。"

"怎么啦？"

"因为从现在起，跟我同行会危机四伏。那家伙的老巢被我端掉了。他回伦敦无疑是自取灭亡。要是我没估计错的话，他会想方设法地报复我。在和我的那场简短交谈中他就表露了这种意思。我想，他说得出，就做得到，所以你最好回诊所去。"

作为多次与他并肩作战、患难与共的老朋友，我可不认为这是个好主意。我们坐在斯特拉斯堡的饭店里为这事争论了半个小时，结果是两人当晚继续进发。在去日内瓦的途中，一切平安无事。

我们高高兴兴地度过了一个礼拜。先是沿着罗讷河谷走了一圈，然后由留克转至白雪皑皑的盖米关，山下春色盎然，山上却大雪纷飞。后来我们又经英特莱肯到了梅岭根。这是一趟令人愉快的旅行，可我心里清楚，福尔摩斯一刻也没有忘记横亘在心头的那道阴影。不论是在原始的阿尔卑斯山村，还是在幽静的山间小路上，他经常转目四顾，对每个过路人都保持着高度的警惕心。我看得出来,他坚信不管走到哪里,我们都有被跟踪的危险。

我还记得,有一次,当我们翻过盖米关走到偏僻的多本思的边道上时,一块大石突然从右边的山脊上滚下来,掉进我们身后的河中。福尔摩斯立即跑上山脊,站在高耸的峰顶伸长了脖子四处张望。我们的导游一再跟他解释,春天这地方坠落石块是常有之事,但没有用。他一声不吭,只冲我笑笑,一副此事果然不出所料的神情。

一块大石突然从右边的山脊上滚下来。

尽管时刻处于戒备状态,可他的情绪却从未低落过。相反,在我的印象中他从来没有像现在这样兴致勃勃。他多次提到,如果能为社会除去莫里阿蒂教授这个公害,那他的侦探生涯也就能够圆满地结束了。

"华生,我想我完全可以说,自己没有虚度此生。"他说,"即使我的生命今晚就走到尽头,也没什么可抱憾的。因为我的存在，伦敦变得更加太平了。在我经手的上千例案件中，我完全可以问心无愧地说，我不曾滥用过一次权力。近来我更喜欢去钻研那些与大自然相关的课题，而非人为形成的肤浅的社会问题。如果有一天我能把欧洲这个最危险、也是最狡猾的罪犯活捉或是消灭的话，那我的侦探生涯就可以终结了，而你的回忆录也可以停笔了，华生。"

我必须简要如实地叙述完后来的经过。虽然我不愿意再提起这事，可我知道，自己有责任将它一五一十地说出来。

五月三日那天，我们来到荷兰梅岭根的一个小村庄，留住在大彼德·斯德勒的家里。这位房东脑瓜子很聪明，在伦敦的格洛思维内旅馆当过三年侍应生，能说一口地道的英语。我们听了他的建议，四日下午一同出发。照原定计划，我们得翻山越岭到罗森洛伊的小村庄住一宿。但他郑重其事地告诉我们，最好别错过了半山腰上的雷琴巴奇大瀑布，因为那里的风景好极了。他提议，我们不妨绕点远路去一饱眼福。

这地方的确称得上惊险。融雪汇成激流，倾入万丈深渊，溅起的浪花如同房屋失火时扑出的滚滚浓烟。河流注入一个大峡谷，峡谷的两岸矗立着一块块的黑石，由宽渐窄而入一道深壑，凹凸不平的边壁不时击起细浪。连绵不绝的绿波飞流直下，厚重的水帘左右晃动，发出经久不绝的响声。置身于这喧闹之中，你不由头晕眼花。我们站在路旁，一边俯瞰下方拍击着黑石的汹涌波涛，一边倾听深渊发出的隆隆回响。

半路上，环绕瀑布辟有一条小径，使人能将瀑布全景一收眼底。可小径戛然终止，游客只有原路返回。我们转身欲走时，突然看见一个瑞士小伙子手拿一封信向我们跑来。信上盖有旅馆的印章，是房东写给我的。大意是，我们走后不到几分钟就有一位奄奄一息的女人被送了来。她在达沃布拉兹过冬，现正准备去卢塞恩会友，不料突然大出血，眼看就只有几个小时可活了，如果能找到一位英国医生，那就是她最大的福音，并问我能否回去一趟，云云。好心的斯德勒在信末又附言道，由于那位夫人死活不肯让瑞士医生医治，他觉得为她找名医生是自己义不容辞的责任。如果我肯出手相助，他必将铭感在心。

看到这种请求，谁会无动于衷呢？拒绝帮助一个眼看就要客死他乡的老乡，相信没人做得出。可一想到要撇下福尔摩斯，我就有点犹豫了。后来我们商定，他把年轻的瑞士信使留下当向导，给他做伴，而我返回梅岭根。我朋友说，他要在瀑布边逗留片刻，然后再慢悠悠地翻山到罗森洛伊，晚上我去那里和他会合。我转身走开时，还看见福尔摩斯背靠岩石，环抱双臂，出神地看着迸涌的水流。我没想到，这一别竟成了永诀。

快走到山底时，我又回头望了一眼。这时已看不到瀑布，可仍能看见盘旋上山的那条曲径。我记得，有个人正行色匆匆地沿着它往前走。他的黑影在青山绿水中显得分外引人注目。我留意到他走路时充满活力。但因有要事在身，我很快就把他给淡忘了。

一个多小时后我才赶到梅岭根。大斯德勒正站在旅店门口。

"喂，"我急忙跑上前去，我说，"她的病情没有恶化吧？"

他脸上掠过一丝惊异的表情。见他眉毛一扬，我的心顿时就像铅块般沉了下去。

"信不是你写的吗？"我边说边掏出口袋里的信，"难道旅馆里没有得了重病的英国女人？"

"当然没有！"他大声说道，"可上面却盖了旅馆的印章！啊，肯定是那个你们刚走就来了的高个子英国人！他说——"

我不等房东解释，拔脚就走。一股恐惧感紧紧地攫住了我。我穿过村路，直奔刚才走过的小路。下山我只用了一个小时，可这回上山，虽已竭尽全力，我却还是花了两个小时才回到雷琴巴奇瀑布。福尔摩斯的登山杖依然靠在我们分别时他靠过的那块岩石上，可他的人却不见了。我大声呼喊他的名字，然而，回答我的只是周围山谷里传来的阵阵回响。

看到那根高高的拐杖，我不禁浑身发冷，脑子嗡嗡作响。照这样看，他没去罗森洛伊。他在这条一边是峭壁、一边是深谷的三英尺宽的小径上遇害了！瑞士小伙子也不见了踪影。他很可能是被莫里阿蒂收买的爪牙，最后留下两人自己走了。接下来发生了什么事？谁能告诉我，接下来发生了什么事？！

这起突发的变故把我惊得魂飞魄散，我站了一两分钟才缓过神来。接着我假设自己是福尔摩斯，考虑他这时会采取什么对策。啊，想来不难。我们谈话时还没走到小路的尽头，登山杖现在的位置就是我们曾经待过的地方。在水流的不断冲刷下，略黑的土壤始终很松软，即便鸟儿落在上面也会留下痕迹。我脚下有两排清晰的足印一直通向小路深处，而且没有返转的痕迹。离小路尽头几码远的地方，地面被踩得泥泞不堪，边上的枝条和蕨呈丝状倒伏在水中。水流四溅，我却犹自趴在那里出神。我离开村庄以后，天色也渐渐地暗了下来，现在只能看清黑色的石壁上闪闪发光的水滴和峡谷深处波光粼粼的水流。我放声大喊，但在耳畔回响的却只有瀑布发出的喧嚣声响。

不过，上天注定我会找到我的同志和朋友留下的遗言。我说过，他的拐杖就靠在路边一块凸出的岩石上。岩石上面有个亮晶晶的东西引起了我的注意。我伸手一摸，发现那是他常带在身边的银色烟盒。拿起烟盒时，烟盒下头压着的叠成小方块

· 回忆录 ·

的纸飘落到了地面上。我打开一看,原来是从他的记事本上撕下来的三页纸,收信人是我。留言完全符合他的风格:指示明确,笔迹坚定、有力、清晰,仿佛是在书房里写成的。

纸飘落到了地面上。

亲爱的华生(上云),承蒙莫里阿蒂先生的好意,我写下了这几行字。他一直在等我就我与他之间的问题做最后的商谈。他已经将他避开英国警方和追查我们行踪的方法告诉了我。这就更使得我对他的能力刮目相看了。想到能使社会不再受其所害,我感到非常快慰,尽管我担心这会给我的朋友,尤其是给你——我亲爱的华生带来痛苦。但我跟你解释过,无论如何,我的事业已经度过了最辉煌的一刻。对我来说,这是最理想的结局。至此我也没有再向你隐瞒的必要了——我早就知道梅岭根的信是一场骗局;我也已猜到你走后会有什么后果。请转告帕特逊警长,他所需要的该团伙的犯罪证据就放在 M 文件格中一个写有莫里阿蒂字样的蓝色信封中。离开英国之前,我已将薄产一一做了处理,并将遗书交给了我的兄长迈克洛夫。请务必代我向尊夫人问好,我的朋友。

你最诚挚的
歇洛克·福尔摩斯

余下的事三言两语便能说清楚。专家经过现场勘探后很肯定地说,这两人进行了一场搏斗,打得难解难分,最后一起坠入了谷底。大家根本别指望能找到他俩的尸体。当代最危险的罪犯和最出色的护法者都将长眠于那奔流不止、翻腾不息的可怕深渊中。瑞士小伙子则完全销声匿迹了,显然他是莫里阿蒂收买的帮凶。

说到那个犯罪团伙,人们大概不会忘记,为了揭露其所犯下的累累罪行,福尔摩斯搜集的证据是多么齐全,而死去的莫里阿蒂又将他们控制得多么严密。诉讼过程中很少提到他们那名可怕的首领的详细情况。而我现在之所以将事情的经过和盘托出,是因为一些居心叵测之徒妄图借中伤他人达到扶正恶人的目的。可我永远认为,在我这一生所认识的人当中,最出类拔萃、最具智慧者,当非福尔摩斯莫属。

福尔摩斯的归来

路旦俊 译

空屋奇案

一八九四年的春天，可敬的罗纳德·阿代尔在最奇特和最莫名其妙的情况下被人谋杀。这一案子不仅引起了全伦敦人的关注，而且也使得上流社会恐慌不安。对于警方在调查此案中所发现的那些详细案情，大家都已经知道了。不过当时有许多细节没有公开，因为起诉的理由非常充足，无须公开所有的真相。将近十年过去了，直到现在我才能把这桩奇案中那些省去的环节补充出来。案子本身很耐人寻味，不过对于我来说，这案子吸引我的程度与案情出乎意料的发展相比，简直是无足轻重，因为这后来发生的事可算是我出生入死的一生中最为震惊、最为诧异的一起了。即使在事隔这么多年后的今天，我每每想起它来仍激动不已，仍能再次感受到让我茫然不知所措的那种突如其来的高兴、惊愕和怀疑之情。我知道读者们对我偶尔谈起的这位非凡人物的言行片断很感兴趣，那么我现在要向你们说一句：不要因为我没有把我知道的一切告诉你们而责备我。要不是他曾亲口下令禁止我这样做，我会把这当作首要义务的。这条禁令上个月三日才取消。

大家不难想象，由于我和歇洛克·福尔摩斯的密切关系，我对刑事案件也甚感兴趣，因此在他失踪之后我也从未停止过仔细阅读各种登载的疑案。为了满足个人兴趣，我甚至还不止一次地试用他的方法来解开这些疑案，只是不大成功。然而，还没有一件案子像罗纳德·阿代尔的惨死那样吸引我。当我读到审讯时提出的证据以及根据这些证据判决某个或某些未查明的人蓄意谋杀时，我比以前更清楚地意识到福尔摩斯的去世给社会带来的损失。我可以肯定，这桩奇案中有几点会特别吸引他；而这位欧洲数一数二的刑事侦探，以他非凡的观察力和敏锐的头脑，很可能会补充警方的力量，更有可能使警方提前结案。我整天巡回出诊，脑子里却在琢磨着这起案子，但总也得不出一个说得通的解释。我甘冒讲陈旧故事的风险，把审讯结束时公之于众的案情扼要地重述一遍。

这位可敬的罗纳德·阿代尔是当时澳大利亚某殖民地总督梅努斯伯爵的次子。阿代尔的母亲从澳大利亚回来做白内障手术，和儿子阿代尔以及女儿希尔达住在公园路427号。这位年轻人出入上层社会，就大家所知，没有仇人，也没有什么恶习。他曾与卡斯特尔斯的伊迪丝·伍德利小姐订过婚，但几个月前在双方的同意下解除了婚约，事后也看不出他有多少留恋。他总是生活在一个狭小、循规蹈矩的圈子里，并且因为生性冷漠，习惯有规律的刻板生活。可就在一八九四年三月三十日晚上十点与十一点二十分之间，死神出乎意料地以最奇特的方式降临到了这位无忧无虑的年轻贵族的头上。

罗纳德·阿代尔喜欢打牌，一打起来就不想歇手，不过他下的赌注从来也没有大到有损他身份的地步。他是的德温、卡文迪希和巴格特尔三个纸牌俱乐部的会员。据报道，他遇害的那一天，晚饭后在卡文迪希俱乐部玩了一盘惠斯特。当天下午他也在那里打过牌。和他一起打牌的莫瑞先生、约翰·哈代爵士和莫兰上校作证说他们打的确实是惠斯特，每人的手气都差不多。阿代尔大概输了五镑，不会超过这个数字。他有一笔可观的财产，因此这样的小输赢决不至于对他有什么影响。他几乎每天不是在这个俱乐部就是在那个俱乐部打牌，但是他打得很谨慎，结束的时候通常是赢家。证词中还提到几星期前，他与莫兰上校配对一口气赢了戈弗雷·米尔纳和巴尔莫洛勋爵四百二十镑。调查报告中提到的关于他的近况就这些。

案发当晚,他从俱乐部回到家时正好是十点。他母亲和妹妹上亲戚家串门去了。女仆证明说,她听到他走进二楼的前厅——也就是他通常用作起居室的那一间。她已经在里面生好了火,因为有烟;还打开了窗子。房间里没有任何动静,直到十一点二十分梅努斯夫人和女儿回来。夫人想进儿子的房间去道声晚安,却发现房门从里面锁上了,而且无论她们怎么喊叫和敲打,里面都毫无反应。于是找人来把门撞开,只见这位不幸的青年躺在桌子旁边,脑袋被一颗左轮开花子弹击碎,样子非常可怕。但是屋里不见任何武器。桌上摆着两张十镑的钞票和十七镑十先令的金银币,分成了几小堆,每堆的数目各不相同。另外还有一张纸条,上面记了一些数字,还并排记了几位俱乐部朋友的名字。由此可以推测他遇害前正在计算打牌的输赢。

仔细搜查现场使得案情更加复杂。首先无法解释这位年轻人为什么要从里面把门插上。这当然有可能是凶手干的,然后凶手再从窗子逃走;但是窗子离地面至少有二十英尺,窗下花坛里的番红花开得正艳。花和泥土上都没有被踩过的迹象,房子和街道之间的一条狭长的草地上也没有任何痕迹。因此,很显然是年轻人自己把门插上的。可他是怎么死的呢?不管是谁,爬上窗子都会留下痕迹的。假如有人能用手枪冲着窗子放一枪,并且造成这样的致命伤,那么这人一定是名神枪手。此外,公园路是条人来人往的大道,离这所房子不到一百码就有一个马车站。谁也没有听到枪声,然而有人被打死了,还有一颗像所有铅头子弹那样射出后就会开花的左轮子弹和它造成的立刻致死的创伤。以上就是公园路疑案的案情。这个案子又由于完全找不出动机而变得更加复杂,因为正如我前面所说的,没有人听说年轻的阿代尔有仇人。屋里的金钱和贵重物品都没有动过。

我一整天都在琢磨着这些事实,想找出一个方方面面都能解释得通的结论,找到一个最容易的突破口——也就是我那位亡友说过的一切调查的出发点。我承认我毫无进展。傍晚,我信步穿过公园,六点钟时来到了公园路靠近牛津街的那头。人行道上有一群游手好闲的人,一个个都抬头盯着一扇窗子,这就给我指出了我特意来看看的那所房子。有一位戴着墨镜的瘦高个儿(我很怀疑他是个便衣警察)正在讲他自己的某种推测,其他人都围着听。我尽量往他那里凑了凑,觉得

我把他抱着的几本书碰到了地上。

他的论点很荒谬,便又厌恶地退了出来。我后退时撞到了后面一个有残疾的老人,把他抱着的几本书碰到了地上。我记得捡书的时候曾看到其中一本的书名是《树木崇拜的起源》。我当时想到这位老人肯定是个穷藏书家,收集一些孤僻的书作为职

业或者作为爱好。我一个劲地为这意外事道歉，但这些被我不巧碰掉的书在它们主人的眼里显然是非常珍贵的东西。他朝我轻蔑地吼了一声，转身就走。我看到他弯曲的背影和灰白的络腮胡子消失在人群中。

我对公园路427号的实地考察并没有帮我解开我所关心的这个问题。这所房子和街道之间只隔着一道上半截是栅栏的矮墙，不到五英尺高，因此谁都能轻而易举地进入花园里。但没有人能爬上那扇窗子，因为墙外没有水管或者别的什么东西可以帮助手脚灵巧的人爬上去。我比以前更感迷惑不解，只好返回肯辛顿。我在书房里待了还不到五分钟，女仆就进来说有个人要见我。让我大为吃惊的是，来访的不是别人，正是我遇见的那位古怪的旧书收藏家。他灰白的须发中露出一张轮廓分明的瘦脸，右臂下夹着他那些珍贵的书，至少有十来本。

"你没想到是我吧，先生。"他说话的声音古怪而嘶哑。

我承认我是没有想到。

"真不好意思，先生。我刚才一瘸一拐地跟在你后面，碰巧看到你走进了这幢房子。于是我想应该进来看看这位绅士，告诉他我刚才的态度虽然有点粗暴但没有恶意。而且我还要谢谢他帮我把书捡起来。"

"你把这点小事看得太重了，"我说，"我能不能请问一下，你是怎么知道我的身份的？"

"先生，如果不太冒昧的话，我算是你的邻居，就在教堂街的拐角处开了一家小书店，欢迎你光临。你大概也收藏书吧。这儿有《英国鸟类》、《卡图卢斯》[①]、《圣战》——每一

---

① 卡图卢斯（前84？—54？），古罗马抒情诗人，尤以写给情人莉丝比亚的爱情诗闻名，诗作对文艺复兴和以后欧洲抒情诗的发展产生了影响。

本都很便宜。买下五本书你正好可以把书架第二层的空当填满。书架现在看起来不大整齐，是不是，先生？"

我回过头去看了看身后的书架。等我再回过头来时，歇洛克·福尔摩斯正站在书桌的对面朝我微笑。我站起身来，吃惊地盯着他看了几秒钟，然后我好像昏了过去。这是我平生第一次，也是最后一次昏过去。我的眼前确确实实有一片灰白的雾在打旋。等到白雾消失时，我发现自己的衣领已经被解开了，嘴唇上还有白兰地的辛辣余味。福尔摩斯手里拿着他的酒瓶，正弯腰望着我。

"我亲爱的华生，"那个熟悉的声音说道，"我真是万分抱歉。我没有想到你会这样受不住。"

我紧紧抓住他的双臂。

"福尔摩斯！"我叫喊道，"真的是你吗？你真的还活着？你真的从那可怕的深渊里爬出来了？"

"等一等，"他说，"你真觉得现在有精神谈这些事吗？我这多此一举的戏剧性的出现已经给了你很大的刺激。"

"我没事了。可说真的，福尔摩斯，我简直不敢相信自己的眼睛。天哪！世界上这么多人，偏偏是你站在我的书房里。"我又紧紧抓住他的衣袖，摸到了袖子里那只精瘦而有力的胳膊，"不管怎么说，你不是鬼。我亲爱的伙计，见到你我真是太高兴了。坐下来，告诉我你是怎么从那可怕的峡谷中活着出来的？"

他在我对面坐下来，照老样子若无其事地点了一根香烟。他身上还穿着书商的那件破旧的长外套，但是书商其他的特征变成了桌上的一堆白发和旧书。福尔摩斯显得比以前更加消瘦、机警，但他那鹰似的脸上带着一丝苍白的颜色，使我看出来他最近生活不大有规律。

"我很高兴能伸直腰,华生。"他说,"让一个高个子连续几个小时矮下去一英尺可不是件舒服的事。好了,我亲爱的朋友,至于如何解释这一切嘛,我们今晚还有艰险的工作要做,我想请你帮忙。最好等这项工作完了以后,我再把一切都告诉你。"

"我非常想知道。你最好现在就告诉我。"

"那你今晚跟我一起去吗?"

"随便什么时候、随便什么地方我都去。"

"这真像过去一样。我们动身前还有时间,可以吃点晚饭。那么好吧,就说说那峡谷吧。我从里面爬出来并没有什么困难,原因很简单:我根本没有掉进去。"

"你根本没有掉进去?"

"没有,华生。我根本没有掉进去。我写给你的条子当然是真的。当我发觉那个现在已经一命呜呼的阴险的莫里亚蒂教授站在通向安全地带的窄道上时,我相信我的末日到了。我从他那双灰色的眼睛里看出了一个冷酷的意图。于是,我跟他交谈了几句。得到他彬彬有礼的许可,写下了你后来收到的那封短信。我把信和烟盒、手杖一起留在那里,然后沿着那条窄道往前走,莫里亚蒂仍紧跟着我。我走到尽头时便无路可走了。他并没有掏武器,而是朝我冲过来一把抱住我。他知道一切都完了,所以急着向我报复。我们在瀑布的边上扭成一团。但是我会一点日本摔跤,以前不止一次派上过用场。我摔脱了他的双臂。他发出一声可怕的尖叫,疯狂地踢了几下,两手在空中乱抓,但是没有用,还是失去平衡掉了下去。我探头看见他掉下去很深,然后撞在一块岩石上,又弹出去掉进水里。"

福尔摩斯边抽烟边讲着这些,而我则听得目瞪口呆。

"可那些脚印呢!"我叫了起来,"我明明看见那条路上有两个人往前走的脚印,但是没有回来的脚印。"

"事情是这样的。就在教授掉下去的一刹那,我突然想到命运给我安排了一次再好不过的机会。我知道发誓要干掉我的人不止莫里亚蒂一个人。至少还有三个人,他们要向我报复的欲望只会因为他们首领的死而变得更为疯狂。这都是些最危险的人,其中总有一个会得逞的。而在另外一方面,如果全世界都确信我已经死了,那么这些家伙就会随意行动,很快就会抛头露面,而我迟早就能除掉他们。到那时我就能宣布我还活着。大脑活动起来非常快,我相信莫里亚蒂教授还没有摔到雷琴巴奇瀑布的底部,我就已经想出了这一切。

"我站起身,仔细察看着身后的悬崖。在你那篇我后来读得津津有味的生动描述中,你断言那是绝壁。这不完全对。悬崖上有几个突出来的小立足点,还有一块很像是岩脊的地方。悬崖太高,要想完全爬上去显然是不可能的;同样,要想沿着那条湿漉漉的窄道出去而不留下脚印也是不可能的。当然,我也可以像在过去类似场合做过的那样把鞋倒着穿,但是在同一方向出现三对脚印,无疑会使人想到这是个骗局。所以,总的看来,最好冒险爬上去。这当然不是件令人喜欢的事,华生。瀑布在我的脚下轰鸣。我不是个富于幻想的人,但我发誓好像听到了莫里亚蒂的声音从深渊中朝我喊叫着。我稍微不小心就会送命的。有几次,我手没有抓住草丛或是脚从湿漉漉的岩石缺口中滑了下来,这时我想我完了。但我仍拼命往上爬,终于爬上了一条几英尺深的岩脊。岩脊上面长满了柔软的青苔,我可以舒舒服服地躺在那里而不被人看见。我就躺在那里,与此同时,我亲爱的华生,你和你的随从正极其同情但又毫无效力地调查我的死亡现场。

"最后,当你们一个个想当然地得出完全错误的结论之后，便回旅馆去了，我就一个人留在那里。原以为我的历险就此结束了，然而一个非常意外的变故使我意识到还有惊人的事情在等着我。一块巨石从上面落下来，轰隆一声从我身边擦过去，砸中下面那条小道，又蹦起来掉进深渊。我当时以为这只是个意外；但过了一会儿，我抬头望见昏暗的天空中露出一个人头，随即又落下来一块石头，就砸在我躺着的岩脊里，离我的头部不到一英尺。这意味着什么当然就很清楚了。莫里亚蒂并非一人行动。在他对我下手的时候，还有一个党羽在望风，而我一眼就看出了这个党羽是个多么危险的家伙。他趁我没看见，躲在远处亲眼目睹了他朋友的死亡和我的脱险。他一直等着，然后绕道上了崖顶，企图实现他朋友没有得逞的阴谋。

"我思考这一切并没有花多少时间，华生。我又看到那张冷酷的脸从悬崖顶上向下张望，知道这是另一块石头要落下来的预兆。我朝悬崖下的窄道爬去。我想头脑冷静的时候我是不会那样做的，因为这比往上爬要难百倍；但我当时顾不上考虑其中的危险了，因为就在我双手攀住岩脊边缘、身体悬在空中的时候，又一块石头轰隆着从我身边滚了下去。我爬到一半的地方脚下滑了一下，但上帝保佑，我只是掉在那条窄道上，摔得头破血流。我爬起来就跑，摸黑在山里走了十英里。一个星期后，我到了佛罗伦萨，完全肯定这世界上没有一个人知道我的下落。

"我那时只有一个可信赖的人——就是我的哥哥迈克洛夫。我对你深表歉意，亲爱的华生，可当时最重要的事是让大家认为我死了。你如果不是相信我死了，肯定是写不出一篇那么令人信服的关于我不幸结局的故事的。在过去的三年里，我有好几次提起笔来想给你写信，可总是担心你对我的深切关心会使你不慎重而泄露秘密。也正由于这一点，当你今天傍晚碰掉我的书的时候,我只能避开,因为当时我的处境很危险,你只要露出一点惊讶和激动,就可能引起别人注意我的身份而造成可悲的、无法弥补的后果。至于迈克洛夫,我必须把情况告诉他才能得到我所需要的钱。伦敦的事态并没有像我希望的那样顺利发展,因为在对莫里亚蒂团伙的审理中漏掉了两个最危险的成员,使我的这两个死对头得以逍遥法外。于是,我去西藏旅行了两年,到了拉萨,还和大喇嘛一起住了几天,以此为乐。你大概读过一个叫西格森的挪威人写得非常出色的探险报告,但是我可以肯定你决不会想到你所看到的正是你朋友的消息。然后,我经过波斯,游览了麦加圣地,在喀土穆①对哈里发②进行了一次短暂而有趣的拜访,并且把拜访的结果告诉了外交部。回到法国后,我在法国南部蒙彼利埃的一个实验室里花了几个月的时间来研究煤焦油的衍生物。我满意地结束了这项研究,又得知我的仇人现在只剩下一个在伦敦,我就准备回来。这桩公园路奇案不仅因为案情扑朔迷离吸引了我,而且好像还给我个人带来了最难得的机会,于是我加快了行程。我立即赶回伦敦,以我的真实身份去了贝克街,把赫德森太太吓得歇斯底里大发作。我哥哥把我的房间和文件都照原样保存着。就这样,我亲爱的华生,今天下午两点钟我又坐在我原来屋里的那把旧椅子上,只希望能见到我的老朋友华生也坐在对面他一向常坐的那把椅子上。"

这就是我在四月的那个晚上听到的离奇的故事。要不是亲眼见到我以为再也见不到的那瘦高的身体和热诚的面容,我是决不会相信这个故事的。他已经知道了我居丧的消息,用他的

---

① 苏丹首都。
② 穆斯林国家统治者的称谓。

态度代替言辞表达了他的慰问。"亲爱的华生,工作是医治悲伤最好的解药,"他说,"今天晚上我给我俩安排了一件工作。如果我们能成功地结束它,那我们就不枉活在世上。"我求他讲详细点,可是不管用。"天亮前你会耳闻目睹许多事的,"他说,"我们有三年的往事要谈。我们谈到九点半,然后就要开始这场特别的空屋历险。"

真的,一切就像从前一样。九点半的时候,我发现自己挨着他坐在一辆双座马车上,我的口袋里装着左轮手枪,心里因要去冒险而激动不已。福尔摩斯板着脸一言不发。街灯的亮光照在他严峻的脸上,我看到他双眉紧皱,薄薄的嘴唇紧闭着,陷入了沉思。我不知道在伦敦这个罪犯充斥的黑暗丛林中我们要去追寻什么样的野兽,但从这位捕猎高手的表情中,我可以肯定这是一次最危险的历险。他那苦行僧般阴沉的脸上偶尔露出讥讽的微笑,预示着我们搜寻的对象要倒霉了。

我原以为我们要去贝克街,但福尔摩斯在卡文狄希广场拐角的地方让马车停了下来。我注意到,他下车时朝左右两边仔细地看了一下,而后每到一个街角他都极为细心地要确保无人跟踪他。我们走的这条路线无疑是独一无二的。福尔摩斯对伦敦的偏僻小道了如指掌。这一次他迈着自信的脚步快速地穿过一连串我都从来不知道的小巷和马厩。我们最后到了一条小马路上,两边都是阴暗的旧房子。这条小路把我们带到了曼彻斯特大街,然后到了布兰福德大街。他在这里迅速地拐进了一条窄道,穿过一道木大门,进入了一个无人的院子。他用钥匙打开了一座房子的后门,我们进屋后,他把门关上了。

屋里一片漆黑,不过我可以明显地看出这是座空屋。我们的脚走在光秃秃的地板上,发出吱吱的响声。我伸手摸到一堵墙,墙纸已经变成了垂荡的纸片。福尔摩斯用冰凉、细瘦的手指抓住我的手腕，领我走过一条长走道，直到我隐隐约约看到门上边昏暗的扇形亮窗才停住脚。福尔摩斯在这儿突然向右一拐，我们便进了一间正方形的大空屋。屋的四角很暗，但远处街上的灯光隐约照亮了屋子的中央。附近没有街灯，窗子上又布满了厚厚的灰尘，所以我们在屋里只能看清彼此的轮廓。福尔摩斯把一只手搭在我的肩上，把嘴凑近我的耳朵。

"你知道我们在哪里吗？"他轻声问道。

我透过黑暗的窗子向外看了一下："这不是贝克街吗？"

"正是。这里正是我们老寓所对面的卡姆登公寓。"

"可我们干吗来这儿？"

"因为从这儿可以清楚地看到对面的高楼。我亲爱的华生，请你走近窗户一点，千万别让人看见你，再看看我们的老寓所——你那么多神话般的故事不就是从那儿开始的吗？让我们看看我三年不在是不是完全失去了我让你惊奇的能力。"

我轻轻地凑过去，朝对面那扇熟悉的窗子望去。当我的视线落在上面时，我吃惊地叫了起来。窗帘已经放了下来，里面的灯点得很亮。明亮的窗帘上清晰地映出屋里椅子上坐着的一个人的黑影。那头的姿势，那宽阔的肩膀，还有那轮廓分明的面部，一点都没有错。那张脸转过去一半，造成的效果就像我们的祖父母们喜欢装上框子的那种剪影。这正是福尔摩斯活生生的翻板。我惊奇得忙把手伸过去，想弄清楚站在我身边的是不是他本人。他默默地笑得全身颤动。

"怎么样？"他说。

"天哪！"我叫了起来，"这太妙了。"

"我相信我变化多端的手法还没有因岁月流逝而枯竭，或者因常用而陈旧。"他说。我从他的声音中听出了这位艺术家对自己的创作所感到的高兴和自豪。"这的确很像我，是不是?"

"我简直可以发誓说那就是你。"

"这份功劳应该归功于格勒诺布尔①的奥斯卡,莫尼埃先生,他花了几天的时间做模子。那是一座蜡像。其余的是我今天下午去贝克街时自己布置的。"

"可为了什么呢?"

"因为,我亲爱的华生,我有充足的理由希望某些人在我不在的时候认为我在那里。"

"你认为有人在监视那座房子吗?"

"我知道有人在监视。"

"是谁?"

"我以前的仇人——就是那可爱的一帮人,他们的头头此刻正在雷琴巴奇瀑布下。你别忘了,他们知道我还活着,也只有他们才知道。他们相信我迟早总会回家的。他们一直在监视,今天早晨终于看到我回来了。"

窗帘上映出一个人的黑影。

---

① 法国东南部城市。

"你又是怎么知道的？"

"因为我从窗口往外看时，认出了他们派来放哨的人。他叫帕克，以杀人抢劫为生，一把犹太口琴吹得棒极了，但他对我不足为害。我不把他放在眼里，可我非常担心他背后那个更加难对付的人。他是莫里亚蒂的知心朋友，是伦敦最狡猾、最危险的罪犯，也就是从悬崖上扔石块的那个人。华生，今晚追我的人正是他，可他却还不知道我们在追他。"

我渐渐明白了我朋友的计划：从这个近便的隐蔽所，监视人反遭监视，追踪者反遭追踪。那边消瘦的影子是诱饵，我们是猎人。我们一起默默地站在黑暗中，看着在我们面前匆匆来去的人影。福尔摩斯不出声，也不动弹，但我看得出他正处在紧张的戒备状态，他的双眼紧盯着穿梭的人流。这是一个寒冷、喧嚣的夜晚，风呼啸着刮过长长的街道。街上来来往往的人很多，大都紧裹着大衣和围巾。我有一两次觉得某个人影似乎是我见过的，我还特别注意到在离我们不远的一幢房子的门道中有两个人似乎在避风。我让我的同伴注意他们，可他只是不耐烦地哼了一声，继续目不转睛地盯着街上。有好几次，他局促不安地移动着双脚，手指飞快地在墙上轻弹着。显然他开始感到不安，他的计划不会完全像他所希望的那样成功。最后，午夜来临，街上行人逐渐稀少。他抑制不住内心的烦躁，在屋里来回踱步。我正准备对他说点什么，抬头望了望亮着的窗子，又像刚才那样大吃一惊。我一把抓住福尔摩斯的胳膊，朝对面一指。

"那影子动了！"我叫了起来。

这会儿对着我们的已不是侧影，而是背影。

三年的时间并没有消除他粗暴的脾气，也没有减少他对智力低于他的人所表现出的不耐烦之情。

"它当然动了,"他说,"华生,你以为我竟是一个可笑的笨蛋,做一个谁都看得出的假人,然后指望它来蒙骗欧洲几个最狡猾的家伙吗?我们在这屋里呆了两个小时,赫德森太太已经给蜡像换了八种姿势,也就是说每一刻钟换一次。她从前面摆弄它,这样就不会有人看到她的身影。啊!"他尖叫一声,倒吸了一口气。借助微弱的亮光,我看到他朝前探过头去,全身因为集中注意力而紧张起来。外面的街上已空无一人。那两个人也许还蜷缩在门道里,可我已经看不见他们了。万籁俱静,一片漆黑,唯一可见的只有我们对面那正中间现出人影的黄色窗帘。在一片寂静中我耳边又响起了只有在忍住极度兴奋时才会发出的那种细微的嘶嘶声。突然,他把我拉到最黑暗的屋角,用一只手捂着我的嘴。他的手在颤抖。我还从未见我朋友这样激动过。外面的大街仍然荒凉地、静静地展现在我们面前。

但是,我忽然也发觉了他那超人的感官已经察觉到的东西。我听到了一阵轻轻的蹑手蹑脚的声音,不是从贝克街方向传来的,而是从我们藏身的这所房子的后面传来的。一扇门一开一关,紧接着,走廊里响起了蠕动的脚步声——这本不想弄出来的脚步声在这空屋里刺耳地回响着。福尔摩斯靠墙蹲下来,我也照样蹲下来,手里紧握着我的左轮手枪。我朦胧中看到一个人模糊的轮廓,颜色略深于敞开着的门外的暗黑。他站了一会儿,然后弯下身子恶狠狠地悄悄走进屋来。这凶险的家伙离我们不到三码。我已经准备等他扑过来,但忽然想起他压根儿就不知道我们在这里。他从我们身边走过,偷偷走近窗子,轻轻地、无声地把它往上推了半英尺。当他跪下来靠着窗口的时候,街上的灯光因为不再受积满灰尘的玻璃的遮挡,把他的脸照得清清楚楚。他似乎得意得忘了形,两眼像星星一样

街上的灯光把他的脸照得清清楚楚。

闪亮,面部不停地抽搐。他已经上了年纪,鼻子又瘦又高,额头又高又秃,还有一副灰白的络腮胡子。一顶夜礼帽推到了脑后,敞开的大衣露出夜礼服的白前襟。他的脸又瘦又黑,满是凶悍的皱纹。他手里拿着一根像是手杖的东西,当他把它放在地上时,却发出了金属的铿锵声。然后他从大衣口袋里掏出一大块东西,摆弄了一阵,最后咔嗒响了一下好像把一根弹簧或者栓子挂上了。他跪在地板上,弯腰将全身力量压在什么杠杆上,接着便是一阵旋转和摩擦的声音,最后又是咔嗒一响。然后,他直起腰来,我才看清他手里拿的是一支枪,枪托的形状非常特别。他拉开枪膛,把什么东西放了进去,又啪地一下推上了枪栓。他俯下身去,把枪筒架在窗台上。我看见他的长胡子搭在枪托上,闪亮的眼睛对着瞄准器。当他把枪托紧贴右肩的时候,我听到他发出一声满意的叹息,并且看到那个令人惊异的目标——黄色窗帘上的人影毫无遮挡地暴露在枪口前方。他一动不动地瞄了一会,然后扣动扳机。嘎的一声怪响,跟着是一串清脆的玻璃破碎声。就在这一刹那,福尔摩斯像猛虎一样扑到了这名射手的背上,把他脸朝下平摔在地上。他立刻爬了起来,使尽力气卡住福尔摩斯的喉咙。我用手枪柄朝他头上打了一下,他又倒在地板上。我扑到他身上把他按住,我的朋友吹了一声刺耳的警笛。人行道上响起了一阵跑动的脚步声,两个身着制服的警察和一个便衣侦探穿过大门冲进屋来。

"是你吗,雷斯垂德?"

"是的,福尔摩斯先生。我自己把任务接过来了。真高兴见到你回到伦敦。"

"我想你需要一点非官方的帮助。一年有三起谋杀案未破可不行呵,雷斯垂德。你处理莫利瑟的案子时与以往不同——也就是说你处理得还不错。"

大家都已经站了起来。我们的囚犯喘着粗气,左右两边各站了一个身材高大的警察。街上已经有几

我用手枪柄朝他头上打了一下。

个闲人开始聚集。福尔摩斯走到窗口,关上窗子,放下了窗帘。雷斯垂德取出两根蜡烛,警察也打开了他们的提灯。我终

于可以好好看看我们的囚犯了。

对着我们的是一张精力充沛而阴险毒辣的面孔。这个人长着哲学家的前额和酒色之徒的下巴,行善和作恶都会大有作为。但是只要一看到他那冷酷的蓝眼睛,那下垂、讥讽的眼帘,那凶暴、好斗的鼻子和那咄咄逼人的浓眉,谁都会看出这是造物主的危险信号。他根本不看我们,只是紧盯着福尔摩斯的脸,表情中仇恨与惊讶交织在一起。"你这魔鬼!"他不停地嘟哝着,"你这狡猾的魔鬼!"

"啊,上校!"福尔摩斯一面整理着被弄乱的衣领一面说,"正像老戏中所说的,'有缘千里来相会'。自从上次我躺在雷琴巴齐瀑布的岩脊上承蒙你关照以来,我还没有荣幸地再见到过你。"

上校就像精神恍惚的人一样,还在盯着我的朋友。"你这狡猾的魔鬼!"他能说的只有这一句。

"我还没有向大家介绍你,"福尔摩斯说,"先生们,这位是塞巴斯蒂安·莫兰上校,曾在女王陛下的印度陆军中效过力,是我们东方帝国造就出的最优秀的射手。上校,你在猎虎方面的成绩仍然无人可比,我相信这话没错吧?"

这个凶恶的老人一言不发,只是仍然瞪大眼睛看着我的伙伴。看他那充满野性的眼睛和他那竖起的胡子,你会觉得他自己就像只老虎。

"我真纳闷,我那小小的计策居然能骗过一名老练的猎手,"福尔摩斯说,"这对你来说是再熟悉不过的。你不是也在树下拴只小山羊,自己带着来复枪藏在树上,等着这个诱饵把老虎引来吗?这空屋就是我的树,你就是那老虎。你打猎的时候大概会多预备几把枪,以防出现好几只老虎,或你的准星误你的事,当然这是不大可能的。那么,"他指了指周围的人,"这些就是我备用的枪。这是非常确切的比喻。"

莫兰上校一声怒吼向前冲来,但两个警察把他拉了回去。他脸上的愤怒之情很吓人。

"我承认你有一点出乎我的意料,"福尔摩斯说,"我没有料到你也会利用这座空屋和这扇方便的前窗。我原以为你会在街上动手,那里有我的朋友雷斯垂德和他的手下在等着你。除了这一点,一切都不出我所料。"

莫兰上校一声怒吼向前冲来。

莫兰上校朝官方侦探转过脸去。

"你们也许有、也许没有逮捕我的正当理由,"他说,"但至少没有理由让我受这个家伙的嘲弄。如果我的命运掌握在法律的手中,那就让一切按法律办吧。"

"哦,这话说得还算合理,"雷斯垂德说,"福尔摩斯先生,在我们走之前,你还有别的要说吗?"

福尔摩斯已经从地上捡起了那支威力很大的气枪,正仔细地察看它的结构。

"真是一件了不起的、罕见的武器,"他说,"无声而且威力无比。我认识冯·赫德尔,也就是为莫里亚蒂教授特制这把枪的德国机械师。我知道有这么一把枪已经有好几年了,虽然我从来没有机会摆弄它。雷斯垂德,我现在把这支枪和这些配套的子弹,都交给你们保管。"

"你可以放心地交给我们保管,福尔摩斯先生,"雷斯垂德说,大家这时正朝门口走去,"还有别的要说吗?"

"我只想问一下,你打算以什么罪名提出控告?"

"什么罪名?当然是企图谋杀歇洛克·福尔摩斯先生了。"

"这不行,雷斯垂德。我根本不准备在此案中出面。这次出色的逮捕行动是你的功劳,而且只能是你的功劳。是的,雷斯垂德,我祝贺你!你凭着自己智勇双全的才能抓住了他。"

"抓住了他!福尔摩斯先生,抓住了谁?"

"抓住了那个全体警察一直没有找到的人——塞巴斯蒂安·莫兰上校。他于上个月三十日用气枪朝公园路427号二楼正面开着的窗户射了一颗开花子弹,打死了可敬的罗纳德·阿代尔。这才是他的罪名,雷斯垂德。好了,华生,要是你能够忍受透过破玻璃窗刮进来的冷风,不妨到我书房去抽支雪茄,待上半小时,我好好让你消遣一下。"

我们的老房间在迈克洛夫·福尔摩斯的监督和赫德森太太

的直接照管下，一切如旧。我进去时注意到屋里的整洁确实少见，但原有的标志依然如故。做化学实验的屋角还摆着那张被酸液腐蚀过的松木面的桌子。架子上仍放着一排大本的剪贴簿和参考书，都是我们许多同胞巴不得烧掉的东西。我环视四周，映入我眼帘的还有挂图、小提琴盒、烟斗架，甚至那装着烟丝的波斯拖鞋。屋里已经有了两个人：一个是我们进来时笑脸相迎的赫德森太太，另一个是在今晚的历险中起了那么大作用的样子古怪的假人。这是我朋友的蜡像，做得惟妙惟肖，令人赞叹不已。它被搁在一个小架子上，披着福尔摩斯的一件旧睡衣，从大街望过去，非常逼真。

"但愿你遵守了一切预防措施，赫德森太太。"福尔摩斯说。

"我完全按你说的，是跪着干的。"

"好极了。你干得非常漂亮。你看到子弹打在哪儿了吗？"

"看到了，先生。恐怕子弹已经弄坏了你那座漂亮的半身像，因为它正好穿过头部，然后才在墙上碰扁。我从地毯上把它捡了起来。给！"

福尔摩斯伸手把子弹递给我。"你瞧，是一颗铅头左轮子弹。这真是天才杰作，因为有谁想到气枪里会射出这样的东西呢？好了，赫德森太太，我非常感谢你的帮助。华生，你还是坐在你的老位子上吧，我有几个问题要跟你讨论一下。"

他已经脱掉了那件旧礼服大衣，换上了从蜡像上取下来的灰色睡衣，于是又成了往日的福尔摩斯。

"这名老猎手居然手还不抖，眼也不花，"他一面笑着说一面检查着蜡像破碎的前额，"对准头后部的正中，正好穿过大脑。他在印度时就是最好的枪手，恐怕现在伦敦也没有几个人能胜过他。你听说过他的名字吗？"

"我没有。"

"是啊,是啊,这就叫出名!不过,要是我没有记错的话,你以前也没有听说过詹姆士·莫里亚蒂教授的名字。他可是本世纪的一大天才。你把我那本传记索引从架子上拿给我。"

他把身子往椅子背上一靠,大口喷着雪茄烟,懒洋洋地翻看着。

"我收集在 M 部的这些材料很不错,"他说,"莫里亚蒂随便摆在哪里都是出众的。这是放毒犯莫根,这是遗臭万年的梅里丢,这是在查林十字广场的候诊室把我左边犬牙打掉的马修斯。最后是我们今晚的朋友。"

他把本子递给我,上面写着:

塞巴斯蒂安·莫兰上校,无职业。曾服役于班加罗尔工兵一团。一八四〇年生于伦敦,其父为原英国驻波斯公使奥古斯塔斯·莫兰爵士。曾就读于伊顿公学、牛津大学。参加过乔瓦基战役、阿

"我收集在 M 部的这些材料很不错。"

富汗战役，在查拉西阿布（派遣）、舍普尔、喀布尔服过役。著作：《喜马拉雅山西部的大猎物》(1881)，《丛林三月》(1884)。地址：管道街。俱乐部：英印俱乐部，坦克维尔俱乐部，巴格特尔纸牌俱乐部。

在这一页的边上，福尔摩斯还用清晰的笔迹写道：
伦敦第二号最危险的人。

"这真令人吃惊，"我说，一面把本子递回给他，"这个人的职业还是个光荣的军人呢。"

"不错，"福尔摩斯答道，"一直到某个时候他都很正派。他一向有刚强的意志，在印度至今还流传着他爬进水沟追赶一只受伤的吃人猛虎的事。华生，有些树长到一定高度的时候会突然出现某种难看的古怪形状。这种现象在人身上也常常见到。我有个理论，一个人的成长过程代表着他历代祖先的发展全过程，像这样突然变好或者变坏则代表着某种跟他家族相称的强大的外来影响。这样，这个人似乎成了他自己家史的缩影。"

"这观点真有意思。"

"我倒不一定非坚持这个观点。不管出于什么原因，莫兰上校开始变坏了。他在印度虽然没有弄出什么路人皆知的丑闻来，却也待不下去了。他退了伍，来到了伦敦，又弄得声名狼藉。也就在这个时候，他被莫里亚蒂教授挑上了，一度还是他的参谋。莫里亚蒂大把大把地给他钱，只在一两件普通匪徒承担不了的非常高级的案子中用过他。你对一八八七年劳德的斯图亚特太太被害的案子也许还有点印象吧。没有？我可以肯定莫兰是主谋，但又没有证据。这名上校隐蔽得非常巧妙，甚至在莫里亚蒂同伙被破获的时候，我们也无法控告他。你记得我到你的住处去看你时，为了防气枪，我不是把百叶窗关上了吗？你当时肯定以为我在疑神疑鬼，可我非常清楚自己在做什么，因为我知道有这么一把了不起的枪，而且也知道在这把枪的后面会有一名世界上最优秀的射手。和莫里亚蒂一起在瑞士跟踪我们的就有他。毫无疑问，就是他给了我在雷琴巴齐悬崖上那不愉快的五分钟。

"你可以想象得到，我在法国的时候比较注意看报，就是为了寻找机会制服他。只要他在伦敦还逍遥法外，我活在世上也没有意思。他的影子会日夜缠着我，他迟早总会有机会对我下手的。我能怎么办呢？总不能一看见他就朝他开枪，否则我自己就得进法院。向法官求助也无济于事，他们无法光凭在他们看来仅仅是捕风捉影的怀疑就出面干预。所以我一筹莫展。但是我留心报上的犯罪消息，知道我迟早总会抓住他的。后来我看到了罗纳德·阿代尔被害的消息，知道自己的机会终于来了。从我知道的那些情况来看，这不明摆着是莫兰上校干的吗？他先和那年轻人打了牌，然后从俱乐部一直跟他到家，再从敞开的窗户开枪把他打死。这是毫无疑问的。光凭这些子弹就可以送他上绞架。我立刻赶回了伦敦，却被那个放哨的看见了。我知道他会告诉上校注意我的出现。上校不会不把我的突然出现和他的罪行联系到一起，因此惊恐万状。我断定他会立刻想法除掉我，为此他会把那杀人的武器带来。我在窗户上给他留了一个很好的靶子，还预先通知警方可能需要他们帮助。顺便说一句，华生，你准确无误地看出了他们待在那个门道里。然后我来到了那个在我看来万无一失的监视点，却没有料到他也会选择同一地点来作案。好了，亲爱的华生，还有什么要我解释的吗？"

"有，"我说，"你还没有说明莫兰上校谋杀罗纳德·阿代尔的动机是什么。"

"啊，亲爱的华生，这就只能靠推测了，而在这一点上即使是具有最优秀的逻辑思维的人也难免会出差错。每个人根据现有的证据都会有自己的假设，你我的假设可能都是对的。"

"那么，你已经有了假设了？"

"我认为这些事实并不难解释。从证词中可以得知，莫兰上校和年轻的阿代尔合伙赢了一大笔钱。很显然，莫兰打牌时作了弊——对此我早有耳闻。我认为在阿代尔遇害的那天，他发现莫兰作弊。他很可能私下跟莫兰谈过，并且威胁要揭发他，除非他自动退出俱乐部并保证不再打牌。像阿代尔这样的年轻人本来是不大可能立刻揭发一个年龄比他大很多的名人，而闹出一起骇人听闻的丑闻来的。但他大概像我估计的那样做了。离开这些俱乐部对于莫兰来说无疑是灭顶之灾，因为他就靠打牌骗钱为生。于是，他杀了阿代尔，那时阿代尔正在计算自己该退多少钱，因为他不愿从搭档的作弊中取利。他锁上门，以防他母亲和妹妹突然进来，并硬要知道他摆弄那些人名和硬币干什么。这说得通吗？"

"我相信你已经说出了真相。"

"这还有待审讯时得到证实或遭到反驳。不过，无论怎样，莫兰上校现在是不会再来打搅我们了。冯·赫德尔这把了不起的气枪会给苏格兰场博物馆增色，而福尔摩斯先生又可以自由自在地献身于调查伦敦错综复杂的生活所引起的大量有趣的小问题了。"

诺伍德的建筑师

"从刑事专家的角度来说,"福尔摩斯先生说,"自从莫里亚蒂教授死了之后,伦敦变成了一座非常乏味的城市。"

"我相信正派市民没有几个会同意你的看法。"我回答说。

"是啊,是啊,我不该自私,"他笑着说,一面把椅子往后一推,离开了早餐桌,"这对社会当然有益。除了因失去活干而无所事事的可怜的专家以外,谁也没有受损失。在那个家伙惹是生非的日子里,每天都可以从晨报上读到可能发生的事。而且,华生,虽然常常是微不足道的蛛丝马迹、模糊不明的一个暗示,却足以让我知道这个恶毒的匪首还在那里,就如同蛛网边缘稍有颤动,就能使人想到潜伏在网中央那个可恶的蜘蛛一样。对于掌握线索的人来说,小偷小摸的行径、恣意行凶、意图不明的暴行,都可以连成一个整体。对于研究上层黑社会的学者来说,当时的欧洲还没有一个首都能提供伦敦这样得天独厚的条件。可是现在呢——"他耸了耸肩,很幽默地对他自己费尽心血创造出的现状表示不满。

我现在谈到的这个时候,福尔摩斯回到伦敦已经有几个月了。我在他的请求下,也已经出让了我的诊所,搬回贝克街和他合住在我们的老寓所。一个叫维尔纳的年轻医生买下了我在肯辛顿的小诊所,而且没有丝毫犹豫就按我冒昧提出的最高价付了钱。几年后我才弄清真相,维尔纳原来是福尔摩斯的一个远亲,钱实际上是我朋友出的。

其实,在我们合作的这几个月里,日子并不像他所说的那样平淡无奇。我查看了一下我的笔记，发现这段时间的案子里有前穆里罗总统文件案和荷兰"弗里斯兰"号轮船的惊人事件。这后一个案子差一点要了我俩的命。但是，他天性冷静、自重，总是不喜欢任何形式的公开赞扬，而且以最严格的规定约束我只字不提关于他本人、他的方法、他的成功的话。我已经解释过，他的这项禁令只是现在才被取消的。

福尔摩斯发了上述古怪的牢骚之后，往椅子背上一靠，悠闲地打开晨报。就在这时，一阵吓人的门铃声引起了我们的注意，紧接着是一阵咚咚的敲门声，好像有人在用拳头捶打大门。门开了，可以听到有人吵吵闹闹地冲进了过道，急切的脚步噔噔噔地上了楼梯。

没过一会儿，一个头发散乱、目光凌乱、脸色苍白的年轻人发疯似的闯进屋来。他轮流打量了我们，看到我们疑问的目光，意识到有必要为自己这样冒冒失失地闯进来道声歉。

"对不起，福尔摩斯先生，"他大声说，"请别责备我，我都快要发疯了。福尔摩斯先生，我就是那个倒霉的约翰·赫克托·麦克法兰。"

一个年轻人发疯似的闯进屋来。

他这样介绍自己，仿佛光是他这名字就能解释他来访的目的和失礼的原因一样,但我从我朋友毫无反应的脸上可以看得出来,他和我都一样对这个名字一无所知。

"先抽支烟吧,麦克法兰先生,"他说着递过烟盒,"我相信我这位朋友华生医生准能根据你的症状开一剂镇定药。这几天天气够热的。要是你现在感到心神安定一点了,就请坐在那把椅子上,慢慢地、静静地告诉我们你是谁,找我们有什么事。你报了你的名字,好像我应该认识你,可是除了你是个单身汉、律师、共济会会员、哮喘病患者以外,我确实对你一无所知。"

我因为熟悉我朋友的方法,所以不难领会他的推理,并且看得出,他这些推理的依据是这位年轻人不修边幅、带着一扎法律文件、表链上有护身符、呼吸急促。可是这位年轻的委托人却惊得目瞪口呆。

"是的,你说的都没错,福尔摩斯先生。此外,我现在还是全伦敦最不幸的人。看在上帝分上,福尔摩斯先生,别扔下我不管。要是他们在我没有讲完之前就来逮捕我,请你让他们给我点时间,把全部事实告诉你。只要知道有你在外面为我奔走,我会高高兴兴地走进监狱。"

"逮捕你!"福尔摩斯说,"这真是太……太有意思了。你认为他们会以什么罪名逮捕你呢?"

"谋杀下诺伍德的约纳斯·奥达克先生。"

我朋友那富有表情的脸上露出了一种在我看来似乎多少带点满意的同情。

"我的天哪,"他说,"刚才吃早饭的时候,我还对我朋友华生医生说,一切轰动社会的案子都已经从报上消失了呢。"

我们的客人伸出一只颤抖的手,拿起仍在福尔摩斯膝盖上放着的《每日电讯报》。

"先生，你只要看过报纸，就会一眼看出我今天上午为什么来找你了。我觉得好像人人都在谈论我的名字和我的不幸。"他把报纸翻到登载重要新闻的那一版，"在这儿，请允许我给你念一念。你听这个，福尔摩斯先生，标题是：'下诺伍德的神秘案件。著名建筑师失踪。怀疑为谋杀纵火案。罪犯的线索。'这就是他们追查的线索，福尔摩斯先生。我知道这线索必然会引到我身上来。从伦敦桥火车站起就一直有人跟踪我，而且我可以肯定他们只是在等逮捕证而已。这会让我母亲伤心的——肯定会让她伤心的！"他惊恐万状地使劲扭着双手，在椅子上一前一后地晃着身子。

我饶有兴趣地打量着这个被指控行凶的男人。他长相英俊，但脸色略显苍白，一头淡黄色的头发，一双充满恐惧的蓝眼睛，脸刮得干干净净，神经质的嘴唇显得优柔寡断。他大约二十七岁，衣着和气质像位绅士。他浅色夏季外套的口袋里露出一卷签注过的文件，表明了他的职业。

"我们得抓紧时间，"福尔摩斯说，"华生，劳驾你把报纸拿起来，念一下刚才谈到的那一段，好吗？"

在我们的委托人刚才念到的大标题下，有下面这段带暗示的叙述。我念道：

> 昨天深夜或今天凌晨，下诺伍德发生了一起意外事件，恐系严重犯罪行为。约纳斯·奥达克先生为该郊区颇有名气的居民，在此从事建筑业多年。奥达克独身，五十二岁，住在悉登哈姆路尽头的幽谷山庄。他以习性怪僻、沉默寡言、不爱交际而出名。他歇业已有数年，据说曾挣下大笔钱财。宅后仍有一贮木场；昨晚约十二点，贮木场发出火警，消防队立刻赶到现场，但因木料干燥、火势过

旺而只能等到整堆木料烧尽才控制住火势。至此，起火原因似属偶然，但另有迹象显示此乃严重犯罪行为。火灾现场未见户主，令人颇感意外。经查询，方知户主已失踪。检查卧室，床无人睡过，而保险柜门被打开，满地散落着若干重要文件。最后发现室内有曾发生激烈打斗之迹象，并在室内找到少量血迹及橡木手杖一根，柄上亦沾有血迹。现已查明，是夜奥达克先生曾在卧室接待来客，该手杖即来客之物。此深夜来客为年轻律师约翰·赫克托·麦克法兰先生，即中东区格莱沙姆大楼426号格雷姆—麦克法兰事务所之合伙人。警方相信已掌握能说明犯罪动机之有力证据。总之，毫无疑问，该事件会有惊人发展。

本报付印时，有谣传麦克法兰先生因谋杀约纳斯·奥达克已被逮捕，至少逮捕证已发出。诺伍德事件的调查又有不祥进展。在建筑师的卧室里（卧室位于一楼），除有打斗迹象外，现又发现法国式落地窗敞开，并有笨重物体从室内拖往木料堆的痕迹。最后在火场灰烬中找到被烧焦之残骸一说已被肯定。据警方推测，此乃一起惊人的凶案。受害者在其卧室中被用木棍击毙，文件被盗，尸体被拖至木料堆焚烧灭迹。此案已交苏格兰场富有经验之警官雷斯垂德进行调查，此刻正以其惯有之精力与机智追查线索。

福尔摩斯闭着眼，双手指尖顶指尖，听了这篇惊人的报道。
"这个案子确实有几点值得注意，"他慢吞吞地说，"麦克法兰先生，让我先问你一句：既然看起来有足够的证据可以逮捕你，怎么你仍然逍遥法外呢？"
"福尔摩斯先生，我和父母同住在布莱克希斯的托林顿寓所,但昨晚我因为与约纳斯·奥达克先生处理事务到很晚,就在诺伍德的一家旅馆住下了,然后从那里去事务所。我是坐在火车上看到你刚才听到的那条新闻时才知道这件事的。我立刻意识到自己处境非常危险,便赶来把这个案子委托给你。我相信,我要是在家里或者在办公室里,肯定已经被抓走了。有个人从伦敦桥火车站起就一直跟着我,我毫不怀疑——天哪!谁来了?"

委托人站起身来,脸色发白。

门铃响了,紧接着楼梯上传来了沉重的脚步声。不一会,我们的老朋友雷斯垂德出现在房门口。越过他的肩膀,我看到门外站着一两个穿制服的警察。

"是约翰·赫克托·麦克法兰先生吗?"雷斯垂德说。

我们这位可怜的委托人站起身来,脸色发白。

"由于你蓄意谋杀了下诺伍德的约纳斯·奥达克先生,我现在逮捕你。"

麦克法兰做了一个绝望的手势向我们转过脸来,然后,像当头挨了一棒一样,又一屁股坐到了椅子上。

"请等一下,雷斯垂德。"福尔摩斯说,"再等半个小时左右对你不会有影响吧。这位先生正要给我们讲一讲这桩非常有趣的事件的经过,这可能会帮助我们弄清真相。"

"我想弄清真相不会有困难。"雷斯垂德板着脸说。

"话虽这么说,如果你允许的话,我还是很有兴趣听听他的说法。"

"好吧,福尔摩斯先生,我很难拒绝你的任何要求,因为你在过去曾帮过我们一两次,我们苏格兰场欠你一份情呢。"雷斯垂德说,"同时,我必须和犯人待在一起,而且我还要警告他:他说的每一句话都会成为呈堂证供。"

"那再好不过了,"我们的委托人说,"我只请求你一定听我讲,然后确认我讲的绝对是真话。"

雷斯垂德看了一下他的表后说:"我给你半小时。"

"我必须先解释一下,"麦克法兰说,"我对约纳斯·奥达克先生一点也不了解。他的名字我倒是很熟悉,因为我父母多年前曾与他相识,但后来疏远了。因此,他昨天下午三点左右走进我在城里的办公室时,我颇感意外。当他说明来意时,我更感意外。他手里拿着几张从笔记本上撕下来的纸,上面写满了潦潦草草的字——就是这几张——然后他把纸放在我的桌上。

"'这是我的遗嘱,'他说,'麦克法兰先生,我想请你把

它按法律格式写出来。你写吧,我就在这儿坐着。'

"我开始抄写。当我发现他除留下少量钱财,把其余的财产都留给了我时,你们可以想象得出我的惊讶。他是个像小雪貂一样的怪人,长着白色的眉毛。当我抬起头来望他时,看到他那锐利的灰眼睛正盯着我,脸上带着一种开心的表情。我读到遗嘱的条款时,简直都不敢相信自己的眼睛;但他解释说,他是个单身汉,几乎没有活着的亲属。他年轻时就认识我父母,而且一直听说我是个很不错的小伙子,可以放心地把他的钱交给我。当然,我只能结结巴巴地说些感谢的话。于是,遗嘱被抄了出来,签了字,并有我的书记当证人。这就是最后的文本,而那些纸片,我已经解释过,只是草稿。约纳斯·奥达克先生接着告诉我,还有许多文件需要我去过目、弄懂,都是些租约、房契、抵押契据、临时凭证等等。他说他要等到这些事情都安排好后才能放心,并且要我在晚上带上那份遗嘱,去诺伍德他家里料理这些事。'记住,我的孩子,在这件事办妥之前,千万不要向你父母亲提起。我们要给他们一个小小的惊喜。'他非坚持这一点不可,而且还要我保证一定做到。

"福尔摩斯先生,你可以想象得出来,我当时无法拒绝他的任何要求。他是我的恩人,我最大的希望就是不折不扣地实现他的愿望。于是,我给家里发了一份电报,说我手头有要紧的事,不好估计我会待到多晚才回家。奥达克先生说他希望我能在九点钟跟他一起吃晚饭,因为他很可能九点才到家。可是,他家不大好找,我将近九点半才到他家。我看到他……"

"等一下!"福尔摩斯说,"谁给你开的门?"

"一个中年妇女。我想是他的管家吧。"

"我想把你名字说出来的,肯定就是她吧?"

"正是。"麦克法兰说。

"请接着讲下去。"

麦克法兰擦了一下湿漉漉的额头,继续讲下去:

"这个女人把我带进客厅,里面已经摆好了简单的饭菜。饭后,约纳斯·奥达克先生把我带到他的卧室,那里有一个保险柜。他打开保险柜,取出一大堆文件。我们一起把这些文件过了一遍,直到十一点与十二点之间才看完。他说不要打搅女管家,让我从那扇一直开着的法国窗户出去。"

"窗帘放下来没有?"福尔摩斯问。

"我说不准,但我想是放下了一半。是的,我记起来了,他开窗的时候还把窗帘往上拉了。我没找到我的手杖,他说:'没关系,孩子,我希望从现在起能常常见到你。我先替你把手杖收着,等你下次来取。'我就这么走了,当时保险柜还开着,桌子上还摆着分成几小包的文件。天太晚了,我无法赶回布莱克希斯,便在阿纳利·阿姆斯旅馆住了一夜。其他的事情我一无所知,一直到今天早晨才从报纸上读到这可怕的事。"

"福尔摩斯先生,你还有什么要问的吗?"雷斯垂德说。刚才听那年轻人讲这段不平凡的经历的时候,他有一两次扬起了眉头。

"在去布莱克希斯之前,没有什么要问的了。"

"你是说去诺伍德。"雷斯垂德。

"哦,是的,我指的正是那里。"福尔摩斯说,脸上挂着谜一样的微笑。雷斯垂德从多次经验中知道,福尔摩斯的脑子就像一把刀片,能切开这他看来坚不可摧的东西,但他不愿意承认这一点。我看到他好奇地望着我的同伴。

"歇洛克·福尔摩斯先生,等一下我想跟你说句话,"他说,"好了,麦克法兰先生,我的两个警士就在门口,外面还有一辆四轮马车在等着。"可怜的年轻人站了起来,求救似的朝我们望了最后一眼，走出了屋子。两名警察带着他上了马车，可雷斯垂德没有走。

福尔摩斯已经拿起了那几页遗嘱草稿，带着极大的兴趣在看着。

"这份遗嘱有点意思，是不是，雷斯垂德？"他说着把它递了过去。

警官带着迷惑的神情看着遗嘱。

"我能看清头几行，第二页的中间几行，还有最后一两行。这些像印的一样清楚，"他说，"但其余的都写得太草，有三个地方我根本看不清。"

"你怎么解释这一点？"福尔摩斯说。

"你怎么解释呢？"

"这是在火车上写的。清楚的地方是火车到站时写的，不清楚的地方是在火车运行中写的，最不清楚的地方是在火车通过道岔时写的。有经验的专家能立刻断定这是在郊区铁路线上写的，因为只有在接近大城市的地方才会接二连三地出现道岔。假设他一路上都在起草这份遗嘱，那么这一定是列快车，在诺伍德和伦敦桥之间只停过一次。"

雷斯垂德笑了起来。

"福尔摩斯先生，你分析问题比我强很多倍，"他说，"可这跟本案有什么联系呢？"

"这足以证明年轻人所谈的这份遗嘱是约纳斯·奥达克昨天在旅途中草拟的。这真奇怪，是不是？一个人竟会以这样随便的方式来起草一份这么重要的文件。这意味着他并不把这份遗嘱当回事。一个人只有永远不打算让他立的遗嘱生效才会这样做。"

"可他也同时为自己立下了死亡证书。"雷斯垂德说。

"哦,你这么认为吗?"

"你不这么认为吗?"

"当然有这种可能性,不过这个案子对我来说还不清楚。"

"还不清楚?如果这个案子还不算清楚的话,还有什么案子可以算清楚呢?有个年轻人突然知道,如果某位老人死了,他将继承一笔遗产。那他会做什么呢?他会不告诉任何人,而在当晚找个借口去见他的委托人。他一直等到家里唯一的第三者睡着,然后在单独的一间卧室里杀了他的委托人,并把尸体放在木料堆里焚烧,最后离开那里去附近的一家旅馆。卧室里和手杖上的血迹都很少。可能他认为,这次犯罪活动中一点血迹都没有留下,并且希望只要尸体毁了,就可以掩盖死者如何遇害的一切痕迹——而由于某种原因,这些痕迹本来肯定会暴露他的。这一切还不清楚吗?"

"我的好雷斯垂德,我觉得这过于明显了一点,"福尔摩斯说,"你其他才能很多,但缺乏想象力。你设身处地地为这位年轻人想一想,你会选择遗嘱立好的当晚去行凶吗?你不觉得把立遗嘱和行凶这两起事情联得这么紧很危险吗?而且,你会选择有佣人为你开门、别人知道你在这所房子的情况下行凶吗?最后还有一点,你会竭尽全力地藏匿尸体,而又留下手杖作为暴露你是凶手的证据吗?雷斯垂德,你得承认这一切都是不可能的。"

"至于手杖嘛,福尔摩斯先生,你和我一样清楚,罪犯在惊慌失措时常常会干出这样的事来,而头脑冷静的人是会避免的。他很可能不敢再去那房间。你给我一个不同的能符合事实的推测吧。"

"我可以轻而易举地给你举出六七种推测来,"福尔摩斯说,"譬如,我现在就有一个可能的、甚至是非常可能的推测，作为免费礼物送给你。这位老人正在给年轻人看那些显然很重要的文件。一个路过的流浪汉透过窗子看到了他们，因为窗帘只放下了一半。这位律师走了，流浪汉闯了进来！他看到那里有手杖，便抓起来用它打死奥达克，烧了尸体后逃走了。"

"流浪汉为什么要烧掉尸体呢？"

"至于这一点嘛，麦克法兰为什么要这样做呢？"

"为了掩盖一些证据。"

"也许流浪汉根本不想让人知道发生了谋杀案。"

"那为什么流浪汉什么都没拿呢？"

"因为这都是他无法转让的字据。"

雷斯垂德摇了摇头，虽然在我看来他已经不像刚才那样信心十足。

"好吧，歇洛克·福尔摩斯先生，你可以去找你的流浪汉。在你找他的时候，我们不放掉这个年轻人。将来会证明谁对谁错的。福尔摩斯先生，请注意这一点：就我们所知，那些字据一张不少，而在这世界上只有我们这名犯人才没有理由拿走它们，因为他是法定继承人，这些迟早是他的东西。"

这番话好像影响了我的朋友。

"目前的证据在某些方面的确对你的推测很有利，我无意否认这一点，"他说，"我只想指出，还有其他可行的推测。正如你说的，将来会水落石出的。再见！大概我今天会顺便去诺伍德，看看你进展如何。"

这位侦探走了之后，我朋友站起身来，带着一个人面对合意的任务时的那种神情，为这一天的工作做准备。

"华生，"他一面匆忙穿上他的长外衣一面说，"我刚才已经说了，我的第一步行动是去布莱克希斯。"

"怎么不是去诺伍德呢？"

"因为我们在这个案子里看到有两件紧接着出现的事情。警方正错误地把注意力集中在第二件事情上,因为这恰好是犯罪行为。但在我看来,处理这个案子时合理的方法是从先弄清第一件事情着手——这份奇怪的遗嘱,立得那么突然,而且给了那么一个意想不到的继承人。这件事弄清楚了,第二件事就会简单些。不,我亲爱的朋友,我想你帮不上我的忙。这一趟不会有危险的,否则我决不会不带上你。我相信等我晚上见到你时,我可以告诉你我已经能为这个求我保护的不幸的年轻人做些事情了。"

我朋友回来得很晚,从他憔悴、焦急的脸上,我一眼就看出他出门时所抱的希望落空了。他吱吱嘎嘎地拉了一小时的提琴,竭力使自己烦躁的心情平静下来。最后他猛地放下提琴,开始详细地讲他失败的尝试。

"一切都错了,华生,简直错到了底。我在雷斯垂德面前装着不在乎,可在内心深处我相信这一次他走对了,我们错了。我的直觉指着一个方向,可一切事实却指着另一个方向。恐怕英国陪审团的智力远没有达到宁愿接受我的推测而不要雷斯垂德的证据的地步。"

"你去布莱克希斯了吗?"

"去了,华生。我很快就得知死去的奥达克是个不可小看的恶棍。麦克法兰的父亲出去找儿子了,母亲在家。这是个蓝眼睛、个子不高、愚昧无知的女人,因恐惧和气愤而浑身发抖。她当然绝不相信她儿子会犯罪,不过她对奥达克的遭遇既不感到惊讶,也不感到惋惜。相反,她谈起他时那种深恶痛绝的样子,等于她在不知不觉地支持警方的看法,因为,要是她儿子听到她以那种口气谈论奥达克的话,那就会使他产生憎恨而干出暴行。'从年轻时候起,奥达克就一直是头恶毒狡猾的禽兽，根本算不上是人。'她说。

"'你年轻时就认识他吗？'我问。

"'是的，我很熟悉他。事实上，他还向我求过婚。谢天谢地，我还算聪明地离开了他，跟一个比他穷但比他好的人结了婚。福尔摩斯先生，在我和他订了婚之后，我听到了他把猫放到鸟舍里去这种令人震惊的事。他这种残酷无情的行为让

把它弄成这样给我寄来。

我大为害怕，我决定不再跟他有任何来往。'她在抽屉里翻找了一会儿，拿出了一张女人的照片，脸部被刀划得支离破碎。'这是我自己的照片，'她说，'在我结婚的那天早晨，他诅咒我，把它弄成这样给我寄来了。'

"'不过，'我说，'至少他现在已经宽恕你了，因为他把所有的财产都留给了你的儿子。'

"'我儿子和我都不要约纳斯·奥达克的任何东西，不管他是死是活！'她郑重其事地大声说，'上帝在上，福尔摩斯

先生,上帝既然已经惩罚了那个坏人,他到时候也一定会证明我儿子手上没有沾他的血。'

"我还试着追查了一两个线索,但是没有找到任何有助于我们的假设的东西,有几点和我们的假设刚好相反。我最后只好放弃努力,去了诺伍德。

"这个幽谷山庄是一所现代化的大别墅,用烧砖盖成,前面是庭院和种了一丛丛月桂树的草坪。右边离马路有一段距离的地方就是贮木场,也就是火灾发生的现场。这是我在笔记本上画的简图。左边这扇窗户就是奥达克卧室里的那一扇。你瞧,从马路上就能看到屋里。这大概是我今天唯一可以聊以自慰的发现。雷斯垂德当时不在,但他的警长给我提供了方便。他们刚刚有了重大的发现。他们在灰烬中翻找了一上午,除了烧焦的有机体残骸外,还找到了几个变了色的金属小圆片。我仔细检查了这些圆片,它们毫无疑问是裤子上的纽扣。我甚至还辨认出一粒纽扣上有'海姆斯'的标志,这是奥达克的裁缝的名字。然后我仔细察看草坪,希望能找到一些痕迹和脚印,但今年这场干旱把一切都变得像铁一样坚硬。除了一具尸体或是一捆什么东西曾经被拖过与木料堆处在一条直线上的一片水蜡树矮篱笆外,什么也看不出来。这些当然符合官方的推测。我冒着八月的烈日在草坪上爬来爬去,可等我一小时后站起身来时,还是一筹莫展。

"在这样白忙了之后,我就进屋去检查那间卧室。血迹不多,仅仅是沾上了些,但颜色无可置疑地很新鲜。手杖已被人动过,上面的血迹也很少。那根手杖确实是我们委托人的,他已经承认了。地毯上可以看出有他和奥达克的脚印,但是没有第三者的脚印,这让警方又赢了一着。他们的得分一直在往上加,而我们却停留在原地。

"我只看到过一点点希望之光，可这也没有成功。我检查了保险柜里的东西，其中大部分早已取了出来，放在了桌上。那些字据都封在封套里，有一两件已经被警察拆开了。在我看来，这些字据并不是很有价值，银行存折显示出奥达克先生的境况并不是那么富有。但是我感到并非所有的字据都在那里。有几处提到一些文契——可能是更值钱的——可是我没找到。当然，如果我们能证明这一点，也就能使雷斯垂德的说法自相矛盾，因为有谁会偷一样他明知自己不久就会继承的东西呢？

"最后，我在一无所获的情况下，只好在女管家身上碰碰运气。管家是列克辛顿太太，个子不高，皮肤黝黑，不大说话，一双多疑的眼睛斜着看人。我相信，她只要肯说，准能说出点什么来，但是她的嘴紧得像个蜡人。是的，她在九点半的时候让麦克法兰先生进来了，她真后悔让他进来。她是十点半去睡的。她的房间在另一头，听不见这边发生的事。据她所知，麦克法兰先生把他的帽子和他的手杖放在了门厅里。她被火警惊醒了。她那可怜的好主人一定是被人谋杀了。他有仇人吗？唉，人人都有仇人，但奥达克先生很少跟人来往，只见生意上的人。她看了那些纽扣，断定是他昨晚穿的衣服上的。由于一个月没有下雨，木料堆非常干燥，所以烧起来像木炭一样。等她赶到那里时，除了一片烈火外，什么也看不见。她和所有的救火员都闻到了火中发出的肉烧焦了的气味。她一点都不知道那些字据，也不知道奥达克先生的私事。

"你瞧，我亲爱的华生，这就是我失败的经过。可是……可是……"他突然握紧拳头，好像恢复了自信，"我知道一切都错了，我骨子里都知道这一点。还有些重要情况没有搞清楚，而那名管家是知道的。她那种愠怒、反抗的眼神，只说明她自知有罪。不过，再谈它也没有用了。华生，除非我们时来运转，否则，诺伍德失踪案恐怕是收不进我们的破案记录了。我看耐心的公众只好容忍这一次了。"

"这个年轻人的外表一定能打动陪审团的。"我说。

"这是个危险的论点，我亲爱的华生。你还记得一八八七年想要我们帮他开脱的那个大杀人犯伯特·斯蒂文斯吗？你见过比他更彬彬有礼、更像礼拜日学校出来的年轻人吗？"

"这倒是真的。"

"除非我们能做出另一种推测来，否则这个人就算完了。现在就能对他提出控告，而在这个案子中，你几乎找不出一点破绽；所有进一步的调查只是对起诉更有利。对了，那些字据中有些奇怪的地方，也许能作为我们调查的起点。我在翻看银行存折时发现，账目上余额很少的主要原因是在过去一年中有好几张大额支票开给了科尼利厄斯先生。我倒是很想知道跟这名退休的建筑师有过这样大宗交易的科尼利厄斯先生是什么人。本案有没有可能涉及到他呢？科尼利厄斯也许是个经纪人，可我没有找到跟这几笔大额付款相符的票据。既然其他方面都失败了，我现在必须改变调查的方向，去银行调查一下兑换那些支票的先生是谁。但是，我的好朋友，我担心我们这个案子将会以雷斯垂德把我们的委托人送上绞架和我们的惨败而告终。那将是苏格兰场的一大胜利。"

我不知道歇洛克·福尔摩斯那一夜究竟睡了多久，但我下来吃早饭时，只见他脸色苍白，满面愁容，那双发亮的眼睛由于周围的黑圈而显得更加明亮。他坐的那张椅子周围的地毯上布满了香烟头和早报。餐桌上有份打开的电报。

"你怎么看，华生？"他把电报扔给我问。

电报是从诺伍德打来的，内容如下：

已掌握了新的重要证据。麦克法兰罪行已定。劝你放弃本案。

雷斯垂德

"听起来事情好像很严重。"我说。

"这是雷斯垂德自鸣得意的小胜利,"福尔摩斯苦笑着说,"可放弃这个案子还为时过早。再说,新的重要证据就像一把双刃的刀,很有可能会朝与雷斯垂德想象的不同的方向切过去。先吃早饭,华生,然后我们一起出去看看有什么可做的。我今天觉得好像需要你给我做伴、给我精神上的支持。"

我的朋友自己却没有吃早饭。他在比较紧张的时候是从不吃东西的,这是他的一个特点。我曾见过他完全靠自己铁一般的意志撑着,直到因营养不足而晕倒。"我现在匀不出精力来消化食物。"他会这样回答我从医学的角度提出的劝告。因此,他这天没吃早饭就和我去诺伍德,并不使我感到奇怪。一群好奇的围观者聚在幽谷山庄,而这地方和我想象中的郊区别墅完全一样。雷斯垂德在大门里面迎接我们,脸上泛着胜利的红光,神情也是得意洋洋。

"呵,福尔摩斯先生,你已经证明我们错了吗?你找到那个流浪汉了吗?"他高声说。

"我还没有得出任何结论。"我的同伴回答说。

"可我们昨天就得出了结论,而现在证明这结论是对的。你得承认我们这一次走在你前面了,福尔摩斯先生。"

"你的神情的确像是发生了什么不平常的事。"福尔摩斯说。

雷斯垂德哈哈大笑。

"你和我们一样,也不喜欢输给别人,"他说,"一个人不能总是事事如愿,你说是吗,华生医生?先生们,请这边走。我想我可以彻底说服你们，本案的罪犯就是约翰·麦克法兰。"

他带着我们穿过过道，来到一间昏暗的门厅。

"这就是年轻的麦克法兰在作案之后必定要来取他帽子的地方，"他说，"你们看这儿，"他突然戏剧性地划亮了一根火柴，照出粉刷过的墙上有一点血迹。他把火柴往前凑了凑，我看见的不仅是血迹，而且是一个印得很清楚的大拇指印。

"用你的放大镜看看吧，福尔摩斯先生。"

"用你的放大镜看看吧，福尔摩斯先生。"

"是的，我正在用放大镜看呢。"

"人的大拇指印没有相同的，你知道吗？"

"我听到过这种说法。"

"那么，能不能请你把墙上的指纹和我今天早上命令从麦克法兰的右手大拇指上取来的蜡指纹做个比较呢？"

他把蜡指纹举到血迹的旁边，我们不用放大镜都能看得出，这两个指纹毫无疑问取自于同一个大拇指。很明显，我们这位不幸的委托人算是完了。

"这是决定性的。"雷斯垂德说。

"对,是决定性的。"我不由自主地附和道。

"是决定性的。"福尔摩斯说。

他的语气里有点什么引起了我的注意,我转过脸去望着他。他的表情起了意外的变化。他的脸上掩饰不住内心的喜悦,两眼像星星一样闪闪发光。我觉得他似乎在竭力忍住一阵大笑。

"天哪!天哪!"他终于说,"这谁会想得到呢?表面现象真是太能蒙骗人了!看上去是多好的小伙子啊!这件事教训我们不要相信自己的眼力,是不是,雷斯垂德?"

"是啊,福尔摩斯先生,我们有些人就是过于自信了点。"雷斯垂德说。这个人的傲慢真令人气愤,可我们又反驳不了。

"这位年轻人从挂钉上取下帽子的时候居然会用右手大拇指在墙上按一下,简直是天意!如果你想得到的话,这又是一个非常自然的动作。"福尔摩斯表面上很镇静,可是他说这话时,抑制不住的兴奋使他全身都在颤抖。

"顺便问一下,雷斯垂德,是谁做出这个惊人的发现的?"

"是管家列克辛顿太太告诉值夜警士的。"

"那位值夜的警士当时在哪儿?"

"他守在出事的那间卧室里,不让人动里面的东西。"

"可是你们昨天为什么没有发现这个血迹呢?"

"哦,我们当时没有特殊理由要检查这间门厅。再说,你也看到了,这地方不大显眼。"

"是,是,是不大显眼。我想这血迹肯定昨天就在这墙上吧?"

雷斯垂德望着福尔摩斯,好像在想这个人是不是疯了。我承认连我对福尔摩斯那种高兴的样子和相当任性地表示意见也感到惊奇。

"我不知道你是不是认为麦克法兰为了增加自己的罪证,深夜从监狱里跑出来过,"雷斯垂德说,"我可以请世界上任何一个专家来鉴定这是不是他的拇指印。"

"这毫无疑问是他的拇指印。"

"这就够了,"雷斯垂德说,"我是个注重实际的人,福尔摩斯先生。我有证据才会下结论。你要是还有什么要说,可以在客厅找到我。我会在那里写我的报告。"

福尔摩斯已经恢复了平静,但我似乎仍能从他的表情中看到一丝笑意。

"天哪,事态这样发展真是太糟了,是不是,华生?不过这里面有些奇妙之处,还给我们的委托人留下了几分希望。"

"我很高兴听你这么说,"我由衷地说,"我刚才还怕他没希望了呢。"

"我倒是不会说出这样的话来,我亲爱的华生。事实上在我们这位朋友如此重视的证据中,有一个十分严重的缺陷。"

"真的吗?什么缺陷?"

"就是这点:我知道我昨天检查门厅的时候,墙上并没有血迹。好了,华生,我们现在到阳光下去走一走吧。"

我陪着我的朋友在花园里走了走,我的脑子里一片混乱,心里却因为有了希望而开始觉得有些热乎乎的。福尔摩斯依次把房子的每一面都饶有兴趣地检查了一遍。然后他领头走进屋里,从地下室到阁楼把整个建筑看了一遍。大多数的房间里都没有家具摆设,可福尔摩斯还是仔细地检查了这些房间。最后,在顶层的走廊上(那里有三间空闲的卧室),他突然又高兴了起来。

"这个案子的确很有特点,华生,"他说,"我想我们现在该把真相告诉我们的朋友雷斯垂德了。他刚才嘲笑了我们;如果我对这案子的判断没错,也许我们也能回敬他一下。有了,有了,我想我知道该怎么处理了。"

这位苏格兰场的警官正在客厅里忙着写他的报告,福尔摩斯进来打断了他。

"我知道你正在写关于这个案子的报告。"他说。

"我是在写。"

"你不觉得有点为时过早吗?我总觉得你的证据还不够充分。"

雷斯垂德很了解我的朋友,自然会把他的话当回事。他放下笔,好奇地望着福尔摩斯。

"你是什么意思,福尔摩斯先生?"

"我只是说,还有一个重要的证人你还没有见到。"

"你能让他来吗?"

"我想我能。"

"那就请吧。"

"我尽力而为。你有几个警士?"

"能马上召集来的有三个。"

"太好了!"福尔摩斯说,"都是身强体壮、嗓门大的吧?"

"那当然,不过我不明白他们的嗓门跟这有什么关系。"

"也许我能帮你弄明白这一点,还有其他一两点,"福尔摩斯说,"请把你的警士叫来,我要试一试。"

五分钟后,三位警士集合在了大厅里。

"外面的小屋里有一大堆麦秸,"福尔摩斯说,"我请你们搬两捆进来。我想这些麦秸将大大有助于我把我需要的证人找出来。非常感谢你们。华生,我相信你口袋里有火柴。现在,雷斯垂德先生,我想请你们一起陪我到顶层的平台上去。"

我已经说过,那三间空卧室的外面有一条很宽的走廊。歇洛克·福尔摩斯把我们都集中在走廊的一头。三个警士在咧着嘴笑,雷斯垂德望着我的朋友,脸上交替流露出惊奇、期待和讥笑。福尔摩斯站在我们前面,神情活像个变戏法的魔术师。

"请你让一位警士去提一桶水来好吗?把麦秸放在那里,两边都不要靠墙。我想现在一切都准备好了。"

雷斯垂德已经怒气冲冲地涨红了脸。

"歇洛克·福尔摩斯先生,我不知道你是不是在和我们开玩笑,"他说,"你要知道什么就直说好了,用不着这样兴师动众。"

"我的好雷斯垂德,我可以向你保证,我这样做完全是有理由的。你大概还记得,你几个小时前占上风的时候,你跟我开了点玩笑,那么你现在也应该让我来点排场吧。华生,请你打开窗户,然后把麦秸点着,可以吗?"

我照他说的做了。干麦秸噼噼啪啪地烧了起来,火光熊熊;一团白烟在穿堂风的吹送下,顺着走廊刮了过去。

"现在我们来看看能不能为你找到这个证人,雷斯垂德。请大家和我一起高喊'着火啦'好吗?来吧,一、二、三——"

"着火啦!"我们一起高喊。

"谢谢。请大家再来一次。"

"着火啦!"

"先生们,还要来一次。一起喊。"

"着火啦!"这一声大概全诺伍德都听到了。

喊声刚落,惊人的事就发生了。走廊尽头一堵看起来像是坚硬的墙上突然开了一扇门,一个矮小、干瘦的男人从里面冲了出来,就像一只兔子从地洞里蹦出来一样。

"好极了!"福尔摩斯平静地说,"华生,把那桶水泼在麦秸上。够了！雷斯垂德，请允许我向你介绍那名失踪的主要证人约纳斯·奥达克先生。"

雷斯垂德万分惊讶地盯着这个新出现的人。这个人在明亮的走廊里不停地眨着眼睛，看看我们，又看看仍在冒烟的火堆。这是一张可憎的脸：狡诈、邪恶、凶狠；一双浅灰色的多疑的眼睛上面长着白色的眉毛。

"这是怎么回事？"雷斯垂德终于说话了，"你一直在干什么？"

看到气得涨红了脸的侦探发怒的样子，奥达克害怕了。他不自然地笑了笑。

一个矮小、干瘦的男人从里面冲了出来。

"我又没害人。"

"没害人？你挖空心思要把一个无辜者送上绞架。要不是有这位先生，说不定你就干成了。"

这个坏家伙开始抽泣起来。

"我可以保证，先生，我只是开了个玩笑。"

"呵！这还是玩笑？我保你笑不出来。把他带下去，到客厅等着我。福尔摩斯先生,"他等他们出去后接着说,"当着警士的面我不便说,但是当着华生医生的面,我可以说这是你干得最出色的一件事,虽然我还没弄清你是怎么做的。你不仅挽救了一名无辜者的生命,而且也避免了一场会毁掉我在警界的声誉的丑闻。"

福尔摩斯微笑着拍了拍雷斯垂德的肩膀。

"不但不会毁了你的声誉,我的好先生,而且你还会发现自己名声大振呢。你只要在你写的那份报告中稍作修改,他们就会知道要想蒙骗雷斯垂德警官是多么困难。"

"那你不想让你的名字出现在报告中了?"

"根本不想。成功就是嘉奖。也许将来我也会得到称赞,那得等到我允许这位热心的史学家重新拿起笔来的时候,是吧,华生?好了,现在让我们看看这只耗子藏身的地方。"

在离这条过道尽头六英尺的地方,有人用抹了灰的板条隔出了一个小间,小间的门就巧妙地藏在隔墙上。小间靠屋檐缝隙中透进来的光照明,里面有几件家具,有食物和水,另外还有一些书和报纸。

"这就是建筑师的有利条件,"我们出来时,福尔摩斯说,"他可以为自己造出一间藏身的小密室而不需要任何帮手——除了他那宝贝女管家。雷斯垂德,我现在把她也放进你的猎袋。"

"我会接受你的意见的。不过,你是怎么知道这个地方的,福尔摩斯先生?"

"我断定这家伙就在这所房子里。当我踱到一条走廊,发现它比楼下同样的走廊短了六英尺时,他的藏身之处就不言而喻了。我料到他不会面对火警仍然镇定自若。当然,我们本可以进去抓住他,但是我觉得逼他自己出来更有趣。再说,雷斯垂德,你上午戏弄了我,我也该迷惑你一下作为回敬。"

"哦,你我在这一点上的确扯平了,可是你究竟是怎么知道他藏在屋里的呢?"

"是那大拇指印,雷斯垂德。你曾说那是决定性的;不错,它是决定性的,但是在完全不同的意义上。我知道前天那里并没有这个指印。正如你所知道的,我对细节非常注意。我曾经检查过那门厅,确信那墙上什么也没有。因此,指印是后来在晚上按上去的。"

"可怎么按的呢?"

"这很简单。当他们把一包包的字据用火漆封口的时候,约纳斯·奥达克让麦克法兰用大拇指在其中一个封口的热火漆上按一下把它粘牢。这一过程很快,而且也很自然,我相信那年轻人自己都不记得了。很可能这是碰巧发生的事,连奥达克自己当时也没有想到会用上它。当他在密室里盘算这个案子时,他突然想到他可以利用这个指纹制造一个足以证明麦克法兰有罪的证据。他从火漆上取下蜡模,用针刺出足够的血抹在模子上面,然后夜里亲自或者让女管家把它弄在墙上。这是再简单不过的事。如果你检查一下他带进密室的那些文件,我敢打赌,你准能找到那个有指纹的火漆印。"

"太妙了!"雷斯垂德说道,"太妙了!经你这么一说,一切都清清楚楚了。但是这个大骗局的目的又是什么呢,福尔摩斯先生?"

看到这位傲慢的侦探一下子变得像个小孩在问老师问题,我感到真是有趣。

"我想这不难解释。正在楼下等着的这个绅士是个很狡猾、很恶毒、很记仇的人。麦克法兰的母亲曾经拒绝过他的求婚,你知道吗?不知道?我告诉过你,应该先去布莱克希斯,然后再去诺伍德。他把这看成一种伤害，而这伤害一直折磨着他那邪恶诡诈的心灵。他终身渴望报复，可一直没有找到机会。最近这一两年，他时转运背——大概是暗中从事投机生意失败，他发现自己处境不妙。他打定主意要欺骗他所有的债主，于是，便给某个科尼利厄斯先生开出了大额支票，而我认为这个科尼利厄斯是他的化名。我还没有追查那些支票，但我相信它们全都用那个人的名字存进了外地一个小镇的银行，奥达克经常改头换面地去那里生活。他打算完全改名换姓，把钱取出来，消失得无影无踪，再到别的地方从头开始。"

"这种可能性很大。"

"他想到，如果他能造出一种被自己旧情人的独子谋杀的假象，那么他不仅可以销声匿迹，而且可以对他的旧情人进行毁灭性的报复。这真是一个恶毒的杰作，他也像个大师一样地把它实现了。为了要造成一个明显的犯罪动机而写的那张遗嘱，要麦克法兰瞒着他父母私下里来找他，留下手杖，那些血迹，木料堆中的动物尸骨和纽扣，这一切真可谓神机妙算。几个小时前我还觉得这是一张挣不破的网。但是他缺乏艺术家所具有的超人的天赋，缺乏那种懂得什么时候该停住的智慧。他想锦上添花，想把已经套在这个可怜的受害者脖子上的绳索拉得更紧一点，结果自己毁掉了一切。雷斯垂德，我们下去吧；我还有一两个问题要问他。"

这个恶棍正坐在客厅里，一边有一个警察。

"这只是一个玩笑，我的好先生——一个恶作剧，没有别的意思，"他不停地哀求着，"我可以向你保证，我躲起来只是想看看我失踪会有什么样的影响。我相信你还不至于认为我会让年轻的麦克法兰先生受到任何伤害吧。"

"那得由陪审团决定，"雷斯垂德说，"不管怎么说，即使不是谋杀罪，我们也要控告你密谋罪。"

"你大概就要看到你的债主们要求冻结科尼利厄斯先生的银行账户了。"福尔摩斯说。

这个身材矮小的人吃了一惊，瞪着一双恶狠狠的眼睛，转过来看着我的朋友。

"我对你真是感谢不尽，"他说，"也许将来有一天我会报答你的。"

福尔摩斯宽容地笑了笑。

"我想今后几年里你是腾不出时间来了，"他说，"顺便问一下，除了你的旧裤子以外，你还把什么放到木料堆里去了？一条死狗，几只兔子，还是别的什么？你不愿意说？你真不够意思！行了，行了，我敢说两三只兔子就能解释那些血迹和烧焦的骨灰了。华生，到时候你就写是兔子吧。"

跳舞的人

福尔摩斯已经一声不吭地坐了好几个小时了。他弯着瘦长的身子,紧紧盯着一个烧杯,烧杯里正煮着一种臭气熏天的什么鬼东西。他的头垂到了胸前,从我这里望过去,整个人就像是一只瘦长的、有着深灰色羽毛和黑色冠毛的怪鸟。

"那么,华生,"他突然开口道,"你不打算在南非证券上投资了?"

我吃了一惊。尽管我对福尔摩斯的各种奇特的本领已经习以为常,但他这样突然道出我的心事还是完全出乎我的意料。

"你是怎么知道的?"我问。

他坐在凳子上转过身来,手里拿着一支冒气的试管,深陷的眼睛里带着一丝快乐。

"得了,华生,承认你大吃一惊吧。"他说。

"我是大吃一惊。"

"我应该让你立下字据,签上大名。"

"为什么?"

"因为过五分钟你又会说这简单得出奇了。"

"我保证不说这样的话。"

"你瞧,我亲爱的华生,"他把试管放回到架子上,开始用教授对他班上学生讲课时的那种神气说道,"做出一连串的推理,使每一个推理依赖于它的前一个推理,而这个推理本身又简单明了,这其实并不难。然后你只要去掉所有中间的推理,把起点和结论告诉你的听众,你就能创造出惊人的、也许是夸张的效果。因此，只要看一下你左手的虎口，就不难断定你不打算把自己的小小资本投到金矿中去。"

"我看不出它们之间有什么联系。"

"很可能没有，但我马上可以告诉你其中的联系。下面是这根非常简单的链条中所缺少的环节：1. 你昨晚从俱乐部回来时左手虎口处有白粉。2. 你打台球时为了稳定球杆，才会在虎口处抹白粉。3. 除了瑟斯顿，从没有见你跟别人一起打过台球。4. 四个星期前，你曾告诉过我，瑟斯顿有购买南非某项产业的特权，而且一个月后这项特权就要作废。你还说过他想让你跟他合伙。5. 你的存折放在我的抽屉里，而你没有向我要钥匙。这一切说明你不打算进行投资。"

"真是太简单了！"我叫了起来。

"是很简单！"他有点不高兴地说，"每个问题，只要一向你解释过，就变得很幼稚。现在有一个没有解释的问题，看你怎么解释，我的朋友。"他把一张纸扔到桌上，又转过身去忙他的化学分析。

我惊讶地看到纸上画着一些荒诞的符号。

"哦，福尔摩斯，这是某个孩子的画嘛。"我大声说。

"哦，这就是你的看法！"

"那还会是什么呢？"

"这正是诺福克郡马场村庄园的希尔顿·丘比特先生急于想知道的事。这个小谜语是今天早班邮件送来的，他本人准备坐第二班火车来这儿。华生，楼下有人在按门铃。如果不出意外，一定是他。"

楼梯上传来了沉重的脚步声，接着进来一个身材高大、脸色红润、胡子刮得干干净净的绅士。他那明亮的眼睛和红润的脸颊表明他住的地方远离贝克街的雾气。他进屋时似乎带来了一股东海岸那种浓郁、清新、凉爽的空气。他和我们分别握了握手,正准备坐下来,目光落到了那张画着奇怪符号的纸上。那是我刚刚仔细看过之后放在桌上的。

"福尔摩斯先生,你怎么解释这些呢?"他大声说,"我听说你特别喜欢一些稀奇古怪的案子,我看再也找不出比这更古怪的事了。我先把这张纸给你寄了过来,这样你在我来之前可以有时间研究一下。"

"这确实是一件很奇怪的作品,"福尔摩斯说,"第一眼看上去,这像是某个孩子开玩笑在纸上横着画了一些奇形怪状的在跳舞的小人像。你为什么要重视这么一件古怪的东西呢?"

"福尔摩斯先生,我本来是不会重视的,可我太太很重视。她都快要吓死了。她什么也没有说,可我在她的眼睛里看到了恐惧,因此,我要把这件事弄个水落石出。"

福尔摩斯将纸条对着阳光照。这是从笔记本上撕下来的一页,上面那些跳舞的人是用铅笔画的,图形如下:

福尔摩斯将纸条对着阳光照。

· 跳舞的人 ·

福尔摩斯仔细看了一会儿，然后小心地折起来，夹进他的笔记本里。

"这可能是一桩最有趣、最不同寻常的案子，"他说，"希尔顿·丘比特先生，你在信中给我讲了几点细节，但我想请你再给我的朋友华生医生讲一遍。"

"我不大会讲故事，"我们的客人说，他那双大而有力的手神经质地一会儿紧握，一会儿放开，"我讲得不清楚的地方你尽管问问题好了。我就从我去年结婚时讲起，但我首先要说明一点：虽然我不是个有钱的人，我们这一家在马场村住了大约有五百年了，在诺福克没有比我们家更出名的家族。我去年来伦敦参加维多利亚女王即位六十周年纪念，住在罗素广场的一家客栈里，因为我们教区的帕克牧师正住在那里。那里还住着一位美国小姐，姓帕特里克，全名是埃尔茜·帕特里克。我们成了朋友。我住了不到一个月就深深地爱上了她。我们悄悄地在登记处结了婚，然后夫妻双双回到了诺福克。福尔摩斯先生，你肯定会觉得我这是发疯了。一个名门子弟居然会以这种方式娶一个身世不明的妻子，但是如果你见到她，了解她，你就会明白了。

"她在这一点上很直率，埃尔茜确实是这样的人。我不是说她没给我改变主意的机会，但是我从来没有想到要改变主意。她说：'我曾经和一些可恨的人来往过，现在想把他们全忘掉。我永远不愿再提过去，因为那会使我痛苦。希尔顿，如果你娶我，那么你娶的女人没有做过任何使自己感到羞愧的事情，但是你得相信我对你的承诺，允许我对我以前的一切经历保持沉默。要是这些条件太苛刻，那你就回诺福克去，让我重新过我在认识你之前所过的那种孤独生活。'这番话是她在我们结婚的前一天对我说的。我告诉她我愿意依她的条件娶她，我也一直恪守着诺言。

"我们结婚到现在已经一年了，一直过得很幸福。但是，大约一个月前，也就是六月底，我第一次看到了麻烦来临的迹象。我妻子有一天收到一封美国来信。我看到上面贴着美国邮票。她的脸唰的一下就变白了。她看了信，把它扔进火里烧了。事后她对此只字未提，我也没有提及，因为我许诺过，可她从那时起就再也没有过舒心的时候。她的脸上总挂着恐惧的神情——一种好像她有所等待、有所企盼的神情。她本可以相信我，本可以发现我会是她最好的朋友。可她要是不开口，我也不便说什么。我顺便说一句，福尔摩斯先生，她很诚实，不管她以前有过什么不幸，都不会是她的过错。我虽然只是诺福克郡的普通乡绅，但整个英国恐怕没有人把家庭荣誉看得比我更重了。她深知这一点，在我们结婚前就知道。她永远不愿给我的家庭荣誉带来任何污点，这我完全相信。

"下面我就要讲到这件事情奇怪的部分了。大约一星期前——是上星期二——我在一个窗台上发现了一些奇怪的跳舞的小人像，就像这张纸上的这些。人像是用粉笔画的。我原以为是小马倌画的，可他发誓说他根本不知道。不管怎么说，那些小人是在夜里画上去的。我叫人把它擦了，只是后来向我妻子提了一下。让我感到吃惊的是，她很重视这件事，求我如果再有这样的画出现，一定让她看一看。整整一个星期，什么也没有出现，然而昨天早晨我在花园的日晷仪上发现了这张纸条。我把纸条给埃尔茜看，她一下子就昏倒了。从那时起，她就一直像是生活在梦里，精神恍惚，两眼总带着恐惧。直到那时我才给你写信，并把纸条寄给你，福尔摩斯先生。这不是件可以报警的事，因为这会让警察笑话我的，但你可以告诉我该怎么办。我虽不是什么富人，但是如果我妻子面临着危险，我会倾家荡产保护她的。"

这是英国古老大地孕育出的一个好小伙——纯朴、正直、文雅，有着一双诚实的蓝色大眼睛和一张非常标致的四方脸。他对他妻子的爱和对她的信任都写在他的脸上。福尔摩斯极其认真地听他讲完，默默地坐着想了一会儿。

"丘比特先生，"他终于开口说道，"你最好的办法应该是直接请求你太太把她的秘密告诉你，你不觉得吗？"

希尔顿·丘比特摇了摇头："福尔摩斯先生，诺言就是诺言。要是埃尔茜愿意告诉我，她会说的。要是她不愿意说，我不能强迫她说出来。但我自己想办法总可以吧。我一定得想办法。"

"那么我愿意帮助你。我先问你，你有没有听说你家附近出现过什么陌生人？"

"没有。"

"我估计那是个很偏僻的地方，任何新面孔都会立刻引起注意，是吗？"

"在我家周围，是的。但离我家不太远的地方有几个牲口饮水处，那里的农民经常留外人住宿。"

"这些符号显然有一定的含义。如果纯粹是随意画的，我们倒是根本无法破译。如果它有一定的规律，我相信我们一定能彻底弄清的。不过，仅有的这一张太简短，我无从下手。你提供的这些情况又太模糊，无法作为调查的根据。我建议你回诺福克去，密切注视，把可能出现的任何新的跳舞的人像照原样临摹下来。用粉笔画在窗台上的那些没有临摹下来真是太遗憾了；你还要仔细询问一下附近是否来过任何陌生人。等你收集到新的情况后再来找我。希尔顿·丘比特先生，我现在能给你的最好的建议就是这些了。如果有什么紧急的新发展，我随时可以赶到诺福克你家里去。"

这位客人造访之后，歇洛克·福尔摩斯一直沉浸在思考中。在以后的数天里，我有好几次看到他从笔记本里取出那张纸条，长时间地仔细盯着画在上面的那些古怪的人像。不过，他从不提及此事，直到大约两星期后的一个下午。我正准备出门，他突然叫住我。

"华生，你最好别出去。"

"为什么？"

"因为我今天早晨收到希尔顿·丘比特发来的一份电报。你还记得跳舞的人那件事的希尔顿·丘比特吗？他一点二十分到利物浦街，马上就会来这儿。我从他的电报中推测，已经有了一些新的重要情况。"

我们没有等多久，因为这位诺福克的乡绅坐了一辆马车直接从车站赶来了。他显得又是焦急又是憔悴，眼睛里满是疲惫的神情，额上也布满了皱纹。

"福尔摩斯先生，这件事太令我伤神了，"他说，像个筋疲力尽的人一样一屁股坐到椅子上，"当你感到有人在暗中包围你、算计你，却又不知道这个人是谁，你就够痛苦的了。再加上你又看到这件事正在一点点地折磨着你的妻子，那是任何血肉之躯都忍受不了的。她被折磨得消瘦了，我正看着她瘦下去。"

"她说了什么没有？"

"没有，福尔摩斯先生，她什么也没有说。不过，有好几次这个可怜的人想要说,却又鼓不起勇气说出来。我也试着帮助她,大概我做得很笨,反而吓得她不敢说了。她谈到我们这个古老的家族,谈到我们在全郡的名声,谈到我们引以为荣的清白声誉,我总以为她快要说到点子上了,但不知怎么,话还没有讲到那里就岔开了。"

"可你总发现什么了吧?"

"发现了很多,福尔摩斯先生。我给你带来了几张新的画,更重要的是我看到那家伙了。"

"什么?就是那个画画的人?"

"是的,我看见他画的。我还是从头给你讲吧。我从你这儿回去之后,第二天早上看到的头一件东西就是一行新的跳舞的人。这些人像是用粉笔画在草坪边正对着前窗的工具房门上的。我照样临摹了下来,在这儿。"他打开一张纸,把它放在桌上。下面就是他临摹下来的图形:

"太好了!"福尔摩斯说,"太好了!请接着讲下去。"

"我临摹下来后就把那些图形擦了。但是,两天后的早晨,又出现了新的人像。这是我临摹的。"

福尔摩斯搓着双手,高兴得轻轻笑出声来。

"我们的资料增加得很快呀!"他说。

"三天后,日晷仪上有一张用鹅卵石压着的纸条,上面潦草地画了几个小人。就是这张。你看得出,这些人像跟上次的一模一样。在那之后,我决定守夜。于是,我拿出我的左轮手枪,守在书房里,因为从书房里可以看到草坪和花园。凌晨两点左右,我坐在窗边。除了外面的月光,四周一片漆黑。突然,我听到身后有脚步声,原来是我妻子穿着睡衣走来了。她求我去睡觉。我直截了当地告诉她,我要看看是谁在这样捉弄我们。她回答说这是毫无意义的恶作剧,要我不去理它。

"她的一只手紧紧抓住我的肩膀。"

"'希尔顿,要是你真的对这很生气的话,我们俩可以去旅行,躲开这种讨厌的人。'

"'什么?被一个搞恶作剧的家伙撵出自己的家门?'我说,'全郡的人都会嘲笑我们的。'

"'那么先睡觉吧,'她说,'我们早上再商量。'

"突然,就在她说话的时候,我看到她苍白的脸变得更加苍白,她的一只手紧紧抓住我的肩膀。工具房的阴影中有什么东西在移动。我看到一个黑影悄悄地绕过屋角,在工具房的门前蹲了下来。我抓起手枪就要冲出去,可是我妻子使劲把我抱住。我想把她甩脱掉,她拼命抱住我不放。我最后挣脱了,可等我打开门冲到工具房时,那家伙已经不见了。但是他留下了痕迹,门上又有了一行跳舞的人像,排列和前两次完全一样。

"我把它临摹在了那张纸上。我到处找了一遍,连那个家伙的影子也没有见到。可奇怪的是他肯定一直在那里,因为我早上再检查那扇门的时候,发现他在我原来看见的那些人像的下面又潦草地画了几个。"

"那些新画的你有没有?"

"有,很短。我也照原样画了下来,就是这张。"

他又拿出一张纸来。这新的舞蹈是这样的:

"请告诉我,"福尔摩斯说,从他的眼神中可以看出他非常兴奋,"这仅仅是加在前一行的下面呢,还是完全分开的?"

"是画在另一块门板上的。"

"好极了!这对我们来说是最重要的,给我带来了希望。希尔顿·丘比特先生,请接着讲你这一段最有意思的经过吧。"

"我要说的都说了,福尔摩斯先生,只是我那天晚上很生我妻子的气,因为我本来是可以抓住那个偷偷溜进来的流氓的,结果被她拉住了。她说她怕我会遭到不幸。我脑子里一下子闪过一个念头:也许她真正担心的是那家伙遭到不幸,因为我不由得怀疑她知道那个人是谁,而且懂得那些古怪的符号的含义。但是,福尔摩斯先生,我妻子说话时的语气和眼神都不容置疑。我相信她心里想的确实是我的安全。整个情况就这些,现在我需要你告诉我该怎么做。我自己打算叫五六个农场的小伙子埋伏在灌木丛中,等那个家伙再来就狠狠揍他一顿,这样他以后就不会再来打搅我们了。"

"恐怕这个案子很复杂，不是这样简简单单就能解决的，"福尔摩斯说，"你在伦敦能待多久？"

"我今天就得回去。我无论如何也不能让我妻子整夜一个人待在家里。她神经很紧张，要我回去。"

"也许你回去是对的。但是如果你能耽搁一下的话，我或许一两天后可以跟你一起回去。你先把这些纸条给我，我想我可能不久会去拜访你，帮你解决这桩怪事。"

在我们的客人告别之前，歇洛克·福尔摩斯一直保持着他那种职业性的沉着，不过，我对他很了解，因此不难看出他心里是非常高兴的。希尔顿·丘比特那宽阔的背影刚从门口消失，我的同伴就冲到桌边，把那些上面有跳舞的小人的纸一张张摆在面前，开始仔细地进行复杂的分析。我一连两个小时看着他在一页页的纸上画上图形、写上字母。他全神贯注地忙着这件事，完全忘了有我在场。他有时有所进展，便会一边干一边吹着口哨、唱着歌；有时给难住了，便会有一阵子皱起眉头、两眼发呆地望着。最后，他满意地大叫一声，从椅子上跳起来，搓着手在屋里走来走去。然后，他在一张电报纸上写了一份很长的电报。"华生，如果回电像我希望的那样，你可以在你的记录中添上一个很好的案子，"他说，"我希望我们明天可以去诺福克，给我们的朋友带去一些非常明确的消息，帮他解开这个使他烦恼的谜。"

说实在的，我当时满腹疑云，可我也知道福尔摩斯喜欢在他认为合适的时候，以他自己的方式来透露他的发现；所以，我只好等着，等到他觉得应该告诉我的时候。

但是，回电迟迟没来。整整两天不耐烦的等待，弄得福尔摩斯只要门铃一响就会竖起耳朵来听。第二天晚上，希尔顿·丘比特又寄来了一封信，说他一切正常，只是那天早晨在日晷仪的底座上又出现了一长行跳舞的人像。他临摹了一张，附在信里寄来了：

福尔摩斯弯腰把这张怪诞的图案看了几分钟，猛然站起来，发出一声惊异、沮丧的喊叫，憔悴的脸上显得焦急万分。

"我们不能再让这件事发展下去了，"他说，"今晚有去北沃尔沙姆的火车吗？"我找出了时刻表。末班车刚刚开走。

"那么我们明天早点吃早饭，然后坐头班车去，"福尔摩斯说，"现在正是我们出面的时候。啊，我们盼望已久的电报终于来了。等一下，赫德森太太，也许要拍一个回电……不必了。一切正如我所料。这份来电使我们更有必要赶紧让希尔顿·丘比特知道目前的情况，而且一个小时也不能耽误，因为我们这位诺福克的乡绅已经陷入了一个奇怪而危险的罗网。"

后来证明情况确实如此。当我快要结束这个我曾经觉得只是一个幼稚可笑、稀奇古怪的故事的时候，我心里又充满了我当时所感受到的惊愕和恐惧。我倒是真心希望能给我的读者一个美满一点的结局，但是事态就是这样发展的。我必须把这一连串的奇怪事件照实讲下去，一直讲到最后那不幸的结局；而且也正因为这些事件，"马场村庄园"一度在全英国家喻户晓。

我们在北沃尔沙姆下车，刚提起我们要去的目的地，站长就匆匆向我们走来。"你们是从伦敦来的侦探吧？"他说。

福尔摩斯的脸上闪过一道不耐烦的神情。

"你凭什么这么想呢？"

· 福尔摩斯的归来 ·

"你们是从伦敦来的侦探吧?"

"因为诺维奇的马丁警长刚刚经过这里。不过你们也许是外科医生。她还没有死,至少刚才我还听人这么说。你们可能还赶得上救她,但也只不过是让她活着上绞架罢了。"

福尔摩斯焦急地紧锁眉头。

"我们要去马场村庄园,"他说,"但是我们还没有听说那里发生了什么事。"

"出了件可怕的事,"站长说,"希尔顿·丘比特先生和他太太都被枪打了。她先朝他开枪,然后再朝自己开枪,佣人们是这么说的。他已经死了,她也没多大希望。咳,咳,他们可是诺福克郡最古老、名声最好的一家呀!"

福尔摩斯一句话也没有说就匆匆上了一辆马车,在长达七英里的途中,他一直没有开过口。我还很少见他这样沮丧过。我们从伦敦来的一路上他就心神不定,我注意到他焦急而且仔细地逐页翻看着各种晨报。现在,他所担心的最坏情况变成了事实,他感到一种茫然的忧郁。他靠在座位上,沉浸在思考中。然而,周围有很多引起我们兴趣的东西?因为我们正穿过一个在英国算是独一无二的乡村。零零星星几座农舍表明今天居住在这一带的人不多了，四处可见方塔形的大教堂，耸立在一片平坦青葱的景色中，诉说着昔日东英吉利的繁荣昌盛。一片蓝紫色的日耳曼海终于出现在诺福克绿色的岸边，车夫用鞭子指了指从小树丛里露出的老式砖木结构的山墙说："那就是马场村庄园。"

马车驶近带圆柱门廊的大门，我看到门前网球场边那间引起我们种种奇怪联想的黑色的工具房和那座日晷仪。一个短小精悍、动作敏捷、留着胡子的人刚从一辆一匹马拉的马车上走下来。他自我介绍是诺福克警察局的马丁警官。当他听到我同伴的名字时，他感到很意外。

"啊，福尔摩斯先生，这个案子是今天凌晨三点才发生的。你在伦敦怎么得知的，而且和我一样快就赶到了现场？"

"我料到它会发生，赶到这儿来是想阻止它。"

"这么说，你一定掌握了我们所不知道的证据，因为据说他们是最和睦的一对。"

"我只有一些跳舞的人像作为证据，"福尔摩斯说，"我以后再向你解释。既然现在没有来得及避免这场悲剧，我非常希望利用我所掌握的证据来伸张正义。你是愿意让我参加你的调查呢，还是宁愿让我单独行动？"

"如果我们真的能合作行动，我会感到很荣幸的。"警长真诚地说。

"这样的话，我希望马上能听取证词，核对一下我们的推测，一刻也不能耽搁了。"

马丁警官很明智地让我的朋友按他自己的方式行动，他本人则满足于把结果仔细地记下来。当地的外科医生是位白头发的老先生，刚从希尔顿·丘比特太太的房间下来，报告说她的伤势很严重，但不一定致命。子弹是从她的前额打进去的，可能要过段时间她才能恢复知觉。至于她是被打伤还是自伤，他不敢冒昧表示明确的看法。子弹显然是在很近的距离内射出的。房间里只找到一支枪，里面的子弹只打了两发。希尔顿·丘比特先生被打中了心脏。由于那支枪就掉在他们正中间的地板上，因此可以设想为他先开枪打他妻子然后再自杀，也可以设想为她是凶手。

"有没有搬动过他？"福尔摩斯问。

"除了那位夫人外，什么也没有动。我们不能让她受了伤还躺在地板上。"

"大夫，你到这儿有多久了？"

"我是四点钟来的，一直没走。"

"还有别人吗？"

"有的，就是本村警察。"

"你动过什么东西吗？"

"没有。"

"你考虑得很周到。是谁去请你的？"

"女仆桑德斯。"

"是她报警的吗？"

"她和厨子金太太两个人。"

"她们现在在哪儿？"

"大概在厨房里。"

"我看我们最好马上听听她们怎么说。"

一间有橡木墙板和高大窗户的古老大厅变成了调查庭。福尔摩斯坐在一张老式的大椅子上，憔悴的脸上一双坚定的眼睛在闪闪发亮。我从他的眼睛里能看出他坚定不移的决心，他准备用毕生的力量来追查这个案件，一直到他最后为这位他没能搭救的委托人报了仇为止。衣着整齐的马丁警长,白发苍苍的乡村医生,我自己,还有那个呆头呆脑的本村警察组成了一个奇特的团体。

这两个女人讲得非常清楚。她们在睡梦中被一声爆炸声惊醒,接着又听到了一声。她俩的房间紧挨着,金太太跑进了桑德斯的房间。她们一起下了楼。书房的门开着,桌上点着一支蜡烛。她们的主人脸朝下躺在房间的中央,已经死了。他妻子蜷缩在窗子边,头靠着墙。她伤得很重,脸的一边尽是血。她喘着粗气,但是说不出话来。走廊和书房里满是烟和火药味。窗户是关着的,而且从里面插上了。两个女人对这一点都很肯定。她们立刻叫人去找医生和警察。后来,她们在马夫和小马倌的帮助下,把受伤的女主人抬回到她的卧室里。出事前夫妻俩已经就寝了,她穿着衣服,他睡衣的外面套着便袍。书房里什么也没有动过。就她们所知,夫妻间从来没有吵过架。她们一直把他们看着为一对非常和睦的夫妇。

这两个女仆的证词的要点就这些。在回答马丁警官的提问时,她们肯定地说每一扇门都从里面闩好了。在回答福尔摩斯的提问时,她们都记得一跑出她们自己的房间就闻到了火药的气味。"我请你特别注意这一点,"福尔摩斯对他的同行马丁警长说,"我想现在我们可以彻底检查那间书房了。"

书房其实不大,沿三面墙摆着的都是书,一张书桌正对着朝花园开的窗户。我们首先注意到的是这位不幸绅士的遗体。他那魁梧的身躯四肢摊开地横躺在屋里。他身上的衣服里外不一致,说明他是从睡梦中匆匆起来的。子弹是从正面射向他的,穿过心脏后就留在了身体内。他立刻就死了,而且没有痛苦。他的便袍上和手上都没有火药痕迹。据那位乡村医生说,女主人的脸上有火药痕迹,但是手上没有。

"没有火药痕迹并不说明什么,不过要是有的话,就大有文章了,"福尔摩斯说,"除非有一颗制作很差的子弹,里面的火药会朝后面喷出来,否则打多少枪也不会留下痕迹。我建议现在可以把丘比特先生的遗体搬走了。大夫,我想你还没有取出打伤女主人的那颗子弹吧?"

"那得做大手术才行。但是那支左轮手枪里面还有四发子弹,另外两颗已经打了出去,而且造成了两处伤口,因此每颗子弹都有了下落。"

"看起来是这样,"福尔摩斯说,"也许你也能解释打在窗户框上的这颗子弹吧?"他突然转过身去,用他细长的手指,指着离地面约一英寸高的窗框底边上的一个小洞。

"我的天哪!"警长叫了起来,"你怎么看见的?"

"因为我在找它。"

"太妙了!"乡村医生说,"你说得对极了,先生。那么还打了第三枪,也就是说有第三者在场。可这第三者是谁?他又是怎么逃走的?"

"这正是我们现在要解决的问题,"歇洛克·福尔摩斯说,"马丁警长,你还记得当两位女仆说到她们一出房门就闻到火药味的时候,我说过这一点非常重要,是不是?"

"是的,先生。不过,坦白地说,我当时不大明白你的意思。"

"这表明在开枪的时候,书房的门和窗户都开着,否则火药味不可能那么快就被吹得家里到处都是。当时肯定有穿堂风。不过,书房门窗敞开的时间很短。"

"你怎么证明这一点?"

"因为那支蜡烛并没有被吹得淌下蜡油来。"

"太对了!"警长大声说,"太对了!"

她们一出房门就闻到火药味。

"在肯定了悲剧发生时窗户是开着的这一点之后,我就设想这起事件中一定有个第三者。他站在窗外朝屋里开了一枪,而从屋里朝这个人开枪就可能打中窗框。于是,我找了一下,那里果然有个弹孔!"

"可是窗户怎么又是关着,而且还闩上了呢?"

"女主人第一个本能的反应就是关上窗户。嘿,这是什么?"

书桌上放着一个鳄鱼皮镶银边的女用手提包,小巧精致。福尔摩斯打开提包,把里面的东西倒了出来。包里只装了二十张五十镑一张的英国银行的钞票,用橡皮圈箍在一起,别的什么也没有。

"这个手提包必须加以保管,它是呈堂证物,"福尔摩斯一面说着一面把手提包和钞票交给警长,"我们现在必须设法弄清楚这第三颗子弹,因为从木头的碎片来看,这颗子弹显然是从屋里打出去的。我想再问一问厨子金太太。金太太,你说过你是被一声很响的爆炸声惊醒的。你这样说是不是因为你觉得它听起来比第二声更响?"

"哦,先生,我是从梦中被惊醒的,所以很难说准。但是第一声听起来确实很响。"

"你不觉得那可能是两枪几乎同时打响吗?"

"这我可说不准,先生。"

"我相信事情肯定是这样。马丁警长,我看这屋里已经没有什么好研究的了。如果你愿意和我一起去的话,我们可以去花园看看能不能找到新的证据。"

一座花坛一直延伸到书房的窗前。我们走近花坛的时候都惊叫了起来。花被踩倒了,潮湿的泥土上布满了脚印。那是男人的大脚印,脚趾特别细长。福尔摩斯像猎犬寻找一只受伤的鸟一样,拨开杂草和树叶搜寻着。突然,他高兴地叫了起来,弯下腰捡起一个铜的小圆筒。

"不出我所料,"他说,"那支左轮手枪有推顶器,这就是第三颗子弹壳。马丁警长,我想我们的案子差不多办完了。"

这位乡村警长的脸上露出奇特的神情,表明他对福尔摩斯迅速而熟练的调查感到极为惊讶。起初他还露出过一点想发表自己观点的意思,现在却是万分钦佩,愿意毫无保留地听从福尔摩斯。

"你怀疑是谁干的呢?"他问。

"我等会儿向你解释。这桩案子中还有几点我现在向你解释不了。既然我已经走到了这一步,我最好照自己的想法进行下去,然后再把整个案子一起向你解释清楚。"

"只要我们能抓住凶手,福尔摩斯先生,一切按你的意思办。"

"我倒不是故弄玄虚,可在采取行动的时候是无法做长篇大论的解释的。这个案子所有的线索都掌握在我手里。即使这位女主人永远恢复不了知觉,我们仍然可以设想出昨晚发生的事,并确保伸张正义。首先我想知道,这附近有没有一个叫'埃尔里奇'的旅店?"

福尔摩斯弯下腰捡起一个铜的小圆筒。

反复问了所有的佣人,谁也没有听说过这么一家旅店。在这一点上,小马倌算是帮上了忙。他记得东罗斯顿方向住着一位叫这个名字的农场主,离这儿只有几英里。

"那农场是不是很偏僻?"

"是很偏僻,先生。"

"那里的人也许还没有听说昨晚这里发生的一切吧?"

"很可能没有,先生。"

福尔摩斯想了一会儿,脸上露出神秘的微笑。

"备好一匹马,我的孩子,"他说,"我要你送一封信到埃尔里奇农场去。"

他从口袋里掏出各种各样的画着跳舞小人的纸条。他把纸条放在书桌上,坐下来忙了一阵。最后,他交给小马倌一封信,叮嘱他一定要交到收信人手里,特别注意不要回答问他的任何问题。我看到信外面的地址写得很凌乱,根本不像福尔摩斯通常那种严谨的字体。信要交给诺福克,东罗斯顿,埃尔里奇农场的阿贝·斯兰尼先生。

"警长,"福尔摩斯说,"我想你不妨打电报请求派警卫来,因为,如果我的判断是对的,你会有一个极度危险的犯人要押解到郡监狱去。送信的马倌可以把你的电报带去发了。华生,下午如果有回伦敦的火车,我看我们就坐这趟车吧,因为我还有一项颇有兴趣的化学分析要完成,而且这里的调查工作很快就要结束了。"

等到马倌被打发去送信后,歇洛克·福尔摩斯吩咐所有的佣人:要是有人来求见希尔顿·丘比特太太,立刻把他带进客厅,决不能透露夫人的情况。他非常认真地叮嘱佣人们要记住这些话。最后,他带头走进客厅,并且说现在的事态已经不在我们的控制之下了;我们要等着看有什么样的结果,同时要尽可能地利用好这段时间。

"我或许可以用一种有趣而又有益的方法,来帮你们消磨一个小时,"福尔摩斯说,他把椅子拖到桌边,把那几张画着跳舞人像的纸条铺在桌上,"我的好华生,我还欠你一笔债,因为你那好奇的天性一直没有得到满足。至于你,警长,整个这起案子完全能吸引你来做一次不寻常的业务探讨。我必须首先告诉你一些有趣的情况，这些情况与希尔顿·丘比特先生前几次在贝克街向我请教有关。"他接着就简单扼要地把我前面已经说过的那些情况重述了一遍。"摆在我面前的就是那些罕见的作品。它们要不是成了一场悲剧的先兆，谁见了都会一笑了之的。我很熟悉各种秘密文字，还曾经就这个问题写过一篇小论文，并在论文中分析了一百六十种不同的密码，但我得承认这一种我还是第一次见到。发明这套密码的人的目的，显然是为了让人认为这是儿童随手画出来的东西，不传达任何意义。

"但是，一旦看出这些符号代表着字母，再以各种秘密文字书写的规律对其加以分析，就很容易得出答案了。我得到的第一张纸条的内容太短，我唯一比较有把握确定的是（✗）这个符号代表字 E。大家都知道，E 在英语字母中最常见，它出现的次数多到即使在一个短句子中也是最常见的。第一张纸条上有十五个符号，其中四个是一样的，因此假定它为 E 是合乎情理的。不错，有的小人拿着小旗，有的则没有；但是从小旗分布的情况来看，这些小旗是用来把句子分成单词的。我把这看作可以接受的一种假设，并记下 E 是用（✗）来代表的。

"下面才是真正困难的地方。跟在 E 后面的出现频率最高的英语字母的顺序根本无法确定，普通一页上和某一个短句子中出现的频率也许大相径庭。一般说来，字母按出现频率排列的顺序是 T，A，O，I，N，S，H，R，D，L；但是，T，A，O，I 出现的频率几乎不相上下。要是把每一种组合都试一遍，直到得出一个意思来，那会是一项无止境的工作。我便只好等待出现新的材料。希尔顿·丘比特先生第二次来的时候，给我带来了另外两个短句子和似乎只有一个单词的一句话，因为上面不带小旗。就是这张。在这个只有五个字母的单词中，我已经知道第二和第四个字母是 E，那么这个单词有可能是 sever（切断），也可能是 lever（杠杆），也有可能是 never（决不）。毫无疑问，使用最后这个词来回答一种请求的可能性很大，而各种情况都表明这是丘比特太太写的答复。如果这种推理正确，我们现在便可以说（🯄🯅🯆）这三个符号分别代表字母 N、V 和 R。

"即使这样，我的困难仍然很大，但是，一个很妙的想法使我知道了另外几个字母。我突然想到，假如这些请求来自一个早年和丘比特太太亲近过的人的话，一个首尾字母是 E、中间有三个字母的组合很可能就是 ELSIE（埃尔茜）。我仔细检查后发现，这一组合曾出现在一句重复了三遍的句子的结尾。这句话肯定是对'埃尔茜'的请求。这样，我就得出了 L、S 和 I。可这请求会是什么内容呢？'埃尔茜'前面的那个单词只有四个字母，而且以 E 字母结尾，那么这个单词一定是 COME（来）。我把所有以 E 结尾的四个字母的单词都试了一遍，发现都对不上。这样我又得到了 C、O 和 M，可以再次分析第一句话的意思了。我把它分成单词，不知道的字母就用点代替。经过这样的处理，这句话就成了这种样子：

. M. ERE. . ESL. NE.

"现在，第一个字母只能是 A。这是最有用的发现，因为这个字母在这个短句中出现了三次，而且第二个单词中的 H 也是很明显的。这句话现在变成了：

AM HERE A. E SLANE.

如果再把名字中所缺的字母添上：

AM HERE ABE SLANE

（我已到达。阿贝·斯兰尼。）

我现在有了这么多字母，可以很有把握地解释第二句话了。这句话是：

A. ELRI. ES.

在这句话中，我觉得只有在缺字母的地方加上 T 和 G 才有意义，而且假定这个名字是写信人住的地方或者旅店。"

马丁警长和我带着极大的兴趣听我朋友详细讲他找到答案的经过，这把我们的一切疑问都解开了。

"后来你怎么办呢，先生？"警长问。

"我有充足的理由认定这个阿贝·斯兰尼是美国人，因为阿贝是美国式的名字缩写，而且这一切祸事的起因正是一封来自美国的信。我也完全有理由认为这件事的背后有某种犯罪的企图。女主人说的那些暗示她过去的话，以及她拒绝把实情告诉她丈夫这一事实，都引我往那方面去想。于是，我给我在纽约警察署任职的朋友威尔逊·哈格里夫发了一份电报，他也不止一次地利用过我所知道的有关伦敦的犯罪情况。我问他是否知道阿贝·斯兰尼这个人，这是他的回电：'此人是芝加哥最危险的骗子。'就在我接到回电的那天晚上，希尔顿·丘比特给我寄来了斯兰尼画的最后的图形。我把已知的字母代进去，它就变成了：

ELSIE. RE. ARE TO MEET THY GO.

添上 P 和 D，这句话的意思就出来了（意为：埃尔茜，准备见上帝），而且说明这个流氓已经由劝诱改为恐吓。我很了解芝加哥的那些骗子，知道他很快就会把恐吓变为行动。我立刻和我的朋友华生医生赶到诺福克来，但不幸的是，最坏的事情已经发生了。"

"跟你一起办案，我感到非常荣幸，"警长热情地说，"要是我说话太直，一定请你原谅。你只对你自己负责，我却要对我的上司负责。如果住在埃尔里奇农场的这个阿贝·斯兰尼真的是凶手，而且就在我坐在这里的时候逃跑了，那我就有大麻烦了。"

"你不用担心。他不会逃跑的。"

"你怎么会知道？"

"逃跑就意味着他承认自己是凶手。"

"那就让我们去逮捕他吧。"

"我想他马上就要来这儿了。"

"他为什么会来这儿？"

"因为我已经写信请他来了。"

"福尔摩斯先生，这简直不可思议！为什么你请他，他就会来呢？你的邀请难道不会引起他的怀疑，使他逃走吗？"

"我相信那封信编得不错，"歇洛克·福尔摩斯说，"要是我没有弄错的话，正是这个先生来了。"

一个人正沿着通向大门的小路大步走来。他身材高大、长相英俊、皮肤黝黑，身穿一套灰色的法兰绒衣服，头戴一顶巴拿马草帽，拉拉碴碴的黑胡子，凶狠狠的大鹰钩鼻子，一路走一路挥动着手杖。他大摇大摆地走过来，仿佛这是他自己的家。我们听到他非常自信地使劲按着门铃。

"先生们，"福尔摩斯小声说，"我想我们最好躲在门后。对付这样一个家伙时，我们要特别小心。警长，准备好手铐。谈话的事留给我。"

我们静静地等了片刻，这种片刻我们终身难忘。门开了，那个人走了进来。福尔摩斯立刻用手枪对准了他的脑袋，马丁也把手铐铐在了他的手腕上。这一切进行得那么快，那么熟练，这家伙还没有弄清楚是怎么回事就无法动弹了。他瞪着一双黑眼睛，把我们一个个看了一遍，然后突然苦笑起来。

"先生们，你们这次赢了。我好像碰到了厉害的角色。可我是接到希尔顿·丘比特太太的信才来的。她没有参与此事吧？不会是她帮你们设下这个圈套的吧？"

"希尔顿·丘比特太太受了重伤，快要死了。"

这个人痛苦地大叫了一声，嘶哑的声音响遍了全屋。

"你胡说！"他疯狂地大声叫着，"受伤的是希尔顿，不是她。有谁会伤害小埃尔茜呢？我也许威胁过她——上帝原谅我——但我连她的一根头发也不会碰的。你收回你的话！告诉我她没有受伤！"

"发现她的时候，她已经受了重伤，倒在她丈夫遗体的旁边。"

他发出一声长长的呻吟，跌坐在长沙发上，用戴着手铐的双手捂着脸。整整五分钟，他一声不吭。然后他重新抬起头来，绝望地说道："先生们，我没有什么向你们隐瞒。那人朝我打了一枪，我也朝他打了一枪，这不能算是谋杀。如果你们认为我伤害了埃尔茜，那你们是既不了解我，也不了解她。世界上没有第二个男人像我爱埃尔茜那样爱一个女人。我有权娶她。她很多年前就向我发过誓。这个插到我们中间来的英国佬是什么家伙？我是第一个有权娶她的人，我只是要求我自己的权利。"

"她在认清你是什么样的人之后就摆脱了你的势力，"福尔摩斯严厉地说，"她为了避开你才逃离美国，才在英国和一位体面的绅士结了婚。你紧追她不放，引诱她抛弃她心爱的丈夫，去跟你这个她既恨又怕的人逃跑，结果弄得她痛苦不堪。你使一位贵族死于非命，又逼得他妻子自杀。这就是你在这件事中的记录，阿贝·斯兰尼先生。你将受到法律的制裁。"

"要是埃尔茜死了，我也不在乎会受到什么样的惩罚。"这个美国人说。他松开一只手，看着手心里捏成一团的一张信纸。"我说,先生,"他大声说,眼睛里露出了一点怀疑,"你不是在吓唬我吧?如果她真的伤得像你说的那么重的话,这封信又是谁写的呢?"他把信扔到桌上。

"是我写的,为的是把你引来。"

"你写的?除了我们帮里的人,谁也不懂这些跳舞的人像的秘密。怎么会是你写的?"

"有人发明,就有人能看懂,"福尔摩斯说,"斯兰尼先生,马上就会有一辆马车来把你带到诺威奇去的。现在你还有时间对你造成的伤害稍加弥补。希尔顿·丘比特太太已经使自己蒙受了谋杀丈夫的重大嫌疑。只是因为我在场,而且我碰巧知道内幕,才使她没受到控告。这些你知道吗?为了她你起码可以向大家说明:对于这场悲剧,她无论是直接地还是间接地,都没有任何责任。"

"这正是我希望的,"这个美国人说,"我想我为自己辩护的最佳办法,就是把真相全部说出来。"

"我有责任提醒你,你说的一切都将作为呈堂证供。"警长本着英国刑法公平对待的严肃精神大声说。

斯兰尼耸了耸肩。

"我愿意冒这个险,"他说,"我首先要向诸位先生说明的是:我从小就认识埃尔茜。我们在芝加哥的帮里有七个人,埃尔茜的父亲是头。老帕特里克很聪明。是他发明了这种秘密文字。除非你懂得它的解法,否则就会把它当作小孩乱涂的画。埃尔茜学了一些我们的帮规,但她不能容忍这种行当。她自己还有一些正路来的钱,于是她趁我们都不防备,逃到了伦敦。她本来已经和我订了婚;要是我干的是另外一行,我相信她会和我结婚的。但她不想和任何不正当的行当有什么联系。我是在她跟这位英国人结婚之后才知道她的下落的。我给她写了信，但没有收到回信。于是，我就来英国了。因为写信无用，我就把要说的话写在她看得到的地方。

"我到这里已经有一个月了。我就住在那个农场上，有一间楼下的屋子，每晚可以进进出出，谁也不知道。我想尽办法要把埃尔茜骗走。我知道她看到了我写的话，因为她有一次在我写的话下面写了她的答复。于是我来火了，开始威胁她。她便给我写了封信，求我离开，说是如果她丈夫的名誉受到损害，她会心碎的。她说只要我答应离开，而且以后不再来缠她，她可以在早晨三点钟趁她丈夫睡着的时候下楼来，隔着最后面的窗户和我说几句话。她下来了，还带着钱，想买通我走。我气疯了，抓住她的胳膊，想把她从窗户里拉出去。就在这时，她丈夫手里拿着左轮手枪冲进屋来。埃尔茜瘫倒在了地上，我们面对面看得很清楚。我当时手里也拿着枪，便举起来想把他吓跑，然后我就可以逃走了。他朝我开了一枪，但是没有打中。差不多就在同一时刻，我也开了枪，他立刻倒下了。我穿过花园匆匆逃走的时候，还听到了身后关窗的声音。先生们，这就是真相。对于后来发生的事情我一无所知，直到那个小伙子骑马送来一封信，弄得我像个傻瓜一样一路走到这儿来，把自己交到你们手中。"

就在这个美国人说这番话的时候，一辆马车到了。里面坐着两名身穿制服的警察。马丁警长站起身来，碰了一下犯人。

"我们该走了。"

"我可以看她一下吗？"

"不行，她还没有苏醒过来。歇洛克·福尔摩斯先生，我真心希望我下次碰到重大案子时，能再次幸运地有你在我身边指导。"

我们站在窗前，望着马车驶去。我转过身来时，看到了犯人扔在桌上的纸团。那正是福尔摩斯用来诱捕他的信。

"华生,你看得懂吗?"福尔摩斯笑着说。信上没有字,只有这么一行跳舞的人:

"要是你运用我解释过的那种密码,"福尔摩斯说,"你就会发现它的意思不过是'尽快来这儿'。我相信这是他决不会拒绝的邀请,因为他决想不到这不是埃尔茜写的,而是别人写的。你瞧,我亲爱的华生,我们终于让这些作恶多端的跳舞人像做了一次好事,而且我想我还实现了我的诺言,给你的笔记本添进了一些不平常的内容。我们的火车是三点四十,可以赶回贝克街吃晚饭。"

还有一句结尾的话:那个美国人阿贝·斯兰尼在诺威奇冬季大审判时被判处死刑,但是考虑到一可以减轻罪行的情况,以及确实是希尔顿·丘比特先开枪这一事实,他被改判为劳役监禁。至于丘比特太太,我只听说她后来完全恢复了健康,现在仍然寡居,用她全部的精力帮助穷人和管理她丈夫的家业。

孤身骑车人

从一八九四年到一九〇一年底，歇洛克·福尔摩斯一直很忙。可以毫不夸张地说，这八年中每一件公办的疑难案件都曾向他请教过；此外，他还在几百起私人案件的侦破中起了主要作用，其中有些案子非常复杂，也非常有特色。这样长期连续工作的结果是多次惊人的成功，当然也有几起不可避免的失败。由于我非常详细地保留了这些案件的记录，而且我本人也参加了其中许多案件的侦破，因此，大家可以想象得到，选择哪些案件公之于众，对我来说可不是件容易的事。不过，我可以按我以前的做法，优先选择那些不是以犯罪的凶残、而是以结案的巧妙和戏剧性而引人入胜的案件。正因为这样，我现在呈献给读者的是维奥莱特·史密斯小姐，也就是查林顿孤身骑车人的案子，因为我们在这个案子中调查到的奇异结局最后居然演变成了出人意料的悲剧。诚然，这个案子并不会给我朋友为此而扬名的那些才能增添什么异彩，但它有其独到之处，不同于我从中收集资料写成了这些小故事的那些长篇犯罪记录。

我查阅了我一八九五年的笔记，发现我们第一次听说维奥莱特·史密斯这个名字是四月二十三日，星期六。我记得福尔摩斯一点也不欢迎她来访，因为他当时正全神贯注地处理一件错综复杂的疑难案子，这个案子涉及到著名的烟草大王约翰·文森特·哈登所遭遇的奇特的迫害。我朋友最喜欢准确和思想集中，最讨厌在他忙的时候有事情来分散他的注意力。然而，面对一位深夜造访贝克街，恳求他帮助和指点的身材苗条、仪态万方、神色庄重的美貌姑娘，他又无法拒绝听她讲述她的遭遇，因为他并非生性固执生硬。他一再声明他的时间已经排满，可这无济于事，因为这位姑娘下定决心非讲不可，而且如果不让她讲完，显然非要动用武力才能使她离开房间。福尔摩斯显出无可奈何的神情，勉强笑了笑，请这位美丽的不速之客坐下，把她遇到的麻烦事告诉我们。

"至少这不是有关你健康的事，"福尔摩斯用他敏锐的眼睛上下打量了她后说，"像你这样爱骑车的人，一定是精力充沛的。"

她惊讶地低头看了看自己的双脚，我注意到她鞋底的一边略微被车脚蹬子边缘磨得起了毛。

"是的，我经常骑车，福尔摩斯先生。我今天来找你正跟这事有关。"

我朋友拿起姑娘摘下手套的一只手，像科学家看标本那样，全神贯注而不动声色地仔细看着。

"我相信你会原谅我的。我这是例行公事，"他说着放下了姑娘的手，"我差一点错把你当成打字员。你显然是搞音乐的。华生，你注意到这两种职业所共有的勺形指端吗？不过，她脸上有一种风采，"她缓缓把脸转向亮处，"这是打字员所没有的。这位女士是音乐家。"

"是的，福尔摩斯先生，我教音乐。"

"看你的脸色，我想是在乡下教音乐吧。"

"是的，先生，是在法罕姆，在萨里边界。"

"那是个非常美丽的地方，也使人联想到许多有趣的事情。华生，你还记得吗？我们就是在那附近抓住伪造货币犯阿奇·斯坦福德的。那么，维奥莱特小姐，在萨里的边界法罕姆附近，你遇到了什么事？"

· 孤身骑车人 ·

我朋友拿起姑娘摘下手套的一只手。

这位姑娘十分清楚、镇静自若地讲述了下面这段古怪离奇的事情来：

"福尔摩斯先生，我父亲已经去世了。他叫詹姆士·史密斯，曾是老帝国剧院的乐队指挥。除了我有个叔叔外，我和我母亲在世上举目无亲。我叔叔叫拉尔夫·史密斯，二十五年前去了南非，一直杳无音信。父亲死后，我们一直很穷，可是有一天别人告诉我们说，《泰晤士报》登了一则广告，打听我们的下落。你可以想象得出我们是多么高兴，因为我们以为有人给我们留了一笔遗产。我们立刻找到了在报上登了名字的那位律师,在那里又遇见了两位先生,卡如瑟斯和伍德利,是从南非回来探亲的。他们说我叔叔是他们的朋友,几个月前贫困交加地死在了约翰内斯堡①,临终前请他们去找他的亲属,并保证使他的亲属们不缺衣少食。我们感到很奇怪,拉尔夫叔叔生前对我们不闻不问,死后却要这样精心照顾我们。可是卡如瑟斯先生解释说,我叔叔刚听说他哥哥去世的消息,感到应该对我们负有义务。"

"对不起,"福尔摩斯说,"这次见面是什么时候的事?"

"去年十二月,也就是四个月前。"

"请接着讲下去。"

"我觉得伍德利先生非常令人讨厌。这个年轻人真没教养。他有一张虚胖的脸,留着一脸的红胡子,浓密的头发披在额头的两边,而且还不停地向我挤眉弄眼。我觉得他讨厌极了,而且相信西利尔肯定不乐意我认识这样一个人。"

"哦,西利尔是他的名字!"福尔摩斯微笑着说。

年轻姑娘红着脸笑了笑。

"是的,福尔摩斯先生,西利尔·莫顿,是个电气工程师。我们准备在今年夏末结婚。天哪,我怎么谈起他来了?我要说的是,伍德利先生令人讨厌,而那位年纪大得多的卡如瑟斯先生比较讨人喜欢。虽然他脸色土黄,脸刮得干干净净,而且沉默寡言,但他举止文雅,总带着怡人的微笑。他问了问我们的家境,发现我们很穷,就提出让我去给他十岁的独生女儿教音乐。我说我不愿离开母亲,他说我每个周末都可以回去看她。他还答应给我每年一百镑,这当然是非常丰厚的报酬了。

---

① 南非东北部城市。

所以我最后同意了，来到了离法罕姆约六英里的契尔顿农庄。卡如瑟斯先生的妻子已经去世了。他请了一个叫迪克逊太太的女管家来帮他料理家务，这位管家上了年纪，老成持重，令人起敬。那个孩子也很可爱，总之一切都很好。卡如瑟斯先生待人和气，也很懂音乐，我们晚上在一起过得非常开心。我每个周末都回城去看母亲。

"我的这种快乐生活第一次出现不愉快是那位长着红胡子的伍德利先生的到来。他来访一个星期，可是天哪，我觉得就像是三个月。他这个人很可怕，对别人横行霸道，对我更是肆无忌惮。他做了许多丑态表示爱我，并吹嘘他的财富，说如果我嫁给他，我可以得到伦敦最漂亮的钻石。最后，当我始终对他不理不睬时，他有一天晚饭后一把抱住我——他很有劲——发誓说如果我不吻他，他就不松手。这时卡如瑟斯先生正好进屋，把他从我身边拉开。为这事，他和主人翻了脸，把卡如瑟斯打倒在地，脸上弄出个大口子。你可以想象得到，伍德利的来访这样也就结束了。卡如瑟斯先生第二天向我道歉，并保证决不让我再受这样的凌辱。我以后再也没有看见过伍德利先生。

"福尔摩斯先生，我现在终于要谈到今天来向你请教的具体事情上了。我每星期六下午骑车去法罕姆车站，赶十二点二十二分的火车回城。从契尔顿农庄出来的那条路非常偏僻，有一段大约一英里的路程尤其荒凉，一边是查林顿石南灌木地带，另一边是查林顿庄园外圈的树林。你找不到比这更荒凉的路段了。在到达靠近克鲁克斯伯里山的大路之前，很难见到一辆马车或是一个农民。两个星期前，我从这地方经过，偶尔回头看了一眼，发现在我身后大约二百码的地方有个男人在骑车。他好像是个中年人，留着短短的黑胡子。快到法罕姆的时

偶尔回头看了一眼。

候,我又回头看了一下,那个人已经不见了,所以我也没有再想这件事。可是,福尔摩斯先生,当我星期一回来的时候,我在同一段路上又看到了那个人。你可以想象出我有多么吃惊了。在接下来的星期六和星期一又发生了同样的事情,而且情况跟以前一模一样,令我感到更加惊讶。他总是保持一段距离,决不打搅我,可这毕竟很古怪。我把这事告诉了卡如瑟斯先生,他好像很重视我说的话,告诉我他已经订购了一匹马和一辆轻便马车,将来我就不会孤身一人走那段路了。

"马和轻便马车本应该这个星期就到的,可不知为何没有送来,我只好继续骑车去车站。这是今天早晨的事。当我来到查林顿石南灌木地带的时候,我回头一望,一点不错,那人就在那里,和前两个星期完全一样。他总是和我保持一段距离,因此我看不清他的脸,但肯定不是我认识的人。他穿着一身黑衣服,戴着一顶布帽子。我只能看到他的脸上留着黑色的胡子。我今天倒是不害怕，而是满腹疑云；我打定主意要弄清楚他是谁，想干什么。我放慢车速，他也放慢了车速。后来我干脆停下车来，他也停了下来。于是我设了一个圈套来对付他。路上有一处急转弯，我使劲一蹬拐了过去，然后停车等他。我料想他也会很快拐过弯来，而且来不及停车就赶到我前面去。可他却再也没有露面。我返了回去，向转弯处张望。一眼可望到一英里远，可路上没有他。令人更为不解的是，这地方没有岔路，他不可能溜走。"

福尔摩斯搓着双手轻轻笑了一声，然后说："这件事倒的确有它的特点。从你转弯到你发现路上没人有多长时间？"

"两三分钟吧。"

"那他来不及顺原路返回去。你说那里没有岔路吗？"

"没有。"

"那他一定沿着路旁的小路走了。"

"肯定不是石南灌木地带这一边，否则我应该会看到他的。"

"那么，按照排除推理法，我们就得出了一个事实，他向查林顿庄园那一边去了，因为据我所知，查林顿庄园就在道路的一边。还有别的情况吗？"

"没有了，福尔摩斯先生。我只是感到迷惑不解，如果没有见到你、没有得到你的指点，我是高兴不起来的。"

福尔摩斯默默坐了一会儿。

"跟你订了婚的那位先生在什么地方？"他终于问道。

"他在考文垂的米得兰电气公司。"

"他不会出其不意地来看你吧？"

"嗬，福尔摩斯先生！难道我还不认识他吗？"

"还有别人追求你吗？"

"在我认识西利尔之前有过几个。"

"在那之后呢?"

"要是你把这个可怕的伍德利算一个的话,那他是一个。"

"没有别人了吗?"

我们这位美丽的委托人似乎有点为难。

"他是谁?"福尔摩斯问。

"呃,也许是我自作多情,可我有时候觉得我的雇主卡如瑟斯先生对我似乎很有意。我们经常在一起。我晚上还给他弹伴奏。他从来没有说过什么。他是一位标准的绅士。可一个姑娘心里总是明白的。"

"哈!"福尔摩斯显得十分严肃,"他靠什么为生?"

"他很有钱。"

"没有四轮马车或者马匹吗?"

"哦,至少他很富有。他每星期去城里两三次,非常关心南非的黄金股票。"

"史密斯小姐,请你一有新情况就告诉我。我目前很忙,但我抽时间过问一下你的案子。至于现在嘛,你采取行动前一定要先通知我。再见,我相信我们会得到你的好消息的。"

"这样一位姑娘有些追求者是很自然的,"福尔摩斯一面沉思地抽着烟斗一面说道,"但也不会选择在偏僻的乡间道路上骑自行车追逐呀。毫无疑问是某个偷偷爱上她的人。可是,华生,这个案子里有些情况很奇怪,也很引人深思。"

"你是说那个人总在那个地方出现吗?"

"正是。我们第一步必须查清是谁租用了查林顿庄园。可是,卡如瑟斯和伍德利究竟是什么关系呢?他们完全是不同类型的人。为什么他们俩都急于查找拉尔夫·史密斯的亲属?而且,卡如瑟斯家离车站有六英里,他连一匹马都不买,却偏偏要以比市面上高出一倍的价格来雇一名家庭女教师,这是什么样的治家之道呢？奇怪，华生，太奇怪了！"

"你去调查吗？"

"不，我亲爱的朋友，你去那里调查。这也许只是个微不足道的小阴谋，我可不能为此中断别的重要的调查。你星期一早一点到法罕姆，在靠近查林顿石南灌木地带的地方隐蔽起来，仔细观察情况，根据自己的判断见机行事。然后，查明是谁住在查林顿庄园，回来向我汇报。好了，华生，在弄到几件可靠的证据，有希望以此结案之前，我对这件事没有别的话可说了。"

我们从姑娘那儿得知，她星期一坐九点五十分从滑铁卢车站开出的火车去乡下，于是，我一早出发，坐了九点十三分的火车。在法罕姆车站，我轻而易举地问明了查林顿石南灌木地带。要错过那姑娘遇险的地方是不可能的，因为道路的一边是开阔的石南灌木地带，另一边是古老的紫杉树树篱，环绕着一座花园，里面大树参天。花园有一条石头铺成的大道，石头上布满了地衣；大门两侧的石柱顶上有着斑斑驳驳的纹章图案。除了这条供马车进出的大道外，我还注意到树篱上好几处有豁口，有小路穿过。从路上看不到里面的建筑物，但四周的环境都显得压抑、颓废。

石南灌木地带开满了一丛丛黄色的金雀花，在春天明媚的阳光下灿烂地盛开着。我在一丛灌木后隐藏了起来，因为从这里既可以看到庄园的大门，也可以看到两边长长的一段路。我刚才离开大路时，路上空无一人，而这时我却看见有个人从对面骑着车向我来的方向驶去。他穿着一身黑衣服，脸上留着黑胡子。他到了查林顿庄园的尽头就跳下车来，把车推进树篱的一处豁口，从我的视线中消失了。

一刻钟后，路上出现了第二个骑自行车的人。这次是那位姑娘从火车站来了。我看见她骑到查林顿树篱时四下张望。过了一会儿，那个男人从藏身处走了出来，跳上自行车，尾随着她。辽阔的原野上，只有这两个人影在活动：仪态端庄的姑娘挺直了身子骑在车上，她身后的男人却低伏在车把上，一举一动都带有莫名其妙的鬼鬼祟祟的形迹。她回头望了他一眼，放慢了速度。他也放慢了速度。她停下了车子。他也停住车，在她后面有两百码的距离。她下一步的动作却出其不意地迅猛。她突然掉转车头，对着他猛冲过去。可他也像她一样迅速，不顾一切地逃走了。不一会，她又顺着大路骑了回来，傲然地昂着头，不屑再去注意那不声不响的尾随者。他也转过身来，依然保持着那段距离，直到转过弯从我的视线中消失。

　　我待在藏身的地方没有动；幸好我没有动，因为那个男人不一会儿又出现了。这次他不慌不忙地骑了回来，拐进庄园的大门，下了车。我看见他在树丛中站了几分钟，抬起双手，好像在整理他的领带。然后，他又上车从我身边骑过，沿着马车道朝庄园驶去。我跑过石南灌木地带，透过树丛望了过去。我隐隐约约可以看到远处古老的灰色建筑和高耸的都铎式烟囱，只是那条马车道穿过一片浓密的灌木林，因此我没能再看到那个人。

　　不过，我倒是觉得自己这一上午已经干得很不错了，便兴致勃勃地走回法罕姆。当地的房产经纪人没能告诉我任何有关查林顿庄园的情况，而是把我介绍给了帕尔马尔的一家著名的公司。我在回家的途中在那里停留了一下，受到经纪人的殷勤接待。不行，我不能租用查林顿庄园来避暑了。我来得太晚了，庄园一个月前就租出去了。租它的是威廉逊先生，一位体面的老先生。那位彬彬有礼的经纪人客气地说他别的无法奉告，因为他不能议论他主顾的事。

当天晚上，歇洛克·福尔摩斯先生全神贯注地听了我向他作的冗长的汇报，却没像我期待的那样说上一句会让我高兴的称赞的话。恰恰相反，当他评论我做过的事和没有做到的事的时候，他那严峻的脸甚至比平时更加严肃。

"我亲爱的华生，你藏身的地方选得很不得当。你应该躲在树篱后，这样就能仔细看看那位有趣的人。结果呢，你却躲在几百码远的地方，告诉我的情况比史密斯小姐还要少。她说她不认识那个人，我确信她认识。要不然，那个人为什么刻意不让她靠近，不让她看清他的面容呢？你说他弯腰伏在自行车把上，你看，这不又是为了不让人认出他吗？你确实没把事情办好。他进了那幢房子，你想查明他是谁，却跑到一个伦敦房产经纪人那里！"

"那我该怎么做呢？"我气鼓鼓地嚷了起来。

"你应该去离那里最近的酒店。那是乡下人说东道西的中心。他们会告诉你每个人的名字，从主人到帮厨的女仆。威廉逊？我一点印象也没有。如果他上了年纪，那么他决不是在那姑娘飞速追赶下能够潇洒地逃走的那个人。你这次远行的收获是什么呢？弄清楚了那位姑娘讲的是真话，这我从来就不怀疑。弄清楚了那位骑车人和那庄园之间有联系，这我也不怀疑。弄清楚了庄园被威廉逊租用了，这谁查不出来呢？好了，好了，我亲爱的华生，不要显得那样灰心丧气。星期六前我们反正也行动不了，我还可以亲自去做一两次调查。"

第二天早晨，我们收到了史密斯小姐的一封来信，简要而准确地重述了我所看到的那些事，可是信的要点却是在附言中：

福尔摩斯先生，我相信你会尊重我的隐私的。我在这儿的处境已经变得很困难了,因为我的雇主向我求了婚。我相信他的感情是非常深厚、非常高尚的。我当然把我已经订婚的事告诉了他。他十分认真、十分和气地接受了我的拒绝,可是你看得出来,我的处境有点尴尬。

"我们年轻的朋友好像陷入了困境,"福尔摩斯看完信后,若有所思地说,"这个案子的确比我原来想象的要更有趣,发展的可能性也多得多。我早就想到乡下去过一天安静太平的日子,现在我打算今天下午就去,试一下我的一两个推论。"

福尔摩斯在乡下安静度过的这一天是以奇特的结局结束的。他晚上很晚才回到贝克街,嘴唇破了,额头上青肿了一块,还带着一副狼狈的神情,完全可以成为苏格兰场调查的目标。他对自己的历险感到非常有趣,一边讲一边开心地哈哈大笑。

"我一向很少锻炼,所以锻炼一下真是件乐事,"他说,"你知道,我精通拳击这门英国优秀的传统体育运动,偶尔还能把它派上点用场,比如说今天,要是没有这一手,我肯定会一败涂地。"

我请他告诉我发生了什么事。

"我找到了我提请你注意的那个乡村酒店,并在那里悄悄地进行了调查。在酒吧间里,饶舌的酒店老板把我要知道的一切都告诉了我。威廉逊是个白胡子老头,和几个佣人一起住在庄园里。有谣传说他曾当过牧师,好像现在也还是,可在他住进庄园这段不长的时间里,有一两件事情让我觉得他不像牧师。我查询过一个牧师机构,那里的人告诉我,曾经有一个叫这名字的牧师,可他过去的行为极不光彩。酒店老板还告诉我,庄园每到周末总有一些来客——'是一伙下流痞,先生。'——特别是一个长着红胡子的伍德利先生,更是每次必到。我们正谈到这里,那位伍德利先生竟然走了进来。他一直在酒吧间喝啤酒,把我们的话全部听了进去。他问我是谁?想干什么?问那些问题是什么意思?他口若悬河,什么样的话都说了。他骂到最后,凶恶地朝我反手就是一拳,我没来得及完全躲开。后来几分钟里就有好戏看了。我对那凶恶的暴

"我对那凶恶的暴徒一顿痛打。"

徒一顿痛打,结果就成了你看到的这副样子。伍德利先生坐车回去了,我的乡间之行也就这么结束了。我得承认,不管多么有趣,我这次萨里边界之行的收获并不比你上次的收获大。"

星期四我们又收到了那位委托人的一封信。她写道:

> 福尔摩斯先生,听到我要辞去卡如瑟斯先生的聘用,你不会感到吃惊吧。尽管报酬丰厚,我还是无法忍受这尴尬的处境。我星期六就回城,不打算再回去了。卡如瑟斯先生已经准备了一辆马车,即使那条偏僻的路上曾经发生

过危险，那么这种危险现在也过去了。

　　至于我离开的具体原因，不仅仅是因为我和卡如瑟斯先生之间的这种尴尬处境，而且是因为那个讨厌的伍德利先生又来了。他本来长得就丑，现在好像更丑了，因为他似乎出了车祸，全身都挂了彩。我是从窗户里面看到他的，而且可以高兴地告诉你，我没有碰上他。他和卡如瑟斯先生谈了很久，卡如瑟斯先生后来好像很激动。伍德利肯定就住在附近，因为他没有住在卡如瑟斯家，而我今天早晨又看到他在灌木丛中鬼鬼祟祟地活动。我不久就会在这地方碰到这头凶猛的吃人野兽了。你简直不知道我是多么憎恨他、害怕他。卡如瑟斯先生怎么能容忍这样一个家伙呢？不过，我的一切麻烦到星期六就都结束了。

"我相信是这样的，华生，我相信是这样的，"福尔摩斯神色严峻地说，"有个极大的阴谋正围绕着这个姑娘，我们有责任确保她在这最后一趟旅行中不受任何伤害。华生，我想我们星期六早晨必须挤出时间一起去，以保证这次奇怪而广泛的调查不至于出现不幸的结局。"

　　我得承认，直到那时我一直都没有把这个案子当回事，因为我并没有看出里面有危险，只是感到它荒诞、古怪而已。一个男人埋伏着等待并尾随一个漂亮的女人，这并不是什么闻所未闻的事。如果他只有那么一点点放肆，都不敢向她表白，甚至在她迎上来时反而逃跑，那他就不是十分可怕的暴徒。那个恶棍伍德利是与众不同，可除了那一次外，他再也没有骚扰过我们的委托人。他现在到卡如瑟斯家去不是就没有硬闯到她面前去吗？那个骑自行车的家伙无疑是酒店老板所说的在庄园周末聚会的一员，可他是什么人，他要干什么，这仍然是个谜。

真正使我感到这一连串怪事后面可能隐藏着悲剧的是福尔摩斯严肃的表情，以及他在出门时把手枪放进口袋这一事实。

下了一夜的雨后，早晨阳光灿烂；长满了石南灌木的乡村盛开着一丛丛耀眼的金雀花，在看厌了伦敦那阴郁灰暗色调的眼睛里，这些花显得格外美丽。我和福尔摩斯走在宽阔而多沙的道路上，大口大口地吸着早晨清新的空气，聆听着鸟儿的歌声，体验着春天的气息。我们从克鲁克斯伯里山顶的路上，可以看见那座灰色的庄园耸立在古老的橡树林里。这些橡树虽然古老，但比起它们所环抱的建筑来说仍显得年轻。福尔摩斯指着长长的一段路，这段路像一条红黄色的带子一样蜿蜒在棕黑色的石南灌木丛和嫩绿的树林之间。远处出现了一个黑点，可以看得出是一辆单马马车在向我们这个方向移动。福尔摩斯不耐烦地惊叫了一声。

"我留了半小时的余地，"他说，"假如那是她的马车，那她一定是在赶早一趟的火车。华生，恐怕没等我们见到她，她就经过查林顿了。"

我们一走下山顶就看不到那辆马车了，但我们快步往前走去，他速度很快，弄得我落到了后面，开始显露出平日安坐为生的坏处。然而，福尔摩斯一直锻炼有素，因为他总有用之不竭的旺盛精力。他那轻快的步子一直没有放慢，突然，他在我前面一百码的地方停住脚步。我看见他举起一只手来，做出痛苦而绝望的手势。与此同时，弯路上出现了一辆空马车，吱吱嘎嘎朝我们急驶而来。拉车的马一路小跑着，缰绳拖在地上。

"太晚了，华生，太晚了！"当我气喘吁吁地跑到福尔摩斯身旁时，他叫道，"我真笨，居然没有想到她会坐早一点的火车！一定是劫持，华生，是劫持！是谋杀！天知道是什么！挡住路！把马拦下！就是这样。好了，跳上来，看看是否能补救一下我犯的大错所造成的后果。"

我们跳上马车。福尔摩斯把马掉过头来，朝它狠狠抽了一鞭子，我们便顺着大道往回疾驰。马车转过弯之后，介于庄园和石南灌木林之间的整个路段展现在我们面前。我一把抓住福尔摩斯的胳膊。

"就是那个人！"我喘着气说。

一个孤身骑车人正朝我们冲过来。他低着头，拢着肩，把全身的力气都用在了脚蹬子上，像赛车手一样骑得飞快。他突然抬起那张胡子拉碴的脸，看到我们正朝他驶来，便停住车，从车上跳了下来。他那漆黑的胡子与惨白的脸庞形成鲜明的对比，一双眼睛闪闪发光，好像他正处在极度兴奋之中。他紧盯着我们和那辆马车，然后脸上露出诧异的神情。

"喂！你们停下！"他大声叫道，用自行车拦住我们的路，"你们这马车从哪儿弄来的？把车停下！"他喊叫着从侧面口袋里掏出一把手枪，"我说停车，否则我就要让那匹马尝一颗

"太晚了，华生，太晚了！"

子弹了。"

福尔摩斯把缰绳扔给我，自己从马车上跳了下来。

"我们正要找你呢。维奥莱特·史密斯小姐在哪儿？"他快而清晰地说。

"这正是我要问你们的。你们坐在她的马车上，当然应该知道她在哪儿。"

"我们是在路上见到这马车的，上面没人。我们把车赶回来是去救那姑娘的。"

"上帝呀！上帝呀！我该怎么办呢？"这位陌生人绝望地叫着，"他们把她抓去了，那个该下地狱的伍德利和那个恶棍牧师。快点，伙计，快点。你们要真是她的朋友，就跟我一起去救她。我就是横尸查林顿森林也在所不惜。"

他手里拿着手枪，脚步凌乱地朝树篱的一个豁口奔去。福尔摩斯紧跟着他，我把马放到路边吃草，也跟在福尔摩斯后面跑过去。

"他们是从这儿穿过去的，"他指着泥泞小路上的几个脚印说，"喂！等一下！灌木丛里是什么人？"

那是一个年约十七岁的小伙子，衣着像马夫，穿着皮裤，打着绑腿。他仰面朝天地躺在那里，双膝蜷起，头上有一道可怕的伤口。他已经失去了知觉，可还活着。我看了一眼他的伤口，知道没有伤着骨头。

"这是马夫彼得，"那位陌生人喊道，"他给那姑娘赶车。那些畜生把他拉下车，用棍棒把他打成了这样。让他先躺在这儿，反正我们救不了他，但我们或许可以把那姑娘从一个女人所遭受的最坏的厄运中拯救出来。"

我们顺着树林里弯弯曲曲的小道发疯般地跑了下去。就在我们到达宅院周围的灌木丛时，福尔摩斯突然停住脚。

"他们没有进屋。左边有他们的脚印,这儿,在月桂树丛旁边。啊!我说得不错。"

他刚说到这儿,前面茂密的绿色灌木丛中传来了一阵女人的尖叫声。这是一种惊恐万状的尖叫,响了一下便戛然而止,接着便是一阵窒息的咯咯声。

"在这边!这边!他们在滚球场,"陌生人高叫着冲过灌木丛,"啊,这些胆小鬼!先生们,快跟我来!太晚了!太晚了!"

我们猛然闯进一片古树环绕的林间绿草地。草地另一边的一棵大橡树下站着三个人。一个是女人,就是我们的委托人。她嘴上蒙着手帕,垂着头,快要昏过去了。她的对面站着一个脸皮粗糙、留着红胡子的小伙子,一脸的凶相,打着绑腿的大腿叉开着,一只手叉着腰,另一只手挥动着马鞭,整个神情显示出一种洋洋得意的架势。在他俩之间站着一个花白胡子的老人,穿着浅色花呢衣服,外面罩着一件白色短法衣,显然刚刚主持完结婚仪式,因为我们一到,他就把祈祷书装进口袋,轻轻拍拍那个阴险的新郎的后背,兴高采烈地向他祝福。

"他们算是结婚了?"我喘着气说。

"快点!"我们的领路人喊着,"快点!"他跑过林间空地,福尔摩斯和我紧跟在他后面。当我们跑过来时,那姑娘摇摇晃晃地靠在一棵树上。以前当过牧师的威廉逊带着嘲弄的神情彬彬有礼地向我们鞠了一躬,而那个暴徒伍德利则得意忘形地狂笑着向我们走来。

"你可以把胡子摘掉了,鲍伯,"他说,"我知道是你,不会错的。呃,你和你的同伴来得正是时候,我正好可以把你们介绍给伍德利太太。"

我们带路人的回答很特别。他一把拉掉伪装用的黑胡子,把它扔到地上,露出一张刮得干干净净的浅黄色长脸。然后他举起手枪,对准那年轻的暴徒,而这暴徒这时正手摇着致命的马鞭朝他走来。

"是的,"我们的同伴说,"我正是的伯·卡如瑟斯。我要确保这姑娘没有受到伤害,哪怕撕破脸皮也不在乎。我告诉过你,如果你骚扰她,我会怎么办。上帝作证,我说到做到。"

"你晚了一步。她已经是我妻子了。"

"不对,她是你的寡妻。"

他的枪响了,我看见血从伍德利的前胸喷了出来。他尖叫一声转了一圈,仰面朝天地倒在了地上,那丑陋的红脸一下子变得死一般的惨白。那老头仍然披着白色的法衣,突然破口大骂,一串串的肮脏字眼都是我闻所未闻的。他掏出一把左轮手枪,还没来得及举起来,就看见福尔摩斯的枪口已经对准了他。

"够了,"我的朋友冷冷地说,"把枪扔在地上!华生,把枪捡起来!谢谢。你,卡如瑟斯,也把枪给我。我们用不着

他仰面朝天地倒在了地上。

再动武了。快点,把枪给我!"

"那么你是谁?"

"我叫歇洛克·福尔摩斯。"

"我的上帝呀!"

"我看得出,你听说过我的名字。在警察们到来之前,我只好代劳了。喂,你!"林间空地的一边有一个吓坏了的马夫,福尔摩斯冲着他喊道,"过来!赶快骑马把这条子送到法罕姆去。"他在笔记本上撕下一页,草草写了几句话,"把这送到警察署交给警长。在他赶来之前,我只好临时看管你们一下了。"

福尔摩斯那强烈的个性不容分说地控制住了这个悲剧性的场面,其他人都只能跟着他转。威廉逊和卡如瑟斯把受了伤的伍德利抬进了屋,我也扶着那受惊的姑娘。伤者被放在床上,我在福尔摩斯的要求下给他做了检查。我把检查结果告诉他时,他正坐在挂有壁毯的老式餐厅里,面前坐着那两个犯人。

"他不会死的。"我说。

"什么!"卡如瑟斯从椅子上跳起来嚷道,"我先上楼把他干掉。你是说,那个姑娘,那个天使,要一辈子受狂徒伍德利的约束吗?"

"你用不着为这操心,"福尔摩斯说,"有两条非常充分的理由可以证明她绝对不能算是他妻子。首先我们完全有把握怀疑威廉逊先生主持婚礼的权利。"

"我受任过圣职。"那个老无赖嚷道。

"可也免去了。"

"一日为牧师,终身为牧师。"

"我看不行。那么结婚证书呢?"

"我们有结婚证书,就在我口袋里。"

"那是你靠耍诡计搞来的。不管怎么说,任何强加的婚姻都不是婚姻，而是非常严重的罪行。在你们完蛋之前，你会明白这一点的。你在今后十年里有时间想通这一点的，除非是我弄错了。至于你，卡如瑟斯，你本该不掏出枪来的。"

"我现在才开始这样想，福尔摩斯先生，可当我想到我为保护那姑娘所采取的一切预防措施时——因为我爱她，福尔摩斯先生，而且是我生平第一次懂得什么是爱——想到她要落入南非最残忍的那个暴徒的魔掌之中，而这个人的名字从金伯利①到约翰内斯堡人人惧怕，我简直要发疯了。知道吗，福尔摩斯先生，自从这姑娘被我聘用以来，只要她经过这所房子，我没有一次不骑车护送她，以确保她不受到伤害，因为我知道这些无赖就潜伏在这所房子里。我和她保持一段距离，而且还戴上胡子，为的是不让她认出我来，因为她是位品质高贵的好姑娘，如果她想到是我在那乡间道路上尾随她，她就不会长期受我聘用了。"

"那你为何不把危险告诉她呢？"

"因为那样一来，她就会离开我，而我受不了那样。即使她不爱我，只要能在家里看到她那秀丽的脸庞，只要能听到她的声音，我也就知足了。"

"我说，"我插嘴道，"卡如瑟斯先生，你把这称为爱，而我却要把这称为自私。"

"也许两者都是吧。不管怎样，我不能让她离开。再说，有这伙人在周围，最好还是有人在她身边照顾她一下。后来，收到电报之后，我就知道他们要下手了。"

"什么电报？"

卡如瑟斯从口袋里拿出一份电报来。

---

① 金伯利为南非城市名。

"就是这。"他说。

电报的内容简单明了：

老人死了。

"哼！"福尔摩斯说道，"我想我知道这是怎么一回事了，而且我也明白为什么这份电报会使他们像你说的那样要下手。不过，既然还要等警察，你不妨尽你所知把一切告诉我。"

那个穿白色法衣的老恶棍破口骂出一连串脏话来。

"上帝作证！"他说，"要是你泄露我们的秘密，鲍伯·卡如瑟斯，我会用你对付杰克·伍德利的手段来对付你。你可以随心所欲地把那姑娘的事说得天花乱坠，那是你的事，可要是你把朋友出卖给这个便衣警察，那你就大错特错了。"

"尊敬的牧师阁下用不着激动，"福尔摩斯说着点燃烟斗，"你们这案子再清楚不过了，而我只是出于个人好奇，问几个细节问题。不过，如果你不便告诉我，那就由我来说好了，然后你们对还能隐瞒住多少秘密能心里有底。首先，你们三个人一起从南非来玩这场游戏——你威廉逊，你卡如瑟斯，还有伍德利。"

"头号谎言，"那老家伙说，"我是两个月前才认识他们的，而且我从来没有到过南非，所以你可以把这谎言放进烟斗，抽进肚子里去，你这爱管闲事的福尔摩斯先生！"

"他说的是真的。"卡如瑟斯说。

"是啊，是啊，你们两个从远方来。尊敬的牧师阁下是我们的土特产。你们在南非认识了拉尔夫·史密斯。你们有理由相信他活不了多久，同时也发现他侄女要继承他的遗产。这没说错吧？"

卡如瑟斯点点头，威廉逊咒骂不止。

"她毫无疑问是最近的亲属，而且你们知道那个老人不会立下遗嘱。"

"他既不识字，也不会写。"卡如瑟斯说。

"于是你们俩就来到了英国，找到了这位姑娘。你们原来的打算是：一个人娶她，另一个人分一部分赃款。由于某种原因，伍德利被选中了做丈夫。为什么呢？"

"我们在旅途上打牌，以那姑娘做赌注。他赢了。"

"我明白了。你把那姑娘聘请到你家中，好让伍德利去向她求爱。她看出他是个酒色之徒，不愿与他有任何来往。同时，你自己也爱上了那姑娘，这就打乱了你们的安排。你再也不能容忍让那恶棍来占有那姑娘。"

"是的，我是忍受不了。"

"你们大吵了一次，他怒气冲冲地走了，开始抛开你，自己打主意。"

"威廉逊，我觉得这位先生好像把我们要说的都说了，"卡如瑟斯惨笑着大声说，"是的，我们吵了起来，他把我打翻在地。在打架上我们不相上下。然后他就失踪了，原来是结识了这个被免职的牧师。我发现他们一起在这地方住了下来，而这正是那姑娘去火车站的必经之路。打那之后，我就一直留神她，因为我闻到了罪恶阴谋的气息。我时常与他们见面，为的是知道他们的打算。两天前，伍德利带着这封电报来到了我家，告诉我拉尔夫·史密斯已经死了。他问我是否还遵守原来定好的交易，我说我不干。他问我是不是自己要娶那姑娘，然后分一部分给他。我说我倒是非常愿意这样做，可她不愿意嫁给我。他说：'那我们先把她弄到手，过于一两个星期她也许就会改变看法。'我说我决不愿意动用武力，于是他就现出了那满口脏话的无赖本色,骂骂咧咧地走了,而且发誓要把她弄到手。她这个周末就要永远离开我这儿了,我准备了一辆轻便马车送她去车站,可我心里不踏实,便骑自行车跟在她后面;但是,她已经动身了。我还没有来得及赶上她,就发生了这起祸事。我一看见你们两位先生赶着她的马车回来,就知道事情不妙。"

福尔摩斯站起身,把烟灰抖进壁炉。"我太迟钝了一点,华生,"他说,"当你告诉我说你看见你认定的骑车人在灌木丛中整理领带时,我就应该料到这一切。不过,我们还是庆幸破了这个稀奇古怪、在某些方面又是独一无二的案子。我看到车道上来了三名郡警察,真高兴那个小马夫也能跟他们一起来。大概这小马夫和那有趣的新郎都不会因为今天早晨的小小历险而永远卧床不起了。华生,凭你的医学才能,你可以去照料一下史密斯小姐,并且告诉她,要是她恢复过来了,我们将很高兴护送她去她母亲家。要是她还没有完全恢复过来,那你就向她暗示一下,我们将向米德兰的一位年轻电学家发份电报。这大概能把她完全治愈。至于你,卡如瑟斯先生,我想你已经为自己参与这项罪恶的阴谋做了弥补。这是我的名片。如果我的证词在审判时能对你有用,请随便使用它好了。"

正如读者们大概已经注意到的,在我们那永无止境的活动中,我常常感到很难收笔,很难把那些好奇的读者所关心的最后的详情一一讲清。一个案子往往是另一个案子的前奏,而高潮一过,那些登台的人物就会永远从我们忙碌的生活中消失。不过,我还是在这个案子的手稿的结尾处发现了一段附注,上面记载着维奥莱特·史密斯小姐确实继承了一大笔遗产,现在是著名的莫顿和肯尼迪电气公司的合伙人之一——西利尔·莫顿的妻子。威廉逊和伍德利因绑架和伤害罪分别被判处七年和十年徒刑。我没有关于卡如瑟斯最后结局的记载，但是我相信，既然伍德利是一个臭名远扬的十分危险的恶棍，法庭一定不会严重地看待卡如瑟斯所犯的伤害罪，我想判他几个月的监禁也就够了。

修道院公学

我们在贝克街的小小舞台，曾有过一些非常戏剧性的上场和退场，可我想不出有哪一次比那位有硕士、博士等学位的桑尼可罗夫特·哈克斯泰布的登场更为突然，更为惊人。那张似乎装不下他全部学术头衔的名片刚刚送进来，他本人就到了。他身材高大、仪表堂堂、神情十分庄严，简直就是冷静和坚强的化身。然而，他关上房门后的第一个动作，竟是摇摇晃晃地扶着桌子，随后瘫倒在地板上，魁梧的身躯平躺在壁炉前的熊皮地毯上，失去了知觉。

那阴沉而又苍白的脸上布满了忧愁的皱纹。

我们一下子跳了起来，惊讶地默默盯着这艘在人生的海洋上遇到突如其来的致命风暴而沉没的巨大船只。福尔摩斯赶紧拿来一个坐垫放在他的头下，我给他灌了点白兰地。他那阴沉而又苍白的脸上布满了忧愁的皱纹，眼睛紧闭着，眼窝发黑，嘴角松弛而下垂，凹凸不平的下巴上胡子也没有刮。衣领和衬衫带着长途旅行的灰尘，圆鼓鼓的脑袋上的头发也是乱蓬蓬的。躺在我们面前的无疑是一个忧伤过度的人。

"华生，这是怎么回事？"福尔摩斯问。

"疲劳过度，也许是饥饿和劳累所致。"我说，一面摸着他细微的脉搏，感到他的生命力正变得越来越小、越来越弱。

福尔摩斯从来人放表的口袋里掏出一张火车票说："一张从英格兰北部的麦克尔顿出发的往返票。现在还不到十二点，他显然一早就动身了。"

那双紧闭的眼帘动了动，一双无神的灰眼睛睁开来望着我们。随后，来人挣扎着站了起来，羞愧得脸色发红。

"福尔摩斯先生，请原谅我的虚弱，我有点劳累过度。请给我一杯牛奶和一块饼干，那样我肯定就会好的。谢谢。福尔摩斯先生，我亲自来这儿，就是要让你一定跟我去一趟。我担心光打电报是无法让你相信这个案子的紧迫性的。"

"那也得等到你先恢复……"

"我已经恢复了。真没想到我会这样虚弱。福尔摩斯先生，我希望你能和我一起坐下一趟火车去麦克尔顿。"

我朋友摇摇头。

"我的同事华生医生可以告诉你，我们目前非常忙。我正在处理这桩费雷斯文件案，而阿贝加文尼的谋杀案也快要开庭了。不是非常重要的案子，我现在是不会离开伦敦的。"

"重要案子！"我们的客人举起双手叫着说，"你还没有听说霍尔德尼斯公爵的独生子被绑架的事吗？"

"什么？就是那位前内阁大臣吗？"

"正是。我们一直瞒着报界，可昨晚《环球报》隐隐约约提到了一点，我还以为这也许传到了你的耳朵里了呢。"

福尔摩斯猛地伸出他那细长的手臂，从他的许多本参考书中取出"H"那一卷。

"'霍尔德尼斯，第六世公爵，嘉顿勋爵①，枢密院顾问……'占了这一卷一半的内容！'贝弗利男爵，卡斯顿伯爵……'我的天哪，头衔可真多啊！'自一九〇〇年起任哈莱姆郡的郡长。一八八八年娶查尔斯·阿波多尔爵士的女儿埃迪丝。系萨尔特尔勋爵的继承人和独生子。拥有约二十五万英亩的土地。在兰卡夏和威尔士有矿产。地址：卡尔顿住宅区；哈莱姆郡，霍尔德尼斯庄园；威尔士，班戈尔，卡斯顿城堡。一八七二年任海军大臣，曾任首席国务大臣至……'这个人无疑是女王陛下最伟大的臣民之一喽！"

"最伟大的，恐怕也是最富有的。福尔摩斯先生，我知道你精通你的业务，而且愿意为你的事业竭尽全力。不过，我可以告诉你，公爵大人已经提出，谁要是能把他儿子的下落告诉他，就能得到一张五千英镑的支票；要是还能说出绑架他儿子的人的姓名，就能再得一千英镑。"

"这可是一笔不小的报酬，"福尔摩斯说，"华生，我想我们该陪哈克斯泰布博士到英格兰北部走一趟。哈克斯泰布博士，你先把牛奶喝了，然后再告诉我究竟出了什么事，什么时候发生的，怎么发生的，还有，你这位麦克尔顿附近的修道院公学的哈克斯泰布博士和这事有什么关系，为什么在出事后的第三天——你下巴下的胡子说明是三天——会来请我效微薄之力。"

我们的客人用过了牛奶和饼干，眼睛里又露出了光彩，脸上也现出了红晕。他开始有力而清晰地叙述事情的经过。

---

① 嘉顿勋爵是英国骑士的最高等级。

"先生们，我先要告诉你们，修道院公学是一所预备学校，我是创始人也是校长。《哈克斯泰布对贺拉斯①之杂说》这本书也许能使你们想起我的名字。修道院公学可以说是英格兰最好的、最优秀的公学。列维斯托克勋爵、布莱克瓦特伯爵、卡瑟卡特·索姆斯爵士等都把他们的儿子托付给了我。三个星期前，当霍尔德尼斯公爵派他的秘书詹姆士·瓦尔德先生来告诉我，他要把他的独生子和继承人、十岁的小萨蒂尔勋爵托付给我时，我感到我的学校达到了鼎盛期。我根本没有料到这会是我一生中最悲惨厄运的前奏。

"五月一日是夏季学期开学的日子，那个孩子来了。那个孩子很讨人喜欢，很快就习惯了我们的生活。我可以告诉你——我相信我说话向来是谨慎的，可在这样的案子中再有什么保留就太荒唐了——他在家并不太快乐。人人都知道，公爵的婚姻并不太平，最后以夫妻双方同意分居而告终。公爵夫人现在住在法国南部。这是不久前发生的事，而我们知道这个孩子是站在母亲那一边的。他在母亲离开霍尔德尼斯庄园之后一直闷闷不乐，公爵也正是因为这个原因才送他到我们学校来的。两个星期后，这孩子就和我们混熟了，而且也显得非常快乐。

"人们最后一次看到他是五月十三日的晚上——也就是星期一晚上。他的房间在二楼，要穿过一间大一点的房间才能进去。这个大房间里住着两个孩子，他们什么也没有看见或听见，因此可以肯定小萨蒂尔不是从这儿出去的。他屋里的窗子开着，窗外有一棵粗常春藤连到地上。我们在地上没有找到脚印，但显然这是唯一可以出去的途径。

---

① 贺拉斯（前65—前8），古罗马著名诗人。作品有《讽刺诗集》《歌集》《书札》等，《书札》中的《诗艺》对西方诗歌有过很大影响。

"星期二早晨七点钟才发现他不在。他的床是睡过的,出去的时候他完全穿好了衣服,就是他常穿的校服——黑色的伊顿上衣和深灰色的裤子。房间里没有外人进来过的迹象,肯定也没有喊叫或反抗的声音,因为睡在外屋的年纪大一点的孩子康特睡觉一向很警醒。

"发现小萨蒂尔勋爵失踪后,我立刻召集全校点名,包括全体学生、教师和仆人。我们到这时才确信萨蒂尔勋爵并不是孤身出逃。失踪的还有德语老师海德格尔。他的房间在二楼顶头,和萨蒂尔勋爵的房间朝着同一个方向。他的床也是睡过的,可他显然没有完全穿好衣服就走了,因为他的衬衣和袜子还在地板上。他肯定是顺着常春藤下去的,因为我们在他落地的草坪上发现了他的脚印。他的自行车是放在草坪旁的小棚子里的,现在也不见了。

"海德格尔在我这儿已经有两年了。他带来的推荐信对他评价很高,但他忧郁寡言,教师和学生们都不大喜欢他。这两个人失踪后,我们没有找到任何线索。今天已经是星期四了,我们仍然像星期二一样对此一无所知。我们理所当然地立刻到霍尔德尼斯庄园询问过。庄园离学校只有几英里远,我们以为孩子可能突然想家,因此回去找父亲了,可家里没有听到他的任何消息。公爵万分焦急,至于我,你们都已经看到我在焦虑和责任的压力下昏倒在地的情景。福尔摩斯先生,如果你在什么案子上竭尽过全力的话,那我恳求你现在就竭尽全力,因为你一生恐怕都难遇上这样值得你去办的案子。"

歇洛克·福尔摩斯极其认真地听完了这位不幸的校长的话。他紧锁双眉,表明他不需要任何劝说就已经在全神贯注地思考这个案子了,因为这个案子不仅报酬丰厚,而且肯定也引起了他对复杂、古怪案子的兴趣。他抽出笔记本,在上面记下了一两点情况。

"你没有早点来找我，真是太疏忽了，"他严厉地说，"你现在有了极大的障碍才来找我开始调查。一个行家居然没有在常春藤的草坪上发现任何线索，真是不可思议。"

"福尔摩斯先生，这不能怪我。公爵大人绝对不愿引起人们说长道短。他怕他家庭的不幸会公之于众。他非常害怕这种事。"

"官方肯定已经做了一些调查吧？"

"是的，可结果非常令人失望。他们立刻得到了一个线索，因为有人看见一个小孩和一个年轻人在临近的车站乘坐早班火车。直到昨晚我们才得到消息，这两个人在利物浦被找到了，并且被证实与这桩案子没有任何联系。我又是失望又是无奈，一夜未能入睡，然后就坐早班火车来你这儿了。"

"我猜想在追查这条假线索的时候，当地的调查肯定放松了吧？"

"完全停了下来。"

"这样就浪费了三天。这个案子处理得太不妥当了。"

"我已经感觉到了，是处理得不当。"

"不过这个案子最后总得解决。我很愿意接手这个案子。你有没有查出这个失踪的孩子跟那个德语老师之间有什么联系？"

"一点也没有。"

"孩子在这德语老师的班上吗？"

"不在，而且据我所知，他们之间根本就没有说过话。"

"这真是太奇怪了。这孩子有自行车吗？"

"没有。"

"有没有丢失别的自行车？"

"也没有。"

"你能肯定吗?"

"很肯定。"

"那么,你并不认为这位德语老师在深更半夜抱着孩子骑车出走吧?"

"当然不。"

"那么你有什么看法呢?"

"你有什么看法呢?"

"那辆自行车也许是个幌子。车有可能被藏在什么地方,然后这两个人步行。"

"很有可能,但是拿自行车来做幌子太荒唐了,不是吗?当时车棚里还有别的自行车吗?"

"有好几辆。"

"要是他想制造一个他们骑车出走的假象,他难道不会藏起两辆车吗?"

"我想他会的。"

"他当然会的。幌子这种说法站不住脚,不过这个情节可以作为调查的良好开端。一辆自行车毕竟不是轻易可以藏起来或者毁掉的东西。我还有一个问题:孩子失踪的那天有人来找过他吗?"

"没有。"

"他收到过什么信没有?"

"收到过一封信。"

"是谁寄来的?"

"是他父亲寄来的。"

"你平常拆他的信看吗?"

"不。"

"那你怎么知道信是他父亲寄来的呢?"

"信封上有家徽,还有公爵特有的刚劲有力的笔迹。而且,公爵也记得他写过这封信。"

"他在此之前什么时候还收到过信了?"

"在收到这封信的前几天。"

"他收到过法国的来信吗?"

"从来没有。"

"你当然能明白我提这些问题的目的。这个孩子要么是被人强行绑架走的,要么就是他自愿出走。如果是第二种情况,那么你应该能料到,没有外来的唆使,这样小的孩子是不会干出这样的事情来的。如果没有人来找过他,那么这种唆使只能来自于信件,所以我要弄清楚都有谁给他写过信。"

"恐怕我帮不了多大忙。据我所知,唯一给他写信的只有他父亲。"

"而且恰恰在他失踪的那一天给他写信。他们父子之间关系亲密吗?"

"公爵大人跟谁的关系都谈不上亲密。他完全沉浸在公众的重大问题中,无暇顾及凡人情感。可他总是以自己的方式亲近这个孩子。"

"可你说过孩子的感情是在他母亲一边吧?"

"是的。"

"是孩子自己说的吗?"

"不是。"

"那是公爵说的喽?"

"那更不是了!"

"那么你是怎么知道的?"

"我和公爵的秘书詹姆士·瓦尔德推心置腹地交谈过几次。是他告诉我萨蒂尔勋爵的感情的。"

"我明白了。顺便问一下,孩子出走后,公爵的最后来信在他的房间里找到没有?"

"没有,他带走了。福尔摩斯先生,我想我们该去尤斯顿车站了。"

"我要叫辆四轮马车。我们过一刻钟就准备妥当了。哈克斯泰布先生,要是你往回打电报,最好让你周围的人认为调查还在利物浦,或是在这个假线索使你想得到的任何地方继续进行着。同时我要在你学校的附近悄悄做点工作,也许那里还有一点气息没有消散,华生和我这两只老猎狗能嗅出点东西来。"

我们当晚到了哈克斯泰布博士那所著名的学校所在的皮克镇,这儿的空气凉爽、宜人。我们到那里时,天已经黑了。大厅的桌上放着一张名片,管家跟主人说了几句悄悄话。博士朝我们转过身来,显得非常激动。

"公爵在这儿,"他说,"公爵和瓦尔德先生正在书房。走吧,先生们,我把你们介绍给他。"

我当然很熟悉这位著名政治家的照片,可他本人与照片截然不同。他个子很高,神色庄重,穿着考究,一张瘦脸拉得长长的,鼻子长得有点出奇,又弯又长。他的脸色惨白,在又长又稀的鲜红色的胡子的映衬下,显得格外醒目。他的胡子一直垂到白色的背心上,背心的前面还有表链在闪闪发光。他站在哈克斯泰布博士壁炉前地毯正中间冷淡地看着我们,这就是他给我们

他的身边站着一个年轻人。

的印象。他的身边站着一个年轻人,我猜到那就是私人秘书瓦尔德。他个子不高,神色紧张而又警觉,一双淡蓝色的眼睛透露出聪明,一张脸富于表情。他立刻用尖刻而又肯定的口气说起话来,开始了我们的交谈。

"哈克斯泰布博士,我今天上午来得晚了点,没能阻止你

去伦敦。而你的目的是请歇洛克·福尔摩斯先生来承办这个案子。哈克斯泰布博士，公爵大人感到很吃惊，你居然没有和他商量就采取了这一步骤。"

"当我听说警察没有能……"

"公爵大人根本不相信警察没有能力破案。"

"可是瓦尔德先生，那……"

"哈克斯泰布博士，你很清楚公爵大人特别不愿意引起人们说长道短。他希望知道此事的人越少越好。"

"这件事情很容易弥补，"惊恐万状的博士说道，"歇洛克·福尔摩斯先生可以坐明天早晨的火车回伦敦。"

"博士，用不着，用不着，"福尔摩斯毫不介意地说，"北部这怡人的空气使人精神振奋，所以我想在你们的高沼地带住几天，好好用我的头脑想想。至于我们是住在你这儿呢，还是住在村里的旅店，当然由你来定。"

我看得出，这位可怜的博士左右为难，倒是红胡子的公爵解救了他。公爵那低沉洪亮的声音听起来简直像吃饭时的钟声。

"哈克斯泰布博士，我同意瓦尔德先生的话，你要是先和我商量一下就好了。不过，既然福尔摩斯先生已经知道了这件事，我们再不请他帮忙就真的是荒唐了。你根本不用住到旅店去，福尔摩斯先生；你要是来霍尔德尼斯庄园和我住在一起，我会高兴的。"

"我谢谢你的好意，不过，为了调查，我想还是住在出事的现场更合适一些。"

"悉听尊便，福尔摩斯先生。你要想问瓦尔德先生或者我任何情况，只管提出。"

福尔摩斯说："恐怕会到你府上打扰的。我现在只想问你一下，你对你儿子的神秘失踪有没有什么看法？"

"没有，先生。"

"请原谅我提及使你痛苦的事，可我又不得不问。你觉得公爵夫人会跟这事有关吗？"

这位大人物显得迟疑不决。

"我想不会。"他终于开口说。

"这孩子遭绑架的另一个明显的原因是索取赎金。你有没有收到这类勒索信或什么的？"

"没有。"

"公爵大人，我还有一个问题。我了解到事发的当天你曾给你儿子写过一封信。"

"不是那一天，是在前一天。"

"正是。可他是在那一天收到的，是吗？"

"是的。"

"你信中有没有什么话使他感到不安，促使他这样做呢？"

"没有，先生，绝对没有。"

"信是你亲自寄的吗？"

公爵正要回答，却被他的秘书抢先打断了："公爵大人没有亲自寄信的习惯。那封信和其他信件一起放在书桌上，是我亲自放到信袋里去的。"

"你能肯定这封信在其中吗？"

"是的，我看到了。"

"公爵大人，你那天写了多少封信？"

"二三十封吧。我书信往来很多，可这肯定与本案无关吧？"

"不一定。"福尔摩斯说。

"至于我嘛，"公爵接着说，"我已经建议警方把注意力放到法国南部去。我已经说过，我不相信公爵夫人会鼓动孩子做出这样荒唐的事，可这孩子很有偏见，因此，在那位德语老师的唆使和帮助下，他有可能跑到她那里去。哈克斯泰布博士，我想我们得回庄园去了。"

我看得出，福尔摩斯还有一些别的问题想问，但这位贵族不容商量的神情表明这次会见已经结束了。他出于贵族的本能，明显感到和一个陌生人这样谈论自己的家庭私事是极不合适的，而且他也害怕问题问多了会暴露出他竭力掩盖的一些事实。

这位贵族和他的秘书走了之后，我的朋友迫不及待地立刻着手调查。我们仔细检查了孩子的房间，没有得出任何结果，只是更加确信，他只能从窗口逃走。德语老师的房间和物品也没有能提供任何线索。他窗外一个常春藤枝杈因经不住他的体重而折断了，我们借着提灯的亮光，看到草坪上他落下的地方有个脚后跟印。压在绿色小草上的这个痕迹是证明他黑夜出逃的唯一物证。

歇洛克·福尔摩斯独自离开了房子，一直到十一点之后才回来。他弄到一张这个地区官方的大地图，拿到我的房间里来，铺在床上。他把灯放在地图中央，一面抽着烟一面看着，偶尔用烟味浓烈的琥珀烟斗指点着引起我们注意的地方。

"华生，我对这案子越来越有兴趣了，"他说，"这地图上有些地方肯定与这案子有些联系。在目前，我希望你能注意到那些特殊的地形，它们也许和我们的调查密切相关。

"看这张地图。这深颜色的方块是修道院公学。我在这儿插上根针。这条线是大路。你可以看到它自东往西经过学校，也可以看到整整一英里内两头都没有岔路。如果这两个人是顺着大路走掉的话，那么只有这一条路。"

"正是这样的。"

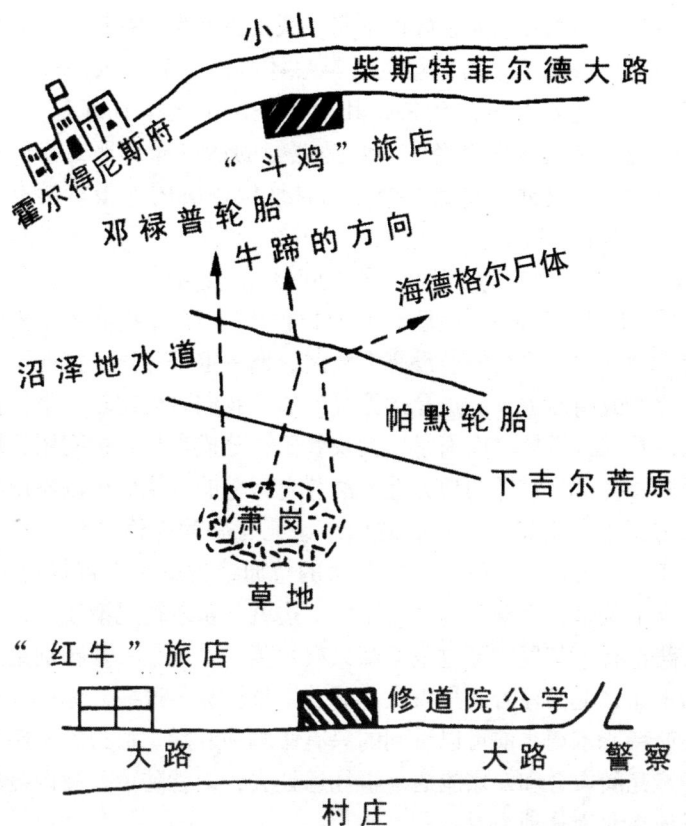

"我们算是走运,可以大致查一下出事的那天夜里有谁走过这条路。在我放烟斗的这个地方,晚上十二点到早晨六点有一个乡村警察在站岗。你们也看得出,这是东面的第一个交叉略口。那位警察说他一刻也没有离开过岗位,而且他可以肯定,孩子和大人要是从那里走过,不会不被他看到。我今晚和这个警察谈过话,觉得他完全是个可靠的人。这样就排除了走东面的可能性。我们现在来看看另一头。这儿有家叫'红牛'

的旅店,那天女主人正好得了病,派人去麦克尔顿请医生。医生因为出诊去了,所以第二天早晨才到。旅店的人一夜都很留心,等待着医生的到来,其中有一两个人一直盯着大路。他们说没有人从那里经过。要是他们的话可靠,那么我们也可以幸运地把西头排除在外,而且认定逃跑的人根本没有走大路。"

"可是那辆自行车呢?"我反问道。

"不错,我们马上就要谈到自行车了,不过我们还是先继续推理下去。要是他们没有走大路,那一定是穿过乡村向学校的北面或南面去了。这是毫无疑问的。我们可以比较一下。你可以看到,学校的南面是一大块农田,分成小片,中间用石墙隔开。我认为这样的地方是无法骑自行车的。我们可以不用考虑南面了。我们再来看看北面。这儿有一片人称'萧岗'的小树林,再过去就是一大片起伏的荒原,也就是下吉尔荒原,绵延十英里,逐渐升高。荒原的一边就是霍尔德尼斯庄园,从大路走有十英里,穿过荒原却只有六英里。这是一片特别荒凉的平原,上面住着几户农民,养着牛羊。除了这些,你在到达柴斯特菲尔德之前可以看到的只有雎鸠和麻鹬。那边有一座教堂、几间农舍和一家旅店。再往远处去,山就陡了。我们显然应该在北面这地方寻找。"

"可是那自行车呢?"我又问。

福尔摩斯不耐烦地说:"好,好!会骑车的人不一定非得在大路上骑。这荒原上有很多交叉的小路,而且当时月亮正圆。哈!这是什么声音?"

门上响起一阵急促的敲门声,紧接着哈克斯泰布博士走进屋来。他手里拿着一顶蓝色的板球帽,帽顶上有白色的V形花纹。

"我们终于找到一点线索了！"他大声说，"谢天谢地！我们终于查到这位少爷的下落了！这是他的帽子。"

"在哪儿发现的？"

"在吉卜赛人的大篷车上，他们曾在那片荒原上露宿过。他们是星期二走的。警察今天追到他们，在检查他们车子的时候，发现了这顶帽子。"

"他们是怎么解释的？"

"他们又是搪塞又是撒谎，说是星期二早晨在荒原上捡到的。他们知道他在哪儿。这些无赖！感谢上帝，现在把他们都关起来了。不是法律的威力就是公爵的金钱，总会使他们说出他们知道的事情的。"

博士离开后，福尔摩斯说："这倒是不错。这至少证实了我们的推理。我们必须到下吉尔荒原才会有结果。警方除了逮捕那些吉卜赛人之外，确实没有做什么。看这儿，华生！有一条水道横穿荒原。你看这地图上标着呢。在有的地方这条水道变宽成了沼泽，特别是在霍尔德尼斯庄园和学校之间的一块地方。现在天气这样干燥，在别处找痕迹一定是一无所获，可这儿可能会留下一些蛛丝马迹。我明天一早来叫你，你我一起去试试，看是否能给这个神秘的案件带来一线希望。"

我睁开眼睛看见福尔摩斯那瘦长的身子站在我床边的时候，天刚蒙蒙亮。他早已穿好了衣服，而且显然已经出去过了。

"我已经检查过了草坪和自行车棚，"他说，"还在'萧岗'随便走了走。好了，华生，我已经在隔壁房间里准备好了可可。你动作快点，我们今天要干的事情很多。"

他的两眼炯炯有神，脸上泛着兴奋的红光，就像一位大师看到自己的杰作已经完成一样。与贝克街那个内向、脸色苍白、终日沉思的福尔摩斯相比，眼前这位灵活机警的福尔摩斯简直像是换了一个人。当我看到他灵活的身体、跃跃欲试的样子，我预感到等待我们的一定是十分劳累的一天。

然而，这一天一开始就令我们大失所望。我们满怀希望地大步走过布满羊肠小道、夹着泥炭的黄褐色荒原，一直来到一片开阔的浅绿色地带，就是把我们和霍尔德尼斯庄园隔开的地方。如果这个孩子回家，那他一定会经过这里，而且一定会留下痕迹。但是，我们没有找到他或是德语老师的任何痕迹。我朋友沉着脸，大步在湿地的边缘走着，急切地观察着布满青苔的地面上的每一片污泥。到处都是混杂的羊蹄印，再过去几英里还有牛蹄印。别的什么也没有。

"真是将了我们一军啊，"福尔摩斯说，一面忧郁地看着起伏的广阔原野，"前面还有一块湿地，两块湿地之间有条窄道。哈哈！哈哈！哈哈！看这是什么？"

我们来到了一条很窄的黑黝黝的小道。在小道中间潮湿的泥土上，有一道自行车的车印。

我叫了起来："啊哈！我们找到了。"

但是福尔摩斯摇摇头，脸上不是露出欣喜的神情，而是显得迷惑不解、有所期待。

"当然是自行车，但不是那一辆，"他说，"我熟悉四十二种不同的轮胎留下的痕迹。你看，这种轮胎是加厚的，一定是邓禄普牌。海德格尔的轮胎是帕默牌的，有条状花纹。数学老师爱维林对这一点很肯定。因此这不是海德格尔的自行车留下的痕迹。"

"那么会不会是那孩子的车呢？"

"有这种可能，只要我们能证明这孩子有过一辆自行车，可这一点我们完全无法证明。你看，这道车痕是一个从学校方向骑车来的人留下的。"

"也许是朝学校方向去的呢?"

"不,不,我亲爱的华生。车胎压出来的痕迹,深的当然是承担重量的后轮。你看,在好几个地方后轮的车印和前轮的交叉,并且盖住了较浅的前轮车印,因此肯定是从学校来的。这和我们的调查也许有关,也许无关,但我们先不用急着往前去,而应该顺着它往回去看一看。"

我们往回走了几百码,来到一块沼泽地,车印消失了。我们沿着小路继续走,到了一处有泉水的地方。这儿又出现了自行车的车印,但差不多被牛蹄印遮盖住了。再往前就看不到车印了,但这条小道一直通到"萧岗",也就是学校后面的那片小树林。自行车一定是从小树林里出来的。福尔摩斯在一块大石头上坐下来,用手托住下巴。我抽了两支烟之后,他才动弹。

"是啊,是啊,"他最后开口说道,"一个狡猾的人为了要留下人们不熟悉的车印,当然会把自行车的轮胎换了。我倒是非常愿意和一个能想得出这种办法的罪犯打交道的。这个问题我们先放到一边,还是回去注意那片湿地吧,因为那里还有不少地方我们都没有察看。"

我们继续对荒原那片湿地的边缘进行系统的察看。功夫不负有心人。就在沼泽地的低洼处有条泥泞的小道,福尔摩斯走近它的,欣喜地喊了起来。小道的中央有条像是一捆电线拧在一起的痕迹,正是帕默牌的轮胎。

"这一定是海德格尔先生了!"福尔摩斯兴冲冲地喊道,"华生,看样子我的推论是正确的。"

"我祝贺你。"

"可摆在我们面前的路还很长。请不要踩到小道上去。我们现在还是跟着车印走。我想不会太远了。"

我们继续往前走，发现这片荒原穿插着许多小块湿地。自行车的车印时隐时现，依稀可辨。

福尔摩斯说："骑车人无疑是在赶速度，不知你注意到了没有？你看这车印，前后轮胎一样清晰。这只能说明骑车人正把全身所有的重量都压在自行车车把上，就像人在进行最后冲刺时一样。啊！他摔倒了。"

地上的车印上，好几码长的地方都有宽的、形状不规则的斑点。前面有几个脚印，随后车印又出现了。

"车是向一边倒的。"我说。

福尔摩斯捡起一束被压坏的金雀花。我毛骨悚然地发现朵朵黄花上都溅满了深红色的污点。小道上，石南灌木上也沾满了已经凝固的血点。

"太糟了！"福尔摩斯说，"太糟了！华生，站开。不要增加多余的脚印！我该怎么解释呢？他受伤倒下了……站了起来……重新上车……继续骑。可是没有另一辆自行车的车印。这儿倒是有牛羊的蹄印。他不会被公牛抵死吧？不可能！可我没有看到任何别人的脚印。华生，我们还要往前走。有这血迹和这自行车印给我们带路，他一定逃不掉。"

这一次的追踪并不长。轮胎的印子开始在潮湿而光滑的小道上急剧地打弯。我朝前面望了一眼，突然看到茂密的荆豆丛中有样东西在闪闪发光。我们从那里拖出了一辆自行车，轮胎正是帕默牌的，一只踏板弯了，车身前半部溅满了血点和一道道的血痕，很是可怖。灌木丛的另一边有一只鞋子露在外面。我们跑过去，发现那里躺着这位不幸的骑车人。他身材高大，留着大胡子，戴着眼镜，眼镜的一面镜片不见了。造成他死亡的原因是脑袋挨了致命的一击，颅骨的一部分都碎了。他在受了这样致命的创伤后仍能继续骑车，足见这个人有着旺盛的生命力和过人的勇气。他穿着鞋子,但是没有穿袜子,外套敞开着,露出里面穿着的睡衣。这个人无疑就是那德语老师。

福尔摩斯充满敬意地把那尸体翻了过来,非常仔细地检查起来,然后他坐下来沉思了一会儿。他那紧皱的眉头说明,在他看来,尽管发现了这惊人的事,我们的调查并没有取得任何进展。

那里躺着这位不幸的骑车人。

"华生,我现在很难决定下一步该怎么办,"他最后终于说,"我的想法是继续调查下去,因为我们已经浪费了这么多时间,不能再浪费哪怕是一个小时了。可在另外一方面,我们必须把这发现报告给警察,同时看护好这个可怜人的尸体。"

"我可以送个便条回去。"

"可我需要你陪同我,协助我。等一下!那边有一个挖泥煤的人。把他叫过来,让他去找警察。"

我把那农民叫了过来,福尔摩斯写了张便条,让这受惊的人交给哈克斯泰布博士。

"我说,华生,"他说,"我们今天上午发现了两条线索。

一条是帕默牌的轮胎,这条线索的结果我们已经看到了。另一条线索是安着邓禄普牌加厚轮胎的自行车。在开始调查这条线索前,我们还是先分析一下,看哪些情况是我们已经掌握的,以便充分利用这些情况,把本质的东西和偶然的东西分开。

"我首先要向你说明的是,这个孩子是自愿出走的。他从窗口爬下来走了,也许是一个人,也许有人做伴。这一点是肯定无疑的。"

我同意他的看法。

"那么,我们来谈谈这位不幸的德语老师。孩子出走的时候完全穿好了衣服,因此他一定知道他要做什么。但是德语老师出走的时候没有穿袜子,因此他一定是匆匆行动的。"

"肯定是这样的。"

"他为什么要去呢?因为他从卧室的窗口看到了这孩子出走;因为他想赶上去把他追回来。他抄起他的自行车去追这孩子,在追的过程中遭到了不幸。"

"似乎是这样的。"

"下面是我推论的关键部分。一个成人追赶一个孩子自然是跑着去追。他知道他能追得上。但这位德语老师没有这样做,而是去骑自行车。我听说他骑车骑得很好。要是他没有看到这个孩子出走时有某种快速的工具,他是不会这样做的。"

"是因为另外那辆自行车。"

"我们继续设想一下当时的情况。他是在离学校五英里的地方遭到不幸的,不是被子弹打死的,虽然连小孩都会开枪。请注意,他是被一只强壮的手臂凶残的一击打死的。那么孩子出走时一定有同伴,而且出逃的速度很快,因为一位骑车高手骑了五英里才追上他们。然而我们察看了惨案发生的现场,结果发现了什么呢？只发现了一些牛羊的蹄印。我还在周围兜了一个大圈子，五十码之内没有任何小道。另一个骑车人可能与谋杀本身没有联系，而且那里也没有人的脚印。"

"福尔摩斯，"我叫了起来，"这是不可能的事。"

"的确是！"他说，"你这句话说到了点子上。按我的推论这是不可能，所以我的推论肯定有什么地方错了。你已经看出这一点了。你能指出什么地方错了吗？"

"他会不会跌倒的时候摔碎了颅骨？"

"在湿地上？"

"我实在想不出来。"

"不要这么说。比这更难的案子我们也办过。我们至少已经有了很多材料，只是看怎么用上。走吧，我们既然已经用过了帕默轮胎这条线索，现在该看看邓禄普加厚轮胎这条线索能给我们带来什么结果。"

我们找到自行车的车印，跟着它走了一段路，可没过多久荒原便上升变成了斜坡，坡上长满了长长的石南灌木。我们便这样离开了那片湿地。自行车印这条线索到此结束了，因为在邓禄普轮胎印终止的地方，我们看到左边几英里的地方耸立着霍尔德尼斯庄园那雄伟的尖顶，前面则是一个地势低洼、隐约可见的小村子，而自行车完全可能去其中的任何一处。这正是地图上标着的柴斯特菲尔德大路。

我们来到一家外观可憎而又肮脏的旅店，旅店门上的招牌上画着一只斗鸡。福尔摩斯突然呻吟了一声，一把抓住我的肩膀，以免摔倒。这种让人寸步难行的踝骨扭伤，他以前也曾有过一次。他艰难地跳到门前，那里蹲着一个皮肤黝黑、年纪较大的男人，嘴里叼着一个黑色的泥制烟斗。

"你好，卢宾·黑斯先生。"福尔摩斯说。

他艰难地跳到门前。

"你是谁?怎么会知道我的名字?"那个乡下人应了一句,一双狡猾的眼睛露出怀疑的神情。

"你头上的招牌上写着呢。谁是一家之主是很容易看出来的。我想你的马厩里大概没有马车之类的东西吧?"

"没有。"

"我的脚简直不能落地。"

"那就不要让它落地吧。"

"可我无法走路。"

"那你就跳吧。"

卢宾·黑斯先生的态度非常无礼,可福尔摩斯却和蔼处之。

"你听我说,朋友,"他说,"我现在真的遇到了麻烦。我不在乎怎么往前走。"

"我也不在乎。"怪僻的店主说。

"我有要紧的事。要是你能借给我一辆自行车,我愿意给你一镑金币。"

店主竖起了他的耳朵。

"你要去哪里?"

"去霍尔德尼斯庄园。"

店主用讽刺的眼光看着我们沾满泥土的衣服说:"你们大概是公爵的人吧?"

福尔摩斯宽厚地笑了笑。

"反正他见到我们会高兴的。"

"为什么?"

"因为我们给他带来了有关他失踪的儿子的消息。"

店主显而易见地吃了一惊。

"什么?你们有他的消息了?"

"听说他在利物浦。快找到了吧。"

店主那张胡子拉碴的、阴沉的脸上,表情再一次迅速地发生了变化。他的态度突然变得和蔼了。

"我不像大多数人那样祝福他是有道理的,"他说,"因为我以前是他的马车夫的头儿,而他待我很坏。就是他,连一句像样的话都没有说,就把我赶出了他家。不过,听到在利物浦有小主人的消息,我还是很高兴的。我帮你们把这消息送到公爵府上去吧。"

"谢谢你,"福尔摩斯说,"我们还得吃点东西。然后再请你把自行车拿来。"

福尔摩斯拿出一镑金币。

"朋友,我已经告诉过你了,我没有自行车。我借给你们两匹马骑到公爵家去吧。"

"好吧,好吧,"福尔摩斯说,"我们先吃点东西后再说吧。"

当石板盖起来的厨房里只剩下我们俩时,我吃惊地发现福尔摩斯扭伤的踝骨一下子就好了。这时天快要黑了,我们清早出来到现在还没有吃过东西,所以我们吃饭花了点时间。福尔摩斯沉浸在思考中,有一两次走到窗户旁边,呆呆地望着外面。窗子外面是一个肮脏的院子。远处的角落里有座铁匠炉,一个脏兮兮的孩子正在干活。院子的另外一边是马厩。有一次,福尔摩斯从窗户旁边走回来刚刚坐下,就大叫了一声,从椅子上跳了起来。

"天哪,华生,我相信我搞清楚了!"他嚷道,"是的,肯定是这样的。华生,你记得今天看到过牛蹄印吗?"

"记得,有好几处呢。"

"在哪儿?"

"哦,到处都有。那块湿地上有,小道上有,在可怜的海德格尔被害的地方也有。"

"对极了。那么,华生,你在荒原上看见多少牛呢?"

"我好像没有看见牛。"

"华生,我们一路上都看到了牛蹄印,可在整个荒原连个牛影子也没有见到。这是不是很奇怪?"

"是的,确实是很奇怪。"

"华生,你现在使劲回忆一下,在小道上你看到过那些牛蹄印吗?"

"是的,看见过。"

"你是否还记得,那些牛蹄印有时是这样的……"他把面包屑排列成——::::: ——"有时是这样的"——:.:.:.——"偶尔像这样"——∴∴——"你还记得吗?"

"我不记得了。"

"可我记得。这一点我可以发誓。将来有时间的话,我们回去核实一下。我当时没有做出结论,真是太大意了。"

"那你的结论呢?"

"一头又能走、又能跑、又能飞奔的牛一定是头神牛。华生,我想这样的骗局决不是一个乡下旅店老板能够想出来的。解决这个问题好像已经没有障碍了,只是那个孩子还在铁匠炉那里。我们悄悄溜出去,看看能发现什么。"

摇摇欲坠的马棚里有两匹鬃毛蓬乱、未经梳理的马。福尔摩斯抬起其中一匹的后蹄看了看,哈哈大笑起来。

"旧马掌,新钉上去的——旧马掌,新掌钉。这个案子可算是经典之作。我们到铁匠炉那里去看看吧。"

那个孩子继续干着他的活,并不理睬我们。我看到福尔摩斯从右到左扫视着散落在地上的一堆烂铁和木块。突然我们听到身后有脚步声,原来是店主来了。他紧皱眉头,眼睛里露出凶光,黝黑的面孔由于恼怒而发胀。他手里握着一根包着铁头的木棍,气势汹汹地朝我们走来,使我不由得去摸我口袋里的枪。

"你们这些可恶的侦探,"他吼叫道,"在这儿干什么?"

"我说,卢宾·黑斯先生,"福尔摩斯冷淡地说,"大概你是怕我们在这儿找出什么东西来吧?"

店主竭力控制住自己,咧开狰狞的大嘴假笑了一声,比刚才皱着眉头还要可怖。

"我这铁匠炉这儿你们随便搜查好了,"他说,"不过,先生,没有得到我的同意就这样查东找西的可不行。你们最好还是赶紧付账,离开这儿,那样我会高兴得多。"

福尔摩斯说:"好吧,黑斯先生,我们没有恶意。我们看了一下你的马,但我想我还是走着去算了。我想路不太远吧。"

"到公爵庄园的大门最多不超过两英里。就是左边那条路。"他瞪着一双恶狠狠的眼睛一直看着我们走出他的视线。

我们并没有走多远,因为一过拐弯处,到了店主看不见我们的地方，福尔摩斯立刻停住脚。

他说："正像孩子们所说的那样，在旅店里是暖和的。一离开那旅店，好像每走一步我都感到更冷一些。不，不，我不能离开那里。"

我说："我相信这个卢宾·黑斯知道整个事情。我还从来没有见过比他更恶劣的坏蛋。"

"哦，他给你这样的印象吗？那里有马，那里有铁匠炉。是的，这'斗鸡'旅店是个很有意思的地方。我想我们应该再悄悄地看看它。"

我们的背后是一个斜长的山坡，上面散落着大块的灰色石灰石。我们已经离开了大路，正在往山上走，这时我抬头朝霍尔德尼斯庄园的方向望了一眼，看见一个人骑自行车正疾驰而来。

"快蹲下，华生！"福尔摩斯一面说着，一面用手按了一下我的肩膀。我们刚蹲下身子，那个人就从我们身边的大路上飞驰而过。透过飞扬的尘土，我看到了一张激动而苍白的脸——脸上每一条皱纹都显出惊恐，嘴张着，眼睛茫然地盯着前方。这个人像是我们前一天见过的那位衣冠楚楚的詹姆士·瓦尔德的一幅漫画肖像。

"是公爵的秘书！"福尔摩斯叫了起来，"快点，华生。我们去看看他干什么。"

我们爬过一块块石头，不一会就到了一个可以看见旅店大门的地方。瓦尔德的自行车靠在大门边的墙上。旅店周围没有人走动，窗户上也见不到面孔。太阳慢慢落到了霍尔德尼斯庄园高耸的尖顶的后面，黄昏渐渐来临了。朦胧中，我看到旅店马厩里，一辆轻便马车上的两盏灯点亮了；紧接着，听到了马蹄的嗒嗒声，轻便马车驶上了大路，朝着柴斯特菲尔德方向飞奔而去。

"华生,你怎么看待这事?"福尔摩斯低声问我。

"像是逃跑。"

"我只看到轻便马车上坐着一个人。这个人显然不是詹姆士·瓦尔德,因为他还在门那里。"

黑暗中突然出现了一片红色灯光,灯光中显露出那位秘书黑色的身影。他伸长了脖子朝四周的暗处窥视着。他显然是在等什么人。终于,路上传来了脚步声,借着灯光可以看见第二

一个人骑着自行车疾驰而来。

个人的身影一闪,门一关,一切又陷入了黑暗。五分钟后,二楼的一间房间里点亮了一盏灯。

"'斗鸡'旅店的习惯真是古怪。"福尔摩斯说。

"酒吧在另一边。"

"正是。这些人是大家所说的私客。詹姆士·瓦尔德先生这么晚了在这黑窝里究竟干什么,来这儿和他见面的那个人又是谁?来吧,华生,我们得冒冒这个险,靠近一点去调查。"

我们悄悄来到大路上,再偷偷溜到旅店的门口。那辆自行

车还靠着墙。福尔摩斯划亮一根火柴去照自行车的后轮。火光照亮加厚的邓禄普牌车胎时,我听到他轻轻笑了一声。我们头顶上就是那亮着灯的窗子。

"华生,我必须朝里看看。要是你弯下腰,扶着墙,我想我可以看到。"

接着,他的脚就踩到了我的肩膀上,可他刚踩上去就又下来了。

"走吧,我的朋友,"他说,"我们这一天工作得够长了。我想我们要收集的材料都收集到了。回学校要走很长一段路呢,我们最好尽快动身。"

我们疲惫不堪地走过了荒原。

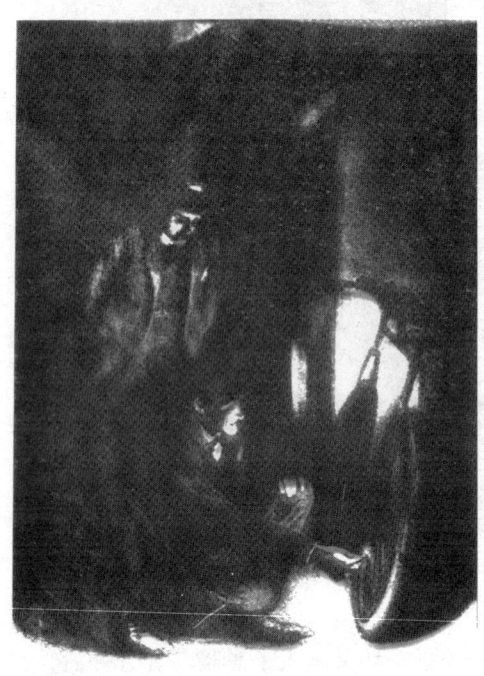

火光照亮邓禄普牌车胎时,他轻轻笑了一声。

一路上他很少开口,到达学校时他也没有进去,而是去麦克尔顿火车站发了几份电报。晚上很晚的时候,我听见他在安慰哈克斯泰布博士,因为博士正为那位老师的不幸而伤心不已。最后,他走进我的房间,依然像早晨出发时那样精力充沛、机警过人。他说:"一切进展顺利,我的朋友。我保证明天晚上之前我们就可以解开这个疑案了。"

第二天早上十一点钟,我和我朋友正走在霍尔德尼斯庄园那条著名的紫杉林荫道上。我们被带着穿过富丽堂皇的伊丽莎白式门厅,来到公爵大人的书房。我们在那儿见到了詹姆士·瓦尔德先生,文雅而又有礼貌,但他诡秘的眼睛和颤动的面容上,仍然潜藏着昨天晚上那种极度恐惧的痕迹。

"你们是来见公爵大人的吗?我很抱歉,公爵身体很不舒服。这不幸的消息一直使他很不安。我们昨天下午收到了哈克斯泰布博士打来的一封电报,告诉了我们你们发现的事情。"

"瓦尔德先生,我必须见公爵。"

"可他在卧室。"

"那我就去他的卧室。"

"我想他已经睡了。"

"那我就把他叫醒。"

秘书从福尔摩斯冷静而坚决的态度中看出,跟他争辩是没有用的。

"那么好吧,福尔摩斯先生,我去告诉他你来了。"

等了一个小时之后,那位大人物出现了。他脸色惨白,耸着双肩,我觉得他好像比前一天老了许多。他庄严地和我们寒暄之后,就在书桌旁坐了下来,长长的红胡子一直垂到桌上。

"什么事,福尔摩斯先生?"他说。

但是,我朋友的目光却盯着站在公爵椅子旁边的秘书身上。

"公爵大人,我想要是瓦尔德先生不在场,我可以谈得随便一点。"

秘书的脸色变得更苍白了,而且恶狠狠地朝福尔摩斯瞥了一眼。

"要是公爵你愿意……"

"是的,是的,你最好先出去一下。好了,福尔摩斯先生,你要对我说什么?"

我的朋友一直等到秘书出去把门关好后才说:"公爵大人,事情是这样的。我的同事华生医生和我得到哈克斯泰布博士的许诺,说解决这个案子是有报酬的。我希望能听到你亲口证实这一点。"

"那当然,福尔摩斯先生。"

"如果我没有听错的话,谁要是能告诉你你的儿子在哪里,就可以得到五千英镑。"

"一点没错。"

"如果能说出扣押你儿子的人的名字,另外还有一千英镑。"

"没错。"

"这后一项不仅包括带走你儿子的人的名字,而且也包括那些共谋扣押他的人的名字,是吗?"

"是的,是的,"公爵不耐烦地大声说,"福尔摩斯先生,只要你把活干得漂亮,你是不会抱怨待遇低的。"

我的朋友带着贪婪的神情,搓着他那双干瘦的手。他这样子很让我感到吃惊,因为我知道他一向索费很低。

他说:"我好像看见你的支票本就在桌上。请你给我开张六千英镑的支票。最好你再背签一下。我的代理银行是'城乡银行牛津街分行'。"

公爵板着脸,挺直了身子坐在椅子上,冷淡地看着我的朋友。

"你是不是在开玩笑,福尔摩斯先生?这可不是闹着玩的事。"

"公爵大人,我不是开玩笑。我现在是最认真不过了。"

"那么你这是什么意思?"

"我的意思是,我已经挣到了这笔报酬。我知道你的儿子在哪里,而且至少也知道几个扣押他的人。"

公爵的红胡子在苍白可怕的面孔上愈加显得吓人。

"他在什么地方?"他喘着气说。

"他在,或者说昨天晚上在,离你庄园大约两英里处的'斗鸡'旅店。"

公爵瘫坐在椅子上。

"那么你要控告谁呢?"

歇洛克·福尔摩斯的回答让人大吃一惊。他快速地走过去,碰了一下公爵的肩膀。

"我控告的就是你,"他说,"公爵,麻烦你开支票吧。"

公爵从椅子上跳起来,双手紧握成拳头,像是一个掉进深渊的人,他当时的表情我终身难忘。然后他靠着贵族极大的自我控制力才坐下来,把脸埋在两手中,过了好几分钟才开口。

"你知道多少情况?"

"我昨晚看见你和他们在一起。"

"除了你朋友外,还有别人知道吗?"

"我对谁也没有说。"

公爵用颤抖的手拿起笔,打开支票本。

"福尔摩斯先生,我说话是算数的。不管你得到的情况对我是多么不利,我还是给你开支票。我当初提出这个报酬的时候,没有料到事情会发生如此变化。不过,福尔摩斯先生,你和你朋友都是谨慎的人,是吗?"

"我不大明白公爵大人的意思。"

"福尔摩斯先生,我跟你直说吧。要是只有你们两人知道这件事，那么就没有理由让这件事传出去。我想付给你们的一共是一万二千英镑，是不是？"

可福尔摩斯笑着摇摇头。

"公爵大人，我想这件事恐怕不是这么容易解决的。学校老师的死亡总得有个说法吧。"

"可是詹姆士对此一无所知。你总不能让他来负这个责任吧。这是那个凶残的恶棍干的，而詹姆士只是不幸雇佣了这样一个人。"

"公爵，我是这样看的。当一个人犯下一桩罪行时，对于由此而引起的另一项罪行，他也负有道义上的责任。"

"福尔摩斯先生，从道义上来说，你无疑是对的。但从法律的角度来说，你说的并不对。一个像你一样对谋杀深恶痛绝的人，是不应为一起他不在现场的谋杀案而受到惩罚的。他一听说杀了人，就立刻把一切都向我坦白了，而且万分惊恐、万分后悔。他立刻和杀人犯断绝了一切往来。福尔摩斯先生，你一定得救救他，一定得救救他！我跟你说，你一定要救救他！"公爵已经完全放下了架子，脸抽搐着，在屋里踱来踱去，而且两手握拳在空中挥动着。他最后控制住自己，在书桌旁重新坐下来。他说："你没有与任何人讲这事，而是先来我这里，我对此非常感谢。我们至少可以商量怎样尽量制止这件可怕的丑闻。"

"正是这样，"福尔摩斯说，"公爵大人，我想只有你我之间开诚布公才能做到这一点。我想尽一切能力来帮助你，但要想做到这一点，我必须仔细地了解一切情况。我明白你刚才说的是瓦尔德先生，而且我知道他不是杀人犯。"

"那个杀人犯已经逃跑了。"

歇洛克·福尔摩斯意味深长地笑了笑。

"公爵大人，你大概没有听说过我所享有的小小名声吧，否则你是不会认为我很好骗的。由于我的报告，卢宾·黑斯先生昨晚十一点已经在柴斯特菲尔德被逮捕了。我今天早晨离开学校之前，收到了当地警长的电报。"

公爵仰身靠在椅子背上，惊异地盯着我的朋友。

他说："你好像有超人的能力。那么说，卢宾·

"杀人犯已经逃跑了。"

黑斯已经被抓起来了？我真高兴知道这件事，但愿这不会影响詹姆士的命运。"

"你的秘书？"

"不，先生，他是我的儿子。"

这次轮到福尔摩斯吃惊了。

"公爵大人，我承认我完全不知道这一点。我想请你说明白一些。"

"我对你一点也不隐瞒。我同意你的意见,在这样的绝境中,只有坦诚相见才是最佳的办法。是詹姆士的愚蠢和嫉妒,把我们引到了这样的绝境中。福尔摩斯先生,我很年轻的时候相爱过,那种爱一辈子只有一次。我向这位女士求婚,但她拒绝了,因为她担心这样的婚姻会影响我的前途。如果她还活着,我肯定是不会和别人结婚的。她死了,留下了这个孩子。为了她,我抚育和培养这个孩子。我不能公开我和他的父子关系,但我让他受到最好的教育,成人后也一直把他留在身边。他趁我不小心弄清了事情的真相,并且一直以此来要挟我。他知道我对流言蜚语深恶痛绝,因此也以能制造出丑闻来要挟我。我那不幸的婚姻和他留在我这里有一定的关系。他特别憎恨我年幼的合法继承人。你一定会问,在这样的情况下,我为什么还要让詹姆士留在我家中。那是因为我在他的脸上看到了他母亲的面孔,而且正因为她的缘故,我才无法结束我的痛苦。她所有的可爱之处——没有一点是詹姆士不能使我联想或回忆起来的。我无法让他走,但我又害怕他会伤害阿瑟,也就是萨蒂尔勋爵。为了安全,我把他送到了哈克斯泰布博士的学校。

"詹姆士结识了这个黑斯,因为黑斯是我的佃户,而詹姆士是收租人。黑斯是个十足的恶棍,可不知怎么的,黑斯居然和他成了密友。詹姆士总是喜欢结识下流朋友。詹姆士决定绑架阿瑟的时候,利用的就是这个人。你们都记得在出事的前一天,我给阿瑟写过一封信。詹姆士打开信,塞了一张便条进去,要阿瑟在学校附近的叫'萧岗'的小树林里见他。他用了公爵夫人的名义,这样孩子就来了。那天傍晚,詹姆士骑自行车去了学校,我说的都是他亲口向我承认的。他在树林中见到了阿瑟,告诉他说,他母亲想见他,正在荒原上等他,并且说只要阿瑟半夜再到小树林去，会有一个人骑马把他带到他母亲那里去的。可怜的阿瑟落入了这个圈套。他按时赴约，见到了黑斯这家伙，还看到他牵着一匹小马。阿瑟骑上马，两人就一起出发了。下面的情况詹姆士也是昨天才听说的。好像当时有人在后面追他们，黑斯用木棍打了追赶的人，这个人伤势过重死了。黑斯把阿瑟带到了'斗鸡'旅店，并把他关在楼上的一个房间里，由黑斯太太照管。这个太太倒是个好人，但完全受她丈夫控制。

"福尔摩斯先生，以上就是我两天前第一次见到你时的情况。我当时知道的并不比你多。你也许会问，詹姆士这样做的动机是什么。我只能说，他憎恨我的继承人是不合情理的，而且也是疯狂的。在他看来，他才是我全部财产的继承人，而且他特别痛恨使他无法继承财产的法律。当然，他还有一个具体的目的，就是急于要我打破法律规定，而且他认为我有权力做到这一点。他打算跟我做笔交易——我要想得到阿瑟，就必须打破法律规定，在遗嘱上写明把产业给他。他知道得很清楚，我决不会请警察来对付他。我是说他本来会跟我谈这笔交易的，但他实际上并没有这样做，因为事情发展得太快，他没有时间实现他的计划。

"他那邪恶的计划之所以失败，是因为你们发现了海德格尔的尸体。詹姆士听到这消息后吓坏了。昨天这消息传来时，我们正坐在这间书房里。哈克斯泰布博士发来了一封电报。詹姆士显得极为忧伤和激动，使我确信了我原来曾有过的怀疑。我给他施加了一点压力，他便主动坦白了一切。然后他恳求我把这秘密保持三天，好给他罪恶的同谋保住性命的机会。我对他的哀求让步了，我总是对他让步的。他立刻赶到'斗鸡'旅店去通知黑斯，并资助他逃跑。我白天去不了那里，因为那样会引起人们的议论,所以,天一黑我就赶去看望我亲爱的阿瑟。我发现他安然无恙,只是被他所亲眼目睹的暴行吓得惊恐万状。为了遵守我的诺言,但也是违背我的意愿,我同意让孩子在那儿再待三天,由黑斯太太照顾。显然,要是报告警察孩子在哪里,就不能不告诉他们凶手是谁,而要惩罚凶手就不会不毁掉我可怜的詹姆士。福尔摩斯先生,你要求我开诚布公,我相信你的话,所以毫无隐瞒、毫无保留地把一切都告诉了你。你是不是也像我一样地坦率呢?"

"我会的,"福尔摩斯说,"公爵大人,我首先要说明,在法律面前你处于很不利的地位。你宽恕了重罪犯,并协助杀人犯逃跑,因为我不能不怀疑,詹姆士·瓦尔德资助他同谋逃跑的钱是从你那里得来的。"

公爵点头表示承认。

"这确实是件非常严重的事情。公爵大人,在我看来,你更应受到指责的是你对你小儿子的态度。你让他在那鬼地方继续待三天。"

"他们庄严地做了保证……"

"这种人的保证能算得了什么呢?你无法保证他不会再次被绑架。为了迁就你有罪的长子,你让你无辜的小儿子处于随时会发生的不应遭受的危险之中,这是毫无道理的行为。"

这位高傲的霍尔德尼斯公爵不习惯在自己的家中受到这样的指责。血一下子冲上了他高高的额头,但他出于良知没有吭声。

"我可以帮助你,但有一个条件。这就是请你按铃把马车夫叫来,按我的意思给他下个命令。"

公爵没有说什么就按了一下电铃。一个仆人走了进来。

福尔摩斯说:"你一定很高兴听说小主人找到了。公爵的意思是立刻派辆马车到'斗鸡'旅店把萨蒂尔勋爵接回来。"

等到兴冲冲的仆人走出后，福尔摩斯说："既然我们已经把握住了未来，对于过去发生的事就可以宽容一点。我不代表官方，所以只要正义得到伸张，我没有理由把我知道的一切讲出去。关于黑斯我不想说什么，绞刑架在等着他，我也不会出力去救他。我不知道他会说出什么来，但是我相信公爵大人可以让他明白，保持沉默对他没有坏处。警方会认为他绑架孩子只是为了获得赎金。要是他们自己查不出来，我没有理由要他们把问题看得更复杂。不过，我得提醒你，公爵大人，詹姆士·瓦尔德先生继续留在你家中只会带来不幸。"

"我明白这一点，福尔摩斯先生。我们已经决定，让他永远离开我，去澳大利亚谋生。"

"如果是这样的话，公爵大人，既然你自己说过你婚后生活的不幸是因为有他呆在你家里而造成的，那么我建议你尽力与公爵夫人和好，恢复你们中断了的关系。"

"福尔摩斯先生，这我已经安排好了。我今天上午给公爵夫人写了信。"

福尔摩斯站起身来说："如果是这样的话，我和我的朋友可以感到庆幸，我们这次短暂的北部之行颇有收获。我还有一个小问题，希望你能解释一下。黑斯这家伙给马钉上了冒充牛蹄印的铁掌。这样高明的一招是不是从瓦尔德先生那里学来的？"

公爵站着想了一会儿，脸上露出非常惊讶的神情。然后，他打开一扇门，把我们带进了一间装饰得像博物馆的大房子里。他带头走到角落里的一个玻璃柜前，指给我们看上面的铭文。

铭文上写道："这些铁掌是从霍尔德尼斯庄园的壕沟里挖出

的，为马蹄铁，但底部打成连趾形状，以使追赶者失去目标。据推测，此乃中世纪久经沙场的霍尔德尼斯男爵们所有。"

福尔摩斯打开柜子，把手指沾湿，擦了一下铁掌。他的手指上留下了一层薄薄的新泥土。

"谢谢你，"他说着把玻璃柜关好，"这是我在这北部看到的第二件最有意思的东西。"

"那么第一件呢？"

福尔摩斯折好支票，小心地放到笔记本里。"我是个穷人。"他说着，亲切地拍了拍笔记本，把它塞进了里面口袋的深处。

黑彼德

一八九五年，我朋友在身心两方面都处于最佳状态。他那与日俱增的名声，使他要办的案子应接不暇。我只要哪怕是略微暗示一下迈进我们贝克街小小寒舍的某些著名人物，都会被认为不够谨慎，而受到责备。福尔摩斯像所有伟大的艺术家一样，只为事业而生活。除了霍尔德尼斯公爵一案外，我很少见他为自己无法估量的功绩索取高额报酬。他非常清高，或者说非常任性，常常拒绝帮助那些有钱有势的人，因为这些人的案子引不起他的兴趣；而同时，他又会一连好几个星期尽心尽力地为一些普普通通的当事人奔走，因为这些人的案子离奇动人，能激发他的想象力，并考验他的才智。

在一八九五年这难忘的一年中，福尔摩斯经办了一系列稀奇古怪、矛盾百出的案子，其中包括对红衣主教托斯卡突然死亡的著名调查（这是在教皇陛下特别指示下办理的），以及抓获那名臭名昭著的养金丝雀的威尔逊（这为伦敦东区除掉了一个祸根）。紧接着这两个案子的是伍德曼李庄园的惨案，也就是彼德·卡里船长之死的疑案。要是不把这桩非同寻常的案件加进来，那么歇洛克·福尔摩斯先生的破案记录也许不能算全。

那是七月的第一个星期，我朋友常常长时间外出，所以我知道他手头肯定有什么案子。那几天，有几个长相粗野的人来访，并询问巴斯尔船长，于是我意识到福尔摩斯一定乔装改扮、隐姓埋名在某处办案，以不让人知道他那令人生畏的身份。福尔摩斯在伦敦不同的地方至少有五个小住处，可以在这些地方改变自己的身份。他丝毫没有向我提及他正在办理的案子，我也不习惯追问他。真正使我猜出他调查目标的第一个迹象是非常奇特的。他早饭前就出去了，当他迈着大步走进屋来时，我坐下来正准备吃早饭。只见他头戴礼帽，腋下夹着一根像雨伞一样的有倒刺的短矛。

"我的天哪，福尔摩斯！"

"我的天哪，福尔摩斯！"我叫了起来，"你就这样带着那玩意儿在伦敦东游西逛吗？"

"我一路跑到肉店又跑了回来。"

"肉店？"

"是啊，回来后胃口好极了。我亲爱的华生，早餐前锻炼一下无疑是大有好处的。不过我敢打赌，你猜不出我进行了什么锻炼。"

"我也不想猜。"

他一面倒咖啡一面低声笑着。

"要是你刚才在阿拉迪斯肉店的后面，就会看到天花板下挂着一头死猪,一位穿着衬衫的绅士正用这武器疯狂地戳它。这个精力旺盛的人就是我。我很高兴我没有花多大力气就一下子把猪刺穿了。也许你也想试一试?"

"我才不想试呢!可你为什么要这样做呢?"

"因为我觉得这与伍德曼李的疑案有间接联系。啊,霍普金斯,我昨晚收到了你的电报,一直在恭候你的光临。进来和我们一起吃点东西吧。"

我们的客人非常机警,三十岁左右,身穿素雅的花呢衣服,但保持着穿惯了制服的那种笔挺的风度。我立刻认出他是斯坦莱·霍普金斯,一位福尔摩斯寄予厚望的年轻警探。他像小学生一样,对我们这位著名业余侦探的科学方法充满了钦佩和敬意。霍普金斯愁容满面,带着十分沮丧的神情坐了下来。

"不用了,先生。我来这儿之前就吃过早饭了。我昨天来伦敦汇报,晚上就没有回去。"

"你有什么可汇报的?"

"失败,先生,彻底的失败。"

"没有任何进展吗?"

"没有。"

"我的天哪!我一定要查一查这个案子。"

"福尔摩斯先生,要是你能查办这个案子,我可太高兴了。这个案子本来是我的一次好机会,而我却一筹莫展。看在上帝分上,去那儿帮我一把吧。"

"好,好,我碰巧刚刚仔细看过已经掌握的所有证据,其中包括那份侦查报告。我顺便问一下,在犯罪现场发现的那只烟丝袋,你是怎么看的?那上面没有任何线索吗?"

霍普金斯好像吃了一惊。

"先生,那当然是他自己的烟丝袋,里面有他名字的缩写字母。烟丝袋是用海豹皮做的——他以前捕过海豹。"

"可他没有烟斗。"

"是的，先生，我们没有找到烟斗。他确实很少抽烟，不过他也许为朋友们准备了一些烟丝。"

"显然是吧。我提及这一点，是因为如果我来处理这个案子，会倾向于把这烟丝袋作为我调查的起点。不过，既然我朋友华生医生对这起案子一无所知，我也不反对再听一遍这个案子发生的经过，你不妨把主要情况简单地给我们讲一下。"

斯坦莱·霍普金斯从口袋里掏出一张纸条。

"我这儿有份年谱，可以说明死者彼德·卡里船长的一生。他生于一八四五年，现年五十岁，在捕捉海豹和鲸鱼上可谓不畏艰险，而且相当成功。一八八三年，他当上了丹迪港①的捕鲸船'海上独角兽'号的船长，一连几次出海都颇有收获，于是便于次年，也就是一八八四年，告别了海上生活。在这之后，他旅行了几年，最后在苏塞克斯郡靠近弗雷斯特住宅区的地方，买下了一个叫伍德曼李的小庄园，并在那里住了六年，一星期前遇害。

"这个人有些很特殊的地方。在日常生活中，他可算是个严格的清教徒，话不多，也比较阴郁。他家里有妻子、一个二十岁的女儿和两个女仆。女仆经常更换，因为他家的气氛很压抑，有时简直让人受不了。这个人时不时地会喝得酩酊大醉，一醉就成了十足的恶魔。大家都知道，他有时半夜把妻子和女儿赶出家门，打得她们在院子里四处乱跑。直到全村的人被尖叫声惊醒。

"他有一次曾因殴打老牧师而遭到传讯，因为老牧师到他

---

① 苏格兰东部的一个海港。

家中指责他行为不良。总而言之，福尔摩斯先生，你很难遇到比彼德·卡里更凶暴的人，而且我听说他当初当船长时性格就是这样。他这一行的人都叫他黑彼德，给他起这个名字，不仅因为他皮肤黝黑、留着黑色的大胡子，而且因为他周围的人都怕他怕得要命。不用说，邻居们没有一个不怕他、没有一个不对他敬而远之的。他这样惨死之后，我没有听到有谁说过一句惋惜的话。

"福尔摩斯先生，你一定在调查报告中看到，这个人有个小木屋，不过也许你朋友还没有听说过这一点。他在离家几百码远的地方建了一个小木屋，总把这木屋叫做'小船舱'，并且天天晚上睡在里面。这个小木屋只有一间，长十六英尺，宽十英尺。他一直把木屋的钥匙装在自己的口袋里，自己铺床，自己收拾屋子，而且决不让任何人迈进木屋的门槛。木屋的四壁都有窗户，上面挂着窗帘。窗户从来不打开。有一扇窗户正对着马路，晚上里面亮着灯时，人们常相互对它指指点点，猜想着黑彼德在里面干什么。福尔摩斯先生，我们在调查中得到的几点明确的情况就是从这扇窗户得来的。

"你还记得，在出事的前两天，有一位名叫斯雷特的石匠，在凌晨一点钟时从弗雷斯特住宅区走来，走过小木屋时停了一下，透过树丛朝亮着灯的窗户望了一眼。他发誓说，清清楚楚地看到窗帘上映出一个人头部的侧面像，并且说这个人绝对不是他所熟悉的彼德·卡里。这个人留着胡子，但他的胡子很短，而且向前翘着，与船长的胡子完全不同。石匠是这样说的，不过他当时已经在酒店里喝了两个小时的酒，而且马路离窗户也有一段距离。再说，他说的事在是星期一，而谋杀是星期三发生的。

"星期二那天，彼德·卡里脾气坏极了，喝酒喝得满脸通红，凶暴得像头吃人的野兽。他在他家的周围转悠着，家里的几个女人听到他回来早就溜了。他深夜去了小木屋。他女儿当晚是开着窗户睡觉的，在凌晨两点钟时她听到从木屋方向传来了令人毛骨悚然的喊叫声，但是没有把这放在心上，因为他喝醉了之后大喊大叫是常有的事。有个女仆早晨七点钟起来时，看到木屋的门开着，但是因为太怕黑彼德了，所以一直到中午才有人大着胆子去看看他怎么样。人们朝开着的屋门里瞥了一眼，映入他们眼帘的景象吓得他们脸色苍白，飞跑回村。不到一小时，我就到了现场，接过了这个案子。

"福尔摩斯先生，你知道我通常是很冷静的，但我可以告诉你，当我把头探进那小木屋时，我真的吓了一大跳。成群的苍蝇和绿头蝇在嗡嗡地叫着，墙壁和地板看上去简直像个屠宰场；他把这小木屋叫做'小船舱'，这也的的确确像个船舱，因为你在里面会感觉到像在一艘船上一样。屋子的一头有张床铺、一个水手柜，墙上有地图和图表，还有一张'海上独角兽'号的油画，一个架子上摆着一排航海日记，整个一切完全像人们在一个船长的舱里所看到的。他本人在屋子的中间，那张脸像一个因痛苦而死亡的人一样扭曲着，斑白的胡子因为痛苦而往上翘着。一把钢制的鱼叉穿过他宽阔的胸膛，一直深深地扎进他身后的木墙上。他就像一只被钉在硬纸板上的甲虫。他当然早就死了，而且好像在他发出那痛苦的吼叫之后立刻就死了。

"先生，我熟悉你的方法，也运用了它们。我先不让人搬动任何东西，而是先仔细地检查了屋外的地面和屋里的地板。没有任何脚印。"

"你是说你没有发现脚印？"

"先生，我可以向你保证，那里没有任何脚印。"

"我的好霍普金斯，我办过许多案子，还没有碰到过由什么会飞的动物作的案。只要罪犯有两条腿，就一定会留下浅浅的脚印、淡淡的擦痕以及东西移动过的微微的痕迹，一个运用科学方法的侦探全能看得出来。简直难以想象，这么一间溅满血迹的屋子居然会没有任何一点可以帮助我们的线索。不过，我从你的调查中可以看出，有些东西你没有仔细检查。"

这位年轻警长听到我朋友这番讽刺话后，不由得眉头一皱。

"福尔摩斯先生，我当时没有找你真是太蠢了，可现在说这话也没有用了。是的，屋里确实有几样东西值得特别注意。其中之一是用于谋杀的那把鱼叉，是从墙上的一个架子上一把抓下来的。架子上还有两把鱼叉，放第三把鱼叉的地方空着。鱼叉的木柄上刻着'SS，海上独角兽号，丹迪港'。以此可以推断，凶杀是在愤怒之中发生的，凶手顺手操起了看到的第一件武器。考虑到凶杀发生在凌晨两点，而且彼德·卡里穿着衣服，我们可以推测，他与凶手有约会，桌上的一瓶罗姆酒和两只用过的杯子也证明这一点。"

"不错，"福尔摩斯说，"我想这两个推测都说得通。屋里除了罗姆酒外还有别的酒吗？"

"有，水手柜的上面有个小酒柜，里面摆着白兰地和威士忌。不过这对我们并不重要，因为这些细酒瓶个个都是满的，显然没有喝过。"

"话虽这么说，这小酒柜还是比较重要的，"福尔摩斯说，"好了，请给我们讲讲你认为与此案有关的其他物品吧。"

"桌上放着这个烟丝袋。"

"放在桌子的哪个地方？"

"放在桌子的中间。烟丝袋是用未加工的带毛的海豹皮做的，上面有根小皮绳可以把它系住。烟丝袋翻口的里面有字母

'P. C.',袋子里有半盎司水手们抽的强烈的烟丝。"

"太好了!还有什么?"

斯坦莱·霍普金斯从口袋里掏出一个土黄色封面的笔记本,本子的外面已经磨得起了毛,里面的纸张也发黄了。笔记本的第一页上有人名字母缩写"J. H. N."和日期"一八八三"。福尔摩斯把笔记本摆在桌上,非常仔细地检查起来,霍普金斯和我则一左一右越过他的肩膀看着。笔记本的第二页上印有"C. P. R。"三个字母,后面几页都是数字。再往后有"阿根廷""哥斯达黎加""圣保罗"等大项,每一项的后面都有几页符号和数字。

把笔记本摆在桌上,仔细地检查起来。

"你是怎么看待这些的?"福尔摩斯问。

"看起来好像是交易所证券的报表。我想'J. H. N.'可能是某个经纪人名字的缩写字母,'C. P. R.'可能是他的委托人。"

福尔摩斯说:"看看'C. P. R.'是不是加拿大太平洋铁路?"

斯坦莱·霍普金斯一面低声责骂自己,一面握紧拳头敲着自己的大腿。

"我真是太笨了!"他叫道,"你说的一点不错。那么我们要解开的只有'J. H. N.'这几个名字缩写了。我已经查过交易所的老报表,发现一八八三年交易所内外所有经纪人中没有一个人的名字缩写字母与这相符。可我总觉得这是我手头掌握的最重要的线索。福尔摩斯先生,你得承认有这种可能性,这几个字母也许是现场第二个人的名字缩写,也就是说是凶手的名字缩写。我还认为,记载着大量有价证券的笔记本出现在本案中,第一次向我们指出了谋杀的动机。"

福尔摩斯脸上的表情说明,这新的事态发展完全出乎他的意料。

"我很赞同你的两个观点,"他说,"我承认这本在最初调查中没有提到的笔记本改变了我原来的看法。我原来对这起案子的看法没有考虑到这个笔记本。你有没有追查一下笔记本里提到的那些证券?"

"我们正在交易所调查,但是我想这些南美公司股票拥有者的全部名单很有可能在南美,肯定要过几个星期之后才能查出这些股份。"

福尔摩斯一直在用放大镜仔细检查笔记本的封皮。

"这儿有点弄脏了。"他说。

"是的,先生。那是血迹。我告诉过你,我是从地板上捡起来的。"

"血迹是在笔记本的上面还是下面?"

"是在挨着地板的那一面。"

"这意味着笔记本是在案发之后掉下来的。"

"正是这样,福尔摩斯先生。我当时也是这样想的,而且我还认为笔记本肯定是凶手仓皇逃跑中掉下的,因为它掉在门的旁边。"

"我想死者的财产中一定没有找到这些证券吧?"

"没有。"

"你有没有理由认为这是一起杀人抢劫案呢?"

"没有,先生。屋里的一切好像都没有动。"

"天哪,这真是件很有意思的案子。那里还有把刀子,是吗?"

"一把带鞘的刀子,还在刀鞘里。刀子就在死者的脚边,卡里太太证明那是她丈夫的东西。"

福尔摩斯沉思了一会儿。

他最后开口说:"我想我应该亲自去察看一下。"

斯坦莱·霍普金斯高兴地叫了起来。

"谢谢你,先生。这真是让我如释重负啊。"

福尔摩斯朝这位警长摆摆手。

"一个星期前事情要容易得多,"他说,"不过现在去还不至于一无所获。华生,要是你能腾出点时间陪我一起去,我将非常高兴。霍普金斯,你去叫辆四轮马车,一刻钟后我们就可以出发去弗雷斯特住宅区了。"

我们在路边的一个小驿站下了车,匆匆穿过几英里长的树林。这片树林是曾经抵挡撒克逊侵略者达六十年之久的大森林的一部分,被称为不可逾越的"森林地带"、英国的堡垒。森林中大部分的树木已经被砍伐去炼铁,因为英国最早的一些钢铁厂就坐落在这里。现在,钢铁业已经被吸引到了矿产丰富的英国北部,这里只剩下表明它过去历史的荒凉的小树林和坑坑洼洼的地面。绿色的山坡上有一块空地，上面有一座长而低的石头房子，一条马车道弯弯曲曲地穿过田野通向那房子。靠近大路有一间小屋，三面被灌木丛围着，屋门和一扇窗户正对着我们的方向。这就是谋杀的现场。

斯坦莱·霍普金斯带着我们走进这所房子，并把我们介绍给一位面容憔悴、灰白头发的妇女——被害人的遗孀。她那布满深深皱纹的瘦脸，红红的眼窝，以及眼睛深处隐藏着的恐惧的目光，都诉说着她长年所经受的苦难和虐待。陪着她的是她的女儿，一个面色苍白的金发姑娘。姑娘毫无畏惧地望着我们说，她很高兴她父亲死了，而且她祝福那个把她父亲戳死的人。黑彼德把自己的家搞得太不像样，我们出来走到阳光下时，都有一种如释重负的感觉。然后我们沿着死者踩出来的一条田间小路向前走。

小木屋可算是最简单的住房，四周是木板墙，房顶也是木头的，靠门有扇窗户，屋的尽头也有扇窗户。斯坦莱·霍普金斯从口袋里掏出钥匙，低头正要开锁，忽然停了下来，脸上露出警觉而又惊讶的神情。

"有人撬过锁。"他说。

情况确实如此。门的木质部分被撬过，油漆上被划过的地方露出了白色，而且好像是刚刚被撬的。福尔摩斯一直在检查窗户。

"有人还想从窗子进屋。不管这个人是谁，他没有能进得去。这肯定是个很笨的盗贼。"

我们的警长说："这是件很不寻常的事。我可以发誓，昨天晚上这里没有这些痕迹。"

我提示说："也许是村里某个好奇的人干的。"

"这不大可能。村里人几乎没有谁敢走到这里来，更不用

· 福尔摩斯的归来 ·

"有人撬过锁。"

说闯进小屋了。福尔摩斯先生,你怎么看呢?"

"我认为我们很幸运。"

"你是说这个人还会来吗?"

"很有可能。这个人来的时候,原以为门是开着的。他试着用一把很小的折刀把门弄开,但是没有成功。那么他会怎么办呢?"

"第二天晚上带上更适用的工具再来。"

"我也是这样看的。我们要是不在这儿等着他,那就是我们的错了。现在,先让我看看屋里的情况。"

谋杀的痕迹已经清理掉了,但屋里的家具还保持着案发那天夜里的情形。整整两个小时,福尔摩斯全神贯注地依次检查了每一件物品,但他脸上的神情表明他的检查收获不大。在他耐心检查的时候,他有一次停了一会儿。

"霍普金斯,你从这个架子上拿走过东西吗?"

"没有,我什么也没有动。"

"一定有东西被拿走了。架子上这个角落的灰尘比别处少些。可能是一本平放着的书,也可能是个小盒子。好了,好了,我已经全部检查完了。华生,我们去这美丽的树林里走走吧,享受几小时的鸟语花香。霍普金斯,我们过一会儿再见,看看是否能和昨晚来访的先生短兵相接。"

晚上十一点多钟时,我们才布置好小小的埋伏。霍普金斯主张让小木屋的门开着,但福尔摩斯认为那样会引起这个陌生人的怀疑。门上的锁很简单,只要有一把结实的刀子就能把它打开。福尔摩斯还建议说,我们应该在屋外而不是在屋里等,应该在顶头那扇窗户外面的灌木丛里等。这样,要是来人点灯,我们就可以监视他,看看他深夜这样偷偷摸摸地来这儿干什么。

守候的时间又长又乏味,但有一种历险的感觉,就像猎人守候在水池边,等待捕捉来饮水的野兽一样。黑暗中偷偷摸摸向我们走来的是什么样的野兽呢?那是一只伤人的猛虎,只有和它尖锐的牙齿以及锋利的爪子进行艰苦的搏斗之后才能捕到呢,还是一只躲躲闪闪的豺狼,只对那些懦弱的人和没有防备的人构成威胁呢?

我们蹲在灌木丛里,一声不响地等待着一切可能发生的事。起初引起我们警觉的是晚归的村民的脚步声和村里传来的说话声,但这些一一消失了。除了远方传来的告诉我们夜晚进程的教堂钟声和细雨落在我们头顶树叶上的簌簌声,我们的四周一片寂静。

钟声已经敲过了两点半,正是黎明前最黑暗的时候,大门方向传来了一声尖锐的咔嚓声,引起了我们的警觉。有人走上了马车道。接着又是很长时间的寂静,我正开始怀疑那是一场虚惊,突然从木屋的另一边传来了悄悄的脚步声,然后又传来了金属的摩擦声和碰撞声。来人正在撬锁。这次或是他的技术有了长进，或是他的工具更好一些，只听到啪嗒一声，门轴嘎吱吱地转动了。然后有一根火柴被划亮，紧接着稳定的烛光照亮了屋内。我们透过薄纱窗帘，盯视着屋内的情景。

他俯在桌上，一页页地飞速翻阅着本子。

这个夜间来客是个身体瘦弱的年轻人，黑色的胡须把他惨白的脸衬托得更加苍白。他大概刚二十出头。我还从来没有见过像他这样胆战心惊的人，因为我可以清清楚楚地看到他的牙齿在打冷战，四肢也在颤抖。他的衣着像个绅士，穿着诺福克式的上衣和灯笼裤，头戴便帽。我们看到他惊恐地打量着四周，然后把蜡烛头放在桌上，走到一个角落，出了我们的视线。他拿着一个大本子又走了回来，那是架子上排成一排的航海日志中的一本。他俯在桌上，一页页地飞速翻阅着本子，直到翻出他要找的项目。然后，他握紧拳头做了一个愤怒的姿势，把本子合上，重新放回到角落里，并吹灭了蜡烛。他还没来得及走出小木屋，霍普金斯的手就已经抓住了他的衣领。当他弄明白被捕了时，我听到他惊恐地长叹了一声。蜡烛又点上了，我们这个可怜的犯人在侦探的看管下浑身打战，蜷缩着身子。他一屁股坐在水手柜上，无奈地逐个看着我们。

斯坦莱·霍普金斯说："我的好伙计，你是谁？来这儿想干什么？"

这个人振做了一下精神，竭力保持镇定，然后望着我们。

"我想你们是侦探吧？"他说，"你们以为我和彼德·卡里船长的死有牵连吧。我可以发誓我是清白无辜的。"

霍普金斯说："这一点我们会弄清楚的。先告诉我们你的名字。"

他无奈地逐个看着我们。

"我叫约翰，霍普莱·内立根。"

我看见福尔摩斯和霍普金斯飞快地交换了一下眼色。

"你在这儿干什么？"

"我可以信赖你们吗？"

"不，不行。"

"那我为什么要告诉你们呢?"

"如果你不回答,审讯时可能会对你不利。"

年轻人有些发窘。

"好吧,我告诉你们,"他说,"为什么不说呢?可是我真不愿意让以前的流言蜚语又重新流传开来。你们听说过道生和内立根公司吗?"

我从霍普金斯的脸上看出他从没有听说过,但福尔摩斯却显得很有兴趣。

他说:"你是说那两个西部银行家吗?他们亏损了一百万英镑,毁了康沃尔郡一半的家庭,然后内立根失踪了。"

"正是这样的。内立根是我父亲。"

我们终于得到了一点确切的情况,可一个避债潜逃的银行家与被自己的鱼叉钉在墙上的彼德·卡里船长之间,还有很大的距离。我们都非常认真地听这位年轻人讲下去。

"事情主要涉及到我父亲。道生当时已经退休了。那时我虽说只有十岁,却能感觉到这件事带来的耻辱和恐惧。人们总是说我父亲偷了所有的证券,然后逃跑了。可事情并非如此。我父亲坚信,只要能熬到兑换证券的时候,一切都会好的,债权人的钱也一分都不会少。逮捕我父亲的传票还没来得及发出,他就坐小游艇动身去了挪威。我还记得最后那一个晚上他和我母亲告别的情景。他给我们留下了一张他带走的证券的清单,并且发誓说他一定会回来澄清名声,信任他的人是不会受累的。可他从此一直杳无音信,人和游艇都消失得无影无踪。我和我母亲都相信,他和游艇,还有带走的那些证券,全都沉到了海底。但是,我们家有位忠实的朋友,也是位商人。他不久前发现,我父亲带走的证券有一部分又重新出现在伦敦市场上。你们可以想象出我们是多么惊讶。我花了几个月的时间来追查这些证券,在经过许多波折和困难之后,终于发现这些证券的最初卖主是彼德·卡里船长,也就是这座木屋的主人。

"我当然对这个人做了一些调查。我发现他掌管过一艘捕鲸船,而这艘捕鲸船在我父亲渡海去挪威的时候,正好从北冰洋返航。那年的秋季多风暴,而且一直刮着强劲的南风。我父亲的游艇很有可能被风吹到北方,在那儿遇见了彼德·卡里船长的船。如果事情真是这样,那么我父亲怎么样了呢?不管怎么说,要是我能从彼德·卡里船长这儿弄清楚这些证券是怎么出现在市场上的,那么我就能证明我父亲并没有出售它们,而且他带走它们的时候并不是为了私利。

"我来苏塞克斯想见这名船长,可就在这个时候发生了可怕的凶杀。我从案情调查报告中读到了对这间小屋的描述,得知这只船的航海日志还保存在屋里。我突然想到,如果我能够查看一下'海上独角兽'号在一八八三年八月发生的事,我也许能解开我父亲的生死之谜。我昨晚想弄到那些航海日志,但是没有能打开门。今晚我又来试了一下,打开了门,结果发现航海日志中八月份的那几页被撕掉了。就在这时候我被你们抓住了。"

"就这些吗?"霍普金斯问。

"是的,就是这些。"他说的时候躲闪着目光。

"你没有别的要告诉我们吗?"

他犹豫了一下。

"是的,没有了。"

"昨天晚上之前,你没有来过吗?"

"没有。"

"那么你怎么解释这个呢?"霍普金斯大声说道,一面举起那本笔记本。笔记本的第一页上有这个人名字的字母缩写,封面还有血迹。

这个可怜的人一下子垮了。他用手捂着脸,全身发抖。

他痛苦地说:"你是从哪里弄到的?我不知道。我还以为掉在旅馆里了呢。"

霍普金斯严厉地说:"够了。不管你还有什么别的要说,你到法庭上去说吧。你现在跟我一起去警察局。福尔摩斯先生,我非常感谢你和你朋友来这儿帮助我。让你们跑了一趟真是没必要,因为没有你们我也会成功地办成这个案子,不过尽管这样,我还是非常感谢。我们已经在勃兰布莱特旅店为你们订好了房间,现在我们可以一起去村里了。"

我们第二天早晨回伦敦时,福尔摩斯问我:"华生,你觉得这件事情怎么样?"

"我看得出,你不大满意。"

"不,华生,我非常满意。不过我同时也感到斯坦莱·霍普金斯的方法不大对头。我对斯坦莱·霍普金斯感到失望。我本以为他会处理得更好一些。人总是应该探索一下是否有第二种可能性,并且留下余地。这是刑事案件调查中的首要原则。"

"那么什么是本案的第二种可能性呢?"

"就是我自己一直在调查的线索。我们据此也许一无所获。我很难说。但我至少要一直查到底。"

在贝克街有几封信在等着福尔摩斯。他抓起一封拆开,发出了一阵胜利的笑声。

"华生,太好了!第二种可能性有了发展。你有电报纸吗?给我写两封电报:'莱特克利夫大街,海运公司,萨姆纳。派三个人来,明天上午十点到。——巴斯尔。'我在那地方用的就是这个名字。另外一封是:'布里克斯顿,洛德街46号,警长斯坦莱·霍普金斯。请于明日上午九点半来吃早饭。

紧要。如不能来，请回电。——歇洛克·福尔摩斯。'好了，华生，这起讨厌的案子整整缠了我十天。我现在终于可以把它完全搁到一边去了。我相信明天我将会听到最后的结果。"

斯坦莱·霍普金斯准时在我们约好的时间来了，我们一起坐下来享用赫德森太太准备的丰盛的早餐。年轻的警长因为办案成功，所以兴致很高。

福尔摩斯问他："你真的认为你的结果是正确的吗？"

"这是我办得最完善的案子。"

"可我觉得这个案子还没有完全了结。"

"福尔摩斯先生，你的话让我感到很意外。还有什么没有了结呢？"

"你的解释是否能说明事情的各个方面？"

"当然能啦。我调查出年轻的内立根是在案发的当天住进勃兰布莱特旅店的。他去那里的借口是打高尔夫球。他的房间在一楼，随时都可以出去。就在当天晚上，他去了伍德曼李，在小木屋见到了彼德·卡里，与他吵了起来，并用鱼叉刺死了他。然后，他为自己所干的事情感到惊恐不安，逃出了小木屋，匆忙之中把笔记本掉在了地上。这笔记本是他带来询问彼德·卡里那些不同证券时要用的。你也许注意到了，有些证券上打了钩，而绝大多数没有。那些打了钩的证券是在伦敦市场上找到的，其他那些据推测仍在彼德·卡里手里。按照小内立根自己的说法，他急于找到那些证券来还给他父亲的债权人。他逃走之后，有几天不敢靠近那小木屋，但他最后不得不再去小木屋，因为他要获得他所需要的情况。事情不是非常简单、非常明显的吗？"

福尔摩斯笑着摇摇头。

"霍普金斯，我看里面只有一个漏洞，就是这一切完全不可能。你有没有试过用鱼叉去刺东西？没有？喔，喔，我亲爱的先生，你必须注意这些细节。我朋友华生医生可以告诉你，我整整试过一个上午。那可不是件容易的事，需要臂力很强，动作娴熟。可本案这把鱼叉刺出时力道很足，叉头深深地扎进了木墙。你认为这个贫血的青年能够掷出这样凶猛的一击吗？深更半夜与黑彼德一起共饮罗姆酒的是这个人吗？两天前在窗帘上被人看见的是他的侧影吗？不，不，霍普金斯，我们要找的是另一个人，一个强壮有力的人。"

警长的面孔在福尔摩斯讲这番话的时候拉得愈来愈长。他的希望和雄心——破碎了，不过不经过斗争他是不会放弃他的立场的。

"福尔摩斯先生，案发的那天晚上内立根在场，这一点你无法否认吧。笔记本可以证明这一点。即使你挑出毛病，我的证据仍能让陪审团满意。再说了，福尔摩斯先生，我已经抓住了我认定的罪犯，而你说的这个可怕的罪犯在哪儿呢？"

福尔摩斯神色庄重地说："我想现在上楼的就是他。华生，我觉得你最好把枪放在容易拿到的地方。"他站起来把一张写好的纸条放在一张靠墙的桌子上。他说："我们准备好了。"

门外早就传来了粗哑的说话声，这时赫德森太太开门进来说，有三个人要见巴斯尔船长。

"让他们一个个地进来。"福尔摩斯说。

第一个进来的人个子不高，有着红色的脸颊，长着斑白、蓬松的连鬓胡子，很讨人喜欢。福尔摩斯从口袋里掏出一封信。

"叫什么？"他问。

"詹姆士·兰卡斯特。"

"我很抱歉,兰卡斯特,船上人员已经满了。给你半个金镑,谢谢你来这里。请到这间屋子里去等几分钟。"

第二个进来的人细长、干瘦,头发平直,两颊内陷。他叫休·帕廷斯,也没有被雇用。他同样得到半个金镑,到一边去等待了。

第三个来申请的人长相很独特。一张哈巴狗似的凶恶面孔镶在一团蓬松的头发和胡须中,两只毫无畏惧的黑眼睛隐藏在一对下垂的浓眉下。他敬了个礼,像水手一样站在一旁,手里转动着帽子。

"叫什么?"福尔摩斯问。

"帕特里克·凯恩斯。"

"叉鱼手吗?"

"是的,出过二十六次海。"

"我想是在丹迪港吧?"

"是的,先生。"

"愿意出海去冒冒险吗?"

"愿意。"

"要多少钱?"

"每月八镑。"

"可以立刻出海吗?"

"一收拾好东西就可以。"

"带证明材料来了吗?"

"带了,先生。"他从口袋里掏出一卷粘有油渍的旧表格来。福尔摩斯接过来看了一眼就还给了他。

"你正是我要找的人,"他说,"那边的桌上有合同。你签个字,事情就算定了。"

这名海员蹒跚着走到屋子的一边,拿起了笔。

"是在这儿签字吗?"

"是在这儿签字吗?"他一面低下头去看桌上的东西一面问。

福尔摩斯扑到他身上,双手搂住他的脖子。

"这就行了。"他说。

我听到金属的撞击声和如同被激怒的公牛发出的一声吼叫声。接着就看见福尔摩斯和那个海员在地上滚打在一起。这个人的力气太大了,要不是霍普金斯和我赶紧过去帮忙,即使福尔摩斯熟练地给他戴上了手铐,他还是很快会把福尔摩斯制服的。直到我把冰凉的枪口对准他的太阳穴的时候,他才意识到反抗是没有用的。我们用绳子绑住他的脚踝,然后才气喘吁吁地站起来。

福尔摩斯说:"很对不起,霍普金斯,恐怕炒鸡蛋已经凉了。不过,一旦知道你的案子胜利结束了,你吃早饭也许会更香一些。"

斯坦莱·霍普金斯惊讶得说不出话来。

他红着脸,结结巴巴地脱口说道:"福尔摩斯先生,我真不知道说什么好。我觉得自己好像从一开始就在闹笑话。我现在明白了我永远不该忘记的一点:我是学生,你是老师。就说现在我已经看见了你所做的一切,我还是不明白你是怎么办理的,也不明白它的意义。"

福尔摩斯宽厚地说:"好了,好了,我们都是慢慢积累经验的。你这次的教训是永远不能忽略第二种可能性。你把全部的注意力都集中在那个年轻的内立根身上,根本没有想到谋杀彼德·卡里的真正凶手是这个帕特里克·凯恩斯。"

那名海员嘶哑的声音打断了我们的谈话。

他说:"你听我说,先生。我一点也不抱怨你们这样对待我,但是我希望你们说话要确切。你说我谋杀了彼德·卡里,但我说我杀了彼德·卡里,这区别是很大的。也许你们不相信我说的话,也许你们认为我只是在骗你们。"

"一点也不,"福尔摩斯说,"你有什么话就说吧。"

"很快就会说完的,而且我发誓我说的一切都是真话。我很了解彼德·卡里,当他拔出刀子时,我抄起鱼叉朝他掷了过去,因为我知道不是他死就是我死。他就是这样死的。你们可以把这说成是谋杀。让黑彼德的刀子扎进我的心脏,或是让绞索套住我的脖子,对我来说都一样。"

"你怎么会去那儿呢?"福尔摩斯问。

"我给你们从头讲吧。让我坐下来,这样讲话方便些。事情发生在一八八三年的八月。彼德·卡里是'海上独角兽'号的船长,我是后备叉鱼手。我们当时正离开北冰洋的坚冰返航,整整一星期遇到的是迎面刮来的强劲南风。我们救起了一只被风吹到北方来的小船。船上只有一个人,而且是初次出海。我们船上的水手们以为他的大船已经沉没,他乘这只小船去挪威海岸。我猜他船上的海员都淹死了。总之,我们把这个人救到了船上。他和船长在舱里谈了很长时间。这个人随身带来的行李只有一个铁皮箱子。据我所知,这个人的名字从来没有人提到过,而且他第二天就消失了,好像他根本没有上过我们的船一样。当时的说法是,这个人不是自己跳海就是在那恶劣的天气中掉进海里去了。只有一个人知道他出了什么事,这个人就是我,因为我在值深夜第二班的时候,亲眼看见船长把他的两只脚捆住,扔进了船舷外的大海里。两天后我们就看见谢特兰灯塔了。

"这件事我对谁也没有说。我想等着看看有什么结果。我们回到苏格兰后,这件事情轻描淡写地掩饰了过去,也没有人再问。一个陌生人死于意外事故,谁也没有必要去打听。彼德·卡里不久就不干出海的行当了,好多年之后我才知道他在哪里。我猜想他是为了那铁皮箱子里的东西才下毒手的,而且我以为他现在可以给我一笔钱让我不说出去。

"我通过在伦敦遇见过他的一位水手得知了他的下落,便去他那里敲他一笔。头一天晚上他很通情达理,准备给我一笔钱,让我一辈子不用再出海。我们说好两天后把事情办完。我再去的时候,发现他已有三分醉意,而且脾气很坏。我们坐下来喝酒,聊着往事。他喝得越多,我越发现他的脸色不对。我看到了墙上的鱼叉,心想也许在我完蛋前用得着它。最后,他对我发起火来,又啐又骂,眼睛里露出凶光,手里拿着一把大折刀。他还没有来得及把刀从刀鞘里拔出来,我就用鱼叉刺穿了他。天哪!他那一声喊叫!他的面孔在我眼前模糊起来。我站在那里,四周都是他身上溅出来的血。我等了一会,看到没有任何动静,便又鼓起了勇气。我四下看了看,见到架子上放着那个铁箱子。不管怎么说,我和彼德·卡里都有权要这个箱子,于是我带着它离开了小屋。愚蠢的是我把烟丝袋忘在了桌上。

"我现在要告诉你们一件最古怪的事。我刚走出小屋,就听到有人走来。我躲到了灌木丛中。一个人偷偷摸摸走过来,进了小屋,像见到鬼似的喊了一声,撒腿就拼命跑,一会儿就没影了。我不知道他是谁,也不知道

我们坐下来喝酒,聊着往事。

他要干什么。至于我嘛,我走了十英里,在顿布立吉威尔斯上了火车,到了伦敦。神不知,鬼不觉。

"等我检查箱子的时候,我才发现箱子里没有钱,只有一些证券,但我不敢卖。我没有能把黑彼德抓在手里,现在身无分文地困在了伦敦。我只剩下了我的手艺。我看到雇佣叉鱼手的广告,报酬又高,所以就去了海运公司,他们把我派到了这儿。我要说的就是这些。我再说一遍,法律应该感谢我杀了黑彼德,因为我给他们省下了一根麻绳钱。"

"你讲得非常清楚,"福尔摩斯说着站起身来点上烟斗,

"霍普金斯,我看你应该尽快把这个犯人送到安全的地方去。这个房间不适合做牢房,再说帕特里克·凯恩斯先生身材魁梧,占的空间也太大了点。"

霍普金斯说:"福尔摩斯先生,我真不知道该怎样感谢你。即使是现在我还是不明白你是怎么成功的。"

"我只是从一开始就幸运地抓住了正确的线索。要是我早知道有那本笔记本,也很可能像你一样被它把思路引向别处。但是我所听到的一切都只把我引向一个方向。那惊人的力气,使用鱼叉的技巧,罗姆酒,装着粗制烟丝的海豹皮烟丝袋——所有这些只使人想到一个海员,一个捕过鲸鱼的海员。我相信烟丝袋上名字的字母缩写完全是个巧合,不会是彼德·卡里,因为他很少抽烟,木屋里也没有找到烟斗。你记得我曾问过你,木屋里是不是有白兰地和威士忌,你说有。有多少没有出过海的人在有这些酒的情况下,还会喝罗姆酒呢?所以我确信这是个海员。"

"你是怎么找到他的呢?"

"我亲爱的先生,这个案子到这时就非常简单了。如果凶手是海员,那肯定是和他一起在'海上独角兽'号上共过事的人。就我所知,黑彼德从来没有上过别的船。我给丹迪港打了电报,三天后就弄清了一八八三年'海上独角兽'号上所有水手的名字。当我看到名单中有帕特里克·凯恩斯时,我的侦查就几乎大功告成了。我推测他可能在伦敦,并且希望能离开英国一段时间。于是,我在伦敦东区住了几天,设计出了一个北冰洋探险队,提出极其诱人的条件找叉鱼手,在巴斯尔船长的手下干活——然后就有了这结果!"

"太妙了!"霍普金斯叫道,"太妙了!"

福尔摩斯说:"你得尽快释放小内立根。我觉得你应该向他道歉。那个铁箱子也必须还给他,当然,彼德·卡里卖出去的那些证券是要不回来了。霍普金斯,外面有出租马车,你可以把这个人带走了。如果审判时要我出庭,我和华生的地址是在挪威的某个地方——详细地址我以后再告诉你。"

查尔斯·密尔沃顿

我现在所讲的事情发生在多年前,可我落笔时仍然战战兢兢。多年来,无论我在写作时多么小心谨慎,多么保持分寸,我都无法把真情公之于众。不过,既然本案所涉及的关键人物已经不再受人间法律的约束,我只要做一些必要的保留,就能把这个案件讲述出来,而不会对任何人造成伤害。这个案件在歇洛克·福尔摩斯和我自己的生涯中可算是绝对独特的一件。如果我略去了日期和其他可以使人追溯出事情真相的情节,敬请读者原谅。

某个冬日的傍晚,天很冷,地上有霜。我和福尔摩斯出去散了会儿步,六点钟左右才回来。福尔摩斯打开灯,灯光照出桌上有一张名片。他瞥一眼,厌恶地哼了一声,把它扔到地上。我把名片捡起来,看到上面写着:

查尔斯·奥古斯特斯·密尔沃顿
阿坡多尔塔
罕姆斯德区
代理人

"这人是谁?"我问。

"伦敦最坏的人,"福尔摩斯回答说,一面坐下来把腿伸到壁炉前,"名片背后写了什么没有?"

我把名片翻过来,读道:

"六点半来访——查·奥·密。"

"哼!那他就要来了。华生,当你在动物园站在蛇的面前,看到这种蜿蜒爬行的有毒的动物,看到它们吓人的眼睛和邪恶的扁脸时,你是不是会有一种毛骨悚然的感觉?密尔沃顿给我的感觉就是这样。我干这一行接触过的杀人犯有五十多个,可其中最坏的一个也没有像他这样使我如此厌恶。然而我又不得不跟他打交道,实际上今天就是我请他来的。"

"可他究竟是干什么的?"

"我就告诉你,华生。他是敲诈勒索这一行登峰造极的人物。男人,尤其是女人,一旦有秘密和牵涉到名誉的事落到了他的手中,那就只有听天由命了!他带着一张笑脸和一颗铁石般的心肠,进行勒索再勒索,直到把他们全部榨干。这个人有几分天才,本可以在某个更体面的行业中发迹。他的方法是:让人们知道,他愿意出高价买下有钱有势的人的信件。他不仅从一些不可靠的男女仆人手里搞到这些东西,而且常常从一些赢得了妇女感情与信任的文明恶棍手中得到这些东西。他出手很大方。我曾听说他只为一张两行字的便条就付给一个仆人七百镑,结局是造成了一个贵族家庭的毁灭。市面上的一切都会传到密尔沃顿那里。我们这座大城市里有几百个人一听到他的名字就会吓得脸色发白。谁也不知道他会在什么时候下手,因为他太有钱,也太狡猾,决不属于那种靠这一行养家糊口的人。他会把一张王牌留在手里好多年,为的是在能赢得最大赌注时把它打出去。我刚才说他是伦敦最坏的人,那么我现在要问你,一个发脾气时打老婆的暴徒怎么能跟这个人相比呢?为了往自己早已鼓鼓囊囊的钱袋里再塞点钱,他可以有步骤地、从容地去折磨人的心灵。"

我很少见我朋友如此激动地说话。

我说:"可总有什么法律能管管这家伙吧?"

"理论上说有,可实际上做不到。比方说,要是一个女人让他蹲几个月的监牢,而她自己的名誉立刻被毁掉,这对她又有什么好处呢?所以,他的受害者都不敢反击。要是他敲诈一个无辜的人,我们当然要抓他,可他狡猾得像个魔鬼。不,不,我们得另想些办法来对付他。"

"那他来这儿干吗?"

"因为一位很有名气的当事人把她不幸的案子交给了我。这个人就是贵族小姐爱娃·布莱克威尔,上个季度初登社交界的最美丽的女士。她两个星期后就要嫁给多弗考特伯爵。这个恶魔弄到了几封轻率的信——轻率的,华生,仅此而已——信是写给一个年轻的穷乡绅的。这些信足以毁掉这门婚姻。如果不给他一大笔钱,密尔沃顿就会把这些信交给伯爵。我受委托见他,尽我所能把价钱压低。"

就在这时,街上传来了马蹄声和车轮声。我朝楼下望去,看见一辆富丽堂皇的双驾马车,车上明亮的灯光照着一对栗色骏马的光润腰腿。仆人打开车门,从车上下来一个矮壮的男人,身上穿着粗糙的黑色卷毛羊皮大衣。接着,这个人就来到了我们的屋里。

查尔斯·奥古斯特斯·密尔沃顿大约五十岁,一个显得很聪明的大脑袋,一张光滑的圆鼓鼓的脸上始终挂着冷笑,一双灵活的灰眼睛在金边大眼镜后面闪动着。他的脸上还带有一丝匹克威克先生[①]的那种仁慈,然而破坏这种仁慈感觉的是他的假笑和他锐利而四下打量的眼睛里射出的寒光。他的声音也像他的表情一样,温和而又稳重。他伸出又小又胖的手朝我们走

[①] 英国小说家狄更斯《匹克威克外传》中的主人公,以朴实慷慨著称。

来,嘴里低声说他第一次来没有见到我们感到很遗憾。福尔摩斯不理睬那只伸出来的手,而是板着脸冷冰冰地看着他。密尔沃顿咧开嘴笑了一下,耸了耸肩,脱掉大衣,仔细地把它折好放在椅子背上,然后坐下来。

他用手朝我的方向一指,说道:"这位先生是谁?这样说话谨慎吗?合适吗?"

"华生医生是我的朋友和同事。"

"太好了,福尔摩斯先生。我是为了你的当事人才这样问的。这件事情太微妙……"

查尔斯·奥古斯特斯·密尔沃顿。

"华生医生已经知道这件事了。"

"那我们就谈正事吧。你说你代表爱娃小姐,那么她有没有授权你接受我的条件呢?"

"你的条件是什么?"

"七千英镑。"

"否则呢?"

"我的好先生,我真不愿意谈论这一点。如果在十四日没有付钱,那么在十八日也就肯定不会有婚礼。"他脸上洋洋得意的笑容令人更加难以忍受。

福尔摩斯想了一会儿。

"我觉得,"他说,"你好像太自以为是了一点。我当然知道这些信的内容。我的当事人一定会按照我的建议去做的。我要劝她把这一切告诉她未来的丈夫,相信他的宽宏大量。"

密尔沃顿咯咯地笑了起来。

"你显然不了解伯爵。"他说。

从福尔摩斯困惑的表情中,我可以清楚地看出他的确不了解。

"这些信会造成什么样的危害呢?"他问。

"危害很大,很大,"密尔沃顿回答说,"这位小姐的信写得很讨人喜欢,不过我可以向你保证,多弗考特伯爵是不会欣赏这些信件的。既然你持不同看法,我们就不用再谈下去了。这只是一笔买卖而已。要是你认为把这些信件交给伯爵对你的委托人最为有利,那么付这样一大笔钱把它们买回去的确是太傻了。"他站起身来去拿他的黑色卷毛羊皮大衣。

福尔摩斯气得恼羞成怒,脸色发白。

"等一下,"他说,"不要那么急着走。这是个很微妙的问题,我们当然应该尽力避免发生丑闻。"

密尔沃顿又坐回到椅子上。

"我早就知道你会明白这一点的。"他咕哝着说。

福尔摩斯继续说下去:"你应该知道,爱娃小姐并不是很有钱。我可以向你保证,两千英镑就会让她倾家荡产,你说的数目完全超出了她的能力范围。因此,我请求你降低你的要求,按我提出的价格把信还回去。我保证让你得到她所能支付的最高价格。"

密尔沃顿咧开嘴笑了起来,并且诙谐地眨着眼睛。

他说:"我知道,你说的这位小姐的财产情况确实如此。不过你也要知道,一位小姐结婚的时候也是她的亲朋好友替她效力的最好时机。他们也许打不定主意该买什么样的结婚礼物,但我可以保证,买下这一叠信要比买下伦敦所有的枝形烛台和餐具给她带来更多的快乐。"

"这是办不到的。"福尔摩斯说。

"我的天哪,我的天哪,多么不幸啊!"密尔沃顿一面大声说着,一面拿出一本厚厚的笔记本,"我情不自禁地想到,女士们要是不作些努力就太不明智了。请看这个!"他举起一封便笺,信封上印有家徽,"这封信属于——也许我该等到明天早晨再说出这个名字。但到那时这封信就会落在这位女士的丈夫手中,就是因为她不肯把她的那些钻石换成纸币,拿出一点点来。这真是太遗憾了!你记得迈尔丝小姐和多尔金上校突然解除婚约的事吗?就在他们结婚前的两天,《晨报》上登出了一小段文字,说婚礼取消了。为什么呢?听起来也许令人难以置信,只要一千二百镑这么区区小数,问题本可以圆满解决。这是不是很可惜?而现在我发现你,一个通情达理的人,竟然在你委托人的前途和名誉危在旦夕的时候讨价还价。福尔摩斯先生,你真让我吃惊。"

福尔摩斯回答说:"我说的是真话。她没法弄到这笔钱。对你来说,接受我提出的这笔不小的数目,比毁掉这位女人的前途不是更好吗?因为毁掉她的一生对你没有什么好处。"

"福尔摩斯先生,这你就弄错了。事情传出去间接地对我有很大的好处。我还有八九件类似的事情快要办理了。要是她们得知我拿爱娃小姐示众,我想她们会更理智一些。你明白我的意思了吗?"

福尔摩斯从椅子上跳了起来。

"华生,站到他身后去!别让他出去!先生,现在让我们来看看你那笔记本里的东西。"

密尔沃顿像老鼠一样飞快地溜到了屋子的一边,背靠墙站着。

"福尔摩斯先生,福尔摩斯先生,"他说着翻开上衣的前襟,露出藏在里面口袋里的一支大左轮手枪的枪柄,"我料到你会有意外之举。这种情况我常常遇到,可这有什么好处呢?我实话告诉你,我是全副武装的,而且完全准备用枪,因为我知道法律会支持我的。再说,你以为我会把那些信夹在笔记本里带到这里来,那就完全错了。我是不会干这种蠢事的。好了,先生们,我今晚还有一两个小约会,而且到罕姆斯德区也很远。"他走过来拿起大衣,手放在枪上,转身朝门口走去。我拿起一把椅子,见福尔摩斯摇了摇头,便又放了下来。密尔沃顿微笑着鞠了一躬,眨眨眼,走出了屋子。不一会,我们听到马车砰的关门声和车轮的辘辘声。他走了。

福尔摩斯一动不动地坐在火炉前,双手深深地插在裤子口袋里,下巴垂到胸前,眼睛紧盯着发光的余烬。整整半个小时,他一动不动,也不做声。然后,他带着已经打定主意的姿态站了起来,走进他的卧室。过了一会儿,从里面出来一个不修边幅的年轻工人,留着山羊胡子,一副得意的样子。他下楼前在灯上点燃了泥制的烟斗。"华生,我过一会儿回来。"他说着就消失在夜幕中。我知道他已经开始和查尔斯·奥古斯特斯·密尔沃顿较量,但我没有想到这场较量竟会采取那种特殊的形式。

一连几天,福尔摩斯整天穿着这身衣服进进出出,但除了他说过在罕姆斯德,而且没有浪费时间外,我对他所做的事一无所知。最后,在一个暴风雨之夜,他终于回来了。外面狂风呼啸,吹得窗子啪啪作响。他除掉化装,坐在火炉前,像他往

他翻开上衣的前襟,露出藏在里面口袋里的枪柄。

常一样默默地会心地笑了。

"华生,你看我像不像个快要结婚的人?"

"一点也不像。"

"那我让你高兴一下,我订婚了。"

"我的天哪!我祝——"

"和密尔沃顿的女仆。"

"天哪,福尔摩斯!"

"华生,我需要情报。"

"你做得太过头了吧?"

"这是非常有必要的一步。我装扮成一个生意兴隆的管道工,名字叫埃斯科特。我每天晚上和她一起散步,和她聊天。天哪,都谈了些什么呀!不过我弄到了我想要的一切情况。我现在对密尔沃顿家已经了如指掌。"

"福尔摩斯,可那姑娘呢?"

他耸耸肩。

"我亲爱的华生,这是没办法的事。既然桌上的赌注是这个样子,你只能尽量出牌了。不过我庆幸有个情敌,我一转身他准会把我挤掉。多么美好的一夜啊!"

"你喜欢这种天气?"

"这种天气很适合我的目的。华生,我想今晚闯入密尔沃顿的家。"

他的这句话是用十分坚决的语气慢慢说出来的,我听了不禁倒吸一口凉气,全身打战。就像黑夜一道闪电立刻照亮了野外的每一个角落,我一眼就看出了这个行动可能产生的每一种后果:被发现、被抓住、受尊重的事业以不可挽回的失败和耻辱而告终,我朋友将受到这个可恶的密尔沃顿的摆布。

我叫了起来:"福尔摩斯,看在上帝分上,想想你在干什么吧!"

"我亲爱的朋友,我一切都考虑过了。我从来不干莽撞事,如果有别的办法,我不会断然采取这种冒险的行动。我们仔细而公正地想一想。我想你会认为这样做在道义上是无可非议的,虽然从法律上讲这是非法的。深夜闯入他家和强行拿走他的本子是一回事,而当时拿他的本子你还想帮我的忙呢。"

我在心里盘算了一下。

"是的,"我说,"只要我们此行是拿走那些用于非法目的的物品,我们在道义上就是正当的。"

"正是。既然这在道义上是正当的,那么我只要考虑个人风险问题。如果一位女士迫切需要一位先生的帮助，这位先生是不应该过多地考虑风险问题的。"

"你会被人误解的。"

"是的，这是风险的一部分。可是也没有别的办法可以拿回那些信件。那位可怜的小姐没有那么多钱，也没有别人可以信赖。明天是最后的期限，除非我们今晚能弄到那些信件，否则这个恶棍就会说到做到，毁了这位小姐的一生。因此，我要么让我的委托人听天由命，要么打出这最后一张牌。华生，我跟你说实话，这是我和密尔沃顿之间的生死决斗。你也已经看到了，他赢了前几个回合，但是我的自尊和荣誉一定要我斗到底。"

我说："我真不愿意这样做，但我想也没有别的办法。我们什么时候动身？"

"你不用去了。"

"那你也不必去，"我说，"除非你让我和你一起去冒险，否则我向你发誓，我马上就坐马车到警察局去告发你。我是说到做到的。"

"你帮不了我。"

"你怎么知道？你又不知道会发生什么事。不管怎么说，我已经打定了主意。有自尊心、讲名誉的不只有你一个人。"

福尔摩斯显得有些不高兴，但是终于舒展开了眉头，拍了拍我的肩膀。

"好了，好了，我的好伙计，就这么办吧。我们在这房子里共同生活了好几年，如果再蹲在同一座牢房里就更有意思了。华生，我跟你说实话。我一直有个想法：我要是当罪犯，一定是超一流的。这是我在这方面难得的一次机会。看这儿！"他从抽屉里拿出一个整洁的皮制小袋，打开来亮出里面几件闪亮的工具,"这是最新最好的盗窃工具,镀镍的撬棒,镶着金刚石的玻璃刀,万能钥匙,以及对付现代文明所需要的各种新玩意儿。我这儿还有在黑暗中使用的灯。一切都准备好了。你有走路不出声的鞋吗?"

"我有双橡胶底的网球鞋。"

"好极了!有面具吗?"

"我可以用黑绸布做两个出来。"

"我看你干这类事情很有天赋。很好,你做面具吧。我们出发前随便吃点东西。现在是九点半。十一点钟我们要赶到教堂区。从那儿到阿坡多尔塔要走一刻钟。我们半夜前可以动手。密尔沃顿十点半准时睡觉,而且睡得很死。不管怎么说,我们可以在两点钟前口袋里装着爱娃小姐的信件回到这里。"

福尔摩斯和我穿上夜礼服,这样看上去像两个看完了戏回家的人。我们在牛津街叫了一辆双轮马车去罕姆斯德区的一个地方。到那儿之后,我们付了车费,扣上外衣的纽扣,因为天很冷,风好像要把我们吹透。我们沿着荒地的边缘走着。

福尔摩斯说:"这件事需要谨慎对待。这些信放在这家伙书房里的一个保险柜里,书房是他卧室的前厅。不过,像所有会照料自己的壮汉一样,他睡觉睡得很死。我的那位未婚妻阿加莎说,仆人们把叫不醒主人当作笑话讲。他有个忠心耿耿的秘书,白天从不离开书房,因此我们只能晚上去。他还有一条凶猛的狗,总在花园里逛来逛去。我前两天晚上和阿加莎约会都很晚,她把狗锁起来,好让我顺利地出去。就是这座房子,很大,有院子。进大门——向右穿过月桂树。我们最好在这儿把面具戴上。你看,任何一扇窗子里都没有灯光,一切都很顺利。"

我们戴着黑绸面具,看上去像是两个伦敦最好斗的人。我们悄悄走近这所宁静而又阴森森的房子。房子的一边有一个铺了瓷砖的阳台，沿着阳台有几个窗户和两扇门。

福尔摩斯低声说："这就是他的卧室。这扇门直接通向书房。这本来对我们最有利，但是门上了锁，而且还拴上了，要进去就会弄出很多声音来。到这边来。这儿有间花房，门通向客厅。"

这地方也上了锁，但福尔摩斯划掉了一圈玻璃，然后伸手从里面开了锁。我们一进去，他就关上了门，这样我们从法律的角度来说就成了罪人。花房里温暖、凝重的空气和异国花草的浓郁芳香迎面扑来，弄得我们都喘不过气来。他在黑暗中抓住我的手，领着我穿过一排排的灌木丛。灌木刮在我们的脸上。福尔摩斯有在黑暗中看清事物的特殊能力，这是精心培养出来的。他一只手仍然抓着我的手，然后用另一只手开了一扇门。我模模糊糊地觉得我们进了一间大房间，里面不久前有人抽过雪茄烟。他在家具之间摸索着往前走，又开了一扇门，我们进去后又把门关上。我伸出手去，摸到墙上挂着几件外衣，我知道我是在过道里。我们穿过这条过道后，福尔摩斯又轻轻打开右手边的一扇门。里面有什么东西向我们扑来，使我把心都提到了嗓子眼。当我察觉到那是一只猫时，我真想放声大笑。这间屋子里生着火，而且空气里烟味很浓。福尔摩斯踮着脚走进去，等我跟进去后，他轻轻地把门关上。我们已经到了密尔沃顿的书房，对面有个门帘，通向他的卧室。

火烧得很旺，照亮了屋子。我看见门旁边有个闪亮的电灯开关，但即使我们可以大大方方地开灯，现在也没有这个必要。壁炉的一边有个厚厚的窗帘，遮住了我们从外面看见的凸窗。壁炉的另一边是通向阳台的门。屋子的中央有张书桌，桌旁有把闪闪发光的红皮转椅。书桌的对面是个大书柜，顶上有座雅典娜①的半身大理石像。在书柜和墙中间的角落里，有一个高高的绿色保险柜，擦得闪闪发亮的铜把手把炉火映照在柜门上。福尔摩斯悄悄走过去，看了看保险柜。然后他溜到卧室的门口，站在那里歪着头专心地听了一会儿。没有任何声音从里面传出来。与此同时，我突然想到最好应该从外面的门撤退，便过去检查这扇门。我惊喜地发现这扇门既没有上锁也没有插上门闩。我碰了一下福尔摩斯的胳膊，他把戴着面具的脸转向那个方向。我看到他吃了一惊，显然他和我都没有料到这一点。

他把嘴贴近我的耳朵说："这不大妙。我不明白为什么会是这样。不管怎样，我们要抓紧时间。"

"要我做什么？"

"你站在门边。要是听见有人来，就从里面把门拴上，我们可以顺原路出去。要是他们从另外一边来，如果我们的事已经办完，就可以从这扇门出去；如果事情没有办完，我们可以躲在窗帘后。明白了吗？"

我点点头，站到了门边。我最初的恐惧已经消失了，现在作为法律的藐视者所感到的热情却比我维护法律时的热情更强烈。我们这次使命的崇高目的、我们无私而带有骑士意味的感觉、我们对手的邪恶本性，所有这些都增加了我们这次冒险的乐趣。我没有感到任何的犯罪感，相反，我为这种冒险感到高兴和振奋。我带着几分羡慕，看着福尔摩斯打开他的工具袋，像外科大夫进行复杂手术那样，冷静地、科学地、准确地选择他的工具。我知道开保险柜是他的一个特殊爱好，我也理解他面前这个绿色和金色相间的怪物给他带来的喜悦，正是这条巨

---

① 希腊神话中的智慧女神。

龙吞噬了许多美丽女士的名声。福尔摩斯把大衣放在一张椅子上，卷起夜礼服的衣袖，拿出两把手钻、一根撬棒和几把万能钥匙。我站在中间的门旁，眼睛扫视着其他两个门，提防着出现紧急情况，虽然我并不十分清楚出现意外该怎么行动。福尔摩斯集中精力干了半小时，像个熟练的机械师一样，放下一件工具，又拿起另一件。最后，我听到咔嗒一声，保险柜宽宽的绿门开了。我一眼看到里面有许多纸包，每一包都捆着，封着火漆，上面还写着字。福尔摩斯拿出一包来，但在闪烁的火光下看不清字迹。他掏出在黑暗中使用的小灯，因为密尔沃顿就在隔壁的房间里，打开电灯太危险了。突然，他停了下来，专心地听，然后一瞬间关上保险柜门，拿起大衣，把工具塞在口袋里，奔到凸窗的窗帘后，并且做了个手势要我也跟过去。

我到了他那里，才听到使他敏锐的感官警觉起来的声音。这所房子的什么地方有声音。远处传来砰的关门声。接着有迅速走近的沉重的脚步声，夹杂着含糊不清的低低的说话声。声音是从屋外的过道传来的，到了门口停了一下。门开了。接着就是电灯打开的响亮的咔嗒声。门又关上了，刺鼻的雪茄烟味直扑向我们的鼻孔。然后在离我们几码远的地方有人在不断地踱来踱去。最后脚步声停了下来，椅子咯吱响了一下。随后又是钥匙开锁的响声和纸张翻动的沙沙声。

我刚才一直不敢朝外看，现在我轻轻地分开面前的窗帘往里窥视。我感到福尔摩斯的肩膀顶着我，知道他也在看。在我们面前伸手可及的地方就是密尔沃顿又宽又圆的后背。我们显然完全估计错了他的行动。他根本没有在卧室，而是在房子另一端的吸烟室或是台球室里抽烟，那儿的窗户我们刚才没有看见。他的大脑袋就在我们视线的正前方，上面长着灰白的头发，一块秃了的地方亮光光的。他仰靠在红皮椅子上，伸直了

· 福尔摩斯的归来 ·

突然,他停了下来,专心地听。

双腿,嘴上斜叼着一根雪茄烟。他穿着一件紫红色军服式的吸烟服,领子是黑绒的。他手里拿着一叠厚厚的法律文件,懒散地读着,嘴里还吐着烟圈。他这种平静而舒适的姿态看样子不会马上结束。

我感到福尔摩斯悄悄地抓住我的手,握了一下给我信心,好像这种情况他能对付,而且他信心十足。从我这个角度可以明显地看到保险柜门没有关严,密尔沃顿随时可能看出来,但我不知道福尔摩斯是否已经注意到这一点。我心中打定主意,要是我从密尔沃顿凝视的神情中看出保险柜引起了他的注意,我就立刻跳出去,用大衣蒙住他的头,把他按住,其他的事就交给福尔摩斯去办。但是密尔沃顿一直没有抬头。他懒散地拿着文件,一页页地翻阅着律师的申辩。我想,等他看完文件抽完烟,他总会去卧室的,然而,还没有等他看完文件抽完烟,事态就有了新的发展,把我们的思路引到了别的方向。

我注意到密尔沃顿有好几次看表，有一次还不耐烦地站起来又坐下。不过，我决没有想到在这种不适当的时候他会有约会，直到我听到外面阳台上传来轻微的响声。密尔沃顿放下文件，在椅子上坐直了身子。那轻微的声音又响了起来，接着传来了轻轻的敲门声。密尔沃顿站起来去开门。

他说："哦，你晚了将近半小时。"

原来门没有上锁、密尔沃顿深夜没有入睡就是为了这个。我听到有女人衣服的沙沙声。刚才当密尔沃顿的脸转向我们这边时，我已经把窗帘中间的缝合上了，但这时我又小心翼翼地把它再次打开。密尔沃顿已经又坐了下来，嘴角上仍然叼着雪茄烟。在明亮的电灯光下，只见他的面前站着一位妇女，身材又高又瘦，皮肤黝黑，脸上戴着面纱，下巴下系着斗篷。她呼吸急促，柔软身体的各个部位都因感情激荡而颤抖着。

密尔沃顿说："我说，亲爱的，你耽搁了我一晚上的好觉。我希望我等得有价值。你别的时间来不行吗？"

这个女人摇摇头。

"好吧，不能来就不能来吧。要是伯爵夫人待你很差，那么你现在有机会向她报复了。上帝祝福你。你为什么发抖？对了，振作起来。我们现在来谈正事吧。"他从书桌抽屉里拿出一个笔记本来，"你说你有五封信，其中包括达尔波特伯爵夫人的。你想卖，我想买。这很好。我只要出个价就行了。当然我要先看看这些信。如果真是好东西——我的天哪，是你？"

这个女人默默地揭开面纱，解开下巴下的斗篷。面对密尔沃顿的是一张美丽、清秀、黑黝黝的脸——曲鼻梁，又浓又黑的眉毛遮住一双坚定、闪闪发亮的眼睛，薄薄的嘴唇上带着危险的微笑。

"是我，"她说，"一个被你毁掉一生的女人。"

密尔沃顿哈哈大笑,但笑声中夹杂着恐惧。他说:"你太固执了。你为什么要逼我走那样的极端呢?我可以向你保证,我连一个苍蝇都不会伤害,可每个人都有自己的生意要做,我有什么办法呢?我定的价是你完全能付得起的。你却不愿意付。"

"于是你就把那些信送给了我丈夫,他是世界上最高尚的人,我连给他系鞋带都不配。那些信伤透了他那高贵的心,他死了。你记得最后那个晚上,我从那扇门进来,求你发发慈悲,而你只是当面讥笑我,就像现在一样。你那颗懦弱的心,不能不使你的嘴唇发抖。是的,你决没有想到会在这儿再见到我,但正是那天晚上教会了我怎样独自面对面地见你。好了,查尔斯·密尔沃顿,你还有什么要说的?"

他站起来说:"别以为你可以吓住我。我只要提高嗓子,就能把我的仆人叫来把你抓起来。但我可以原谅你的怒气,因为这是很自然的。你怎么来的就怎么出去,我也不想再提此事。"

这个女人把手放在胸前站在那里,薄薄的嘴唇上仍然挂着可怕的笑容。

"你永远不能再像毁了我的一生那样,去毁掉别人的生活了。你也不会像绞杀我的心一样去绞杀更多的人的心了。我将为这世界除掉一个毒物。你这恶狗,吃这一枪,一枪,一枪,一枪,再一枪。"

她掏出一支闪亮的小手枪,子弹一颗颗地打进密尔沃顿的身体,枪口离他的前胸不到两英尺。他弯腰向前倒在了桌子上,猛烈地咳嗽着,伸手去抓桌上的文件。然后他摇摇晃晃地站起来,又中了一颗子弹,便滚到了地上。"你把我打死了。"他大叫了一声就不动了。她又看了他一眼,但他没有任何动静。随后我听到一阵衣服的沙沙声,夜晚的空气吹进了这闷热的屋子,复仇者已经走了。

我们当时即使出面干涉,也救不了密尔沃顿的命。不过,当那女人把子弹一颗颗地打进密尔沃顿蜷缩的身体里的时候,我是准备跳出去的,但福尔摩斯冰凉的手紧紧抓住了我的手腕。我明白福尔摩斯的意思:这不关我们的事,正义除掉了一个恶棍,我们不应忘记自己的责任和目的。那个女人刚一出屋,福尔摩斯就轻轻地迈着敏捷的步子走到另一扇门边。他把锁上面的钥匙转了一下。就在这时,我们听到房子里传来说话声和匆匆的脚步声。枪声已经把房子里所有的人都惊醒了。福尔摩斯极其冷静地走到保险柜前,抱起一大捆扎好的信件,把它们一起扔进了壁炉。他抱了一次又一次,直到保险柜空了为止。有人拧了一下门把手,用力地敲门。福尔摩斯迅速回头看了一眼。那封预示着密尔沃顿末日将临的信,仍然摆在桌上,上面溅满了他的血迹。福尔摩斯把它也扔进熊熊的火焰中。然后他拔出通向外面

他摇摇晃晃地站起来,又中了一颗子弹。

的门上的钥匙，跟在我后面走了出来，再从外面把门锁上。他说："华生，走这边。我们可以翻过花园的围墙。"

我真不敢相信，一声警报会传得这么快。我回头看了一眼，只见这所大房子里的灯都亮了。前面的大门开了，一个个的人影正沿着马车道跑过去。整个花园里吵吵嚷嚷的都是人。我们从阳台上出来时，有个人喊了一声捉人，就紧紧跟在我们后面。福尔摩斯好像对这里非常熟悉，迅速地穿过小树丛。我紧跟在他身后，追赶我们最紧的一个家伙就在我的后面。挡在我们前面的是一堵六英尺高的墙，但福尔摩斯一下子就跳了过去。正当我要翻墙的时候，追在我后面的家伙伸手抓住了我的脚踝，但我踢开他的手，爬过长着青草的墙头。我脸朝下跌在矮树丛中，但福尔摩斯立刻把我扶了起来，我们一起飞快地跑过宽阔的罕姆斯德荒地。我们大概跑了两英里，福尔摩斯才停住脚仔细地听了一下。我们身后一片寂静。我们已经甩掉了追我们的人，现在平安了。

我上面记下的是这段不同寻常的冒险。这件事情发生后的第二天，我们刚刚吃过早饭，正在抽烟，就见苏格兰场脸色庄重的雷斯垂德先生被引进了我们小小的客厅。

他说："早上好，福尔摩斯先生。你现在是不是很忙？"

"听你说话的时间还是有的。"

"我想要是你手头没有什么特别的事情，你也许愿意帮助我们解决昨晚发生在罕姆斯德区的一个非常奇特的案子。"

"喔，"福尔摩斯说，"是什么样的案子？"

"谋杀——一起最惊心动魄、最不同寻常的谋杀案。我知道你对这类案件非常感兴趣，要是你能到阿坡多尔塔去一下，帮我们提些建议，我将感激不尽。这不是件普普通通的案子。

·查尔斯·密尔沃顿·

我们监视密尔沃顿先生已经有一段时间了,老实说,他可不是个好人。人们都知道他拿些文字材料敲诈勒索。这些文字材料已经全部被谋杀他的人烧掉了。屋里值钱的东西都没动,因此凶手们一定是有地位的人,他们的目的是为了避免这些材料传到社会上。"

"凶手们?"福尔摩斯问道,"不止一个人?"

"是的,凶手有两个人,差一点被当场抓住。我们有他们的脚印,知道他们的外貌,十有八九能查出他们来。第一个家伙动作太快,第二个家伙被花匠的学徒抓住后才挣脱的。这个人中等身材,身体健壮,四方的下巴,粗脖子,留着胡子,戴着面具。"

"这太含糊了,"歇洛克·福尔摩斯说,"这简直都像是在描述华生!"

警长打趣地说:"听起来真有点像是在描述华生。"

福尔摩斯说:"雷斯垂德,我恐怕帮不上你的忙。事实上,我知道密尔沃顿这个家伙,而且认为他是伦敦最危险的人之一。我认为有些犯罪是法律无能为力的,因此在某种程度上,私人报复是正当的。不,不用再说了。我已经打定了主意。我的同情是在犯人一边,而不是在被害人一边,所以我不能接受这个案子。"

对于我们亲眼目睹的这起杀人惨案,福尔摩斯没有再向我提起过,但我注意到他一上午都在沉思。他那空洞的眼神和心不在焉的神情,给了我这样一个印象:他像是在竭力回忆什么。午饭吃到一半的时候,他突然站起身来,大声说:"天哪!华生,我想起来了!戴上帽子!我们一起去!"他快速地走出贝克街,沿牛津街一直走到快到摄政广场的地方。左手边

福尔摩斯的眼睛盯在其中的一张照片上。

一家商店的橱窗里摆满了当时名媛淑女的照片。福尔摩斯的眼睛盯在其中的一张上,我顺着他的目光望去,看到一张小姐的照片。这位小姐身穿王室衣服,庄重典雅,高贵的头上戴着高高的镶着钻石的冕状头饰。我看着那微微弯曲的鼻子,那浓浓的眉毛,那端正的嘴,以及那刚毅的小下巴。当我读到她丈夫——一位伟大的贵族和政治家——显赫一时的头衔时,我的呼吸屏住了。我的目光和福尔摩斯的相遇,他用一个手指压住嘴唇,要我保持沉默,然后我们转身离开了橱窗。

六座拿破仑半身像

一天晚上，苏格兰场的雷斯垂德警长来到了我们的住处。他经常到我们这儿来坐坐，歇洛克·福尔摩斯也很喜欢他来，因为他的这些来访能使福尔摩斯了解到警察总部都在忙些什么。除了听雷斯垂德带来的新闻外，福尔摩斯还总是用心地听这位探长讲述他手头正忙着的案子的细节，偶尔也根据自己丰富的知识和经验，给雷斯垂德一些建议和暗示，但他从不强迫对方。

这一天晚上，雷斯垂德谈了天气和报纸上的新闻，然后便默默不语地抽着烟。福尔摩斯紧紧地盯着他。

他问："手头有什么不同寻常的案子吗？"

"哦，没有，福尔摩斯先生，没有什么特别的案子。"

"讲给我听听看。"

雷斯垂德大声笑了起来。

"好吧，福尔摩斯先生，瞒你是没有用的，我心里的确有事。可这事太荒唐了，我都不知该不该告诉你。不过话又说回来，这件事情虽小，却很古怪，而我知道你对所有稀奇古怪的事情都很感兴趣。在我看来，这件事情更属于华生大夫该管的范围。"

我说："是疾病吗？"

"是种疯病，一种奇怪的疯病。你们能想得到吗，在这么多年后的今天，居然还有人对拿破仑恨之入骨，看到他的像就砸碎。"

福尔摩斯身子往椅子背上一仰，说："这的确不关我的事。"

"正是，我也是这样说的。但是，当这个人为了打碎别人的拿破仑像而闯入别人家时，这就不是该不该把他送到大夫那里的问题了，而是应该把他送到警察那里。"

福尔摩斯又坐直了身子。

"闯人别人家！这倒很有趣。把详情讲给我听听看。"

雷斯垂德掏出笔记本，打开看了几页，以免忘了什么。

他说："四天前有人来报了第一个案子。事情发生在莫斯·哈德逊的商店里，他在肯宁顿大街开了一家出售图片和塑像的商店。店员离开柜台只一小会儿，就突然听到什么东西打碎的声音。他急忙跑回柜台，发现和其他几件艺术品一起放在柜台上的一座拿破仑石膏半身像已经被人砸碎在地上了。他跑到大街上，虽然有几个行人说他们看到一个人跑出商店，但他既没有看到这个人，也没有得到任何可以识别这个流氓的办法。这起事件看上去像是时常发生的那种毫无意义的流氓行为。事情如实报告给了巡警。这座石膏像最多只值几先令，所以整个事件像是恶作剧，不值得特别调查。

"但是第二起事件却要严重得多，而且也更奇怪。事情发生在昨天晚上。

"在肯宁顿大街上还住着一位著名的医生，离莫斯·哈德逊的商店只有几百码的距离。这位医生叫巴尼科特，在泰晤士河南岸开了一家规模很大的医院，不过他的住宅和主要诊所在肯宁顿大街，在两英里外的下布里克斯顿街还有一个分诊所和药房。这位巴尼科特大夫非常崇拜拿破仑，家里摆满了关于这位法国皇帝的书、他的画像和他的遗物。不久前，他从莫斯·哈德逊的商店里买了两座拿破仑的半身石膏像，是法国雕塑家笛万的一件名作的复制品。他把一座放在肯宁顿街住宅的大厅

·六座拿破仑半身像·

雷斯垂德掏出笔记本。

里,另一座放在下布里克斯顿街诊所的壁炉架上。巴尼科特医生今天早晨下楼时大吃一惊,因为晚上有人闯进了他的住宅,不过除了大厅里那座石膏像外,屋里什么也没有被拿走。石膏像被拿到屋外,猛地摔到花园的墙上,在墙脚下可以看到碎片。"

福尔摩斯搓着双手。

他说:"这确实很新奇。"

"我想你会对此感兴趣的。不过我还没有说完。巴尼科特大夫十二点要赶到他的诊所。当他到达那里时,他发现诊所的窗户晚上被人打开了,屋里到处是另一座拿破仑半身像的碎片,你可以想象到他是多么吃惊了。半身像的底座也被打成了碎片。在这两起事件中,我们没有找到任何迹象可以查出做出这个恶作剧的罪犯,或者说是疯子。福尔摩斯先生,你现在已经知道这些事实了。"

福尔摩斯说:"事情是有点古怪,但还不能说是离奇。我问你,巴尼科特医生被打碎的两座半身像,是不是和莫斯·哈德逊商店里被打碎的那座完全一模一样?"

"全是用同一个模子做的。"

"这一点说明:打破这些半身像的人并不是痛恨拿破仑。想想看,伦敦有成千上万个这位皇帝的塑像,有人要是反对偶像崇拜,怎么会选择三座一模一样的塑像下手呢?这种巧合太奇怪了。"

雷斯垂德说:"我起初也像你这样想过。不过,这个莫斯·哈德逊一直在伦敦那个区出售塑像,这三座像在他的商店里放了很长时间。虽然你说的没错,伦敦是有成千上万座塑像,但很有可能那个区只有这三座塑像。所以,当地一个疯子就会从这三座塑像下手。华生医生,你怎么看?"

我回答说:"偏执狂的表现是多种多样、没有止境的。有一种表现曾被法国心理学家们称为'偏执的意念',这种人只是在某件细微事情上有缺陷,而在其他方面完全正常。一个人如果读了太多关于拿破仑的书,或者他的家庭遗传给他当年战争所造成的某种心理缺陷,就有可能产生某种'偏执的意念',然后受其影响,干出一些疯狂的事情来。"

福尔摩斯摇摇头说:"我的好华生,这说不通,因为'偏执的意念'再大,也不会让这个有意思的偏执狂找出这些半身像在什么地方。"

"那么你怎么解释呢?"

"我不想作什么解释。我只是注意到,这个人虽然行为古怪,但还是有一定方法的。比如,在巴尼科特医生家的大厅里,因为任何声音都会把全家人吵醒,所以他在砸碎塑像前先把它拿到了外面;而在诊所,因为那里没有惊动别人的危险,塑像就在原地被砸碎了。这件事看起来是微不足道,可一想到我以前经办过的一些案子开头都显得微不足道,我便不敢把任何事情说成是无关紧要的。华生,你还记得阿贝内蒂家那件可怕的事情最初是怎么引起我的注意的吗?不过是看出热天芹菜在黄油里陷得那么深罢了。所以,雷斯垂德,我不能对你这三座破碎的半身像一笑了之。要是你让我知道这一连串奇异事件的新发展,我会深深感谢你的。"

我朋友想要知道的这件事情发展得比他想象的更快,更悲惨。第二天早晨,我正在卧室里穿衣服,门上传来了轻轻的敲门声,福尔摩斯手里拿着一份电报走了进来。他大声念给我听:

请立刻到康辛顿区彼特街131号来。

雷斯垂德

我问:"这是怎么回事?"

"不知道——什么样的事都可能发生。不过我猜想一定是塑像那件事情的新发展。如果是那样,我们这个砸碎塑像的朋友又在伦敦其他地方行动了。华生,桌上有咖啡,我已经叫了一辆马车停在门口。"

半小时后，我们到达了彼特街。这是一条死气沉沉的小巷，靠近伦敦一个最繁华的地区。131号是一排整齐漂亮而且实用的房屋中的一座。马车驶近时，我们看到房子前面的栅栏外挤满了好奇的人。福尔摩斯吹起口哨。

"天哪！至少是件谋杀案。否则伦敦的报童是不会停住脚的。看那个人拱着双肩、伸长脖子张望的样子，这不是暴力行为又是什么呢？华生，这是怎么回事？最上面的台阶冲洗过，而其他的台阶是干的。哦，脚印倒是不少！雷斯垂德在前面的窗子那里，我们很快就会知道一切的。"

警长表情严肃地迎接了我们，把我们带进客厅。一位没有洗漱、还穿着法兰绒晨衣的老者正情绪激动地在客厅里来回踱着步。雷斯垂德向我们介绍说，他是房子的主人，中央新闻辛迪加的贺拉斯·哈克先生。

雷斯垂德说："又是拿破仑半身像的事情。福尔摩斯先生，你昨晚好像对此很感兴趣，而现在事情已经变得非常严重，所以我想你也许很高兴来现场看看。"

"那么严重到了什么程度呢？"

"严重到了谋杀的程度。哈克先生，请你把发生的事情准确地告诉这两位先生好吗？"

穿着晨衣的老人朝我们转过来一张极度悲伤的脸。

他说："事情太奇怪了。我一辈子都在收集别人的新闻，现在我自己有了一条真正的新闻，而我却糊里糊涂地什么也说不上来。要是我作为新闻记者来这儿，我就会采访我自己，就会为晚报写出两栏报道。结果，我正一遍遍地把这重要的消息讲给各种各样的人听，自己却没有利用它。不过，歇洛克·福尔摩斯先生，我听说过你的大名，要是你能解释这件怪事,那么我讲给你听多少就会有点收获。"

福尔摩斯坐下来听他讲。

"事情好像完全集中在我四个月前买回来的拿破仑半身像上面。这个半身像是我从哈定兄弟商店里买回来的便宜货,一直放在这个房间里。这家商店就是海耶大街车站旁的第二家。我因为是搞新闻工作的,所以常常熬夜到凌晨,今天也不例外。

雷斯垂德向我们介绍说,他是房子的主人。

早晨三点钟时,我正坐在楼上的书房里,突然听到楼下有声音。我聆听了一会儿,但是声音没有再响起,所以我以为是从外面传来的。然后,又过了大约五分钟,我听到了非常可怕的喊叫声。福尔摩斯先生,那是我听到过的最凄惨的喊声,我一辈子都不会忘记。我当时吓呆了,有一两分钟没有动弹。然后,我抓起壁炉通条下了楼。我走进这间屋子,一眼就看到窗户大开着,并且立刻注意到壁炉架上的半身像不见了。我真弄不懂,小偷为什么要拿走这样的东西,因为这只是个石膏像，没有什么价值。

"你也可以看得出来，有谁要是想从这扇开着的窗户出去，他只要跨一大步就可以到门前的台阶上。这个小偷一定就是这样做的。于是，我打开门，摸黑走到外面，可地上躺了一个死人，差一点让我绊了一跤。我跑回屋拿了盏灯，然后才看到那个可怜的人躺在地上，脖子上有个大洞，周围是一大摊血。他仰面朝天地躺在那里，弯曲着膝盖，嘴张得大大的，样子可怕极了。我会常常梦见他的。我赶紧吹了一下警哨，然后肯定就昏了过去，因为后来发生的事情我就不知道了。等我醒过来时，我已经在大厅里了，旁边站着这位警察。"

福尔摩斯问："那么被害人是谁呢？"

雷斯垂德说："没有什么东西可以证明他的身份。你可以在殡仪馆看到他的尸体，但我们到目前还没有查出什么来。这个人不到三十岁，个子很高，皮肤晒得黑黑的，身体强壮。他身上的衣服很破旧，可看上去也不像个做工的。他身边的一摊血里还有一把牛角折刀。我不知道这把刀究竟是杀人的凶器呢，还是死者的遗物。死者的衣服上没有名字，口袋里只有一个苹果、一根绳子、一张值一先令的伦敦地图，还有一张照片。照片在这儿。"

照片显然是用小照相机拍的快照。照片上的人尖嘴猴腮，眉毛很浓，透着机灵，脸的下半部向外凸得很特别，像是狒狒的面孔。

福尔摩斯仔细地看了照片后问："那座半身像怎么样了？"

"在你们来到之前我们得到了消息。塑像在坎姆登街一所空房子的花园里找到了，而且已经被砸成了碎片。我现在正要去那里看看。你们一起去吗？"

"去，不过我要先在这里查看一下。"福尔摩斯检查了地毯和窗户,"这个人腿不是很长,就是动作很灵活。窗子外面离地面有一定的高度,所以跳上窗台再打开窗户并不是件容易的事,不过跳出去相对要容易多了。哈克先生,你和我们一起去看看打碎的塑像吗?"

这位搞新闻的已经情绪低沉地坐到了写字台旁。

他说:"虽然我相信第一批晚报已经详细报道了这件事情。我自己还是要尽力写点东西出来。我的运气就是这样!你们还记得顿卡斯特①看台倒塌的事情吗?我当时是唯一站在看台上的记者,我的报纸也是唯一没有报道那条新闻的一家,因为我当时惊魂未定,一个字也没有写。而现在动笔写发生在我自己家门口的谋杀案已经太晚了。"

我们走出那间屋子时,听到他的笔在稿纸上刷刷地写着。

发现塑像碎片的地方离这所房子只有几百码远。我们到这时才第一次见到这座法国皇帝的塑像,尽管它引起了这个不知名的家伙的无限疯狂和仇恨。塑像被砸成了碎片,散落在草地上。福尔摩斯捡起几块碎片,仔细地检查着。从他全神贯注的神情和意味深长的神态,我相信他终于找到了一个线索。

"怎么样?"雷斯垂德问。

福尔摩斯耸了耸肩。

他说:"我们前面的路还很长,不过……不过……我们已经掌握了一点可以着手的情况。在这个奇怪的凶手看来,这么一个微不足道的半身塑像比一条人命还要值钱。这是一点。还有,要是说他唯一的目的是要砸碎塑像,那么他没有在屋里,也没有在屋子旁把它砸碎,这不是件奇怪的事情吗?"

"也许他当时遇见另外那个人就慌了,连他自己都不知道

---

① 英国约克郡的一个小城市。

在干什么。"

"有这种可能,但是我要提醒你特别注意这所房子所处的位置,塑像就是在这所房子的花园里被砸碎的。"

雷斯垂德看看四周,说:

"这所房子里没有住人,所以他知道在花园里没有人打搅他。"

"不错,但是街的那一头还有一所空房子,他过来的时候一定看到了。既然他带着塑像每向前走一步都会增加被人发现的危险,那么他为什么不在那里把它砸碎呢?"

雷斯垂德说:"我答不上来。"

福尔摩斯指着头顶上的路灯。

"他在这儿可以看清自己干什么,在那儿却不能。这就是理由。"

警长说:"真的!是这样的。我现在想起来了,巴尼科特大夫家的塑像也是在离灯光不远的地方被砸碎的。福尔摩斯先生,我们该怎么处理这个情况呢?"

"记住它,把它写在备案录里。以后我们也许会碰上与此事有关的情况。雷斯垂德,你认为下一步该怎么做呢?"

"在我看来,弄清案子最现实的办法是查清死者的身份。这并不困难。等我们弄清他的身份,查清他有些什么熟人,我们就能有一个好的开端,可以搞清楚他昨晚在彼特街做什么,以及在哈克先生家遇见他并且杀死他的这个人是谁。你觉得呢?"

"这是不错,但不是我处理这个案子的办法。"

"那么你会怎么办呢?"

"哦,你没有必要受我的影响。我建议你按你的办法行事,我按我的办法。然后我们可以交换意见,这样就可以互相取长补短。"

"好主意。"雷斯垂德说。

"如果你回彼特街,见到哈克先生,就替我告诉他,我认为昨天晚上去他家的是一个危险的杀人狂,有仇视拿破仑的疯病。这对他写文章会有用的。"

雷斯垂德的眼睛盯着他。

"这不是你的真实想法吧?"

福尔摩斯笑了笑。

"不是吗?也许不是吧,但我相信这会让哈克先生以及中央新闻社的订户们感兴趣的。好了,华

福尔摩斯指着头顶上的路灯。

生,我们今天还有很多很复杂的工作要做呢。雷斯垂德,我希望今晚六点钟能在贝克街见到你。我要暂时先保留一下在死者口袋里发现的这张照片。要是我的判断没有错,今晚也许会请你协助我们去冒点小风险。晚上见,祝你顺利!"

歇洛克·福尔摩斯和我一起走到海耶大街,在哈定兄弟商店停了下来。哈克先生的那座半身像就是在这里买的。一

位年轻的店员告诉我们，哈定先生要到下午才来，而他自己才来不久，不了解情况。福尔摩斯的脸上露出了失望和烦恼的表情。

他无奈地说："华生，我们不可能事事如意呀。既然哈定先生要到下午才来，我们只能下午再来了。你大概也已经看出来了，我正想法查出这些半身像的来历，看看它们遭此厄运是否有特殊的原因。我们现在去肯宁顿大街找莫斯·哈德逊先生，看看他是否能给我们一点启发。"

我们坐了一个小时的马车，来到了这位艺术品商人的店铺。哈德逊先生身材矮小壮实，脸色红润，脾气有点急躁。

他说："是的，先生，就在我们柜台上砸碎的。什么流氓都可以进来把我们的商品打碎，那我们纳税还有什么用呢？是的，先生，巴尼科特大夫那两座塑像是我卖给他的。居然会出这样的事情。我看一定是无政府主义者干的。只有无政府主义者才会到处去砸塑像。都是些讨厌的共和党人！你问我从哪里进的这些塑像吗？我不懂这跟砸碎塑像有什么关系。好吧，如果你硬要知道，我就告诉你，我是从斯蒂普尼区教堂街的盖尔德公司进的货。这家公司近二十年来在这一行一直很有名气。我进了几个？三个，二加一是三。两个卖给了巴尼科特大夫，另外一个在光天化日之下被人在我的柜台上砸碎了。我认识照片上这个人吗？不，我不认识。不过，我好像见过他。嘿，这不是贝波吗？他大概是意大利人，到处干点零活，也在我店里干过。他会雕刻，会镀金，会做框子，还会做些别的零活。这家伙是上星期离开的，我一直没有再听到他的消息。我不知道他从哪里来，也不知道他去了哪里。他在我这里干活时令我很满意。他是在塑像被砸碎的前两天走的。"

我们走出商店时，福尔摩斯说："我们从莫斯·哈德逊这儿只能打听到这么多情况。我们弄清了在肯宁顿和康辛顿案子中都有这个贝波，所以坐了这十英里的马车还是值得的。华生，我们现在要去这些半身塑像的源头，也就是斯蒂普尼区的盖尔德公司。要是在那里得不到消息才怪呢。"

我们飞速穿过伦敦繁华的地段，穿过了旅馆区、戏院区、学院区、商业区和海运公司云集的地区，最后来到了位于泰晤士河畔一个有十多万人口的城镇。这里的分租房屋里住满了欧洲大陆来的流浪者，散发着他们的气息。在一条原先是伦敦富商们居住的宽阔街道上，我们找到了所寻找的雕塑工厂。工厂外面有个相当大的院子，里面堆满了石碑之类的东西。工厂里面有间很大的屋子，五十多个工人有的在雕刻，有的在做模子。经理是位金色头发的高个子德国人。他彬彬有礼地接待了我们，并清楚地回答了福尔摩斯问的每一个问题。他查了一下账目，发现用笛万的大理石拿破仑塑像复制了几百座石膏像，但是大约一年前卖给莫斯·哈德逊的三座和卖给哈定兄弟的三座是同一批货。这六座和别的塑像不会有任何区别。他实在弄不明白有人为什么要砸碎它们——他甚至觉得这种事情荒唐可笑。他们的批发价是每座像六先令，但零售商可以卖到十二先令以上。塑像是按左右脸两个部分在模子里浇铸出来的，然后两个石膏半面模片拼到一起就成了一个完整的头像。这种活通常是由意大利人做的，场地就是我们刚才进去过的屋子。头像拼好后要放在过道的桌子上吹干，然后再被包装起来。这位经理能告诉我们的就这些。

但是，这位经理见到照片时却反应激烈。他的脸气红了，一双日耳曼人的蓝眼睛上的眉头紧皱着。

他大声说："啊，这个恶棍！不错，我很了解他。我们公司一直名声很好，警察只来过一次，就是为了这家伙。那

· 福尔摩斯的归来 ·

"啊,这个恶棍!"

是一年多以前的事情了。他在街上用刀子捅了另一个意大利人,刚回到这里警察就来了,并且在这儿把他抓走了。他的名字叫贝波。我不知道他姓什么。我雇佣了这样一个品行不端的人,是活该倒霉。不过他活干得不错,是个好手。"

"给他判了什么刑?"

"被捅的人没有死,所以他只被判了一年刑。我相信他现在已经出来了,但他没敢在这儿露面。我们这儿还有他的一个表弟,他一定能告诉你他在哪里。"

"别,别,"福尔摩斯大声说,"别对他的表弟提起这件事,一个字也不要提。我求你了。这件事很重要,我越往下调查越觉得这件事严重。刚才你查账时,我注意到那些塑像是去年七月三日卖出的。你能不能告诉我贝波是什么时候被逮捕的?"

经理回答说:"我查一下工资单就可以告诉你一个大概的日子。"他翻了几页后接着说:"是的,最后一次发给他工钱是五月二十日。"

福尔摩斯说:"谢谢你。我想我不必再占用你的时间给你添麻烦了。"他最后叮嘱经理不要把我们来调查的事说出去，然后我们又动身往西去。

我们一直忙到下午，很晚才匆匆忙忙在一家餐馆吃午饭。餐馆门口有个报童在喊叫着："康辛顿凶杀案，疯子杀人。"报纸上的内容表明哈克先生终于还是把报道登了出来。报上用了两栏，把整个事情大肆渲染了一番，而且词句漂亮。福尔摩斯把报纸立在调味品架上，一面吃一面看。有一两次他咯咯笑出声来。

他说："华生，太妙了。你听这段：

> 我们高兴地告诉大家，对本案的看法没有分歧，因为官方经验丰富的雷斯垂德先生和著名的破案专家歇洛克·福尔摩斯先生都不约而同地得出了相同的结论，即这一系列以悲剧而告终的荒诞事件，完全是由于某人精神失常而非蓄意谋杀所致。只有用精神失常才能解释这些事。

华生，只要你懂得如何利用它，报纸可以成为非常宝贵的工具。要是你吃完了，我们就赶回康辛顿，看看哈定兄弟商店的经理对此说些什么。"

这家大商店的创建人是一个干瘦的小个子，动作敏捷，精明强干，头脑清醒，能说会道。

"是的，先生，我已经在晚报上看到消息了。哈克先生是我们的顾客。我们几个月前卖给了他那座半身像。我们总共从斯蒂普尼区的盖尔德公司订了三座这样的半身像，现在都卖出去了。卖给谁了？我只要查一下销售账目就可以立刻告诉你。是的，在这儿记着呢。一座卖给了你已经见过的哈克先生，一座卖给了契斯威克区金链花街的约沙·布朗先生，还有一座卖给了瑞丁区下丛林街的桑德福特先生。没有，你给我看的这张照片上的人，我从来没有见过。要是看见过的话，是很难忘记的，因为他长得太丑了。我们的店员中有没有意大利人吗？有的，先生，搬运工和清洁工中有好几个意大利人呢。他们要是想偷看销售账本是很容易的。反正也没有必要把账本藏起来。是啊，是啊，这件事真是太奇怪了，我希望你调查出什么结果来能告诉我一声。"

哈定先生说这番话的时候，福尔摩斯记下了一些情况，而且我看出他对事态的发展非常满意。但是他没有说什么，只说我们要是不赶快回去，就会耽误和雷斯垂德的约会。他说得没错，当我们赶到贝克街时，那位侦探早已到了那里，正在屋里极不耐烦地来回踱着步。他那严肃的表情说明他这一天的工作很有成效。

他问："怎么样？福尔摩斯先生，运气如何？"

我朋友解释道："我们整整忙了一天，不过不是白忙。我们见到了零售商和批发制造商。我现在可以从源头查清每一座半身像了。"

"半身像！"雷斯垂德嚷道，"好了，好了，歇洛克·福尔摩斯先生，你可以用你的办法，我无权反对，但我认为我这一天的收获比你要大。我查出了死者的身份。"

"真的吗？"

"而且也查出了犯罪的原因。"

"太好了！"

"我们有个叫萨弗伦·希尔的警官，专门负责意大利区。死者的脖子上挂着天主教徒的信物，再加上他皮肤比较黑，我便想到他可能是从欧洲南部来的。希尔警官一看到尸体就认出了他。这个人叫彼德罗·维努奇，来自那不勒斯，是伦敦有名的亡命之徒，还与黑手党有联系。你知道，黑手党是个秘密政治组织，通过谋杀来保持他们的党规。现在你可以看到案情有了点眉目。另外那个人可能也是意大利人，而且也是黑手党成员。他可能违反了黑手党的规定。彼德罗在跟踪他，口袋里装的就是那个人的照片，为的是不杀错人。他跟着那个人，看到他进了一栋房子，便在外面等他，结果在扭打中自己送了命。歇洛克·福尔摩斯先生，你觉得怎么样？"

福尔摩斯赞赏地鼓起掌来。

他大声说道："妙极了！雷斯垂德，妙极了！但我还是没听你解释那些半身像被打碎的事。"

"半身像！你就是忘不了那些半身像。那只是件区区小事；小偷小摸的，最多关上六个月。我们现在真正调查的是件谋杀案，我可以告诉你，我已经掌握了一切线索。"

"那下一步呢？"

"下一步很简单。我要和希尔一起去意大利区，按照片找到那个人，然后以谋杀罪逮捕他。你跟我们一起去吗？"

"我不想去。我想我们可以更容易地达到我们的目的。我说不准，因为事情完全取决于——取决于一个我们根本控制不了的因素。但是希望很大——可以说有三分之二的把握——要是你今晚和我们一起去，我可以帮你捉住他。"

"在意大利区吗？"

"不是，我想更有可能在契斯威克区找到他。雷斯垂德，要是你今晚和我一起去契斯威克区，我明天可以陪你去意大利区，耽误一个晚上不会有事的。现在睡上几个小时对我们大家都有好处，因为我们要到十一点钟才出发，而且很有可能到早晨才会回来。和我们一起吃晚饭吧，雷斯垂德，然后你就在沙发上休息。华生，请你打电话叫一个送快信的人来，我有一封重要的信要立即送出去。"

福尔摩斯上阁楼去查找放在里面的旧报纸合订本。他下楼的时候，眼睛里流露出胜利的目光，但他没有向我们提及他查找的结果。至于我，由于我一步一步地跟着调查了这个复杂案子的方方面面，所以尽管现在还不清楚我们最后会达到什么目的，我还是十分明白福尔摩斯在等待着这个奇怪的罪犯去搞剩下的两座半身像。我记得其中一座在契斯威克区。毫无疑问，我们此行的目的是要当场抓住他。我不得不钦佩我朋友的才智，因为他在晚报中塞进了一个错误的信息，为的是让那个家伙认为他可以继续作案而不受惩罚。当福尔摩斯让我带上手枪时，我并没有感到奇怪。他自己拿了他最喜欢的上了子弹的猎枪。

十一点钟的时候，一辆四轮马车停在了门口，我们一起坐车去哈默史密斯桥对面的一个地方。到那里后，我们让车夫等着我们，然后步行一会儿就来到了一条偏僻的大道，大道的两旁是漂亮的房子，每所房子又有单独的花园。借着街灯的亮光，我们看到其中一家的门牌上有"金链花别墅"的字样。主人显然已经休息了，因为周围一片漆黑，只有大厅门上的气窗透出一圈模模糊糊的灯光，照在花园的小道上。把花园和大道隔开的木栅栏在花园里投下一条深深的黑影，我们正好躲在那里。

福尔摩斯悄声说道："恐怕我们得等很久。谢天谢地，今晚没有下雨。我们又不能靠抽烟来消磨时间。不过，我们成功的把握很大，所以吃点苦也是值得的。"

出乎意料的是，我们守候的时间并没有像福尔摩斯所预料的那么长，而且结束的方式很突然，很奇怪。事先没有一点声音预示有人到来，花园的大门一下子就被推开了，一个灵活的黑色人影像猴子一样迅速而敏捷地跑过花园的小道。我们看到这个人影急速穿过气窗投在地上的亮光，消失在房子的黑影中。有很长一段时间没有任何声音，我们屏住呼吸，随即听到了轻微的嘎吱声。窗户正被人推开。嘎吱声停了，接着又是长时间的寂静。这家伙正在进屋。我们看见屋里有只深色提灯亮了一下。显然他寻找的东西不在那里，因为我们看到灯光在第二个窗帘上亮了一下，然后又在第三个窗帘上亮了一下。

雷斯垂德低声说："我们到那扇开着的窗户那里去，等他爬出来时，就可以抓住他。"

但是我们还没有来得及动弹，那个人又出现了。当他走到气窗亮光照着的那块地方时，我们看到他腋下夹着一件白色的东西。他偷偷摸摸地看了看四周，街上空无一人，没有任何声音，这给他壮了几分胆。他背对着我们，放下手中的东西。接着就是一声清脆的"啪嗒"声，跟着是一连串的嘎嘎声。这个人全神贯注地忙着自己的事，丝毫没有听到我们悄悄走过草地的脚步声。福尔摩斯像猛虎一样扑到他身上，雷斯垂德和我立刻一人抓住他的一只手腕，给他戴上手铐。当我们把他扭转过来时，我看到一张尖嘴猴腮的丑脸，正是我们手头照片上的那个人。他的脸在抽搐，怒视着我们。

但福尔摩斯关心的不是我们抓到的人。他蹲在台阶上，正仔细地检查着这个人从屋里拿出来的东西。那是一座拿破仑的半身像，和我们那天早晨看到的一样，而且也被砸成了同样的碎片。福尔摩斯仔细地把每块碎片拿到灯光下查看，但每一片都和别的碎片一样，没有任何特别之处。他刚检查完，屋里大厅的灯就亮了。门一开，屋主人——一位和蔼、肥胖的人——穿着衬衫和长裤出现在我们面前。

福尔摩斯说："我想你是约沙·布朗先生吧？"

福尔摩斯像猛虎一样扑到他身上。

"是的,先生。你一定是歇洛克·福尔摩斯先生吧?我收到了你让送快信的人送来的那封信,然后就完全按你说的去办了。我们把门都从里面锁死,等待着事态的发展。我很高兴看到你们抓住这个流氓。请你们进来用些茶点。"

但是雷斯垂德急于把犯人送到跑不掉的地方去,所以没过几分钟就把等着我们的那辆出租马车叫了过来,我们四个人便动身回伦敦了。犯人一句话也不说,只是从乱蓬蓬的头发后面恶狠狠地瞪着我们。有一次,我的手离他较近,他便像饿狼一样猛地抓了过来。我们在警察局待了一会儿,了解到了对他进行搜查的结果。他身上只有几个先令和一把装在刀鞘里的长刀子,刀把上有许多新的血迹。

我们分手的时候,雷斯垂德说:"没关系,希尔警官熟悉所有这些流氓,会查出他的姓名的。你看,我用黑手党来解释是没有错的。不过，福尔摩斯先生，我还是非常感谢你这样巧妙地抓住他，只是我还不大明白其中的奥妙。"

福尔摩斯说："现在太晚了，不是解释的时候。再说，还有一两点没有弄清楚，而这个案子是值得让人一直查到底的。要是你明天晚上六点钟来我家，我可以证明，即使现在你也没有完全明白这起案子的实质，而这个案子很有特点，在刑事案件中可以说是独一无二的。华生，要是我同意让你继续记录我办的一些案子，我敢说这起涉及到拿破仑半身像的离奇案子一定能使你的叙述增色很多。"

雷斯垂德第二天晚上来找我们时，已经知道了犯人的许多情况。犯人的名字叫贝波，姓氏不详。他在意大利区是个出了名的不务正业的家伙。他很会雕刻，曾老老实实地挣钱过日子，但他后来走上了邪路，进过两次监狱，一次是因为偷东西，另一次就是我们已经得知的刺伤他的一个同胞。他英语说得很好。他砸碎这些半身像的原因还没有查清，因为他拒绝回答这方面的问题，但是警方已经发现这些塑像很可能是他亲手做的，因为他在盖尔德公司干的就是这种活。尽管这些情况我们基本上已经都知道了，福尔摩斯还是很有礼貌地听着。我因为非常了解他，所以可以明显地看出他的心思在别的方面，而且我还察觉到他惯有的表情中隐藏着不安和期待。最后，他从椅子上站起来，眼睛发亮。门铃响了一下，接着楼梯上传来脚步声，一个脸色红润、长着灰白连鬓胡子的老人被领了进来。他右手拎着一只老式的手提包，进屋后把包放到桌上。

"歇洛克·福尔摩斯先生在这儿吗？"

我朋友微笑着点点头，然后说："你大概是瑞丁区的桑德福特先生吧？"

"是的，先生。对不起，我来晚了点，火车不大方便。你给我写信谈到我买的半身像。"

"是的。"

"这是你的信。你在信上说:'我想买一座笛万的拿破仑塑像的复制品,愿意用十镑买下你手头的这一座。'是这样的吗?"

"是的。"

"我收到你的来信感到很意外,因为我不明白你是怎么知道我有这样一座塑像的。"

"你当然会感到意外,但是原因很简单。哈定兄弟商店的哈定先生说,他们把最后一座卖给了你,并且给了我你的地址。"

"噢,原来是这样。他告诉你我花了多少钱吗?"

"没有。"

"我虽然不是太富有,但我很诚实。我买这座塑像只花了十五先令。我想在我拿走你十镑之前应该让你知道这一点。"

"桑德福特先生,你的顾虑说明了你的诚实。但是我既然已经说定了这个价,就准备按这个价付钱。"

"福尔摩斯先生,你很慷慨。我按你的要求,已经把塑像带来了。在这儿!"他打开手提包,把塑像放到桌上。于是,我们终于看到了一座完整的拿破仑像。在这之前,我们看到过的都是碎片。

福尔摩斯从口袋里掏出一张纸条和一张十镑的钞票,放到桌上。

"桑德福特先生,请你当着这两位证人的面在这张条子上签个字。这只是说明你把这座塑像的一切权利都转让给了我。我是个循规蹈矩的人,而在这世界上谁也无法预见将来会发生什么事情。谢谢你,桑德福特先生。给你钱,祝你晚安。"

· 六座拿破仑半身像 ·

"我按你的要求,已经把塑像带来了。"

我们的客人走了之后,歇洛克·福尔摩斯的动作引起了我们的注意。他从抽屉里拿出一块干净的白布,铺在桌子上。然后他把新买的半身像放在布的中间,最后拿起猎枪,照着拿破仑塑像的头顶猛地砸下去,塑像立刻变成了碎片。福尔摩斯急忙弯下腰去检查塑像的碎片。接着,他得意地大叫一声,举起一块碎片,上面嵌着一个圆圆的、深色的东西,就像布丁上的葡萄干。

他叫喊着:"先生们,请允许我向你们介绍著名的鲍吉亚斯黑珍珠。"

雷斯垂德和我一下子愣住了，随后我们情不自禁地鼓起掌来，就像是看到了一出戏最精彩的高潮一样。福尔摩斯苍白的脸颊上泛起了红晕，然后像戏剧大师接受观众的喝彩一样朝我们鞠了一躬。只有在这种时刻，他才会暂时中断理性的思考，流露出喜欢受人赞赏的人之常情来。他那高傲冷漠的天性，曾那么厌倦过世俗的荣誉，现在却被朋友真心流露出来的惊奇与赞扬深深打动了。

他说："不错，先生们，这是世界上现存最著名的珍珠。我的运气真是不错，居然能通过一连串的推理，从珍珠失踪的地方——科隆那王子在达柯尔饭店的卧室———直追查到斯蒂普尼区盖尔德公司制作的六座拿破仑半身像，然后在最后一座中找到它。雷斯垂德，你大概还记得这颗价值连城的珍宝失踪时引起的轰动吧，当时警方花了九牛二虎之力也没有能查出来。他们还曾请教过我，但我也解释不了。当时怀疑的对象是王妃的女仆，一个意大利人。我们查出她在伦敦有个兄弟，但是我们没有能查出他们之间有什么联系。女仆的名字叫卢克莱齐亚·维努奇，我确信两天前被杀害的彼德罗就是她的兄弟。我查了一下旧报纸上的日期，发现珍珠失踪正好发生在贝波因斗殴被捕的前两天。贝波是在盖尔德公司的厂房里被捕的，当时厂里制作的正是这六座半身像。你们现在可以明白事情发生的顺序了，只是你们的思路和我的刚好相反。贝波当时已经弄到了珍珠，大概是从彼德罗那里偷来的，也有可能是彼德罗的同谋，甚至可能是彼德罗和他妹妹的中间人。我们没有必要弄清楚这一点。

"重要的是他身上带着这颗珍珠，而且就在这时警察正在追他。他跑到他工作的工厂，知道只有几分钟的时间把这颗无价之宝藏起来，否则就会被警察搜出来。当时这六座拿破仑石膏像正放在过道里吹干，一座还是软的。贝波是个熟练工人，立刻就在湿石膏上挖了个小洞，把珍珠塞到里面，然后又抹了几下，把小洞抹平。这种藏东西的地方真令人叫绝，谁也不会想得到。然而贝波被关了一年，同时这六座半身像被卖到了伦敦各地。他不知道哪一座像里有那颗珍珠。摇摆石膏像是不起作用的，因为湿石膏把珍珠牢牢地粘住了，所以只有砸碎石膏像才能找到它。贝波没有失望，而是机灵地、耐心地继续寻找。他通过在盖尔德公司工作的表弟弄清楚了买下这些半身像的零售公司。他设法在莫斯·哈德逊公司谋到了一份工作，这样就查明了其中三座的下落。但是珍珠不在这三座像里。然后，他在某个意大利雇员的帮助下，查清了另外三座塑像的去处。一座是在哈克先生家。在那里他被他的同谋跟踪，这个人认为他应对丢失珍珠负责。在后来的搏斗中，他刺死了他的同谋。"

我问："如果这个人是他的同谋，为什么又要带着他的照片呢？"

"带照片是为了找到他，因为这个人有可能要向别人打听贝波。这个道理是很明显的。我想贝波在杀了人之后，大概会加快行动，而不是延迟。他担心警察会发现他的秘密，所以要赶在警察之前赶紧动手。当然，我无法确定他是否在哈克那座半身像里找到了珍珠，我甚至都无法确定他找的是珍珠，但是我很清楚他在寻找什么东西，因为他把半身像拿出去，走过几栋房子，在有灯的花园里才把它砸碎。既然哈克的半身像只是三座中的一座，那么珍珠在里面的可能性也只有我向你们说的那样是三分之一。另外还剩下两座，他显然要先去找伦敦城里的这一座。我警告房主人，以避免再发生悲剧。然后我们去那里，取得了最圆满的结果。当然，我到这时已经很清楚我们追查的是鲍吉亚斯珍珠了。被害人的姓名把这些事件完全连在了一起。现在只剩下一座半身像,也就是瑞丁区的这一座,而且珍珠一定在里面。我当着你们的面从塑像的主人那里买下了它——珍珠就在这儿。"

我们目瞪口呆地坐了一会儿。

雷斯垂德说:"福尔摩斯先生,我看你处理过许多案件,但这起案子处理得最巧妙。我们苏格兰场的人不是嫉妒你,不是的,先生。我们都为你感到骄傲。如果你明天去苏格兰场,不管是年老的还是年轻的警察,谁都会高兴地跟你握手致意的。"

福尔摩斯说:"谢谢你!谢谢你!"他转过脸去,我还从来没有见到他被人间的温情如此感动过。过了一会儿,他又恢复了过来,变成了原来那个冷静而又现实的思想者。他说:"华生,把珍珠放到保险柜里去,并顺便把孔克-辛格顿伪造案的文件拿出来。再见,雷斯垂德。如果你遇到什么新的问题,我会很乐意尽我的力量助你一臂之力。"

三个大学生

一八九五年，一连串相关的案子使福尔摩斯和我在著名的大学城住了几个星期。这些案子我没有必要一一写出来，但当时发生的一件小案子我倒是想告诉大家，因为它富有教育意义。我如果详细地把经过写出来，读者们显然能猜出是哪所学院，以及发生在谁的身上，而这样做是不公正、不恰当的。再痛苦的流言都应该让它自行消灭。不过，我只要小心谨慎，还是能把这件事叙述出来，因为这件事能说明我朋友一些杰出的品质。我在讲述过程中，将尽量避免使用能让人把事件与某个特定地点联想起来的词句，也将尽量避免使用能让人猜出当事人是谁的词句。

我们当时住在一个离图书馆很近的带家具出租的寓所里。歇洛克·福尔摩斯正对英国早期宪章进行不懈的研究，而且取得了惊人的成果，将来也许会成为我记述的题目。有天晚上，我们的一个熟人希尔顿·索姆斯先生来访，他是圣路加学院的导师和讲师。索姆斯先生个子很高，言语不多，情绪容易紧张、激动。我知道他比较好动，但他这一次激动得无法控制自己。显然发生了极不寻常的事。

"福尔摩斯先生，我相信你会为我牺牲几个小时宝贵的时间。圣路加学院刚刚发生了一件不幸的事情，要不是你碰巧在城里，我真不知道该怎么办才好。"

"我现在很忙，不希望分心，"我朋友回答说，"我希望你去找警察帮助你。"

"不，不，我亲爱的先生，绝对不能去找警察。事情一旦交给了警方，就再也撤不回来了。这件事关系到学院的名声，必须避免引起流言蜚语。你有能力，而且说话谨慎，是这个世界上唯一可以帮助我的人。福尔摩斯先生，我请求你尽力而为。"

自从离开贝克街舒适的环境，我朋友的脾气有点不大好。离开了他的报纸剪贴簿、他的化学物品以及杂乱的住处，他就感到不舒服。他无可奈何地耸耸肩，我们的客人便急忙一面激动地打着手势，一面把他的事情讲了出来。

"福尔摩斯先生，我得先向你解释，明天是福特斯久奖学金考试的第一天。我是出题人之一，主管希腊语。试卷的第一部分有一大段希腊语要翻译，是考生们没有看过的。这一段印在试卷上，考生要是事先准备了这段文章，当然就很占便宜。正因为这样，我特别注意试卷的保密。

"今天下午三点钟左右，印刷所送来了试卷的清样。第一题包括翻译修昔底德[①]著作中的半章。因为要确保原文绝对正确，我仔细地校对着。我四点半时还没有看完。但是我已经答应一个朋友去他家喝茶，便把清样留在桌上出去了。我出去总共不到一小时。

"福尔摩斯先生，你知道我们学校的屋门是双重的，里面的门上蒙着台面呢，外面的门是厚实的橡木做的。当我走近外面的屋门时，我惊讶地发现门上插着一把钥匙。我起初以为是我把钥匙忘在门上了，但我一摸口袋，发现我的钥匙在里面。我知道，唯一的另一把钥匙在我仆人班尼斯特的手中。这个人为我收拾屋子已经十年了，绝对诚实可靠。我问了一下，钥匙

[①] 修昔底德（约前460—约前400年），古希腊历史学家。

确实是他的,他走进我的屋子想问问我要不要喝茶,出去时不小心把钥匙忘在了门上。我肯定他是在我出去后不久进了我的屋子。要在平时,他把钥匙落在门上也无关紧要,但今天却产生了不堪设想的后果。

"我一看到我的桌子,就知道有人翻过了我的试卷。清样是印在三张长条纸上的。我出去的时候把它们放在一起,而现在我发现一张纸在地上,一张在靠窗的桌子上,还有一张仍在原处。"

福尔摩斯第一次有了点兴趣。他说:"第一张在地上,第二张在窗子旁的桌子上,第三张还在你放的地方。"

"正是这样,福尔摩斯先生。你真让我吃惊。你是怎么知道的?"

"这真有趣,请接着讲下去。"

"我首先想到的是,班尼斯特可能自作主张翻看了我的试卷,这是不可饶恕的。但他十分诚恳地否认了,我相信他说的是真话。另一种解释是,有人从这儿走过,看见钥匙在门上,

"你是怎么知道的?"

并且知道我出去了,便进来看试卷。因为这笔奖学金的金额很高,这样一来,这一大笔钱的命运现在就很难说了。很有可能某个厚颜无耻的人为了超过同伴,冒险干出了这种事。

"出了这种事,班尼斯特感到非常不安。当我们肯定试卷被人翻过时,他差一点昏过去。我给他灌了点白兰地,让他瘫坐在一张椅子上,然后非常仔细地检查了整个屋子。我不一会就发现,除了弄皱的试卷外,这个闯入者还留下了别的痕迹。窗户边的桌子上有削铅笔剩下的碎木屑,还有一小段断了的铅笔芯。显然,这个无赖匆匆忙忙地抄试题,弄断了铅笔,只好重新削一下。"

"正是这样!"福尔摩斯说道,随着这个案子渐渐吸引住他,福尔摩斯的脾气也慢慢好了起来,"你运气不错。"

"我还没有讲完。我有一张新的写字台,上面蒙着漂亮的红色皮革。我和班尼斯特都可以作证,桌面非常光滑,没有一点污点。可我现在发现上面明显有个约三寸长的刀痕,不是摩擦的痕迹,而是明明白白的刀痕。此外,我在桌上还看到一个黑色小球,不知道是面团还是黏土,上面还有些像锯木屑一样的斑点。我敢肯定这些痕迹都是翻看试卷的人留下的。没有任何脚印或别的证据可以辨认这个人。我已经走投无路的时候,突然高兴地想到你在这座城里,便直接过来请求你的帮助。福尔摩斯先生,请一定帮帮我。你看我现在左右为难:要么查出这个人来,要么推迟考试日期,直到出了新的试卷。可要出新的试卷就要做出解释,这就会带来一出可怕的丑闻,不仅会影响学院的声誉,而且会影响整个大学的声誉。最要紧的是,我希望能悄悄地、谨慎地解决这个问题。"

福尔摩斯站起来穿上大衣说:"我很高兴处理这件事,尽力给你出点主意。这个案子还是有点意思的。你拿到试卷后有人去过你房间吗?"

"有,道拉特·拉斯,和我住在同一幢楼的一个印度学生。他来问过我考试的几个细节问题。"

"他就为这事进了你房间?"

"是的。"

"当时试卷在桌上吗?"

"我记得是卷起来放在桌上的。"

"可以看得出那是清样吗?"

"大概可以吧。"

"当时你房间里没有别人吗?"

"没有。"

"有人知道清样会在你屋里吗?"

"除了印刷工,没有别人知道。"

"这个班尼斯特知道吗?"

"当然不知道。没有人知道这件事。"

"班尼斯特现在在哪里?"

"这个可怜的人很不舒服。我让他坐在椅子上,就匆匆赶来找你。"

"屋门还开着吗?"

"我已经把试卷收起来了。"

"那么,索姆斯先生,可以这样说:除非那个印度学生看出那卷纸是试卷,翻看试卷的人完全是无意碰上的,事先并不知道试卷在你那里。"

"我也是这样想的。"

福尔摩斯神秘地笑了笑。

他说:"好吧,我们去看看。华生,这可不是要你处理的对象,因为这是智力上的,而不是身体上的。好吧,你想来就来吧。索姆斯先生,现在听你吩咐。"

我们当事人的起居室有一扇窗户正对着这所古老学院的庭院。窗户又大又低,上面还有花窗棂。穿过一扇哥特式的拱门就是年长失修的石阶。这位导师的房间在一楼,楼上住着三个学生,一人一层。我们到达现场时已经是黄昏了。福尔摩斯停住脚,全神贯注地看着那扇窗户。然后他走过去,踮起脚,伸长脖子朝屋里望去。

"他肯定是从房门进去的。除了这扇窗户外,再也没有别的出入口了。"我们学识渊博的向导说。

"我的天哪!"福尔摩斯说道,一面望着我们的同伴古怪地笑了一下,"要是这儿没什么可查的,我们就进去吧。"

这位讲师打开外面的门,把我们请进了他的房间。福尔摩斯检查地毯的时候,我们就站在门口。

他说:"这儿恐怕没有什么痕迹。在这样干燥的天气里,确实很难找到痕迹。你的仆人好像恢复得差不多了。你说你走

他伸长脖子朝屋里望去。

的时候他坐在椅子上,是哪把椅子?"

"窗户边的那把。"

"明白了,靠近这张小桌子。你们现在可以进来了,我已经检查完了地毯。下面我们先来检查小桌子。当然,发生的事情已经很清楚了。那个人进了屋,从中间的桌子上把试卷一张张地拿到窗子边的桌上,因为他从这里可以看到你是否从庭院回来,可以立刻逃脱。"

索姆斯说:"事实上他逃不掉,因为我是从侧门进来的。"

"啊,那很好!不管怎么说,他当时是这样想的。让我看看那三张清样。没有指纹,没有!他把这张先拿过去抄了下来。他如果把各种简略符号都用上,抄一张需要多长时间呢?一刻钟,不会少于这个时间。然后他扔下这张,又抓起一张。他刚抄到一半,你回来了,他只好匆忙逃跑,没来得及把试卷放回去,这样就露了馅。你从外面的门进来的时候,没有听到楼梯上匆忙的脚步声吗?"

"我没有听见。"

"他抄得太快,弄断了铅笔,然后正如你所推测的,只好又把笔削一下。华生,这很有趣。这不是普通的铅笔,比普通的要粗些,软铅,深蓝色的笔杆,上面印着银色的制造商的名字。这支笔只剩下一英寸半长。索姆斯先生,找到这样的笔也就找到了这个人。我再给你提供一个线索,他的刀子比较大,但很钝。"

索姆斯先生被这一大串情况弄糊涂了。他说:"别的我还能理解,可这铅笔的长短……"

福尔摩斯伸手递过来一小片铅笔木屑,上面有字母 NN,字母后面是光光的。

"你明白了吗?"

"我还是没有……"

"华生,我总是怪你不开窍,看来不只是你一个人不开窍。这个 NN 是什么意思呢?它们是一个单词的最后两个字母。你们知道 JohannFaber 是众所周知的铅笔制造商的名字。这支铅笔已经用得只剩下 Johann 后面的这一截,说它只有一英寸半长不是很清楚吗?"他把小桌子转过来对着电灯光,"我希望他抄写的纸很薄,这样就会透过纸张在光滑的桌面上留下痕迹。没有,我什么也没有看出来。我想这儿是查不出什么来了。现在来看看中间这张桌子。我猜想这个小球就是你说的那个黑色面团吧。形状差不多像个金字塔,中间是空的。正如你说的,上面好像还有锯木屑。我的天哪,真有意思。你说的刀痕——我看是划出来的痕迹。开始的地方是一道淡淡的划痕,最后才是一个小洞。索姆斯先生,我很感谢你请我来处理这个案子。那扇门通向哪里?"

"通向我的卧室。"

"出事之后你进去过吗?"

"没有。我直接去找你了。"

"我想进去看看。多么漂亮的古色古香的屋子啊!请你们先等一下,让我检查一下地板。没有看出什么来。这个布幔呢?唔,你把衣服挂在后面呢。要是有谁迫不得已躲到这个房间来,他肯定要藏在这个布幔后面,因为床太低,衣柜又太浅。我想里面大概没人吧。"

当福尔摩斯拉起布幔时,我从他坚定而又警觉的态度中,可以看出他已经做好了最坏的准备。然而,拉开布幔一看,除了挂在一排衣钩上的几套衣服外,里面什么也没有。福尔摩斯转过身来,突然又弯下腰去。

他说:"哈哈!这是什么?"

那是一小块金字塔形状的东西，和书房桌子上面的那块完全一样。福尔摩斯把它放在手掌上，拿到电灯光下。

"索姆斯先生，你的这个客人好像在你的起居室和卧室都留下了痕迹。"

"他到卧室来干什么？"

"我想这很清楚。你从他没有料到的方向回来，所以他等你到了门口才发觉。他该怎么办呢？他抓起所有可能会暴露他的东西，跑进你的卧室藏了起来。"

"我的天哪，福尔摩斯先生，你是说我和班尼斯特在起居室谈话的时候，要是知道他在里面，早就可以把他抓住了？"

"我看是这样的。"

"福尔摩斯先生，一定还有别的可能性。我不知道你是否注意到卧室的窗户？"

"窗户上有花窗棂，铅做的窗框，共三扇，一扇有铰链，可以钻进人来。"

"正是，而且正对着庭院的一角，所以不大容易被人看见。这个人可能是从那里进来的，经过卧室时留下了痕迹，最后发现门开着，就从门那里逃走了。"

福尔摩斯不耐烦地摇摇头。

"我们实际地分析一下吧，"他说，"我记得你说过，有三个学生使用这个楼梯，而且总是从你门前走过，是吗？"

"是的。"

"他们三人都要参加这次考试吗？"

"是的。"

"你有没有理由怀疑他们中的一个比另外两个更有可能做这事呢？"

索姆斯犹豫了一下。

他说:"这个问题很难回答。没有证据是不能随便怀疑人的。"

"我们先听听你的怀疑,然后再找证据。"

"那么我简单地给你们讲讲住在上面的三个人的情况。住在二楼的是吉尔克利斯特,学习不错,爱好体育,是学院橄榄球队和板球队的队员,曾得过跨栏和跳远的第一名。他是个好小伙子,很有男子气。他父亲是那个赌马破了产的贾贝兹·吉尔克利斯特,名声不太好。这个学生很穷,但很刻苦,很勤奋,将来会很有出息的。

"住在三楼的是那个印度学生道拉特·拉斯。他像大多数印度人一样,不大说话,但也不大容易被人理解。他学习很好,但希腊语差一些。他做事稳重,很有条理。

"住在最上面的是迈尔斯·麦克拉伦。他是这所大学里最聪明的一个,要是愿意读书,可以学得很好。但他随心所欲,肆无忌惮,心思全不在学习上。第一年因为打牌的事差一点被开除。这学期他一直混了过来,对于这次考试肯定很害怕。"

"那么你怀疑的就是他喽?"

"我还不能说怀疑他,但是在三个人中,他的可能性最大。"

"正是。索姆斯先生,我们现在去见见你的仆人班尼斯特吧。"

这个仆人年纪约五十,个子不高,脸色苍白,胡子刮得干干净净,头发花白。他还没有完全从平静生活的突然变故中恢复过来。他那圆圆的脸颊还在紧张地抽动着,手指也在颤抖。

他的主人说:"班尼斯特,我们正在调查这起不幸的事件。"

"是的,先生。"

福尔摩斯说:"我听说你把钥匙忘在门上了,是吗?"

"是的,先生。"

"你这样做恰恰是在试卷放在屋里的这一天,是不是很反常?"

"先生,发生这样的事是很不幸,可我在别的时候偶尔也曾把钥匙忘在过门上。"

"你是什么时候进的屋子?"

"大约四点半。那是索姆斯先生喝茶的时间。"

"你在屋里待了多久?"

"我看到他不在屋里,马上就出来了。"

"你有没有看桌上的试卷?"

"没有,先生,绝对没有。"

"你怎么会把钥匙忘在门上呢?"

"我当时手里端着茶盘,想等一下回来拿钥匙。后来就忘了。"

"外面的屋门上是不是弹簧锁?"

"不是的,先生。"

"那么门就一直开着?"

"是的,先生。"

"屋里要是有人,完全可以出来,是吗?"

"是的,先生。"

"当索姆斯先生回来后找你,你很不安,是吗?"

"是的,先生。我在这儿这么多年还从来没有发生过这样的事情。我差一点昏过去。"

"我听说了。你感到不舒服的时候,当时站在哪里?"

"我在哪里,先生?就在这里,靠近屋门。"

"这就奇怪了,因为你后来坐的是那张角落里的椅子。你为什么要越过这几把椅子呢?"

· 福尔摩斯的归来 ·

"你怎么会把钥匙忘在门上呢?"

"我不知道,先生。我并没有在意我坐在哪里。"
"福尔摩斯先生,我想他真的没有在意。他当时脸色很不好,特别苍白。"
"你主人出去后,你一直在这里吗?"
"我只待了几分钟。然后我就锁上门回到了我自己的房间。"
"你怀疑是谁干的呢?"
"噢,我不敢随便乱说,先生。我不相信这所大学里会有人干这种损人利己的事。是的,先生,我不相信。"

福尔摩斯说:"谢谢你,就谈到这儿吧。噢,还有一句话。你没有向你伺候的三个学生提到过出了事吧?"

"没有,先生。一个字也没有提。"

"你见到他们没有?"

"没有。"

"很好。索姆斯先生,要是你愿意,我们一起到院子里走走好吗?"

夜色越来越浓,我们上面三个楼层上的窗户都亮着灯。

福尔摩斯说:"你们这三只小鸟都回窝了。哦嗬,那是什么?他们当中有一个像是坐立不安。"

福尔摩斯说的是那印度人,他那黑色的侧影突然映在窗帘上。他正在屋里快速地踱来踱去。

福尔摩斯于是说:"我想看一下他们每个人。可以吗?"

"没问题,"索姆斯回答说,"这些房间是学院里最古老的,常有客人来参观。来吧,我亲自带你们去。"

我们来到了吉尔克利斯特的门口。福尔摩斯说:"请别说出我们的名字。"一个瘦高个、黄头发的小伙子开了门,在弄清我们的来意之后,把我们请进了屋。屋里有几件罕见的中世纪室内建筑结构。福尔摩斯对其中一件特别着迷,坚持要把它画在笔记本上,画的时候把铅笔弄断了,只好向屋主人借了一支,后来又借了把刀削他自己的铅笔。在印度学生的房间里,福尔摩斯也做了同样的怪事。这个印度人个子不高,不大说话,长着鹰钩鼻子。他斜眼望着我们,看到福尔摩斯画完建筑结构图时,他显得十分高兴。我看不出在这两个地方福尔摩斯是否找到了他所寻找的线索。我们没有能访问第三处。不管我们怎么敲,屋门就是不开。屋内还传出一连串的脏话。一个愤

福尔摩斯坚持要把它画在笔记本上。

怒的声音吼叫着:"我才不管你是谁呢。快给我滚!明天就要考试了,少来烦我!"

我们的向导气得涨红了脸,下楼的时候说:"真是太粗鲁了!当然,他不知道是我在敲门,但不管怎么说,他的行为太无礼了,而且在目前的情况下也显得很可疑。"

福尔摩斯的回答很奇怪。

他说:"你能确切地告诉我他有多高吗?"

"福尔摩斯先生,我真的说不准。他比那个印度人高,但没有吉尔克利斯特高。我想大概是五英尺六英寸吧。"

"这很重要,"福尔摩斯说,"好了,索姆斯先生,我祝你晚安。"

我们的向导又是惊讶又是失望地叫了起来:"天哪,福尔摩斯先生,你不能就这样丢下我!你好像还不明白我的处境。明天是考试的日子。我今晚必须采取什么措施。试卷被人翻看过了,我不能举行这次考试。我们必须面对这个现实。"

"你只能听其自然。我明天一早会来和你谈这事的。也许到那时我可以告诉你怎么办。现在嘛,你什么也不要改动,一点也不要改动。"

"好吧,福尔摩斯先生。"

"你就放心好了。我们一定想出办法来帮你摆脱困境。我把黑泥球和铅笔屑带走。再见。"

我们走到黑黑的院子里时,又抬头看了看那些窗户。印度学生仍然在屋里来回踱着步。另外两扇窗户已经没有了灯光。

走在大街上时,福尔摩斯问:"华生,这件事你怎么看?很像是在客厅中玩的小游戏,从三张牌中抽一张,是不是?三个人你都见了。肯定是其中的一个人干的。你来选吧。选谁?"

"选顶楼那个出言不逊的家伙。他的成绩记录最差。可那印度人也很狡猾。他为什么总在屋里走来走去呢?"

"这倒没什么。许多人在背东西的时候都这样。"

"他看我们时的样子,很古怪。"

"如果你第二天要考试,每分钟都很宝贵,却突然有一群人来打搅你,我想你也会那样看人的。不,我看这没有什么。

但那个人我确实弄不明白。"

"谁?"

"班尼斯特,就是那个仆人。他在这件事情中搞了什么名堂呢?"

"他给我的印象是个完全诚实的人。"

"他给我留下的印象也是这样,而这正是我弄不明白的地方。一个十分诚实的人为什么要——这儿有家大文具商店。我们从这儿开始调查。"

城里只有四家较大的文具店,福尔摩斯在每一家都拿出那些铅笔屑,出高价买同样的笔。但四家商店都说这种铅笔的规格很特别,很少有存货,但他们可以给他定做。我朋友好像并没有因为失败而感到沮丧,只是无可奈何地耸耸肩。

"我亲爱的华生,没有用。这是最好的一条线索,却没有能得出任何结果。不过我相信,没有这条线索,我们也能解开这个谜。天哪!我的好朋友,已经九点钟了,女房东还唠叨着七点半给我们做豌豆汤呢。华生,你不停地抽烟,吃饭又不准时,我想房东会要你退房的,我将跟着你一起倒霉。不过,我们还是能先解决这个涉及到焦虑不安的导师、粗心大意的仆人和三个前途无量的学生的问题。"

我们晚饭吃得很晚。虽然福尔摩斯饭后坐在那里沉思了好长一段时间,但他没有再和我提起这件事。第二天早晨八点,我刚洗漱完毕,他走进了我的房间。

他说:"华生,我们该去圣路加学院了。你可以不吃早饭吗?"

"当然可以。"

"我们要是不给索姆斯一个肯定的答复,他会惊慌不安的。"

"你能给他一个肯定的答复吗?"

"我想我能。"

"你已经得出结论了?"

"是的,亲爱的华生,我已经解开了这个谜。"

"可你找到了什么新的证据呢?"

"啊哈!我六点钟起来不会一事无成。我已经辛辛苦苦忙了两个小时,至少走了五英里,总算有些收获。你看这个!"

他伸出手来,手掌中有三个金字塔形状的小黑泥团。

"可你昨天只有两个。"

"今天早晨又有了一个。可以断定第三个小泥球的来源也就是第一和第二个泥球的来源。是吗,华生?走吧,让我们的朋友索姆斯从痛苦中解脱出来吧。"

我们在索姆斯的房间里看到他时,只见这位不幸的导师正紧张得让人可怜。再过几个小时考试就要开始了,而他仍处在左右为难的境地:是公布事情真相呢,还是让作弊者参加这次高额奖学金的考试。他看见福尔摩斯时,内心太激动了,几乎都站不稳,急忙伸出双手迎了上去。

"谢天谢地,你终于来了!我还担心你没查出来就放弃了呢。我该怎么办?考试还能进行吗?"

"毫无疑问要进行。"

"可这个骗子呢?"

"他不会参加。"

"你知道是谁了?"

"我想是吧。要是不让这件事情公开,我们必须授予自己一些权力,组成一个小小的非官方军事法庭。索姆斯,请你坐在那里!华生,你坐那里!我坐在中间的扶手椅上。我想我们现在这副威严的架势,足以让心怀鬼胎的人产生畏惧。现在,索姆斯,我要劳驾你上楼去班尼斯特房间把他叫到这里来。"

很快老师带着他的学生回来了。他相当英俊,个子高高的,弱不禁风,走路轻快,有一张讨人喜欢的脸蛋。班尼斯特走了进来,看到我们这副审判人的架势,惊恐地后退了一步。

很快老师带着他的学生回来了。

福尔摩斯说:"请你关上门。好了,班尼斯特,请把昨天事情的真相告诉我们吧。"

他的脸完全吓白了。

"我把一切都告诉你了,先生。"

"没有什么要补充的吗?"

"一点也没有,先生。"

"那么让我提醒你几点吧。你昨天坐在那张椅子上,是不是要遮掩什么会说明谁进了屋子的东西?"

班尼斯特的脸像死人一样惨白。

"不是的,先生,当然不是。"

福尔摩斯缓缓地说:"我只是提醒你一下。我坦率地承认我无法证明这一点。但这完全是可能的,因为索姆斯先生一转身,你就把躲在卧室里的人放了出去。"

班尼斯特舔了舔干干的嘴唇。

"卧室里没有人,先生。"

"啊,我很遗憾,班尼斯特。直到刚才你说的也许都是真话,但我知道你现在说了假话。"

这个人绷着脸硬顶着。

"卧室里没有人,先生。"

"得了,得了,班尼斯特。"

"真的,先生,卧室里没有人。"

"既然是这样,你的确没有什么新情况可以提供给我们。能不能请你留在这屋里?站到卧室门旁去。索姆斯,我想请你去楼上吉尔克利斯特的房间,把他请到你的房间来。"

不一会,导师带着学生回来了。这个孩子仪表堂堂,高高的个子,动作灵活敏捷,迈着富有弹性的步伐,带着愉快而又开朗的神情。他那不安的蓝眼睛打量着我们每个人,最后茫然失措地望着角落里的班尼斯特。

福尔摩斯说:"请把门关上。吉尔克利斯特先生,我们这里没有外人,不会有人知道我们之间的谈话,所以我们完全可以坦诚相见。吉尔克利斯特先生,我们想知道,你作为一个诚实的人怎么会做出昨天那样的事情来呢?"

这个可怜的青年后退了一步,又是恐惧又是责备地朝班尼斯特看了一眼。

"不，不，吉尔克利斯特先生，我什么也没有说，一个字也没有说！"仆人叫了起来。

"可你现在说出来了，"福尔摩斯说，"好了，先生，你必须明白，在班尼斯特开口之后，你已经没有别的办法了。唯一的出路是坦率地承认一切。"

一瞬间，吉尔克利斯特举起双手，想控制住激动的神情。接着，他跪倒在桌子旁，用双手捂着脸，动情地抽泣起来。

"好了，好了，"福尔摩斯和蔼地说，"人总是会犯错误的，至少没有人可以说你是个老脸皮厚的惯犯。也许让我来告诉索姆斯先生事情发生的经过要更方便些，不对的地方你可以纠正。这样好吗？好了，好了，不用回答。你听我说得对不对。

"索姆斯先生，自从你告诉我说没有一个人知道试卷在你屋里，连班尼斯特也不知道，我的头脑里对这个案子就有了一个明确的看法。印刷工当然可以排除在外，因为他完全可以在他自己的办公室看卷子。我也把那印度学生排除在外，因为如果清样是卷成一卷的，那么他不可能知道那是什么。另外，恰恰在试卷放在桌上的这天，有人敢闯进你的房间，这种巧合简直令人难以置信，所以我也排除了这种可能性。进屋的人知道试卷在桌上。他是怎么知道的呢？

"我走近你的屋子时，仔细检查了你的窗户。你当时以为我相信有人会在光天化日之下，当着对面屋子里所有那些人的眼睛破窗而入。你这种想法让我感到非常好笑，因为这太荒唐了。我当时在估算，一个路过这里的人要有多高才能看到中间桌子上的试卷。我身高六英尺，费点劲可以看到。比我个子矮的人是根本看不到的。你看，我早就有理由认为，如果你的三个学生中有一个身材特别高，他便是三个人中最值得怀疑的。

"我进了屋,完全同意你对窗户边桌子的看法。中间的桌子我没有看出什么来,但你提到吉尔克利斯特是个跳远运动员。我一下子就清楚了。剩下的就是找一些旁证,而我很快也弄到了。

"事情发生的经过是这样的:这个年轻人一下午都在操场练习跳远。他回来的时候,手里拎着跑鞋,证据是鞋底上有几个尖钉。他走过你的窗口时,因为个子

"人总是会犯错误的。"

高,看到了你桌上的清样,猜出那是试卷。他经过你门口的时候,要是没有看见你粗心的仆人忘在门上的钥匙,本来是不会发生这种糟糕的事情的。他一时冲动进了屋,想看看那是不是清样。这并不是冒险的举动,因为他完全可以装着是来问问题的。

"当他看到那确实是清样时,他抵挡不住诱惑,把鞋子放到了桌子上。你把什么放在窗户边的椅子上了?"

"手套。"年轻人说。

福尔摩斯得意地看着班尼斯特。"他把手套放在椅子上,一张张地拿起清样来抄写。他以为导师肯定会从大门回来,可

以看得到。而我们知道导师是从侧门回来的。他突然听到导师已经到了门口,知道完全逃不掉了,便抓起跑鞋,冲进了卧室,匆忙中忘记了手套。你们看到桌上的划痕一头很轻,但朝卧室那头渐渐加深。这一点就足以说明鞋子是朝那个方向拖过去的,案犯就躲在卧室里。鞋钉上的泥土掉在了桌子上,另一块松下来掉在了卧室里。我可以补充一句,我今天早晨去了操场,看到跳坑内用的是黑色黏土,便带了一小块回来,还带了一点防止运动员滑倒的黄色的细木屑。我说得对吗,吉尔克利斯特先生?"

这个学生已经站了起来。

他说:"是的,先生,是这样的。"

索姆斯叫了起来:"我的天哪!你还有什么要补充的吗?"

"有的,先生。这件不光彩的事让我惊恐万状。索姆斯先生,我一夜没有睡着,今天早晨给你写了封信,在这儿。这是在我知道我的罪行被查出来之前写的。先生,给你。你看我是这样写的:'我已经决定不参加这次考试了。我收到了罗得西亚警察总部的任命,准备立刻动身去南非。'"

索姆斯说:"我很高兴得知你不打算用欺骗的手段来战胜对手。可你为什么又改变主意了呢?"

吉尔克利斯特指了指班尼斯特。

他说:"是他把我引上了正路。"

福尔摩斯说:"班尼斯特,从我刚才的话中你也能清楚地看出,只有你可以放走这个年轻人,因为后来只有你一个人留在屋里,出去的时候肯定是你锁的门。说他从窗口逃出去是站不住脚的。你能不能解释一下这最后一个疑点,告诉我们这样做的原因呢?"

"要是你知道内情,事情就简单了。不过,尽管你很聪明，你还是不知道。先生，我以前曾是这个年轻人的父亲——老贾贝兹·吉尔克利斯特勋爵的管家。他破产后，我来这学院当了仆人，但我从来没有因为旧主人没落就忘记他。我为了过去的岁月，尽心尽力地照料他的儿子。昨天事情发生后我走进这个房间，首先看到的就是吉尔克利斯特先生的黄色手套放在那把椅子上。我很熟悉这双手套，知道它们在那儿的含义。要是索姆斯先生看到它们，秘密就要暴露了。我赶紧坐到椅子上，一动不动地一直坐到索姆斯先生去找你们。然后我可怜的小主人才出来。他是我一手抱大的，把什么都向我承认了。我救他不是很自然的事吗？我像他已故的父亲一样说服他，让他明白他不应该投机取巧，这不也是很自然的事吗？先生，你能为此而责备我吗？"

"当然不能，"福尔摩斯真心地说，然后站起身来，"好了，索姆斯先生，我们已经为你解决了这个小问题，早饭还在等着我们呢。走吧，华生！至于你，先生，我相信罗得西亚会有光明的前途在等着你。你跌倒了一次，我们要看看将来你会飞得多高。"

金边夹鼻眼镜

每当我看到记载着我们一八九四年工作经历的三大本手稿时，我承认我很难从这么丰富的材料中，选出那些最有意思、同时又最能说明我朋友为大家所知的那些特殊才能的案件。我翻阅手稿时，看到了令人发指的红水蛭事件和银行家克劳思比的惨死，看到了阿道顿惨案和英国古墓里的奇异葬品。发生在这期间的案子还有著名的史密斯—莫蒂默继承权案件，以及追查和逮捕布洛瓦街的刺客胡列。后面这个案子的侦破使福尔摩斯赢得了法国总统的亲笔感谢信和法国海外勋章。虽然上述每个案子都值得一写，但总的说来，我认为没有一起像约克斯雷旧宅案那样扑朔迷离。这个案子不仅包括了青年威洛比·史密斯的惨死，而且案情的发展出乎意料地带出了这起惨案的起因。

事情发生在十一月底一个暴风雨肆虐的夜晚。福尔摩斯和我默默地坐了一个晚上，他忙着用一个高倍放大镜辨认一张羊皮纸上的残留字迹，我在埋头读着一篇新的外科论文。外面狂风呼啸着刮过贝克街，雨点猛烈地敲打着窗户。说来也怪，住在城市中心，方圆十英里内都是人工杰作，却仍能感到大自然铁一般的束缚力，仍能感到整个伦敦在大自然巨大的力量面前显得像田野里的小土丘。我走到窗子边，望着窗外空空荡荡的街道。零零星星的街灯照在泥泞的道路和闪亮的人行道上。一辆单人马车溅着泥水从牛津街的尽头驶了过来。

福尔摩斯把放大镜放到一边，卷起羊皮纸，说："华生，幸好我们今晚不用出去。我一口气干了不少事。这是很伤眼睛的活。在我看来，这不过是十五世纪后半叶一所修道院的记事簿。喂！喂！喂！这是什么声音？"

呼呼的风声中传来了嗒嗒的马蹄声，以及车轮摩擦人行道的石边发出的声音。我刚才看到的马车停在了我们的门口。

看到一个人从马车上下来，我说："他会有什么事呢？"

"什么事？他是来找我们的。我可怜的华生，我们需要大衣、围巾、套鞋等对付恶劣天气所用的一切装备。先等一下！马车又走了！我们有希望得救。要是他想请我们去，就会让那马车等着的。好伙计，快下楼去开门，因为别人早就睡了。"

当门厅的灯光照在我们这位深夜来客身上时，我立刻认出了他。来人是年轻的斯坦莱·霍普金斯，一位很有前途的警官。福尔摩斯曾几次特别关心他的事业。

"他在家吗？"他急不可待地问我。

楼上传来了福尔摩斯的声音："上来吧，我的好先生。我希望你没有为我们在这样的夜晚做出什么安排。"

警官上了楼，灯光照着他的雨衣，闪闪发光。我帮他脱掉雨衣，福尔摩斯把壁炉的火捅亮。

他说："我亲爱的霍普金斯，过来暖暖脚。这儿有烟，我们的医生还会给你准备开水加柠檬，是对付这种夜晚的良药。你在这样的大风天气里出来一定有重要事情。"

"一点不错，福尔摩斯先生。我整整忙了一个下午，真的。你看了今天晚报上登的约克斯雷的案件吗？"

"我今天看的都是十五世纪前的事情。"

"报上只登了一小段，而且完全错了，所以没看也不要紧。我倒是抓紧时间到现场去看了看。现场在肯特郡，离查罕姆七英里，离铁路三英里。我三点十五分接到电报，五点钟到

·福尔摩斯的归来·

来人是年轻的斯坦莱·霍普金斯。

了约克斯雷旧宅,然后进行调查,坐末班车到了查林十字街,又叫了辆出租马车直接上你这儿来了。"

"这意味着你还没有搞清楚这个案子,是吗?"

"是的,我完全摸不着头绪。我觉得这是我所办过的最复杂的案子,然而起初它好像简单得绝对不会出错。福尔摩斯先生,没有任何作案动机。让我烦恼的正是这一点,我找不出作案的动机。死了一个人,这是毫无疑问的。可我实在不明白怎么会有理由伤害这么一个人。"

福尔摩斯点燃一支雪茄烟,身子往椅子背上一靠。

他说:"你把情况讲给我们听听看。"

"情况我已经非常清楚了,"斯坦莱·霍普金斯说,"我现在想知道的是,这些情况都说明什么问题。根据我的调查,情况是这样的:几年前这所乡村住宅——约克斯雷旧宅——被一个科兰姆教授买了下来。这位教授行动不便,有一半的时间躺在床上,另一半时间拄着手杖在屋里一瘸一瘸地走走,或是坐在轮椅上由园丁推着在房子周围转转。几个跟他有来往的邻居都很喜欢他,而且那里的人都说他很有学问。他家里有一个上了年纪的管家马可太太,还有一个女仆苏珊·塔尔顿。自从他住到这儿来之后,这两个女人一直服侍他,而且两个人脾气好像都不错。教授在写一本书,两年前觉得有必要请一个秘书。最先请的两个秘书都不大满意。第三位威洛比·史密斯先生,是一个刚从大学毕业的年轻人,好像很合教授的意。这个年轻人的工作是上午记录教授的口述,晚上为第二天的王作查资料,做准备。这个威洛比·史密斯无论是小时候在阿平罕姆,还是年轻时在剑桥读书,都没有不良行为。我看了他的证明材料,他一直就品行端正,性情温和,勤奋刻苦,没有任何缺点。可就是这样一个青年,在教授的书房里惨遭谋杀。"

风呼啸着,拍打得窗子吱吱作响。福尔摩斯和我往火炉旁凑了凑,年轻的警长不慌不忙地把这离奇的事情讲了出来。

他说:"你找遍整个英国,恐怕都见不到比教授家更加不受外界影响的家庭。他家可以一连几个星期没有人迈出大门。教授专心于自己的研究,从来不关心外面的事情。年轻的史密斯一个邻居也不认识,所以也过着和他主人一样的生活。也没有什么事情需要两个女人走出家门。推轮椅的园丁莫蒂默尔有退伍抚恤金。他参加过克里米亚战争,也是个好人。他不住在大房子里,而是住在花园另一头的一座三居室的农舍里。住在约克斯雷旧宅的就是这些人。花园的大门离伦敦通往查瑟姆的大道一百码。门上有门闩,谁都可以进来。

"下面是苏珊·塔尔顿的说法。只有她还能明确地说出一点当时的情况。事情发生在上午十一点至十二点之间。她当时正在楼上南面的卧室里挂窗帘。科兰姆教授还躺在床上,因为天气不好的时候,他很少在中午前起床。女管家在房子后面忙着干活。威洛比·史密斯一直待在他兼做起居室的卧室里。女仆这时听到他走过过道,下楼进了书房,书房就在她的脚下。她没有看见他,但是她说,他那迅速、坚定的脚步声,她是决不会搞错的。她没有听到书房关门的声音,但一两分钟后,楼下传来了可怕的叫声。这叫声粗野、嘶哑,听起来很怪,让人不知道是男人还是女人发出来的。同时,又砰的一下传来了重重的声音,震得这所旧房子都晃动了,然后是一片寂静。女仆完全吓呆了,过了一会儿才鼓起勇气跑下楼去。书房的门关着,她推开门看见年轻的威洛比·史密斯先生仰面躺在地板上。她起初没有看到有伤口,但是当她想把他扶起来时,才发现血正从他的脖子下面往外冒。那里有一个不大但是很深的伤口,切断了颈动脉。在他旁边的地毯上有刺伤他的工具——一把老式写字台上常见的那种刮火漆印用的刀子,象牙做的刀把,刀背很硬。这是教授书桌上的用具。

"女仆起初以为史密斯已经死了,但是当她用冷水瓶往他额头上倒水的时候,他睁开了眼睛,喃喃地说:'教授,是她。'女仆发誓说他就是这么说的。他还想再说些什么,还把右手举了起来。然后他倒下去死了。

"这时女管家也赶到了现场,但是晚了一步,没有听到年轻人临终的话。她让苏珊守在尸体旁,自己跑进了教授的房间。教授已经从床上坐了起来,惊恐万状,因为他听到了声音,知道家里出了可怕的事情。马可太太肯定地说,他当时还穿着睡衣,没有莫蒂默尔帮忙他是穿不上衣服的,而莫蒂默尔通常是十二点钟来。教授说他听到了远处的叫声,但其他的事情就一概不知了。他无法解释这个年轻人最后说的话:'教授,是她。'不过他认为这是神志不清的胡话。他相信威洛比·史密斯没有任何仇人,因此无法解释这起案子的动机。教授的第一个反应是派园丁莫蒂默尔去叫当地的警察。没过多久,当地的警长就请我去了。在我到那儿之前,什么都没有移动,而且警长还严格规定不许人们在通向房子的小道上行走。歇洛克·福尔摩斯先生,这是运用你的理论的好机会。一切都已经齐备了。"

"只差歇洛克·福尔摩斯先生,"我的朋友苦笑着说,"我们先听听你的解释。你认为这是件什么样的案件?"

"福尔摩斯先生,我想请你先看看这张草图。这张图可以让你对教授书房和有关东西的位置有个大概的了解,也可以帮你弄清我的调查。"

他打开那张草图,放在福尔摩斯的膝盖上。我站起身,走到福尔摩斯的身后。下面是我复制的这张草图:

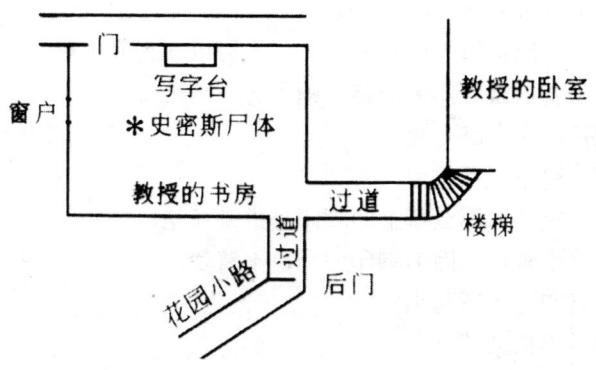

"这当然只是张草图,只画了我认为重要的几点。其他的地方你以后会亲眼看到的。我们首先假设凶手进了屋,那么他或她是怎么进来的呢?无疑是从花园的小路和后门进来的,因为这样可以直接进入书房。从别处走太复杂。而且凶手一定也是顺原路逃跑的,因为另外两个出口,一个被跑下楼梯的苏珊挡住了，另一个直接通往教授的卧室。因此，我立刻把注意力放在花园的小路上，由于最近多雨，小路很潮湿，一定会有脚印留下来。

"我的调查表明，我对付的是一个谨慎、老练的罪犯。小路上找不到任何脚印，但小路旁的草地上显然有人走过，而且他这样做完全是为了避免留下脚印。我没有找到一个清晰的脚印，但是草被人踩倒了，所以肯定有人走过。这个人只会是凶手，因为园丁和别人今天早晨都没有去过那里，而雨是昨天晚上下的。"

"等一下，"福尔摩斯说，"这条小路通向哪里？"

"通向大路。"

"离大路有多远？"

"大约一百码。"

"在小路穿过大门的地方，一定可以找到痕迹吧？"

"遗憾的是大门旁的路上铺了砖。"

"那么在大路上呢？"

"大路早就踩成泥浆了。"

"太糟了！那么草上的脚印是进来还是出去的呢？"

"这很难说，因为脚印一个也不清楚。"

"脚印是大还是小？"

"看不出来。"

福尔摩斯不耐烦地哼了一声。

他说："从那时起，天一直在下着大雨，风也刮得很猛。现在去辨认脚印比辨认那张羊皮纸还要困难。可这是没办法的事。霍普金斯，当你确信你的调查一无所获时，你干了什么呢？"

"福尔摩斯先生，我想我弄清了很多事。我知道有人从外面小心翼翼地进了屋。后来我检查了过道，上面铺着椰子毛垫子，所以没有留下任何痕迹。我顺着过道来到了书房。书房里家具很少，主要有一张大写字台，下面有个固定的柜子。柜子有两排抽屉，中间是个小柜。小柜锁着，抽屉却全部开着。这些抽屉好像总是开着的，里面没有重要的东西。小柜子里有些重要文件，但没有被翻动过的痕迹，而且教授也说没有丢失东西。可以肯定没有偷走什么东西。

"然后我去检查年轻人的尸体。尸体靠近柜子的左边，图上已经标出来了。伤口在脖子的右边，从后往前扎进去的，因此不可能是自杀。"

"除非他跌倒时摔在刀子上。"福尔摩斯说。

"正是。我也有过这个念头，但我们发现刀子离尸体有几英尺远，所以不可能是自杀。再说，还有他临终前的那些话呢？最后，我们在死者紧握着的右手中发现了这件非常重要的证据。"

斯坦莱·霍普金斯从口袋里掏出一个小纸包来。他打开纸包，拿出一副金边夹鼻眼镜，眼镜的一端垂着一根断成两截的黑绸绳。他说："威洛比·史密斯视力很好，所以这无疑是从凶手脸上或者身上抢来的。"

歇洛克·福尔摩斯伸手接过眼镜，饶有兴趣而又极为认真地检查起来。他把眼镜架在鼻梁上，试着看看东西，又走到窗口朝外面的街道凝望着，然后在灯光下仔细地查看这副眼镜，最后咯咯笑着在桌子旁坐下来，写了几行字，把纸扔给斯坦莱·霍普金斯。

他说："我给你的帮助就这些。这也许有点用。"

惊讶的警长大声地念了纸条：

他把眼镜架在鼻梁上，试着看看东西。

寻找一位谈吐文雅、打扮得像贵妇人似的女人。她鼻子很大，眼睛长得紧挨着鼻子。她额头上有皱纹，喜欢贴近看东西，也许还是削肩膀。有迹象表明她在前几个月里两次去过眼镜店。她眼镜的度数很深，城里的眼镜店又不多，要查出她并不难。

福尔摩斯微笑着看了看霍普金斯惊讶的神情，我的脸上肯定也是一副惊讶的样子。

福尔摩斯说："我的推理非常简单。什么东西也不能像一副眼镜那样说明问题，何况是这样一副特别的眼镜呢。我说眼镜的主人是个女人，根据是这副眼镜很精致，而且还可以考虑到死者的遗言。我说这个女人谈吐文雅、穿着考究，根据是戴这种眼镜的人是不会穿得邋邋遢遢的。你看眼镜上的这两个鼻架很宽，说明这位女士的鼻子底部很宽。这种鼻子往往比较短，比较粗，但也有很多例外，所以这一点我不敢武断。我自己的脸很窄，可我的眼睛对不上这副眼镜的中心，因此这位女士的眼睛长得很靠近鼻子。华生，你看镜片是凹陷的，度数很深。一位一辈子视力受到如此影响的女士，必然会在生理特点上留下一些痕迹，可以在前额、眼帘以及肩膀上看出来。"

我说:"好吧,我同意你的分析。但是,我必须承认,我不明白你是怎么断定这个人两次到过眼镜店的。"

福尔摩斯把眼镜拿在手中。

他说:"你们看,眼镜的鼻架上衬着软木,为的是减轻眼镜对鼻子的压力。其中一块软木褪了色,而且有点磨损,可是另一块是新的。显然一块是掉过以后新换的。我估计旧的那一块装上去也只有几个月。因为两块软木块完全相同,所以我说这位女士第二次也去了同一家眼镜店。"

霍普金斯钦佩地大声叫道:"天哪,太妙了!想想看,我手里掌握了所有这些证据,却一点都不知道。不过,我倒是想过要到伦敦的各家眼镜店去看一看。"

"你当然应该去。关于这个案子,你还有什么要告诉我们吗?"

"没有了。我想你现在知道的和我一样多,甚至比我还要多。我们询问过是否有人在那条大路上或火车站看到过陌生人,大家都说没有。我真正弄不明白的是这起案子完全没有任何动机。谁也说不清到底是为了什么。"

"啊!在这一点上我可帮不了你。你大概希望我们明天去看看吧?"

"福尔摩斯先生,当然是希望你能去啦。早晨六点钟有火车从查林十字街开往查罕姆,八九点钟就可以到达约克斯雷旧宅了。"

"那么就这么定了。你的案子确实有些让人很感兴趣的方面,我很愿意去调查一下。噢,都快一点钟了,我们最好睡上几个小时。你就睡在火炉前的沙发上吧。明天出发前,我会点上酒精炉给你煮杯咖啡的。"

风刮了一夜,第二天停了。我们早晨动身的时候,天冷得出奇。我们看到冬日的太阳照在泰晤士河边阴暗的沼泽地和浑浊的河水上,这情景总使我想起我和福尔摩斯多年前追查安达曼的情形。经过一段漫长而疲惫的旅程,我们在离查罕姆几英里远的一个小车站下了车。我们在当地一个小餐馆等候给马车套马时,匆匆吃了点早饭,所以一到约克斯雷旧宅便可以开始工作了。一个警察在花园门口迎接我们。

"威尔逊,有什么消息吗?"

"没有,长官。"

"有没有人报告看见陌生人?"

"没有,长官。火车站的人说昨天没有陌生人来这儿或离开这儿。"

"你有没有到旅店和其他可以住宿的地方问过?"

"问过了,但没有跟本案有关的人。"

"从这儿走到查罕姆并不远。有人可以神不知、鬼不觉地住在那里或者在那里坐火车。福尔摩斯先生,这就是我说过的花园里的小路。我保证昨天小路上没有脚印。"

"小路哪一边的草上有脚印呢?"

"这边,先生。在小路和花坛之间的窄草地上。现在看不见了,可昨天还看得很清楚。"

福尔摩斯弯腰看着草地,说:"是的,是的,有人从这儿走过。这个女人一定走路很小心,否则的话,她会在小路上留下痕迹,而如果她走的是另一边,就会在松软的泥土上留下更清晰的痕迹。"

"是的,先生。她一定头脑非常冷静。"

我看到福尔摩斯的脸上闪过极为关注的神情。

"你说她一定是从这条路出去的?"

"是的,先生。没有别的路可走。"

"从这段草地上走的吗?"

"肯定是的,福尔摩斯先生。"

"哼!这起谋杀干得真漂亮——真漂亮。我想这条小路已经没有什么新东西了。我们往前走吧。花园的门平时大概是开着的吧?那么这名不速之客只要走进来就行了。她当时肯定没有想到要杀人,否则她会带上武器,而用不着从写字台上拿起这把刀。她沿着过道往前走,在椰子毛做的垫子上没有留下痕迹。然后她到了书房。她在里面待了多久呢?我们无法判断。"

"只有几分钟吧,先生。我忘了告诉你,管家马可太太出事前不久还在整理书房。她说大概是在出事前一刻钟左右。"

"这样我们就有了一个时限。这名女士进了书房,干了什么呢?她走到了写字台旁。为什么?不会是为了抽屉里的东西。要是有值得她拿的东西,一定也锁起来了。一定是为了那小木柜里的东西。啊哈!小木柜上这道划痕是怎么回事?华生,点根火柴。霍普金斯,你为什么没有把这一点告诉我?"

福尔摩斯检查的这道划痕,是从钥匙孔右边的铜片上开始的,大约有四英寸长,把柜面上的油漆都划掉了。

"福尔摩斯先生,我注意到了,但钥匙孔旁边总是有划痕的。"

"可这划痕很新。你看铜被划过有多亮。旧划痕的颜色和铜片表面的颜色会是一样的。你用我的放大镜看一下。还有这油漆,像犁沟两边翻起的泥土一样。马可太太在吗?"

一位愁容满面的老妇女走进屋来。

"你昨天早上给这个柜子掸灰了吗?"

"掸了,先生。"

"你看到这道划痕了吗?"

"没有,先生。我没有看到。"

· 福尔摩斯的归来 ·

"你昨天早上给这个柜子掸灰了吗?"

"你肯定没有看到,因为掸子会把这些油漆屑掸掉的。谁有这个柜子的钥匙?"

"钥匙挂在教授的表链上。"

"是这把普通的钥匙吗?"

"不是,先生。是一把'楚伯'牌的钥匙。"

"很好,马可太太。你可以走了。我们现在已经有了一点进展。这名女士进了屋,走到柜子前,不是已经打开了它,就是要设法打开它。她正忙着的时候,威洛比·史密斯走进了房间。她急急忙忙往外拔钥匙,匆忙之中在柜门上划了这一道。他一把抓住她,而她抓起一件离她最近的东西朝他扎去,好让他松手,却没想到这碰巧是把刀子。这一扎使威洛比受了致命伤。他倒了下去,而她逃走了,也许带上了她来找的东西,也许没有。女仆苏珊在这儿吗?苏珊,在你听到那声叫喊之后,还有人能从那扇门逃走吗?"

"不能,先生,完全不可能。要是过道里有人,我不用下楼就能看得到。再说,没有人开过那扇门,否则我会听到声音的。"

"这道出口的问题也就解决了。那么毫无疑问,这名女士是顺来路出去的。我知道过道的另一头通向教授的房间。那边没有出口吗?"

"没有。"

"我们过去认识一下教授吧。啊哈!霍普金斯!这非常重要,真的非常重要。教授这边的过道也铺着椰子毛垫子。"

"这又怎么样呢,先生?"

"你没有看到这与本案有关吗?好吧,我不一定非要坚持这种看法。也许是我错了,不过我觉得这能说明一些问题。我们一起去,你把我介绍一下。"

我们沿过道走了过去,这边的过道和通向花园的过道一样长。过道的尽头有一小段楼梯,上面是一扇门。我们的向导敲了敲门,然后把我们带进了教授的卧室。

房间很大,沿墙放满了书,书架上摆不下,便堆到了角落里,或者堆在书柜的旁边。床在屋子的中间,房子的主人正靠着枕头,躺在床上。相貌这么特别的人我还很少见过。朝我们转过来的是张消瘦、长着鹰钩鼻子的脸,一双深色的眼睛隐藏在凹进去的眼眶里,成簇的眉毛低垂着。他的头发和胡须全白了,只有嘴巴周围的胡须上奇怪地沾了点黄颜色。蓬松的胡须中有支香烟在闪动,屋子里充满了难闻的陈旧的烟草味。他向福尔摩斯伸出手去时,我注意到他的手上也沾满了黄色的尼古丁。

"来支烟吗,福尔摩斯先生?"他说话比较咬文嚼字,语调也有点装腔作势,"请抽烟。这位先生,你也来一支吗?我向你们推荐这种烟,是亚历山大①的艾俄尼斯为我特制的。他一次给我寄一千支,可我还是得让他每两星期寄一次。这是不大好,先生,是不好,可一个老人又有多少爱好呢。我现在唯一剩下的只有抽烟和工作了。"

福尔摩斯点燃一支烟,一面打量着整个屋子。

"抽烟和工作,可现在只剩下抽烟了,"老人感叹地说,"唉!把我的工作都打断了!谁料到会出这样可怕的祸事呢?多么难得的好青年啊!我可以毫不夸张地说,经过几个月的训练,他已经成了一个难得的助手。福尔摩斯先生,你是怎么看待这件事的?"

"我还没有想好。"

"我们现在茫然没有头绪,要是你能给我们一些指点,我会感激不尽的。对于像我这样的书呆子和行动不便的人,这样的打击简直要我的命。我好像连思考的能力都丧失了。可你干的是这一行。这是你日常生活的一部分,所以你可以在任何紧急情况下处之泰然。有你来帮助我们,实在是万分荣幸。"

教授讲这番话的时候,福尔摩斯在房间的一端走来走去。我注意到他烟抽得特别快。他显然和我们的主人一样喜欢新寄来的亚历山大香烟。

---

① 埃及的一个港口城市。

老人说:"是的,先生,这真是毁灭性的打击。那边小桌子上的一叠稿件是我的巨著,是我对在叙利亚和埃及的科普特修道院中发现的文献的分析,研究的是天启教派的理论基础。我自己身体不好,现在又失去了助手,真不知道还能否继续完成这部著作。我的天哪!福尔摩斯先生,你抽烟居然比我还要快。"

福尔摩斯笑了笑。

"我是个鉴赏家,"他说着又从盒子里拿起一支烟,用剩下的烟头点着。这已经是他抽的第四支烟了,"科兰姆教授,我不想长时间地向你提问,给你添麻烦。我知道出事的时候,你在床上,所以什么也不知道。我只想问一个问题:可怜的威洛比最后说的'教授,是她',你认为是什么意思?"

教授摇摇头。

他说:"苏珊只是个乡下姑娘。你知道这种人愚蠢得令人难以置信。我认为那个可怜的小伙子在恍惚之中语无伦次地是说了点什么,而苏珊却把这错误地当成了一句毫无意义的话。"

"明白了。你自己对这起惨案是怎么看的?"

"可能是意外事故,也可能是——我只能在这儿说说——也可能是自杀。年轻人总有自己藏而不露的烦恼,也许是爱情之类的事,我们是永远无法知道的。这或许比谋杀的可能性更大一些。"

"那么眼镜呢?"

"啊!我只是个读书人,喜欢空想。我解释不了生活中的实际事物。但是,我的朋友,我们知道爱情的信物可以是奇形怪状的。请再抽支烟。我很高兴看到有人喜欢这种烟。一把扇子、一只手套、一副眼镜——谁知道一个人在生命结束时,会把什么东西当作珍宝抓在手里呢?这位先生说草地上有脚印,可这是很容易搞错的。至于刀子,有可能是这个可怜的人摔倒时扔出去的。我的话听起来也许很幼稚,但我觉得威洛比·史密斯是自杀。"

这种解释好像出乎福尔摩斯的意料。他陷入沉思中,一面继续踱着步,一面一支接着一支地抽烟。

他最后开口说:"科兰姆教授,请告诉我,写字台的小柜子里装着什么?"

"没有小偷感兴趣的东西。家庭文件,我可怜的妻子的来信,我的一些大学文凭。这是钥匙。你可以自己去看一下。"

福尔摩斯接过钥匙,看了一下,然后又还给教授。

他说:"我想这对我没有什么用途。我想到你花园里静静地把这件事情好好思考一下。你提出的自杀的假设

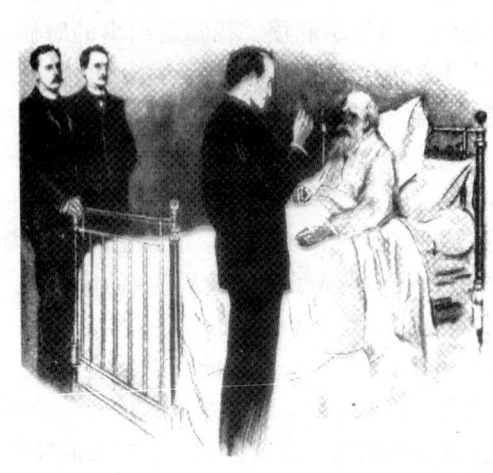

福尔摩斯接过钥匙,看了一下。

还是有点道理的。科兰姆教授,我很抱歉打搅你,午饭前我们不会再打搅你了。我们两点钟再来,把这期间发生的事情向你报告。"

说来也怪,福尔摩斯好像有些心不在焉。我们默默地在花

园的小路上来回走了很久。

"你有线索了吗?"我后来问。

他说:"这完全取决于我所吸的那些香烟。有可能是我错了。那些香烟会告诉我的。"

我叫了起来:"亲爱的福尔摩斯,你怎么能——"

"好了,你会明白的。如果不对也没有什么坏处。当然,我们还可以依靠眼镜店这条线索,但是如果有捷径,我是一定要走的。啊,马可太太来了。我们和她谈五分钟散散心吧。"

我以前也许提到过,福尔摩斯如果愿意的话,是特别会讨好女人的,而且很快就能取得她们的信任。不到五分钟,他已经得到了女管家的信任,像多年的老朋友一样和她谈了起来。

"是的,福尔摩斯先生,正像你说的,他烟抽得很多,白天黑夜地抽个不停。我有天早晨进他的房间——天哪,你会以为那是伦敦的大雾。可怜的史密斯先生也抽烟,但没有教授那么厉害。对于教授的健康,我不知道抽烟是好还是坏。"

福尔摩斯说:"啊,可抽烟影响食欲。"

"先生,这我不大懂。"

"我想教授一定吃得很少吧?"

"我应该说,他的食量时大时小。"

"我敢打赌,他今天上午一定没有吃早饭。我看见他抽了那么多烟,大概午饭也不想吃了。"

"先生,这你就弄错了,因为他今天早晨吃得特别多。我从来没有见他吃过这么多,而且午饭他还要了一大盘肉排。我真吃惊,因为自从我昨天走进那间房间,看到史密斯先生倒在地板上起,我对吃的东西连看都不想看。嘿,我看这世界各种各样的人都有,教授并没有因为这件事而影响食欲。"

我们在花园里消磨了一上午。斯坦莱·霍普金斯到村里去调查一些传言,据说前一天早晨几个孩子在查罕姆大路上看到过一个陌生女人。至于我的朋友,他好像失去了往常所有的精力。我还从来没有见他这样心不在焉地办过案子。甚至连霍普金斯带回来的消息,也没有能引起他多少兴趣。霍普金斯说,他找到了那些孩子,而且那些孩子确实看见过一个相貌完全像福尔摩斯描述的那样的女人,戴着一副普通眼镜或是夹鼻眼镜。吃饭的时候,苏珊一面服侍我们,一面主动地提到,史密斯先生前一天上午曾出去散过步,回来后半小时就发生了惨案。她的话引起了福尔摩斯极大的兴趣。我自己看不出这与案子有什么联系,但我能清楚地感觉到,福尔摩斯把这件事加进了他对整个案子的考虑之中。突然,他从椅子上猛地站起来,看了一下手表,说:"先生们,两点钟了。我们该上楼去跟教授把事情谈清楚了。"

老人刚刚吃完午饭,空空的盘子证明他的食欲很好,女管家说得很对。当他转过头来,把闪烁的目光投向我们时,我感到他确实是个怪人。他已经穿好了衣服,正坐在火炉旁的扶手椅上,嘴里仍然叼着香烟。

"福尔摩斯先生,你弄清楚这个疑案了吗?"他把桌上一大铁盒香烟朝我朋友这边推了推。福尔摩斯同时伸出手去,两人把烟盒碰到了地上。有一两分钟,我们都跪下来,把散落的香烟捡起来。当我们站起身来时,我看到福尔摩斯的眼睛里闪烁着光芒,脸颊也显得特别红润。我只是在危急关头才见他有过这种临战前的神情。

他说:"不错,我已经弄清楚了。"

斯坦莱·霍普金斯和我目瞪口呆。老教授憔悴的脸上像讥笑似的颤抖着。

"是吗,在花园里?"

"不,在这儿。"

"这儿!什么时候?"

"就是现在。"

"歇洛克·福尔摩斯先生,你一定是在开玩笑吧。我不得不告诉你,这是件严肃的事,不能这么随随便便。"

"科兰姆教授,我下结论的每个环节都是经过再三检验核实的,所以我能肯定它是对的。你的动机是什么,以及你在这桩疑案中扮演什么角色,我现在还说不上来。也许几分钟后我可以听你亲口讲出来。为了给你一个方便,我还是把已经发生的事情叙述一下,好让你知道我还需要什么情况。

"昨天有位女士进了你的书房。她来的目的是要从你的写字台里拿走某些文件。她自己有钥匙。我检查过你的钥匙,上面没有那条划痕能够造成的轻微褪色。我从证据来看,你并不知道她要来拿走东西,因此,你不是从犯。"

教授吐出一口浓烟,说:"这真是太有趣了,而且对我很有启发。你还有什么要说的吗?你既然把这位女士查到了这个份上,一定也能说出她后来的情况喽。"

"我会说的。起初你的秘书抓住了她,她为了脱身就刺了他一刀。我倾向于把这悲剧看成是意外的不幸,因为这位女士并不想造成这么严重的伤害。如果是蓄意杀人,她一定会带着武器。看到自己干出这样可怕的事情,她不顾一切地逃离现场。不料在厮打过程中,她丢了眼镜。她非常近视,没有眼镜寸步难行。她沿着过道跑过去,以为是她进来时的过道,因为两条过道上都铺着椰子毛的垫子。等她意识到自己跑错了方向时,已经太晚了,后面的退路已经被堵上了。她该怎么办呢?她无法回去,也无法站着不动,只能往前走。她上了楼梯,推开一扇门,进了你的房间。"

老人坐在那里，张着嘴，目不转睛地盯着福尔摩斯。他那富有表情的脸上露出惊恐的神色。他强打精神，耸耸肩，发出一阵假笑。

他说："福尔摩斯先生，你说得真精彩，可里面有一个小漏洞。我一直在屋里，白天根本没有离开过。"

"科兰姆教授，我知道这一点。"

"你是说我躺在那张床上，居然不知道有女人走进我的房间？"

"我没有这么说。你当然知道她进来。你和她说了话。你认出了她。你还帮她逃跑。"

教授又发出一阵刺耳的笑声。他已经站了起来，两只眼睛飘着最后一线希望。

他嚷道："你发疯了！尽说些胡话。我帮她逃跑？那她现在在哪儿？"

福尔摩斯指着房间角落里的一个高书柜说："她在那里。"

我看见老人举起双臂，阴沉沉的脸可怕地颤抖着，然后一屁股坐在椅子上。就在这时，福尔摩斯用手指过的那个书柜打开了，一个女人猛地钻出来，站到了房间里。"你说得对！"她高声叫道，话音里带着古怪的异国语调，"你说得对！我是在这儿。"

她身上尽是黄色的灰尘，衣服上挂着从墙上沾来的蜘蛛网，脸上有一道道的灰尘。她的脸怎么也说不上是漂亮，完全像福尔摩斯描述的那样，只是下巴比较长，显得比较倔强。由于天生近视，也由于刚从暗处走到明处，她呆呆地站在那里，眨着眼睛，想看看我们都是谁，都站在哪里。然而，尽管她有这些缺陷，她那桀骜不驯的下巴和高昂的头，使她显得勇敢而豪迈，给她一种高贵的气质，让人不得不产生敬佩之情。

斯坦莱·霍普金斯抓住她的手臂，要给她戴上手铐，但她只是轻轻地、带着不容反驳的庄重神情把他推开。老教授靠在椅子上，脸抽动着，目光阴郁地看着她。

她说："是的，先生，我是你的犯人。我站在柜子里可以听到一切，所以知道你们弄清了事情的真相。我承认这一切。是我杀了那个年轻人。但是你说得对，那只是意外的不幸。我甚至都不知道手里抓的是刀子，因为我只是绝望地从桌子上随便抓起一样东西朝他扎去，好让他放开我。我说的都是实话。"

福尔摩斯说："女士，我知道你说的是实话。我看你身体很不好。"

她脸色很难看，加上一道道的灰尘，就更显得可怕。她在床边上坐下来，继续说：

"我在这儿的时间不多了，但我想把全部真相告诉你们。我是这个人的妻子。他不是英国人。他是俄国人。他的名字我不想说出来。"

老人第一次有了点动静。他喊道："上帝保佑你，安娜！上帝保佑你！"

她朝他的方向投去极为厌恶的一瞥。她说："塞吉乌斯，你为什么要死抱着这种痛苦的生活不放呢？你一生已经伤害了许多人，这对谁也没有好处，甚至你自己。但是，我不会在上帝召唤你之前结束你的生命。我自从踏进这个该诅咒的家门，心里就万分痛苦。但我必须说，否则就太晚了。

"先生们，我已经说过，我是这个人的妻子。我们结婚的时候，他五十岁，而我只是个二十岁的傻姑娘。当时我们在俄国一座城市的大学里，我不想把这地方说出来。"

老人又咕哝了一句："上帝保佑你，安娜！"

"你知道，我们是革新家、革命者，是无政府主义者，他和我,还有许多其他人。后来出现了骚乱,有一位警官被害。许多人遭到逮捕,但官方没有证据。为了活命,也为了得到一大笔赏金,我丈夫出卖了他的妻子和同伴。是的,由于他的坦白,我们都被捕了。我们有些人被送上了绞刑架,有些人被流放到西伯利亚。我也被送到西伯利亚,但不是终身流放。我丈夫带着这笔不义之财来到了英国,一直过着安宁的生活。他知道得很清楚,如果我们的团体知道他的下落,不到一个星期就会伸张正义。"

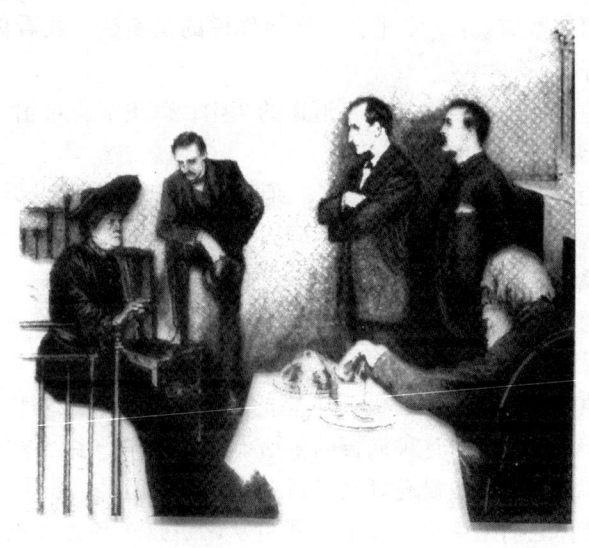

"安娜,我任你处置。"

老人哆哆嗦嗦地伸手拿起一支香烟。他说:"安娜,我任你处置。你以前一直待我很好。"

"我还没有把他最大的罪恶告诉你们,"她说,"在我们的团体里,有位同志是我的知心朋友。他高尚、无私、有爱心,而这些正是我丈夫所缺乏的。这个人痛恨暴力。如果说有罪，我们都有罪，但他没有。他总是写信劝我们不要使用暴力。这些信件本可以救他出来。我的日记也可以救他出来，因为每天我都在日记中把我对他的感情以及我俩的看法记录了下来。我丈夫发现了日记和这些信件，就把它们藏了起来，同时还尽力证明这位年轻人应判死刑。虽然我丈夫没有达到目的，阿列克谢还是被当作罪犯送到了西伯利亚，现在在一个盐矿做工。想想吧，你这恶棍，你这恶棍！想想吧，我的阿列克谢——一个你都不配叫他名字的人——现在正像奴隶般地干活和生活，而我掌握了你的生命，却要放过你。"

老人一面吐着烟，一面说："安娜，你一直是个高尚的人。"

她站起身，但痛苦地哼了一下，又坐了下来。

她说："请听我说完。我服刑期满后，立刻去寻找我的日记和那些信件，因为俄国政府如果收到这些东西，就会释放我朋友。我知道我丈夫到了英国。我查了几个月才弄清他住在哪里。我知道他还保留着我的日记，因为我在西伯利亚时曾收到过他的一封信，他在信中责备我，并引用了日记中的几段话。但是，我也知道，他天生喜欢报复，决不会自愿把日记交给我。我必须自己想办法搞到它。我打定主意后，就请了一位私人侦探，让他到我丈夫家来当秘书——他就是匆匆辞职的你的第二个秘书，塞吉乌斯。他发现文件都在小柜子里，并且把钥匙取了个样，但他不愿意再干别的事。他还给了我一张房子的平面图，并且告诉我，上午书房里总是没有人，因为秘书要在楼上教授这间屋子里工作。最后，我鼓起勇气，亲自来拿那些东西。我拿到了，可付出了什么样的代价啊！

"我刚拿到那些文件，正在锁柜子的门，突然被那年轻人抓住了。我那天早晨曾经遇见过他。我在大路上碰到他，问过他科兰姆教授的住处，还问他是不是为教授干活。"

福尔摩斯说："正是这样！正是这样！秘书回来后告诉了他的雇主，说他遇到了一个什么样的女人。最后，他临死前想要说明的是：正是他的教授说起过的那个女人杀了他。"

"请让我把话说完，"这个女人用命令的口气说，她的脸抽搐着，好像极为痛苦，"我见他倒下，就赶紧逃出书房，结果走错了门，来到了我丈夫的房间。他说要告发我，而我则告诉他，他的命运掌握在我的手中。如果他把我交给警察，我就把他的下落告诉我们的团体。我这样做倒不是为了让自己活下去，而是为了要达到我的目的。他知道我说到做到，也知道他的命运和我的命运连在了一起。正是由于这个原因，他才把我藏了起来。他让我躲进那黑暗的隐蔽处。那是从前留下来的房屋结构，只有他一个人知道。他在自己房间用餐，所以可以分给我一些。我们双方谈妥，等警察一走，我就在晚上偷偷溜出去，永远不再回来。但你到底识破了我们的计划。"她从胸前拿出一个小包，说："我要说的都说完了。这包东西可以救阿列克谢。我相信你的名誉，也相信你有正义感，所以我把它交给你。请收下，把它转交给俄国大使馆。我现在已经完成了我的使命，可以……"

"拦住她！"福尔摩斯大声叫道，一下跳到屋子的另一边，从她手中夺下一个小瓶子。

"太晚了！"她说着倒在了床上，"太晚了！我从躲着的地方出来前就服了毒。我头晕！我要死了！先生，拜托你，别忘了那个小包。"

我们坐车回伦敦时，福尔摩斯说："这个案子很简单，但在某些方面又发人深省。案子从一开始就集中在夹鼻眼镜上。

要不是这位年轻人临死时碰巧抓住眼镜,我真不知道是否能破这个案子。我从眼镜的度数中看出,这个戴眼镜的人肯定非常近视,没有眼镜几乎寸步难行。当你问我是否相信她小心地走过那片窄草地,而没有一个脚印时,你也许还记得我当时说:'干得真漂亮'。我当时认定这是不可能的,除非她另外还有

福尔摩斯一下跳到屋子的另一边,从她手中夺下一个小瓶子。

副眼镜。所以,我只好认真地开始考虑她还在屋里这种假设。当我看到两边的过道相似时,我就想到她很有可能走错了路,那么她显然进了教授的房间。于是,我特别留神寻找证据来证明这种假设。我仔细察看这个房间,看有没有任何可以藏身的地方。地毯是整块的,而且钉得很牢固,所以我排除了下面有暗门这种想法。书柜后面很可能有藏身之处。你知道老书房里常有这种结构。我注意到地上到处都堆着书,但有一个书柜前却没有堆书。这个书柜可能就是一扇门。我没有看到任何证明

性的迹象，但地毯是暗褐色的，很容易进行检查。于是我就抽了许多支那种好烟，把烟灰撒在那个可疑的书柜前。这是个简单的办法，但很有效。然后我下楼，而且弄清楚了科兰姆教授的饭量增加了——这很容易让人猜到他另外还有人一起吃饭。华生，你当时也在场，但你没有明白我的话的意思。当我们再回到楼上时，我碰翻了烟盒，仔细看清了地毯。我可以非常清楚地从烟灰的痕迹中看出，她在我们出去的时候从躲藏的地方出来过。好了，霍普金斯，我们到查林十字街了。我祝贺你成功地解决了这个案子。你一定是去警察总部吧。华生，我想你和我该一起去一趟俄国大使馆。"

失踪的中卫

我们住在贝克街时收到稀奇古怪的电报是习以为常的事,但我记得特别清楚的是,七八年前一个阴沉沉的二月早晨,我们收到了一封电报,让福尔摩斯迷惑了整整一刻钟。电报是发给他的,电文如下:

请等我。万分不幸。右中卫失踪,明天不能缺。
奥维顿

福尔摩斯把这份电报看了一遍又一遍。他说:"河滨的邮戳,十点三十六分发出的。奥维顿先生发电报时肯定很激动,所以电报才这样语无伦次。我断定等我看完《泰晤士报》时,他一定会到达这儿的,到时候一切就会清楚了。这几天反正事情不多,哪怕是最微不足道的案子也同样受欢迎。"

我们这一阵子的确不太忙,而我最担心的就是这种无所事事的日子,因为经验告诉我,我朋友的头脑过于活跃,如果不给他点事情思考,就会出问题的。几年来,我已经渐渐迫使他戒掉了服用刺激药,因为这种药物有一次差一点影响到他富有意义的事业。我现在知道,他在一般情况下已经不再需要这种人造刺激药,但我也很清楚,他的这种恶习并没有消除,只是潜伏了下来。他闲着无事可做的时候,脸上总会露出阴沉的神色,两眼深陷,神秘莫测,每当这时,我就知道这种恶习快要复发了。所以,不管这位奥维顿先生是什么人,我都要感谢他，因为他带来了不解之谜，打破了危险的平静，否则这种平静给我朋友带来的损害要远远大于他出生入死的一生中所有的风风雨雨。

正如我们所预料的，收到电报后不久，发报人就来了。他的名片上印着：剑桥大学，三一学院，西利尔，奥维顿。进来的是位身材异常魁梧的年轻人，浑身是肌肉，足有两百多磅重，宽阔的肩膀有门那么宽。他相貌英俊，但面容因焦虑而显得憔悴。他打量着我们俩。

"是歇洛克·福尔摩斯先生吗？"

我朋友点点头。

"福尔摩斯先生，我已经去过苏格兰场了，并且在那里见到了斯坦莱·霍普金斯警官。他建议我来找你。他说他认为我的案子更应该由你来办理，而不必找警察。"

"请坐下来，告诉我出了什么事。"

"事情太糟了，福尔摩斯先生，太糟了！我不知道头发是不是都急白了。戈弗雷·斯通顿——你一定听说过他的名字吧？他是我们全队的核心。我宁愿在中卫线上省掉另外两个队员，也要留住戈弗雷。无论是传球、抢球还是运球，谁也比不上他；而且他是核心，能够把全队组织起来。我该怎么办呢？福尔摩斯先生，我来找你就是为了这个。我们当然还有莫尔豪斯可以替补，但他是前卫，总是喜欢挤进去抢球，而不是守在边线上。他定位球确实踢得不错，可他缺乏判断力，不善于拼抢。牛津队的两名高手——莫顿或约翰逊，可以把他看死。斯蒂文森倒是跑得很快，但他不会踢落地球，而一个中卫如果既不会踢落地球，也不会踢凌空球，根本就不配上场。不行。福尔摩斯先生，你要是不帮助我们找到戈弗雷·斯通顿，我们就输定了。"

我朋友虽然有点惊讶，却饶有兴趣地听他讲完了这一大段话。说话者极其认真、极其诚恳地说着，一边说一边还用有力的手臂拍打着膝盖，要加深印象。等到我们的客人说完，福尔摩斯伸手拿下"S"字母的那卷资料。但他这一次却没有能从这资料库中找到他要找的东西。

他说："这儿有阿瑟·H. 斯通顿，一个发了财的年轻造假币者。这儿还有亨利·斯通顿，是我帮助警察把他送上绞架的，可我从来没有听说过戈弗雷·斯通顿。"

这次轮到我们的客人吃惊了。

"福尔摩斯先生，我还以为你什么都知道呢。"

他说："福尔摩斯先生，我还以为你什么都知道呢。那么我想，如果你从来没有听说过戈弗雷·斯通顿，那你也不知道西利尔·奥维顿，是吗？"

福尔摩斯微笑着摇摇头。

这位运动员叫了起来："我的天哪！英格兰队对威尔士队比赛时，我是第一替补队员。我今年一直是大学生队的队长。可这算不上什么！我没有想到英国居然会有人不知道戈弗雷·斯通顿这位最好的中卫。他是剑桥队和布莱克希斯队的队员，还参加过五次国际比赛。我的天哪！福尔摩斯先生，你一直住在英国吗？"

看到这位年轻而天真的巨人露出的惊讶神情，福尔摩斯笑了。

"奥维顿先生，你的生活世界和我的不同，比我的要更愉快、更健康。我和社会许多方面的人士都有接触，但很遗憾，我还从来没有接触过体育界的人士，而我认为体育是英国最有意义、最有益于健康的活动。但你今天上午的突然来访说明，即使是在这最健康、最公正的活动中，我也有用武之地。好了，先生，我现在请你坐下来，慢慢地、静静地、准确地告诉我所发生的事情，以及你要我怎么帮助你。"

年轻的奥维顿的脸上露出了不耐烦的神情，这是惯于使用体力而不用脑子的人常常露出来的神情。不过，他一点一点地还是把他那奇怪的事情讲了出来，至于讲述过程中重复和模糊的地方，我都删掉了。

"福尔摩斯先生，事情是这样的。我刚才已经说过，我是剑桥大学橄榄球队的队长，戈弗雷·斯通顿是我最好的队员。我们明天要和牛津大学队比赛。昨天队员都来了，我们一起住在本特莱旅馆。我晚上十点钟时去看了看，看到所有队员都休息了，因为我相信严格的训练和充足的休息可以使球队保持最佳状态。戈弗雷睡觉前我跟他聊了一两句话。我看他脸色苍白，好像心神不定。我问他是怎么回事。他说他没事，只是有点头痛。我向他道了晚安就走了。半个小时后，旅馆的茶房告诉我，有个满脸胡须、衣着简陋的人拿着一封信来找戈弗雷。戈弗雷当时还没有睡，信就被送到了他的房间。戈弗雷读完信，一下子就瘫坐在椅子上，好像被斧子砍了一样。茶房很害怕，要来找我，但戈弗雷阻止了他，喝了点水后又振作起来。然后他下了楼，和等在大厅里的那个人说了几句话，就和他一起走了。茶房最后看到他的时候，他们正沿着大街朝河滨方向跑去。今天早晨戈弗雷的房间是空的，他的床没有睡过，东西还像我昨天晚上看到的一样没有动。他就这么匆匆和那个陌生人走了，而且一直没有他的音信。我想他不会再回来了。戈弗雷是个真正的运动员，如果不是什么特别严重的原因，他绝对不会停止训练，绝对不会欺骗他的队长。我觉得他好像永远不会再回来了，我们永远不会再见到他。"

歇洛克·福尔摩斯全神贯注地听着他讲述这件怪事。

"你后来怎么办的?"他问。

"我打了电报给剑桥大学，问那里是否有他的消息。我收到的回电是：那里谁也没有看见他。"

"他能赶回到剑桥去吗?"

"能，十一点一刻有趟夜车。"

"可是，按照你的看法，他没有坐这趟火车，是吗?"

"是的，没有人看见过他。"

"然后你做了什么?"

"然后我就给蒙特·詹姆士爵士打了电报。"

"为什么要给他打电报呢?"

"因为戈弗雷是个孤儿，蒙特·詹姆士爵士是他最近的亲戚——我想是他叔叔吧。"

"这对于解决这个问题或许有帮助。蒙特·詹姆士爵士可是英国最有钱的人之一。"

"我也听戈弗雷这样讲过。"

"戈弗雷是他的近亲?"

"是的,而且还是他的继承人。老爵士快八十岁了,而且风湿病很重。大家都说他快不行了。他是个地地道道的守财奴,从来不给戈弗雷一个先令,但这财产迟早总要归戈弗雷的。"

"你收到蒙特·詹姆士爵士的回电了吗?"

"没有。"

"那么戈弗雷为什么会去蒙特·詹姆士爵士那里呢?"

"哦,昨天晚上有什么事情让他很着急。如果这件事情和钱有关,他很可能会去找这位有钱的亲戚,虽然我知道他从老爵士那里要到钱的可能性不大。戈弗雷不喜欢老爵士,不到万不得已是不会去找他的。"

"这一点我们很快就会弄清的。要是戈弗雷真的是去找他的亲戚蒙特·詹姆士爵士,那么你得解释为什么会有那么一个衣着简陋的人在深更半夜来找他,而且他的到来会使戈弗雷如此焦急不安。"

西利尔·奥维顿用手按住头说:"我解释不了。"

福尔摩斯说:"我今天反正没有什么安排,可以去调查一下这个案子。我建议你在准备这场比赛时,要做好这位青年不上场的打算。正如你说的,他这样突然离去一定有迫不得已的事情,而且这件迫不得已的事情很有可能还会耽搁他几天。我们一起去旅馆吧,看看那个茶房是否能再给我们提供一点新的消息。"

福尔摩斯有种特殊的能力，能让地位低下的见证人消除紧张心理，所以，他没过多久就在戈弗雷·斯通顿住过的单人房间里把茶房知道的一切情况都搞清楚了。前一天晚上来找戈弗雷的人既不像个绅士，也不像个仆人。茶房把他描述为：一个"普普通通的家伙"，年纪大约五十岁，花白的胡子，脸色苍白，衣着简陋。他自己好像也很激动，因为茶房看到他握着信的手在发抖。斯通顿一把将信塞进口袋，在大厅里也没有和来人握手。他们交谈了几句，茶房只听到"时间"两个字。然后他们就像前面说过的那样匆匆走了。当时大厅里的钟正好十点半。

福尔摩斯在斯通顿的床上坐下来后说："我想想看。你白天值班，是吗？"

"是的，先生。我十一点下班。"

"值夜班的茶房大概没有看到什么吧？"

"没有。只有一群看戏的人回来晚了点。再没有别人了。"

"你昨天一整天都在值班吗？"

"是的，先生。"

"你有没有给斯通顿先生送过邮件之类的东西？"

"有的，先生。是一封电报。"

"网！这很有意思。当时是几点钟？"

"大概是下午六点。"

"斯通顿先生收到电报的时候，人在哪里？"

"就在这房间里。"

"他打开电报的时候，你在场吗？"

"在的，先生。我想看看他是不是要回电。"

"那么有回电吗？"

"有的，先生，他写了回电。"

"是你去发的吗?"

"不是,是他自己去发的。"

"可他是当着你的面写的,是吗?"

"你有没有给斯通顿先生送过邮件之类的东西?"

"是的,先生。我当时就站在门边,他转过身去在那张桌子上写的。他写完之后说:'好了,茶房,我自己去发电报。'"

"他是用什么笔写的?"

"铅笔,先生"。

"用的是不是桌上那种电报纸?"

"是的,是写在最上面那张上的。"

福尔摩斯站起身,拿起电报纸走到窗前,仔细检查最上面那张纸。

他失望地耸了耸肩,把电报纸放下,说:"真遗憾,他不是用铅笔写的。华生,你一定注意到,铅笔写的字会透到第二张上的——这曾经破坏过许多美满的婚姻。但是这张纸上没有痕迹。不过我看他是用粗笔尖的鹅毛笔写的,我们肯定能在吸墨纸上找到一些痕迹。啊，是的，正是这个！"

他撕下一张吸墨纸，给我们看上面的字迹。我们看到的是：

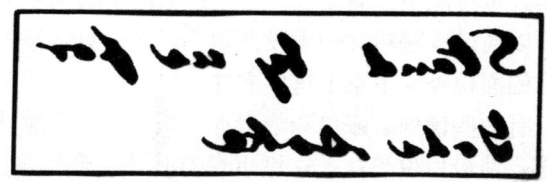

西利尔激动地喊了起来："用放大镜看！"

福尔摩斯说："没有必要。这张纸很薄，从反面可以看出写的是什么。看见了吗？"他把纸转过来，我们看到：

Stand by us for
Yoks sake

（译为：看在上帝分上支持我们。）

"那么这就是戈弗雷·斯通顿失踪前几个小时所发的电报的最后一句。电报中至少有六个字我们找不到，但剩下的这些——'看在上帝分上支持我们'——证明这个青年看到严重的危险将要降临到他的身上，而且说明另外有人能够保护他。请注意'我们'两字！另外还有个第三者。除了那位脸色苍白、自己也显得十分紧张的大胡子外，还会有谁呢？戈弗雷·斯通顿和这位大胡子之间又是什么关系呢？面对这迫在眉睫的危险，他们二人去寻求援助的第三者又是谁呢？我们的调查可以集中在这些问题上。"

我建议道："我们只要查出电报是发给谁的就好办了。"

"正是,我亲爱的华生。你的办法很有道理,我也曾想到过;可你也一定知道,如果去邮局要求看别人的电报底稿,邮局的工作人员可能不会满足你。办这种事的手续很复杂。不过我相信可以通过一些巧妙的手段办到。现在,奥维顿先生,我想当着你的面检查一下桌上这些文件。"

桌上有一些信件、账单和笔记本,福尔摩斯迅速而又认真地翻阅着。他最后说道:"这里也没有什么。我顺便问一下,戈弗雷一定身体很健康,没有得过什么病吧?"

"他体壮如牛。"

"你记得他生过病吗?"

"从来没有。不过他因为胫骨被踢伤躺过几天,还因为滑倒,膝盖受过伤。可这些算不上是病。"

"也许他身体并不像你知道的那么好。我倒是认为他可能有某种别人不知道的疾病。如果你同意,我要拿走一两份文件,以备将来调查之用。"

"等一等,等一等!"一个生气的声音叫道。我们抬起头来,看到一个古怪的小老头,颤颤巍巍地站在门口。他穿着一身褪了色的黑衣服,头戴一顶宽边礼帽,系着白色领带,给人的整个印象就像是一个殡仪馆的工人。但是,尽管他衣着破旧,样子滑稽,他说话的声音却很清脆,而且样子很急,引起了我们的注意。

他问:"先生,你是谁?有什么权利动这些文件?"

"我是个私人侦探,正试图弄清楚他为什么失踪。"

"哦,是吗?那么是谁让你来的?"

"是这位先生。他是斯通顿先生的朋友,是苏格兰场让他来找我的。"

"先生,那么你又是谁呢?"

"我叫西利尔·奥维顿。"

"那么给我发电报的就是你喽。我是蒙特·詹姆士爵士。我接到电报就坐贝斯瓦特公共马车来了。你已经请了一个侦探了?"

"是的,先生。"

"你准备付钱吗?"

"先生,我相信等我们找到戈弗雷后,他会付钱的。"

"可万一永远找不到他呢?你说呀!"

"如果是那样,无疑他家……"

"绝对没有的事!"这个小老头尖声叫道,"别指望我会付一个子——我一个子也不会给!侦探先生,你明白吗?他只有我这么一个亲人。我告诉你,我概不负责。他之所以有可能从我这里得到财产,就是因为我从来没有浪费过钱,而我现在并不想破例浪费钱财。至于那些你随便翻动的文件,我可以告诉你,里面要是有什么值钱的东西,你可要负全部责任。"

"等一等,等一等!"

歇洛克·福尔摩斯说:"好吧,先生。我现在可不可以问你一下,对于这个年轻人的失踪,你有没有什么看法?"

"没有,先生,我没有任何看法。他已经长大了,能够照料自己。要是他笨到连自己都会搞丢,我是完全不负找他的责任的。"

福尔摩斯俏皮地眨眨眼睛说:"我完全明白你的意思,不过也许你没有完全弄清我的意思。大家知道戈弗雷·斯通顿是个穷人。要是他被绑架，肯定不是因为他自己有钱。蒙特·詹姆士爵士，人人都知道你是个大富翁，很有可能一帮强盗绑架了你侄儿，为的是从他那里得到有关你的住宅、生活习性、财宝等情况。"

这位令人讨厌的老头脸色一下子变得像他的领带一样苍白。

"天哪，先生，怎么会有这样的事情！我从来没有想到有人会做这样的坏事！这世界上居然会有这种没人性的恶棍！戈弗雷是个好孩子——一个顽强的孩子。他决不会出卖他叔叔的。我今晚就把钱财送到银行去。侦探先生，请你要不惜余力，一定把他平安地找回来。至于钱嘛，五镑、十镑的你尽管向我要。"

这位高贵的吝啬鬼，即使去掉浑身铜臭味，也不会给我们提供任何有用的信息，因为他毫不了解他侄儿的生活。我们唯一的线索全在那份残缺的电报上，福尔摩斯手里拿着一份抄录的残文，出发去寻找他的第二个链环。我们已经打发走了蒙特·詹姆士爵士，奥维顿则去找他的队员们商量怎么应付这个意外的不幸。

离旅馆不远的地方就有个邮局。我们在外面停住脚。

福尔摩斯说："华生，我们可以试一下。当然，如果有证明，我们可以要求查看电报存根，但我们手头没有证明。这儿这么忙，我想他们肯定记不住人的相貌。进去冒一下险吧。"

他若无其事地对坐在格子栅栏后面的一位姑娘说："麻烦你一下，我昨天发的电报中可能有个小错误。我到现在还没有收到回电，恐怕是忘了在后面写上名字。能不能请你帮我查一查？"

姑娘翻着一叠电报存根。她问："几点钟发的？"

"六点多一点。"

"是发给谁的？"

福尔摩斯用手指压着嘴唇，朝我看了一眼。然后他很神秘地低声对姑娘说："电报的最后几个字是'看在上帝分上'。我没有收到电报真急死了。"

姑娘抽出一张存根。

"就是这张。上面没有名字。"她说着把存根放到柜台上。

福尔摩斯说："难怪我没有收到回电呢。天哪，我真是蠢透了！小姐，再见。谢谢你帮我弄清。"我们走到街上时，他一面搓着双手，一面咯咯地笑着。

我问："怎么样？"

"有了进展，我的好华生，有了进展。我想了七种办法去查看那份电报，没想到第一种办法就成功了。"

"那么你的收获呢？"

"我知道了从哪里着手调查。"他叫了一辆马车，"去国王十字街车站。"

"那么我们要旅行一下喽？"

"是啊，我们要去一趟剑桥。所有情况好像都与那个方向有关。"

马车辚辚地驶过格雷饭店大街。我问："这起失踪案的原因你是怎样想的？我们以前办过的各种案子都不像这一起这样动机不明。你肯定不认为别人是为了从他这里得到他阔叔叔的情况而绑架他吧？"

"我的好华生，我承认这种可能性不大，但我当时突然想到的是，这样说可以引起那位令人讨厌的老家伙的兴趣。"

"那你已经达到这个目的了。可你别的看法呢？"

"我可以谈几点。我们得注意到，这起事情发生在这场重要的比赛前夕，而且涉及到一个关系到全队胜负的队员，这是不是很奇怪，而且很令人深思呢？这当然可能是种巧合，但是很有意思。非职业性的体育比赛是不允许打赌的，但公众中有人在场外打赌，因此有人可能觉得应该把一个球员困住，就像赌马场上的某些流氓会把一匹赛马困住一样。这只是一种解释。第二种解释是明摆着的。虽然这位年轻人目前手头比较拮据，他将来总是要继承一大笔钱财的。为了赎金而扣留他，这种可能性也是有的。"

"这两种解释都与这份电报牵连不上。"

"说得很对，华生。这份电报仍然是我们要解决的唯一难题，所以我们不能分散注意力。我们现在去剑桥正是为了弄清这份电报。我们目前还不清楚该怎样调查，不过天黑前我们一定会弄清楚的，或者能取得进展。"

我们赶到古老的大学城时，天已经黑了。福尔摩斯在火车站叫了一辆马车，让车夫去雷斯利·阿姆斯特朗大夫家。几分钟后，马车驶进一条繁华的大街，在一幢豪华的大楼前停了下来。我们被请了进去，又等了很长一会儿才被引进诊疗室。大夫正坐在桌子后面。

我不知道雷斯利·阿姆斯特朗的名字，这说明我和医学界联系得太少了。现在我才知道他不仅是剑桥大学医学院的负责人之一，而且是名扬欧洲的大学者，在好几个领域都有很深的造诣。不过，即使对他的光辉成就一无所知，你只要一看他的脸，也会留下很深的印象。他有着一张胖胖的四方脸，浓眉下长着一双阴郁的眼睛，刚毅的下巴好像是用大理石雕刻出来的。一个个性很强的人，一个头脑清醒的人，不苟言笑，有吃苦精神，有自制力，很难对付，这就是我所看到的雷斯利·阿姆斯特朗大夫。他手里拿着我朋友的名片，阴沉沉的脸上并没有露出高兴的神情。

"歇洛克·福尔摩斯先生,我听到过你的大名,也知道你的职业——这种职业我是一点也不赞成的。"

我的朋友静静地说:"那么你的看法和全国各个罪犯的看法不谋而合。"

"先生,只要你把精力放在控制犯罪上,肯定就会得到这个社会每个通情达理的人的支持,不过,我深信官方

他手里拿着我朋友的名片。

机构完全能办好这件事。当你刺探别人的隐私、宣扬别人本可遮掩的家庭秘密、打搅比你忙得多的人的时候,你的活动就更会受到人们的非议。比方说现在,我更应该写论文而不是和你谈话。"

"大夫,你说得完全对,可事实将会证明我们的谈话比你的论文更重要。我可以顺便告诉你,我所做的事情和你的指责正好相反。我们正竭力防止私人秘密公之于众。事情一旦落到警察手里,就必然会宣扬出去。你可以把我看作是一支非正规

的先遣队，走在正规军前面。我是来向你了解戈弗雷·斯通顿先生的情况的。"

"他怎么啦？"

"你跟他很熟，是吗？"

"他是我的密友。"

"你知道他失踪的事吗？"

"真的吗？"看不出大夫肥胖的脸上有任何表情变化。

"他昨晚离开了旅馆，一直没有他的消息。"

"他肯定会回来的。"

"明天就是大学橄榄球赛的日子。"

"我不喜欢这种孩子们的比赛。我关心的是这个年轻人的命运，因为我认识他，也喜欢他。我才不管什么橄榄球比赛呢。"

"我的调查涉及到斯通顿先生的命运，所以希望你支持。你知道他在哪儿吗？"

"我不知道。"

"你从昨天起见过他吗？"

"没有。"

"斯通顿先生身体很健康吗？"

"绝对健康。"

"他生过病吗？"

"从来没有。"

福尔摩斯突然拿出一张单据放在大夫的面前。"那么你也许可以解释一下这张十三个畿尼的单据，是戈弗雷·斯通顿先生上个月付给剑桥的雷斯利·阿姆斯特朗大夫的。这是我从他桌上的文件中找到的。"

大夫气得脸都红了。

"福尔摩斯先生,我觉得没有必要向你解释。"

福尔摩斯把单据重新夹进他的笔记本里。他说:"如果你愿意当众解释,那这一天迟早会来的。我已经告诉过你,我可以把别的侦探必定会宣扬出去的事情遮掩起来。你最好还是把一切都告诉我。"

"我什么也不知道。"

"斯通顿先生在伦敦跟你联系过吗?"

"没有。"

福尔摩斯不耐烦地叹了口气。"天哪,天哪,邮局的事又来了!昨天晚上六点十五分,戈弗雷·斯通顿从伦敦给你发了份加急电报,这份电报无疑和他的失踪有关,而你却没有收到。邮局简直是在犯罪。我一定要去这儿的邮局抱怨一番。"

雷斯利·阿姆斯特朗大夫从书桌后面站了起来,黝黑的脸庞因生气而变成了深红色。

他说:"先生,请你们给我出去。你可以告诉你的雇主蒙特·詹姆士爵士,我既不想和他本人也不想和他请的人有任何联系。好了,先生们,别再说了!"他愤怒地摇了摇铃。"约翰,请这两位先生出去!"一位肥胖的管家板着脸把我们送出大门。我们到了大街上后,福尔摩斯放声大笑起来。

他说:"雷斯利·阿姆斯特朗大夫确实很有个性,很倔强。如果他把聪明才智用在那方面,我看只有他最适合填补臭名昭著的莫里亚蒂死后留下的空白。我可怜的华生,我们现在被困在了这座举目无亲的城镇里,而且案子没有调查清楚还不能走。阿姆斯特朗家对面这家小旅店倒是很适合我们住。你去订一个临街的房间,再买一些今晚的必需品,我利用这个时间做些调查。"

但是,福尔摩斯的这些调查所用的时间,比他原来想象的要长得多，因为他直到将近九点钟才回来。他脸色发白，精神沮丧，满身是灰，又饿又累。桌上摆着已经凉了的晚餐，他吃过后点上烟斗，正准备谈谈他那又滑稽又富有哲学意味的观点——他事情进展不顺利时总是这样说话。这时，外面传来了马车车轮声，他站起来朝窗外望去，只见在煤气灯的光亮下，一辆由两匹灰马拉着的四轮马车停在了大夫的门口。

福尔摩斯说："六点半出去的，现在才回来，足足有三个小时。范围在十到十二英里之间。他每天出去一次，有时两次。"

"大夫出诊是常有的事。"

"可阿姆斯特朗并不是出诊大夫。他讲课，给人会诊，但他不出诊，因为出诊会影响他的研究工作。那么他为什么不厌其烦地去那么远，找的又是谁呢？"

"他的车夫……"

"亲爱的华生，你当然应该想到，我首先找的就是这个车夫。我不知道他是天生下流呢还是受他主人的唆使，他竟然无礼地朝我放出狗来。不过，狗也好人也好，见到我的手杖都退了回去，事情没办成。这样一来，关系就紧张了，也就根本无法再进行调查。我从这家旅店一个和气的本地人那里了解到了一些情况。是他告诉了我大夫的习惯和每天出去的情况。我们正说着，马车就到了门前，证明他说的没错。"

"你没有跟马车去吗？"

"好极了，华生。你今晚总算开窍了。我也确实有过这个念头。你大概已经注意到了，这家旅店的隔壁有个自行车店。我赶紧跑进这家商店，租辆自行车，趁着马车还没有离开视野就追了上去。我很快就赶上了马车，然后和它保持一百码左右的距离，跟着车灯一路出了城。我们已经在乡村大路上走了很长一段路，可这时发生了一件让我尴尬的事情。马车突然停了下来，大夫下了车，迅速地往后走到我停车的地方，用讥讽的口气对我说，他怕道路太窄，希望他的马车没有挡住我的自行车。他的话讲得很巧妙。我立刻从马车旁骑了过去，沿着大路往前又骑了几英里，然后在一个方便的地方停下来，看看马车是否已经过去。但是马车已经不见了，显然拐进了我在前面看到过的几条岔道中的一条。我把车骑回去，但是仍然没有看到马车，而现在你也看到了，马车是在我回来之后才到的。当然，我起初并没有什么特别的理由把戈弗雷的失踪和阿姆斯特朗的外出联系起来，而只是认为阿姆斯特朗大夫目前的一举一动都值得我们注意，所以才跟踪他的。可现在既然发现他在竭力提防有人跟踪他，那么他外出这件事也就比较重要了。我不弄清楚是不会甘休的。"

"明天我们可以继续跟踪他。"

"可以吗？事情不像你想的那么简单。你熟不熟悉剑桥郡的地理情况？这里不容易躲藏。我今晚经过的乡村平坦整洁得像你的手掌，而我们跟踪的这个人又不是傻子，他今晚的表现已经清楚地证明了这一点。我已经给奥维顿打了电报，要他往这里回电，告诉我们伦敦有没有新的情况。我们现在只能把注意力放在阿姆斯特朗大夫身上，而这位大夫的名字还是那位帮了大忙的邮局姑娘，让我查看了斯通顿的加急电报的存根后才得知的。我可以发誓，他知道那位年轻人在哪里。既然他知道，我们要是找不出来就是我们的错了。我们现在必须承认，决定胜负的王牌在他手里，不过，华生，你也知道，我没有半途而废的习惯。"

然而我们第二天仍然没有进展。早饭后有人送来一封信。福尔摩斯看后微笑着把它递给我。

先生：

　　我可以告诉你们，你们跟踪我是白白浪费时间。你昨天已经发现，我马车后面有个窗子。你们要是愿意来回二十英里地折腾，那就请便吧。我还要告诉你们，跟踪我一点也帮不了戈弗雷·斯通顿先生。我相信你们如果真心想帮助他，最好还是回到伦敦去，告诉请你们调查的人，就说没有找到他。你们再待在剑桥只会浪费时间。

　　　　　　　　　　　　　　你忠诚的

福尔摩斯说："这位大夫真是个坦率的、直言不讳的对手。他倒是引起了我的好奇心，我一定要弄清楚再走。"

我说："他的马车现在就停在他的门口。他正在上车。我看到他上车时朝我们的窗子望了一眼。要不要让我骑自行车去试试运气？"

"不用了，我的好华生。你尽管聪明机智，恐怕还不是这个大夫的对手。我想我单独去试试也许能够成功。恐怕我要暂时离开你一下，因为如果在寂静的乡村出现两个问东问西的陌生人，一定会引起对我们不利的谣言。你一定能在这座古老的城市里找到一些名胜去散散心。我希望能在傍晚时给你带来好消息。"

然而我朋友又一次失望了。他到晚上才回来，疲惫不堪，而且没有收获。

"华生，我今天一事无成。我弄清了大夫的大致方向后，就到剑桥郡那一带所有的村子里去看了看，并且向酒店老板以及卖报纸的人问了一些情况。我去了不少地方，把切斯特顿、希斯顿、瓦特比契和欧金顿都跑了一遍，可是大失所望。在这种寂静的地方,每天出现一辆由两匹马拉的四轮马车,是不会不引起人们注意的。这位大夫又赢了一分。有我的电报吗?"

"有,我已经拆开了。电报是这样写的:

向三一学院的杰瑞米·狄克斯顿要庞培。

我看不懂这份电报。"

"哦,这很清楚。这是我们的朋友奥维顿打来的。他回答了我的一个问题。我只须给杰瑞米·狄克斯顿先生写封信,情况一定会好转的。顺便问你一下,比赛有消息吗?"

"有。本地的晚报今天有详细的报道。牛津队赢了,一次攻门,两次带球触地①。报上最后一段是这样写的:

穿蓝色球衣的剑桥队之所以失利,完全是因为他们第一流的国家级运动员戈弗雷·斯通顿不幸缺阵而造成的。比赛的每时每刻都能让人感到他缺阵所造成的后果。中卫线上缺乏组织,攻防不得力,这支实力雄厚、训练刻苦的球队显得软弱无能。"

福尔摩斯说:"那么我们的朋友奥维顿的预言是有道理的。我个人赞同阿姆斯特朗大夫的话,橄榄球不是我分内的事。华生,今晚早点睡,因为我预感到明天事情一定很多。"

我第二天早晨看到福尔摩斯时大吃一惊,因为他坐在火炉

---

① 带球触地指橄榄球比赛中,一方队员在对方球门线后带球触地,可得3分,并可获踢定位球射门的权利。如射中,可再得2分。

旁，手里拿着小皮下注射器。看到注射器在他手里一闪一闪的，我立刻联想到他体质很弱，真担心他会出什么可怕的事。他看到我惊愕的样子，笑着把注射器放到了桌子上。

"不，不，我的好朋友，没什么好大惊小怪的。我这一次用它决不是干坏事，因为这是解开这个谜的关键。我所有的希望都寄托在这个注射器上。我刚刚去侦查了一番，一切都对我们有利。华生，好好吃顿早饭。我们今天要去跟踪阿姆斯特朗大夫，而且不查到他的老窝，我是不想吃饭休息的。"

我说："如果是那样，我们最好把早饭带着在路上吃，因为他今天出门很早。他的马车已经等在门口了。"

"不用担心。由他去吧。他要是能走得让我追不上才算聪明呢。你要是吃完了饭，就跟我下楼吧，我把你介绍给一个侦探，是干我们眼前这种活的最出色的专家。"

我跟着福尔摩斯下楼到了马厩的院子里，他打开马房门，放出一条狗来。这条狗又矮又肥，耳朵下垂，黄白相间，既像猎兔犬又像猎狐犬。

他说："我来把你介绍给庞培。庞培是当地最出色的追踪猎犬，跑得不是太快，但跟踪气味坚持不懈。庞培，你也许跑得不算太快，但对两个伦敦中年绅士来说，你仍然跑得很快，所以我只好冒昧给你戴上皮圈。好了，伙计，来吧，今天就看你的了。"他把狗带到大夫家的门口。狗到处嗅了嗅，然后兴奋地尖叫一声沿着大街跑去，而且还使劲地拉着皮带想跑得更快一些。半个小时后，我们已经出了城，正沿着一条乡村大道向前奔去。

我说："福尔摩斯，你都做了些什么？"

"哦，是老掉牙的一套，但有时还是很有用。我今天早晨进了大夫的院子，在马车后轮上洒了满满一注射器的茴香油。一条猎犬闻到茴香油会从这儿一直追到天涯海角,而我们的这位朋友阿姆斯特朗只有到地狱才能摆脱掉庞培。这个狡猾的混蛋!那天晚上他就是在这里把我甩掉的。"

狗突然从大路拐进了一条杂草丛生的小道。往前走了半英里,小道又拐进了一条宽阔的大道。从这儿向右转弯就通向我们刚刚

我们出了城,正沿着一条乡村大道向前奔去。

离开的城镇。大路转向城南,与我们出发的方向刚好相反。

福尔摩斯说:"那么这样拐来拐去完全是为了我们喽?难怪我在那些村子里打听不出什么东西来。大夫这个把戏玩得真不错呀,不能不让人想知道他精心设计这样的骗局目的何在。我们右边一定是川平顿村了。天哪!马车从拐弯处过来了。华生,快,快,不然我们就会被发现了!"

福尔摩斯拉着极不情愿的庞培穿过一个大门,躲进了田里。我们刚刚在篱笆下躲好,马车就咕隆咕隆地驶了过去。我

看到车内坐着阿姆斯特朗大夫。只见他拱着双肩,两手托着头,一副沮丧的样子。我从我同伴那严肃的神情上看出他也注意到了。

他说:"恐怕我们的调查会以悲剧结束。我们马上就会知道的。来吧,庞培。啊,是那边田里的农舍!"

毫无疑问我们的旅程已经到了终点。庞培在大门外跑来跑去,兴奋地叫着,大门外还可以看到马车的车轮印。一条小道通向这座孤零零的农舍。福尔摩斯把狗拴在篱笆上,我们急忙走到屋门前。他敲了敲简陋的小门,但没有回音。可是屋里显然有人,因为我们听到里面有低低的声音,一种难以形容的痛苦与绝望的呜咽声。福尔摩斯迟疑了一下,回头看看刚刚走过的大路。一辆四轮马车正在驶过来,那对灰色的马儿毫无疑问地说明是大夫的马车。

福尔摩斯叫道:"哎呀,大夫又回来了!这回问题可以解决了。我们一定要在他到来之前看看是怎么回事。"

他推开门,我们走进门道。呜咽的声音显得大了一些,后来变成了长长的悲号声。声音是从楼上传来的。福尔摩斯飞快地跑上楼,我也紧跟了上去。他推开一扇半掩的门,眼前出现的情景让我们站在那里目瞪口呆。

床上躺着一个已经去世的美丽的姑娘。金色的头发环绕着她宁静而苍白的脸庞,一双蓝色的大眼睛无神地向上瞪着。一个年轻人半坐半跪在床上,脸埋在床单里,哭得浑身颤抖。他完全沉浸在悲伤中,直到福尔摩斯的手搭在他的肩膀上,他才抬起头来。

"你是戈弗雷·斯通顿先生吗?"

"是的,我就是。可你来得太晚了。她已经死了。"

这个年轻人悲伤得都搞糊涂了,没有看出我们根本不是来看病的医生。福尔摩斯正准备对他说几句安慰的话,并且告诉他,他这样突然失踪把他的朋友们都吓坏了,这时楼梯上传来了脚步声,门口出现了阿姆斯特朗大夫那张严峻、沉痛和责问的脸庞。

他说:"先生们,你们终于达到目的了,而

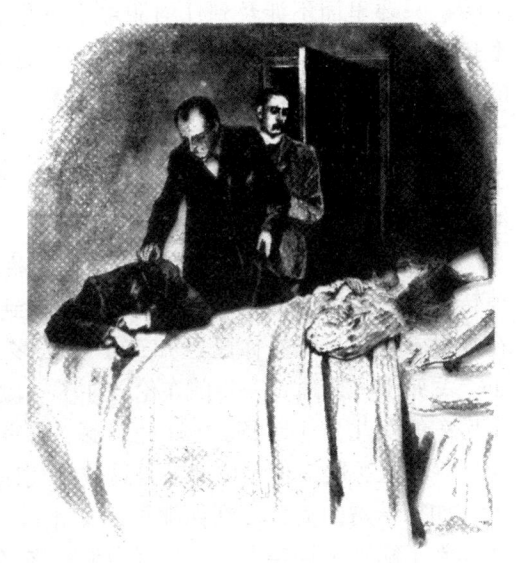

床上躺着一个已经去世的美丽的姑娘。

且选了这么一个特殊的时刻闯了进来。我是不会当着死者的面大吵大嚷的,但是我可以告诉你们,如果我年轻一点,我绝不会饶恕你们这种恶劣的行为。"

我的朋友十分庄重地说:"对不起,阿姆斯特朗大夫,我想我们之间有些误会。要是你跟我们下楼,也许我们彼此可以解释一下这件不幸的事情。"

一会儿,这位脸色阴沉的大夫和我们到了楼下的起居室里。

"说吧,先生。"他说。

"我首先希望你能理解,我并不是受蒙特,詹姆士爵士之托,而且我在这件事情中是完全反对这位贵族的。一个人失踪了,我的责任是弄清他的下落。在我看来,只要事情能了结，只要里面不涉及到任何犯罪的问题，我也急于让流言平息下去，而不是把它四处传播。既然这起事件中没有犯法的地方，你完全可以相信我会守口如瓶，而且决不会让报界知道。"

阿姆斯特朗大夫赶紧往前走了一步，紧紧握住福尔摩斯的手。

他说："你是个好人。我错怪了你。我真得感谢上帝让我掉转马车回来认识了你，因为我突然意识到把可怜的斯通顿留在这里不合适。既然你已经知道了那么多，问题也就好解释了。戈弗雷·斯通顿一年前在伦敦住了一段时间，疯狂地爱上了房东的女儿，并且娶了她。她美丽、善良、聪明，不会让任何娶她的人丢脸。但是戈弗雷是这位脾气怪戾的老贵族的继承人，如果结婚的消息传到他那里，戈弗雷一定会失去继承权。我非常了解这个年轻人，而且因为他有许多优点而喜欢他。我尽我最大的力量帮助他。我们尽量不让人知道这件事，因为只要有一点点风言风语，很快就会弄得人人皆知。幸亏有这么一座偏僻的农舍，也幸亏他自己小心谨慎，戈弗雷到现在一直没有让人知道他的秘密。知道他们秘密的只有我和一个忠实的仆人。这个仆人现在到川平顿请人去了。后来，沉重的打击落到了他们头上。他妻子得了重病，是最可怕的肺病。可怜的戈弗雷悲痛得都要发疯了，但是他还要去伦敦参加这次比赛，因为不去就要做出解释，这样就会暴露他的秘密。我给他发了封电报安慰他，他回电求我竭尽全力。这就是你想法看到的那封电报。我没有告诉他病情有多么危险，因为我知道他在这儿也起不了作用，但我把实情告诉了姑娘的父亲，谁知这位父亲考虑不周，把情况告诉了戈弗雷。结果，他像发疯似的立刻赶了回来，一直就这样跪在她的床前，直到今天早晨死亡结束了她的痛苦。福尔摩斯先生,这就是全部情况。我相信你和你朋友都是靠得住的人,都会守口如瓶的。"

福尔摩斯紧紧握住大夫的手。然后他说:"走吧,华生。"我们离开那座充满忧伤的房子,走进了冬日惨淡的阳光下。

修道院庄园

一八九七年冬末一个寒冷的夜晚,天下了霜。将近黎明时分,有人拉了一下我的肩膀,把我弄醒了。原来是福尔摩斯,他正俯身望着我。他手里拿着蜡烛,烛光照在他焦急的脸上,使我一眼就看出发生了紧急的案子。

"快点,华生,快点!"

他大声说:"快点,华生,快点!事情非常紧迫。不要说话!穿上衣服就走!"

十分钟后,我们坐上了一辆出租马车,隆隆地穿过寂静的街道,朝查林十字街火车站奔去。天边刚刚露出冬日淡淡的朝霞,透过伦敦灰白色的晨雾,我们偶尔可以看到从我们旁边经过的上早班的工人模模糊糊的身影。福尔摩斯裹在大衣里默不作声,我自己也巴不得他这样,因为天太冷,而且我们又没有吃早饭。

一直等我们在车站喝过热茶,并且坐上了开往肯特郡的火车，我们才感到身体逐渐暖和过来。直到这时，福尔摩斯才开口，我也才竖起耳朵听他讲。他从口袋里掏出一封信，大声地读给我听：

肯特郡，玛什姆，修道院庄园
凌晨三点三十分

亲爱的福尔摩斯先生：

我请你立刻前来协助我解决这起特殊的案件。这类案子正是你所擅长的。现场的一切我都没有动，只是放了那位夫人。我请求你立刻赶来，因为我们总不能让尤斯塔斯爵士永远留在这里。

你忠实的
斯坦莱·霍普金斯

福尔摩斯说："霍普金斯请过我七次，每次请我去都是有道理的。我相信你一定把他的每一个案子都收进你的集子里了。华生，我得承认，你很会选材，这弥补了你在叙述方面的不足。你的致命弱点就是你习惯从写故事的角度来看待一切，而不是把科学破案作为出发点，这样就破坏掉了这些本可以有教育意义的，甚至可以用作教学示范的案例。你为了尽情描写惊心动魄的细节，总是一笔带过破案过程中最细致、最复杂的部分。这样虽然能打动读者，却无法使他们受到教育。"

我有些不高兴地说："那你自己干吗不写？"

"我的好华生，我会写的，我会写的。你也知道，我现在很忙，但我想在晚年写一本教科书，把全部的侦探艺术写进去。我们目前调查的好像是起谋杀案。"

"那么你认为尤斯塔斯爵士已经死了？"

"我想是的。霍普金斯写信时显得很激动，而你是知道的，他轻易是不会动感情的。是的，我断定那里发生了凶杀案，等着我们去验尸。如果仅仅是自杀，他是不会请我去的。至于放了那位夫人，我推测惨案发生的时候，她被锁在了房间里。华生，这个案子发生在上流社会里，你看这信纸的质地很好，上面有 E、B 花押字母，还有家徽，而且地址也是个风景如画的地方。我相信霍普金斯不会让我们白跑一趟。我们大约要忙上整整一上午。凶杀是昨天晚上十二点之前发生的。"

"你怎么知道？"

"我查了一下火车时刻表，又估算了一下时间。案发后首先会找当地的警察，警察再跟苏格兰场联系，霍普金斯又得赶到那里，然后再请我去。这一切需要忙上整整一晚上。好了，我们已经到了契塞赫斯特车站，很快就能解开我们的疑团了。"

我们坐马车沿着一条窄窄的乡村小道往前行驶了两英里，来到了一座庭院的大门前。一位看门的老人给我们开了门，他那憔悴的面容证实这里确实发生过巨大的不幸。一条大道穿过一座堂皇的庭院，大道的两旁是古老的榆树，尽头是一排低矮而宽敞的房屋，正面有帕拉弟奥①式的廊柱。房屋的中央部分覆盖着常春藤，显得年代已久，但从高大的窗户可以看出，这幢房子进行过改建，有一侧完全是新建的。屋门开着，站在门口迎接我们的是年轻的斯坦莱·霍普金斯警官，他的脸上带着警惕而又焦急的神情。

"福尔摩斯先生，我真高兴你能来，还有你，华生大夫。

---

① 帕拉弟奥（1508—1580），意大利建筑师，研究并发展了古典建筑，所著之《建筑四书》及其别墅、宫殿设计对18世纪英、美等国建筑产生很大影响，形成帕拉弟奥新古典主义风格。

我真不该麻烦你们跑一趟,可当时事情太急。现在夫人已经苏醒过来,而且清楚地讲述了事情发生的过程,所以我们没有多少事情要做。你还记得路易沙姆那帮盗贼吗?"

"什么,兰德尔家那三个人?"

"正是,父亲和两个儿子。这起案子是他们干的。我确信这一点。他们两星期前在悉顿罕姆作过案,当时有人看到他们并把他们的长相描述了出来。他们这么快就又害人,真是残酷。是他们干的,一点没错。这次一定要送他们上绞架。"

"那么尤斯塔斯爵士已经死了?"

"是的,他的头被壁炉通条打破了。"

"马车夫刚才在路上告诉我,爵士的姓名是尤斯塔斯·布拉肯斯塔尔。"

"正是。他是肯特郡的大富翁。布拉肯斯塔尔夫人这会儿正在盥洗间里。可怜的夫人,遭遇了这样可怕的事情。我刚才见到她的,她好像半条命都没了。我想你最好先见见她,听听她怎么说,然后我们再一起去检查餐厅。"

布拉肯斯塔尔夫人极不寻常。我还很少见过像她这样仪态万方、妩媚可人、风度高雅的女人。她皮肤白皙,金发碧眼;要不是这起不幸的事件使她面容憔悴、神色阴郁,她一定是个国色天香的美人。她一只眼睛的上面有一个明显的红包,因此可以看出,她不仅忍受着精神上的,而且还忍受着肉体上的痛苦。她的女仆是个不苟言笑的高个子妇女,正用醋和水不停地给女主人冲洗伤口。夫人疲惫地躺在长沙发上,但我们进屋时,她那敏捷、富有观察力的目光,以及美丽的脸庞上那警觉的表情,表明她的智慧和勇气并没有被这惨案所动摇。她身上穿着一件宽松的蓝白相间的晨衣,长沙发上还放着一件镶着白色金属片的黑色餐服。

她疲惫不堪地说:"霍普金斯先生,事情发生的经过我已经都告诉你了。你就不能替我重复一遍吗?要是你觉得真有这个必要,我当然可以把事情发生的经过再给这两位先生讲一遍。他们去过餐厅了吗?"

"我觉得应该让他们先听夫人你讲讲。"

"既然如此,我就再重复一遍。我一想到他的尸体还躺在那里,就感到非常恐怖。"她打了一个寒战,用手捂着脸,这样做的时候,宽松晨衣的袖口滑了下来,露出她的前臂。福尔摩斯惊叫起来:"夫人,你还有别的伤!这是怎么回事?"

夫人一只洁白的、圆圆的前臂上有两块醒目的红斑。她赶紧把衣袖拉好。

"没什么。这跟今晚这可怕的事情没有联系。你和你的朋友都请坐,我把一切都告诉你们。

"我是尤斯塔斯·布拉肯斯塔尔爵士的妻子。我们结婚已经一年了。我想我瞒也瞒不住,我们的婚姻并不幸福。即使我否认这一点,我的邻居们也会告诉你们的。也许我该对此负一部分责任。我是在澳大利亚南部比较自由、不很守旧的环境中长大的,所以不习惯这种拘谨的、讲究礼节的英国生活。但主要的原因是众所周知的一件丑事:尤斯塔斯爵士是个十足的酒鬼。跟这种人在一起,哪怕是一个小时也让人感到厌烦。你们能想象出一个敏感、活泼的女人日日夜夜和他在一起是什么滋味吗?谁要是认为这样的婚姻应该维持,那就简直是犯罪,是亵渎神灵,是卑鄙下流。你们这些该死的法律总会给英国大地带来一场灾难的。上帝绝不会容忍这种邪恶行径。"

她坐直身子,两颊绯红,受伤的眉头下一双眼睛闪闪发亮。这时,那位不苟言笑的女仆伸出有力而又温和的手,把夫人的头拉回到靠垫上。夫人平静了下来,刚才的愤怒变成了动

"我是尤斯塔斯·布拉肯斯塔尔爵士的妻子。"

情的抽泣声。她接着说下去：

"现在我来讲讲昨晚发生的事。你们大概已经知道了，家里的仆人们都睡在房子新建的那一边。房子的中间是我们的起居室，后面是厨房，楼上是我们的卧室。我的女仆特瑞莎睡在我卧室上面的阁楼里。我们这边没有别人，任何声音也无法吵醒睡在房子另一侧的仆人。那些强盗肯定知道这一点，否则他们不会那么放肆。

"尤斯塔斯大约十点半睡的觉。仆人们这时早已回到了自己的屋子，只有我的女仆还没有睡。她在楼顶上自己的房间里，等着服侍我。我在看一本书，在这间屋子里一直坐到十一点钟。然后我在上楼前去四周看看一切是否都收拾妥当了。我一直有亲自看一看的习惯，因为我刚才解释过，依靠尤斯塔斯爵士是不行的。我去了厨房、食品室、猎枪室、弹子房、客厅，最后来到了餐厅。餐厅的窗户上挂着厚厚的窗帘，我走近的时候突然感到有风吹到我的脸上，意识到窗子没有关。我拉开窗帘，迎面看见一个肩膀宽阔的中年人，他刚刚进来。这扇窗户是高大的落地式窗户，像门一样直通外面的草坪。我当时手里还端着我从卧室里拿来的蜡烛。借着烛光，我看见这个人的身后还有两个人，正要进来。我往后退了一步，但这个人立刻向我扑了过来。他先是抓住我的手腕，接着就卡住我的脖子。我张开嘴要喊，可他朝我眼睛上狠狠打了一拳，把我打倒在地。我昏过去几分钟，等我苏醒过来时，他们已经扯断了叫仆人的铃绳，把我紧紧地绑在了餐桌那头的橡木椅子上。我被绑得很牢，根本动不了，嘴上也蒙了一块手帕，所以也喊不出来。我那可怜的丈夫就是在这时候进来的。他显然已经听到了一些可疑的声音，所以是有准备的。他穿着睡衣和睡裤，手里握着他喜欢用的黑刺李木棒。他向强盗冲去，但就在他扑过去的时候，那个年纪较大的强盗弯下腰，从壁炉架上拿起通条，凶猛地朝爵士打去。爵士哼了一声就倒了下去，再也没有动弹。我又昏了过去，但又只是昏过去几分钟。当我睁开眼睛时，看到他们把餐具柜里的银餐具都堆到了一起，而且还开了一瓶酒。他们每个人的手中都有一个玻璃杯。我已经说过，其中一人年纪较大，留着胡子，另外两个是未成年的孩子。他们有可能是父子三人。他们一起低声耳语了一番，然后走到我身边，看看是否把我绑紧了。后来他们走了出去，并随手关上了窗户。又过了一刻钟我才把蒙在我嘴上的手帕搞掉，然后我喊叫起来，女仆听到后赶了过来。不一会儿，别的仆人也听到喊叫声赶来了。我们派人去找警察，警察又立刻和伦敦联系。先生们，我能告诉你们的只有这些。希望以后再也不要让我重复这段痛苦的经历了。"

霍普金斯问："福尔摩斯先生，你还有问题吗？"

福尔摩斯说："我不想再给布拉肯斯塔尔夫人增加任何新的痛苦。不过，在去餐厅之前，我想先听听你的遭遇。"他看着女仆说。

女仆说："那三个人还没有进屋，我就看见他们了。我当时坐在我卧室的窗户边，借着月光看到花园大门那里有三个人，但是我没有把这放在心上。一个多小时后，我才听到女主人的喊叫声。我跑到楼下，看到这可怜的人儿正像她刚才说的那样被绑着，爵士倒在地上，屋里到处都是血和脑浆。要是换了别的女人被绑在那里，而且身上的衣服上又溅了许多血点，肯定会吓傻的，但我们这位阿得雷德①的玛丽·弗雷泽小姐，也就是修道院庄园的布拉肯斯塔尔夫人，已经学会了坚强，所以没有丧失勇气。先生们，你们询问她的时间够长的了，现在该让她回房间，好好休息一下。"

这个消瘦的女人像母亲一样温柔地用手搀着她的女主人，扶着她走出了屋子。

霍普金斯说："这女人叫特瑞莎，一直陪伴着她主人，从主人还是个孩子起就一直照料她，十八个月前又和她一起来到了英国。现在很难找到像她这样的女仆了。福尔摩斯先生，请这边走！"

福尔摩斯的脸上已经没有了刚才那种兴致勃勃的神情。我知道这个案子不复杂，已经失去了对他的吸引力。虽然还要逮捕那几个罪犯，可逮捕这样几个普通罪犯干吗要兴师动众地请他来呢？我从我朋友的眼睛里看到了烦恼，就像一个学识渊博

---

① 澳大利亚东南部港口城市，南澳大利亚州首府。

的专家被请去看病，却发现病人只是在出麻疹一样。但是，修道院庄园的餐厅却完全是另一幅景观，一下子就吸引住了他的注意力，同时也唤起了他渐渐消失的兴趣。

餐厅又大又高，雕花的橡木天花板，橡木的镶板，沿墙挂着一排鹿头和古代武器。门的对面是我们已经听说过的高大的落地式窗户。右面的墙上有三个小一点的窗子，冬季惨淡的阳光正透过这些窗子照进餐厅。左面是一个又大又深的壁炉，上面是又大又厚的橡木壁炉架。壁炉旁有把扎实的橡木椅子，椅子的两边有扶手，下面有横木。椅子的花棱上系着一根深红色的绳子，绳子紧紧绑在椅子下面两边的横木上。在解救女主人时，绳子脱了下来，但绳子上的结还在。这些细节只是后来才引起我们注意的，因为我们当时的注意力完全集中在躺在壁炉前虎皮地毯上的那具可怕的尸体上。

死者个子很高，保养得很好，年纪大约四十岁。他仰面朝天地躺在那里，短短的黑胡须中露出龇着的白牙。他双手紧握着一根粗粗的黑刺李木棒，高高地举在头顶上。他皮肤黝黑，长着鹰钩鼻子，英俊的脸上充满了仇恨，狰狞可怖。显然，他听到动静时已经上床了，因为他穿着华丽的绣花睡衣，裤脚下露出一双光脚。他头上的伤口非常可怕，屋里到处都溅满了血，足以说明把他打倒的那一击有多么凶狠。一根很粗的通条在他的身边，已经被砸得弯曲了。福尔摩斯检查了通条和尸体。

他说："这个老兰德尔一定很有力气。"

霍普金斯说："是啊，我有这个家伙的一些材料，他确实有股蛮力气。"

"你们抓住他应该不算困难。"

"一点也不困难。我们一直在追捕他，曾经还有消息说他已经逃到美国去了。现在我们既然已经知道这帮歹徒还在这里，就再不会让他们逃脱。我们已经把这消息通知到了各个港口，傍晚前就会悬赏捉拿他们。我弄不懂的是，他们既然知道这位夫人能把他们描述出来，而且我们也能依此查出他们，那他们为什么还要干出这样的蠢事？"

"说得对。人们认为他们同样会干掉布拉肯斯塔尔夫人的。"

死者个子很高，保养得很好。

我插嘴说："他们也许当时并没有意识到夫人已经苏醒过来。"

"有这种可能性。要是她装着昏过去的样子，他们是不会干掉她的。霍普金斯，这位可怜的爵士呢？我好像听说他有些怪事。"

"他没喝醉的时候倒是个好人,但一喝醉或是喝得半醉,就是个十足的恶魔,不过他倒是很少喝得酩酊大醉。他一喝醉就像有鬼附身一样,什么事情都会干得出来。就我所知,他尽管有钱有势,但有一两次差一点被我们带走。他有一次把一条狗浸在煤油里,然后再把煤油点着;更糟的是,这条狗是夫人的。这场闹剧费了很大的劲才平息下去。后来,他把水瓶朝女仆特瑞莎扔去,又引起一场风波。我们私下里可以这么说,总的来说,这个家里没有他要幸福得多。你在看什么?"

福尔摩斯正跪在地上,仔细检查捆绑夫人用的那根红绳子上的结。然后,他又细心地检查强盗扯断的绳头。

他说:"向下拉这根绳子的时候,厨房的铃应该是很响的。"

"可谁也不会听到,因为厨房在房子的后面。"

"那个强盗又怎么知道别人听不见呢?他怎么敢那样肆无忌惮地扯这根铃绳呢?"

"正是,福尔摩斯先生。你说出了我心里在不断琢磨的问题。这个家伙显然熟悉这所房子和这个家庭的习惯。他完全清楚仆人们睡得比较早,而且谁也不会听到厨房的铃声。这么说来,他肯定和某个仆人有勾结。这是很显然的。可是这一家总共有八个仆人,个个行为端正。"

福尔摩斯说:"如果每个仆人的情况都差不多,那么要怀疑的就是主人朝她头上扔水瓶的那个。可这样一来,她背叛的就不仅仅是主人一人,而且要背叛她忠心侍候的女主人。行了,行了,这一点并不十分重要。只要抓到兰德尔,查出他的同谋也就不难了。夫人所讲的情况当然需要证实,我们可以通过这里的实物来证实。"他走到落地式窗户跟前,打开窗户。"这里没有痕迹,不过窗下的地面很硬,也不可能查出什么痕迹来。壁炉架上的这些蜡烛是点过的。"

"是的，强盗们就是借着这些蜡烛和夫人从卧室拿来的蜡烛亮光，看到屋里的一切的。"

"他们拿走了什么？"

"他们拿走的东西并不多，只是从餐具柜里拿走了六个盘子。布拉肯斯塔尔夫人认为，他们在打死了尤斯塔斯爵士之后惊慌失措，没有到处翻找，否则他们一定会的。"

"显然是这样的。不过我听说他们还喝了点酒。"

"那一定是为了稳定情绪。"

"正是。餐具柜上这三个玻璃杯大概没有动过吧？"

"没有，那个酒瓶也保持着他们离开时的样子。"

"我们来看看。啊哈！这是什么？"

三个玻璃杯放在一起，每个里面都装过酒，其中一个还有酒的渣滓。酒瓶靠近玻璃杯，里面还有大半瓶酒，旁边放着一个长长的肮脏的软木塞。瓶塞的式样和酒瓶上的灰尘表明凶手们喝的不是一般的酒。

福尔摩斯的表情发生了变化。他刚才那无精打采的样子一扫而光，锐利、深陷的眼睛里又露出兴趣盎然的神色。他举起软木塞，仔细地检查着。

他问："他们是怎么把瓶塞拔出来的？"

霍普金斯指了指一个开了一半的抽屉，里面有几条餐巾和一把大的拔塞钻。

"布拉肯斯塔尔夫人有没有说过用拔塞钻的事？"

"没有。她不是说过吗，这伙强盗开酒瓶的时候，她已经昏了过去。"

"我想起来了。事实上，他们没有用拔塞钻。酒瓶是用一把小钻子打开的，可能是小刀上带的螺旋，长度不超过一英寸半。仔细检查一下软木塞头，你就能看出螺旋钻了三次才把瓶塞拔出。螺纹没有把瓶塞卡住，而用这把长拔塞钻就能把瓶塞卡住，一下就能拔出来。等你抓住这个家伙时，你就会发现他肯定有一把多功能小刀。"

霍普金斯说："真是太妙了！"

"可这些玻璃杯确实把我难住了。布拉肯斯塔尔夫人实际上看到了这三个人喝酒，是不是？"

"是的，她这一点记得很清楚。"

"那么，这个情况就这样吧。还有什么可说的呢？可是，霍普金斯，这三个酒杯很特别。什么？你没有看出什么特别的地方？好了，好了，随它去吧。也许只有我这样具有特别知识和能力的人，才会放弃手头现成的简单解释，而去寻找复杂的答案。当然，这些玻璃杯可能只是个巧合。好了，霍普金斯，再见。我好像帮不上你什么忙了。你已经把案子弄清楚了。要是抓到了兰德尔，或是案情有了新的发展，请一定告诉我。我相信你很快就能了结这个案子。走吧，华生。我想我们在家里也许能干些更有成效的事情。"

在回家的路上，我从福尔摩斯脸上的表情中看出，他所看到的某件东西让他迷惑不解。他时不时地会竭力驱散这种表情，装出案子已经了结的样子和我交谈；接着，他的脸上又会出现疑云，紧皱的眉头和茫然的眼神又会表明他的思路重又回到了修道院庄园的餐厅，又回到了这起午夜凶杀案发生的现场。最后，就在火车缓缓驶出伦敦郊区一个车站的时候，他拉着我突然跳到了站台上。

我们看着火车最后几节车厢拐弯驶远。他说："对不起，我的好朋友。请原谅我让你受罪，因为我突然想到，这个案子我不能就此撒手不管。我本能地感到这个案子不对劲，错了，完全错了。我可以断定这个案子完完全全错了。可是，这位夫人的话无懈可击，女仆的证明又很充分，细节也很准确。我有什么证据可以反驳这些呢？三个酒杯，仅此而已。但是，如果我没有把一切看成是理所当然，如果我没有被现成的编造的说法搅昏头脑，如果我一切从零开始，如果我再去仔细检查一切，会不会发现一些更确切的新情况呢？我当然会的。华生，在这张长凳上坐一会儿，等着去契塞赫斯特的火车。现在，你听我把事实讲给你听，不过我请你先去掉一个念头，就是认为女仆和女主人所说的一切都一定是真的。不要让女主人楚楚动人的外表影响你的判断力。

"如果我们冷静地分析她说的话，就能看出其中有些细节能引起我们的怀疑。这伙强盗两个星期前在悉顿罕姆大闹了一番，报上登出了他们的作案过程和他们的长相，所以任何人要是想编造一个强盗抢劫的谎话，自然而然会想到他们。事实上，强盗们在弄到一笔横财之后，通常都迫不及待地要安安静静地享受一番，而不会再去冒险。而且，强盗们通常不会为防止女人喊叫而打她，因为打她只会让她真的喊叫；强盗们在人数很多，能制服一个人时，通常是不会杀人的；强盗们不把垂手可得的东西洗劫一空，通常也是不会罢休的；最后还有一点，这种人喝酒通常会喝得精光，不会留下大半瓶。华生，你怎么看待这些违背通常做法的事实呢？"

"这些事实加在一起当然很有说服力，但分开来每一个又都是可能的。在我看来，最反常的是把女主人绑在椅子上。"

"华生，对于这一点我倒是有不同看法，因为那些强盗当时要么必须杀了她，要么必须把她绑紧，不让她立刻去报告他们逃跑。但是，不管怎么说，我已经证明这位夫人的话并非句句属实。而现在最关键的是那些酒杯。"

"那些酒杯怎么啦？"

"酒杯的情况你弄清楚了吗?"

"我完全弄清楚了。"

"我们听到的说法是有三个人喝过酒。你觉得这可能吗?"

"为什么不可能?每个杯子里都有酒。"

"是的,可只有一个杯子里有渣滓。你肯定注意到这一点了,可你是怎么看的呢?"

"最后一个倒满的杯子很可能有渣滓。"

"这不可能。酒瓶是满的,所以无法想象前面两杯酒很清,而第三杯酒很浑浊。这只有两种解释。一是在倒满了前两个酒杯后,酒瓶被剧烈地摇晃过,这样第三个酒杯就会有渣滓。但这种可能性不大。不,不,我相信我的看法是正确的。"

"那么你又怎么解释呢?"

"只有两个杯子被用过。两个杯子里的渣滓都倒进了第三个杯子,所造成的假象就是仿佛有三个人在那儿喝过酒。这样一来,所有的渣滓不是就到了第三个酒杯里了吗?是的,我确信事情就是这样的。但是,我一旦弄明白这个小现象的真相,那么这个平平常常的案子立刻就变得极不寻常,因为这只能意味着布拉肯斯塔尔夫人和她的女仆在故意向我们撒谎,意味着她们的话一句也不可信,意味着她们一定有重大理由掩护真正的罪犯,意味着我们不能靠她们,而要自己独立弄清真相。华生,这就是我们现在面临的任务。去悉顿罕姆的火车来了。"

修道院庄园的人们看到我们回来时很惊讶。歇洛克·福尔摩斯得知斯坦莱·霍普金斯已经去总部汇报了,就立刻占据了餐厅,把门从里面锁上,认真仔细地检查了两个小时。他那些了不起的逻辑分析就建造在这种检查中。我坐在一个角落里,像一位兴趣盎然的小学生观察教授示范一样,紧盯着他检查的每一个步骤。窗子、窗帘、地毯、椅子、绳子——他逐一仔细检查着,思索着。爵士的尸体已经搬走了,但屋里其他的一切还像我们早晨看到的样子。最后,我惊讶地看到,福尔摩斯居然爬上了巨大的壁炉架。那根红绳子现在只剩下几英寸,一头系在铁丝上,正在他的头顶上悬荡着。他抬头盯着绳子望了很长一段时间,后来,为了离绳头更近一些,他把一条腿跪到了墙上的木托座上。这样一来,他的手离断绳的头就只有几英寸了,但是真正引起他注意的好像不是绳子,而是木托座本身。最后,他满意地大叫一声,跳了下来。

他说:"好了,华生,我们已经把案子弄清楚了。这个案子可以说是我们书中最出色的一起。天哪,我反应太慢了,差一点犯了我一生中最严重的错误!现在,我只要再把几个细节弄清楚,整个这起案子就破了。"

"你知道罪犯是哪些人了吗?"

"华生,我的老伙计,罪犯只有一个人,但这个人很难对付。他像雄狮一样强壮——那根打弯的通条可以作证。他身高六英尺三英寸,灵活得像松鼠,而且手很巧,头脑也很聪明,因为整个这个绝妙的故事完全是他编出来的。是的,华生,我们处理的是一个极不寻常的人的杰作。可是,他在那根铃绳上给我们留下了本不该留下的破绽。"

"哪里有破绽?"

"华生,要是你拉一根铃绳,绳子会在哪里断呢?当然是在连接铁丝的地方断。那么这根绳子为什么会在离铁丝三英寸的地方断呢?"

"因为那里磨损了?"

"正是。我们检查的这一头是磨损的。这个人很狡猾,故意用刀子把绳子的一头弄磨损,可绳子的另一头却没有。你在这里是看不出来的,但如果爬上壁炉架就可以看出另一头切得很整齐,没有任何磨损的痕迹。这样你基本上就可以推测出事情的真相了。这个人需要这根绳子。他怕拉扯绳子会弄响铃而惊动别人。他怎么办呢?他跳上壁炉架,但还是够不着,于是就跪在木托座上——托座上的灰尘上有痕迹——然后掏出刀子把绳子割断。我爬上木托座离绳子还差三英寸,所以推测出他至少比我高三英寸。看那张橡木椅子上的痕迹!那是什么?"

"血迹。"

"确实是血迹。这证明夫人的话根本站不住脚。如果惨案发生时,她真坐在椅子上,那么血迹又是从哪里来的呢?她一定是在她丈夫死了之后才被绑到椅子上的。我敢保证,那件黑衣服上也有同样的血迹。华生,我们没有失败,而是胜利了。我们以失败开始,以胜利而告终。我现在要和这位女仆特瑞莎谈谈。为了得到我们所需要的情况,我们得格外小心。"

"看那张橡木椅子上的痕迹!"

这位不苟言笑的澳大利亚女仆很有特点。她不大说话,生性多疑,而且不留情面。福尔摩斯和颜悦色地对待她,而且真诚地聆听她说的话，过了一会儿，女仆的脸色终于慢慢地好看多了。她毫不隐瞒对已故的主人的仇恨。

"是的，先生，他是朝我扔过那个水瓶。我听见他在骂夫人，就说要是她弟弟在这里，他就不敢骂了。于是他就把瓶子朝我扔了过来。当时如果只有他和夫人两个人在场，他一定还要多扔几个瓶子。他总是虐待夫人，而夫人太要面子，不愿把这些讲出去。她甚至都不愿把她受虐待的情况全部告诉我。你们今天早晨都看到她手臂上的伤痕了。虽然她从来没有向我提起过，可我知道得很清楚，那是用别针扎的。这个该死的恶魔！上帝原谅我这么说他！他现在是死了，可生前真是个恶魔，是地地道道的恶魔！我们第一次见到他时，他非常和蔼可亲。那是十八个月前的事情，可我们俩觉得那就像是十八年前。夫人当时刚到伦敦。是的，是她第一次坐船旅行，也是她第一次离开家。他用他的爵士封号、他的金钱和他装出来的伦敦风度，赢得了夫人的欢心。如果说女人做错了事就要受到惩罚，那么夫人确实受到了惩罚。我们几月份第一次认识他的？那是我们到伦敦的第二个月。我们是六月份到的，所以应该是七月份。他们去年一月结了婚。是的，夫人现在在楼下的起居室里，我相信她愿意见你们，但你们不要问她太多的问题，因为她经受过的痛苦事太多了。"

布拉肯斯塔尔夫人正躺在我们见到过的那张长沙发上，但脸色比以前好多了。女仆和我们一起进屋，然后又开始给女主人眉头上的伤痕做热敷。

夫人说："我希望你们不是又来盘问我吧？"

"不是，"福尔摩斯用最温和的声音答道，"我不会再给你增添不必要的痛苦。布拉肯斯塔尔夫人，我唯一的愿望是减轻你的痛苦，因为我知道你受了不少折磨。如果你把我当作朋友，信任我，你会发现我不会辜负你的信任。"

"你要我做什么？"

"把真实情况告诉我。"

"福尔摩斯先生！"

"不，不，布拉肯斯塔尔夫人，掩盖没有用。你也许听说过我小小的名声。我以我的名誉担保，你所说的完全是编造出来的。"

主仆二人的脸一下子变得煞白，眼睛里露出恐惧，一起盯着福尔摩斯。

特瑞莎嚷了起来："你这无耻的家伙！你是不是说夫人在撒谎？"

福尔摩斯从椅子上站起来。

"你真的没有什么告诉我吗？"

"我把一切都告诉你了。"

"布拉肯斯塔尔夫人，你再好好想想。坦率一点不是更好吗？"

夫人美丽的脸庞上出现了一瞬间的犹豫。接着，一个新的强烈的念头又使她打定了主意。

"我把我知道的都告诉你了。"

福尔摩斯拿起帽子，耸了耸肩说："我很遗憾。"然后我们一言不发地走出了起居室，离开了这所房子。花园里有个水池，我朋友带头朝水池走去。水池结了冰，但为了一只孤零零的天鹅，冰面上打了一个洞。福尔摩斯对着水池凝视了一会，然后继续往前走到大门口。他在这儿匆匆给斯坦莱·霍普金斯写了封短信，交给看大门的人。

他说："事情可能成功，也可能失败，但为了没有白跑这第二趟，我们总得为霍普金斯做点事情。不过，我还不能把一切都告诉他。我们下一个目的地是阿得雷德—南安普敦航线的海运办公室。如果我没有记错,这个办公室应该在波尔莫尔街的尽头。英国通往澳大利亚还有另一条航线,但我们还是先去这家大一点的公司吧。"

公司经理见到福尔摩斯的名片后,立刻接见了我们。福尔摩斯很快就得到了他所要的情况。一八九五年六月这家公司只有一艘船驶回伦敦,是他们公司最大最好的船只,船名是"直布罗陀磐石号"。从旅客名单中可以查出阿得雷德的弗雷泽小姐和她的女仆坐的正是这条船。这条船现在正航行在苏伊士运河的某个地方,驶往澳大利亚。船员们和一八九五年基本相同,只有大副杰克·克洛克先生现在被提升为公司一条新船的船长。这条新船是"巴斯磐石"号,两天后要离开南安普敦港。克洛克住在悉顿罕姆,但当天有可能会来公司接受指示。我们如果愿意等,可以见到他。

福尔摩斯并不想见他,但想了解一下他过去的表现和品行。

福尔摩斯对着水池凝视了一会。

这个人的表现无可挑剔。公司所有船员中没有一个可以和他相提并论。至于他的人品，他在船上时绝对可靠，但下了船却是个粗野、冒失的家伙，性情急躁，容易激动，不过他忠实，诚恳，心肠好。我们离开这家公司时，福尔摩斯得到的就是这些情况。然后我们坐车去苏格兰警场，但他没有进去，而是皱着眉头坐在马车里，陷入了沉思。过了一会儿，他叫车夫把车赶到查林十字电报局，发了一份电报，然后我们才回到贝克街。

我们进屋的时候，福尔摩斯说："华生，不，我不能这样做。一旦发出逮捕证，就没有办法救他了。我有一两次曾经感到，我查出罪犯后造成的伤害比犯罪本身的害处要大。我现在已经学会了谨慎行事，我宁可欺骗英国的法律也不愿欺骗我的良心。我们还是先了解更多的情况，然后再行动。"

快到傍晚时，斯坦莱·霍普金斯警官来了。看来他的事情进展不大顺利。

"福尔摩斯先生，我看你真是个魔术师。我有时真觉得你有超人的能力。你究竟是怎么知道那些被偷的银器在水池底下的呢？"

"我并不知道。"

"但你让我去检查一下。"

"那么你找到了？"

"是的，找到了。"

"我很高兴能帮你一把。"

"可你还是没有能帮我，而只是把事情弄得更加复杂了。偷了银器又扔进最近的水池里，这算是什么样的盗贼呢？"

"这确实是很古怪的行为。我只是在想，只有不需要银器而偷了它们的人，只有仅仅用它们作为骗局的人，才会自然而然地急于把它们扔掉。"

"你怎么会有这样的念头呢?"

"哦,我只是认为有这种可能性。那些家伙从落地窗出来时,看到自己的鼻子底下有个水池,而且水池的冰面上有个诱人的小洞。还有比这理想的藏东西的地方吗?"

斯坦莱·霍普金斯大声叫了起来:"啊,藏东西的地方——这种说法好多了。是的,是的,我现在全明白了。当时天色还早,路上还有行人,他们怕带着银器会被人发现,于是就把那些银器扔进了水池,打算以后风平浪静时再来取走。太棒了,福尔摩斯先生,这种解释比用它们来做骗局的说法更讲得通。"

"正是这样,你得出了一个很好的解释。我相信我的观点是有些荒唐,但你得承认,用我的观点你查到了那些银器。"

"是的,是的,这全是你的功劳。可我却遇到了一个大挫折。"

"挫折?"

"是的,福尔摩斯先生。兰德尔团伙今天早晨在纽约被抓获了。"

"霍普金斯,这是真的吗?那么这显然跟你假设的他们昨晚在肯特郡杀人的说法相背喽。"

"这真要命,福尔摩斯先生,真是要命。看样子,除了兰德尔团伙外,还有别的三人团伙,很有可能是警方还从未听说过的新团伙。"

"是啊,这完全有可能。怎么,你这就走?"

"是的,福尔摩斯先生,这件事情我要是不查个水落石出,我是不安心的。你还有没有提示给我?"

"我已经给了你一个。"

"什么?"

"我说过那只是个骗局。"

"可是为什么是骗局,福尔摩斯先生,为什么?"

"当然,这是个问题。但是我只能给你提出这个看法。你也许会觉得这个看法有些道理。你不留下来吃饭吗?好吧,再见。有什么进展,请告诉我们。"

吃过晚饭,收拾了桌子,福尔摩斯又谈起了这个案子。他点上烟斗,把穿着拖鞋的双脚伸到熊熊燃烧的壁炉前。突然,他看了一下表。

"华生,我想案子有进展了。"

"什么时候?"

"现在,几分钟内。我想你一定认为我刚才对待斯坦莱·霍普金斯不大友好吧?"

"我相信你的判断。"

"华生,你答得很妙。你得这么想:我所知道的情况是非官方的,而霍普金斯知道的情况属于官方。我有权做出个人的判断,而他却不能。他必须把知道的一切都说出来,否则就是失职。面对这样一个充满疑云的案子,我不能让他陷入左右为难的境地,所以我要保留我掌握的情况,直到我自己弄清这个案子再说。"

"可那要等到什么时候呢?"

"时候已经到了。你现在将要看到这出精彩戏剧的最后一幕了。"

楼梯上传来了脚步声,接着我们的房门开了,走进来一个非常英俊的青年。他个子很高,长着金黄色的胡须,蓝色的眼睛,皮肤被热带的太阳晒得黑黝黝的。他走起路来很有弹性,表明这个身材魁梧的人不仅身体强壮,而且动作灵活。他随手把门关好,然后就站在那里,两手握拳,胸膛一起一伏,竭力在控制激动的感情。

"克洛克船长,请坐。你收到我的电报了?"

我们的客人在一把扶手椅上坐下来,然后用疑问的目光逐个打量我们。

"我收到了电报,并且按你说的时间来了。我

房门开了,走进来一个非常英俊的青年。

听说你们去过公司的办公室。我是逃不脱了。把最坏的事情告诉我吧。你们打算怎么处置我?逮捕我?说呀!你不能坐在那里和我玩猫捉老鼠的游戏呀。"

"给他一支雪茄,"福尔摩斯说,"克洛克船长,先抽烟,不要这么激动。如果我把你当作普通罪犯,我就不会和你一起坐在这里抽烟了。请相信这一点。坦率地把一切都说出来,我们也许可以帮你一把。要是你耍花招,我就毁了你。"

"你想要我做什么?"

"把昨晚发生在修道院庄园的事情原原本本地告诉我——我提醒你,是事情的真相,不要添油加醋,也不要丢三落四。我对这个案子已经了解了很多,要是你有半点隐瞒,我就朝窗

外吹警哨,到那时我就再也无能为力了。"

这位水手想了一会儿,然后用被太阳晒得黝黑的大手捶了一下大腿。

他大声说:"我只能碰运气了。我相信你是个言行一致、讲信用的人,我就把整个事情都告诉你。但我要先说明一点,就我自己而言,我毫不后悔,毫不害怕,而且我还会再干一次,并为此而骄傲。那个禽兽,他再有几条命,也会全部送在我手里的。可是夫人,玛丽——玛丽·弗雷泽——因为我不愿意用夫人这个该诅咒的名字称呼她,每当我想到给她带来麻烦的居然是我,居然是这个愿意用自己的生命给她带来一丝笑容的我,我的心都要碎了。可是……可是……我又能怎么办呢?先生们,我把一切都告诉你们,然后再像男人对男人那样问你们,我又能怎么办呢?

"我要从头说起。你好像一切都知道了,那么我想你也一定知道我和她是在'直布罗陀磐石'号上认识的,她是旅客,我是大副。我从见到她的第一天起,心中就只有她一个女人。在整个航程中,我对她的爱与日俱增。我曾多次值夜班时在黑暗中跪下来,亲吻甲板,因为我知道她那可爱的脚曾从那里踩过。她从来没有和我有特别的交往。她像任何女人对待男人那样待我。我对此并无怨言。我全身心地爱着她,而她给我的只是友情和友谊。我们分手时,她无拘无束,而我却从此有了牵挂。

"我第二次出海回来时,听说她已经结婚。是啊,她当然有权和她喜欢的人结婚。爵位、金钱,有谁比她更配享有这些呢?她生来就要享用一切美好和高贵的东西。我并不因为她结婚而痛苦。我还没有自私到那个地步。我只是为她交上好运而高兴,只是为她没有嫁给我这个一贫如洗的水手而高兴。这就是我对玛丽·弗雷泽的爱。

"我从来没有想过会再见到她,但是上次出海回来后,我得到了提升,而新船还没有下水,所以我和我的船员们要在悉顿罕姆等上两个月。我有一次在乡间小道上碰到了她的女仆特瑞莎·赖特。特瑞莎把她的一切和她丈夫的一切都告诉了我。先生们,我告诉你们,我都要气疯了。这个醉鬼居然敢对她动粗,而他连舔她的鞋跟都不配!我后来又碰到了特瑞莎,接着便见到了玛丽本人,以后又见到她一次。在这之后,她不愿再见到我。但是有一天,我接到通知,要我一个星期内出海,于是我决定在出海之前再见她一面。特瑞莎一直和我很好,因为她像我一样爱玛丽,也像我一样恨那个恶棍。我从特瑞莎那里了解到了这家人的习惯。玛丽经常在楼下自己的房间里看书看到很晚。昨晚我悄悄溜到那里,轻轻敲了敲她的窗户。她起初不愿为我开门,但我知道她现在心里是爱我的,不会让我在外面受冻。她悄声告诉我,要我到前面的大窗户那里去。我走过去发现窗户是开的,就进了餐厅。我又一次听她亲口说出了那些让我义愤填膺的事情,我也又一次咒骂这个虐待我心上人的禽兽。先生们,我当时和她站在窗子旁边,清清白白,上帝可以作证。这时,那个恶棍像疯子一样冲进了餐厅,对她破口大骂,并且用手中的棍子朝她脸上抡去。我跳过去抓起通条,和他打了起来。你们看我的手臂,这是他第一下打中后留下的。然后该我打了,我像打烂南瓜那样一下把他打死了。你们觉得我后悔吗?一点也不!当时不是他死就是我亡,而更重要的是,不是他死就是玛丽死。我怎么能让玛丽留在这样一个疯子的手里呢?我就是这样杀死他的。我做错了吗?你们两位先生要是处在我的地步,又会怎么做呢?

"他打玛丽的时候,玛丽喊叫了一声,特瑞莎听到后就从楼上的房间下来了。当时玛丽吓得半死,餐具柜上有瓶酒,我打开酒瓶给玛丽灌了点。然后我自己也喝了一口。特瑞莎非常冷静,是她和我一起出的主意。我们得制造出盗贼干的假象。特瑞莎把我们编造的话一遍遍地讲给玛丽听,而我则爬上去割断铃绳。然后我把她绑在椅子上,并且把绳子的一头弄成磨损的样子,显得自然一些,不然的话,人们会怀疑盗贼究竟是怎样上去把绳子割断的。我又拿了一些银器,做出有盗贼来过的样子,然后我就离开了她们,并告诉她们等我走了一刻钟后再报警。我把银器扔进水池就回了悉顿罕姆,心里觉得这是我一生中干的一件好事。福尔摩斯先生,这就是全部经过,而且是真实的经过,即使要我上绞架也是这样的。"

福尔摩斯默默地抽了会儿烟。然后他走到我们的客人面前,握了握他的手。

他说:"这和我想的完全一样。我知道你说的都是真话,因为你说的都是我知道的。只有一个杂技演员或一个水手才能爬上木托座去割断那根铃绳,而只有水手才会打出椅子上那种绳结。这位夫人只有一次机会接触到水手,也就是她来英国的航程中,而且既然她竭力掩护这个水手,说明这个水手的社会地位和她相同,也说明她爱他。你看,我只要走对路,查出你来是多么容易。"

"我还以为警察永远不会识破我们的计谋呢。"

"警察是没有识破,而且我相信他们永远不会识破。克洛克船长,你现在听我说,虽然我承认你是在受到极为严重的挑衅之后才动手的,但事情还是非常严重。我不能肯定你这种自卫是否合法,这要由英国陪审团来决定。不过,我很同情你,你可以在二十四小时内逃走,我保证不会有人阻拦你。"

"然后事情就会真相大白?"

"事情当然会真相大白的。"

水手气得脸都涨红了。

"你怎么能向一个男子汉提出这种建议来？我对英国法律并非一窍不通，我知道那样玛丽就会被当作同谋。你认为我会让她承担后果，而自己溜掉吗？不，先生，让他们随便怎么处置我吧。福尔摩斯先生，看在上帝分上，想想办法不让可怜的玛丽上法庭吧。"

福尔摩斯又朝水手伸出手去。

"我只是在试探你，而你这次又经受住了考验。好吧，我要承担很大的责任，但是我已经启发过了霍普金斯，要是他自己查不出来，我就不管了。克洛克船长，我们还是按严格的法律程序来办。你是犯人。华生，你代表英国陪审团，你当陪审员再合适不过了。我就是法官。现在，陪审团的先生们，你们都听到了证词。你们认为犯人是有罪还是无罪？"

"法官大人，此人无罪。"

"人民的呼声就是上帝的呼声。克洛克船长，你被无罪释放。只要法律无法找出别的受害者，我保证你的安全。一年后再回来找这位夫人。希望她的未来和你的未来能证明我们今晚做出的判决是正确的！"

第二块血迹

我原来打算把《修道院庄园》作为我向大家叙述的有关我朋友歇洛克·福尔摩斯那些出生入死的故事的最后一篇。我做出这样的决定倒不是因为我手头缺乏素材,也不是因为怕引起读者对这位了不起的人物怪僻的性格和独特的破案方法感到厌倦。我手头还有成千上万个案子根本没有向大家提及过。我这样做真正的原因是福尔摩斯极不愿意让我继续发表他的经历。当他还在从事这一行时,记录他成功的事迹对他多多少少是有实际价值的,但是自从他义无反顾地离开伦敦,去苏塞克斯丘陵地区做研究和养蜂,他已经非常讨厌再抛头露面。他不容置辩地要求我在这一点上坚决按他的意思行事。我告诉他,我曾向读者许过愿,时机成熟时一定把《第二块血迹》发表,并且向他指出,他那些漫长的经历以他所处理过的最重要的国际性案件结束,这是再合适不过的了。我最后终于得到了他的同意,可以小心谨慎地将这个事件公之于众了。如果我在讲述的过程中有些细节显得不十分明确,我想大家一定能理解我不得不这样做的苦衷。

某年(请原谅我不能透露确切的年份)秋天一个星期二的早晨,我们在贝克街的小小陋室来了两位名扬欧洲的客人。其中一位鼻梁高高耸起,双眼犀利,脸色严峻,神态威严,正是曾两度出任英国首相的著名的贝林格勋爵。另一位皮肤黝黑,轮廓分明,举止文雅,年纪不到中年,但看样子阅历很广。他就是著名的特里芬尼·霍普——负责欧洲事务的大臣,英国最有前途的政治家。他们并排坐在堆满文件的长沙发上。从他们憔悴、焦急的神色中可以看出,他们来访一定有极为重要的事情。首相那青筋凸起的瘦手紧紧握着雨伞的象牙伞柄,憔悴、严肃的脸忧郁地看看我又看看福尔摩斯。那位欧洲事务大臣不安地时而扯着胡须,时而玩弄着表链坠。

"福尔摩斯先生,我今天早晨八点钟发现东西不见后,立刻向首相作了汇报。在他的建议下,我们一起来找你。"

"你通知警察了吗?"

"没有,"首相以大家熟悉的迅速而果断的神情说,"我们没有这样做,而且也不可能这样做。通知警察就意味着这件事迟早会公之于众,而这正是我们竭力要避免的。"

他们并排坐在长沙发上。

"先生,这是为什么呢?"

"因为这份文件非常重要,一旦公之于众,很容易,或者说很可能引起欧洲事态的复杂化。可以毫不夸张地说,这关系到战争与和平。除非能极其秘密地追查到文件,否则查不查也就无所谓,因为盗这份文件的人,其目的就是要让大家知道它的内容。"

"我明白了。特里芬尼·霍普先生,请你准确地告诉我文件是在什么样的情况下丢失的。"

"福尔摩斯先生,这只要几句话就能讲清。这份文件是封信,一位外国君主寄来的信。我们是六天前收到的。这封信非常重要,我不敢放在保险柜里,而是每天晚上把它带到白厅住宅区我的家中,锁在我卧室的文件盒里。文件昨天晚上还在那里。我完全可以肯定这一点,因为我换衣服吃晚饭时,打开过文件盒,看见文件在里面。可今天早晨文件不见了。文件盒一晚上都放在我卧室梳妆台的镜子旁。我睡觉很警醒,我妻子也一样。我们俩都敢肯定,晚上绝对没有人进入房间。但是文件不见了。"

"你是几点钟用晚餐的?"

"七点半。"

"你几点钟就寝?"

"我妻子出去看戏,我一直在等她。我们十一点半才回卧室。"

"那么,文件盒四个小时没有人看守。"

"除了我自己的仆人和我妻子的女仆早晨可以进屋外,其他时间任何人都不许进去。这两个仆人跟随我们多年了,完全可靠。再说,他俩谁也不知道文件盒里有比一般公文更重要的东西。"

"有谁知道这封信呢?"

"家里没有人知道。"

"你夫人一定知道吧?"

"不,先生。我是直到今天早晨文件丢失后才告诉她的。"

首相赞许地点点头。

他说:"我早就知道你的责任心很强。我相信,这样一份重要的文件对你来说一定重于家庭中最亲密的个人情感。"

欧洲事务大臣点点头。

"先生,谢谢你的夸奖。在今天早晨之前,我对我夫人只字未提这封信。"

"她能猜得出来吗?"

"不能,福尔摩斯先生,她不可能猜出来。谁也猜不出来。"

"你以前丢失过文件吗?"

"没有。"

"英国有谁知道这封信?"

"内阁的每位大臣昨天都被告知有这封信,而且除了每次内阁会议前强调保密外,首相大人昨天还庄重地提醒了大家。天哪,谁想到几个小时内我自己却把它给弄丢了!"他双手揪着头发,英俊的脸庞因极度的焦虑而变了形。我们在这一刹那间看到了这个人的本性:容易冲动,待人热情,非常敏感。接着,他的脸上又恢复了那种贵族的神情,说话的声音也变得温和起来。"除了内阁大臣外,知道有这封信的还有两三个官员。福尔摩斯先生,我可以向你保证,英国再没有别人知道这封信了。"

"那么国外呢?"

"我确信,除了写信人外,国外没有任何人见过这封信。我完全相信,他没有通过他的大臣们,也就是说他没有通过正常外交渠道。"

福尔摩斯想了一会儿。

"先生,我必须知道这封信的详情,以及为什么丢失后会造成如此严重的后果?"

两位政治家飞快地交换了一下眼色。首相的浓眉皱成了一团。

"福尔摩斯先生,信封是淡蓝色的,又长又薄,上面有红色的火漆,盖着一只蹲伏的狮子。信封上的笔迹大而醒目,收信人是……"

福尔摩斯说:"对不起,先生,尽管这些细节很有意义,也很重要,但我所关心的是事情的本质。信的内容是什么?"

"这是最重要的国家机密,我恐怕无法告诉你,而且我认为也没有这个必要。如果你运用你所具有的能力,找到我所描述的这个信封和里面的信,你就不枉做大英帝国的臣民,而且还能得到我们权力范围内的任何报偿。"

福尔摩斯微笑着站起来。

他说:"你们两位是英国最忙的人,我这小小的侦探也有很多事情。我非常抱歉,在这件事情上我无能为力,再谈下去只是浪费时间。"

首相立刻站了起来,一双深陷的眼睛里射出了让全体内阁大臣望而生畏的怒火。他说:"先生,没人敢这样对我说话。"但他控制住自己的怒火,重新坐了下来。有一两分钟,我们都默默地坐着。然后,这位老政治家耸了耸肩膀。

"福尔摩斯先生,我们得接受你的条件。你是对的,我们要是不完全信任你,请你出力是不大合理。"

那位年轻政治家说:"我同意你的看法。"

"那么我就告诉你。我完全相信你和你同事华生医生的为人。我也要唤起你们的爱国心,因为这件事情一旦暴露出来,将会给我们国家带来无法想象的灾难。"

"你完全可以相信我们。"

"这封信是一位外国君主写的,他对我国最近一些殖民地的发展感到极为愤慨。信是他匆匆忙忙写成的,完全代表他个人的意见。我们的调查表明,他的大臣们对这件事一无所知。

而且，这封信也写得很不合体统，某些句子过于偏激，一旦透露出去肯定会在英国煽起最危险的情绪。这会引起一场轩然大波。我敢说这封信如果发表，一星期内英国准会卷进一场大战中。"

福尔摩斯在一张纸上写了个名字，递给首相。

首相立刻站了起来。

"正是他。而现在莫名其妙地丢失的正是这封信，正是这封会消耗掉几亿英镑和几十万条生命的信件。"

"你们把这情况通知写信人没有？"

"通知了，我们给他发了一份密码电报。"

"也许他希望发表这封信。"

"不会，我们有理由相信他早已感到他在这件事情上太急躁、太不慎重。这封信如果发表，对他本人和他的国家带来的打击比对英国的打击更大。"

"如果是这样，那么这封信发表出来对谁有利呢？为什么有人要偷盗这封信并且要发表它呢？"

"福尔摩斯先生，你这就把我带到复杂的国际关系中了。但是，你只要想一想欧洲的局势，就不难看出偷信人的动机。

整个欧洲就像一座武装军营,有两个势均力敌的军事联盟,大不列颠保持中立。如果大不列颠和其中一个联盟交战,那么不管另一个联盟是否参战,它都将取得极大的优势。你明白了吗?"

"明白了。那么想得到并发表这封信的,一定是这位君主的敌人,为的是破坏他的国家和我们国家之间的关系。"

"是的。"

"如果这封信落到一个敌人的手中,他会把它交给谁呢?"

"他可以把信交给欧洲任何一个国家的一位大臣。也许现在这封信正在火车上飞速地赶往那里。"

特里芬尼·霍普先生垂下头去,痛苦地呻吟了一声。首相宽厚地把手放在他的肩膀上说:"我的好朋友,这真是太不幸了。谁也不能怪你。一切防范措施你都采取了。福尔摩斯先生,你现在一切都知道了。你认为该怎么办?"

福尔摩斯无可奈何地摇摇头。

"先生,你认为要是找不到这封信,就会发生战争吗?"

"我认为有这种可能性。"

"那么,先生,为战争做准备吧。"

"福尔摩斯先生,这样说太严重了。"

"先生,请考虑一下这些事实。信不可能是在晚上十一点半之后被偷走的,因为从晚上十一点半到发现信件丢失,霍普先生和他夫人一直在房间里。那么信是昨晚七点三十分与十一点半之间被偷的,而且很有可能是在七点半左右,因为偷信的人显然知道信在那里,自然要尽快把它弄到手。先生们,如果这么重要的一封信当时就被偷走了,现在会在哪里呢?谁也不会把它留在手里,而是要飞快地把它送给需要这封信的人。我们现在要找到它或者查出它的踪迹,能有多大的把握呢?我们已经鞭长莫及了。"

首相从长沙发上站了起来。

"福尔摩斯先生，你说的完全合乎逻辑。我感到我们在这件事情上确实是无能为力了。"

"我们纯粹假设一下，如果拿走这封信的是女仆或者是男仆……"

"他们都是老佣人，而且忠实可靠。"

"我记得你说过，你的卧室在三楼，没有门通向外面，有人要是从屋里进去不会不被人看见。那么，拿信的人一定是你家里的人。这个人拿到信后会交给谁呢？交给一个国际间谍或秘密特务，而这些人我是熟悉的。有三个人是这一行的头子。我首先去查一查，看他们是否都在。如果其中一个不在，特别是从昨晚起不在，我们也许能查出这份文件的去向。"

那位欧洲事务大臣说："他为什么会不在呢？他完全可以把信交给某国驻伦敦的大使馆。"

"我想不会。这些间谍都是单干，与大使馆的关系往往比较紧张。"

首相赞同地点点头。

"福尔摩斯先生，我相信你说的有道理。他会亲手把这么宝贵的东西交给他的总部。他认为你的行动计划很好。霍普，我们不能因为这不幸的事件而忽略其他事务。如果今天有什么新进展，我们会告诉你的；你调查有结果也请一定告诉我们。"

两位政治家向我们点头告别，然后神色庄严地离开了。

我们的两位贵客走了之后，福尔摩斯点燃烟斗，默默地坐了一会儿，陷入了沉思。我打开晨报，津津有味地读着前一天夜里在伦敦发生的一起耸人听闻的凶杀案。我朋友突然喊了一声，站起身来，把烟斗放到壁炉架上。

他说:"是啊,没有别的更好的办法了。这个案子非常棘手,但还不能说没有希望。即使是现在,如果我们能查出是谁拿了这封信,那这封信很有可能还在他手里。对于这些家伙来说,无非是个钱的问题,而我现在有大英帝国的财政部做我的后盾。这封信如果出售,我就把它买下来,哪怕是让每个纳税人多交一个便士也在所不惜。但也有可能这个家伙会留着这封信,看看这一方能出什么价,然后再到另一方试试运气。敢冒险玩这种游戏的只有三个人——奥伯斯坦,拉·罗瑟尔,爱德瓦多,卢卡斯。我要一个一个地去查一查他们。"

我扫了一眼手中的晨报。

"你说的是住在戈德芬大街的爱德瓦多·卢卡斯吗?"

"是的。"

"你再也见不到他了。"

"为什么?"

"他昨晚在家被人杀了。"

在我们一起经历过的各种冒险中,我朋友常常让我吃惊,所以我看到这次让他大吃一惊真是非常高兴。他惊讶地瞪大了眼睛,然后从我手里一把把报纸夺了过去。他从椅子上站起来时,我看的正是下面这一段:

西敏寺的谋杀案

昨晚在戈德芬大街十六号发生了一起神秘的谋杀案。案发地点是一排十八世纪的幽静的老式住宅,位于泰晤士河与西敏寺之间,几乎被议会大厦高大的塔影所笼罩。爱德瓦多·卢卡斯先生住在这座小巧别致的楼房里已有多年。卢卡斯先生在社交界很有点名气,因为他为人和善,而且还享有英国最佳业余男高音歌手的声誉。卢卡斯先生三十四岁,未婚,家中只有一位上了年纪的女管家普林格太太和一位男仆米顿。普林格太太睡在顶楼,很早就入睡了。男仆昨晚不在家,去罕姆尔斯密看望一位朋友。晚上十点之后,屋里只有卢卡斯先生一人。这期间发生了什么事情还有待查明,但是十一点三刻,巴瑞特警官巡逻经过戈德芬大街时,看到十六号的门半开着。他敲了敲门,没有人答应。他看到客厅里有灯光,就走进过道接着敲了敲客厅的门,但仍然没有人答应。于是他推开客厅的门,走了进去。客厅里一片混乱,家具全部被推倒在屋子的一边,一把椅子倒在屋子的正中央。椅子旁边躺着不幸的屋主人,手里还紧紧握着椅子腿。他被人用刀子捅了心脏,大概立刻就死了。用于行凶的刀子是把弯曲的印度匕首,从挂在墙上用作装饰的东方武器中拔出来的。杀人的动机似乎不是抢劫,因为屋里的贵重物品并没有被拿走。由于爱德瓦多·卢卡斯先生颇有名气,也很受大家欢迎,他这样神秘地惨遭不幸一定会引起他众多朋友的痛苦和极大的同情。

过了好一会儿,福尔摩斯问道:"华生,你怎么看待这件事?"

"真是个惊人的巧合。"

"巧合!我们这出戏中有三个可能登场的演员,他是其中之一,而他恰恰在我们知道这出戏正在上演的时候惨遭不幸。这不大可能是巧合,因为这种巧合的概率太小。不,我的好华生,这两起事件是有联系的——肯定有联系。我们必须找出它们之间的联系来。"

"可现在警察肯定一切都知道了。"

"我的好华生,这两起事件是有联系的。"

"没有。他们知道的只是在戈德芬大街所看到的一切。对于白厅住宅区发生的事,他们现在还不知道,将来也不会知道。只有我们才知道这两件事情,才能查出两者之间的关系。不管怎么说,我怀疑卢卡斯是有明显的原因的。西敏寺旁的戈德芬大街离白厅住宅区步行只有几分钟。我提到的另外两个间谍住在伦敦西区的尽头。因此,要想与这位欧洲事务大臣家建立联系,或者从他家得到消息,卢卡斯比另外两人要容易。这虽然是件小事,但是当事情前后发生在几个小时内时,这一点也许就非常重要了。啊哈!是谁来了?"

赫德森太太走进屋来，手中的托盘上有张女士的名片。福尔摩斯看了一眼名片，扬起了眉头，把它递给我。

他说："请希尔达·特里芬尼·霍普夫人上楼来。"

不一会儿，我们这小小的陋室因为刚刚有贵客来访而增色，现在又因为伦敦最美丽的女士来访而更加生辉。我常常听说贝尔敏斯特公爵的小女儿美若天仙，但是无论别人怎么形容她的美貌，也无论对她的黑白照片如何推测，我都没有料到她竟如此光彩照人，婀娜多姿。然而，我们在这个秋日早晨看到她时，她给我们留下深刻印象的却不是她的美貌。她的脸颊虽然非常可爱，但由于激动而显得苍白；双眼虽然明亮，却显得焦虑不安；敏感的小嘴因为竭力克制着自己而紧紧闭着。当我们这位美丽的客人笔直地站在门口时，首先映入我们眼帘的不是她的美丽，而是她的极度恐惧。

"福尔摩斯先生，我丈夫来过这里吗？"

"是的，夫人，他来过这里。"

"福尔摩斯先生，我请求你不要把我来这里的事告诉他。"

福尔摩斯冷淡地点点头，做了个手势，请她坐到椅子上。

"夫人，你让我很为难。我请求你坐下来，告诉我你找我有什么事。不过我恐怕无法无条件地答应一切。"

她款款走过屋子，背对窗子坐在椅子上。她身材苗条，风度翩翩，富有女性的魅力，简直像位皇后。

"福尔摩斯先生，"她说，戴着白手套的手时而握在一起，时而分开，"我对你坦率地说话，希望你也能坦率地和我说话。我和我丈夫之间完全信任，只在一件事情上例外，那就是政治。他对此只字不提，总是守口如瓶。我现在知道昨晚我们家发生了很严重的事情。我知道有一份文件丢失了。由于这件事涉及到政治，他对我一直含糊其词。我现在必须，我是说我必须彻底弄清楚这件事。除了那些政治家外,你是唯一了解真情的人。福尔摩斯先生,我请求你告诉我到底出了什么事,会导致什么样的后果。福尔摩斯先生,请告诉我。不要因为我丈夫的原因而保持沉默,我可以向你保证,如果他能明白,他就会知道完全信任我只会对他的利益有利。被偷走的这份文件究竟是什么?"

"夫人,你的要求我真的无法满足。"

她呻吟了一下,用手捂着脸。

"夫人,我请你明白,事情只能这样。如果你丈夫认为在这件事情上要对你保密,那么我怎么能把他不愿向你透露的事情告诉你呢?何况我还是在发誓保密之后才得知真相的呢?你不该来问我,而应该去问他本人。"

"我已经问过他了,只是迫不得已才来找你。福尔摩斯先生,既然你不能把具体事情告诉我,那么如果你能在一个问题上给我一点启发,我也非常感激。"

"夫人,你说的是什么问题?"

"我丈夫的政治生涯会不会由于这件事而受到影响?"

"夫人,除非这件事情能得到纠正,否则会有非常不幸的后果。"

"啊!"她深深地吸了口气,仿佛疑问已经解决了一样。

"福尔摩斯先生,我还有一个问题。我丈夫发现文件丢失时,震惊得漏出了一句话。我从他的话中听得出来,丢失这份文件可能会在公众中引起可怕的后果。"

"既然他这么说了,我也不否认。"

"会造成什么样的后果呢?"

"夫人,你又问了一个我无法回答的问题。"

"那么我就不再占用你的时间了。福尔摩斯先生,我并不因为你不把真相告诉我而责怪你。我也相信你不会因为我违背我丈夫的意愿就分担他的忧虑而认为我不得体。我再次请求你不要向人提起我的来访。"

她走到门口时又回过头来看了我们一眼。她那美丽而焦虑的面容、那惊恐的眼神和那紧闭的小嘴给我留下了最后的印象。然后她就走了。

随着前门砰的一响,簌簌的衣裙声也消失了。福尔摩斯微笑着说:"华生,女性属你管。这位美丽的夫人在玩什么把戏呢?她真正的目的是什么?"

"她自己已经讲得很清楚了,而且她焦虑的神情不是装出来的。"

"哼!华生,你想想她的表情——她的态度,她努力克制着的激动心情,她坐立不安的神态和她一再问问题的韧劲。别忘了,她来自一个轻易不显露自己感情的阶层。"

"她的确很激动。"

"你也别忘了,她一再向我们保证,她知道一切事情只会对她丈夫有利时那种古怪的真诚。她那么说是什么意思?华生,你一定注意到了,她设法背对着光坐在那里。她不希望我们看清她的表情。"

她回过头来看了我们一眼。

"是啊,她特意选了那把靠窗的椅子。"

"女人的动机很难琢磨。你还记得玛伽特的那个女人吗?我当时怀疑她正是因为同样的原因。而且我正是从她鼻子上没有擦粉解开那个疑团的。怎么能轻信这些女人呢？她们最微小的动作都可能有极大的含义，一个发夹和一把卷发火剪都可能预示着最不同寻常的举止。华生，回头见。"

"你要出去？"

"是的，我要去戈德芬大街，和我们正规部队的同仁们一起消磨这个上午。解决我们的难题要靠爱德瓦多·卢卡斯，但我得承认，我现在根本不知道事情会如何发展。如果没有弄清真相就妄加推测，那就是极大的错误。我的好华生，你留在这里接待客人。我尽可能赶回来吃午饭。"

整整一天，连着接下来的两天，福尔摩斯一直处在一种特殊的心境中，朋友们会说这是沉默寡言，外人会说是死气沉沉。他进进出出，不停地抽烟，偶尔拉几下小提琴，苦思冥想，随时抓起三明治啃几口，而且对我偶尔问他的问题也几乎不理不睬。我看得出来，他的调查进展不顺利。他只字不提这个案件，我是从报纸上才知道一些调查详情的。我从报上得知，死者的男仆约翰·米顿被逮捕，但后来又被放了。验尸官的报告说这是起蓄意谋杀案，但对作案人仍然一无所知，作案的动机也不明不白。屋里有许多值钱的东西，但一样也没有被拿走。死者的文件也没有被人翻动。对死者进行了仔细的检查后发现，死者对国际政治特别热衷，非常健谈，有出色的语言天赋，而且书信往来很多。他和好几个国家的领导保持着密切的关系，但是他满满几抽屉的文件中没有发现任何可疑之处。他和女人的关系很杂乱，但交往都不深。他认识的女人很多，但异性朋友很少，而且没有一个是他真正爱上的。他的生活很有规律，行为也规规矩矩。他的遇害是个不解之谜，可能还是个永远解不开的谜。

至于逮捕男仆米顿，那只不过是警方束手无策而采取的万般无奈的行动。任何罪名都落不到他的头上，因为他那天晚上确实去罕姆尔斯密看朋友，案发时不在现场的证据很充分。不错，按照他离开朋友家的时间推算，他是应该在案子被发现前回到西敏寺，但他自己的解释也好像说得通。他说那天晚上夜色很美，他步行了一段路程，十二点钟才赶到家，然后就被这意外的惨案吓得惊慌失措。他和主人的关系一直不错。在他的箱子中搜查出了主人的几样东西，特别引人注目的是一小盒刮脸刀片，但他解释说那些都是主人送给他的，而且女管家可以作证。米顿为卢卡斯服务已经三年了，可值得注意的是，卢卡斯去欧洲时从来没有带上他。卢卡斯有时在巴黎一住就是三个月，而米顿却一直留在戈德芬大街守家。至于女管家，案发的当晚她什么也没有听到。如果有客人来，主人自己会开门的。

就这样，我一连三天看报，没有看到破案的消息。如果福尔摩斯知道什么别的情况，他也不告诉我，但既然他告诉我雷斯垂德警官把案情全都告诉了他，我知道他能迅速了解案情的任何新发展。到了第四天早晨，报上登了从巴黎发来的很长的电报，似乎解决了所有的问题。

【据《每日电讯报》报道】巴黎警方刚刚有了重大发现，为星期一晚在西敏寺区戈德芬大街惨遭不幸的爱德瓦多·卢卡斯先生之死解开了谜团。读者们或许还记得，这位先生是在他房间里被人用匕首刺死的。当时曾怀疑过死者的男仆，但因其有不在犯罪现场的证据而作罢。昨日有几位仆人向巴黎当局报告有位太太精神失常。这位太太是亨利·富纳耶太太，住在奥斯特利兹街的一幢小别墅里。经医院检查，她长期患有危险的躁狂症。警方调查后发现，富纳耶太太星期二刚从伦敦回来，而且有证据证明她与西敏寺凶杀案有关。在核对照片之后,警方已经证实亨利·富纳耶先生和爱德瓦多·卢卡斯实际为同一人,死者由于某种原因在伦敦和巴黎过着双重生活。富纳耶太太是克里奥耳人①,性情特别易于激动,过去积压的嫉妒转变成了癫狂。据警方推测,她就是在这种癫狂发作的过程中在伦敦犯下了可怕的罪行,轰动了全伦敦。虽然她星期一晚上的活动还有待查实,但是星期二早晨在伦敦查林十字火车站曾有一位酷似她的女人,由于外貌奇异、举止粗野而引起人们特别的注意。因此,这位不幸的女人无疑是在神志不清时杀了人,或者是由于杀了人而精神失常。她目前还无法对以往的事情讲出个头绪来,医生们也认为她恢复理智的希望不大。有证据表明,星期一晚上曾有人看见一个女人在戈德芬大街,朝那幢房子望了几个小时,这个女人也许就是富纳耶太太。

福尔摩斯一面吃着早饭,一面听我大声把这一段念给他听。我念完后问:"福尔摩斯,你怎么看待这段报道?"

他从餐桌旁站起来,在房间里踱来踱去。他说:"我的好华生,我知道你早就不耐烦了。过去三天里我之所以什么也没有对你说,是因为我没有什么可告诉你。就说现在吧,这则来自巴黎的报道也帮不了我们什么忙。"

"可这毕竟说明了这个人的死因。"

"这个人的死只是个意外。跟我们真正的任务相比,这件事显得微不足道,因为我们的任务是找到那份文件,使欧洲避

---

① 克里奥耳人常指出生于美洲的欧洲人及其后裔,也指这些人与黑人的混血儿。

免一场灾难。过去三天中，只有一件事真正重要，就是什么事情也没有发生。我几乎每隔一小时就收到一次政府方面的报告，欧洲任何地方都没有出现不安的迹象。如果这封信已经出手——不，不可能已经出手——可如果没有出手，信又在哪里呢？在谁的手中呢？为什么不出手呢？这个问题一直在折磨着我。卢卡斯就在信件丢失的当晚死于非命，这难道真是个巧合？这封信有没有到过他的手中？如果在他手中，为什么又不在他的文件堆里？他的这位疯狂的妻子有没有把信带走？如果带走了，是不是在她巴黎的家中？我怎样才能不引起巴黎警方的怀疑而搜查她的家？我的好华生，在这个案件中，与我们作对的不仅有罪犯，而且还有法律。每个人都会阻止我们，可事情又很重大。如果我能成功地破了这个案子，这一定能成为我一生最辉煌的成就。啊，最新的报告给我送来了！"他接过纸条，匆匆扫了一眼。"啊哈！雷斯垂德好像有了重大发现。华生，戴上帽子，我们一起走到西敏寺去。"

我这还是第一次去这个案子的现场。这幢房子很高，外表显得比较陈旧，比较窄，美观大方，结实耐用，带有建造它的那个时代的风格。身材高大的雷斯垂德从房子前面的窗户朝我们望着。等一个身材魁梧的警察打开门，请我们进去后，他立刻热情地欢迎我们。我们走进去的正是犯罪现场，但是，除了地毯上有一块难看的、形状不规则的血迹外，惨案其他的痕迹现在都没有了。地毯不大，四四方方，放在房间的中间，四周是用小方木块拼成的美丽的旧式地板，擦得很亮。壁炉的上方挂满了各种各样的武器，那天晚上使用的凶器就是其中的一把。窗户旁边摆着一张豪华的写字台。油画，小地毯，墙上的装饰品，总之，屋里的一切摆设都过于豪华，几乎到了缺乏阳刚之气的地步。

雷斯垂德问:"看到巴黎的消息了吗?"

福尔摩斯点点头。

"我们法国的同仁们这次好像是抓住了实质。事情肯定像他们所说的那样。她敲门——我猜他没有料到她会来,因为他很少与外界接触——他让她进来了,总不能让她待在街上吧。她告诉卢卡斯她是如何想方设法找到他的,并且责备他。两个人争执了起来,然后,由于那把匕首就在近处,事情很快就见了分晓。不过,卢卡斯不是一下子就被刺死的,因为这些椅子都被推到了那边,而且他手里还握着一把椅子,好像要用它来挡开富纳耶太太。我们已经把事情完全查清楚了,就像我们亲眼看到似的。"

福尔摩斯扬起了眉头。

"那你为什么找我来?"

"啊,是啊,那是另外一回事,是件小事,但很奇怪,甚至可以说是反常,正是你感兴趣的事。这件事与杀人的事无关,至少从表面上看没有联系。"

"到底是什么事?"

"你知道,在发生这种案件之后,我们总是非常小心地要保护现场。这里的东西一直没有人动,因为有警察日夜看守。今天早晨,因为死者已经被埋葬,调查也已经结束,我们想把屋子整理一下。你看,这块地毯不是钉在地板上的,而只是摆在那里。我们碰巧把它掀了起来,结果发现……"

"发现了什么?"

福尔摩斯脸上露出了急不可待的神情。

"我敢说你一辈子也猜不出我们发现了什么。你看到地毯上那块血迹了吗?肯定有很多血从那里渗了下去,是不是?"

"那当然。"

"那么如果我告诉你白色的木地板上相应的地方没有任何血迹,你一定感到很奇怪,是吗?"

"没有血迹!可一定……"

"是的,你会这么说的。可事实是,那里没有血迹。"

他用手把地毯的一角掀了起来,事实正像他所说的一样。

"可地毯的反面像正面一样被血渗透了,那么地板上一定会有血迹。"

看到自己难倒了这位著名的专家,雷斯垂德高兴得咯咯笑了起来。

"现在还是让我来给你解释吧。是有第二块血迹,但位置与第一块血迹不同。你自己看吧。"他说着掀起了地毯的另一个角,确实,那里洁白的老式地板上露出了一大片深红色的血迹。"福尔摩斯先生,你看这是怎么回事?"

"这很简单。两块血迹的位置本来是一致的,但是地毯被人转动过了。这块地毯是方形的,而且没有钉住,所以转动起来很容易。"

"福尔摩斯先生,我们警察不需要你告诉我们这块地毯被人转动过。这是再清楚不过的事。要是你这样摆地毯,那么上下两块血迹正好吻合。可我想知道的是,谁动了这块地毯,为什么?"

我从福尔摩斯呆滞的神情中看出,他内心非常激动。

"听我说,雷斯垂德,"他说,"过道上那个警察是不是一直守在这里?"

"是的。"

"那么,听我一句话。你仔细问他一下,但不要当着我们的面问。我们等在这里。你带他到后面的房间去单独问他,这样他也许会承认的。你问他怎么敢让人进来,并且让那个人单独留在这间屋子里。别问他是否让人进来过。你要认定他放人进来过。告诉他你知道有人进来过。给他一点压力。告诉他只有坦白才有可能得到谅解。要绝对按我说的去做!"

"我可以保证,只要他知道,我就一定能从他嘴里掏出来!"雷斯垂德嚷道。他急匆匆地走进过道,几分钟后,从后面的房间里传来了他威严的声音。

"华生,现在等着瞧吧!"福尔摩斯欣喜若狂地说。隐藏在刚才那种懒洋洋的神态后面的疯狂的力量爆发了出来,变成了一种旺盛的精力。他一把扯开地毯,立刻趴在地上,用手抠着地毯下面的每一块方木板。当他用指甲抠住一块木板的时候,这块木板动了,像盒子盖一样从有活页的地方向上翻起。下面有个小黑洞。福尔摩斯急忙把手伸进去,抽出手时又是生气又是失望地哼了一声。洞里是空的。

"快,华生,快快!快把地毯放好!"刚刚盖上那块木板,并把地毯放好,就听到了雷斯垂德在过道上说话的声音。他看到福尔摩斯正懒散地靠在壁炉架上,无所事事,极有耐心,而且还用手遮着嘴,打着呵欠。

"福尔摩斯先生,真抱歉让你等这么久。我看这件事都快让你烦透了。他已经都坦白了。麦克佩森,你过来。让这两位先生听听你干的好事。"

那个高个子警察又是羞愧又是后悔,闷声不响地溜进屋来。

"长官,我真的没有想做坏事。昨晚那位小姐走到门口,她弄错了门牌号。我们就聊了起来。一个人整天守在这里很寂寞。"

"那么后来呢?"

"她说她在报上读到过这起凶杀的报道,想看看究竟发生在哪里。她是个很体面又很会说话的小姐,我想让她看一眼也没什么大不了的。她一看到地毯上的血迹，立刻就跌倒在地板上，像死了一样躺在那里。我跑到后面弄来了一点水，但还是没有能把她弄醒。于是我就到街角处的'常春藤商店'买了点白兰地。等我回来时，那位小姐已经苏醒过来走了。我想她肯定感到不好意思，不想再见我了。"

福尔摩斯急忙把手伸进去。

"那块地毯怎么动了呢？"

"我回来时，地毯是显得有点不平。你想，她倒在地毯上，而地毯又只是铺在光滑的地板上，没有固定住。我后来把地毯弄平了。"

"麦克佩森，从今以后你应该知道别想欺骗我。"雷斯垂德严肃地说，"你一定认为你玩忽职守永远不会被人发现，而我一看地毯就知道有人进了屋子。幸运的是没有丢什么东西，不然你就要到奎尔街①去了。福尔摩斯先生，我真很抱歉为这点小事请你来一趟，我还以为两块血迹不在一起会引起你的兴趣呢。"

"这件事情确实很有趣。警察，这个小姐只来过一次吗？"

"是的，只来过一次。"

"她是谁？"

"我不知道她的姓名。她是持应聘招收打字员的广告来的，结果找错了门牌。她是一位非常文雅、非常讨人喜欢的小姐。"

"个子高高的？长得很漂亮？"

"是的，她长得很好看，可以说是非常漂亮。有些人可能会说她美若天仙。她说：'哦，长官，请让我看一眼吧！'她有办法，会哄人，所以我想让她探头进去看一看没有什么坏处。"

"她穿着怎么样？"

"很素雅，穿着一件拖到脚背的长斗篷。"

"当时几点钟？"

"当时天刚黑。我买白兰地回来的时候，有人正在点亮街灯。"

福尔摩斯说："很好。华生，走吧，我想我们在别处还有更重要的事情要做。"

我们离开那幢房子的时候，雷斯垂德仍然留在前面的屋子里。那个羞愧的警察为我们开了门。福尔摩斯走到台阶上时转过身来，举起手里拿着的一样东西。那个警察目不转睛地盯着福尔摩斯手中的东西。

"我的天哪！"他喊道，脸上露出惊讶的神情。福尔摩斯示意他不要说，然后又把那东西放进胸前的口袋里。我们走到

---

① 英国伦敦监狱所在地。

大街上时，福尔摩斯才放声大笑起来。他说："太妙了！走吧，华生。我们这出戏的最后一幕已经开始了。你放心，不会有战争了，特里芬尼·霍普先生的光辉前程不会受到影响，那位不慎重的君主不会因此而受到惩罚，首相大人也用不着处理欧洲复杂的局势了。我们只要略施小计，谁也不会为这起不幸的事件而多付一个便士的税。"

我心中充满了对这位奇才的敬慕之情。

我问："你已经把问题解决了？"

"华生，现在还不能这么说。我还有几点没有弄清楚，但我们已经掌握了足够的情况，如果还弄不清其他情况，那就是我们无能了。我们现在直接去白厅住宅区，结束这件事。"

我们到达欧洲事务大臣的官邸时，福尔摩斯求见的却是希尔达·特里芬尼·霍普夫人。我们被请进了客厅。

夫人气愤得红着脸说："福尔摩斯先生！你这样做真是太不公平，太小心眼了。我早已向你解释过，我希望你为我拜访你的事保密，免得我丈夫认为我在插手他的事务。而你却到这儿来，借此证明我和你有事务上的联系，有意损害我的名声。"

"夫人，不幸的是，我没有别的办法。我受命要找回那份极其重要的文件，因此，我只能恳求你，夫人，把信交到我手中。"

这名夫人一下子站了起来，美丽的脸庞顿时变了颜色。她的眼睛喷着怒火，身体摇晃起来，我以为她会昏过去。然后，她强打精神，竭力保持镇定，脸上露出的只有惊讶和愤怒。

"福尔摩斯先生，你——你在侮辱我。"

"好了，好了，夫人，这没有用。请把信交出来吧。"

她奔过去要按传呼仆人的手铃。

"管家会送你们出去的。"

· 福尔摩斯的归来 ·

"福尔摩斯先生，你在侮辱我。"

"希尔达夫人，请不要按铃。如果你按了铃，那么我为避免一起丑闻而做的一切真诚的努力都将付诸东流。请把信交给我，一切都会办好的。只要你和我合作，我会把一切安排好。要是你不合作，那我就要揭发你。"

她像个女王一样无所畏惧地站在那里，眼睛紧紧地盯着福尔摩斯，仿佛要把他看透。她的手仍然按在铃上，但是她克制着没有按。

"你想威胁我。福尔摩斯先生，你来这里威胁一个女人能算什么男子汉呢？你说你知道一些情况，那你究竟知道什么呢？"

"夫人，请坐下来。你要是摔倒会伤了自己的。你要是不坐下来，我就不说。"

"福尔摩斯先生，我给你五分钟。"

"希尔达夫人，一分钟就够了。我知道你去见了爱德瓦多·卢卡斯,知道你把文件给了他,知道你昨晚又巧妙地去了那房子,也知道你怎样从地毯下的隐藏处把信取了出来。"

她脸色煞白地盯着福尔摩斯,张了两次嘴才说出话来:

"你疯了,福尔摩斯先生,你疯了!"

福尔摩斯从口袋里掏出一小块硬纸片。那是从相片上剪下来的一位女士的面孔部分。

他说:"我一直带着这个,因为我想这也许能派上用途。那个警察已经认出来了。"

她喘了口气,把头往后一仰。

"好了,希尔达夫人,信还在你手中。事情还来得及弥补。我不想给你找麻烦。只要我把那封丢失的信件交给你丈夫,我的任务就完成了。请接受我的建议,把事情真相告诉我。这是你唯一的机会。"

她的勇气确实令人钦佩,即使现在她仍不服输。

"福尔摩斯先生,我再说一遍,你简直荒谬透顶。"

福尔摩斯从椅子上站起来。

"希尔达夫人,我为你感到遗憾。我已经为你尽了最大努力。我看这一切都白费了。"

他按了一下手铃。管家走了进来。

"特里芬尼·霍普先生在家吗?"

"先生,他十二点三刻到家。"

福尔摩斯看了一下表。

他说:"还有一刻钟。好吧,我们等他一会儿。"

管家刚刚走出屋门,希尔达夫人就跪在福尔摩斯的跟前,摊开双手,美丽的脸庞向上仰起,眼睛里噙着泪水。

她苦苦地哀求道:"福尔摩斯先生,饶恕我,请饶恕我!看在上帝分上,千万别告诉我丈夫。我是那么爱他,绝不愿意给他的生活带来任何阴影。而我知道这件事会让他伤透心的。"

福尔摩斯扶起夫人。"夫人,我很感激。你终于明白过来了!现在一分钟也不能耽搁了。信在哪里?"

她迅速走到写字台旁,打开抽屉,抽出一个蓝色的长信封。

"福尔摩斯先生,信在这里。我发誓没有打开过!"

福尔摩斯喃喃地说:"我们怎么放回去呢?快,快,我们必须想个办法!文件盒在哪里?"

"还在卧室里。"

"真是幸运!夫人,快把它拿来!"

不一会,她手里拿着一个红色的扁盒子走了出来。

"你以前是怎么打开的?你有一把复制的钥匙?是啊,你当然有了。快把盒子打开!"

希尔达夫人从怀里取出一把小钥匙。文件盒打开了,里面装满了文件。福尔摩斯把蓝色信封塞到文件中,夹在其他文件内。然后盒子又被关上,锁好,放回卧室。

福尔摩斯说:"现在只等他回来了。我们还有十分钟。希尔达夫人,我可是尽了最大的努力来保护你。我只要求你利用这段时间,坦率地把这起非同寻常的事件的真正目的告诉我。"

夫人大声说:"福尔摩斯先生,我把一切都告诉你。哦,福尔摩斯先生,我宁可砍掉右手,也不愿意给我丈夫带来片刻的烦恼!整个伦敦没有一个女人像我这样爱她的丈夫,而如果他知道我的行为,知道我是怎样被迫做出这样的事情来的,那他永远不会原谅我。他自己的声誉如日中天,因此决不会忘记,也不会原谅别人的过失。帮帮我吧,福尔摩斯先生!我的幸福,他的幸福,我们的一生现在危在旦夕!"

"夫人,快讲。时间不多了!"

"福尔摩斯先生,事情出在我的一封信上。那是我结婚前写的一封很草率的信，一个感情冲动的姑娘写下的愚蠢的信。我的信没有什么见不得人的东西，但我的丈夫会认为这是犯罪。他要是看到这封信，就再也不会信任我了。信是我多年前写的，我原以为整个事情早被人遗忘了。然而卢卡斯这个家伙告诉我，说信到了他的手中，而且他还准备把它交给我丈夫。我请求他发发善心，而他却说他可以把信还给我，条件是我把他描述的一份文件从我丈夫的文件盒里拿给他。我丈夫的办公室里有间谍，这个人告诉卢卡斯有这么一封信。他向我保证我丈夫不会遇到任何麻烦。福尔摩斯先生，你设身处地为我想想！我能怎么办呢？"

"把一切告诉你丈夫。"

"我不能，福尔摩斯先生，我不能！一方面是毁掉我们的幸福，另一方面也是件可怕的事情，因为我得拿走我丈夫的文件。我对政治问题的严重性一窍不通，但我十分清楚爱情和信任的含义。福尔摩斯先生，我拿了文件！我取了我丈夫钥匙的模子。卢卡斯给了我一把复制的钥匙。我打开文件盒，取出文件，送到戈德芬大街。"

"到那里后发生了什么事情？"

"我按说好的办法敲了敲门。卢卡斯开了门。我跟着他走进屋子，可我没有把大门关紧，因为我怕和这个人单独待在一起。我记得我进屋的时候外面有个女人。我们很快就办完了我们的事。我的那封信在他的桌上。我把文件交给他，他把信还给我。就在这时，门口传来了声音。过道上有脚步声。卢卡斯飞快地掀起地毯，把文件塞进地毯下面的一个隐藏处，然后再把地毯铺好。

"后来发生的事情就像是一场噩梦。我隐隐约约看到一张疯狂、黝黑的面孔，听到一个女人用法语喊叫道：'我没有白等。我终于发现你和她在一起了!'他俩凶狠地打在一起。我看见他手里握着一把椅子,而她手中握着的却是一把闪亮的刀子。我立刻冲出那可怕的房间,离开了他家。第二天早晨我从报上看到那可怕的消息。我那天晚上非常高兴,因为我拿到了我的信。我根本没有料到将来会有什么样的后果。

"直到第三天早晨,我才意识到自己只是用一个烦恼代替了另一个烦恼。我丈夫发现文件丢失后所表现出来的痛苦深深打动了我。我几乎当时就想跪在他的面前,把我做的一切告诉他。可这样一来,我又得说出我过去的事情。我那天早晨去找你,想弄清楚我犯的过错的严重性。从我一弄清楚问题的严重性起,我就一心想着要把我丈夫失去的文件取回来。文件一定还在卢卡斯藏的地方,因为卢卡斯是在那女人进来之前把它藏好的。要不是那女人进来,我永远不会知道文件藏在什么地方。我怎么才能走进那屋子呢?我在那地方守了两天,可那门从来没有开过。昨晚我只好孤注一掷再试一次。你早已知道我是怎样拿到手的。我把文件带回家,想把它烧掉,因为我想不出任何办法可以把文件放回去而又不必向我丈夫坦白。天哪,我听到他上楼了!"

欧洲事务大臣神情激动地闯了进来。

他大声问:"福尔摩斯先生,有消息吗?"

"大概有点希望。"

"啊,谢天谢地!"欧洲事务大臣的脸上露出欣喜的神情,"首相也来和我一起用餐。可以请他来听听吗?他虽然意志坚强,可我知道自从出了这件事情后,他几乎从来没有好好睡过觉。雅可伯,请首相上来。亲爱的,这是政治方面的问题,我们几分钟后到餐厅和你一起用餐。"

首相很镇定,但我从他眼睛里喜悦的神情和颤抖的双手上，可以看出他和他年轻的同事一样激动。

"福尔摩斯先生，我听说你有消息告诉我们？"

我朋友回答说："目前还没有。我已经查过了各个角落，可以保证你们不必担心有危险。"

"福尔摩斯先生，这不能解决问题。我们不能永远生活在这样的火山口上。我们必须有确切的消息。"

"我有希望找到文件。我来这里正是为了此事。我越想越觉得这封信不会离开这所房子。"

"福尔摩斯先生！"

"如果信离开了这所房子，那到现在一定早公之于众了。"

"可拿了文件为什么还要藏在这所房子里呢？"

"我还不能确信有人把文件拿走。"

"那么文件怎么会不在文件盒里呢？"

"我也不能确信文件离开过文件盒。"

"福尔摩斯先生，现在开这种玩笑不是时候。我可以保证文件不在文件盒里。"

"星期二早晨之后，你检查过文件盒吗？"

"没有，也没有这种必要。"

"你有可能没看见。"

"这不可能。"

"可我还是不相信。我知道以前发生过类似的事情。我想里面一定还有别的文件，也许跟它们混在一起了。"

"信是放在最上面的。"

"也许有人晃动文件盒，把文件弄乱了。"

"不，不，我把文件全部拿出来过。"

首相说："霍普，这很容易解决。把文件盒拿到这里来。"

欧洲事务大臣按了一下铃。

"雅可伯,把我的文件盒拿来。这太可笑了,简直是浪费时间。不过既然你不相信,我们就打开看看。谢谢你,雅可伯。放在这儿吧。钥匙一直在我的表链上。你看吧,就是这些文件。梅洛勋爵的来信,查尔斯·哈代爵士的报告,贝尔格莱德来的备忘录,关于俄德粮食问题的记录,马德里的来信,弗洛尔勋爵的信——天哪!这是什么?贝林格勋爵!贝林格勋爵!"

首相一把从他手里拿过那个蓝色信封。

"不错,正是它。信还没有动过。霍普,我祝贺你。"

"谢谢你!谢谢你!我这下轻松多了。可这真难想象——这是不可能的。福尔摩斯先生,你真是个魔术师,一个有法术的人!你怎么知道信还在这里?"

"因为我知道信不可能在别的地方。"

"我真不敢相信自己的眼睛!"他飞快地跑到门口,"我妻子在哪里?我一定要告诉她,现在一切都好了。希尔达!希尔达!"我们听到楼梯上传来他的声音。

首相眨眨眼睛,望着福尔摩斯。

他说:"先生,一定有什么瞒过了我们的眼睛。这封信是怎么回到文件盒里去的?"

福尔摩斯微笑着转过脸去,避开了那双敏锐的眼睛。

"我们也有自己的外交秘密。"他说着拿起帽子,转身朝门口走去。